L'Alliance de Sang

L'Esclave du Vampire
Le Vampire Royal
La Triade de l'Alpha
Le Vampire Rebelle
Le Roi Vampire
Le Vampire Cruel

— J'espère presque que tu refuseras d'obéir, murmura-t-il. Ta peau blanche rougirait si joliment. D'ailleurs, j'aimerais beaucoup entendre des réactions encourageantes venant de toi pour me pousser à continuer tout le long de l'acte.

Le verre me caressa à nouveau la peau, sauf que cette fois, il le pencha pour déverser une partie du liquide couleur bronze sur mon sein.

J'en eus la chair de poule, elle se répartit partout sur ma peau.

Puis mon souffle se bloqua dans ma gorge lorsqu'il pencha la tête pour recueillir les petites gouttes de liquide avec sa langue.

Une sensation de chaleur me caressa la peau, sa bouche semblait embrasser mes sens de manière inattendue.

Ohhh…

Un violent tremblement prit sa source dans la partie basse de mon abdomen et envoya des étincelles dans chacune de mes terminaisons nerveuses. Ces étincelles s'embrasèrent lorsqu'il transperça de ses crocs la zone sensible tout autour de mon téton.

Je poussai un cri tout en sentant une légère douleur puis me figeai lorsqu'il leva son verre sur ma plaie toute fraîche.

— Comme je te l'ai dit, murmura-t-il, ses iris d'un bleu glacial pénétrant dans les miens, je peux te faire vivre une vie très commode… ou bien la rendre plus infernale que tu ne pourrais te l'imaginer.

Il pencha le verre, et l'alcool se déversa par-dessus le rebord pour atterrir cette fois encore directement sur mon sein.

Cette agréable sensation de brûlure se mit à me picoter avec ardeur comme les flammes de l'enfer, et je laissai échapper du fond de ma gorge un net sifflement à cause du choc et de la douleur.

Sa langue atténua mes tourments. Il lécha mon sang imbibé d'alcool, ce qui calma ma brûlure.

Cet instant ne dura qu'une seconde.

Mais son but était clair.

Je suis ton maître, à présent. Coopère avec moi, et je te récompenserai peut-être. Oppose-toi à moi et je te détruirai.

LE ROI VAMPIRE

L'ALLIANCE DE SANG

AUTEURE À SUCCÈS USA TODAY

LEXI C. FOSS

Le Roi Vampire - English: Kingly Bitten

Copyright © 2022 Lexi C. Foss

Tous droits réservés.

Traduction de l'anglais au français par Well Read Translations

Conception de la couverture : Manuela Serra Book Cover

Photographie de couverture : Lindee Robinson

Modèles : Jordan et Mairi

Publié par : Ninja Newt Publishing, LLC

Édition imprimée

eBook ISBN : 978-1-68530-052-4

Print ISBN: 978-1-68530-082-1

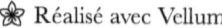 Réalisé avec Vellum

À Lola, ma douce petite fille, nous t'aimons tellement. Vole dans les cieux jusqu'à toucher les nuages. Je te souhaite de jouer dans le magnifique bleu du ciel, de t'amuser avec les anges là-haut. Tu étais si forte, si courageuse, si belle, la meilleure petite fille dont on puisse rêver. Tu ne souffres plus à présent, et tu vivras pour toujours dans nos cœurs.

Je t'aime, ma douce Lola.
Pour l'éternité.

LE ROI VAMPIRE

L'ALLIANCE DE SANG
LIVRE CINQ

LE ROI VAMPIRE

Jadis, l'humanité gouvernait le monde et les lycans et vampires vivaient en secret.
Cette époque est révolue.

Calina

Il me reste trente-six heures à vivre.
Trente-six heures pour trouver une solution.
Trente-six heures pour tous les tuer.

Mes amis. Ma famille. Mes sujets.

Ce destin est cruel, et j'y ai été soumise par ma créatrice il y a plus d'un siècle lorsqu'elle m'a jetée dans cet enfer. J'ai appris à cette époque-là que la liberté n'était qu'un leurre et qu'il était impossible de s'échapper. Je suis une bombe à retardement, mon compteur est en marche et je suis programmée pour exploser.

Jusqu'à ce qu'*il* tombe du ciel. Un vampire, un Dieu sur pattes au regard d'un bleu glacé. Il prétend être notre sauveur, mais je ne suis pas dupe et je sais qui se cache derrière ce masque : le Diable en personne.

Jace

Je ne veux pas être roi, mais je suis prêt à le devenir si ça me permet de mettre la main sur *elle*, la sublime reine de

glace que j'ai découverte dans les laboratoires de Lilith.
Elle feint l'indifférence et prétend que je ne lui fais aucun
effet, mais je vois les charbons ardents qui brûlent au fond
de ses sublimes yeux noisette.

Seulement, elle n'a pas pour elle que son joli petit minois.
Elle n'est ni vampire ni lycan.
C'est une immortelle qui échappe à toute classification.
Je dois désormais garder son existence secrète, dans un
monde qui s'effondre dans le chaos.

Bienvenue pour un nouveau départ.
Je m'appelle Sa Majesté le Roi Jace. Permettez-moi d'être votre
guide…

NOTE DE L'AUTEUR

Cher lecteur,

L'histoire de Jace et Calina diffère quelque peu des autres
tomes de cette série. Vous trouverez dans *Le Roi vampire*
beaucoup d'informations sur le monde de cette nouvelle
ère, ainsi que quelques éléments de réponse quant à
l'origine des vampires et des lycans. En outre, Calina est
plus forte que mes autres héroïnes, mais d'une manière
différente de ce à quoi vous vous attendez peut-être.

Même si cette histoire a été conçue pour pouvoir être lue
indépendamment du reste de la série, quelques éléments se
recoupent par rapport aux tomes précédents. *Le Roi vampire*
est par ailleurs une introduction conséquente au tome six.

Nous sommes à présent parvenus aux racines les plus
profondes du monde de l'Alliance de Sang. La révolution
se prépare.

Du moins, je l'espère.

Si vous souhaitez être aux courant de mes dernières
nouveautés ou en apprendre davantage sur ma façon

d'écrire, je vous invite à rejoindre le groupe Foss's Night Owls sur Facebook (en anglais). Je m'y connecte au moins une fois par jour, même si ce n'est que pour laisser un commentaire sur une publication.

Bonne lecture ! <3

Affectueusement,
Lexi

P. S. : Inscrivez-vous à ma newsletter pour découvrir des extraits de mes prochains livres en exclusivité, être informé de mes publications à venir, et bien plus encore !

Jadis,
l'humanité gouvernait le monde
tandis que les lycans et vampires vivaient en secret.

Cette époque est révolue.

Bienvenue dans un futur
où les lignées supérieures font la loi.

Continuez à vos risques et périls.

L'ALLIANCE DE SANG

La loi internationale supplante toute gouvernance nationale et sera appliquée par l'Alliance de Sang, un conseil mondial composé à parts égales de lycans et de vampires.

Toutes les ressources doivent être réparties équitablement entre lycans et vampires, y compris les territoires et les esclaves de sang. Toutefois, richesse et position sociale seront à la discrétion des meutes et des maisons individuelles.

Tuer, blesser ou provoquer un être supérieur est puni de mort immédiate. Tous les litiges doivent être présentés à l'Alliance de Sang pour un jugement final.

Les relations sexuelles entre lycans et vampires sont strictement interdites. Toutefois, les partenariats commerciaux, lorsqu'ils sont fructueux et appropriés, sont autorisés.

Par la présente, les humains sont considérés comme des biens et ne disposent d'aucun droit légal. Chacun d'eux sera étiqueté selon un système de tri basé sur le mérite, l'intelligence, la lignée, les capacités et la beauté. L'ordre de priorité sera établi à la naissance et finalisé lors de la Journée du Sang.

Douze mortels seront sélectionnés chaque année pour concourir au statut de sang immortel, à la discrétion de l'Alliance de Sang. Parmi ces douze, deux recevront la morsure d'immortalité. Les autres mourront. Créer un lycan ou un vampire en dehors de ce processus est illégal et passible de mort immédiate.

Toutes les autres lois sont à la discrétion des meutes et de la royauté, mais ne doivent pas désobéir à l'Alliance de Sang.

PROLOGUE

LILITH

Nous sommes à présent en l'an cent-dix-sept de l'ère de l'Alliance de Sang.

Malheureusement, si vous visionnez ceci en ce moment même, c'est que quelque chose a très mal tourné et que tous les systèmes de sauvegarde d'urgence ont été activés, y compris celui que vous manipulez à présent.

Je ferai de mon mieux pour vous tenir au courant des récents événements, mais sachez que vous allez devoir passer en revue les rapports d'activité des sept derniers jours au moins. Tout cela fait partie des procédures que vous avez maintenues en place. J'espère seulement que tout cela fonctionnera.

Pour commencer, notre monde se divise en dix-sept provinces gouvernées par les vampires royaux, et dix-sept territoires abritant chacun un clan de lycans. Je suis moi-même à la tête de ma propre région, mais en ma qualité de présidente de Conseil, par votre recommandation, je ne considère pas que mon territoire fait partie des États vampires originels.

Je me suis également octroyé le titre de Déesse, comme vous me l'avez suggéré, et ai fait de mon mieux pour tenter de faire entr'apercevoir aux mortels une petite lueur d'espoir.

Chaque année se déroule le Tournoi des Immortels, au cours duquel deux chanceux humains se voient offrir la possibilité de rejoindre les rangs des lycans et des vampires. Cet événement, où les participants s'affrontent jusqu'à la mort, a pour but de s'assurer que seuls les meilleurs d'entre eux se voient offrir l'immortalité. Les jeux organisés au cours du Tournoi ont aussi pour but de distraire les humains, qui concourent les uns contre les autres pour tenter d'accéder à la chance de leur vie, au sens propre du terme. Comme vous l'avez recommandé, ils apprennent également des leçons fort utiles tout au long de ces épreuves.

Les lycans et les vampires sont, dans leur majorité, satisfaits du déroulement du Jour du Sang. Les vampires royaux reçoivent de nouvelles femmes pour leur harem, des esclaves de sang, et des serviteurs polyvalents dans leur région. Les lycans, eux, se voient offrir de nouvelles recrues pour leurs parties de chasse sous la lune et leurs programmes d'élevage, de même que des humains fort désirables destinés à rejoindre le harem des alphas. Nous répartissons donc les récompenses de manière équitable, conformément à vos recommandations. Tout cela a permis aux vampires et aux lycans de former une union remarquable, nous permettant ainsi de régner et d'exercer notre suprématie sur les êtres inférieurs.

Certains semblent toutefois ne pas beaucoup apprécier cette manière de gouverner.

C'est probablement la raison pour laquelle les protocoles d'urgence ont été enclenchés.

En effet, si vous visionnez ceci en ce moment même, cela signifie que je suis morte, c'est la seule possibilité.

Ne craignez rien, mon cher dirigeant, je suis morte pour la cause.

Mais il est officiellement temps pour vous de revêtir

votre habit et de prendre possession du trône qui vous est destiné.

Bienvenue dans le nouveau monde, mon roi.

Puisse-t-il être conforme à tout ce que vous avez désiré, et bien plus encore.

Cliquez sur la flèche pour commencer à inspecter les rapports d'activité.

Fin de la transmission.

CALINA

Ce message s'auto-détruira dans trente-six heures. Veille à faire les démarches préliminaires nécessaires, merci pour ta collaboration.

Ce message me fut hurlé à plein volume et me réveilla en sursaut. La voix de Lilith résonna dans mon esprit, réclamant mon attention.

35:59:59.

35:59:58.

35:59:57.

Je restai figée la bouche grande ouverte, lisant les nombres qui s'affichaient lorsque le compte à rebours commença. Les mêmes chiffres apparurent sur l'écran de ma montre, le vibreur m'ordonnant de me réveiller tandis qu'il m'avertissait de ce qui était sur le point de se produire.

— Merde, soufflai-je en me passant la main dans les cheveux, merde.

Le protocole du jour fatidique venait de s'enclencher, ce qui signifiait que quelque chose était arrivé à Lilith. Mon travail consistait désormais à envoyer toutes mes recherches par les canaux de communication appropriés avant que les preuves ne se détruisent d'elles-mêmes.

Il fallait aussi que je m'assure de ne rien laisser derrière moi qui puisse être retrouvé par des membres du personnel non autorisés à accéder à ces informations.

Lilith s'attendait à ce que je tue tout le monde, moi y compris.

Il pourrait bien s'agir là d'une sorte de mise à l'épreuve pour tester ma loyauté, faite exprès pour avoir la preuve de mon intégrité et de ma volonté à suivre les procédures nécessaires.

Ou bien peut-être que tout cela était devenu réalité.

Ce qui signifierait que ma supérieure était morte.

Je tentai de la chercher par l'intermédiaire de nos liens mentaux, mais tous ces procédés de programmation et ces tests avaient affaibli notre connexion il y a si longtemps que je ne me fiais pas au vide que je sentais au travers de mon lien avec elle.

J'étais toujours en vie, d'ailleurs, ce qui laissait à penser qu'elle pourrait l'être, elle aussi.

Du moins, l'une de mes connexions subsistait. Je me sentais bien, immortelle, en pleine santé.

Était-ce grâce à Lilith ou à mes liens avec… ?

Le tic-tac du compte à rebours au mur me tira de mes pensées, me donnant l'impression de vivre dans une réalité augmentée. Mes liens n'avaient pas d'importance, seul mon devoir importait.

Sauf si elle est réellement morte.

Je secouai la tête. Cela n'avait pas d'importance. Il me fallait suivre des étapes bien précises.

Envoie les fichiers. Tue-les tous.

Un frisson me parcourut l'échine. Aussi pleine de bon sens et aussi raisonnée que je puisse être, rien ne pouvait me préparer pour cette dernière tâche. Ces sujets étaient devenus mes amis. Ils étaient… ils étaient ma *famille*… et ils constituaient le maigre lien qu'il me restait avec l'humanité.

Concentre-toi, me dis-je à moi-même. *Peut-être que tout cela n'est qu'une mise à l'épreuve pour tester ma réaction. Je n'ai qu'à faire comme si de rien n'était et faire semblant d'être prête.*

Je serrai la mâchoire, hochai la tête et m'efforçai de suivre ma petite routine matinale. L'une des clés pour mener à bien ma mission était de ne pas paniquer. J'avais largement assez de temps à ma disposition pour effectuer toutes mes tâches sans me presser.

Prendre une douche.

Me sécher les cheveux. Rassembler toutes mes longues mèches blondes en un chignon serré.

Revêtir l'uniforme bleu traditionnel et enfiler par-dessus une blouse.

Après avoir terminé toute ma liste de choses à faire, je me regardai dans le miroir pour voir comment étaient mes iris. Les petits ronds couleur noisette qui me fixaient avaient pris une teinte bleue aujourd'hui, ce qui suggérait que mes liens avec le côté maternel étaient plus forts qu'à l'accoutumée. Cela signifiait que l'animal qui sommeillait en moi désirait dominer.

Je pris une expression neutre. Je supposais que si un côté de ma personnalité devait prendre le contrôle, il valait mieux que ce soit le côté le plus violent que je possédais. Peut-être que cette bête allait m'aider à tuer tout le monde.

Je tremblai en pensant à cela. Je me permis de pousser un dernier soupir puis consultai encore une fois ma montre.

35:32:17.

Très bien. J'ouvris la légère porte en chêne et quittai mes quartiers d'une blancheur immaculée.

Il n'y avait pas trace d'un compte à rebours ni d'une quelconque sensation de panique dans le couloir vide, et le comptoir en marbre au bout de mon couloir restait tout aussi silencieux et immobile.

Personne d'autre que moi n'était au courant du protocole du jour fatidique.

— Bonjour, Docteur, me salua l'officier Gerald lorsque les portes de l'ascenseur s'ouvrirent automatiquement.

Son équipe devait certainement l'avoir averti de mes mouvements avec les images des caméras de surveillance dans le couloir, et l'avait envoyé à l'étage pour venir me chercher.

Le personnel n'avait pas le droit d'utiliser seul les ascenseurs.

Pas même moi, la directrice de recherche du Bunker 47.

— Bonjour, officier, lui répondis-je sur mon ton habituel.

Un ton plat, dénué d'émotion, las. J'avais appris à le maîtriser depuis plus de cent ans.

Il me fit un signe de tête lorsque j'entrai, puis enfonça sa clé dans la serrure de la partie du bâtiment où j'avais l'intention de me rendre, l'aile où se trouvaient mon bureau et les différents laboratoires.

Nous étions déjà descendus à une grande profondeur, mais la cabine autour de nous filait à toute vitesse vers les tréfonds de l'enfer avant de s'ouvrir à nouveau.

— Passez une belle journée, mon petit rayon de soleil, me dit l'officier Gerald lorsque je m'avançai sur le sol couleur d'obsidienne.

Sa phrase n'avait rien d'inhabituel, il m'appelait chaque jour par ce petit surnom à cause de mes cheveux clairs. Mais cette fois, je le regardai en me demandant s'il savait ce qui était sur le point de se passer ici-bas.

Ses yeux gris ne laissaient rien transparaître, seules de petites rides apparurent dans les coins de son regard, comme toujours.

C'était une Vigie, un humain entraîné dans les règles

de l'art pour protéger ses supérieurs immortels. Je n'avais jamais compris comment les esprits des mortels pouvaient être si faibles pour qu'ils acceptent une tâche aussi ridicule. Les vampires et les lycans n'avaient pas besoin d'une protection. Ils avaient besoin des humains pour se fliquer les uns les autres pour pouvoir assurer la souveraineté de leurs domaines et régner sur l'humanité. Les mortels comme Gerald tombaient dans le piège la tête la première.

Lilith allait-elle lui laisser la vie sauve ? J'en doutais, elle n'épargnerait même pas la mienne. Pourtant, j'étais l'une de ses créations, dont elle se targuait tant. L'officier Gerald n'était pour elle qu'un numéro. Moi, au moins, j'avais un nom.

Les portes de l'ascenseur se refermèrent avant que je ne puisse lui répondre, et la Vigie était partie effectuer sa tâche suivante qui consistait à aller chercher l'un de mes techniciens de laboratoire, probablement James.

Je clignai des yeux, puis scrutai les murs blancs autour de moi. Le contraste entre la blancheur des murs et le carrelage noir ébène et lisse sous les semelles de mes baskets était saisissant.

Suis-je en train de me tenir sur une mine d'explosifs ? me demandai-je en posant les yeux sur le sol. *Ou bien sont-ils enterrés plus profondément encore ?*

Une subtile vibration contre mon poignet m'indiqua que je n'avais pas le temps de m'en inquiéter. Une demi-heure s'était écoulée depuis que le compte à rebours avait commencé, ce qui me laissait trente-cinq heures et trente minutes.

Fais d'abord des recherches, décidai-je en me dirigeant vers mon bureau pour m'atteler à la pénible tâche de télécharger tous les fichiers dans le serveur. Ce seul objectif allait me prendre des heures. Je devais, qui plus est, faire preuve d'une grande vigilance pour m'assurer que toutes les données étaient transférées sans erreur.

Il n'y allait pas y avoir de tests aujourd'hui, juste ça.

J'utilisai ma montre pour déverrouiller mon bureau. Les lumières s'allumèrent autour de moi lorsque j'entrai et les écrans s'allumèrent brusquement pour me saluer chaleureusement.

— Bonjour, docteur Calina, me saluèrent toutes les machines.

Je restai silencieuse comme toujours. La technologie se passait bien des formalités ou de paroles mielleuses. Au lieu de cela, elles préféraient qu'on tape une commande sur le clavier et les opérations logiques. J'en entrai donc plusieurs dans mon ordinateur, lui ordonnant de démarrer le téléchargement de tous les rapports d'activité.

Des mots de passe que j'avais mémorisés il y a des décennies me vinrent d'un coup à l'esprit, et mes doigts parcoururent le clavier avec une facilité déconcertante.

Je savais ce que j'avais à faire.

Mais alors que j'approchais de l'avant-dernière liste dans ma tête, je me mis à taper plus lentement.

Si tout cela n'était qu'une mise à l'épreuve de ma loyauté, Lilith pourrait bien mettre fin à la partie dès que j'aurai appuyé sur ce bouton. Ou bien elle attendrait que j'aie liquidé quelques sujets d'abord.

Cependant, si elle était vraiment morte…

Je fermai les yeux en forçant cette pensée à me sortir de la tête. *Les choix que l'on me laisse ne sont que de faux espoirs*, me dis-je à moi-même. *Fais ce qu'on te dit, c'est comme ça que tu survivras.*

J'expirai profondément et me remis à la tâche, ma détermination se renforçant chaque fois que j'appuyais sur une touche.

Jusqu'à ce que j'arrive à la dernière séquence de commandes.

Celles qui exigeaient que j'extraie les bandes vidéo du laboratoire et que je lâche les toxines sur tous ceux qui se trouvaient à l'intérieur. Les deux techniciens en chef du laboratoire étaient les seuls à pouvoir m'empêcher d'accomplir ma mission. En conséquence, il fallait les neutraliser.

Mes deux plus proches amis dans cet enfer.

Ma seule et unique vraie famille.

Non pas que nous appréciions notre compagnie mutuelle, ni que nous ne passions beaucoup de temps ensemble, mais nous avions tous grandi ici. Nous comprenions tous comment fonctionnait cet endroit, quel était notre but, et aussi que nos vies contribuaient à pérenniser les recherches.

J'avais été créée en premier, presque six décennies avant eux, ce qui explique pourquoi je préférais souvent rester dans mes pensées.

Mais James et Gretchen… ils avaient choisi une autre voie, qui les ravissait visiblement, à les voir sourire comme cela en aidant l'un des bébés lycans en cours de transformation à grimper sur une table. Le petit lycan donna à James un grand coup de langue sur la joue, ce qui le fit sourire béatement comme un gamin, de cette façon qui lui était coutumière. Gretchen regarda la scène de manière prolongée, avec une lueur d'adoration dans ses yeux sombres en amande.

Tous deux étaient amoureux, Lilith le savait et laissait libre cours à leur idylle car leurs recherches n'en étaient, de ce fait, que meilleures. De fait, le fruit de leur amour était assis sur la table du laboratoire à cet instant même.

Un bébé.

Une minuscule petite boule de fourrure blanche.

Petite boule que Lilith voulait que je tue d'une simple pression sur une touche de mon clavier.

Je déglutis et fermai de nouveau les yeux, mon esprit récitant toutes les séquences d'actions du jour fatidique que l'on m'avait instillées dans la mémoire au cours du siècle écoulé, depuis plus longtemps que ça, même. Ce laboratoire avait été créé avant la révolution.

La moitié des membres de mon équipe étaient des immortels qui étaient devenus chercheurs. James et Gretchen étaient les deux seuls que je considérais comme ma famille, mais les autres faisaient tout de même partie de ma vie. Ils avaient de l'importance pour moi, à un point que je n'arrivais pas à définir.

D'une certaine façon, les assassiner permettrait de les protéger. Les explosifs ne seront peut-être pas complètement efficaces à cette fin, mais le sérum que je possédais dans mon arsenal ferait une arme parfaite. Il était difficile de nous anéantir complètement puisque nous avions, pour la plupart d'entre nous, un lien avec un immortel, au-dehors, dans le monde réel. Ces immortels, nous ne les connaissions pas.

Nos partenaires de lien. L'un des plus grands secrets de Lilith.

Je serrai la mâchoire en réfléchissant à toutes les options qui s'offraient à nous.

Lilith m'avait mise à l'épreuve à de multiples reprises au cours de ma vie, mais je n'avais jamais été soumise à une telle expérience. Elle était cruelle, mais avait également le sens pratique. Détruire toutes ses créations semblait un peu trop extrême, même pour elle.

Ce qui suggérait, encore une fois, qu'elle était réellement morte.

J'avais donc plusieurs possibilités à examiner.

En tapotant mes ongles sur la table, j'examinai les fichiers en attente dans le dossier qui devait sortir. Ils étaient encore en cours de téléchargement, et cette dernière pression d'une touche du clavier allait permettre d'engager le processus pour pouvoir les envoyer et les transmettre.

Après avoir neutralisé Gretchen et James.

Je restai assise sur ma chaise et scrutai l'écran, puis regardai une nouvelle fois les images de vidéosurveillance du laboratoire.

Je sentis à nouveau la montre vibrer à mon poignet. *Trente-cinq heures*, traduisis-je, me rendant compte que je perdais du temps. Mais je ne pouvais pas bouger. J'avais l'impression que le destin m'avait attaché les mains à la chaise, et qu'elles refusaient de me laisser exécuter l'ordre final.

Au lieu de cela, je marmonnai une commande vocale pour activer toutes les caméras dans le complexe, et regardai les images de tous les autres laboratoires sous ma responsabilité. Tout se déroulait comme d'habitude, tous les employés étaient en train de tester leurs résultats et de répertorier leurs découvertes. Quelques-uns d'entre eux discutaient tranquillement, d'autres restaient silencieux et renfermés sur eux-mêmes.

Aucun d'entre nous n'était ici de son plein gré, mais nous devions bien reconnaître que nos vies dans ce bunker étaient bien plus commodes que ne l'était la vie au-dehors. Les humains n'étaient que des jouets dont l'existence se résumait à divertir les vampires et les lycans. Un peu comme des animaux domestiques, en somme, sauf qu'ils étaient bien moins chouchoutés.

Au moins, nous étions quelque peu respectés au sein de ce bunker, car nos connaissances et nos compétences étaient estimées dignes d'une plus grande considération que celle à laquelle avait droit le simple *bétail*.

Cependant, nous ne pouvions conserver ce statut de

privilégiés qu'à condition de suivre les règles. À cet instant même, j'étais en train d'outrepasser la plus importante d'entre elles en refusant d'appuyer sur ce bouton.

Ils pourraient me tuer pour avoir désobéi de la sorte, et pourtant ils me demandaient de mourir, peu importe ce que je faisais, alors qu'est-ce que ça changeait ? L'une des alternatives qui s'offraient à moi me permettait d'avoir un minimum de dignité et de quitter ce monde en sachant que ce que j'avais fait était la bonne chose à faire. Si j'optais pour l'autre possibilité, en revanche, je filerais dans ma tombe avec une réputation d'honorable et docile petite disciple qui n'avait jamais vraiment vécu.

Je serrai les poings.

Lilith m'avait tout pris, ma liberté, mes choix, ma *vie*. Je lui avais obéi du mieux que je pouvais, mais pouvais-je encore obéir à présent ? En avais-je seulement envie ?

Le bruit du vibreur, encore une fois. *Trente-quatre heures et trente minutes.*

Puis trente-quatre heures.

Trente-trois.

Trente-deux.

Je m'attendais presque à voir Lilith débarquer à ma porte comme une furie d'un moment à l'autre, et qu'elle me punisse pour avoir échoué à son test. Mais elle ne vint jamais.

Si Lilith est réellement morte, qu'est-ce que j'ai à perdre ? me surpris-je à songer. Cette pensée se divisa en une myriade d'idées à mesure que les minutes passaient, car rien ne se produisit. Je ne vis pas arriver de Vigie pour m'escorter jusqu'au lieu de mon exécution, chose dont Lilith m'avait menacée à de trop nombreuses occasions au cours de ma longue vie.

Sais-tu ce que cela fait de mourir et de revenir à la vie ? m'avait-elle demandé sur un ton mielleux, avant de passer à l'action et de faire glisser une lame le long de ma gorge.

Je m'étais noyée dans une immense flaque de mon propre sang.

Je ne m'étais réveillée qu'au bout d'un laps de temps incertain, ce souvenir profondément ancré dans mes pensées.

C'était douloureux de mourir.

Revenir à la vie l'était encore plus.

Cet incident n'avait été que l'une de ses petites fantaisies, ce n'était pas une vraie punition.

Oh, j'avais également essuyé nombre de réprimandes de son choix au cours du siècle écoulé. Toutes m'avaient conduit à la mort et à la résurrection. Chacune avait constitué une subtile leçon visant à me faire intégrer sa supériorité, et était destinée à me rappeler la place que j'occupais dans l'ordre des choses.

Parfois, elle me tuait juste pour me prouver qu'elle en avait la capacité.

D'autres fois, elle me tuait pour tester mon immortalité.

Parfois même, elle prétendait m'aimer, pour pouvoir me briser de l'intérieur.

Cette dernière stratégie ne fonctionnait jamais. C'était là une chose qu'elle disait apprécier me concernant.

Tu fais preuve d'une résilience admirable, Calina, ma parfaite création. J'espère que tu ne changeras jamais.

Tandis que je regardais fixement l'écran, je me demandais si c'était là le but ultime de toutes simagrées : détruire tout ce que j'avais créé dans le but de voir si je pourrais y résister mentalement.

Lilith adorait ses petits jeux pervers de manipulation mentale.

Moi, je jouais rarement le jeu.

Que va-t-il se passer si je vous défie à présent, ma reine ?

Elle me tuerait une nouvelle fois, sans aucun doute. Serait-ce toutefois pour de bon ?

Non.

Elle ne pouvait se permettre de me perdre, moi et toutes les connaissances que j'avais accumulées.

Mais… et si c'était bien réel ?

Je ne parvenais pas à faire taire la partie de mon esprit qui s'interrogeait sans cesse sur l'éventualité qu'elle soit véritablement morte, que ce ne soit pas juste un test, mais bel et bien la réalité.

Plusieurs minutes s'écoulèrent encore.

Encore et encore, je fixai le vide.

J'entrai en contemplation.

Je retournais la situation sous tous les angles.

J'attendais qu'elle fasse son apparition, qu'elle me massacre, qu'elle me punisse pour mon insolence.

Le temps passa, encore et encore, et le compte à rebours affichait trente-et-une heures.

Pourtant, personne ne vint me déranger dans mon bureau, personne ne m'appela, aucun ordre ne s'afficha d'un seul coup en gros sur mon écran. Je n'entendais que le tic-tac de la montre autour de mon poignet et ne voyais que l'ordre de procéder à l'extraction des fichiers sur mon écran.

Mon petit monde ne s'arrêta pas de tourner.

L'horloge, en revanche, continuait d'égrener les secondes.

La vibration que je ressentis cette fois m'indiqua qu'il ne me restait plus que trente heures. J'avais passé presque chaque seconde qui s'était écoulée dans ce bureau, assise là à fixer les écrans du regard. Il m'était presque impossible de réfléchir, comme si j'étais tombée dans une sorte d'état catatonique très complexe à mesure que je considérais toutes les alternatives à ma disposition.

Mon esprit ne s'arrêtait jamais de tourner, et j'envisageais les conséquences de chaque action, de chaque risque pris, de tout contrepied que je puisse prendre. J'analysais toutes les situations qui pourraient découler de ma désobéissance à une directive.

Les techniciens étaient toujours dans leurs laboratoires. Les Vigies étaient toutes occupées par leur travail de supervision dans les étages, et j'en avais assez de voir le compte à rebours d'une luminosité éblouissante reculer à mon poignet.

— J'emmerde la procédure, dis-je en regardant la procédure, j'emmerde tout le reste.

Je fis machine arrière et réinitialisai tous les ordres, avant d'en ajouter d'autres de mon cru. Au bout de toutes ces années passées dans ce laboratoire, j'en connaissais la technologie sous toutes ses coutures. J'avais également mis en place de subtils pièges au fur et à mesure des années, pour me permettre d'être alertée dans le cas où une procédure d'urgence pour le jour fatidique était engagée *sans* être portée à ma connaissance.

Je vérifiai à présent toutes les séquences en question, les renforçai et pris le contrôle de tous les écrans dans la salle. Personne n'allait prendre le contrôle de cette situation sans ma permission.

Toutefois, les explosifs n'étaient pas sous mon contrôle, ce qui suggérait que leur paramétrage pouvait potentiellement être mis à jour depuis l'extérieur.

Ce qui signifiait que je devais faire comme si j'obéissais à la lettre aux ordres que j'avais reçus pour ne pas éveiller les soupçons, juste au cas où l'un de mes supérieurs jetait un œil à ce qui se tramait ici-bas.

Mon esprit tournait à toute allure, et formulait un plan

que j'avais déjà monté de toutes pièces dans un coin de ma tête, plan dont je n'aurais jamais pensé avoir besoin, et que pourtant, d'une certaine façon, j'avais toujours voulu mettre à exécution.

La possibilité de m'échapper m'avait toujours fait de l'œil. Je n'avais seulement jamais su comment faire le premier pas. Vu la tournure que prenaient les événements, il me restait moins de trente heures pour passer à l'action à présent.

Très bien.

J'ouvris le serveur de destination pour les documents et ouvris un canal de communication moins bien sécurisé que nécessaire pour distribuer les données. Cela allait provoquer une faille de sécurité de l'autre côté car ces fichiers cryptés allaient arriver par un canal de communication inattendu.

Celui qui se trouvait à l'autre bout du canal, qui que cela puisse être, allait devoir bidouiller un peu dans les paramètres pour déterminer qui était à la source de cet envoi. Une fois qu'il se serait assuré de l'authenticité des fichiers, il en démarrerait le téléchargement.

Mais cela ne nous permettrait que de gagner quelques heures.

Ensuite, il allait falloir qu'ils mettent tous ces fichiers bout à bout, comme une sorte de puzzle géant, ce qui nous laisserait encore plus de temps.

Au moment où ils se rendraient compte de ce que je leur aurai envoyé, il serait trop tard pour tenter d'obtenir les véritables documents recherchés. Toutes ces données n'étaient qu'un vieux charabia inutile, le genre de détails qui les ferait remonter cinquante ans en arrière.

Mon plan faisait également courir un risque au Bunker 47, car ce nouveau canal allait permettre de nous géolocaliser sur la carte des équipements électroniques. Si quiconque fouillait un peu dans les données satellites, ou s'ils utilisaient des scanners de données, ils allaient pouvoir mettre le doigt sur l'endroit où nous nous trouvions.

Mais c'était un risque que j'étais prête à prendre.

En effet, cela nous laisserait plus de temps pour trouver une solution à cette situation, pour nous *enfuir*.

Je jetai un œil sur l'écran du laboratoire, encore une fois, tout en me mordillant la lèvre.

Dysfonctionnement des toxines, saisis-je. *Vais régler le problème immédiatement.*— *Dr. C.*

J'appuyai sur le bouton Envoyer, consciente que le message arriverait à la base de données mère avant n'importe lequel des fichiers. Mais peut-être croiraient-ils que j'étais trop occupée à régler le problème des toxines pour remarquer l'envoi non sécurisé des documents.

J'attendis de voir si je recevais une quelconque réponse. Si Lilith m'espionnait, elle me le ferait savoir immédiatement car mon très clair non-respect des procédures la rendrait furieuse.

Les minutes s'écoulèrent sans que rien ne se passe.

Pas d'alarme. Pas d'appels. Pas de toxines dans l'air.

La reine est morte. C'était la seule chose qui pouvait expliquer l'absence de réponse. Elle ne me laisserait jamais pousser le bouchon aussi loin dans notre partie de jeu sans faire avancer son pion.

Si elle ne l'était pas, j'aurai droit aux représailles plus tard.

En effet, il nous restait à présent moins de trente heures pour échapper à cet enfer.

Sinon, nous allions tous être enterrés vivants ici.

Je me levai et sortis en courant de mon bureau jusque dans le couloir désert.

Personne ne m'arrêta, aucune sirène ne se mit à hurler.

J'aurais dû faire cela il y a plusieurs heures, j'aurais dû

tester les limites de ce plan catastrophe afin de déterminer les intentions de Lilith, mais je n'allais pas perdre encore plus de temps à présent, à pester sur tout le temps qu'il m'avait fallu pour prendre cette décision.

Aucun scientifique ne parvenait jamais à une conclusion sans avoir soupesé toutes les données obtenues à partir de leurs observations.

Mon équipe de chercheurs comprendrait ce raisonnement tout aussi bien que moi.

Je poussai d'un coup d'épaule la porte de leur laboratoire et aperçus la petite boule de fourrure blottie sur les genoux de Gretchen. Elle leva le regard sur moi et cligna des yeux de surprise, puis me sourit.

— Hé, Calina ! Qu'est-ce…

— Lilith est morte, il faut qu'on parte, dis-je en relevant ma manche pour lui exposer mon poignet. Cet endroit va entièrement s'auto-détruire dans un peu moins de trente heures.

JACE

JE TRAÇAI des lignes sur la carte et scrutai la zone dénommée *Région de Lilith*. Ce nom allait changer très bientôt. Cela allait être une amélioration considérable, à mon avis.

Région de Jace.

Techniquement, cette zone existait déjà, mais elle allait prochainement être renommée *Région de Darius*. Si tant est que le fossile de vampire qui se tenait à côté de moi acceptât d'en prendre la tête.

— Vous vous rendez compte que vous êtes un vampire royal à présent, n'est-ce pas ? demandai-je sans décoller mes yeux de la carte. L'Alliance de Sang ne le sait peut-être pas encore, mais ça n'enlève rien à la réalité des faits.

— D'abord souverain, et ensuite royal, dit mon vieil ami d'une voix traînante, son accent anglais faisant concurrence au mien. Comme c'est excitant.

Je serrai les lèvres. Darius n'avait jamais été très branché politique.

— Vous pourriez donner cette région à Ivan, suggérai-je.

Il grogna en guise de réponse.

— Il est trop jeune. Les défis auxquels il devrait faire face l'empêcheraient d'accomplir quoi que ce soit.

— C'est vrai, confirmai-je, en plissant les yeux sur Lilith City sur la carte. À l'époque des humains, cette ville était baptisée Chicago. Toutefois, feu la Déesse en avait fait sa possession et l'avait renommée par son propre nom.

Tous les vampires royaux et alphas avaient suivi la tendance et renommèrent de leur nom le royaume qui leur était destiné.

San Francisco était devenue Jace City, mon foyer.

Kylan avait pris possession de Vancouver et l'avait renommée Kylan City.

La liste s'étendait partout dans le monde, et comptait désormais dix-sept régions lycanes distinctes et dix-huit États sous le joug des vampires. Lilith avait conquis une grande partie de l'Ouest américain, son territoire s'étendant au nord jusqu'aux confins du Clan Majestic, auparavant constitué de plusieurs états du nord comme le Wisconsin, le Minnesota, le Dakota du Nord et le Montana.

— Je ne crois vraiment pas que les laboratoires soient ici, dis-je en désignant Lilith City, car la ville était trop densément peuplée. Lilith aurait forcément voulu garder auprès d'elle ses équipes de recherche, mais aurait fait en sorte qu'elles ne soient pas suffisamment proches pour être découvertes.

— Évidemment, me confirma Darius avant de boire une gorgée de son café.

Il était parfumé de quelques gouttes de sang de son *Erosita*, je l'avais senti dès l'instant où il était entré.

Je n'osai pas lui demander la permission d'y goûter.

Darius avait auparavant tendance à partager. Tout avait changé lorsque Juliet était entrée dans sa vie, et je respectais cela, du moins en privé. Cependant, en public, il nous fallait faire une mise en scène. Je l'aidais à se protéger, lui et ses intérêts, tout comme je savais qu'il assurerait mes arrières en cas de besoin.

— Elle a forcément dû s'en remettre à quelqu'un de confiance pour assurer la direction de son royaume pendant son absence, continuai-je. Si nous parvenions à trouver cette personne, peut-être pourrions-nous la torturer jusqu'à ce qu'elle nous dise où se trouvent les laboratoires.

Je détournai mon attention de la carte sur la liste des alliés que nous lui connaissions.

Nous avions recueilli les noms de tous ses complices après avoir examiné l'intégralité des contenus de son téléphone. La liste de chacun de ses contacts se divisait en deux catégories : sympathisant de Lilith ou potentiel révolutionnaire.

— Aucun de ses fichiers ne suggère qu'elle ait un quelconque complice, répondit Darius. Mais je suis d'accord, quelque chose nous échappe.

Je sortis une pile de photos et les alignai sur le mur d'une façon spécifique, comme Damien nous l'avait appris. Nous étions toujours dans la région de Ryder, et avions décidé d'y rester quelques jours de plus pour passer en revue toutes les données qu'il avait collectées sur Lilith. Cette collecte a été utile car Damien, le bras droit de Ryder, avait beaucoup de biscuits pour nous.

— Elle ne ferait jamais confiance à un lycan, déclarai-je à voix haute, en repoussant toutes les photos des sympathisants de Lilith ayant des origines de loups-garous d'un côté.

Il restait donc les photographies de cinq vampires royaux sur l'écran mural.

Ce qui représentait étonnamment peu de candidats.

Nous nous attendions à ce qu'il y en ait beaucoup plus, mais apparemment, de nombreux vampires royaux avaient remis en question le gouvernement de Lilith au cours des années.

Kylan, un vampire royal connu pour sa réputation sulfureuse et son goût à provoquer et à mettre au défi Lilith, essayait d'entrer en contact avec chacun d'entre eux pour en apprendre davantage. Pendant ce temps, Edon, Luka et Logan, nos trois alliés alphas du côté des loups, avaient pour tâche de contacter les alphas réputés être des détracteurs de Lilith.

Darius et moi fournissions le plus gros du travail, qui consistait à localiser le laboratoire où Cam était retenu en otage. Cam était mon cousin et le créateur de Darius, ce qui faisait de nous les personnes indiquées pour retrouver le Roi des Vampires, perdu depuis fort longtemps. La plupart des vampires le croyaient mort à cause de ses antécédents avec Lilith. Mais nous savions que ce n'était pas vrai, car sinon son *Erosita* serait morte avec lui, et Izzy était bel et bien vivante.

— Eh bien, ce n'est pas Helias, dit Darius en tirant un trait en oblique sur la photo du mâle blond aux yeux noirs et ronds comme deux petites perles, au sourire féroce. Il est trop arrogant pour avoir été complice de quoi que ce soit. De plus, la seule raison pour laquelle il a accepté de tremper dans tout cela, c'est parce qu'elle lui a donné Zurich.

Je hochai lentement la tête en signe d'approbation.

— Il n'aurait accepté de devenir son complice que si elle le laissait devenir le Dieu qui allait si bien avec elle, la Déesse.

Je tendis la main et tapotai la photo d'un mâle au teint mat et aux traits fortement marqués.

— Je parierais tout ce que j'ai qu'Ayaz est son complice. Il a toujours été un fervent partisan de la domination du monde et de la réduction de l'humanité en esclavage. C'est pour cette raison qu'il a rejoint l'Empire ottoman il y a des siècles.

— Ça ne s'est pas très bien passé pour lui, dit Darius d'une voix traînante.

— C'est parce qu'il a laissé les humains aller au combat à sa place.

C'était d'ailleurs l'une des raisons pour lesquelles il criait haut et fort que les humains n'avaient pas d'autre utilité que celle d'être des sacs de sang.

— Ne faites pas pour autant une croix sur Lajos et Sofia, tous deux sont réputés pour leur cruauté. Lajos a eu neuf esclaves de sang ces six dernières années. Il est vorace et n'a que faire des groupes sanguins rares. Vous avez constaté par vous-même les conditions de vie que Jasmine laisse perdurer dans sa propre capitale.

— La tâche n'a pas été trop ardue pour Jasmine, au vu des ravages provoqués par la guerre aux Philippines, fis-je remarquer, et je tremblai en me remémorant ce souvenir.

— Eh bien, elle n'a rien fait pour arranger la situation.

— C'est vrai, confirmai-je, en passant ma main sur la barbe de trois jours qui s'étendait sur mon menton. Cela faisait quelques jours que je n'avais pas touché à mon rasoir.

Darius était à peu près dans le même état que moi, ses cheveux sombres avaient atteint une longueur inhabituelle et lui touchaient presque les oreilles. Habituellement, son apparence était plutôt soignée, il préférait porter des costumes, tout comme moi, et se coupait les cheveux courts. Je me demandai si Juliet lui préférait les cheveux de cette longueur ou s'il avait opté pour les coupes longues de notre jeunesse. Toutes ces choses modernes, rasoirs électriques et coupes de cheveux standardisées n'étaient pas aussi courantes il y a trois mille ans.

Il passa ses doigts entre ses longues mèches à présent

tout en portant sa tasse à ses lèvres pour prendre une autre gorgée de son breuvage. Le rose qui lui montait aux joues me laissait deviner combien il en appréciait le goût.

— Vous savez, il est bien plus satisfaisant de déguster du sang directement à la veine.

Ses yeux d'un vert sombre s'illuminèrent.

— C'est ce que j'ai fait ce matin avant de venir vous retrouver. Je m'en délecterai à nouveau dès que nous en aurons fini avec tout cela.

— Seriez-vous en train d'essayer de me rendre jaloux ?

J'avais laissé mon harem chez moi, à Jace City. Ce n'est pas qu'il m'intéressait beaucoup de toute façon, plus maintenant. Toutes ces échauffourées politiques et la révolution qui menaçait d'éclater avaient sévèrement impacté ma libido.

Plusieurs semaines s'étaient écoulées depuis ma dernière partie de baise, et cela ne me dérangeait pas autant que prévu. Peut-être était-ce parce que cette expérience avait été grandement satisfaisante, ou bien plus probablement parce que j'avais bien trop de choses en tête pour ne serait-ce que penser à m'amuser en ce moment.

— Elle est addictive, murmura Darius, ses iris frémissant d'intensité. Donc, effectivement, vous devriez être jaloux.

— Puisque je suis votre vampire royal, je serais en droit d'exiger que vous m'y fassiez goûter.

— Mais vous ne le ferez pas, rétorqua-t-il.

— Mais je ne le ferai pas, avouai-je. Chose que…

— Il faut absolument que vous voyiez ceci, nous coupa une voix grave, laquelle j'avais fini par connaître assez bien au cours de ces dernières semaines.

En parlant de ma dernière conquête sexuelle, pensai-je lorsque Damien entra dans la pièce.

Nous avions passé plusieurs jours au lit avec sa

camarade de jeu du moment, Tracey. L'expérience m'avait assez plu, mais j'avais rapidement senti que Damien faisait preuve d'une subtile possessivité envers la fille. Alors je m'étais désengagé. La soumission ne faisait pas partie de mon vocabulaire, et je suspectais qu'il allait m'y contraindre si nous poursuivions ce petit jeu un peu trop loin.

Mais tout de même, j'avais beaucoup appris au cours de ces derniers jours.

Damien possédait de nombreux talents que toute femme ou tout homme considérerait admirables.

Ses yeux marron doré croisèrent les miens, mais ce n'était pas tant son désir qui me fixait avec une telle luminosité à présent, que sa détermination. En quelques clics sur son téléphone, il balaya l'écran qui s'affichait au mur, et ce dernier fut remplacé par un cercle qui tournait au centre de l'image. De petites icônes de documents tournoyaient autour de ce cercle, et se rassemblèrent dans un dossier qui brillait d'une lueur vive.

— Bon sang, mais qu'est-ce que c'est que ça ? demandai-je d'un ton péremptoire.

— Le téléphone de Lilith, nous expliqua-t-il. Une espèce de compte à rebours s'est déclenché il y a quelques heures, et j'ai tenté de retracer sa source. Enfin, il y a dix minutes, j'ai mis la main sur ce flot de données qui passe par une connexion non sécurisée. J'ai déjà commencé à télécharger des copies de ces données sur nos propres serveurs.

— Que contiennent ces fichiers ? demanda Darius.

— Je ne sais pas, répondit Damien, l'air frustré. Ils sont cryptés, et il me sera impossible de tous les rassembler avant que le téléchargement ne soit terminé, ce qui d'après l'horloge, prendra au moins une journée. Mais ce qui me préoccupe le plus, c'est ce compte à rebours.

Il cliqua sur une icône en haut à gauche de l'écran, et fit apparaître le message suivant sur l'écran :

Ce message s'auto-détruira dans trente-six heures. Veille à faire les démarches préliminaires nécessaires, merci pour ta collaboration.

J'écarquillai les yeux en lisant le message.

— Je crois que cela doit avoir un lien avec le laboratoire, dit Damien avant que je ne puisse poser la question. Soit quelqu'un est au courant qu'elle est morte et a envoyé une sorte de missile visant à détruire toutes les preuves des conneries qu'elle a faites, peu importe de quoi il s'agit, ou bien sa mort a déclenché toute une série de systèmes de sauvegarde d'urgence. Et puis, il y a ça.

Un autre message apparut.

Dysfonctionnement des toxines. Vais régler le problème immédiatement.— Dr. C.

— En réalité, c'est grâce à ce message que j'ai pu trouver les fichiers. Je pense qu'ils sont en rapport les uns avec les autres, d'une certaine façon, car ils proviennent de la même source.

Il trifouilla encore une fois les petites icônes et fit s'afficher une carte.

— Ce Dr. C semble se trouver dans le nord de l'ancien État du Michigan, car c'est également de là que proviennent les fichiers.

— La Région de Lilith, détaillai-je.

— Ce n'est qu'à une courte distance de Chicago en avion, ajouta Darius en croisant mon regard. C'est là que se situe le laboratoire.

Une horloge apparut sur l'écran, le décompte étant réglé sur vingt-neuf heures, et l'heure avançait à reculons.

Puis elle s'immobilisa et un nouveau message apparut sur l'écran.

Protocole de détection activé.

Je fronçai les sourcils.

— Détection ? C'est-à-dire… nous ?

10:00:00.

— Oh, putain, soufflai-je, nous venons de perdre vingt heures.

— C'est parce que le système a détecté ma présence par l'intermédiaire d'un programme de sécurité bien caché, marmonna Damien. *Merde.*

Il ferma tous les programmes affichés à l'écran et croisa mon regard.

— Je viens avec vous. Peu importe les pièges qu'elle vous a tendus dans les laboratoires, il s'agit sans aucun doute de pièges technologiques. Vous allez avoir besoin de moi.

Je ne contre-argumentai pas.

— Oui.

Tout cela sentait le penchant stratégique de Lilith à plein nez. Elle avait probablement un programme de sauvegarde d'urgence incorporé au plus profond de son être, et avait déclenché toute une série de procédures de protection au cas où elle meure.

L'une de ces procédures allait très probablement mener à l'annihilation de Cam.

— Quand est-ce que nous partons? demandai-je.

— Rick est déjà en train d'affréter un avion pour le départ, répondit Damien. Il me faut seulement rassembler quelques petits joujoux et nous serons prêts pour le départ.

Je lançai un regard à Darius.

— Juliet reste-t-elle ici ou bien part-elle avec nous ?

— Elle va partir avec nous, dit-il du tac au tac. Elle est encore en formation, mais elle acquiert de plus en plus de force jour après jour. Cela ne lui serait en aucun cas profitable de rester ici alors qu'elle pourrait apprendre quelque chose là où nous nous rendons.

Je ne désapprouvai pas cette conclusion mais me sentis obligé de faire remarquer :

— C'est dangereux.

— Tout ce que nous faisons est dangereux, rétorqua-t-il.

— Ce n'est pas faux, dis-je en fixant fermement Damien. Prenez la tête du cortège, Monsieur l'expert.

CALINA

Quelques minutes plus tôt

Je montrai ma montre à James et à Gretchen.

29:32:47.

Ils fixèrent le compte à rebours qui reculait pendant trois secondes avant de lever les yeux sur moi, la bouche béante.

— Tout le bunker ? demanda James.

— Oui, c'est la séquence d'actions du jour fatidique.

— Je n'en ai jamais entendu parler, répondit-il.

— C'est parce que tu étais censé mourir au cours de cette journée, l'informai-je. Mon travail consiste à tuer tout le monde, définitivement, et d'envoyer toutes les copies de nos recherches sur un serveur dans un autre bunker.

Gretchen fronça les sourcils.

— Et ce bunker-là ne sera pas détruit, lui aussi ?

— Je ne sais pas, avouai-je. J'ai reçu pour ordres d'envoyer les fichiers et de tuer tous ceux qui se trouvent à l'intérieur. C'est tout.

James regarda fixement mes mains vides et leva un sourcil.

— Comment ?

— Une toxine a été prévue à cet effet, pour mettre tout

le monde KO. J'ai un sérum en ma possession dans mon bureau qui fera le reste.

Sérum que j'ai gardé sous cloche. Seule ma montre permettrait d'ouvrir le coffre, sauf si quelqu'un d'autre avait reçu un droit d'accès aux procédures d'urgence, auquel cas…

— Je devrais le détruire. Il faut qu'on le détruise.

Pourquoi n'y avais-je pas pensé avant ? Je repris :

— Si quelqu'un d'autre est informé du protocole du jour fatidique, il pourrait l'utiliser contre nous.

Je n'attendis pas leur assentiment, mes pieds s'étaient déjà mis en marche. Mais lorsque j'arrivai à mon bureau, une alarme se mit à hurler à plein volume dans les couloirs.

La paume de ma main resta immobile sur la poignée de la porte tandis que la voix de Lilith se diffusa dans l'espace autour de moi.

— Protocole de détection activé. Toutes les preuves doivent être détruites. Vigies, mettez-vous au travail.

Vigies, mettez-vous au travail ?

Ma montre se mit à vibrer, le nouveau décompte m'aveuglant.

10:00:00.

— Dix heures, soufflai-je.

Bon sang, mais que venait-il de se passer ? Est-ce que cela découlait du fait que je n'avais pas suivi les règles de manière appropriée ?

Non, la voix de Lilith transposée en intelligence artificielle avait dit *Protocole de détection activé.*

Ce qui voulait dire que quelqu'un à l'extérieur savait désormais où nous nous trouvions.

Probablement à cause du canal de transmissions de données non sécurisé que j'avais créé.

Je me mis à me passer les doigts dans les cheveux avant

de me souvenir trop tard que j'avais attaché mes mèches en chignon.

James et Gretchen arrivèrent à mes côtés une demi-seconde plus tard.

— Que voulait-elle dire par « Vigies, mettez-vous au travail » ?

Je secouai la tête.

— Je ne suis pas très familière de ce genre de protocoles, mais je devine ce qui se cache là-dessous.

Je pressai sur ma montre le mécanisme de verrouillage pour ouvrir la porte de mon bureau. Il ne répondait pas.

Car je venais de me faire enfermer dehors.

Cette procédure d'urgence primait sur la séquence d'événements du jour fatidique.

Mais… les Vigies sont-elles au courant de cela ? me demandai-je en repensant à l'attitude de l'officier Gerald un peu plus tôt. Il avait été d'un calme à toute épreuve. Il n'avait montré aucun signe extérieur qu'il attendait quelque chose. Peut-être était-ce un excellent acteur, quoique j'en doutais.

Ce qui signifiait que j'avais peut-être une carte à jouer dans cette situation.

— Fais-moi voir ta montre.

Je m'adressai à James car il avait les mains libres, contrairement à Gretchen qui tenait dans ses bras leur enfant.

James n'hésita pas une seconde à m'obéir, mes paroles faisaient loi ici.

Voilà encore une carte à jouer, pensai-je, mon esprit élaborant un plan plus vite que je ne pouvais parler.

Son écran n'affichait rien.

Je consultai le mien et vis que le compte à rebours s'affichait toujours, ce qui signifiait que le dispositif de sauvegarde d'urgence que j'avais enclenché tout à l'heure fonctionnait, car le temps restant actualisé apparaissait à mon poignet.

Bien. Cela va m'être utile.

— Fais comme si de rien n'était et laisse-moi prendre la situation en main.

À peine avais-je fini ma phrase que l'ascenseur au fond du couloir s'ouvrit avec un *ding* qui résonna.

Il n'y avait qu'une seule issue permettant d'arriver à cet étage ou d'en sortir : il fallait prendre l'ascenseur.

Ce qui signifiait qu'une Vigie allait arriver.

Je redressai ma colonne vertébrale, gardai une expression lasse sur le visage et scrutai le petit bébé loup dans les bras de Gretchen.

Il me suffira de trouver un moyen de faire fonctionner tout ça, décidai-je en me raclant la gorge. Je ne disposais pas de talents d'actrice, alors je me contenterais de me rabattre sur ce à quoi j'excellais : diriger.

— Bien sûr que nous pouvons faire ça, dis-je tout haut, en m'assurant que ma voix porte bien. Mais vous comprenez ce qu'il sera nécessaire de faire ensuite.

Puis, baissant la voix, j'ajoutai :

— Dites « Oui, Dr Calina. Nous savons ce que nous avons à faire ». Et dites-le avec assurance.

Gretchen fit précisément ce que je lui avais ordonné de faire.

James fit de même à l'instant où l'officier Gerald tourna au coin de notre porte. Je ne prêtai pas attention à l'arme qu'il portait à la ceinture et levai un sourcil, adoptant une expression avec laquelle Lilith nous avait tous considérés un millier de fois jusqu'à présent.

— Êtes-vous venus ici pour veiller sur moi pendant que j'effectue les actions requises ? lui demandai-je sur mon habituel ton apathique.

Il marqua un temps d'arrêt, ses cheveux d'un gris

argenté brillant sous la faible lumière. Ses cheveux étaient noirs lorsqu'il avait pris ses fonctions ici. Mais comme toutes les Vigies, il prenait de l'âge. Pendant tout ce temps, mon visage était resté figé sur l'apparence qu'il avait à mes vingt-deux ans, chose qu'il n'avait pas manqué de remarquer au cours des deux dernières décennies.

— Eh bien ? repris-je devant son absence de réponse. Je n'ai pas beaucoup de temps pour m'atteler à la tâche, officier. Alors soit vous veillez à ma sécurité, soit ce n'est pas le cas. C'est bien pour cela que vous êtes là, n'est-ce pas ? Pour prouver votre loyauté en utilisant votre montre ?

Mon plan s'échafauda à mesure que je parlais, mon esprit tournait à cent à l'heure pour avoir une longueur d'avance sur tous ceux que j'avais autour de moi. Je comptais sur l'incapacité de l'officier Gerald à deviner quelle était ma stratégie. Puisqu'il était tombé dans le panneau de tout ce lavage de cerveau institué par Lilith et ses sympathisants, je me doutais que mon plan avait de bonnes chances de fonctionner.

— Ne restez pas planté là, continuai-je, ponctuant le ton de ma voix d'une note d'impatience. J'ai déjà testé celles de Gretchen et de James. Leurs montres ont très bien fonctionné pour déverrouiller ma porte, ce qui signifie qu'ils ont été jugés aptes à m'aider dans l'exécution des tâches nécessaires pour la séquence du jour fatidique. Il me faut désormais avoir la preuve que votre montre fonctionne également. Nous pourrons ensuite commencer pendant que vous monterez la garde à la porte.

Il me regarda d'un air incertain.

— La procédure exige de tuer tous ceux qui sont présents dans le bâtiment.

— Oui, je suis au courant, dis-je sèchement en feignant de perdre patience. J'ai le sérum de circonstance dans mon bureau. Mais celui-ci ne doit pas être utilisé avant que nous n'ayons effectué toutes les tâches.

— Quelles tâches ? me demanda-t-il.

— Si vous ne connaissez pas la réponse à cette question, c'est que vous n'étiez pas censé être au courant de cela, dis-je, les dents serrées.

Puis je lui montrai le compte à rebours qui égrenait les secondes sur ma montre.

— Tout cela a commencé lorsque je me suis levée ce matin. C'est moi qui suis chargée de ce qu'il y a à faire. À votre avis, qui a enclenché le protocole de détection ? C'est *moi*.

Ce n'était pas un mensonge puisqu'il était fort probable que ma connexion non sécurisée ait permis à quelqu'un de nous localiser.

— Non, seule la Déesse a le pouvoir de mettre ce protocole en marche, mon petit rayon de soleil, dit-il en levant son arme. Je connais mon boulot.

Je le fixai, incrédule.

— Quel est-il ? Vous avez pour ordre de me tirer dessus avant que je n'aie terminé la transmission de mes fichiers de recherche ? Très bien, allez-y. C'est vous qui allez vous faire enterrer, au bout du compte.

Il me scruta l'espace d'une seconde.

— Quels fichiers ?

— C'est mon travail, officier.

— Ah bon ? demanda-t-il en baissant peu à peu son arme. En avez-vous la preuve ?

— Dans mon bureau, oui.

— Montrez-la-moi.

Je secouai la tête.

— Vous devez d'abord me confirmer que vous avez le droit de consulter ladite preuve. Utilisez votre montre pour déverrouiller ma porte, et j'aurai confirmation que l'on vous a envoyé ici pour m'aider à terminer mon travail.

— Je n'ai rien à prouver.

J'avais toujours su que l'officier Gerald n'était pas mon garde de sécurité préféré, et pas seulement parce qu'il avait estimé acceptable de me surnommer son *petit rayon de soleil* alors que je n'avais encore jamais vu le véritable soleil jusqu'à présent.

— Vous semblez oublier qui commande ici, officier. Je suis la directrice de recherche du Bunker 47. Vous faites partie intégrante de *mon* équipe. Certes, la Déesse Lilith est notre supérieure à tous les égards, mais je suis sa création. C'est à moi qu'elle a confié la direction des opérations, et ma parole fait acte de loi par délégation. Maintenant ouvrez cette putain de porte, ou bien j'appellerai Lilith moi-même.

Je relevai ma montre et fis semblant de chercher son numéro dans mes contacts.

Les Vigies n'avaient pas son numéro.

Moi, si.

Tout comme j'avais un marquage au cou qui indiquait que j'étais la propriété exclusive de Lilith, marquage que je lui exposai à présent en toute délicatesse en penchant la tête.

— Je ne suis pas une simple employée de laboratoire, officier. Je suis la directrice de recherche. Alors soit vous m'obéissez, soit vous devrez subir les conséquences de votre désobéissance, dis-je de l'air le plus confiant que je puisse prendre, en espérant être assez convaincante.

Je levai le doigt et le maintins en l'air juste au-dessus de l'écran. À voir l'expression qui se dessinait sur le visage de l'officier Gerald, je sus que j'avais gagné. Sa peau bronzée devint blanche comme un linge. Il laissa ensuite tomber son arme.

— Je suis désolé, docteur Calina. Je… je crois que je ne suis pas informé de cette partie de l'opération.

Je poussai un soupir forcé.

— Eh bien, j'espère que c'est le cas. Sinon, le garde que l'on m'a assigné vous tuera dès qu'il ou elle arrivera, dis-je en désignant ma porte d'un geste. Si vous voulez bien faire preuve de loyauté envers moi, je vous en saurais fort gré, car je dois absolument me remettre à la transmission de mes recherches.

Il considéra James et Gretchen d'un air inquiet.

— Et eux ?

— Comme je vous l'ai dit, ils ont pour mission de me porter assistance. C'est pour cette raison que nous sommes brusquement sortis du laboratoire tout à l'heure.

J'avais ajouté cette dernière phrase car j'étais bien consciente de la présence de caméras dans les couloirs.

Il va falloir que je désactive tout le réseau de surveillance, pensai-je, en ajoutant cette tâche à ma liste de choses à faire. *Je le ferai dès l'instant où il me laissera rentrer dans la pièce.*

— Et le rejeton ? demanda-t-il, cette seule question ayant signé son arrêt de mort.

James n'allait certainement pas laisser une Vigie, et encore moins un humain insulter le fruit de ses entrailles qui faisait toute sa fierté et son bonheur. Mais il avait suffi que je lui lance un regard pour qu'il se contienne.

Pas encore, lui dis-je du regard.

— J'ai dit à Gretchen qu'elle pouvait garder son enfant avec elle encore un moment avant que nous n'enclenchions le processus d'extermination. C'était de cela dont nous discutions lorsque vous êtes arrivé. Elle a accepté mes conditions et comprend ce qu'il nous est nécessaire de faire. Je la récompense de sa loyauté en lui offrant quelques minutes supplémentaires de souvenirs en famille.

Il me considéra avec un air manifestement suspect.

Alors je haussai une épaule pour feindre l'indifférence.

— Du moment que je ne l'ai pas dans les pattes, ça m'est égal, continuai-je. Je ne peux pas en dire autant de votre nonchalance. Pourquoi est-ce que vous restez là à ne rien faire, officier ? Votre montre ne fonctionnerait-elle pas, serait-elle donc non conforme ?

Je levai à nouveau un sourcil, tout comme Lilith, pour asseoir ma supériorité sur la Vigie.

Je suis immortelle, lui dis-je d'un seul regard. *Vous, non.*

Il déglutit.

— Je voulais seulement m'assurer que nous suivions les directives, dit-il en rangeant son arme dans sa ceinture.

— Bien sûr, l'assurai-je, en me déplaçant intentionnellement à droite. Je me trouvais ainsi du côté de son arme à feu, juste au cas où ce test ne fonctionnait pas. Je n'avais aucune idée de si sa montre allait mieux fonctionner que la mienne, et si grâce à elle nous allions à nouveau pouvoir pénétrer dans la pièce.

Si sa montre ne marchait pas, je me saisirais de son arme.

Si elle fonctionnait, peut-être aurais-je quand même besoin de son arme. La décision dépendrait de ce qui nous attendait à l'intérieur.

Il s'avança d'un pas d'un air déterminé, son expression ne laissant rien transparaître. Je remarquai toutefois les gouttelettes de transpiration qui perlaient le long de sa nuque. Il avait peur de ce que je pourrais lui faire s'il échouait dans sa mission.

Bien.

Cela signifiait que c'était *moi* qu'il craignait.

Je relevai le menton d'un chouia, juste assez pour continuer à prendre mon air de supériorité, ce qui était un exploit si l'on considérait qu'avec mon petit mètre cinquante, j'avais l'air d'une naine à côté de lui et son mètre quatre-vingts, et gardai une expression froide tandis qu'il testait si sa montre fonctionnait contre le mécanisme de verrouillage de la porte.

On entendit un cliquetis, ce qui lui fit pousser un soupir de soulagement.

— Excellent, dis-je en gardant mon ton assuré comme pour lui signifier que je comptais sur le fait que cela fonctionne, puis lui fis signe de se décaler sur le côté.

— Restez ici, je vais envoyer les fichiers.

Il plissa les yeux.

— Je veux une preuve.

Je le regardai en clignant des yeux.

— Pardon ? Vous n'êtes pas en position de me demander une *preuve*, officier.

— Rien de tout cela ne figure dans mon livret d'instructions.

Je levai les yeux au ciel.

— Le fait que vous n'ayez pas mémorisé ou étudié en profondeur le contenu de votre *manuel d'instructions* ne me donne pas le droit de passer outre la procédure.

Il laissa échapper un grognement en guise de réponse, son torse de forte carrure se soulevant et laissant apparaître la musculature qu'il avait développée au cours des décennies.

Je me contentai de lever un sourcil pour la troisième fois et lui lançai un regard désapprobateur.

— Cessez de me faire perdre mon temps, officier. Il est précieux, dis-je en levant le poignet pour lui montrer le compte à rebours, comme vous le savez.

Il serra la mâchoire, ce qui fit se contracter ses pommettes.

J'attendis, à l'affût de chacun de ses mouvements. S'il prenait son arme, j'allais agir. Il avait peut-être été entraîné au combat, mais j'avais plus d'un siècle d'expérience comparé à ses modestes quarante ou cinquante années d'entraînement. Le fait que je portais une blouse de laboratoire ne voulait pas dire pour autant que je ne savais pas manier une arme.

Faire face à des vampires affamés et à des lycans sauvages faisait partie des risques du métier, risques auxquels j'avais été intensément préparée si jamais ils se présentaient. Après tout, Lilith ne pouvait se permettre de perdre l'un de ses précieux atouts.

Ce lourdaud de Vigie n'allait pas me poser problème.

Sauf s'il a des balles remplies de sérum, me souvins-je.

— Bien, dit-il finalement, dépêchez-vous, bordel de merde.

— Ne me parlez pas sur ce ton, rétorquai-je, souvenez-vous que je reste votre supérieure, officier.

Il marmonna quelque chose d'incompréhensible dans sa barbe, son irritation était palpable.

Bien. Cela signifiait que j'avais bien fait mon travail en le forçant à me croire.

Je fis signe à James et à Gretchen d'entrer les premiers, puis je les suivis.

— Les fioles que vous recherchez se trouvent dans le coffre-fort derrière ce tableau, dis-je en désignant le grand portrait de Lilith.

Elle l'avait accroché là il y a des décennies. *Je vous surveille*, avait pour légende le portrait.

Mais êtes-vous en train de me surveiller à présent ? me demandai-je. *Je ne le crois pas.*

Je saisis mon mot de passe pour déverrouiller mon ordinateur, dont l'accès me fut refusé.

Hmmm, gémis-je en moi-même, saisissant cette fois un code de secours pour accéder au canal de récupération masqué que j'avais mis sur pied il y a des années. Je faillis plisser les lèvres lorsque l'écran s'alluma d'un coup, grâce à ce que je venais de taper.

C'était là un avantage de diriger les opérations : j'avais accès à tout, y compris au réseau de sécurité et aux serveurs de la base de données.

J'avais créé ces canaux de récupération pour pouvoir accéder à mes fichiers au cas où la réinitialisation du système partait un jour en cacahuète. Jamais je n'aurais pensé devoir m'introduire de force dans le réseau à cause d'une interdiction provenant des sphères supérieures à mon autorité. Ces codes étaient prévus pour pouvoir reprendre le contrôle en cas de plantage fortuit, et non intentionnel.

Au fond, je crois que j'avais toujours su que cela pourrait être nécessaire. Ce n'était que l'une des nombreuses stratégies que j'avais établies dans mon esprit, toutes découlant de mon instinct de survie.

Ou bien, pensai-je en jetant un œil à James et à Gretchen qui se tenaient à côté de l'encadrement de la porte ouverte, *au cas où je voulais que mes seuls amis survivent.*

Je leur donnai les informations dont ils avaient besoin pour ouvrir le coffre.

— Il y a un manuel d'instructions à l'intérieur, au-dessus de la malle. Allez au chapitre quatre et lisez les instructions pour savoir comment libérer les toxines.

Le chapitre quatre expliquait en détail comment charger les armes à feu dans la boîte, à côté des fioles. Nous allions en avoir besoin après que j'aurai terminé mon travail sur l'ordinateur.

Me réinstallant sur ma chaise, je me mis au travail et examinai les bandes de vidéosurveillance, puis me remémorai toutes les commandes les unes à la suite des autres dans mon esprit.

Seulement, mes images sur l'écran me

déconcentrèrent, et mon cœur s'arrêta l'espace d'un battement lorsque je vis le massacre qui s'était produit dans quatre des sept laboratoires.

Oh, mon Dieu…

Les Vigies n'avaient pas perdu de temps et avaient tué tous les chercheurs dans le bunker. La substance rougeâtre, cristallisée et brillante que l'on apercevait tout autour des techniciens confirmait que les Vigies étaient également en possession du sérum.

Je déglutis, mon estomac se serrant devant cette vision.

Les balles avaient solidifié le sang, immobilisé les victimes et démantelé leur essence d'immortalité. Il avait fallu des décennies pour perfectionner la substance. Nombre de ceux qui avaient contribué à sa création en ressentaient désormais les effets… ils étaient en train de mourir.

Maintenant que j'en étais témoin, je me rendis compte qu'en aucune façon je n'aurais pu prévoir cela. Lilith devait certainement s'en douter aussi. Pourtant, ce n'était pas pour rien qu'elle m'avait chargée de cette mission.

Je plissai le front tandis que je tentai de démêler sa logique.

Puis un cinquième laboratoire apparut brusquement sur mon écran lorsque les Vigies s'y introduisirent pour en éliminer les occupants.

Je n'ai plus beaucoup de temps pour agir, me rendis-je compte, mes membres engourdis revenant brusquement à la vie.

J'ouvris les images de vidéosurveillance des étages déjà vides et lançai un enregistrement afin de créer une boucle à laquelle accèderait quiconque visionnerait les vidéos des caméras de surveillance. Trois minutes passèrent avant que je ne décide que cela suffirait à monter de toutes pièces une rediffusion suffisamment consistante.

Au moment où j'eus fini, le laboratoire numéro cinq avait déjà été liquidé.

Plutôt que de me concentrer sur cette scène morbide, je démarrai un autre enregistrement afin de créer une boucle pour cet étage. Les Vigies pénétraient dans le laboratoire numéro six au moment où j'eus terminé. Au lieu d'enregistrer ce qui allait suivre, je m'occupai du laboratoire de l'étage où nous nous trouvions, celui où travaillaient James et Gretchen, et créai de nouveau une boucle. Je m'en retournai ensuite à l'étage où avait eu lieu le dernier massacre et répétai l'opération.

Un *ding* résonna dans le couloir et m'avertit de l'arrivée d'autres Vigies, qui venaient certainement voir où en était l'officier Gerald.

Je croisai le regard de James et remarquai son air interrogateur.

Il avait déjà assemblé certaines des armes à feu, mais Gretchen, elle, tenait toujours leur enfant à fourrure dans ses bras.

En secouant doucement la tête dans sa direction, je saisis un nouveau groupe de commandes sur mon ordinateur. La boucle de soixante secondes dans notre secteur devrait suffire à tromper quiconque nous observait de l'extérieur car nous n'avions plus de temps. Heureusement, il n'y avait pas de caméra dans mon bureau.

Je fis virevolter mes doigts sur le clavier tandis qu'une rumeur se faisait entendre au bout du couloir.

L'une des Vigies demanda à l'officier Gerald ce qu'il faisait.

Il répondit d'un air gêné qu'il veillait à ma protection pendant que je terminais ce que j'avais à faire dans mon bureau.

— Quoi ? Mais ça ne fait pas partie du protocole, dit

sèchement une voix grave. Ils doivent tous mourir, vous ne pouvez pas faire preuve de clémence envers elle juste parce qu'elle offre un ravissant spectacle pour les yeux.

Je les ignorai, ma séquence était presque complète.

On entendit le bruit de bottes qui approchaient d'un pas lourd.

Cinq, comptai-je. *Quatre.*

J'appuyai sur la touche Entrée.

Trois.

Dernière commande.

Deux.

J'appuyai de nouveau sur la touche Entrée.

Maintenant.

Je fis un signe de tête à James, et il souleva l'arme pour viser à l'instant où Gerald et ses acolytes chargèrent. Il visa avec précision, tirant une balle droit dans la tête des deux Vigies avant même qu'elles n'aient le temps de réagir.

Des bruits de pas pressés se firent entendre dans le couloir, et s'arrêtèrent brusquement lorsque le hurlement grave d'un loup déchira le silence.

— Putain, mais qu'est-ce que c'était ? demanda une voix bougonne.

Un lycan sauvage, répondis-je à sa question par la pensée. Puis je bondis pour aider James à tirer les cadavres des Vigies abattues à l'intérieur de la pièce.

Ce bruit lui était aussi familier qu'à moi, ce qui expliqua pourquoi il réagit vite, ses gènes de lycan l'aidant à effectuer des mouvements rapides, et il claqua la porte de mon bureau pour nous enfermer à l'intérieur.

Des cris se firent entendre dans l'air, provenant du couloir, cris d'agonie qui me firent reculer de peur.

— Tu as libéré Louis, souffla James, et il écarquilla ses yeux bleu turquoise sous le choc.

Je secouai la tête.

— Non, je les ai tous libérés.

Tous les vampires et lycans infestés par la rage, à chacun des étages, sans exception. Même avec leurs munitions enveloppées de sérum, les Vigies n'avaient aucune chance.

Cette décision avait été prise sur un coup de tête, mais elle allait nous aider à éliminer la menace imminente.

— Qu'est-ce qu'on fait maintenant ? me demanda James, avec un bref mouvement de recul lorsque Louis laissa échapper un hurlement furieux dans le couloir.

La bête ponctua son cri d'un gros coup dans la porte. C'était un lycan alpha d'une grande force.

Heureusement, il n'était pas assez fort pour la détruire.

— On attend, dis-je doucement, retournant à ma chaise pour ouvrir les images de vidéosurveillance hors boucle.

Si quelqu'un était bien susceptible d'échapper à cet enfer, c'était une horde de lycans et de vampires enragés. Une fois qu'ils auraient trouvé le chemin jusqu'à la sortie, nous allions les suivre.

J'espérais seulement qu'ils le trouvent avant que le compte à rebours ne tombe à zéro.

CALINA

Le sol et les murs étaient recouverts de sang, noyant le bunker dans une ambiance de mort.

Les lycans et les vampires avaient anéanti la petite armée de Vigies en deux temps, trois mouvements, puis ils s'étaient dirigés vers les laboratoires pour affronter leurs anciens geôliers. Heureusement, les chercheurs et les techniciens étaient déjà morts, grâce aux balles enduites de sérum.

Je tremblai, la scène de destruction de masse qui se profilait sur mon écran m'envoya un frisson le long de la colonne vertébrale.

Je n'avais pas quitté une minute la scène des yeux, attendant que les êtres supérieurs se concentrent sur autre chose pour tenter de trouver un moyen de nous échapper. Cela prit des heures, car leur désir de vengeance était vorace, à voir les images de vidéosurveillance. Ils avaient tout détruit et anéanti sur leur chemin, les humains, les tables, les fioles, le matériel médical, les fenêtres servant d'observatoire, et même saccagé quelques dépouilles du personnel médical qui avait été massacré.

Je ne pouvais que trop bien imaginer ce qu'ils me feraient à moi, la directrice de recherche.

Tout ce que nous faisions ici-bas, c'était d'exécuter les

ordres de Lilith. Notre but était de trouver des moyens de rallonger l'espérance de vie des humains en les rendant immortels sans qu'ils n'aient de liens physiques ou sentimentaux avec nos supérieurs. Nous étions également chargés de supprimer tout bénéfice secondaire les concernant en dehors de l'immortalité.

En bref, ce que Lilith voulait, c'étaient des esclaves immortels capables d'endurer une grande douleur ainsi que des expériences de mort, et qui se régénèreraient à chaque fois alors même que du sang humain, et exclusivement du sang humain, leur coulait dans les veines.

En somme, elle voulait avoir accès à un stock de sang illimité, qui ne pourrait jamais s'épuiser, jamais mourir, mais également ne jamais se rebeller.

J'étais initialement destinée à devenir l'une de ces créatures, exclusivement à son service, mais l'expérience avait échoué car j'avais hérité de certaines capacités, comme par exemple mes capacités stratégiques et mes réflexes rapides. Bien sûr, cela ne l'avait pas empêchée de me mordre à chaque fois qu'elle me rendait visite. Mon sang l'attirait, tout comme il attirait de nombreux autres vampires dans notre laboratoire.

James, un raté lui aussi, avait hérité en grande partie des caractéristiques des lycans. Il ne parvenait pas à se transformer complètement, mais avait la force d'un immortel et de vraies griffes de loup.

Gretchen, quant à elle, était l'une des plus belles réussites que l'on ait pu réaliser. Son immortalité la rendait difficile à tuer, toutefois elle ne possédait pratiquement aucun trait caractéristique des immortels. C'était la principale raison pour laquelle Lilith l'avait autorisée à procréer avec James.

Mais leur enfant était un lycan qui préférait prendre sa forme de loup.

Bien que ce test se soit avéré un échec, Lilith avait voulu laisser grandir l'enfant de sorte qu'il serve plus tard de remplaçant à Louis. Ni Gretchen ni James n'étaient au courant de ce dessein, et désormais, ils n'auraient jamais à le savoir.

Si tant est que l'on trouve un moyen de sortir d'ici.

Les lycans et les vampires s'étaient séparés en différents groupes, et leurs mouvements dans le bunker me rappelaient ceux de souris tentant de trouver la sortie d'un labyrinthe.

La différence, c'était que ces créatures étaient des prédateurs et non des proies.

Louis s'était arrêté devant ma porte un peu plus tôt, et son regard semblait déterminé tandis qu'il avait essayé de trouver un moyen de passer outre l'obstacle que constituait la porte de mon bureau. Il n'y avait aucun fléchage ni aucun panneau dans le couloir qui indiquait l'emplacement de mon bureau, ce qui signifiait qu'il avait senti ma présence derrière la porte. Les étincelles meurtrières qui brillaient dans son regard me laissaient deviner ce qu'il avait l'intention de me faire exactement.

Ou peut-être cherchait-il James et Gretchen.

Nous étions restés silencieux, à attendre avec nos armes à l'intérieur de la pièce, au cas où quelqu'un réussirait à défoncer la porte d'entrée. Cette dernière était en acier renforcé, et c'était d'ailleurs pour cette raison que j'avais demandé à Gerald de tester le fonctionnement de sa porte afin de la déverrouiller pour moi.

Finalement, Louis avait dépouillé de sa montre le cadavre d'une Vigie, mémorisé le compte à rebours qui s'affichait sur l'écran et était parti arpenter une autre section du bâtiment en prenant l'ascenseur.

Maintenant que leur soif de sang avait été étanchée, en grande partie, les vampires et les lycans commençaient à faire preuve d'un peu de stratégie. Les bandes vidéo des caméras de surveillance n'avaient pas de son, mais je remarquai le mouvement de leurs bouches à mesure qu'ils se retrouvaient tous à différents niveaux et observaient les montres volées.

Il ne leur fallut pas longtemps pour comprendre qu'il s'agissait d'une sorte de compte à rebours.

À voir la façon dont ils s'agitaient à présent, ils avaient parfaitement compris qu'ils feraient mieux d'avoir déguerpi du bunker lorsque le compte-à-rebours atteindrait 00:00:00.

Différents groupes se rencontraient entre eux à chaque étage, et prenaient tous un moment pour s'entretenir à propos des montres et des potentielles issues pour sortir.

Puis ils s'éparpillaient à nouveau pour continuer leurs recherches.

Je les observais d'un air intéressé, attendant qu'ils découvrent la seule chose qu'on ne m'ait jamais apprise : comment sortir du bunker.

James se tenait debout à côté de moi les bras croisés et regardait ce qu'il se passait en silence.

Gretchen était assise sur le canapé dont je me servais souvent pour dormir, et son enfant était blotti contre elle tandis qu'elle fredonnait pour le rassurer et qu'il reste calme.

Plus personne d'autre n'était en vie dans notre section, du moins pas que nous le sachions. Il y avait d'autres bureaux comme le mien, qui eux n'étaient pas pourvus de caméras, en connaissance de quoi je me demandais si quelqu'un d'autre s'était caché comme nous en ce moment.

James avança le bras et toucha l'une des images pour l'agrandir. Je le laissai prendre le contrôle, car son énergie alpha émanait de sa posture. Il se pliait en général à mon autorité, mais dans la présente situation, il était le plus fort d'entre nous. Comme il mesurait plus d'un mètre quatre-vingts et était tout en muscles comme les lycans, je le laissai nous dominer du moment qu'il écoutait mes conseils stratégiques.

— Regardez, là, dit-il en faisant un geste vers le groupe numéro trois, un trio de vampires qui travaillaient dans les laboratoires au deuxième étage, ils ont trouvé quelque chose.

Je hochai la tête, tout en remarquant leur expression enthousiaste lorsqu'ils tentèrent d'ouvrir une porte au neuvième étage.

— Connais-tu un moyen de prendre le contrôle du mécanisme d'ouverture de cette pièce ? me demanda James.

J'ouvris sur l'écran la fenêtre de contrôle des codes d'accès et en cherchai un qui permettrait de déverrouiller la porte à ce niveau. Je plissai les sourcils et secouai la tête.

— Le code de la porte n'est pas sur la liste.

Ce qui signifiait qu'il y avait probablement d'autres portes du même type dans le bâtiment.

Je me mis rapidement à les répertorier par déduction en examinant les vidéos des caméras sous différents angles et les portes qui étaient visibles.

James se tut lorsque je m'attelai à la tâche, pour me laisser du temps afin que je puisse noter tranquillement le numéro de toutes les portes visibles sur les vidéos des caméras de surveillance avec une commande en moins à ma disposition.

— Il n'y en a que deux, conclus-je finalement après avoir comparé toutes mes listes.

— Où en sont-ils avec la première porte ? s'enquit-il, car les vidéos de surveillance avaient été interchangées pendant que j'avais inspecté toutes les sections du bunker.

J'observai à nouveau le groupe numéro trois et constatai que le groupe numéro quatre l'avait rejoint. Je les avais tous étiquetés dans ma tête pour pouvoir mieux les suivre. Le groupe numéro quatre se composait d'un lycan et de deux autres vampires. Le lycan avait pris sa forme animale et essayait de faire usage de ses griffes pour pouvoir passer outre la porte en acier.

Deux des vampires manipulaient les montres qu'ils avaient prises aux Vigies mortes.

Je plissai les lèvres.

— Ils n'avancent pas beaucoup.

Je regardai l'heure et constatai qu'il ne nous restait qu'un peu plus de trois heures.

Nous devrions pouvoir faire quelque chose pour les faire accélérer un peu.

Je me mis à ouvrir quelques comptes-rendus des précédentes visites de Lilith pour voir si quelque chose pouvait nous indiquer où se trouvaient l'entrée ou la sortie : des protocoles d'accès, des rapports sur le système, des journaux de bord concernant la sécurité.

Rien.

— Merde, marmonnai-je, frustrée de ne pas pouvoir trouver ne serait-ce qu'un seul fichu indice susceptible de nous aider.

Peut-être était-ce parce que j'étais épuisée ou à cause de l'angoisse sur le moment, mais malgré le fait que j'aie ouvert et inspecté attentivement tous les fichiers, je n'avais rien trouvé qui puisse nous aider d'une quelconque façon.

En rouvrant la fenêtre de la vidéosurveillance, je vis que les groupes un et deux avaient rejoint les groupes trois et quatre, ce qui faisait que seul le groupe numéro cinq manquait à l'appel.

Je le trouvai devant l'autre porte qui ne disposait pas

d'un mécanisme de verrouillage contrôlé par un système électronique, située au quinzième étage.

— On dirait que...

Une vive lumière blanche envahit brusquement mon écran, m'aveuglant avant que je n'aie pu finir ma phrase. James proféra un juron, et nous restâmes tous les deux momentanément sous le choc. Les images de vidéosurveillance laissèrent rapidement place à un écran noir, et nous n'avions plus aucune visibilité sur cette zone.

Mes yeux se rétablirent en premier, ce qui me permit d'inspecter les images de vidéosurveillance de la porte du neuvième étage. Tous ignoraient ce qui venait de se passer au quinzième étage, car toute leur attention était concentrée sur cette porte.

— Hmm, grommelai-je, essayant de trouver d'autres images du quinzième étage.

Je finis par localiser les images d'une caméra près de l'ascenseur et ne vis rien d'autre qu'une pile de débris qui jonchaient le sol.

Des rayons de soleil brillent à travers les décombres, me rendis-je compte après un court instant.

— Est-ce que c'est ... demanda vainement James en fixant l'écran.

Gretchen nous avait rejoints, et manifestait une réaction devant ce qui avait fait pousser un juron à James et lui avait fait faire un mouvement de recul.

— Oh mon Dieu, il s'agit de lumière naturelle.

— La lumière du jour, murmurai-je.

Nous échangeâmes tous les trois un regard.

Puis je rouvris la fenêtre de la vidéosurveillance du neuvième étage pour voir où ils en étaient. Rien n'avait changé. Mon cerveau tournait à plein régime tandis que je réfléchissais aux différentes options qui s'offraient à nous. Soit nous attendions qu'ils finissent leur exploration (je regardai ma montre pour voir où en était le compte à rebours et remarquai qu'il nous restait moins d'une heure à présent), ou bien nous passions à l'action.

— Il faut qu'on monte au quinzième étage, dis-je rapidement en me relevant, c'est notre meilleure alternative.

Gretchen et James acquiescèrent de concert.

Mon uniforme et ma blouse de laboratoire n'allaient pas vraiment m'aider à dissimuler mon identité et n'allaient pas non plus m'être utiles pour y fourrer des armes, mais nous n'avions pas le temps de nous changer. Je n'allais pas non plus revêtir l'uniforme de Gerald. Non seulement il ne serait pas à ma taille, mais en plus je ne passerais pas davantage inaperçue.

Alors autant porter une tenue dans laquelle je suis à l'aise et sortir d'ici, décidai-je en me saisissant de deux fusils chargés.

James fit de même tout en gardant son regard posé sur Gretchen.

— Je te couvre.

— Je sais, répondit-elle.

Il se pencha pour saisir sa bouche avec la sienne. Je détournai le regard, ignorant leur démonstration d'affection, et concentrai mon attention sur les Vigies mortes.

En fouillant les alentours du regard pour retrouver Gerald, je trouvai une grenade qui pourrait m'être utile et la mis dans l'une des poches de ma blouse. Je pris ensuite ses menottes et les fourrai dans mon autre poche. Enfin, je passai sa montre autour du poignet de mon autre main, et tendis celle de l'autre Vigie à James après qu'il eut fini d'embrasser Gretchen.

— Nous allons sortir d'ici, leur dis-je à tous les deux. Si vous n'êtes pas d'accord, nous sommes voués à nous faire tuer.

Ils hochèrent tous deux la tête en signe d'approbation.

James chargea ensuite l'une des deux armes à feu, rangeant l'autre dans une ceinture qu'il avait volée à la Vigie.

— Allons-y.

J'examinai une nouvelle fois la vidéosurveillance, m'assurant que les lycans et les vampires étaient toujours absorbés par ce qui se passait au neuvième étage, puis je sortis derrière eux par la porte en direction de la cabine d'ascenseur.

Nous étions tous montés dans un ascenseur suffisamment de fois pour savoir comment les faire fonctionner d'après ce que nous avions pu observer. James décida de prendre la tête de l'opération, utilisa la montre de la Vigie morte et entra toute une série de commandes ensuite.

Manifestement, un lycan ou un vampire avait maintenu une Vigie en vie suffisamment longtemps pour lui expliquer comment utiliser ces montres, autrement il lui aurait été impossible de savoir comment elles fonctionnaient. Sauf si ce genre d'outils technologiques étaient monnaie courante à l'extérieur du bunker. Puisque je n'en étais jamais sortie, je ne pouvais en être sûre. La plupart des sujets de recherche étaient introduits par Lilith.

Cette sorte de boîte prit brusquement vie autour de nous et nous fit monter brutalement. Gretchen se raccrocha à son fils, ses yeux noisette brillant d'une émotion intense.

Je fis glisser mes doigts près de la gâchette de l'une de mes armes, mais la maintins pointée vers le sol.

Je retins ensuite ma respiration lorsque l'ascenseur s'arrêta et que les portes s'ouvrirent.

La zone était envahie de poussière et de débris, et une

odeur que je ne reconnaissais pas m'envahit les narines. *L'odeur du monde extérieur, peut-être ?*

James grogna d'un air grave et menaçant.

— Les vampires.

Tout cela n'avait aucun sens. Le groupe cinq était exclusivement composé de lycans.

— Venez donc un peu nous tirer dessus par ici et nous vous rendrons la pareille, nous dit une voix grave et traînante.

Un Texan, reconnus-je, car j'avais l'habitude des différentes intonations de voix et accents d'avant la période de la révolution.

Je passai en revue dans ma tête la liste des vampires que je connaissais dans le bunker mais ne me souvenais pas d'un seul qui fût originaire de cette région du monde.

En fronçant les sourcils, je rétorquai :

— Qui êtes-vous ?

— C'est toi qui choisis, ma jolie, murmura-t-il en détachant lentement ses mots comme si nous avions tout notre temps devant nous pour en discuter. Je peux être ton sauveur ou bien ton bourreau. Lequel des deux préfères-tu ?

— Je ne crois pas aux sauveurs, admis-je tandis que la cloche de l'ascenseur sonna en signe de protestation, car il devait fermer ses portes pour aller à un autre étage. *Merde.*

— Quel dommage, répondit le vampire. Moi qui espérais faire une nouvelle connaissance…

La sonnerie de l'ascenseur résonna à nouveau, nous avertissant cette fois très clairement. Soit nous nous arrêtions à ce niveau, soit nous devrions aller faire face à notre destinée à un autre étage.

Étant donné que tous les autres groupes étaient réunis, j'avais une assez bonne idée de qui avait appelé l'ascenseur.

Ce qui signifiait que nous devions soit affronter les

vampires qui nous étaient inconnus à cet étage ou bien nous faire traîner à nouveau en enfer pour nous retrouver face aux cobayes qui nous haïssaient.

Le vampire assez bavard qui se trouvait ici, là-haut, n'avait pas l'air tant en colère qu'amusé.

Au contraire, ceux qui se trouvaient en bas seraient dans une rage folle et nous tueraient dès qu'ils nous apercevraient.

Nous avions donc de meilleures chances de nous en sortir ici s'il y avait une potentielle sortie.

Tout bien considéré, mes chances étaient légèrement meilleures si j'optais pour l'option numéro un : faire face aux vampires inconnus.

— Nous arrivons, dis-je en jetant mes armes au milieu de l'espace vide en signe de défaite. Nous sommes désarmés.

James grogna, car manifestement il désapprouvait mon plan, mais j'avais une grenade dans la poche, et lui avait une arme de rechange dans sa ceinture. Il ne lui fallut qu'une seconde pour me suivre à la trace, ses actions me confirmant qu'il me laissait reprendre la tête de l'opération.

Nous avions le choix entre ça ou bien retourner en bas.

Je préférais avoir affaire à ce vampire bavard.

— Nous avons un enfant, ajoutai-je, en espérant que cela nous permettrait d'être quelque peu épargnés, peu importe ce qu'ils avaient prévu de nous faire.

Je déglutis et fis le premier pas.

Gretchen s'avança ensuite, prenant position derrière moi, et James ferma la marche de notre petit groupe.

L'ascenseur nous avertit bruyamment une dernière fois au moment où nous finîmes de débarrasser le couloir de tous les morceaux de métal en travers de notre chemin. Puis les portes claquèrent derrière nous, et nous fûmes laissés pour compte dans un sas tout poussiéreux, face à un vampire, seul.

Je devinai qu'il y avait d'autres vampires dans les environs puisque James avait parlé au pluriel quelques instants plus tôt, mais je ne distinguai que celui qui se tenait debout, juste à côté de l'ascenseur, son arme pointée droit vers ma tête.

— Bonjour, ma jolie, me salua-t-il calmement avec son accent traînant du Sud des États-Unis, ses yeux marron doré scintillant sous les lumières qui grésillaient au plafond.

L'éclairage intermittent donnait à ses traits frappants un séduisant aspect sauvage que je ne reconnus pas.

Ce n'était certainement pas l'un de nos sujets, ce qui voulait dire qu'il était entré de l'*extérieur*.

Il scruta mon attirail du regard, son arme toujours pointée dans la même direction et parfaitement immobile. Gretchen et James ne dirent rien, car ils attendaient tous les deux que je décide de ce que nous allions faire ensuite.

— Dr Calina, dit le vampire d'un air songeur lorsqu'il lut mon nom sur ma blouse, également connue sous le nom de Dr C., je présume.

Dr C., c'était le nom que j'utilisais pour toutes mes transmissions. Ce mâle venait-il d'un autre laboratoire ? Travaillait-il pour Lilith ?

Je me raclai la gorge, car après tout, cela n'avait pas d'importance. De toute façon, s'il savait qui j'étais, alors il était au courant que le protocole en vigueur n'avait pas été respecté. Par conséquent, je devais lui prouver que nous possédions des informations qui faisaient de nous des alliés de valeur et nous permettraient de rester en vie.

— En effet, je suis le Dr. Calina, directrice de recherche du Bunker 47, dis-je en bombant le torse et en le considérant de mon air le plus hautain, tout comme le ferait Lilith, et voici mes deux coéquipiers principaux, Gretchen et James.

Le mâle haussa ses sourcils sombres de sorte qu'ils se confondirent avec son épaisse chevelure brune. Ses longues mèches de cheveux me rappelaient plutôt l'allure d'un lycan, ce qui ne sembla qu'accentuer son apparence bestiale.

— Je vois.

Il me parcourut du regard une nouvelle fois et regarda autour de moi pour apercevoir Gretchen et James qui se trouvaient derrière mon dos.

— Oh hé, Votre Majesté Jace, hurla-t-il, j'ai trouvé quelque chose qui va vous intéresser !

JACE

— Votre Majesté Jace, dis-je en levant les yeux au ciel, j'espère vraiment que tout le monde ne va pas s'y mettre.

Contrairement à Lilith, je n'avais pas besoin ni n'exigeais que l'on reconnaisse mon titre ni ma place dans l'ordre des choses.

— Vous feriez mieux d'aller voir ce que Damien a à vous montrer, *Votre Altesse*, dit Darius d'un air agacé.

Je croisai son regard d'un vert lumineux et levai un sourcil.

— Voilà un titre que vous entendrez à de nombreuses reprises à l'avenir, lorsque vous prendrez ma place en tant que vampire royal par intérim de ma région.

— Je ne me rappelle pas avoir accepté de prendre cette fonction.

— Je ne me rappelle pas vous avoir laissé le choix, rétorquai-je tandis que je m'avançai dans les décombres pour me faufiler vers l'entrée du tunnel.

Nous l'avions trouvée cachée au fond d'une vieille cabane, la porte était verrouillée à double tour et blindée de toute une flopée de codes de sécurité. Plutôt que de pirater ces codes, nous l'avions fait exploser.

Puis nous avions trouvé tout un tas de lycans morts de l'autre côté.

Damien était entré en premier pour dégager la voie. Il nous avait signalé qu'elle était entièrement libre il y a quelques minutes et avait dit qu'il devait s'atteler à trouver comment prendre le contrôle de l'ascenseur, puisque cela semblait être la seule façon de pénétrer dans ce putain d'endroit, peu importe ce qui s'y tramait.

Darius et moi étions retournés dans l'avion pour rassembler quelques armes supplémentaires, et aller chercher Juliet. Elle était restée à bord pendant que nous avions posé les explosifs. Son titre d'*Erosita* de Darius la rendait immortelle au sens littéral car elle ne pouvait pas mourir, mais cela ne lui conférait pas pour autant tous les atouts vampiresques de son partenaire.

J'avançai à vue dans le couloir, la disposition générale de l'endroit me rappelant un couloir d'hôpital abandonné, si ce n'était l'odeur de sang frais qui y régnait. Je plissai le nez en essayant de deviner d'où elle venait.

Cette odeur émanait en partie des lycans morts à cause de l'explosion, une malheureuse circonstance que nous n'avions pas prévue.

Du reste, elle semblait provenir du trio qui se tenait face à Damien. Il pointait son arme vers la femelle blonde tandis que les deux autres étaient cachés derrière elle. Je supposai que c'était cela qu'il m'avait prié de venir voir.

Il confirma ma supposition lorsqu'il dit :

— Votre Majesté Jace, permettez-moi de vous présenter le Dr C.

Je plissai le front jusqu'à ce que j'aperçoive le nom qui était inscrit sur sa blouse de laboratoire. *Calina.*

— Elle prétend avoir un poste de direction ici, ajouta-t-il, son ton amusé manifestement perceptible.

— En réalité, j'ai dit que j'étais la directrice de recherche du Bunker 47, rectifia Calina, le ton lascif de sa voix ayant une note régalienne qui me fit me demander quelles étaient ses origines. C'est Lilith qui commande ici, pas moi.

— Lilith, répétai-je, intrigué qu'elle n'ait pas nommé feu la vampire royale par son titre de *Déesse*. C'était le titre réglementaire par lequel Lilith souhaitait que les humains s'adressent à elle, et Calina était bel et bien une humaine.

Pourtant, son sang possédait une douce puissance qui la distinguait très clairement des autres membres de son espèce. J'en eus l'eau à la bouche tant j'avais envie de le goûter. Ajoutez à cela son joli petit minois et sa carrure svelte, et elle répondait à tous mes critères pour être qualifiée d'appétissante.

Il n'y avait qu'une chose qui me faisait tiquer.

— Vous travaillez pour Lilith ? demandai-je.

Calina avait parlé au présent lorsqu'elle avait affirmé que Lilith dirigeait cette opération, alors il me parut sage de faire de même, en particulier parce que ceux d'entre nous qui étaient favorables à la réforme s'étaient mis d'accord pour garder secret le décès de Lilith jusqu'à ce que nous soyons prêts à avouer la vérité au monde entier.

Les yeux bleu clair de Calina croisèrent les miens, et son attitude enhardie me choqua. Cependant, au-delà du choc que j'éprouvais en surface, je ressentais une petite pointe d'étonnement car ses iris semblaient distinctement caractéristiques de ceux d'un loup.

Fascinant.

Son odeur était humaine. En réalité, son parfum me rappelait un peu celui de Juliet, et je me demandai alors si Calina possédait l'essence rare d'une vierge de sang. Mes canines devenaient douloureuses à l'idée de la mordre, mais je savais qu'il ne serait certainement pas judicieux de réagir impulsivement.

Toutefois, je pourrais très bien me délecter de cette délicieuse friandise plus tard.

Oui, pensai-je. *Oui, voilà exactement ce que je vais faire de toi, ma chère petite.*

Après l'effort, le réconfort.

— Qui êtes-vous ? demanda-t-elle. Je ne suis pas au courant de l'existence de *Sa Majesté le Roi Jace.*

— Je préfère que l'on s'en tienne à Jace, répondis-je, encore plus captivé par la beauté qui se trouvait devant moi.

Une humaine qui tient tête à un royal ? Je repris :

— Mais je crois que la question qui se pose plutôt est de savoir qui vous êtes, exactement, docteur Calina ? Comment en êtes-vous venue à travailler pour Lilith ?

Elle me scruta.

— Si vous ne le savez pas, alors vous ne travaillez pas pour Lilith.

— Évidemment que non, répondis-je, mais je reste assurément votre supérieur.

Une étincelle de lassitude transparut dans son regard, et les deux créatures derrière elle gigotèrent nerveusement. Je regardai derrière elle pour mieux les observer et remarquai la petite boule de fourrure dans les bras de la femelle. Elle serra le petit loup plus fort contre sa poitrine, d'un geste tout à fait maternel, ce qui suggérait que le petit chiot était son enfant.

Était-ce une sorte de centre d'élevage, ou quelque chose du genre ?

Je scrutai de nouveau Calina et remarquai à quel point son ventre était plat. Ses hanches étaient décidément parfaites pour baiser, mais en dehors de ce détail, elle ne semblait pas destinée à devenir une femelle reproductrice et à donner naissance à de petits lycans.

Non, celle-ci a été conçue pour être au service d'un vampire, décidai-je, ce parfum qui émanait d'elle me rappelant celui d'une drogue. Damien semblait lui aussi être frappé par son odeur, car ses narines se dilatèrent lorsqu'il prit une profonde inspiration.

Il semblait qu'il ne voulait pas tant que je *voie* ce qu'il avait sous les yeux, mais plutôt que je le *sente*.

Quelque chose se mit à vibrer, alors Calina jeta un œil à sa montre. Des chiffres défilaient sur son écran, ce qui la fit tressaillir.

— Il faut qu'on parte aussi loin que possible de cet endroit, dit-elle d'un air pressant. Il va s'autodétruire dans moins de quinze minutes.

Damien garda son arme pointée vers la doctoresse tandis qu'il sortit le téléphone de Lilith de sa poche, qui affichait exactement le même compte à rebours. Ils étaient identiques.

— Pourquoi est-ce que le bâtiment va s'autodétruire ? lui demandai-je. Qui a enclenché le protocole ?

— Si vous êtes réellement mon supérieur, vous devriez déjà le savoir, me répondit-elle sur ce même ton de voix régalien que tout à l'heure, comme si c'était elle qui était en droit de me diriger et non l'inverse. Mais je vous dis que si nous ne déguerpissons pas maintenant, nous allons mourir ici.

Je haussai brusquement les sourcils.

— Il n'y a pas grand-chose qui serait susceptible de tuer quelqu'un d'aussi vieux que moi.

— Alors vous resterez à l'agonie sous les décombres de ce bunker pour l'éternité, rétorqua-t-elle du tac au tac. Si vous choisissez cette destinée, alors soit. Pour ma part, je préférerais être tuée d'une balle que d'avoir à endurer la même chose.

Elle s'avança, sans prêter attention à l'arme pointée vers sa tête.

Damien me lança un regard, il était visiblement surpris.

— Où allez-vous ? demandai-je.

Elle pointa du doigt la sortie qui se trouvait derrière moi et se mit en marche. Lorsqu'elle arriva à mes côtés, je l'attrapai par la hanche pour la forcer à s'arrêter.

— Qu'est-ce que vous n'avez pas compris dans *je suis votre supérieur ?*

— Je n'ai pas compris de quelle façon vous l'aviez prouvé, me répondit-elle en croisant à nouveau mon regard. Puisque c'est moi qui suis le mieux informée concernant la présente situation, cela fait de moi la dirigeante, pas vous.

Damien renâcla et laissa retomber son arme le long de son corps.

— Je crois que je vais vous laisser vous occuper de cela.

Je l'ignorai et me concentrai exclusivement sur cette femelle qui se tenait en face de moi et était beaucoup trop sûre d'elle.

— Voulez-vous que je vous donne une leçon qui vous prouvera ma supériorité ? lui demandai-je d'un ton calme et menaçant.

Quiconque se serait prosterné devant moi à cet instant.

Mais pas cette femelle.

Non, elle se contenta de lever un sourcil, et m'invitait manifestement à illustrer mes paroles par des actes au vu de l'expression de défi que j'apercevais dans ses jolis iris bleus.

Je souris.

— Très bien, docteur, dis-je en resserrant mon emprise sur sa hanche et en la forçant à se blottir plus près de moi, mon autre main allant se poser sur la base de sa nuque. Je vais…

Ding.

— Louis, dit le mâle qui se trouvait derrière Calina.

Elle tressaillit, essayant de trouver un moyen de se libérer de mon emprise.

— *Courez*, leur ordonna-t-elle.

Le mâle et la femelle qui portait le petit lycan se dirigèrent vers la sortie. Damien leva immédiatement son arme et visa dans leur direction.

— Ne fais pas ça.

Cette phrase me sortit instinctivement de la bouche, et je me concentrai maintenant sur la porte de l'ascenseur qui s'ouvrait.

Damien se retourna en même temps que moi, ayant bien visé sa cible et étant prêt à tirer.

— Lâchez…

Il n'eut pas le temps de finir sa phrase, car les créatures qui se trouvaient à l'intérieur envahirent ce qu'il restait du couloir. Ils n'avaient pas d'armes, uniquement leurs dents, et ils se concentraient exclusivement sur le docteur Calina.

Des grognements résonnèrent dans le couloir, et la femelle se raidit contre moi.

— Nom de Dieu, souffla Damien en baissant son arme. *Zach ?*

Un vampire aux traits bestiaux fixa Damien du regard, avant que ses sourcils sombres ne se fondent avec la ligne de démarcation de ses cheveux.

— *Damien ?*

À cet instant, tout le monde marqua un temps d'arrêt tandis que nous nous observions les uns les autres.

Je levai moi-même les sourcils lorsque je reconnus le seul lycan qui se trouvait dans le groupe.

— Louis.

Le docteur de sexe masculin avait prononcé ce nom, en conséquence de quoi, Calina lui avait ordonné de courir. Je n'avais pas réalisé que ce nom me semblait familier. *Louis* était un prénom populaire il y a quelques siècles.

— Jace, rétorqua-t-il, son regard furieux se transformant en un regard de surprise lorsqu'il me regarda. Putain, mais qu'est-ce que tu fous ici ?

— Je cherche Cam.

Le lycan comprendrait évidemment où je voulais en venir, étant donné qu'il avait apparemment été tué en sa qualité de partisan de Cam, car ils partageaient tous deux le même point de vue sur la révolution. Je repris :

— Est-ce qu'il est là ?

— Cam ? me demanda Louis en fronçant les sourcils. Je ne l'ai pas vu depuis… très longtemps. Je ne crois pas qu'il soit là. Mais je ne sais pas précisément *où* nous nous trouvons, ni depuis combien de temps je suis…

Il s'interrompit et redirigea son attention vers Calina.

— Si quelqu'un sait quelque chose à propos de ce putain de bunker, c'est *elle*.

— Parce que c'est elle qui dirige les opérations, songeai-je en resserrant juste assez mon emprise autour de son cou pour lui montrer ce que je pensais de ses qualités de *dirigeante*.

— C'est une putain de diablesse en personne, grogna-t-il.

— Une diablesse qu'il me faut garder en vie pour le moment, lui dis-je. Nous devons retrouver Cam.

— En quelle année sommes-nous ? demanda l'un des vampires, ses yeux sauvages illuminés par une fureur réprimée.

— En l'an cent-dix-sept de la nouvelle ère, dis-je.

Je reformulai ma phrase en exprimant cette durée de plusieurs manières jusqu'à ce que le vampire parût comprendre, à en voir les traits de son visage.

Calina tressaillit lorsque son poignet se mit de nouveau à vibrer.

— Avertissement, plus que cinq minutes, murmura-t-elle.

Louis leva une montre d'aspect similaire et grogna :

— Cet endroit va s'autodétruire.

— Pourquoi ? demandai-je.

— À cause d'*elle*, rétorqua-t-il sèchement.

Calina ne fit pas de commentaire, mais je sentais son hésitation, comme si elle voulait le corriger. Je devrai creuser ce qu'il y avait derrière tout cela plus tard.

À cet instant, j'avais une question bien plus importante à lui poser.

— Est-ce que Cam est ici, quelque part dans les étages inférieurs ? lui demandai-je, car je croyais Louis sur parole, et il m'avait dit que c'était elle qui était chargée de l'opération.

Elle s'était également présentée comme directrice de la recherche, et son nom figurait dans la transmission que Damien avait interceptée. Tout cela semblait indiquer qu'elle-même était une des réponses qu'il me fallait obtenir.

—Je n'ai pas le droit de dévoiler…

J'enfonçai mes dents dans son cou, emprisonnai son pouls sans préambule et l'informai à l'aide de ma bouche que l'être supérieur dans cette situation, c'était moi. Elle m'avait accusé de ne pas le *prouver*. Eh bien, j'allais le lui prouver maintenant, putain. Cette petite friponne allait se plier à moi.

Mais le goût de son sang ne ressemblait en rien à ce que j'avais pu goûter au cours de ma vie.

Il était putain d'exquis.

Meilleur que celui d'une vierge de sang, ou bien les deux se valaient, je ne saurais pas dire. Tout ce que je savais, c'était que cette femelle m'avait offert un avant-goût du paradis de la meilleure des façons.

Il me fallut faire un effort considérable pour me retenir, pour ne pas boire tout son sang là, dans ce couloir, à cet instant. Mais des milliers d'années d'expérience m'avaient appris à rester concentré sur ma tâche.

Cam.

Je relâchai brutalement sa gorge, lui écorchant la peau au passage avant d'appuyer mes lèvres contre son oreille.

— Ai-je pu par la présente prouver ma supériorité, petite *humaine* ?

Elle laissa échapper un souffle vacillant, ses membres tremblant tant cela l'avait affaiblie de perdre une aussi grande quantité de sang aussi rapidement.

Bien.

Mais elle ne me répondit pas.

— Petite rebelle, murmurai-je contre son oreille, à la fois excité qu'elle me mette au défi, et furieux pour cette même raison. Si je découvre que Cam est ici et que vous avez laissé ce bunker imploser avec lui dedans, je vous forcerai à creuser jusqu'à ce qu'il soit libéré.

Elle n'eut pas d'autre réaction que de continuer à haleter, sa poitrine se soulevant à la fois à cause de la peur perceptible qu'elle éprouvait et de son état d'épuisement induit par mon attaque brutale.

— Soixante secondes, siffla-t-elle tandis qu'un horrible bourdonnement se fit brusquement entendre.

J'avais apparemment perdu du temps tandis que je me délectais de son cou. Il n'y avait rien d'étonnant à ce qu'elle tremble. Je lui avais probablement pris trop de sang. Mais je n'en avais plus rien à faire à présent. Mon cousin se trouvait peut-être là, sous terre, et était sur le point de perdre la vie dans une explosion destinée à détruire tout ce qui se trouvait à l'intérieur du bunker.

Damien et les autres se dirigeaient déjà en courant vers la sortie.

Je laissai presque tomber Calina pour qu'elle tente de se relever toute seule, mais la faiblesse de son corps me fit comprendre qu'elle n'y arriverait pas. J'avais absolument besoin de la garder en vie pour obtenir des réponses.

La menace que j'avais proférée envers elle n'avait rien d'une plaisanterie. Si j'apprenais que Cam se trouvait quelque part, là dans les étages inférieurs, elle allait devoir m'aider à le libérer. Ensuite, je la lui donnerais en guise de friandise pour qu'il recouvre la santé.

Je lui lâchai la gorge et la tirai brutalement à côté de moi. Elle réussit à faire deux pas avant de trébucher et faillit m'entraîner dans sa chute.

— Je devrais vous laisser ici, lui dis-je, lui dis-je davantage par provocation que par sincérité.

— Je suis destinée à mourir ici, murmura-t-elle en retour, c'était ma destinée depuis le début.

Elle prononça presque ces mots d'une voix d'ivrogne, comme si elle n'avait pas voulu les dire à voix haute mais était dans un état trop délirant pour pouvoir s'en empêcher. Cependant, à l'entendre parler, je me demandais comment elle avait atterri ici, à l'origine.

Le ton de sa voix semblait presque brisé, triste, comme si on ne lui avait jamais laissé une chance de vivre. Pourtant, elle m'avait tenu tête avec l'esprit et la force d'un être supérieur.

Cela... ou plutôt, *elle* me fascinait.

Je me penchai pour soulever sa frêle silhouette dans mes bras. Elle devint lourde et inerte comme du plomb, ce qui me donna envie de la réprimander sèchement jusqu'à ce que je me rende compte qu'elle avait fermé les yeux et n'était plus consciente.

La perte de sang, me rendis-je compte en examinant son cou.

Non seulement je lui en avais trop pris, mais je lui avais

laissé une plaie béante avec ma bouche, par laquelle s'échappait son fluide vital à grosses gouttes, sans que le flux ne montre aucun signe d'affaiblissement.

Ma mâchoire se crispa, car j'étais déchiré entre la laisser se vider de son sang ou bien l'aider.

Il me faut des réponses, pensai-je tandis que je me remis à marcher. *Par conséquent, il me la faut vivante.*

Mais je ne pouvais pas me permettre de prendre un moment pour la guérir avant que nous ne soyons plus exposés à la menace de l'explosion imminente.

Je me mis alors à courir, la tenant fermement contre mon torse, et mobilisant toute mon agilité et ma rapidité de vampire, je parcourus le couloir à toute allure et passai outre le seuil du bâtiment.

La lumière aveuglante du soleil de l'après-midi m'arriva en plein dans les yeux, me faisant faire un mouvement de recul.

La lumière du soleil n'était pas mortelle pour les vampires, mais nous ne l'appréciions pas beaucoup pour autant. Nos sens étaient trop vulnérables et réceptifs pour pouvoir supporter de rester dehors de manière prolongée pendant la journée. Nous nous cachions en général dans l'obscurité, pour guérir et régénérer nos esprits immortels.

Mais hormis mes sens qui bouillonnaient, cela n'altéra en rien mes capacités motrices. Mon grand âge me donnait davantage de force, ce qui me permettait de me mouvoir avec grâce et précision, en conséquence de quoi je réussis à filer à près de cent mètres du bâtiment avant que le sol sous mes pieds ne se mette à trembler avec un grondement sourd.

Quelqu'un avait dû tenir Rick informé, car l'avion n'était plus au sol, mais dans les airs, et je soupçonnai que Darius et Juliet se trouvaient également à bord. Peut-être même que les deux chercheurs qui avaient pris la fuite lorsque Louis était arrivé, étaient montés dedans eux aussi.

Je regardai autour de moi, et remarquai Damien à quelques mètres sur ma gauche. Louis et le vampire qui répondait au nom de Zach étaient avec lui. Les deux autres vampires étaient plus près du bâtiment en ruines, couchés sur le sol. Mais ils étaient bel et bien vivants.

Je ne pouvais pas en dire autant concernant les autres.

Un geyser de flammes s'éleva dans les airs, réduisant tout en cendres sur son passage.

Calina n'avait pas mentionné cela, et je me demandai donc si elle avait volontairement dissimulé cette information ou si elle ne savait pas à quel genre d'explosion il fallait s'attendre.

Il était en effet impossible de réchapper à ce genre d'incendie, même pour un immortel aussi vieux que moi.

Ce qui signifiait que si Cam se trouvait dans ce bâtiment souterrain, il était, selon toute probabilité, mort à présent.

— J'espère sincèrement pour toi que Cam n'était pas l'un des tes cobayes, petite doctoresse, murmurai-je à la femelle qui était à l'agonie dans mes bras, ou bien tu regretteras de n'être pas passée de vie à trépas ici, aujourd'hui.

Je trouvai une autre façon de la porter, et maintins cette fluette femelle contre ma poitrine d'un bras tandis que je portai mon autre poignet à ma bouche. Je me mordis moi-même afin de faire couler le remède dont elle avait besoin pour survivre, puis appuyai ma plaie contre ses lèvres.

— Bois, Calina, lui dis-je, forçant mon essence à rentrer dans sa bouche, et son corps s'occuperait du reste même pendant qu'elle était inconsciente. Lorsque tu te réveilleras, nous allons avoir une très longue conversation.

LILITH

Bunker 47.

Votre idée de créer de parfaits esclaves humains, des êtres qui ne peuvent pas mourir tout en restant des ressources alimentaires durables pour nous tous, a été affinée au cours du siècle écoulé.

Malheureusement, nous éprouvons encore des difficultés à dissocier le lien entre la source de vie immortelle et l'esclave humain, mais je sens que nous sommes sur le point de faire une avancée décisive sur ce point.

Les résultats des travaux de laboratoire vous parviendront très bientôt en détail. Le docteur Calina était l'un de nos meilleurs atouts. Quel dommage qu'elle soit décédée, comme le prévoyait le protocole, mais comme nous le savons tous les deux, la période difficile que nous traversons a nécessité de prendre des mesures désespérées. Elle a fait son devoir, et l'a bien fait.

Appuyez sur la flèche verte ci-dessous pour continuer.

Merci. Votre assistant arrivera très vite pour vous remettre les rapports de recherche du Bunker 47.

Fin de la transmission.

JACE

J'EXAMINAI les images de vidéosurveillance de mes quartiers temporaires et souris lorsque je constatai que Calina s'était enfin réveillée. Elle était restée inconsciente pendant près de dix heures, ce qui m'avait arrangé au vu de tout ce qui se passait autour de nous.

Plutôt que de reprendre la route de ma région, nous étions retournés dans la Région de Ryder, principalement parce que Damien avait déjà pris le contrôle de toutes les caméras du territoire, ce qui nous facilitait la tâche pour diriger le grand groupe de vampires à bord de l'avion sans que personne ne nous remarque dans les régions extérieures.

Ryder n'était pas ravi des circonstances et ne s'était pas non plus montré très accueillant. D'ailleurs, il était encore plus énervé à présent car le petit bébé lycan se trouvait actuellement avec Willow. Il avait toutefois prêté à Darius et à Juliet une chambre pour qu'ils puissent se détendre, tandis que j'avais choisi de séjourner dans les appartements-terrasse royaux avec Damien et nos nouveaux prisonniers.

Nous avions eu une conversation très instructive lors du trajet de retour dans l'avion avec Louis, Zach et leurs camarades de laboratoire qui avaient survécu, ils nous avaient tout raconté à propos de leur vie dans le bunker.

Apparemment, plusieurs autres créatures avaient été brûlées vives dans les niveaux inférieurs. Zach et trois de ses compagnons étaient montés jusqu'au quinzième étage en désespoir de cause, car ils savaient que le bâtiment allait exploser d'une seconde à l'autre, tandis que tous les autres avaient continué à chercher une issue dans une autre partie du bunker.

Les pauvres idiots, pensai-je en tressaillant. Il n'y avait aucun moyen d'échapper à ces flammes.

Heureusement, il semblait que tous les cobayes s'étaient échappés de leur prison, et Cam n'était pas parmi eux.

Gretchen et *James*, dont j'avais appris les noms par l'intermédiaire de Louis qui était furieux, étaient les deux principaux chercheurs ayant effectué des recherches sur lui. Calina supervisait les opérations et était en quelque sorte la subalterne personnelle de Lilith.

Elle était là depuis le début.

Ce qui signifiait que ma petite humaine n'était pas mortelle.

Je passai mon doigt sur l'écran pour pouvoir faire un gros plan sur son joli visage. Son expression ne laissait rien transparaître malgré le fait qu'elle était nue et ligotée sur une chaise.

Les deux autres chercheurs étaient comme elle dans leur plus simple appareil, mais dans des pièces différentes. Gretchen se trouvait au bout du couloir et James était assis à quelques mètres de moi.

Enfin, il était plutôt avachi qu'assis.

Damien s'était quelque peu acharné sur lui, avait interrogé l'hybride et avait menacé de faire du mal au petit loup s'il refusait de coopérer. Nous ne mettrions bien évidemment jamais une telle menace à exécution, mais James ne le savait pas.

Les résultats obtenus étaient grandioses, car James nous avait dit tout ce que nous voulions savoir.

Malheureusement, la plupart des réponses qu'ils nous avaient données se résumaient à *je ne possède pas les autorisations nécessaires pour pouvoir vous répondre. Mais Calina doit le savoir*, ou quelque chose dans le genre.

Je caressai une nouvelle fois son image, mon esprit réfléchissant à un millier de techniques pour pouvoir extorquer des réponses à la jolie blonde. À commencer par *qu'est-ce que tu es ?*

D'après ce que m'avaient expliqué James et Louis, les projets du Bunker 47 visaient à améliorer la longévité humaine pour que l'espèce puisse constituer une source de nourriture plus durable.

Malgré toutes les erreurs qu'avait pu commettre Lilith, je comprenais bien quel était son but dans ces circonstances. Notre espèce était devenue trop gourmande, et gaspillait nos réserves de nourriture. Elle avait donc essayé de trouver le moyen de fortifier les humains qu'il restait pour en faire des sacs de sang immortels.

Bien sûr, même si je comprenais quel était son objectif, je n'étais pas d'accord pour autant avec cette idée.

Il y avait d'autres moyens d'améliorer la qualité de notre nourriture et la durabilité de nos produits.

Damien recula d'un pas, les bras croisés sur son pull noir.

— Sa génétique de demi-lycan l'aide à guérir, songea-t-il en désignant la blessure qui lui courait le long de la mâchoire.

— Calina possède-t-elle une part de lycan en elle, elle aussi ? demandai-je, ma question adressée à James.

— Du côté de sa mère, dit-il d'une voix éraillée, son père était humain.

Je fronçai les sourcils.

— Alors elle aurait dû être née lycane de sang pur.

Les gènes de sa mère auraient dû prendre le dessus dans son ventre pour compenser la part mortelle dans l'équation. C'était comme cela que fonctionnaient les choses dans les camps d'élevage de lycans, sauf que des femelles humaines étaient forcées de s'accoupler avec des mâles lycans. La plupart des mères humaines mouraient car leurs corps ne parvenaient pas à contenir l'être immortel qui grandissait à l'intérieur d'elles. Mais quelques-unes survivaient, au moins jusqu'à l'accouchement.

James se mit à secouer la tête mais tressaillit.

— Son hôte était une couveuse humaine, dit-il en déglutissant et en me fixant de son œil valide. C'était avant ma naissance. Je ne suis au courant que de ce qu'elle m'a dit.

Ce qui signifiait qu'elle aurait pu lui mentir.

Je la scrutai une nouvelle fois sur l'écran, puis glissai l'appareil dans ma poche. Il me suffirait de l'interroger moi-même.

Je m'apprêtai à me relever d'un air décidé lorsque James ajouta :

— Elle se montrera plus bavarde si vous lui dites que vous ne travaillez pas pour Lilith.

Ses paroles n'étaient plus qu'un murmure, car son corps essayait toujours de se remettre de la séance de torture qui lui avait été infligée par Damien. Cependant, mon ouïe perçante me permit de l'entendre très distinctement.

Je repris position sur ma chaise et me penchai en avant pour venir reposer mes coudes sur mes genoux. Soit James avait déduit que nous ne travaillions pas pour Lilith, soit il avait entendu notre conversation avec les rescapés dans l'avion.

— Pourquoi est-ce que cette information rendrait Calina plus bavarde ? demandai-je avec un intérêt sincère.

Elle avait rapidement refusé de me livrer quoi que ce soit auparavant après que je lui eus confirmé que je ne travaillais pas pour Lilith. Elle avait également insinué que cela faisait en conséquence de moi quelqu'un d'inférieur. Alors pourquoi James pensait-il que cela allait faciliter mon interrogatoire ?

— Elle n'a pas suivi le protocole, répondit-il dans un souffle. Elle a tenté de nous sauver, en allant à l'encontre des règles de Lilith.

— Tu veux parler du protocole de détection ? demanda Damien.

— Non, toussota James avec une expression endolorie, mais il continua malgré son apparent malaise, le protocole du jour fatidique. Elle… elle était censée tuer tous ceux qui se trouvaient à l'intérieur du bunker. Elle ne l'a pas fait. La procédure de détection s'est enclenchée plus tard, peut-être parce qu'elle a échoué dans sa mission, je ne sais pas.

Damien et moi échangeâmes un regard. Il semblait que cette charmante doctoresse ait désobéi aux ordres de sa maîtresse, ce qui suggérait qu'elle n'était pas un petit animal obéissant comme le prétendaient Louis et Zack.

Les quatre survivants se reposaient à présent tous ensemble dans une autre pièce après s'être délectés d'un festin de neuf plats. Louis et Zack n'étaient donc pas là pour écouter ni faire de commentaires. Cela m'arrangeait bien car je voulais extorquer des réponses à Calina moi-même.

On entendit un *bip* qui fit se déplacer Damien vers les ordinateurs dans le coin de la pièce. Il avait choisi de mettre James dans ses appartements pour son interrogatoire, car selon lui, cela permettrait une gestion du temps plus efficace, de sorte qu'il pouvait lui poser des questions tout en se concentrant sur le téléchargement des données en même temps.

Nous espérions que les fichiers que Calina nous avait transmis nous apprendraient quelque chose à propos de Cam, car personne d'autre ne semblait le connaître, hormis Louis, évidemment.

— Mais qu'est-ce que… s'interrompit Damien en s'installant à son bureau, et parcourant du regard les écrans tandis que ses doigts voletaient à toute vitesse sur les différents claviers.

Je n'avais jamais été très doué avec la technologie, probablement parce que j'étais né à une époque où tout était beaucoup plus simple. Mais je savais tout de même suffisamment bien me servir d'un ordinateur pour ne pas être complètement perdu.

— Ces fichiers ne contiennent rien d'autre qu'un charabia crypté, marmonna Damien, en baissant ses sourcils sombres sous l'effet de la frustration. Soit la transmission des données a complètement buggé, soit les données exportées ont été intentionnellement manipulées pour les rendre illisibles.

— C'est Calina, murmura James. Elle a probablement mis en ligne de vieux fichiers pour distraire le destinataire… p-pour faire croire qu'elle suivait le protocole.

Il se racla la gorge, tout en tressaillant, mais je vis que ses blessures continuaient à se résorber.

Un hybride immortel mi-humain, mi-lycan. La vision que j'avais sous les yeux était tout à fait surréaliste. Mais pas aussi époustouflante que celle qui se trouvait là-bas, dans mes quartiers provisoires.

— Est-ce pour cela qu'elle a envoyé les fichiers sur un réseau non protégé ? demanda Damien en regardant le demi-sang. Était-ce pour retarder la transmission des fichiers ?

— Ils auraient été contraints de sécuriser les fichiers avant de les crypter, répondit James. C'est probablement pour cette raison qu'elle a fait les choses de cette manière.

— Ce qui signifie que l'intrusion dans ce flux de données est probablement la cause du déclenchement des protocoles de détection, traduisit Damien.

— Oui, confirma Jace en déglutissant.

L'hybride se tut, m'indiquant par la même occasion qu'à partir de maintenant, il ne servait plus à rien.

— Bien, dis-je en regardant Damien. Je vous laisse décider de sa destinée. Louis veut que nous le tuions, mais peut-être James pourra-t-il vous convaincre du contraire.

C'était une sorte de technique d'interrogation, pour donner à l'hybride une chance de tenter de nous prouver qu'il nous serait plus utile vivant que mort.

— J'en doute, rétorqua Damien d'une voix traînante tout en faisant bien mine de ne rien en avoir à fiche.

Ou bien peut-être ne faisait-il pas du tout semblant.

Je me relevai et croisai son regard.

— Je vais avoir une petite discussion avec le docteur C., pour voir si elle ne pourrait pas nous fournir quelques détails utiles sur les fichiers authentiques ainsi que sur leur véritable destinataire.

De ce que nous avait dit Damien, il avait été impossible de remonter jusqu'à l'adresse électronique du destinataire, en conséquence de quoi on ne pouvait pas connaître sa véritable identité ni le localiser.

— Je vais aller m'occuper de l'autre docteur ensuite, dit Damien d'un air absent, tout en poursuivant l'interrogatoire avec la même attitude blasée. Il n'y a aucune règle, n'est-ce pas ?

— Pas la moindre règle, non, répliquai-je en m'avançant à grands pas jusqu'à la porte. Cela dit, faites tout de même attention à bien nettoyer tout ce bazar. J'ai entendu dire que Ryder n'aimait pas beaucoup que l'on gaspille le sang.

Là-dessus, je sortis de la pièce et un sourire narquois me vint aux lèvres lorsque j'entendis James grogner, à mesure qu'il me suivait. Il grommela quelque chose qui ressemblait à une menace, et qui, j'en étais certain, allait bien faire rire Damien.

En vérité, nous savions tous que ces chercheurs nous seraient d'une bien plus grande utilité vivants que morts. Ils étaient la preuve incarnée de ce que Lilith avait fait aux membres de sa propre espèce par le biais de la recherche et de la manipulation génétique. Entre ce que nous avait déclaré Louis et la présence de James, qui était à lui tout seul la preuve vivante que l'on avait créé une descendance par la force dans les laboratoires, la culpabilité de Lilith ne faisait plus aucun doute.

Les histoires que nous avaient racontées Louis et Zack quant à la manière dont ils avaient été traités m'avaient fait froid dans le dos.

Pourtant, leur situation n'était pas très différente de celle des humains, qui avaient été relégués à la même place que du bétail dans l'ordre des choses.

Il devrait forcément y avoir une meilleure alternative à tout cela, un moyen d'inventer un nouvel ordre social qui permettrait aux vampires et aux lycans de conserver leur place au sommet tout en collaborant avec les humains afin de s'assurer de la satisfaction des besoins de toutes les espèces.

C'était donc là que mon cousin entrait en jeu. Cam

avait en tête une vision pour l'avenir, que je voulais voir prendre corps.

Ce qui signifiait qu'il fallait absolument que j'aille le trouver.

Je parcourus le couloir jusqu'à la suite que Damien m'avait attribuée, et ces appartements étaient conçus et entretenus pour un vampire royal de mon rang. En principe, toutes ces chambres appartenaient à Ryder désormais, mais cela ne l'avait pas tellement intéressé d'hériter de la demeure de son prédécesseur. Il s'était plutôt contenté d'une suite quelconque dans les étages inférieurs, et avait laissé carte blanche à Damien pour s'approprier et redécorer la suite à son goût.

Ryder avait également donné à Damien le harem d'humains de cet étage. Comme il s'était récemment accouplé avec Willow, il n'avait pas besoin de ce genre de divertissement.

J'avais mon propre harem dans ma région, mais je ne m'en étais pas vraiment occupé ces derniers temps.

L'attribution d'un harem pour les vampires royaux était censée être un avantage dont bénéficiaient ceux qui étaient aux commandes. En ce qui me concernait, je voyais plutôt cela comme un véritable boulet au pied, car il fallait que j'y consacre du temps. Dernièrement, je n'avais pas tellement eu envie de satisfaire mes besoins primaires, du moins, pas avec une horde d'humains bien trop enthousiastes à cette idée.

Il ne restait plus aucun défi à relever dans ce monde, grâce à tout ce que Lilith avait pu faire jusque là.

Cependant, la femelle qui me fixait lorsque j'entrai dans la suite semblait suggérer le contraire.

Comme j'étais intrigué de voir un tel regard sur le visage d'une jolie femme.

Elle ne me supplia pas, ne me tira pas la révérence. Elle

ne me gratifia pas non plus d'un *Monseigneur* ni d'un *Votre Altesse*. Il n'y avait qu'une étincelle d'agacement dans ses yeux, revigorante et énervante à la fois.

Je fermai la porte derrière moi et nous enfermai à clé de l'intérieur en tournant le verrou.

— Bonjour, ma petite doctoresse, murmurai-je. Alors, on a bien dormi ?

Elle ne me répondit pas, et ses yeux bleus… enfin, non, ses iris étaient maintenant d'une couleur bleu-vert avec de petites touches de marron. *Sublime*. Encore un de ses traits fascinants que je voulais explorer plus en profondeur.

Je me dirigeai vers elle d'un pas tranquille, pris une chaise et la posai en face d'elle. Sa mâchoire se serra lorsque je pris une pose décontractée, la cheville posée sur le genou de mon autre jambe.

— Tu sembles t'être bien reposée, continuai-je tandis que je laissai mon regard se promener sur son corps dénudé. Tu as l'air excitée, aussi.

Ses tétons s'étaient mis à pointer et ressortaient sous l'effet de l'air frais, leurs extrémités roses semblaient m'aguicher comme si elles me suppliaient de venir apposer ma langue sur elles.

Peut-être allais-je céder.

Mais seulement si elle me donnait ce que je voulais d'abord.

—James m'a dit que tu serais plus encline à parler si je te confirme que je ne travaille pas pour Lilith, mais j'ai déjà tenté le coup et, en bref, tu m'as qualifié d'inférieur, repris-je en penchant la tête sur le côté. Est-ce toujours ce que tu penses ?

Ses narines se dilatèrent.

— Qu'avez-vous fait à James ?

Je la regardai en levant un sourcil, impressionné et irrité en même temps par son ton hautain.

— Peut-être n'ai-je pas été assez clair sur ce point. C'est moi qui pose les questions, et non l'inverse.

— Vous avez besoin que je reste en vie à cause de ce que je sais, dit-elle. J'ai besoin de savoir si James va bien.

— Et si ce n'est pas le cas ? me demandai-je à voix haute avec une curiosité sincère.

— Alors vous feriez bien de me tuer, car je ne vous donnerai rien du tout, merde, répondit-elle d'un ton cinglant.

Je levai brusquement les deux sourcils cette fois. Avais-je mal interprété leur relation ? Je croyais qu'il était avec la mère du bébé lycan, mais peut-être que Calina et lui entretenaient une relation amoureuse. Enfin… non, cela ne semblait pas plausible. Je n'avais senti aucune alchimie entre eux l'autre jour. Il s'était contenté d'obéir à ses ordres. De plus, il ne s'était pas inquiété de Calina, mais de Gretchen et de leur enfant.

— Essaies-tu de négocier ? demandai-je en tentant de discerner quelle était sa stratégie.

— Je vous dis que je vais coopérer, mais seulement si personne ne fait de mal à James et à Gretchen.

— Eh bien, c'est trop tard, avouai-je.

— Alors il est trop tard pour négocier, rétorqua-t-elle.

Je scrutai l'expression de son visage pour y déceler une once de vulnérabilité, en vain.

Elle disait tout cela sérieusement.

— Comment pourrais-je savoir si cela vaut la peine de négocier avec toi ? m'enquis-je. C'est toi qui as envoyé cette transmission de faux rapports. Mais hormis ça, je n'ai aucune preuve que tu puisses me fournir quoi que ce soit d'utile. Tu n'es même pas capable de me dire quoi que ce soit sur Cam.

Je la provoquais, et l'étincelle qu'il y avait dans son regard m'indiqua qu'elle le savait bien.

Mais au lieu de me réprimander, elle me scruta d'une manière identique à celle dont je la parcourais du regard.

— Sa Majesté Jace… dit-elle comme si elle savourait mon titre et mon nom, je n'ai jamais entendu parler de vous.

Elle parcourut la pièce du regard.

— D'ailleurs, cette chambre n'est pas à vous.

— Comment le sais-tu ?

— L'odeur qui y règne est trop fraîche. Si vous viviez ici, la pièce serait imprégnée de votre eau de Cologne aux notes boisées, ce ne serait pas qu'une simple fragrance volatile, dit-elle, ses iris multicolores se concentrant à nouveau sur moi. James et Gretchen sont toujours en vie. S'ils le restent, je vous dirai tout ce que je sais. Mais d'abord, il va falloir que vous les libériez. Voilà quelles sont mes conditions, à prendre ou à laisser.

CALINA

Ce titre seyait bien au vampire qui se tenait devant moi, car ses iris d'un bleu glacial et ses traits parfaits, finement dessinés lui conféraient une certaine suprématie régalienne. Son âge et son expérience émanaient également de lui, et m'indiquaient sans qu'il n'ait besoin de me le préciser qu'il était l'un des vampires anciens.

Lilith n'avait jamais dévoilé aucun des noms des créatures royales ou des alphas à qui elle avait confié les différentes régions. Cependant, je supposai que ce magnifique vampire faisait partie du cercle de la royauté. Au vu de sa puissance et de son âge avancé, il ne pouvait occuper d'autre fonction que celle de dirigeant parmi ceux de son espèce. La façon qu'il avait de me scruter ouvertement de la même manière qu'il jugeait de la situation m'indiqua tout ce que je devais savoir quant à ses capacités stratégiques.

Il serait un adversaire redoutable aux échecs.

Alors commençons la partie, pensai-je en attendant qu'il se décide à prendre son tour. J'avais joué cartes sur table, comme on dit, quant à tout ce que je lui avais dit. Désormais, c'était son tour.

— Comment puis-je être certain que les informations

que tu as à fournir soient d'une quelconque importance ?
me demanda-t-il.

— Si vous ne m'accordiez pas la moindre importance,
vous ne m'auriez pas nourrie de votre sang.

Je constatai quels étaient les effets secondaires de
l'absorption de l'essence d'un vampire, et la puissance de
l'impact de son sang sur mes sens avait également confirmé
son âge.

— Si je t'ai sauvée, c'est uniquement parce que je veux
des réponses. Cependant, si tu ne veux pas coopérer pour
me les donner, alors je vais t'achever et faire de toi mon en-
cas, puisque c'est la destinée qui t'attend.

Je haussai les épaules.

— S'il vous faut en arriver là pour imposer votre
supériorité, alors soit, déclarai-je en penchant la tête pour
lui exposer ma veine. Voilà ce que Lilith ferait, et qu'elle ne
s'est d'ailleurs pas privée de faire de nombreuses fois.

Ce qu'elle n'avait jamais fait, c'était de m'offrir son
sang pour me ramener à la vie. Le fait que Jace, lui, l'ait
fait le rendait si… *différent*. Je ne savais pas vraiment si
j'appréciais ou non de constater cette différence.

— Un sac de sang immortel, songea-t-il. Et un sac de
sang goûteux, qui plus est…

Il souleva sa cheville posée sur son genou et se pencha
en avant pour venir poser ses avant-bras sur ses cuisses.

Tout de noir vêtu, sa présence était imposante. Une
lueur amusée scintillait pourtant dans les profondeurs de
son regard, ce qui me réconfortait quelque peu, comme
s'il ne s'agissait entre nous que d'une simple joute
verbale.

Oh, je n'avais aucun doute que ce prédateur allait me
dévorer. Contrairement à ce que suggérait l'accusation
qu'il avait fait peser contre moi un peu plus tôt, je ne me
considérais pas supérieure à lui.

Mais je possédais manifestement quelque chose qu'il recherchait.

Des informations.

Ce que je ne comprenais pas, c'était la raison pour laquelle il voulait absolument que je les lui livre. Il avait fait mention d'un certain Cam, ce nom m'était inconnu. Hormis cela, il n'avait pas dévoilé grand-chose d'autre.

— Que voulez-vous savoir, exactement ? lui demandai-je, curieuse. Ça ne sert à rien de me menacer de la sorte. Je suis nue, attachée sur une chaise, assise face à un vampire de plus d'un millénaire. Je sais très bien que vous êtes en position de *supériorité* dans la situation présente. Alors plutôt que de prendre une telle posture, dites-moi ce que vous voulez savoir. Si j'ai la réponse à vos questions, je vous la donnerai. Nous négocierons sur cette base.

— Tu es en train d'insinuer qu'il me faudrait négocier quoi que ce soit. Comme tu l'as dit, tu es manifestement en position d'infériorité.

— Certes, mais j'ai enduré plus d'un siècle de torture, chère Majesté Jace. Vous ne pourrez pas me faire grand-chose que l'on ne m'ait pas déjà fait. Je vous en prie, faites de votre mieux.

— Jace, répondit-il. Je ne suis pas Lilith. Je n'ai pas besoin que l'on m'octroie le titre de « Dieu » ni de « Majesté » pour avoir l'impression d'être important.

Non, je m'imaginais bien que ce n'était pas le cas. Une grande confiance émanait de lui, de par son âge et son expérience sous-jacents.

— Je ne veux pas non plus te torturer Calina. Mais j'ai besoin de réponses, et je ferai tout ce qu'il faudra pour les obtenir.

— Intéressant, puisque vous ne m'avez encore rien demandé de si important, murmurai-je. Vous voulez que je vous prouve ma valeur, mais ne m'en avez pas laissé l'occasion.

— Et ceci parce que tu souhaites négocier.

— Effectivement, mais je veux également que nous soyons complètement transparents l'un envers l'autre. Vous ne travaillez pas pour Lilith, et vous vous êtes pourtant introduit dans son bunker. Pourquoi cela ?

— Et toi, comment se fait-il que tu étais dans ce bunker ? rétorqua-t-il en ignorant ma demande.

J'acceptai de lui répondre car je ne lui dévoilerais rien d'important.

— Lilith m'a créée et m'a confié la direction du Bunker 47, qui était d'ailleurs une unité ultra-secrète, je dois dire, que vous avez mystérieusement trouvée. Vous dites pourtant que vous ne travaillez pas pour elle.

— Je ne travaille pas pour elle.

— Mais travaillez-vous avec elle ? reformulai-je. Est-ce vous qui revêtez le manteau et prenez la suite de ses fonctions maintenant qu'elle est morte ? Est-ce pour cette raison que les autres vampires vous appellent Sa Majesté Jace ?

Il plissa les yeux.

— Comment sais-tu qu'elle est morte ?

— Le protocole du jour fatidique ne devait être enclenché qu'à sa mort. Puisque je suis toujours pratiquement indemne sans avoir respecté aucune de ses directives, je suppose que selon toute vraisemblance, elle n'est véritablement plus de ce monde. C'est pourquoi je me demande si vous êtes son remplaçant, ce qui expliquerait que je sois en pleine santé : vous avez besoin de moi vivante, et il est nécessaire que je reste cohérente pour vous transmettre les détails nécessaires de mes recherches.

Je prononçai ces mots à mesure qu'ils me venaient en

tête, et n'arborai qu'une moue dédaigneuse à la fin de mon petit discours.

Il était impossible qu'il ait travaillé pour elle. Il en savait trop peu à son arrivée au Bunker 47.

Lilith n'aurait jamais laissé son homologue ou son successeur livré à lui-même sans lui fournir au moins quelques détails capitaux.

— Hum… eh bien, si vous ne travaillez pas pour elle ou avec elle, continuai-je, en passant en revue les informations dont je disposais à voix haute, je présume que vous êtes contre elle, l'un de ses détracteurs, en somme, auquel cas vous souhaiteriez me voler mes recherches pour pouvoir en faire un usage personnel. Est-ce un moyen d'asseoir votre pouvoir ? Une façon de prendre les rênes du pouvoir ?

Peut-être n'était-il pas un vrai roi, mais plutôt un futur roi.

Je scrutai attentivement ses traits en quête d'un indice.

Il se contenta de sourire.

— Tu es un sacré numéro, songea-t-il. Et si je te disais que j'avais l'intention de remplacer Lilith et de révolutionner l'ordre mondial ?

— Je me demande bien ce que cela a à voir avec moi, répondis-je.

— Cela dépend de la quantité d'informations que tu peux me fournir sur les opérations de Lilith. Puisqu'elle t'a nommée directrice de recherche, j'imagine que tu en sais long, ce qui te rend extrêmement utile pour moi, en particulier parce que les fichiers que tu as transmis manquaient de détails cruciaux.

Je me raidis.

— Comment le savez-vous ?

Seul le véritable destinataire des fichiers de Lilith aurait pu déchiffrer les fichiers avant de se rendre compte qu'ils ne contenaient que des données obsolètes et inutiles. Cela me ramenait donc à ma première idée, à savoir qu'il devait être en quelque sorte le remplaçant de Lilith.

— Nous les avons interceptés, expliqua-t-il. C'est aussi grâce à ces fichiers que nous avons trouvé le laboratoire.

J'entrouvris les lèvres.

— Alors c'était de ma faute... dis-je d'un seul souffle, les mots sortant de ma bouche contre ma volonté. C'était vous, l'intrus détecté par le système, vous qui avez provoqué la mise à jour de la procédure... à cause de mon transfert de dossier non sécurisé.

Je clignai des yeux, mon cœur bondissant brusquement, comme pris d'une vague d'agonie.

Merde. Toutes ces vies perdues...

Je sentis quelque chose me chatouiller dans ma poitrine, et réprimai l'émotion qui montait en moi en expirant profondément.

Il est déraisonnable de me sentir coupable. C'était Lilith qui avait mis en place ces systèmes de récupération des données, pas moi. J'avais seulement essayé d'aider les chercheurs sous ma responsabilité, pas de leur faire du mal.

Lilith m'avait seulement bernée avec ses contre-mesures.

Comment étais-je censée savoir que d'autres personnes cherchaient l'endroit où nous nous trouvions ?

Je fronçai les sourcils en y pensant.

— Comment saviez-vous d'ailleurs qu'il fallait nous rechercher ?

Lorsque je posai la question, toutes les pièces du puzzle s'assemblèrent, ce qui me fit écarquiller les yeux.

— Parce que vous avez tué Lilith. C'est pour cela que les autres vampires vous appellent *Sa Majesté*. Alors vous avez cherché les laboratoires... pour... pour prendre la place de Lilith.

Ce qui faisait de lui mon nouveau maître.

Je croisai son regard.

— Vous êtes un révolutionnaire.

J'avais entendu ce terme à plusieurs reprises dans le laboratoire, principalement au cours des visites de Lilith lorsqu'elle venait narguer les cobayes en leur apportant des nouvelles de la révolution avortée.

— Mais pourtant, vous êtes tous morts, repris-je.

C'était ce que Lilith avait dit à Louis, en lui rappelant constamment le souvenir d'une femme du nom de Lydia.

« *Ses cris me font encore jouir* », lui disait-elle. « *J'ai baisé Michael dans une flaque de son sang. J'ai même gardé des photos. Je te les montrerai un jour.* »

— Tu es au courant de la révolution ? me demanda Jace, me ramenant à lui et à la situation présente.

— Je ne suis au courant que de ce que Lilith disait aux cobayes.

Son expression s'assombrit.

— Tu parles de Louis, et de Cam, peut-être ?

Ce nom semblait être important à ses yeux. Je pourrais utiliser cette information contre lui pour négocier, mais également comme un signe de bonne foi.

Parfois, la clé de la négociation était de donner à l'adversaire un peu de grain à moudre pour faire durer le sujet. Puisque je savais que Jace ne travaillait ni pour ni avec Lilith, cela me rendait d'humeur plus charitable.

— Aucun des sujets de mon bunker ne répondait au nom de Cam, lui promis-je.

Il plissa les yeux.

— Tu as plutôt intérêt à ne pas me mentir.

— Je n'ai pas besoin de mentir, rétorquai-je. D'ailleurs, je peux le prouver.

Il leva les sourcils.

— Ah oui ? Comment ?

— En téléchargeant les archives des rapports d'activité, répondis-je.

— Ce n'est que du charabia.

— Les fichiers que j'ai envoyés via le protocole, oui. Mais j'ai transmis quotidiennement une copie de sauvegarde de nos archives sur un serveur général.

Chose qu'il saurait s'il travaillait avec Lilith, mais ses traits manifestaient toute sa surprise.

— Emmenez-moi là où se trouve votre ordinateur et je vous en fournirai la preuve, ainsi qu'une mine d'or d'informations, dis-je en saisissant au vol son regard que je soutins. Bien sûr, j'ai une condition à poser pour cela, et il faut qu'elle soit respectée.

Ses lèvres se tordirent subtilement.

— Comme ça, la boucle est bouclée.

— Nos négociations ne sont pas terminées, que je sache, fis-je remarquer. Mais vous m'avez demandé une preuve de ma valeur. Je vous l'ai fournie. Je veux donc que Gretchen et James ne subissent aucun sévice, et que vous les libériez sous mes yeux.

Il me considéra l'espace d'un instant, ses iris à la couleur glaciale ne laissant rien transparaître.

— À quel point connais-tu le nouveau monde ? me demanda-t-il, le changement de sujet me laissant le temps de souffler un instant. As-tu vu la manière dont les humains sont traités ?

— Je sais en quoi consiste le protocole du Jour du Sang et aussi que les vainqueurs sont répartis entre différents camps.

Il acquiesça.

— Et tu crois que tes deux amis vont pouvoir survivre à ça ? Parce que c'est ce qui les attend, voire pire, étant donné qu'ils sont immortels. Ce ne sont que des sacs de sang que l'on glorifie, Calina, tout comme toi. Les êtres supérieurs de ce monde ne sont pas gentils avec leur nourriture.

Son regard me démontra ce qu'il voulait me dire lorsqu'il fit traîner ses yeux sur chaque centimètre de mon corps nu exposé à sa vue. La convoitise enflammait ses iris, et je compris que ce n'était pas seulement mon sang qu'il désirait, mais *moi*.

Je frissonnai, l'idée de devenir son nouveau jouet me retourna l'estomac.

Lilith m'avait souvent utilisée pour récolter mon sang, mais jamais à des desseins sexuels. J'avais cependant assisté bien des fois à un acte sexuel. Elle avait à de nombreuses reprises jeté des humains dans les cellules des vampires ou des lycans pour qu'ils jouent avec en guise de récompense pour leur docilité pendant nos études. Ceux qui avaient choisi de ne pas obéir avaient été soumis à une torture mentale jusqu'à ce qu'ils se plient à ses ordres.

Tout comme elle avait jeté en cellule les techniciens de laboratoires qui s'étaient mal comportés pour que les êtres supérieurs leur enseignent une petite leçon.

Je n'avais jamais été soumise à un tel traitement de sa part, car les punitions qu'elle me réservait étaient d'ordre bien plus personnel.

— Je ne peux pas les libérer, continua Jace. Je ne te libérerai pas non plus, mais je peux rendre leur vie, et la tienne par la même occasion, bien plus agréable si tu m'obéis.

Il ne prit pas la peine de m'énoncer l'alternative, car nous savions très bien tous les deux ce qu'il sous-entendait au ton de sa voix.

Si tu ne m'obéis pas, je rendrai ta vie beaucoup moins plaisante, pensai-je avec un accent anglais qui n'était qu'une très mauvaise imitation du sien. Sa voix avait une élégance raffinée, tandis que j'avais un fort accent du centre-ouest des États-Unis, ou du moins, de la zone géographique qui recouvrait anciennement cette région.

Je lançai un regard en direction de la fenêtre à quelques mètres de moi, et remarquai le balcon qui se trouvait dessous ainsi que le ciel noir plein de ténèbres au-dessus de nos têtes. Le degré d'humidité était particulier dans cette région, et rendait ma peau poisseuse malgré l'air frais qui l'effleurait.

Je me demandai alors où il m'avait emmenée. Une simple curiosité bien minime, au vu de ma situation.

Jace se releva et s'avança d'un pas traînant vers le bar dans le coin de la pièce, près des hautes fenêtres. Soit il avait mal interprété la façon dont je l'avais scruté, ou bien mon regard, que j'avais laissé se promener sur lui, lui avait donné soif. Il se servit pour lui tout seul un verre qu'il remplit d'un liquide de couleur bronze, et s'avança lentement vers moi.

— Ouvre la bouche murmura-t-il en appuyant le rebord du verre contre mes lèvres.

Je tentai de lui dire que je n'avais pas envie d'un verre, mais il en versa le contenu sur ma langue et me força à avaler. L'alcool me brûla à mesure qu'il descendit tout le long de ma gorge, ce qui me fit tousser comme si j'avais des haut-le-cœur.

Il me sourit.

— Il va falloir qu'on y travaille un peu… de te faire ouvrir la bouche.

— Pourquoi ? demandai-je d'une voix étouffée.

— Parce que cela te servira à l'avenir, pour un usage particulier, répondit-il en reprenant une gorgée de boisson sur le même rebord de verre que celui que j'avais touché avec ma bouche.

Je frissonnai, car ce qu'il venait de faire avait quelque

chose de très intime, comme si nous nous étions fait une sorte de promesse tacite.

Chose tout à fait illogique et inexplicable. Je ne lui avais rien promis du tout ni n'avais consenti à une seule de ses conditions.

Le rebord du verre vint se poser une nouvelle fois sur mes lèvres. J'ouvris la bouche et avalai le liquide, cette fois sans m'étouffer. Une étincelle sombre se mit à briller dans ses yeux d'un bleu argenté.

— Tu vois, tu es déjà en train d'apprendre, songea-t-il en baissant le verre pour l'écarter de ma bouche.

Un éclair me parcourut les veines lorsque le verre froid m'effleura un téton. Il baissa les yeux pour observer ce mouvement, et me touchait manifestement avec une arrière-pensée car il refit la même chose avec mon autre sein.

Était-ce une technique d'interrogatoire tordue ? Ou bien n'était-il qu'un prédateur cherchant à appâter sa proie ?

— J'espère presque que tu refuseras d'obéir, murmura-t-il. Ta peau blanche rougirait si joliment. D'ailleurs, j'aimerais beaucoup entendre des réactions encourageantes venant de toi pour me pousser à continuer tout le long de l'acte.

Le verre me caressa à nouveau la peau, sauf que cette fois, il le pencha pour déverser une partie du liquide couleur bronze sur mon sein.

J'en eus la chair de poule, elle se répartit partout sur ma peau.

Puis mon souffle se bloqua dans ma gorge lorsqu'il pencha la tête pour recueillir les petites gouttes de liquide avec sa langue.

Une sensation de chaleur me caressa la peau, sa

bouche semblait embrasser mes sens de manière inattendue.

Ohhh…

Un violent tremblement prit sa source dans la partie basse de mon abdomen et envoya des étincelles dans chacune de mes terminaisons nerveuses. Ces étincelles s'embrasèrent lorsqu'il transperça de ses crocs la zone sensible tout autour de mon téton.

Je poussai un cri tout en sentant une légère douleur puis me figeai lorsqu'il leva son verre sur ma plaie toute fraîche.

— Comme je te l'ai dit, murmura-t-il, ses iris d'un bleu glacial pénétrant dans les miens, je peux te faire vivre une vie très commode… ou bien la rendre plus infernale que tu ne pourrais te l'imaginer.

Il pencha le verre, et l'alcool se déversa par-dessus le rebord pour atterrir cette fois encore directement sur mon sein.

Cette agréable sensation de brûlure se mit à me picoter avec ardeur comme les flammes de l'enfer, et je laissai échapper du fond de ma gorge un net sifflement à cause du choc et de la douleur.

Sa langue atténua mes tourments. Il lécha mon sang imbibé d'alcool, ce qui calma ma brûlure.

Cet instant ne dura qu'une seconde.

Mais son but était clair.

Je suis ton maître, à présent. Coopère avec moi, et je te récompenserai peut-être. Oppose-toi à moi et je te détruirai.

JACE

Le sifflement de Calina résonna dans mon esprit sans discontinuer, et j'aurais voulu qu'elle réitère ce bruit délicieux lorsque je m'enfoncerai profondément en elle.

Mmmh… j'étais tout à fait sérieux lorsque je lui avais dit que j'espérais qu'elle refuserait d'obéir. Je ne voulais pas véritablement lui faire de mal, mais seulement lui enseigner une petite leçon pour asseoir mon autorité.

Cette jolie petite chercheuse considérait qu'elle était mon égale, et bien que j'admirais sa ténacité, elle n'était certainement pas au même niveau que moi.

Mais elle pourrait y arriver.

Cela faisait bien longtemps que je n'avais plus songé à me créer une progéniture. Toutefois, l'esprit de Calina semblait vouloir entrer en communication avec le mien, et sa présence avait quelque chose d'élégamment enivrant qui me donnait envie de me noyer en elle.

Elle était forte, tenace, entêtée. Plus important encore, elle faisait preuve de *stratégie*.

Il m'avait suffi d'une conversation pour discerner toutes ces qualités car elle s'était dévoilée à moi comme un livre ouvert. Ce n'était pas qu'elle était naïve, mais elle savait seulement que c'était sa meilleure chance de survivre.

Qui plus est, elle avait essayé de me berner en menant la conversation intelligemment comme une championne.

L'air amusé, un sourire se dessina sur mes lèvres.

J'avais envie de lui faire plaisir et de poursuivre notre petit jeu pour la deuxième manche, mais le temps n'était pas de notre côté.

Je laissai donc Calina attachée à la chaise et partis à la recherche de Damien pour lui fournir les dernières informations concernant le serveur principal.

— Réfléchis bien, lui avais-je dit avant de quitter la pièce, je veux que tu me donnes une réponse cohérente à mon retour.

Je n'avais pas pris la peine de soigner la plaie sur son sein. Elle se résorberait toute seule, et la génétique particulière de Calina allait en accélérer la guérison.

De plus, cela me plaisait assez d'avoir laissé ma marque au-dessus de son téton qui pointait. C'était presque comme si j'en avais fait ma propriété et qu'elle n'appartenait qu'à moi.

Une morsure dans le cou, une autre sur son sein. Peut-être allais-je prélever mon prochain échantillon de son sang sur sa cuisse lisse et tendre.

Oui, évidemment, songeai-je en me figurant très clairement cette image dans ma tête.

— Êtes-vous ivre ? me demanda une voix grave, qui me fit marquer un temps d'arrêt. Ou bien votre âge avancé a-t-il eu des effets délétères sur votre vue ?

Je regardai par-dessus mon épaule et aperçus Ryder appuyé contre le mur, un sourcil levé.

— Dois-je honorer votre présence et vous faire la révérence ? lui demandai-je sans relever sa remarque à propos de mon état préoccupé.

J'avais dû lui passer à côté sans le remarquer.

Je supposai que cela signifiait que je ne le considérais

plus comme une menace. Ou peut-être mon attention s'était-elle portée vers des choses plus plaisantes au point d'en oublier le danger mortel partout autour de moi.

— J'ai cru comprendre, à titre personnel, que les formalités d'usage exigeaient que l'on se salue d'une certaine manière.

— Je vois, répondis-je. Alors bonjour, Ryder. Quelle charmante surprise. Qu'est-ce qui vous amène à l'étage de Damien ?

Ses yeux noirs scintillaient d'une étincelle létale.

— Il a fait mention de prisonniers et d'un interrogatoire dans son dernier rapport. Je crois qu'il voulait seulement me tenir informé des derniers événements, mais j'ai pris cela pour une invitation.

— Nous ne pouvons pas les tuer, dis-je immédiatement, bien conscient du penchant qu'avait Ryder de massacrer ses victimes d'abord et de réserver les questions pour plus tard.

C'était comme cela que la tête de Lilith avait atterri dans un congélateur.

— Ils sont la preuve vivante que Lilith faisait usage des immortels pour ses recherches.

— Et il faut qu'on en garde trois pour corroborer cette preuve … pour quelle raison ?

— L'une de nos prisonnières était la directrice de recherche de Lilith dans le bunker. Elle nous sera utile si nous la maintenons en vie, et nous aurons besoin des deux autres docteurs, qu'elle semble considérer comme ses amis, pour les utiliser comme monnaie d'échange en vue de l'encourager à coopérer avec nous.

— Et le petit bébé lycan dont s'éprend ma partenaire, en bas ? insista-t-il d'un air pressant.

— Ce sera un bon outil de négociation qui va nous permettre de rendre les deux docteurs un peu plus bavards, dit Damien d'une voix traînante lorsqu'il nous rejoignit dans le couloir. Du moins, c'en était un jusqu'à ce que James entende cette remarque grâce à son ouïe de lycan.

Il désigna du menton la porte par laquelle il venait d'entrer.

— Ces locaux ne sont pas isolés. C'est intéressant, d'ailleurs, si l'on considère que Silvano a précédemment séjourné dans ces quartiers. Enfin, je digresse…

Il me regarda.

— Alors, comment cela s'est passé avec le docteur C. ?

— Elle est actuellement en train de réfléchir aux choix qui s'offrent à elle.

Je ne pus m'empêcher de prendre un ton amusé, chose que les deux mâles ne manquèrent pas de remarquer instamment.

— Et quels sont ces choix ? demanda Damien.

— Elle m'a parlé d'une banque de serveurs, répondis-je en changeant distinctement de sujet par rapport à ma petite partie d'échecs verbale avec Calina. Elle prétend que tous ses fichiers ont été mis à jour quotidiennement, et qu'elle peut également nous aider à en remonter la source.

— Ou bien elle pourrait utiliser les moyens que nous mettons à sa disposition pour envoyer un message au véritable destinataire de ces fichiers.

— Oui, admis-je. Mais elle avait forcément une raison d'envoyer ces conneries de fichiers à cette personne. Elle a aussi violé le protocole, en conséquence de quoi je ne pense pas qu'elle serait très enthousiaste à l'idée de reprendre contact avec l'ancien associé de Lilith, si tant est qu'elle en ait eu un, du moins. Nous n'avons pas de réponse claire à cette question.

— A-t-elle mentionné le nom de quiconque, qui pourrait nous intéresser ? demanda Ryder.

— Pas encore, concédai-je. Mais je vais voir si quelques photos pourraient éventuellement stimuler sa mémoire.

Ou plus précisément, je voulais voir si elle allait montrer une quelconque réaction à la vue de ces photos. Quelque chose me disait qu'une petite morsure n'allait pas suffire à la convaincre de coopérer. Ce n'était pas un problème. Je pouvais lui faire bien pire que cela tout en faisant en sorte que cela lui plaise au moins en partie.

— Très bien, alors ces chercheurs mènent des expériences sur les lycans et les vampires depuis plus d'un siècle, certains depuis plus longtemps encore, et notre solution serait de les laisser en vie pour un petit interrogatoire afin de voir les preuves qu'ils ont à nous apporter, résuma Ryder.

— Tu as donc lu mes notes, répondit Damien, c'est bon à savoir.

— Allez-vous laisser les membres de l'Alliance les manger après qu'ils auront livré leurs témoignages ? demanda Ryder en ignorant la remarque hors de propos de son nouveau souverain. Vais-je être contraint à jouer un rôle de père pour ce chiot pour l'éternité ? Ma partenaire ne laissera personne le tuer à présent. Elle est pleine d'amour pour lui, et je refuse de lui briser le cœur.

Il sortit un appareil de sa poche et mit en route la vidéo d'un joli loup blanc enroulé autour d'une minuscule boule de fourrure.

Damien sourit et donna à Ryder une tape sur l'épaule.

— Félicitations, tu viens de devenir papa. Tu veux un câlin ?

— Non.

— Bien, dit Damien en laissant retomber sa main avant de me regarder. Dites-moi ce que vous savez à propos de la banque de serveurs.

— Je ne peux pas. Calina n'a pas encore dit qu'elle

consentait à nous aider.

Il leva les sourcils.

— Alors pourquoi est-ce que vous restez planté là, bordel ?

Je levai un sourcil à mon tour car je n'appréciais pas du tout son ton irrespectueux.

Il se racla la gorge.

— Excusez-moi, Votre Majesté. Je suis simplement enthousiaste à l'idée de m'introduire sur une banque de serveurs.

— Cessez de m'appeler *Majesté* et je vous pardonnerai.

— Mais cela sonne si bien, intervint Ryder d'un ton qui ne laissait pas place à la contestation.

Je ne pris pas la peine d'accorder la moindre attention à son commentaire déplacé.

— Je laisse à Calina quelques minutes pour examiner les choix qui s'offrent à elle. Pendant ce temps, j'avais l'intention de partager avec vous les informations dont j'ai connaissance pour que vous puissiez cuisiner James et Gretchen, afin qu'ils confirment ses dires.

— Très bien, murmura Damien, je vais voir ce que je peux faire.

— Je vais vous aider, proposa Ryder.

— Non, dis-je immédiatement.

Ryder me regarda la bouche grande ouverte.

— Je vous demande pardon ?

Il semblait véritablement choqué, comme si personne ne lui avait jamais rien refusé jusqu'à présent.

— Lorsque nous aurons besoin de vous pour tuer quelqu'un, nous vous appellerons, lui promis-je. Mais pour le moment, il faut que les chercheurs restent en vie et en bon état, et franchement, je ne vous fais pas confiance là-dessus.

— Franchement, je n'en ai rien à foutre, rétorqua-t-il.

— Ryder, l'interpellai-je avant qu'il ne puisse se diriger dans la direction de Calina, ces chercheurs ont peut-être en leur possession des informations qui nous mèneront à Cam. Hors de question que je compromette cela.

— Je ne vois toujours pas en quoi ce fossile de vampire va nous permettre de trouver la solution à tous nos problèmes, répondit Ryder sur un ton moins cinglant. Mais je vais tout de même jouer le jeu pour Izzy.

Il se radoucit un peu en prononçant le nom de cette femelle. En sa qualité de créateur de Damien, Ryder connaissait très bien Izzy car elle était la sœur de ce dernier.

Il s'avère qu'elle était également l'*Erosita* de Cam.

Son existence prouvait qu'il était toujours vivant, car son immortalité était liée à la vie d'Izzy. S'il mourrait, alors elle mourrait avec lui. Pourtant, cette femelle humaine n'avait pas vieilli d'un seul jour en plus de mille ans.

— Willow veut connaître le nom du petit chiot, et savoir s'il a déjà pris sa forme humaine. Renseignez-vous pour moi et je retournerai en bas.

Ryder parlait sur un ton agacé, mais je saisis l'étincelle de lumière dans ses yeux sombres. On avait touché une corde sensible chez ce vieux vampire.

— L'amour vous va si bien, lui dis-je doucement.

— Et vous, une couronne vous irait à merveille, *Votre Majesté le Roi Jace*, rétorqua-t-il.

Je me retins de lever les yeux au ciel. Notre petit entretien visant à établir un lien était manifestement arrivé à son terme.

Sans un mot de plus, je parcourus le couloir dans la direction opposée pour me diriger vers Calina et son odeur entêtante.

L'heure de la deuxième manche est arrivée.

À ton tour, ma belle.

LILITH

Trois banques de serveurs ont été mises en service, toutes situées en des endroits stratégiques autour du globe, conformément à vos directives.

Chacune des banques de serveurs est protégée par des séquences électroniques de données. L'appareil que vous portez au poignet vous alertera en cas de défaillance d'un quelconque de ces mécanismes de sécurité. Dans le cas peu probable de la survenue d'un tel événement, vous sera présentée une série de codes. Il vous reviendra de choisir la manière dont vous souhaitez en récupérer l'accès.

Si vous avez besoin d'aide, vous pouvez à tout moment sélectionner le bouton rouge sur l'écran et quelqu'un viendra vous porter assistance au plus vite.

Concernant les serveurs principaux, ils hébergent le détail de toutes les recherches effectuées dans les bunkers sous votre responsabilité.

Le Bunker 7, où vous vous trouvez actuellement, constitue le nœud central de tout le réseau de recherche.

Le Bunker 17 a pour objectif principal l'étude des techniques de persuasion. Ce bunker est entièrement opérationnel. Les rapports d'activité suivront.

Le Bunker 27 a pour objectif principal l'étude de la stimulation mentale et des technologies relatives à l'esprit de ruche. Ce bunker est entièrement opérationnel. Les rapports d'activité suivront.

Le Bunker 37 a pour objectif principal l'étude de la puissance du sang et des liens avec les *Erositas*. Ce bunker est entièrement opérationnel. Les rapports d'activité suivront.

Le Bunker 47 avait pour objectif principal l'étude de la longévité des mortels. Si les protocoles en vigueur ont été convenablement suivis, ce bunker est à présent détruit et vous devriez être en possession des rapports d'activité correspondants. Dans le cas contraire, il vous faudra vous rendre auprès de la banque de serveurs correspondante.

APPUYEZ SUR LA FLÈCHE VERTE CI-DESSOUS POUR CONTINUER OU APPUYEZ SUR LA CROIX ROUGE POUR OBTENIR LES COORDONNÉES DÉTAILLÉES DES BANQUES DE SERVEURS.

MERCI POUR VOTRE SÉLECTION. VOTRE ASSISTANT VA ARRIVER IMMÉDIATEMENT.

FIN DE LA TRANSMISSION.

CALINA

Ma peau se mit à me picoter, bien consciente de ce qui m'attendait lorsque Jace revint, son énergie régalienne faisant l'effet d'un coup de fouet à mes sens. Il ne me regarda pas ni ne m'adressa la parole. Il se contenta de se traîner d'un pas lent vers le bar pour se servir un autre verre.

Je le regardai tandis qu'il se pencha et remarquai la façon dont son jean noir lui moulait les cuisses et les fesses. Les vampires étaient toujours des créatures à la prestance incomparable, et faisaient usage de leur puissance comme d'un outil de séduction pour attirer leur proie. L'attirance que je ressentais pour lui était ancrée dans mon être, en conséquence de quoi il m'était impossible de résister à ce chef-d'œuvre viril qui se tenait devant moi. S'il me demandait de m'agenouiller, je lui obéirais, car mon corps me l'ordonnerait.

Cependant, cela ne voulait pas dire qu'il pourrait avoir accès à mon esprit.

Il se redressa, et se mit à avancer vers moi. Je remarquai qu'il avait quelque chose à la main. Je croisai son regard et le maintins, pour lui indiquer de manière tacite qu'il ne me faisait pas peur. Lilith avait tenté de m'instiller une peur incommensurable en me battant, mais le seul fruit de tous ses efforts avait été de prouver tout ce que je pouvais endurer sans me briser.

Il enserra la paume de sa main autour de l'objet qu'il tenait, ce qui attira mon attention sur la bouteille. Puis il appuya le rebord du verre contre mes lèvres et me fit boire une bonne quantité d'eau. Je ne m'étais même pas rendu compte que j'avais soif jusqu'à ce que je commence à avaler cette eau. Les quelques gorgées d'alcool que j'avais ingérées tout à l'heure m'avaient laissé une sensation de brûlure dans la gorge que l'eau étouffa rapidement. Je pus enfin respirer, soulagée par la sensation que me procura le liquide rafraîchissant.

Il ne dit rien et se contenta de m'aider à boire avec précaution jusqu'à ce que la bouteille fut vide. Lorsque j'eus fini, il mit la bouteille de côté et se déplaça jusque derrière moi.

Je résistai à l'envie dévorante de détourner le regard vers lui lorsqu'il posa les doigts sur mes épaules.

— As-tu pris une décision ? me demanda-t-il, sa voix caressante et douce comme de la soie me parvenant aux oreilles. Veux-tu collaborer avec moi ?

Il se mit à masser mes muscles raidis, ce qui fit évacuer la tension accumulée au niveau de mes bras et envoya des frissons dans mon abdomen. Je tentai de résister à l'envie de gémir, sa façon experte de me toucher m'hypnotisait tandis qu'il cherchait tous les points douloureux sur mon corps et exerçait une pression juste suffisante pour détendre mes articulations à l'agonie.

J'étais restée attachée à cette chaise pendant bien trop longtemps, mes bras et mes jambes demeuraient immobiles.

Mais ses mains enchanteresses me donnaient l'impression de me sentir vivante, régénérée, *entière*.

— Ou bien est-ce que tu préfères que j'emploie la

manière forte ? continua-t-il en enfonçant son pouce sur un point de tension dans mon cou, me faisant haleter de douleur. Dis quelque chose, Calina, murmura-t-il tout contre mon oreille, ou bien je vais être forcé de deviner si tu es décidée à coopérer… ou non.

Je tremblai lorsqu'il reprit son massage, mon corps se pliant immédiatement à sa volonté. Cela ne faisait aucun doute qu'il me possédait à présent. Mais pourrais-je coopérer de mon plein gré ?

— Je veux être certaine que Gretchen et James sont en sécurité, dis-je en haletant, comme parcourue par un éclair d'électricité lorsqu'il toucha à nouveau le point de tension. Je ne vous aiderai pas si vous leur avez fait du mal.

Je prononçai cette résolution les dents serrées, puis je poussai un soupir lorsqu'il me tourmenta encore en traçant de délectables petits cercles sur ma peau.

Il voulait briser le rempart de mon esprit, le forcer à me soumettre extérieurement même si intérieurement, je hurlais. Je le sentais à sa façon de me manipuler, ses mouvements stratégiques prouvaient qu'il était un adversaire de valeur sur ce ring de combat.

Tout comme Lilith.

Elle aussi s'était imposée en maître de la stratégie.

— Ils vont bien, répondit-il, et il n'y a pas de raison que cela change si tu coopères.

Ce qui signifiait qu'il avait l'intention de les utiliser comme moyen de pression sur moi.

— Il me les faut vivants pour qu'ils puissent témoigner, alors je ne vais pas les libérer. Tu devrais d'ailleurs m'en remercier, Calina, car ils ne survivraient pas dans ce monde sans ma tutelle, et toi non plus.

Il mordilla l'endroit où l'on sentait battre mon pouls et fit glisser ses paumes de mains le long de mes bras comme s'il voulait mémoriser la sensation que lui procurait ma peau.

Un frisson me parcourut l'échine à toute vitesse lorsqu'il effleura les côtés de mes seins avec les articulations de ses doigts. Sa chaleur, que je sentais dans mon dos, mon corps la désirait bien plus ardemment que mon esprit.

Je ne pouvais cependant pas nier que je me sentais étrangement protégée lorsqu'il me serra ainsi contre lui, et ce malgré la menace bien réelle de ses dents juste au-dessus de l'endroit où se faisait ressentir le battement de mon cœur.

— Collabore avec moi, murmura-t-il, aide-moi à annihiler l'empire de Lilith.

Je déglutis.

— Est-ce là votre véritable objectif ?

— Oui, avoua-t-il doucement. J'ai l'intention de réduire en cendres tout ce qu'elle a créé. Mais pour ce faire, je dois retrouver Cam. J'ai également besoin de savoir avec qui elle travaillait, quelle était la destination de tes fichiers, et de prendre connaissance de tous les autres rapports d'activité pouvant se trouver dans les banques de serveurs, si tant est qu'elles existent vraiment.

— Elles existent vraiment.

— Ce sera la première chose que je te demanderai de me prouver.

— Tout comme ma première exigence sera de voir Gretchen et James, rétorquai-je.

— Tu n'es pas vraiment en position d'exiger quoi que ce soit, ma petite stratège, fredonna-t-il. Mais je vais t'accorder ce privilège, à condition que tu me donnes quelque chose en retour.

— Que voulez-vous ?

— Tes yeux.

Il m'embrassa dans le cou et me libéra. L'air frais irrita

sans que je ne m'y attende ma peau rougie et un frisson me parcourut le corps.

Je me sentis soudain perdue et glacée, la présence de Jace était comme une couverture que je ne voulais pas désirer à ce point. Je ne pouvais cependant pas lutter contre mon attirance. C'était lui, l'être supérieur, le *prédateur*. En tant qu'humaine, j'étais prédisposée à me soumettre au pouvoir suprême.

Pouvoir que Jace incarnait résolument.

— Je te laisserai voir Gretchen et James, mais seulement lorsque tu m'auras prouvé que tu es volontaire pour me soutenir dans cette entreprise.

Il se déplaça jusque devant moi, un appareil à la main qui me rappelait l'un de ces vieux téléphones ou bien une sorte de bloc-notes électronique. Mais lorsqu'il alluma l'appareil, je me rendis compte que celui-ci était bien plus perfectionné que je ne le croyais.

Des images holographiques emplirent l'espace qui nous séparait, chacune d'entre elles représentant un visage avec, en dessous, le nom et le titre de la personne dont il était question. Le portrait qui était le plus proche de moi était celui du mâle qui m'avait attachée à cette chaise.

Vampire royal de la région de Jace.

— Qu'est-ce que la région de Jace ? me demandai-je à voix haute. Ou plutôt, où est-ce ?

Je savais que Lilith avait divisé le monde en différents royaumes sous le joug des vampires et des lycans. Mais je n'en connaissais pas le nom ni ne savais dans quelles parties de l'ancien monde elles se situaient.

— Au nord-ouest des États-Unis, répondit-il en me détaillant du regard. Jace City est en quelque sorte une version améliorée de San Francisco.

Je clignai des yeux, puis hochai la tête.

— Lilith, elle, a pris Chicago.

Je n'en avais jamais eu la réelle confirmation, si ce n'est que j'avais pu le deviner en observant le lieu où se trouvait Lilith en arrière-plan chaque fois qu'elle nous contactait par appel vidéo.

Elle m'avait volontairement maintenue dans l'ignorance par rapport au nouvel ordre mondial car elle savait que cela diminuait la probabilité que je cherche à fuir. De toute façon, je n'avais jamais réellement eu la possibilité de m'enfuir.

Et puis, comme l'avait fait remarquer Jace, je ne survivrais probablement pas très longtemps dans ce monde réformé. Pire encore, je souhaiterais certainement plus que tout ne jamais y être confrontée.

— Le Bunker 47 était situé au nord du Michigan, murmura-t-il sans me quitter des yeux.

— Ce qui confirme que Lilith était bien à Chicago, répondis-je d'un signe de tête. Elle ne se serait jamais trop éloignée.

— Évidemment, me répondit-t-il en continuant de me scruter et de passer à une nouvelle image. Je veux que tu me dises si tu reconnais quelqu'un parmi les portraits que je vais te montrer, qu'il s'agisse d'une personne que tu as vue dans le laboratoire ou bien s'entretenir avec Lilith, n'importe quoi.

— Je n'ai pas rencontré beaucoup de lycans ou de vampires en dehors de leurs cages, l'avertis-je.

— Si tu en as rencontré ne serait-ce qu'un seul, cela nous aidera à déterminer comment nous allons procéder ensuite.

Il me regarda une fois encore de haut en bas et sourit.

— Tu sembles apprécier les informations utiles, alors je vais également te détailler le nom des régions et les territoires des différents clans à mesure de notre avancée. Par exemple, voici Kylan. Sa région s'étend sur les anciens territoires de la Colombie-Britannique, du Yukon et de l'Alaska, toute cette zone. Le chef-lieu de sa région est Vancouver.

Je scrutai le magnifique vampire royal à l'écran, et remarquai ses yeux sombres ainsi que ses cheveux de même couleur.

— Je ne l'ai jamais vu.

Il avait un visage frappant dont se rappellerait n'importe quelle femelle, tout comme celui de Jace.

Jace baissa le menton et passa au vampire suivant.

Il s'appelait Claude. Sa région était également située sur le territoire du Canada et englobait le Québec, Terre-Neuve, la Nouvelle-Écosse ainsi que quelques autres terres situées au nord. Je ne le reconnus pas.

Vint ensuite le tour de Silvano. C'était un vampire, décédé et remplacé par Ryder. Leur région comprenait le Texas, le Mexique et plusieurs pays d'Amérique centrale.

— Nous nous trouvons maintenant au Costa Rica, plus précisément à San José.

— Ça explique le degré d'humidité, répondis-je, bien consciente de la proximité à laquelle nous nous trouvions de l'équateur et des fortes chaleurs pour lesquelles était réputée cette partie du monde.

Son regard glacial scintillait sous l'effet de quelque chose que je ne parvins pas à comprendre. Il fit ensuite s'afficher l'image suivante, et revint cette fois aux États-Unis avec le Clan Clemente, la première région lycane. Les loups occupaient une grande partie des territoires du Sud, dirigés par l'alpha Edon.

— Je ne le connais pas, répondis-je.

Apparut ensuite sur l'écran la légende *Alpha Luka, Clan Majestic*, ce qui me fit froncer les sourcils. Je ne reconnus pas son visage bien que son nom me disait quelque chose.

— J'ai entendu parler de ce territoire.

Mais je ne sus dire pourquoi.

— Il est situé dans les États du nord des États-Unis, le Montana, le Dakota du Nord, le Wisconsin… égrena-t-il avant de s'interrompre, attendant que je dise quelque chose.

Je me creusai la tête pour tenter de me remémorer un souvenir, mais secouai la tête.

— Je ne sais pas pourquoi ce territoire me semble familier. Il faudrait que nous consultions les rapports d'activité. Peut-être l'un des lycans venait-il de cette région.

Ce qui semblerait logique au vu de la forte proximité avec le territoire de Lilith.

— Est-ce que les noms d'Esmeralda ou d'Izzy te parlent ?

Je répétai leurs noms et secouai de nouveau la tête.

— Non.

Ses iris se mirent à scintiller encore une fois, puis une nouvelle image apparut. C'était un lycan du nom de Brandt, membre du Clan Calgary. Le nom de son territoire était identique à la zone géographique du Canada qu'il recouvrait globalement, c'est-à-dire les régions de l'Alberta, de Saskatchewan ainsi que d'autres provinces voisines.

Lorsque Jace passa à l'Europe, je lui demandai à qui appartenait New York ainsi que le Nord-Est des États-Unis dans sa globalité.

— Tous ces territoires ont jadis appartenu à Lilith, je le crains, murmura-t-il.

— Oh.

Je tentai de lui faire signe de continuer, mais me souvins que mes poignets étaient toujours attachés à la chaise.

Ce fut à peu près au même moment que je me rendis

compte que je ne sentais plus mes doigts car les liens avaient complètement coupé ma circulation sanguine.

Jace suivit mon regard et les écrans se volatilisèrent momentanément.

— Quand est-ce que tu as mangé pour la dernière fois ?

J'entrouvris les lèvres pour lui répondre, puis plissai le front lorsque je me rendis compte que je n'en avais aucune idée.

— Lorsque vous m'avez offert votre sang, je crois ? suggérai-je.

Son sang m'avait entièrement régénérée et avait rassasié toute la faim que j'avais pu éprouver.

Ceci dit, maintenant que j'y pensais, je sentais une subtile douleur au fond de mes tripes, tout comme la sensation que j'avais ressentie dans ma gorge lorsqu'il m'avait donné de l'eau.

Jace croisa les bras tout en me scrutant, et son pull noir se tendit sur sa poitrine.

— C'est cela, petite maline. Je vais te libérer et te nourrir. Mais si tu ne fais ne serait-ce que tenter de t'échapper, je t'attacherai au lit et t'enseignerai une leçon que tu ne seras pas près d'oublier. C'est compris ?

Il va m'attacher au lit, pas à la chaise.

Je ne manquai pas de remarquer la distinction.

Il tira un couteau de sa poche, et un frisson me parcourut le corps. Je desserrai les lèvres pour lui confirmer que je comprenais, que je n'avais pas besoin de recevoir une leçon dans le cas contraire, mais il se déplaça sans attendre ma réponse, en conséquence de quoi les mots me restèrent coincés dans la gorge, qui était toute sèche.

Il se contenta tout simplement de couper le cordon attaché à mon poignet droit, et fit la même chose du côté gauche. Je restai immobile, mon cœur bondissant de manière désordonnée dans ma poitrine lorsqu'il s'agenouilla pour me libérer des liens qui m'enserraient les chevilles.

Je ne sentais plus rien.

Tout d'un coup, les sensations me revinrent avec puissance. Je sentais ses mains et ses doigts chauds qui remontaient le long de mes cuisses jusqu'à mes genoux pour venir enfin se poser sur mes cuisses, effleurant ma peau.

Il leva ses orbites d'une teinte glaciale sur les miennes, ses pupilles se dilatèrent pour laisser transparaître sa soif divine de vampire.

— Ton sang...

Il s'interrompit sans terminer sa phrase, mais je savais ce qu'il voulait dire.

J'avais été créée pour être irrésistible, une humaine aux caractéristiques uniques, difficile à tuer. J'étais en quelque sorte la drogue de premier choix de Lilith.

— Mon essence a été rendue parfaite par mon hôte d'incubation, murmurai-je. Elle avait un rare groupe sanguin.

— Une vierge de sang.

— Non, mais tout comme, répondis-je, consciente de la vitesse à laquelle les humains se reproduisaient spécialement pour rassasier la faim de ceux qui avaient les moyens de les acquérir. Lilith avait été à la tête de l'organisation du Couvent qui les hébergeait, et l'argent reçu par cette organisation allait en majorité alimenter ses nombreux fonds d'investissement, à l'instar du Bunker 47.

J'étais au courant de toutes ces choses car elle en avait ouvertement parlé devant moi. Son orgueil démesuré n'aurait pu lui permettre d'anticiper la situation présente. Dans son esprit, il ne faisait aucun doute que j'allais suivre le protocole et me tuer bien avant que quelqu'un ne me trouve, si tant est que quiconque n'y parvienne. Dans l'éventualité peu probable que je fasse le contraire, elle avait très probablement prévu un plan B.

Seulement, elle avait échoué.

Car le roi Jace me tenait désormais dans ses filets, et je n'étais pas très encline à garder la confiance de Lilith.

Ce petit jeu stratégique de négociation était bien plus instructif, après tout.

— Je suis de sang moitié lycan, moitié *Erosita*, et l'incubateur dans lequel j'ai grandi appartenait à une humaine d'un groupe sanguin rare qui n'existe plus. Vos vierges de sang ne sont que les remplaçantes d'une espèce qui s'est éteinte pendant la révolution, créées génétiquement de toutes pièces grâce à la recherche.

— Et tu as contribué à la création de tels spécimens ?

— Non. Un autre laboratoire est spécialisé dans la recherche sur les groupes sanguins et le lien avec les *Erositas*. Je ne sais pas grand-chose à son propos, mais peut-être que la banque de serveurs détient des informations précises dessus.

— Ce laboratoire a-t-il été détruit comme le Bunker 47 ?

— J'en doute, répondis-je, mais avec Lilith, tout est possible.

— Alors tu ne sais pas jusqu'où est allé le protocole ?

— Mon devoir était de diriger et de contrôler le Bunker 47. Toutes les informations externes à ce laboratoire ne relevaient pas de ma compétence.

— Alors comment es-tu au courant pour le laboratoire spécialisé dans la recherche sur les groupes sanguins ?

— Parce que j'y suis née avant la révolution, dis-je en croisant son regard. Je savais quelle était sa mission la plus récente car Lilith prenait un malin plaisir à me raconter toutes ses petites victoires. Elle le faisait exprès pour me donner l'impression d'être une ratée, me faire culpabiliser de ne pas travailler plus vite. Mais nos laboratoires respectifs étaient très différents, alors je ne l'ai jamais pris personnellement.

Ce qui provoquait généralement un déchaînement de violence de sa part.

— Quel âge as-tu ? me demanda-t-il doucement, en caressant du bout de ses doigts le haut de mes cuisses tout en levant les yeux sur moi, agenouillé.

Je lui donnai mon année de naissance selon le calendrier d'avant la révolution.

— Je crois que j'ai près de cent trente-neuf ou cent quarante ans, mais j'ai cessé de vieillir aux alentours de vingt-deux ans.

— Grâce à tes gènes de lycan.

— Et à la manipulation génétique de l'*Erosita*, oui.

Il fronça les sourcils.

— As-tu un lien d'accouplement avec un vampire ?

Je tentai de lui expliquer de quelle manière j'étais liée à l'immortalité.

— Pas vraiment. Mon père était un *Erosita*. Mais cela ne suffisait pas pour me rattacher au lien d'âme sœur qui existe entre un humain et un vampire. Ma naissance était en quelque sorte un test et devait contribuer à aider Lilith dans son objectif de garantir l'immortalité sans répondre aux exigences du lien des *Erositas*.

— Hmm, cela expliquerait pourquoi son parti politique a incité à discréditer les *Erositas* plutôt que de les admirer avec ferveur. Mais cela ne me dit pas comment tu as réussi à être immortelle sans avoir eu aucun lien d'accouplement.

— Le lien entre le maître et son *Erosita* trouve son origine dans la même partie du cerveau que l'esprit de ruche des lycans. Les chercheurs sous la coupe de Lilith explorent cette partie de l'esprit depuis plus de deux cents ans. On m'a transmis une partie de ce lien au fond de mon psychisme au cours de ma création.

Il pencha la tête.

— Alors tu es en quelque sorte un essai concluant, un délicieux sac de sang qui ne peut pas mourir.

Sa description était très crue, mais exacte toutefois.

— Pour vous, oui. Mais pas pour Lilith.

Ses narines se dilatèrent.

— Quel défaut t'a-t-elle trouvé ?

— Un défaut qui l'a conduite à être possessive envers moi. C'est pour cela qu'elle m'a maintenue éloignée de tous mes autres liens avec l'immortalité.

Mes doigts commencèrent à me picoter, le sang revenait enfin vers les extrémités de mon corps.

— Tu as plus d'un... partenaire ?

— Je les considère comme des liens, pas comme des partenaires. Bref, oui, j'en ai au moins trois. Mon lien avec Lilith était l'un de ces liens immortels, et puisque je suis toujours vivante, j'imagine que c'est également le cas de mes deux autres liens.

— De qui s'agit-il ? me demanda-t-il péremptoirement.

— Lilith ne me l'a jamais dit, alors je ne sais pas.

Je soutins son regard, décidée à subtilement lui indiquer que j'étais prête à lâcher un peu de lest, et l'assurer de ma coopération. Je continuai :

— Je n'ai jamais pu avoir accès aux rapports d'activité correspondants, mais peut-être pourrais-je les trouver sur les banques de serveurs.

Son expression se radoucit et ses yeux scintillaient d'un air amusé.

— Tu me donnes une raison de croire en ta coopération.

— En effet.

— Hmm.

Il se mit à me détailler du regard de haut en bas et aplatit ses paumes de mains sur mes cuisses.

— Tu me fournis par la même occasion une piste potentielle, car ceux qui partagent un lien avec toi, peu importe de qui il s'agit, travaillaient manifestement avec Lilith.

— Oui.

— Comme c'est intelligent, murmura-t-il en déposant un baiser sur l'intérieur de mon genou.

Ce baiser avait quelque chose de résolument intime, en particulier au vu de la position qu'il avait prise entre mes jambes écartées.

Je frissonnai lorsqu'il fit remonter sa bouche le long de ma cuisse, et traça du bout des lèvres une ligne jusqu'à mon artère fémorale.

— Si Lilith se montrait possessive, alors j'imagine qu'elle ne t'a jamais partagée, n'est-ce pas ? me dit-il d'une voix douce, en relevant ses yeux couleur de glace droit sur les miens.

Je déglutis et me forçai à acquiescer.

— Elle m'a menacé de le faire, mais n'a jamais mis cette menace à exécution.

J'avais appris cela il y a longtemps, ce qui m'avait aidée à ne pas craindre ce genre d'avertissements en particulier.

Cependant, elle n'était plus là à présent.

Et je n'avais pas idée de ce à quoi m'attendre venant du puissant vampire agenouillé devant moi.

— Cela veut-il dire que tu es pure ? me demanda-t-il en concentrant son attention sur l'espace entre mes cuisses.

— On m'a utilisée, une fois, lui dis-je, dans l'unique but de tester les liens d'immortalité.

— Alors tu as été touchée par quelqu'un avec qui tu n'avais pas de lien ?

— Oui, un cobaye lycan, répondis-je, mon estomac se retournant lorsque je me remémorai cette expérience.

Cela s'était produit le jour de mon trentième anniversaire. Il m'avait fallu donner tous les ans un peu de mon sang ainsi que d'autres échantillons de matières organiques pour tester la présence de signes de vieillissement ou tout autre changement de mon rythme de croissance. Lorsque, au bout de dix ans, les statistiques de mon état de santé étaient restées parfaitement stables, Lilith avait été satisfaite et ne m'avait plus jamais fait revivre ce supplice.

— Elle a tué le lycan ensuite et m'a battue pour l'avoir fait réagir de cette façon, ajoutai-je, me souvenant de cet incident avec une grande clarté car il hantait souvent mes cauchemars.

L'expérience que j'avais dû endurer avait été bien pire que le lycan en rut.

— Je suis morte, en réalité, dis-je d'un ton plat dénué de toutes les émotions que j'avais ressenties ce jour-là. Mes liens avec l'immortalité m'ont lentement ramenée à la vie.

Cela avait été le test final.

Test que j'avais malheureusement réussi.

Je me raccrochai une nouvelle fois à son regard en secouant la tête.

— Cela a été la seule fois que Lilith a permis à quelqu'un d'autre de me toucher, à part elle.

Il leva un sourcil, et je soupçonnai qu'il allait me demander ce que je voulais dire par là. Mais il n'insista pas, ce qui me soulagea, dans un certain sens. Il devinait ce que je sous-entendais, il n'y avait donc pas besoin de s'attarder sur les manières brutales de Lilith avec sa nourriture.

De plus, si nous mettions la main sur les rapports d'activité, il apprendrait tout ce qu'il devait savoir en temps voulu.

Il me donna un autre baiser, cette fois sur l'intérieur de la cuisse, puis il se releva avec souplesse et se déplaça jusqu'à un panneau de bois près de la porte. Je ne pus voir de quelle façon il s'y était pris pour allumer l'appareil, mais j'entendis une voix de femme ronronner dans l'interphone.

— Bonsoir, mon Prince.

— Bonjour, mon chaton, répondit-il d'une voix ponctuée d'une note chaleureuse. Je me demandais si tu pourrais me préparer un repas, pour une humaine.

— Bien sûr, mon Prince. Avez-vous une préférence ?

Il me lança un regard.

— As-tu envie de manger quelque chose de particulier, petit génie ?

Je le regardai en clignant des yeux.

— Une envie ?

Pourquoi donc est-ce que quiconque aurait des envies de nourriture ? Celle-ci servait de carburant pour vivre, et rien de plus.

Ses lèvres se fendirent en un sourire diabolique.

— Prends un stylo, Tracey. Je vais te dicter une petite liste.

JACE

Je n'avais pas donné de vêtements à Calina, surtout parce qu'elle me plaisait bien, nue comme cela, et aussi parce que je voulais garder la mainmise sur elle si jamais elle trouvait le moyen de s'échapper.

Elle était assise à table face à moi, le dos droit et une fourchette à la main tandis qu'elle séparait aux quatre coins de son assiette les différents aliments qui lui avaient été servis.

Elle procédait ainsi de manière méthodique et intrigante : elle avait repoussé la viande dans le coin en bas, placé les légumes au-dessus, puis les féculents, surmontés d'une autre couche de féculents.

— Ce n'est pas un repas équilibré, dit-elle.

— Évidemment que non, confirmai-je, mais tu vas le manger quand même.

Ses lèvres pulpeuses firent une moue triste.

— À quoi servent ces nouilles jaunes ?

— Ce sont des macaronis au fromage, la corrigeai-je. Leur seule utilité, c'est qu'ils sont délicieux.

— Quels ingrédients constituent cette substance ?

— C'est du fromage, dis-je d'une voix traînante. Mange.

Elle plissa le nez mais m'obéit toutefois en

commençant par les légumes à la vapeur. Puis elle attaqua le filet de poisson et les crevettes, et de grosses lignes se dessinèrent sur son front de plus en plus nettement à chaque bouchée.

— Cela a un goût différent.

— C'est parce que les aliments sont assaisonnés.

— Avec quoi ?

— Quelle importance ?

— J'essaie de savoir quel est le but recherché avec toutes ces choses superflues.

— C'est une question de goût, lui dis-je. Cela ne sert qu'à donner plus de *goût*.

— Et ça ? dit-elle en pointant du doigt la substance blanche sur son assiette.

— C'est de la purée, c'est très bon pour l'esprit.

Son expression me manifesta sa désapprobation, mais elle mangea tout de même la substance en question. J'avais plusieurs autres plats à disposition, dont une myriade de desserts, qui attendaient dans la cuisine. Toutefois, ses joues semblaient un peu vertes lorsqu'elle eut fini son premier plat, alors je décidai de ne pas la forcer davantage.

Lilith avait nourri une obsession quant à l'apparence particulière qu'elle voulait donner aux humains, et forçait les êtres mortels à suivre un régime strict tout au long de leur vie. Pourtant, Calina n'était pas du tout humaine, elle n'aurait donc pas dû subir le même traitement.

— Puis-je aller aux toilettes ? me demanda-t-elle.

J'acquiesçai et désignai d'un geste la salle de bain de la suite, adjacente à la chambre. Il n'y avait aucune issue dedans, alors il me sembla inutile de la surveiller.

Elle quitta la table sans dire un mot.

Je profitai de l'occasion pour nettoyer la table ainsi que la cuisine et remis les restes au frigidaire pour plus tard. Calina n'était pas revenue au moment où j'eus terminé, alors je marquai un temps d'arrêt et tendis l'oreille pour tenter de l'entendre.

Silence.

Je me dirigeai vers la salle de bain en fronçant les sourcils et la trouvai roulée en boule par terre, dans un triste état.

Merde.

Elle avait manifestement expulsé tout le contenu de son estomac, mais cela n'avait en rien calmé sa douleur.

— Tu n'es pas habituée à la décadence, dis-je doucement en poussant un soupir. Je croyais que tu aurais pu t'y accoutumer avec tes gènes d'immortelle, mais il semblerait que je me sois trompé sur toute la ligne.

M'excuser n'allait rien changer à la situation. Elle avait besoin d'être réconfortée, et je lui avais promis de prendre soin d'elle tant qu'elle coopérerait. Jusque-là, elle s'était montrée plutôt conciliante pour ce qui était de me fournir des informations.

Je me déplaçai vers la douche à l'italienne pour faire couler le jet d'eau chaude de la douche au-dessus de ma tête.

— Une bonne douche bien chaude va te requinquer, lui dis-je.

Elle ne réagit à ma proposition qu'en se recroquevillant davantage, toujours en boule, et me marmonna une réponse qui me semblait bien être *laissez-moi tranquille*. La pauvre Calina semblait si fragile et si petite au sol, mon petit génie sarcastique à souhait s'était rétracté dans sa coquille de mortelle qui pourrait si facilement se briser si je la touchais.

Je ne pouvais tout simplement pas la laisser comme ça.

Je la scrutai, de même que la pièce autour de nous, puis me déshabillai en ne gardant sur moi que mon boxer.

Elle leva timidement les yeux sur moi, ses joues d'une blancheur de spectre.

— Hmm, marmonnai-je en m'accroupissant devant elle. Tiens, bois, dis-je.

Je me mordis le poignet avant de le porter à ses lèvres.

Elle plissa le nez, tout comme elle l'avait fait pendant le dîner.

— C'est un ordre, docteur, ajoutai-je, avec une pointe d'exigence dans le ton de ma voix. Je n'offre pas mon sang à n'importe qui, et il ne serait pas sage de ta part de refuser.

Je savais bien que la dernière chose dont elle avait probablement envie, c'était d'avaler, mais mon sang allait lui faire passer la nausée rapidement et efficacement. Je pourrais ensuite lui donner un bain pour faire partir cette puanteur qui pesait sur elle et la mettre au lit. Pas pour baiser, mais pour dormir. Je n'avais pas dormi depuis presque deux jours, bordel, et je n'étais pas d'humeur à rester éveillé pour endurer la chaleur écrasante du soleil du Costa Rica.

Elle entrouvrit les lèvres, et je compris que le moment était venu d'appuyer mon poignet contre sa bouche. Elle me caressa la peau avec sa langue et marqua un temps d'arrêt lorsqu'elle sentit les accrocs faits par mes dents.

Puis elle commença à aspirer mon sang, et putain, si ce n'était pas là la vision la plus érotique de toute ma vie…

Peut-être était-ce son odeur entêtante ou bien mon état d'esprit du moment, ou encore le fait que cette femelle m'avait lancé un défi digne de mon intérêt, pour la première fois depuis plus d'un siècle. Mon entrejambe devint dur comme la pierre presque instantanément rien qu'à la regarder boire.

J'étais complètement sous son emprise, elle me captivait comme personne. Je fondis en entendant le petit gémissement qu'elle laissa échapper à mesure qu'elle déglutissait.

Elle ferma les yeux et ses joues prirent une jolie teinte rose.

Je ne lui demandai pas d'arrêter, même si je le devais, et je le *ferai*. Mais pas tout de suite. *Encore un instant*, pensai-je, avant de relever mon autre main dans ses cheveux pour passer mes doigts entre ses douces mèches. Seulement, ses mèches blondes étaient emmêlées, elle avait donc bien besoin d'une douche, et je détournai mon attention sur l'eau qui coulait à un ou deux mètres de nous.

Je retirai mon poignet de sa bouche, la soulevai dans mes bras et la portai jusque dans la douche carrelée.

Ses iris couleur noisette étaient désormais plus verts que bleus tandis qu'elle me fixait, l'air manifestement confus. Au lieu de lui faire un commentaire, je la plaçai sur le siège de la douche et m'emparai de l'un des pommeaux de douches mobiles. Les deux autres jets m'éclaboussaient le dos de liquide chaud tandis que je me servais du troisième pour lui mouiller les cheveux.

Elle ne dit rien et se contenta de me regarder.

Lorsque j'eus fini de mouiller ses mèches de cheveux, je lui tendis le pommeau de douche et pris un flacon sur le portant.

Elle dirigea le jet d'eau vers elle sans vraiment bouger, toute son attention tournée vers moi et mes doigts tandis que je lui massai dans les cheveux une généreuse dose de shampoing.

Lorsque je baissai les paumes de mes mains, elle les rinça. Je lui pris ensuite le jet pour rincer l'amas de mousse qu'elle avait sur la tête.

Nous répétâmes l'opération avec l'après-shampoing.

— Lève-toi, lui dis-je lorsque j'eus fini, car je savais que mon sang avait fait plus que soulager ses nausées passagères.

Elle m'obéit.

Je replaçai le pommeau de douche sur son applique au mur et pris un pain de savon.

Ses pupilles se dilatèrent lorsque je me mis à frotter le savon contre son bras, puis son épaule, sa clavicule, son autre bras.

J'attendais qu'elle dise quelque chose, qu'elle me pose l'une des nombreuses questions perceptibles dans son regard, mais elle se contenta de rester parfaitement immobile lorsque je lui caressai la peau.

— Tu as le droit de parler, dis-je en lui effleurant de nouveau la clavicule avant de descendre sur son sternum puis plus bas encore, sur son ventre.

Elle frissonna, et ses tétons se gonflèrent en de jolis petits boutons roses. J'évitai de les toucher avec le savon, enveloppai son torse entier d'une couche de mousse et lui savonnai les flancs.

Je m'attelai ensuite à son bassin, puis à ses cuisses, ses genoux et ses mollets. En remontant le long de son corps, je me concentrai sur les poils blonds soigneusement taillés sur son sexe.

— Tu es excitée, murmurai-je, car je sentais son désir et en avais sous les yeux la preuve, à en voir les jolis plis rosés et scintillants de son corps.

J'en eus la bouche endolorie pendant un instant. Mmh, peut-être allais-je la baiser ce soir, après tout.

— Je suis en train de me faire caresser par l'un des prédateurs le plus redoutable qui soit, aux facultés de séduction développées pour piéger sa proie. Bien évidemment que je suis excitée.

Le ton neutre de sa voix détourna mon attention de sa

chatte et je relevai les yeux sur son visage. Elle avait dit cela comme si notre attraction mutuelle était tout ce qu'il y avait de plus normal, comme si n'importe quel autre vampire pouvait provoquer une réaction analogue de sa chair.

Je me tenais debout, ma main toujours appuyée sur son sexe, et glissai mon doigt vers le bas pour venir titiller doucement son clitoris. Elle sursauta et un léger sifflement lui échappa des lèvres.

— Et ça ? lui demandai-je. Est-ce aussi l'une de mes nombreuses facultés de séduction ?

— Oui.

Elle ne laissait transparaître aucune émotion, n'en dirait pas davantage. Elle me confirmait de but en blanc que pour elle, j'avais hérité tout cela de mes gènes de vampire et rien d'autre.

— Tu es bien naïve, lui dis-je en traçant des cercles autour de son petit bouton fort sensible avec une grande précision, fort de mon expérience de plus de trois millénaires. Tous les vampires n'excellent pas dans l'art du sexe.

— Ils n'en ont pas besoin, rétorqua-t-elle, les humains se plient naturellement à eux, donc leurs compétences sexuelles n'ont aucune espèce d'importance.

— Toi, tu ne te plies pas à moi, fis-je remarquer.

— Vous ne me l'avez pas demandé.

Je faillis le lui demander à présent, mon désir d'enseigner à sa bouche une leçon à l'aide de ma queue devenait de plus en plus intense à chaque seconde qui s'écoulait.

Mais je me ravisai : il serait plus prudent de lui donner une autre leçon dans le cas présent.

Je reposai le pain de savon sur son support et me rinçai les mains sous le jet d'eau.

Je fis ensuite reculer Calina contre la paroi en carrelage de la douche.

Ses yeux noisette scintillaient avec une lueur d'incertitude. Elle soutint pourtant mon regard, même lorsque je glissai une de mes cuisses entre les siennes. Je lui fis barrage avec mon corps et saisis ses hanches sous mes paumes de mains.

Elle se mit à trembler.

Je souris.

— Alors tu crois que la séduction est la clé lorsque l'on pourchasse sa proie, et qu'il est tout naturel que tu te sentes excitée en ma présence en raison de ma nature et non de *qui* je suis. C'est exact ?

— Oui.

Elle me le confirma en expirant doucement, et je sentis son souffle chaud me caresser le menton.

— Et le plaisir, alors ? me demandai-je. N'est-ce qu'une réaction *naturelle* de leur corps que les humains ressentent grâce aux prouesses des prédateurs ?

Elle plissa le front.

— Vous voulez dire, lorsque nous mourons ?

Sa réponse était si révélatrice, et me fit resserrer mon étreinte autour d'elle.

— Est-ce la seule occurrence à laquelle un humain peut ressentir du plaisir, lorsqu'il se trouve en compagnie d'un être supérieur ?

— Le but des êtres supérieurs est de procurer une sensation enivrante à leur proie, donc je suppose qu'ils doivent lui administrer une certaine dose d'endorphines à cette fin.

— Est-ce cette sensation que tu ressens à présent, celle d'avoir reçu une certaine dose d'endorphines ? lui demandai-je en lui effleurant la joue du bout des lèvres et en traçant un chemin de baisers jusqu'à son oreille.

— Je… je ressens… oui.

— Hmm, gémis-je, intrigué par sa manière d'interpréter les réactions de son corps. Elle ne m'avait donné qu'une réponse factuelle qui suggérait qu'elle n'avait jamais vraiment vécu la sensation d'être emportée dans les profondeurs de la passion.

Ce qui n'était pas surprenant, au vu de ce qu'elle m'avait raconté à propos de son unique expérience sexuelle.

Ce qui rendait cette expérience-ci avec elle d'autant plus divertissante.

Cependant, il me fallait encore définir quelques paramètres avant que nous ne puissions véritablement commencer. Puisque c'était une scientifique, elle préférerait que je lui énonce directement tout ce qui l'attendait pour pouvoir s'en faire une idée claire dans sa tête. Ainsi, lorsque je lui retournerais complètement le cerveau sous l'effet du plaisir, elle ressentirait pleinement l'explosion provoquée par l'orgasme.

— Est-ce que tu es venue quand le lycan t'a baisée dans le laboratoire ? lui demandai-je.

Ma question était crue, mais Calina ne réagissait pas sous l'effet de ses émotions. Elle semblait préférer la logique et la raison plutôt que les sentiments qui faisaient appel à sa sensibilité.

Elle n'hésita pas sur ce coup-là.

— Non.

— Et avec Lilith ? Est-ce qu'elle t'a déjà fait jouir ? insistai-je en passant mes dents sur son lobe d'oreille.

Mon pouls s'accéléra rien que d'y penser. L'idée que Lilith ait utilisé Calina ne m'enchantait pas particulièrement. Ce n'était pas tant que Lilith ait pris part à un tel acte qui me dérangeait, mais plutôt que Calina ait dû l'endurer.

Une bien drôle constatation, si l'on considérait que je connaissais à peine cette femelle.

Pourtant, je me montrais possessif envers elle par je ne sais quelle opération du Saint-Esprit.

Était-ce tout simplement son existence qui me provoquait ce sentiment ? Elle m'avait déjà dit que Lilith avait eu la même attitude envers elle. Peut-être que cela avait quelque chose à voir avec le fait qu'elle ait été créée au sein du laboratoire ?

— Bien sûr que non, répondit-elle, me confirmant que Lilith ne lui avait jamais donné d'orgasme. La gratification que je pouvais ressentir n'avait aucune importance pour elle lorsqu'elle se nourrissait de mon sang. Elle ne voulait obtenir que ma soumission et me faire du mal.

— Et tu crois qu'il se passe la même chose à présent, que je suis en train d'user de mes pouvoirs sensuels sur toi pour t'encourager à me céder.

Sa gorge s'agitait contre mes lèvres, et le frisson qui la parcourait était palpable, j'en ressentais le tremblement sur ma peau.

— O… oui.

— Tu n'as pas l'air très sûre de toi, murmurai-je contre sa veine qui pulsait tandis que je pliai ma cuisse entre ses jambes. Ce n'est rien, petit génie. Je vais te faire voir la lumière dans quelques minutes.

— La lumière ?

Je fis remonter mes dents plus haut sur son corps pour revenir poser mes lèvres contre son oreille.

— Oui, ma petite stratège. *La lumière.*

Je remontai la paume de ma main le long de son flanc jusqu'à son sein, et traçai de petits cercles avec mon pouce autour de son téton qui pointait. Je repris :

— Il est vrai que les vampires et les lycans sont des êtres experts en ce qui concerne le sexe. Nous pouvons captiver notre proie et la forcer à se plier à nous aisément. Mais il y a tellement d'autres paramètres qui rentrent dans l'équation, docteur.

Je décollai mon autre main de sa hanche pour la faire glisser sur le bas de son abdomen jusqu'aux petits poils courts et blonds de son sexe.

— Nos préférences et nos compétences varient d'un vampire à l'autre, continuai-je, la bouche collée contre son oreille.

Je pinçai son téton entre mon pouce et mon index, et un doux gémissement lui échappa des lèvres.

— Ce n'est pas une question de nature, mon petit génie adoré, repris-je en glissant mes doigts vers le bas, sur sa chair lisse et bouillonnante, mais plutôt une question d'individu.

Elle fut secouée à mesure que j'explorais les replis de son corps. Je sentis du bout de mon pouce le doux point central de son plaisir, et exerçai dessus un frottement suffisamment intense pour combler le désir qui la dévorait. Un autre gémissement lui échappa de la bouche, celui-ci semblait presque étranglé, comme si elle luttait contre la réaction de son corps à la façon dont je la touchais.

Je fis la moue en le constatant.

— Gentille fille, murmurai-je en lui mordillant le lobe d'oreille. Je ne suis pas n'importe quel vampire. Je suis un putain de *roi*. Tu vas tout de suite découvrir pourquoi.

Je la pénétrai avec deux doigts, tout en continuant de caresser sa chair réceptive aux sensations avec mon pouce. Cela lui fit pousser un cri, ce qui me fit sourire encore davantage.

Je cédai à l'envie irrépressible de la mordre.

Je transperçai de mes crocs sa charmante petite gorge, puis sa veine avec facilité, avant de l'envoyer au septième ciel avec un orgasme qui la fit haleter de surprise.

Elle me saisit les bras, comme si elle s'accrochait à sa vie tandis que son corps convulsait sans interruption contre le mien, presque comme si tout le plaisir qu'on lui avait refusé au cours de ces décennies avait culminé l'espace d'un instant, sa chatte toute serrée tirant tout le plaisir qu'elle pouvait de mes doigts.

Je ne m'arrêtai pas là et continuai encore de l'exciter à un rythme vif par des caresses sur son clitoris, en faisant faire à mes doigts des mouvements de va-et-vient dans son orifice pour venir caresser ce point précis au fond du vagin qui rendait les femmes folles de désir.

Elle poussa un cri et enfonça ses ongles dans ma chair tandis qu'elle fut submergée par une autre vague de jouissance intense.

Le goût de son sang sur ma langue me fit grogner, tant mon désir démesuré de boire son sang jusqu'à la dernière goutte était écrasant dans mon esprit. Je ne perdis toutefois pas mes moyens et savourai son goût tout en jouant avec son corps à la perfection.

Mon nom lui échappa de la bouche, sur un ton suppliant. Le simple fait de l'entendre m'appeler Jace m'encouragea à continuer.

À la sucer, encore et encore.

À la chouchouter sans fin.

Je pinçai légèrement son téton rudoyé avant de changer de main et de sein.

Je la caressai de l'intérieur avec mes doigts, une fois encore.

Je titillai son clitoris.

Je la fis entrer dans une spirale de jouissance qui la fit pénétrer dans une autre réalité. Des larmes coulèrent sur ses joues. Ses lèvres se décollèrent sans un bruit. Son corps devint liquide entre mes mains.

Elle se mit à convulser encore une fois.

J'ingérai juste assez de sang pour la maintenir dans cet état euphorique, car mon but était de lui montrer le véritable pouvoir d'un vampire tout en faisant preuve de retenue.

Elle avait bien appris cette leçon, et je ne cessai de la lui inculquer jusqu'à ce qu'elle jouisse si fort et si longtemps qu'elle s'évanouit contre moi.

Ce ne fut qu'à ce moment que je me décollai lentement de son cou, en faisant attention à ne pas lui déchirer la peau, et je la soulevai dans mes bras pour la soutenir. Je l'embrassai sur le dessus de la tête, finis de nous laver tous les deux et l'enveloppai dans une grande serviette en coton.

Elle souleva finalement les paupières de sorte que j'aperçus ses yeux aux pupilles extrêmement dilatées, le contour noisette de ses iris se dessinant finement contre la couleur noire de la prunelle de ses yeux.

— J'ai hâte d'entendre plus en détail votre analyse sur les membres de mon espèce ce soir, docteur, lui dis-je doucement en la portant sur le lit. Je m'attends à ce que vous racontiez dans les moindres détails cette expérience orgasmique dans votre rapport.

LILITH

PROTOCOLE DE LA BANQUE DE SERVEURS LANCÉ.

VOTRE ÉQUIPE SERA DÉPLOYÉE POUR RÉCUPÉRER LES FICHIERS NÉCESSAIRES DANS VINGT-QUATRE HEURES.

APPUYEZ SUR LA FLÈCHE VERTE POUR CONTINUER L'INSPECTION DES RAPPORTS D'ACTIVITÉ.

PROCHAIN RAPPORT À VENIR DANS TROIS, DEUX...

Rapport d'activité, première année, jour un.

Bonjour, monseigneur, et bienvenue dans cette nouvelle ère. J'ai regroupé ces rapports d'activité annuels pour que vous puissiez constater la progression de votre plan. J'espère qu'ils pourront vous être d'une aide précieuse dans le cas où je viendrais malheureusement à mourir.

Commençons.

Quatre-vingt-dix pour cent de la race humaine a été exterminée, comme vous l'avez suggéré.

Cinq cent mille humains ont été sélectionnés individuellement pour mettre en place le processus d'élevage. Leurs groupes sanguins respectifs seront un atout précieux pour les générations futures. Cent mille autres humains ont été parqués dans les réserves pour tester leur viabilité.

Tous les enfants et les jeunes de moins de dix-huit ans ont été inscrits dans le système universitaire, à l'exception des faibles, qui ont été donnés aux royaux pour qu'ils se délectent de la saveur exceptionnelle du sang prélevé dans la veine d'un enfant.

Le restant de la race humaine a été réparti entre plusieurs régions, et chaque royal a reçu une part égale de mortels pour toutes les opérations urbaines. Ces humains seront, selon toute vraisemblance, utilisés comme ressources alimentaires, mais les autres, ceux qui s'avèreront plus utiles, seront engagés dans les harems, les chambres de plaisir, ou bien rempliront des missions de services généraux. Ils pourront aussi être utilisés pour l'élevage de lycans, les chasses sous la lumière de la Lune ou bien pour un tas d'autres passe-temps propres aux immortels, et ainsi de suite.

Les démarches du Jour du Sang sont presque finalisées et le Magistrat a été élu par le clan lycan de l'alliance. La première cérémonie du Jour du Sang se tiendra dans un an à compter d'aujourd'hui. Les humains se battront pour obtenir le droit de rejoindre nos rangs. Seuls un lycan et un vampire seront sélectionnés.

Tout ceci est conforme à vos souhaits. J'espère seulement pouvoir être à la hauteur de vos attentes pendant que vous êtes en repos.

Dormez bien, mon roi.

Je vous alerterai quand le moment sera venu de vous manifester.

APPUYEZ SUR LA FLÈCHE VERTE POUR PASSER AU RAPPORT D'ACTIVITÉ SUIVANT.

FIN DE LA TRANSMISSION.

CALINA

Mon corps me chatouillait, et ma peau était chaude et sensible.

Cela était désagréable sans l'être en même temps.

Je fronçai les sourcils, sans bien savoir comment je me sentais véritablement. *Régénérée. Plus légère que l'air. Comme dans un rêve.*

Toutes ces sensations m'étaient étrangères.

Tout comme le mâle qui me faisait office de couverture chaude et que je sentais derrière moi.

Je sentis ses lèvres m'effleurer le cou, comme fantomatiques, et un frisson me parcourut l'échine.

— Bonjour, docteur. Comment te sens-tu ? Comblée, peut-être ?

Je soulevai les paupières et les fenêtres devant moi laissaient apparaître le soleil couchant. Je ne me rappelais pas m'être endormie.

En fait…

Je décollai mes lèvres.

Oh…

Mes cuisses se contractèrent lorsque les souvenirs de la raison pour laquelle j'étais devenue inconsciente me revinrent chaotiquement à l'esprit.

Comblée était un euphémisme.

Jace m'avait jetée dans une tornade d'extase qui m'avait semblé presque irréelle. Il avait ensuite conclu notre moment passé ensemble par une remarque comme quoi il fallait que je lui fasse un rapport dans les moindres détails.

Un rapport de quoi, dans les moindres détails ? me demandai-je, incapable de me souvenir de ce qu'il m'avait dit d'autre.

Probablement à propos de la capacité des vampires à faire céder leur proie, chose qu'il m'avait plus qu'amplement prouvée dans la douche. J'aurais donné n'importe quoi pour continuer à me sentir si bien dans ses bras.

Il colla sa bouche à l'endroit où l'on sentait mon pouls, et m'effleura la peau avec ses dents.

Mon cœur s'arrêta l'espace d'un battement lorsqu'il me transperça la veine avec une facilité déconcertante, comme s'il lui revenait de s'approprier ma gorge. Il grogna, le prédateur qui était en lui se délecta de mon goût.

Puis il passa doucement sa main sur ma hanche avant de descendre au niveau de mon entrejambe.

J'attendais, le souffle court, de sentir ses doigts me toucher de cette manière si érotique, et Jace fut à la hauteur de mes attentes. Il glissa un doigt entre les replis de ma peau et fit émaner de ma chair un plaisir exquis.

J'avais l'impression d'être dans un rêve. Probablement en était-ce un, un fantasme que je ne me serais jamais doutée désirer. Bon sang, comme je le désirais à présent.

Ce vampire était dangereux. Il avait complètement anéanti mes pensées, m'avait consumée, avait troublé ma concentration. Il m'avait possédée d'une manière qui m'était si étrangère que je ne savais pas comment lutter contre lui.

Un prédateur, me murmura mon esprit. *Un prédateur redoutable.*

Je le savais.

Je succombai toutefois à sa manière de me toucher.

Peut-être était-ce parce que je n'avais jamais fait l'expérience de quelque chose de pareil. Les mains de Lilith n'étaient que de simples outils qu'elle avait utilisés pour me faire du mal, à moi et aux autres.

Jace… ses mains… elles me rendaient *accro*.

Sa bouche s'affairait contre ma gorge, sans être trop brutale, exactement comme sous la douche, lorsqu'il avait bu mon sang lentement et posément.

C'était tout le contraire de l'image qu'il m'avait renvoyée dans le Bunker 47.

Pourquoi ? aurais-je voulu lui demander. *Pourquoi faites-vous cela ?*

Mais mes lèvres refusaient de m'obéir.

Quelques secondes plus tard, je me mis à gémir sous l'effet d'une bouffée de plaisir qui pulsait dans chaque cellule de mon être. Je le sentais sourire dans mon cou, ses dents n'étaient plus enfoncées dans ma peau.

— Pourquoi ? murmurai-je d'une voix éraillée en tentant de me remémorer la façon exacte dont je voulais formuler ma question, mon corps s'embrasant, pris de violents tremblements.

— Pourquoi ? répéta-t-il tout contre mon oreille, tu veux dire pourquoi je te donne du plaisir ?

Je tentai d'acquiescer mais étais trop dévorée par l'extase pour pouvoir me mouvoir correctement. Il devait s'en être aperçu car son sourire s'agrandit.

— Il n'y a rien qui me ravisse plus au monde que d'entendre une femme gémir comme cela dès son réveil, murmura-t-il en déposant un baiser dans le petit espace juste au-dessous de mon oreille. Est-ce que cette information présente une utilité pour ton analyse ?

Je clignai des yeux.

— Mon analyse ?

— Oui, en rapport avec ta théorie sur la raison de ton excitation.

Il m'invita à me mettre sur le dos et se positionna à côté de moi, en s'appuyant sur son coude. Ses yeux d'un bleu glacé scintillaient d'amusement lorsqu'il baissa le regard sur moi.

— Tu as affirmé hier soir que ton excitation était due à ma nature de vampire, tu te souviens ?

Cette fois mon cou céda légèrement, et je pus lui faire un signe du menton. Effectivement, je me souvenais de cette affirmation. Je ne comprenais cependant pas pourquoi cela le rendait si… si… impossible de trouver le mot juste. Gentil, peut-être ? Sympathique ? Attentionné ? *Intéressé ?* Il m'avait déjà fait céder, et pourtant il avait à peine pris une goutte de sang dans ma veine.

Quel était son but ?

— Notre petite expérience a-t-elle prouvé la véracité de cette théorie ? demanda-t-il, me ramenant à notre conversation, ou bien souhaites-tu revenir sur ta déclaration ?

Expérience ? pensai-je en fronçant les sourcils. *C'est comme ça qu'il qualifie ce que nous avons fait ? Une expérience ?*

— Pourquoi ?

Il me scruta.

— Je ne suis pas d'accord avec ton hypothèse et ai l'intention de prouver qu'elle est fausse.

— Mais pourquoi ?

Pourquoi est-ce qu'une chose aussi futile lui tenait tant à cœur ? J'étais au-dessous de lui. Mon opinion ne devrait pas avoir une quelconque importance. Lilith n'avait jamais eu quoi que ce soit à faire de ce que j'avais à dire sauf si cela concernait une découverte scientifique. De plus, même dans ce cas de figure, elle ne croyait pratiquement jamais sur parole ce que je lui dévoilais. Il fallait que je prouve mes dires par l'intermédiaire de l'un des tests qu'elle venait d'instituer tandis qu'elle m'observait.

Il fit glisser la paume de sa main de mon bas-ventre jusque sur le côté de mon visage avant de se saisir de ma joue.

— Parce que je trouve vexant que ma nature de vampire soit à tes yeux la seule raison qui explique pourquoi tu es excitée par ma présence. Cela pèse peut-être dans la balance, mais du reste, tu es excitée par moi seul en tant qu'individu.

— Alors il n'est question que de votre arrogance de mâle, traduisis-je.

Il se pencha pour venir appuyer ses lèvres au coin de ma bouche.

— Non, docteur. Il est surtout question de votre ignorance d'humaine inexpérimentée, dit-il en frottant son nez contre le mien avant de se rasseoir. Nous en reparlerons plus tard. À présent, il faut que tu sois convenablement rassasiée afin de rester alerte.

Il roula hors du lit et me tendit une main.

— Viens, petit génie. Il est temps pour toi de me prouver ta valeur, encore une fois.

Nous prîmes une autre douche ensemble, mais cette fois sans qu'elle ne se termine par une partie de plaisir. Il avait toutefois retiré son boxer, me laissant voir chaque centimètre de son membre viril.

Dire que j'avais sous les yeux une image de la *perfection* aurait été un euphémisme.

Je m'attendais à ce qu'il guide ma main ou ma bouche vers cette partie de son corps qui ressortait, mais il se contenta d'envelopper mollement son membre dans sa main savonneuse à deux ou trois reprises et termina de nettoyer avec application le reste de son corps aux courbes sculptées. Puis il se rinça et répéta l'opération sur ma peau.

Ensuite, il enveloppa une serviette blanche assez bas autour de sa taille, de sorte que de longues gouttes d'eau restèrent collées sur son torse, dans ses poils épais et sombres.

Il me couvrit du même accoutrement et me tira jusque dans la salle à manger de la suite. Deux assiettes d'œufs nous attendaient. Dans la mienne, il y avait des tomates, des oignons et des poivrons cuits et mélangés aux œufs brouillés. Cela me semblait bien moins fantaisiste que notre dernier repas, je pourrais donc le digérer convenablement.

Ses œufs à lui baignaient dans une sorte de sauce de la même couleur que les jaunes, déposés sur des tranches de jambon.

Il appelait ce plat des *œufs Bénédicte*.

Mon estomac s'était retourné rien qu'à la vue de cette nourriture, et je refusai de goûter la bouchée qu'il m'avait proposée.

Il se vêtit ensuite d'un bas de survêtement noir et d'une chemise boutonnée de couleur sombre. Il m'en tendit une similaire de couleur blanche et me dit de la porter comme une robe. J'obéis à ses ordres, le tissu du vêtement m'effleurait les cuisses, et je le suivis hors de la suite, pieds nus.

Nous n'âllames pas loin, et passâmes seulement quelques portes pour arriver dans une suite identique à la nôtre, avec un salon, une table à manger, une cuisine et une chambre sur le côté.

Peut-être n'y avait-il à cet étage qu'une série de suites individuelles.

— Eh bien, il était temps que vous fassiez surface, putain, dit une voix grave à l'accent traînant lorsque le vampire aux cheveux sombres et aux yeux couleur caramel entra dans la pièce.

Il n'était vêtu que d'un pantalon de couleur sombre. Derrière lui se trouvait cette femelle, *Tracey*, qui nous avait livré toute cette nourriture infâme l'autre jour. Elle tira la révérence à James avec la même politesse dont elle avait fait preuve pour le saluer la fois précédente. Il l'embrassa sur la joue, tout comme ils s'étaient précédemment enlacés, mais cette fois, l'image que j'avais sous les yeux me retourna l'estomac.

Je fronçai les sourcils, sans comprendre ma réaction.

— Calina a eu besoin d'une petite leçon sur le respect, murmura Jace. Elle a mieux compris à présent.

Je plissai encore davantage mes sourcils froncés.

— Je ne savais aucunement que les vampires avaient un ego fragile.

Les mots m'échappèrent de la bouche avant que je n'aie pu les retenir.

Jace me fit face et leva les sourcils si haut qu'ils atteignirent la ligne de démarcation de sa chevelure.

Eh bien, maintenant que j'avais dit ce que j'avais sur le cœur, autant que je continue.

— Les vampires sont censés bénéficier d'une excellente ouïe, mais je suppose que le fait que la vôtre soit défectueuse ne devrait pas me surprendre, tout bien considéré.

Le vampire aux yeux marron clair se mit à siffler puis regarda Tracey.

— Déguerpis d'ici, mon petit chaton. Je n'ai pas envie que tu te retrouves détrempée du sang d'une autre humaine.

Elle me jeta un regard méfiant, puis quitta la suite d'un pas tout empressé.

Je croisai le regard bouillonnant de rage de Jace et

réfléchis un peu pour savoir s'il valait mieux m'excuser. Je ne savais toutefois pas vraiment comment formuler mes excuses, car mes affirmations n'étaient pas tout à fait fausses. Son comportement n'avait rien à voir avec celui d'un vampire normal. Son penchant pour mettre mes *théories* à l'épreuve me rendait également confuse.

La porte se rouvrit presque immédiatement lorsqu'un troisième vampire s'avança dans la pièce. Sa présence était régalienne et d'une similitude frappante à celle de Jace. Une femelle aux traits pâles, le visage encadré par ses cheveux sombres le suivit.

Une humaine, me rendis-je immédiatement compte. La façon dont elle s'accrochait au mâle vêtu d'un costume m'indiqua qu'elle lui appartenait également.

Il jeta un regard sur la scène qui se déroulait sous ses yeux et leva l'un de ses sourcils sombres, ses yeux verts perçants brillant d'une lueur intense.

— Ai-je manqué quelque chose d'important ? Votre petite souris a parcouru le couloir presque en courant tandis que je venais par ici, et s'est à peine inclinée devant moi lorsque je suis passé près d'elle.

— Calina était justement en train d'insulter Sa Majesté Jace, l'informa le vampire qui avait un accent du sud, en croisant les bras. Elle a dit qu'il était *défectueux*.

Ce n'était pas exactement ce que j'avais dit, mais cela se rapprochait de la vérité.

Jace *était* plein de défauts pour un vampire. Il ne faisait jamais rien de ce que j'attendais venant de lui, et il avait perdu du temps à essayer de me montrer ses prouesses de mâle au lieu de m'interroger.

À moins que ça n'ait été qu'une méthode de persuasion, une façon de me convaincre de coopérer, auquel cas il aurait dû profiter de son avantage sur moi tant qu'il l'avait.

Il me saisit le menton entre son pouce et son majeur, ses yeux d'un bleu argenté bouillonnant de colère tandis qu'il plongea son regard dans le mien.

— T'adressais-tu à Lilith de cette manière ? s'enquit-il d'un ton mortellement calme.

Je déglutis en l'entendant mentionner mon ancienne maîtresse, comme pour me rappeler qui il était, lui qui se tenait devant moi. Je lui appartenais à présent, et je l'avais insulté. Ce n'était pas intentionnel, j'avais seulement exprimé mon observation à voix haute sans vraiment réfléchir. Aurais-je fait cela à Lilith ?

— Non.

J'aurais bien évidemment craint des représailles de sa part.

Jace ne provoquait pas chez moi la même réaction. *Pourquoi donc ?* me demandai-je.

— Pourtant, tu me manques ouvertement de respect devant tout le monde. Pourquoi ?

Il garda ce ton mielleux en posant la question, et un frisson me parcourut l'échine.

La colère de Lilith était semblable à un véritable cyclone déchaîné, elle pouvait exploser sans prévenir, tout détruire et anéantir tous ceux qui se trouvaient en travers de son chemin.

La fureur de Jace m'évoquait plutôt une vague d'apparence calme, le genre de vague qui s'élevait imperceptiblement et emmenait sa victime dans les profondeurs avec une force fulgurante.

J'avais induit le lent tourbillonnement de l'eau qui dormait, et sa force allait grandir crescendo avant de m'avaler toute entière si je ne m'excusais pas sans attendre.

Je ne parvenais toutefois pas à formuler mes mots, il était donc impossible de m'excuser. Il me troublait trop.

— Je ne vous comprends pas, bafouillai-je plutôt. Vous ne faites rien comme on pourrait s'y attendre.

Il leva les sourcils.

— Et que serait-on en droit d'attendre de moi, selon toi ?

— Des ordres, des tâches à exécuter, des questions.

Je ne m'attendais pas à ce qu'on me serve des repas farfelus et que l'on me lave après que j'aie expulsé mon repas dans son intégralité, pensai-je, sans le dire toutefois.

— Lilith exigeait des rapports, que je lui fournissais. Elle se nourrissait, je mourais. Le processus se répétait ensuite lorsque je me réveillais jusqu'à ce qu'elle revienne, encore une fois.

C'était toute ma vie, mon but, mon rituel. Tout avait été complètement chamboulé ces derniers jours, entre les protocoles et l'arrivée inattendue de Jace.

Mon monde n'avait plus aucun sens.

— Je veux voir James et Gretchen… s'il vous plaît, ajoutai-je, car j'avais besoin d'un semblant de normalité.

Il m'observa pendant un long moment, puis lança un regard au vampire originaire du Sud.

— Faites-lui voir les vidéos en direct des caméras.

Je regardais fixement Jace, cela m'était impossible de faire autrement. Il m'enserrait du regard trop férocement pour que je ne puisse dévier la trajectoire de mes yeux. À en voir sa mâchoire serrée, il n'allait pas me lâcher de sitôt. J'avais touché une corde sensible. Les flammes qui brûlaient dans ses iris s'étaient quelque peu atténuées lorsqu'il détourna lentement les yeux pour venir les reposer sur moi.

— Dis-moi ce que tu sais à propos des banques de serveurs, m'ordonna-t-il.

Je déglutis de nouveau avant de lui donner toutes les informations dont je disposais. Le simple fait de prononcer ces paroles à voix haute m'aidait à me sentir davantage ancrée, je me rappelais quel était mon but dans ce monde, et du même coup me sentais plus à l'aise dans ma peau.

Sa façon si exquise de me toucher m'avait mise sur les nerfs.

Mais cela m'apaisait de pouvoir parler des rapports et des systèmes.

J'allai même jusqu'à lui parler de l'accès secret que je m'étais créé rien que pour moi, en lui expliquant comment cela m'avait permis de contourner certaines des procédures de sécurité des systèmes du Bunker 47 afin de ne pas être détectée par la vidéosurveillance et pouvoir consulter mes fichiers.

— J'ai pu mettre sur pied cet accès secret grâce à ma connexion avec la banque de serveurs, conclus-je.

Son expression était restée inchangée, ses pommettes avaient toujours quelque chose de régalien et se détachaient nettement de sa mâchoire serrée.

— Je comprends tout à coup la raison de votre retard, dit d'une voix traînante le vampire à l'accent du Sud. Elle est splendide.

— Effectivement, répondit Jace d'un ton bref et péremptoire.

Puis il me força à incliner la tête pour que je puisse voir un écran que tenait en l'air l'autre vampire.

— James et Gretchen, ajouta-t-il d'un ton sec, en guise de description de l'image que j'avais devant moi.

Ils étaient dans une pièce sans fenêtres, et faisaient les cent pas autour des meubles.

Ils n'avaient pas touché à leur nourriture sur la table et je devinai que Gretchen avait pleuré.

— Où est leur fils ? demandai-je en scrutant l'écran du regard.

— Il ne faisait pas partie des négociations que nous

avons menées avec toi, fit remarquer Jace en ramenant de force mon regard sur lui, sa main toujours sur mon menton.

Je plissai les yeux.

— Lui avez-vous fait du mal ?

— Est-ce que tu crois que nous t'accordons le droit de le savoir ?

Non, mais…

— Si vous voulez que je vous divulgue le lieu où se trouve la banque de serveurs, il va falloir vous résoudre à me l'accorder.

— Sais-tu où elle se trouve ? rétorqua-t-il.

—Je sais comment la trouver.

Étant donné que tout le système que j'avais mis en place était lié à la banque de serveurs, la tâche n'allait pas être très difficile. De plus, son ami qui avait l'accent des États du Sud semblait avoir accès à des appareils technologiques de pointe. C'était la seule explication que je pouvais trouver quant au fait qu'il ait pu retracer le signal que j'avais envoyé au tout début de la procédure.

— Rendez-leur leur enfant et je me chargerai de trouver cette banque de serveurs.

— Trouve la banque de serveurs et je verrai si j'accède à ta requête, rétorqua-t-il en resserrant ses doigts autour de mon menton. Si tu ne la trouves pas, je tuerai le chiot sous tes yeux.

Mon cœur s'arrêta l'espace d'un battement, et la façon si placide qu'il avait de prononcer des paroles d'une telle violence fit se tordre mon estomac.

— C'est un lycan.

— C'est une abomination créée en laboratoire, me lança-t-il en retour, comme toi. La seule différence, c'est que toi, tu nous es utile, et pas lui. Choisis, docteur.

Et il osait clamer qu'il était différent de Lilith.

Je supposai que c'était le cas, dans un sens. Lilith, elle, aurait tué le petit Petri, le fils de Gretchen et James, tout en m'exprimant ses ordres, dans le seul but de regarder le bébé lycan saigner, voire peut-être s'en faire un en-cas.

Jace, quant à lui, avait fait pendre la survie du bébé comme une épée de Damoclès au-dessus de ma tête et s'en servait comme d'un outil de négociation.

Pour ce qui était de ses tactiques de négociation, elles étaient plus raffinées. Lilith avait gouverné par la peur. Jace utilisait la technique des négociations stratégiques pour obtenir ce qu'il voulait.

— Il me faut un ordinateur, lui dis-je, et un accès réseau.

— Tu seras surveillée, dit-il sans relâcher son emprise. Ne me déçois pas, Calina, ou bien tu le regretteras.

Là-dessus, il me lâcha.

— Damien.

Le vampire du Sud, qui je supposais, s'appelait donc Damien, sourit, ce qui souligna davantage ses traits et lui donnait une apparence magnifiquement attirante. Il avait également un tatouage au bas de l'un de ses bras, et les traits tournoyants qui le composaient représentaient un motif ancien qui me fit m'interroger sur ses origines. Je savais toutefois qu'il ne valait mieux pas demander et me contentai plutôt de croiser son regard et d'attendre.

— C'est à mon tour de jouer ? demanda-t-il d'un air amusé à cette idée.

— Oui, mais soyez raisonnable, répondit Jace, en conséquence de quoi l'autre mâle leva les yeux sur lui.

— Elle a ses ses limites ?

— Oui, pareilles à celles de votre petit chaton.

— Intéressant, murmura Damien en me scrutant attentivement. Eh bien, commençons.

JACE

Je me tenais dans le couloir, les poings serrés, et mon désir de donner un coup de poing à Damien me titillait bien trop intensément.

Il avait à peine touché Calina, avait simplement déplacé ses longs cheveux blonds par-dessus son épaule afin d'exposer son cou de manière menaçante, et j'avais failli me jeter sur lui. Au lieu de faire un quelconque commentaire, j'étais sorti de la pièce.

Non mais franchement, *qu'est-ce que c'était que cette connerie ?*

Mon instinct de possession m'avait saisi aux tripes, et je n'avais jamais ressenti de ma vie un tel besoin de l'arracher aux griffes de cet autre mâle.

Bon sang, j'avais savouré plusieurs nuits au lit avec Tracey et Damien il y avait seulement quelques semaines. Je préférais les parties de jambes en l'air à plusieurs plutôt que les expériences à deux.

Pourtant, l'idée de partager Calina avec Damien m'avait fait voir rouge.

Je me passai les doigts dans les cheveux et pris à grand-peine une profonde respiration lorsque Darius me rejoignit dans le couloir avec Juliet.

En parlant de partager, justement, pensai-je sèchement.

J'avais essayé de me joindre à ces deux lascars au lit depuis la première fois que j'avais posé les yeux sur Juliet, mais Darius avait refusé.

Désormais, cette idée ne m'excitait plus autant que d'allonger Calina sur le plan de travail de la cuisine pour baiser cette petite rebelle jusqu'à ce qu'elle se soumette.

Cette femelle me fait perdre la tête, résolus-je. *C'est son odeur, cet arôme semblable à celui d'une vierge de sang qui me met l'eau à la bouche.*

Je détournai mon attention sur Juliet et mes narines se dilatèrent.

En général, son sang me faisait l'effet d'une douce berceuse.

Mais ce n'était plus le cas, là tout de suite.

Putain.

Je me mis à faire les cent pas tandis que Darius me regardait, un sourcil levé.

— Elle t'a vraiment énervé, n'est-ce pas ?

— Tellement plus que ça, lui répondis-je sur un ton péremptoire en me passant les deux mains dans les cheveux à présent, essayant tant bien que mal de garder le contrôle.

Je ne connais même pas cette femme.

La fin justifie les moyens, et les moyens, c'est elle.

Elle pense que je suis plein de défauts, putain.

Je grognai en pensant à cette dernière phrase, et désirai plus que tout retourner dans la pièce d'un pas lourd pour lui prouver combien elle me causait du tort, à annihiler en moi toute capacité de réfléchir et de penser à quelque chose d'autre qu'elle.

Mais Darius s'interposa en travers de mon chemin avec une expression endurcie.

— Elle aide déjà Damien à trouver la banque de serveurs. Laissez-la travailler, ensuite vous pourrez la tuer.

— La tuer ? dis-je en ricanant à cette idée. Oh non, je ne vais pas la tuer. Je vais la baiser jusqu'à lui faire passer l'envie de me manquer de respect. Ensuite, je vais me nourrir de son sang jusqu'à ce qu'elle me supplie d'arrêter, ou bien peut-être les deux en même temps.

Darius me saisit par l'épaule, mais un *ding* résonna, qui l'interrompit et l'empêcha de m'informer de ce qu'il avait à me dire, et Ryder s'avança dans le couloir, vêtu d'un jean et d'un T-shirt.

— Je commence à croire que vous passez tous plus de temps dans ce couloir que dans vos chambres, dit-il d'une voix traînante en s'approchant.

Willow marchait à ses côtés avec un bambin dans les bras.

Mon esprit sembla se réinitialiser à la vue du petit garçon.

— Est-ce…

Il leva ses yeux brillants couleur turquoise sur moi. Cette couleur me rappelait justement les yeux de son père.

— Vous avez réussi à le faire se métamorphoser.

— Il avait seulement besoin d'être un peu raisonné, répondit Willow, ses longs cheveux blonds soigneusement coiffés et bouclés.

Comme Lilith, pensai-je.

— Vous êtes là pour une séance photo avec Damien.

— Oui, confirma Ryder. Personne n'a vu Lilith depuis quelques jours, et à moins que vous n'ayez changé d'avis quant à l'annonce grandiloquente de sa mort que vous avez prévu de faire à la prochaine réunion de l'Alliance de Sang, il faut que nous prenions quelques photos rassurantes.

— Impossible, avec un bambin dans les bras, fit remarquer Darius.

— Non, c'est pour cela que nous l'avons fait monter ici. Nous avons besoin de Juliet pour le garder.

Fidèle à lui-même, Ryder ne demandait pas, il se contentait d'ordonner. Puisque nous étions tous des invités de passage sur son territoire, je suppose qu'il avait tout à fait le droit de le faire.

— Damien est occupé à chaperonner Calina pendant qu'elle tente de localiser la banque de serveurs qui héberge tous ses éléments de recherche, dis-je.

Ryder haussa une épaule.

— Alors vous pouvez la surveiller vous-même pendant qu'il prend quelques photos.

Je me mis à grincer des dents en y pensant, surtout parce qu'au fond de moi, j'étais en partie soulagé à l'idée d'envoyer Damien ailleurs et d'avoir Calina rien que pour moi.

Cela doit être lié à son sang.

Elle avait également mentionné la possessivité de Lilith à son égard, mais pour elle, la cause de ce comportement résidait dans leur lien partagé. Peut-être n'était-ce pas du tout une question de lien, mais seulement de Calina en elle-même.

Peu importe la raison, j'acquiesçai, car j'étais d'accord avec la remarque de Ryder, et dis :

— Je vais prendre le relais.

Après tout, pourquoi ne le ferais-je pas ?

Elle était à moi.

Pour le moment.

Temporairement.

Putain.

Tout en ravalant mon envie irrépressible de grogner, je tournai autour de Darius, et ne me rendis compte qu'à ce moment-là que sa main était toujours posée sur mon épaule. Je croisai son regard en passant devant lui.

— Tout ira bien.

— Vraiment ?

— Oui, dis-je sèchement, lâchez-moi.

Il plissa le front mais ne me retint pas. Au lieu de cela, il me dit :

— Peut-être devrions-nous laisser Calina voir le petit en signe de bonne foi. S'il est dans la pièce pendant qu'elle travaille, cela pourrait la motiver à se plier à nos ordres rapidement, surtout si l'on tient compte de la menace que vous avez fait planer au-dessus de sa tête.

Je considérai sa proposition et exprimai mon assentiment d'un geste du menton.

— Oui.

— Quelle menace ? demanda Willow.

— Je n'ai absolument pas prévu de mettre une quelconque menace à exécution, lui promis-je, mais Calina ne le sait pas.

De ce que j'avais pu observer, ses sens n'étaient pas pourvus d'une capacité supérieure, elle ne pouvait donc rien entendre de ce que je disais.

— Juliet, mon chou, cela ne te dérangerait pas de porter l'enfant pendant un petit moment ?

Je radoucis mon ton pour m'adresser à elle, car cette femelle avait gagné mon respect et mon admiration au cours de ces derniers mois.

Au lieu de me répondre, elle regarda Darius. Il lui fit un signe de tête, et lui dit tacitement, ou bien peut-être par le biais de leur connexion mentale, qu'il était d'accord.

— Non, aucun problème, monseigneur, murmura-t-elle, croisant brièvement mon regard de ses jolis yeux marron.

Lors de notre première rencontre, elle ne pouvait même pas se tenir dans la même pièce que moi sans s'incliner devant moi comme il était de rigueur. Darius avait remanié à merveille ses prédispositions innées, et lui avait donné le bagout dont elle avait besoin pour survivre au cœur de l'arène politique.

Elle s'avança et tendit les bras pour prendre l'enfant.

Willow regarda Ryder.

Il me regarda alors à son tour.

— Si cet enfant verse la moindre larme durant notre absence, je vous réduirai en bouillie pour avoir contrarié ma partenaire.

En des circonstances normales, je me serais permis de lui faire une remarque devant une telle menace, mais j'avais étonnamment perdu toute répartie, alors je me contentai d'acquiescer. Ce qui m'importait, ce n'était pas ce bambin, mais plutôt Calina.

Plutôt que de rester planté là à les regarder s'échanger l'enfant, je retournai dans la salle où se trouvait Damien avec le bureau adjacent caché discrètement sur le côté de sa salle à manger.

La porte était ouverte, et Calina était assise à un bureau, et Damien la surveillait par-dessus son épaule. Il ne la touchait pas, mais sa bouche était trop proche de son cou exposé à sa vue à mon goût.

— Ryder a besoin de toi dans le couloir, dis-je d'un ton plus sec que je ne l'aurais voulu.

Damien me lança un regard.

— Tiens donc… vraiment ?

— C'est pour la séance photo de Lilith.

Ces quelques mots firent se crisper Calina.

— Lilith est *ici* ?

— Oui, elle est là-dedans, répondis-je en jetant un regard vers la porte cachée derrière laquelle se trouvait l'objet auquel je me référais.

— Montrez-lui.

Il n'essaya même pas de protester, trop excité à l'idée d'exposer ses deux trophées.

En appuyant la paume de sa main contre le mur, il dévoila un tableau de commande électronique sur lequel il dut saisir un très long mot de passe. Il entra tous les chiffres du code et se recula tandis que le mur se sépara en deux comme les portes d'un ascenseur.

L'ouverture du mur s'accompagna du bruit d'un puissant souffle d'air, et révéla la présence d'une chambre froide dans laquelle se trouvait une femelle qui respirait à peine, ligotée à une chaise.

— Je vois que vous n'avez toujours pas retiré la hache encastrée dans le ventre de Benita, fis-je remarquer.

— Oh si, je l'ai fait, répondit Damien. Ensuite, j'ai demandé à Tracey de la remettre.

— En guise de préliminaires ? devinai-je.

— Quelque chose dans le genre, me répondit-il d'une voix traînante.

Je jetai un regard à Calina et constatai qu'elle fixait la tête posée sur l'étagère, la bouche grande ouverte.

— Comme je l'ai dit, murmurai-je, Lilith est là. Seulement, elle n'est plus vivante.

Calina se releva, oubliant les écrans derrière elle, et s'avança dans la chambre froide comme si elle était possédée.

Damien allait l'arrêter, mais je levai une main pour lui indiquer de ne pas le faire, tout en regardant Calina, car j'étais curieux de voir ce qu'elle allait faire.

Elle s'avança lentement vers Lilith comme si elle pouvait reprendre vie d'un moment à l'autre. Puis elle pencha la tête sur le côté comme pour bien la considérer.

Ryder s'avança sur le pas de la porte du bureau mais resta silencieux lorsque Calina se pencha pour ouvrir la fermeture d'un sac qui contenait tous les morceaux de corps de Lilith, ses bras, ses jambes, son torse. Calina n'y toucha pas, préférant, semblait-il, examiner les parties du corps des yeux avant de concentrer à nouveau son attention sur la tête coupée.

Ryder et Damien échangèrent un regard.

Puis Ryder me regarda.

Je leur fis un signe de tête à tous les deux pour leur indiquer en silence qu'ils pouvaient partir, que j'avais la situation bien en main.

Le regard de Damien sembla m'avertir que je ferais mieux de ne pas toucher à ses précieux biens.

Il sortit de la pièce avant que je ne puisse lui répondre, s'attendant à ce que je me plie à son ordre tacite, probablement parce qu'il savait qu'il n'avait aucune véritable autorité par ici. J'allais faire ce que je voudrais, putain de merde, c'était pour cette raison que la nouvelle alliance m'avait couronné roi.

L'ordinateur se mit à biper, ce qui détourna l'attention de Calina de la tête de Lilith. Son expression ne laissait rien transparaître lorsqu'elle retourna au bureau pour taper quelques commandes sur le clavier.

Je n'avais pas la moindre idée de ce qu'elle faisait et n'étais donc pas la personne indiquée pour la surveiller dans son travail. Pour autant que je sache, elle pourrait très bien être en train d'envoyer un message aux partenaires ou aux dirigeants de Lilith.

— Vous pouvez refermer la chambre froide, à présent, dit-elle en se rasseyant sur la chaise. Merci de m'avoir permis de la voir.

M'abstenant de lui répondre, je me dirigeai vers l'interface encastrée dans le mur et refermai la porte. Damien m'en avait donné les codes en signe de bonne foi. Une nouvelle alliance s'était créée parmi nombre d'entre nous, mais ses liens familiaux avec Izzy le rendaient digne de confiance à mes yeux, tout comme mes liens avec le partenaire d'Izzy, Cam, me valaient le même respect de la part de Damien.

Darius et Juliet entrèrent dans la suite, mais pas dans le bureau. Calina devait être trop absorbée par les informations qu'elle avait reçues, ou bien elle ne les avait pas entendus entrer. Lorsqu'ils s'approchèrent, je les gardai à distance d'un signe de la main. Si j'avais besoin de lui, je le lui ferais savoir. En attendant, Juliet et lui n'auraient qu'à rester dans l'autre pièce.

Calina restait silencieuse, les yeux rivés sur l'écran.

Je scrutai attentivement le code sans parvenir à le déchiffrer.

Je la laissai donc travailler, taper au clavier, et me contentai plutôt de l'admirer, de regarder la longue courbure de son cou, la façon dont ses cheveux retombaient sur l'autre épaule, la manière dont la chemise que je lui avais prêtée en guise de robe épousait sa peau nue. Elle avait remonté ses manches jusqu'aux coudes et avait les jambes croisées sur la chaise, ce qui faisait remonter le tissu sur ses cuisses.

Elle tapait du pied tandis que ses doigts virevoltaient. Je m'interrogeai sur ce qu'elle faisait vraiment en observant ce tic nerveux.

Je posai mes paumes de mains sur ses épaules et me penchai pour venir appuyer mes lèvres contre son oreille.

— Au fond de moi, j'espère que tu es en train de faire quelque chose d'infâme, lui murmurai-je. Cela me donnerait une raison de te retourner sur mes genoux et de te donner une bonne grosse claque bien brutale sur les fesses.

Je lui mordillai le lobe d'oreille et souris lorsqu'elle se mit à frissonner.

— Ensuite, je te forcerai à te pencher sur ce bureau et

je te baiserai sans préambule. Si jamais je décidais de te pardonner, en fin de compte, peut-être te donnerais-je du plaisir. Mais après tout, puisque je suis *défectueux*, peut-être pas.

Sa gorge s'agita et elle expira d'un souffle saccadé. J'appuyai mon nez contre sa gorge, inhalai son doux parfum et écoutai le pouls rapide de son cœur.

— Maintenant que tu as vu Lilith, tu sais que ce que je t'ai dit est vrai, continuai-je. Cela fait de toi ma propriété, Calina. Alors si tu essaies d'avertir quelqu'un par ton charmant doigté sur le clavier, je vais être fortement déçu, et crois-moi, il vaut mieux que tu ne saches pas ce que je suis prêt à faire lorsque je suis déçu, mon chou.

— Vous assassinez des enfants ? suggéra-t-elle d'une voix dénuée d'émotion.

Je me mis à ricaner contre sa gorge.

— Finis ton travail, dis-moi où sont les banques de serveurs et tu n'auras pas à le découvrir.

Je me mis à tracer un chemin de baisers le long de sa nuque, mes lèvres semblaient être devenues accro à sa peau, tandis qu'elle se remit à taper. Son pouls continua de vibrer contre ma bouche comme les ailes d'un papillon, son cœur battait à intervalles rapides.

Même si elle réussissait à masquer le ton de sa voix avec un semblant d'indifférence, son corps la trahissait.

Elle était effrayée, et cela attirait le prédateur qui était en moi. Je voulais qu'elle soit effrayée, qu'elle me supplie, et qu'elle se *soumette*.

Elle me lançait un défi, que je comptais relever avec noirceur, et j'avais l'intention de briser en mille morceaux cette apparence stoïque qu'elle se donnait pour la voir se perdre entièrement à mes pieds. Jamais quelqu'un ne m'avait enchanté à ce point jusqu'à présent.

Peut-être fallait-il en chercher la cause dans sa

résistance implicite, dans le fait qu'elle attribuait son attirance envers moi à une simple réponse physiologique de son corps plutôt que d'admettre qu'elle était potentiellement attirée par moi en tant que personne.

La plupart des femelles se déshabillaient sur commande parce qu'elles en avaient envie, pas parce qu'elles ressentaient un besoin physiologique de se plier aux ordres d'un prédateur.

Les femmes appréciaient véritablement ma présence, et je le leur rendais en nature.

Mais Calina me parlait avec un degré d'assurance qui frisait l'arrogance, chose que je trouvais fascinante au vu de son âge et de son statut d'humaine.

Cela me donnait envie de lui enseigner une petite leçon de sensualité, la rendre accro à moi, pour ensuite l'incorporer dans mon harem ou bien en faire ma progéniture pour qu'elle puisse apprendre ce qu'elle avait à savoir tout en étant sous mon aile.

À voir la façon dont elle se concentrait à présent, et l'application avec laquelle elle effectuait sa tâche tout en sachant qu'un être supérieur rôdait derrière elle, j'avais là une preuve supplémentaire de son potentiel dans ce monde. Elle ferait une fantastique vampire, capable de garder la tête froide même sous la pression, pleine de sens pratique, d'intelligence et de stratégie.

Je déposai un baiser à l'endroit où l'on sentait battre son cœur, et considérai le seul point négatif qui découlerait de sa transformation : son sang perdrait son arôme délectable.

Et je n'étais certainement pas prêt à me passer de cette drogue pour le moment.

Je me redressai, mes paumes de mains toujours posées sur ses épaules, et l'observai tandis qu'elle fit s'afficher une carte de New-York dans les temps anciens. Elle saisit des coordonnées, appuya sur la touche Entrée et leva les yeux vers moi.

— Là.

— Impressionnant, murmura Darius derrière nous.

Je l'avais senti entrer dans la pièce lorsque je m'étais relevé. Il avait dû y voir un signe que nous tenions quelque chose.

Calina essaya de regarder Darius derrière moi, mais je fis glisser ma main de son épaule jusqu'à sa gorge pour la maintenir en place.

— Comment puis-je avoir la certitude que tu ne nous envoies pas droit dans un piège ?

— Quel bénéfice pourrais-je bien en tirer ? rétorqua-t-elle. Vous détenez ici les seuls individus que je considère comme ma famille. Vous m'avez également montré la tête de Lilith, j'ai donc la preuve que je suis définitivement libérée de son emprise. On pourrait même dire que j'ai une dette envers vous, en guise de reconnaissance.

— Et tu me montres ta reconnaissance en m'insultant au nez de mon équipe ? lui renvoyai-je.

— Je... je ne voulais pas vous insulter. J'ai seulement du mal à vous comprendre. Vous n'êtes pas comme les vampires que je connais.

Je repensai à ce qu'elle m'avait dit plus tôt au sujet de Lilith, à savoir qu'elle exigeait d'elle un rapport et se nourrissait d'elle jusqu'à ce qu'elle trépasse.

— La vision que tu te fais de ceux de mon espèce est biaisée, dis-je après un instant de silence, tout en traçant avec mon pouce une ligne jusqu'au creux de sa nuque tandis que je la maintenais immobile sur la chaise, la tête penchée en arrière.

— Lilith croyait que les humains étaient là pour nous servir. Certains parmi nous, comme moi, ne sont absolument pas d'accord avec ça.

Je lui relâchai la gorge et baissai la main pour retourner sa chaise de sorte qu'elle soit face à moi. Puis je m'emparai des accoudoirs et me penchai en avant pour que mon visage soit juste sous son nez.

— Les humains sont inférieurs à nous car ils sont plus faibles. Mais le fait est que les vampires ne peuvent se passer du sang des mortels pour survivre. Il est donc de notre devoir de protéger notre source de nourriture. Nous avons tous été mortels à un moment donné, en conséquence de quoi nous devrions également faire preuve d'un trait d'humanité.

Je relevai la main pour venir passer mes doigts dans ses cheveux encore mouillés.

— Parfois, nous rencontrons de précieux humains qui se différencient des autres, que ce soit par leur intelligence, une capacité particulière, ou bien… m'interrompis-je en passant mon pouce le long de son menton et de sa gorge, de l'autre côté de son visage, ou bien une lignée de sang unique qui doit être préservée aussi bien que vénérée.

— Si vous vous comportez de la sorte avec moi, c'est à cause de mon sang ?

— En partie, admis-je. Mais ce qu'il y a là-dedans a également de la valeur à mes yeux, dis-je en relevant la main pour tapoter doucement sa tête. J'espère donc que les informations que tu viens de nous fournir sont valables et qu'elles nous seront d'une grande aide pour que je puisse continuer à considérer ton intelligence comme un atout précieux, autrement c'est ton sang qui me sera précieux, ce qui changera considérablement le cours de ta destinée.

C'était une menace en l'air.

Quelque chose me disait que même si elle tentait de nous trahir, je serais de toute façon toujours trop envoûté par elle pour le lui faire payer de manière cruelle.

Mais Ryder, lui, ne se gênerait pas.

Darius non plus.

Et je n'allais pas m'interposer.

Ce qui m'importait le plus, c'était de retrouver Cam. Pas même une ravissante femelle ne pourrait me dévier de cet objectif.

Je l'embrassai sur la tempe et me relevai.

— Il semble que nous allons devoir repartir au nord, dis-je à Darius. Je veux être dans l'avion avant minuit, ce qui signifie que nous allons à nouveau devoir nous préparer à endurer la lumière du soleil pendant une longue journée à notre arrivée.

— La lune me manque déjà, répondit Darius.

— À moi aussi, murmurai-je en glissant mes doigts sous le menton de Calina. Lève-toi. Il va te falloir une tenue appropriée.

CALINA

Jace m'avait permis de voir Gretchen et James avant notre départ. Il leur avait également accordé un moment avec leur fils, et les rides d'inquiétude sur le front de Gretchen s'étaient partiellement estompées.

Du moins, cela avait duré jusqu'à ce qu'il reprenne l'enfant, suite à quoi elle s'était trouvée dans un profond désespoir. Mais telles étaient les règles de ce jeu dangereux.

Tout cela avait pour but de me servir d'avertissement. La façon dont Jace avait agi était en quelque sorte une piqûre de rappel pour me rappeler qu'il les retenait en captivité et qu'il les tuerait en cas de mauvais comportement de ma part. Il m'avait laissé une dernière chance de les sauver si je montrais patte blanche avant que nous ne partions.

Je n'avais pourtant pas d'idée tordue derrière la tête.

J'étais donc restée silencieuse.

Je n'avais pas prononcé un seul mot pendant toute la durée de notre long vol jusque dans le nord de l'État de New York, ou plutôt la *région de Lilith*, comme cette région s'appelait désormais. Il s'agissait d'un très vaste territoire qui englobait une grande partie des terres qui constituaient jadis les États-Unis.

Jace était assis à côté de moi, tout de noir vêtu, son

165

attention détournée par un appareil qu'il tenait à la main. On aurait dit une tablette, sauf que l'écran restait en suspension tandis qu'il faisait défiler ses messages.

Je les lus au fur et à mesure qu'ils apparaissaient, puisque je les avais sous les yeux, et me rendis compte qu'il répondait à diverses demandes de vampires sous sa tutelle. Il s'agissait de réclamations pour que les humains occupent certains postes, de pétitions visant à obtenir de plus grandes réserves de sang, et de demandes de visite de la part de vampires d'autres régions. Il approuva nombre de ces requêtes mais en refusa d'autres, avec, en pièce jointe, une note justificative.

Demande rejetée. Vous avez dépassé votre quota de sang pour ce mois-ci. Envoyez-moi une liste complète de vos ressources pour que je puisse l'examiner, et je prendrai à nouveau votre demande en considération.— J.

Il envoya ce message en poussant un soupir, puis fit s'afficher un autre message à la lecture duquel il marqua un temps d'arrêt.

— Jasmine vient de m'envoyer une demande de réunion pour la semaine prochaine. Elle veut s'entretenir avec nous à propos des possibilités d'échanges commerciaux avec la région de Jace.

— Comme c'est amusant qu'elle demande cela maintenant, répondit le vampire fringant en face de lui.

Darius.

Il me rappelait un peu Jace avec ses charmes élégants, mais ses yeux verts brillaient d'une telle ardeur que je présumais qu'il ne devait que très rarement sourire.

La femelle à côté de lui était son *Erosita*. Ses cheveux foncés étaient tirés en queue de cheval, et sa longue gorge exposée à la vue de tous, ce qui sembla quelque peu troubler son partenaire qui jetait fréquemment un regard à l'endroit où l'on sentait son pouls.

On percevait clairement qu'ils communiquaient par un lien de télépathie, car il acquiesça plusieurs fois sans prononcer un mot à voix haute, et il avait tendu le bras pour lui caresser tendrement la cuisse. Son geste fut apprécié de la femelle qui posa sa tête sur son épaule.

Une liaison amoureuse parfaite, songeai-je en repérant les signaux que j'avais déjà observés entre Gretchen et James. Seulement, le lien entre Juliet et son maître semblait encore plus intime, probablement parce qu'il était dépendant de son sang pour survivre tout comme elle avait besoin de sa protection dans ce monde cruel.

— Je vais accepter, dit Jace, ce sera une bonne occasion de tester son allégeance politique.

— Ce n'est qu'une sadique qui se baigne dans le sang des humains, dit Damien d'une voix traînante à quelques mètres de nous.

Il nous avait rejoints après avoir pris quelques séries de photos afin de faire croire que Lilith était, en apparence, toujours en vie.

D'après les informations que j'avais pu glaner, les vampires ici présents ne voulaient pas que le monde soit informé de la mort de Lilith pour le moment. Je ne savais pas exactement quel était leur plan, mais leurs intentions semblaient louables, en particulier parce qu'ils avaient décidé de démanteler le régime qu'elle avait créé.

Je me demandais quels étaient leurs futurs objectifs, comment ils comptaient restructurer la société.

Jace avait dit que certains vampires comprenaient la nécessité de sauvegarder leur nourriture. Elle était essentielle à leur survie, je comprenais donc leur raisonnement. Mais qu'est-ce que cela laissait présager pour les humains ?

Je réfléchis à cette question tandis que Jace, Damien et Darius continuaient à discuter de leurs alliés et de leurs potentiels ennemis. Aucun des noms qu'ils mentionnaient ne me disait quoi que ce soit, alors je décrochai jusqu'à ce que Jace fît s'afficher des images afin que je les examine, encore une fois.

Il me montra une photo de Jasmine. Cette femelle au teint olivâtre avait de sombres traits et était une royale qui régnait sur l'ancien territoire des Philippines.

Je vis ensuite une photo d'Aika, un autre vampire royal qui s'était emparé des terres du Japon.

Il passa ensuite à Lajos, un vampire royal qui gouvernait Hawaii. Ce fut le premier nom qui me sembla familier.

— Lilith a déjà mentionné son nom par le passé, mais je ne l'ai jamais rencontré.

Je ne pouvais pas dire grand-chose d'autre sur lui.

Il avait un regard sombre duquel émanait une aura diabolique dont je me serais forcément souvenue.

Jace prit quelques notes et prolongea l'exercice en me montrant d'autres photos.

Vint ensuite Ayaz, un vampire mâle à la peau foncée qui avait pris le contrôle de la Turquie, de l'Arménie et de plusieurs autres pays dans cette région du monde.

— Lui aussi, elle m'a déjà parlé de lui. Il avait besoin d'un réapprovisionnement de sang d'*Erosita*, ou quelque chose dans le genre.

Je m'en souvenais car elle s'était emparée de l'un de nos sujets pour servir ce dessein. Nous n'avions jamais revu la femelle en question.

Darius et Jace échangèrent un regard, puis ce dernier me montra les portraits de trois autres vampires royaux que je ne reconnus pas.

Cormac, Khalid, Ankit.

Royaume-Uni et Irlande, pays du Moyen-Orient, autres pays du Moyen-Orient ainsi que l'Inde, le Népal et le Sri Lanka.

Je connaissais tous ces pays, mais aucun des noms de ces vampires.

Il revint sur l'Europe pour me montrer les photos de Sofia et Helias, deux noms que j'avais entendus de la bouche de Lilith.

— Le Couvent dépend de la juridiction de Sofia, n'est-ce pas ? dis-je en me souvenant de ce détail.

— Non, les propriétés du Couvent ainsi que les terres environnantes sont considérées comme des zones neutres, anciennement administrées par Lilith, répondit Jace. Cependant, la région de Sofia est limitrophe de l'ancien territoire de l'Italie, où se trouve l'un des Couvents d'élevage des vierges de sang.

Juliet se mit à trembler de manière manifeste, et Darius lui saisit de nouveau la cuisse avant de lui planter un baiser dans le cou.

— Est-ce une vierge de sang ? me demandai-je à haute voix.

Jace ne releva pas le regard des écrans, car il savait très bien de qui je parlais.

— Oui, dit-il en faisant défiler une nouvelle image. Et celle-là, alors ?

Une femelle blonde aux yeux marron foncé apparut sur l'écran. *Hazel, vampire royale.*

— Sa région englobe la Grèce, la Macédoine, l'Albanie, la Hongrie et quelques autres pays d'Europe de l'Est, ajouta-t-il comme il l'avait fait pour tous les autres vampires.

— Je ne la connais pas.

Elle avait un regard gentil, très différent de l'apparence rigide et cruelle de Lilith.

— Malgré tout l'intérêt que je porte à cette petite leçon de géographie et de politique, je dois vous informer que nous allons atterrir dans cinq minutes, interrompit Damien. Nous devons nous tenir prêts.

Jace acquiesça, éteignit son appareil et le glissa de nouveau dans sa poche.

— Nous continuerons notre discussion après avoir fini ce que nous avons à faire ici.

— Je n'ai pas rencontré beaucoup de vampires ni de lycans à l'extérieur des labos, lui promis-je. Tout ce que je sais, je l'ai entendu dire par Lilith.

— Ces informations pourraient donc nous être d'une très précieuse utilité si tu as pu capter au hasard des conversations ce qui nous intéresse, répondit-il en se penchant sur moi pour vérifier que j'avais bien attaché ma ceinture.

Il attacha ensuite la sienne d'un air détendu et ferma les yeux lorsque les ombres qui entouraient l'avion commencèrent à s'accentuer.

Je détournai mon attention vers les hublots et entrouvris les lèvres à la vue du soleil qui brillait d'une lumière vive au-dehors. Nous avions laissé les stores baissés pendant tout le trajet, je n'avais donc pas pu voir le ciel.

Maintenant que je le pouvais, j'étais hypnotisée par son aspect radieux.

Pendant combien d'années suis-je passée à côté de ce phénomène ? pensai-je, le souffle coupé par la vue qui s'offrait à moi.

Je restai agglutinée contre le hublot pendant toute notre descente, les larmes me montaient aux yeux à cause de la lumière vive dégagée par le paysage. Je ne pouvais pas en détacher les yeux, le ciel était splendide. Je l'avais déjà vu en photo, mais aucune des images que l'on m'avait montrées ne rendait justice à cette expérience fabuleuse.

Jace fit glisser son doigt sur ma joue avant de le porter à ses lèvres pour goûter à mes larmes.

Puis il détacha ma ceinture, appuya ses lèvres contre mon oreille et murmura :

— Il est temps de nous prouver ta valeur, petit génie.

Je ne voulais pas quitter mon siège, mais je me relevai immédiatement rien qu'à l'idée d'aller dehors pour observer le ciel sans filtre.

Jace appuya sa paume au bas de mon dos et m'escorta le long du couloir de l'avion jusqu'aux escaliers de sortie. Juliet et Darius avaient déjà mis pied à terre et se tenaient l'un à côté de l'autre, tous deux vêtus à l'identique d'un pantalon noir et d'une chemise à manches longues.

Je descendis les escaliers pour les rejoindre, mais mon regard fut tout de suite attiré en l'air, en direction du ciel d'un bleu lumineux et du soleil éblouissant. *Splendide.*

— Elle va se bousiller les yeux si elle continue, dit Damien d'une voix traînante lorsqu'il nous rejoignit avec son sac à dos jeté sur une épaule.

Jace passa encore une fois son doigt le long de ma joue et me pinça le menton pour détourner en douceur mon attention de la source de lumière intense au-dessus de nos têtes. Je le regardai en clignant des yeux, car je ne voyais plus qu'une tache noire à la place de son visage.

— Je crois que c'est déjà le cas, songea-t-il. Protège-toi les yeux, docteur. J'en ai encore besoin.

Il resserra son emprise juste comme il le fallait pour m'indiquer qu'il ne plaisantait pas. Puis il me relâcha et me laissa marcher à côté de lui, aveuglée.

Chaque fois que je fermais les yeux, je voyais de petits points danser derrière mes paupières. Cela me rappela ce qu'il s'était passé un jour que j'avais fixé pendant trop longtemps une lumière fluorescente, mais en pire.

Je ne cessai de cligner des yeux en attendant que cette sensation s'estompe.

Jace appuya de nouveau la paume de sa main contre

mon dos, comme pour me faire signe de marcher à ses côtés. Je jetai un regard vers le sol, car je voulais voir où je mettais les pieds, mais ces putains de petits points ne cessaient d'envahir mon champ de vision, me faisant trébucher.

Il ricana un peu.

— Ça va passer, me promit-il en passant son bras autour de moi pour m'aider à avancer à son rythme.

Damien dit quelque chose dans une langue que je ne comprenais pas, ce qui lui valut un reniflement dédaigneux de la part de Darius. Jace répondit dans cette même langue étrangère.

Cela me donna une idée de l'âge très avancé de ces êtres. Ils parlaient probablement des dizaines de langues, puisqu'ils avaient traversé les cultures et vécu une longue vie pendant des millénaires.

Jace me parut être le plus âgé de tous, mais Darius semblait le suivre de près. Ils arboraient tous les deux une allure régalienne et ancienne de laquelle émanaient le pouvoir et l'opulence.

Celui qu'ils appelaient Ryder, et que je n'avais rencontré que brièvement, semblait être du même acabit.

Damien avait l'air plus jeune, pas aussi jeune que moi, mais il semblait moins expérimenté que les autres. Il lui manquait l'allure imposante des autres vampires. Cependant, il compensait ce manque de prestance par son aura mortelle. Quelque chose me disait qu'il serait capable de se défendre face à un vampire ancien et potentiellement remporter la bataille, au bout du compte, sur la seule base de ses compétences.

Jace enfonça son pouce dans mon échine, et le tissu fin de mon haut noir m'épargna fort peu de la chaleur qu'il dégageait en me touchant. Il m'avait également dégoté un pantalon, et le tissu du jean était bien différent de celui de mon uniforme de scientifique habituel. Je n'appréciais pas tellement la sensation de frottement qu'il me procurait contre les zones les plus sensibles de mon intimité, mais Jace ne m'avait pas donné de sous-vêtements.

— Halte, dit Damien, et Jace m'empoigna par la hanche en l'entendant pour m'immobiliser à ses côtés, voyons voir ce que je peux faire.

Ce n'est qu'au bout de plusieurs minutes que je compris ce qu'il voulait dire, car il me fallut tout ce temps pour parvenir à voir correctement.

Une porte.

Nous nous tenions devant un bâtiment qui ressemblait à un entrepôt délabré, mais le système électronique qui en verrouillait l'entrée semblait, lui, flambant neuf, et me rappelait toutes les technologies dont nous disposions au sein de nos laboratoires.

— Nous sommes bien au bon endroit, dis-je en parcourant les alentours du regard pour vérifier la présence de caméras de surveillance.

Je n'en vis aucune.

Bizarre. Elles doivent forcément se trouver là, quelque part.

Je m'attendais aussi à ce qu'une sorte d'armée de Vigies assure la protection des locaux, ce dont j'avais fait part à Damien lorsqu'il m'avait demandé quels pourraient être les potentiels dispositifs de sécurité du bâtiment.

Cet endroit semblait pourtant abandonné.

Peut-être que le système de sécurité est entièrement souterrain ? pensai-je en regardant vers le bas.

— Est-ce qu'il va falloir qu'on le fasse exploser comme l'autre bunker ? demanda Darius.

— Nous ne pouvons pas, répondit Damien, son attention portée sur un écran qu'il tenait dans une main. Les appareils technologiques qui se trouvent à l'intérieur sont trop précieux pour que l'on coure ce risque, et qui sait, peut-être que les ordinateurs auxquels il nous faut accéder sont juste derrière cette porte.

J'évaluai rapidement la taille du bâtiment qui s'étendait devant nous et exprimai sans un mot mon assentiment avec ce qu'il venait de dire. Si les serveurs ne se trouvaient pas en souterrain, ce qui me semblait plus judicieux étant donné qu'ils avaient constamment besoin d'être refroidis, nous ne pouvions pas prendre ce risque. Un lancer d'explosifs mal calculé pourrait également désactiver le système de ventilation, ce qui détruirait le régulateur de température à l'intérieur du serveur, et tous les appareils seraient rapidement endommagés.

Je lançai un regard par-dessus l'épaule de Damien, sur la tablette qu'il tenait entre les mains, afin de voir comment il s'y prenait pour tenter de déverrouiller la porte. Il utilisait une espèce d'appareil de récupération de codes pour trouver le bon mot de passe, et puisque nous n'étions pas soumis à un compte à rebours, j'estimais que c'était une bonne tactique.

Mais il y avait un problème.

— Si le logiciel de Lilith détecte cette intrusion dans le système, il enclenchera certainement un protocole de sécurité, comme dans le Bunker 47.

Sans ma montre connectée, il me serait impossible de détecter quoi que ce soit dans cette banque de serveurs. De toute façon, ma montre n'était pas connectée à cette zone-là. Je ne savais même pas si elle marchait encore puisque quelqu'un, probablement Jace, me l'avait prise pendant que j'étais inconsciente.

— Je savais qu'il fallait s'y attendre, répondit Damien en tenant devant lui un autre appareil. C'est pour cela que j'ai pris le téléphone de Lilith.

Cela expliquait comment ils avaient su pour le compte

à rebours dans le Bunker 47, ainsi que pour une multitude d'autres détails.

Damien reporta son attention sur l'écran et se mit à faire défiler des informations sur l'écran de Lilith. Je scrutai de nouveau le bâtiment, inquiète. S'il y avait bien une chose que j'avais apprise pendant toutes ces années, c'était que Lilith planifiait toujours toutes les situations.

Et cela ne me plaisait pas beaucoup qu'aucune caméra ne soit visible.

Cela signifiait qu'elles étaient dissimulées, ou bien qu'un autre système de surveillance avait été mis en place dans cette zone.

Des satellites ? me demandai-je. *Des scanners infrarouges dissimulés dans les arbres ?*

Je jetai un œil par-dessus mon épaule et remarquai la forêt dense qui nous entourait. L'avion avait atterri à un peu moins de cent mètres d'ici sur une portion d'asphalte qui était manifestement une piste d'atterrissage mise à disposition spécialement pour cet endroit.

Pour les visites de Lilith.

Elle n'aurait pas aimé atterrir trop loin, car elle préférait pouvoir entrer et sortir rapidement et efficacement des bâtiments dont elle avait la charge.

— Qu'est-ce que tu cherches comme ça, docteur ? me demanda Jace d'un air suspicieux.

— Le système de surveillance, lui dis-je en regardant la porte, puis le toit trois étages plus haut. Il n'y a pas de caméras.

— Il n'y en avait pas non plus à l'extérieur de ton laboratoire, me répondit-il.

— C'est fait exprès pour rendre le bâtiment moins suspect, ajouta Damien.

Je repensai aux bandes vidéo des caméras de surveillance auxquelles j'avais eu accès dans le Bunker 47 et dus admettre qu'aucune n'était dirigée vers l'extérieur, mais je n'étais pas d'accord avec sa remarque concernant l'apparence du bâtiment.

— Cette porte semble très suspecte.

Peut-être était-ce aussi une entrée bien trop facile à remarquer.

— Je crois que tout est prévu pour que nous perdions notre temps ici. Il doit y avoir une autre entrée quelque part.

C'était bien du Lilith tout craché de concevoir ses bâtiments de sorte à mener droit dans un piège tous les visiteurs indésirables.

Damien marqua un temps d'arrêt et ses narines se dilatèrent. Il reposa ensuite son écran et appuya un doigt contre son oreille.

— Rick, j'ai besoin que tu nous amènes quelques-uns des gadgets thermosensibles de Ryder.

LILITH

L'ÉQUIPE DE RÉCUPÉRATION A ÉTÉ DÉPLOYÉE. RAPPORT ATTENDU D'ICI DOUZE HEURES.

APPUYEZ SUR LA FLÈCHE VERTE POUR CONTINUER L'INSPECTION DES RAPPORTS D'ACTIVITÉ.

LE PROCHAIN RAPPORT D'ACTIVITÉ S'OUVRIRA DANS TROIS, DEUX…

Rapport d'activité, cinquième année, jour un.

Nous venons d'organiser avec succès une nouvelle cérémonie du Jour du Sang. Tous les humains ont été répartis géographiquement de manière équitable, comme cela a été décidé. Plusieurs candidats à l'immortalité ont été déplacés dans l'arène où se déroulera le combat qui décidera de leur destinée. L'alliance semble s'en amuser et les membres font déjà des paris sur leurs favoris.

Lajos a consenti à laisser le Clan Stella désigner les deux vainqueurs pour la première fois. Je lui ai offert une vierge de sang afin de le remercier d'avoir simplifié le processus de sélection. Cela devrait le distraire temporairement en attendant que je puisse lui trouver une *Erosita* qu'il pourra utiliser à sa guise.

À propos, votre idée de dévaluer le lien d'accouplement entre les vampires et leurs partenaires fonctionne à merveille. Bientôt, nous pourrons vous présenter la nouvelle lignée d'humains immortels sans trop de problèmes à mesure que les anciennes mœurs de notre monde vont peu à peu disparaître.

Se pose aussi évidemment la question de votre propre *Erosita*. J'ai essayé du mieux que j'ai pu d'affaiblir la connexion qu'il y avait entre vous, mais vos instincts de possession persisteront certainement.

Ne vous inquiétez pas. Je vais poursuivre mes recherches sur le sujet et partager tous les résultats qui en découlent avec vous via le présent rapport d'activité.

Je vous joins une photo d'elle au cas où vous souhaiteriez la voir. C'est une jolie petite blonde, pure et innocente, conformément à vos souhaits.

J'ai toutefois l'intention de tester les limites de ce lien.

Je vous en dirai davantage ultérieurement.

POUR COMMENCER L'INSPECTION DES FICHIERS CONCERNANT LE PROJET DE RECLASSIFICATION DES EROSITAS, APPUYEZ SUR LA FLÈCHE VERTE.

FIN DE LA TRANSMISSION.

JACE

M ES YEUX ME BRÛLAIENT, le soleil levant me donnait un mal de tête spectaculaire.

Il semblait que ma sensibilité aux éléments s'était accentuée avec l'âge, et je demeurai presque aveugle tandis que je me trouvais en pleine nature, entre les arbres et le bâtiment des banques de serveurs.

Damien ne semblait pas être aussi gêné que moi, et était concentré sur tout un tas d'équipements que Rick avait transporté depuis l'avion. Calina se tenait à ses côtés, les mains sur ses hanches bien formées, tandis qu'elle scrutait attentivement les écrans avec lui. Je tentai d'admirer la vue qu'elle m'offrait en se penchant au niveau de la taille, mais la douleur atroce qui me fracassait le crâne atténuait l'effet qu'elle me faisait.

— Putain de lumière du jour, grommelai-je.

— Je confirme, me répondit Darius à côté de moi.

Il glissa ses bras autour du torse de Juliet de manière à sentir son dos collé contre sa poitrine et se pencha pour enfouir son visage dans le creux de la nuque de sa compagne. Ses lèvres pulpeuses se fendirent en un large sourire, puis elle les écarta lorsqu'il plongea ses incisives dans sa veine.

Elle se mit à frissonner contre lui, et son attitude

m'aurait rendu jaloux il y a à peine quelques jours, mais mon regard se dirigea à nouveau vers Calina et la tendre courbe de sa gorge.

Absorber un peu de son essence me détournerait bien agréablement de mon mal de tête écrasant.

Hélas, il fallait qu'elle puisse se concentrer.

Il fallait aussi que j'aie à nouveau les idées claires. Le sang enivrant de Juliet m'avait toujours attiré auparavant, mais je sentais à peine son doux parfum à présent. Ma bouche mourait d'envie de se jeter sur Calina, et rien que sur Calina.

Pourquoi ? me demandai-je.

Oui, son goût était divin, tout comme celui de la plupart des femmes.

Il faudrait que je lui demande à une prochaine occasion quel était son groupe sanguin. Elle m'avait dit qu'il était rare. Selon elle, il avait disparu pendant la révolution, mais elle n'en avait jamais détaillé les vertus.

En prenant une profonde inspiration, je fermai les yeux pour tenter de calmer la sensation absolument agonisante qui augmentait dans…

— Nous avons de la compagnie, me dit Rick dans mon oreillette.

Damien se redressa, le regard levé vers le ciel lorsqu'il alluma son micro.

— Dans quelle direction ?

— Ils arrivent de l'ouest et leur trajectoire suggère qu'ils se dirigent vers notre position, répondit Rick. Je dirais qu'il nous reste dix minutes avant qu'ils n'atterrissent.

— Vous êtes toujours en mode furtif, n'est-ce-pas ?

Damien jeta un regard par-dessus son épaule vers l'endroit où était stationné le jet dans le champ à proximité.

— Ce n'est pas la première fois que je prends un vol en cachette, répondit Rick d'une voix traînante. Voulez-vous que je libère la piste d'atterrissage ?

Damien me regarda en levant un sourcil.

— Le roi, c'est vous.

Je le scrutai avant de détourner mon regard vers Calina.

— Tu attends que ton prince charmant vienne te sauver, mon chou ?

— Me sauver ? demanda-t-elle en fronçant les sourcils.

Je fis un pas en avant pour l'attraper par le menton, et plissai les yeux en apercevant son expression.

— Tu mens si bien, docteur. J'ai presque cru que tu allais nous aider. Mais tu sais aussi bien que moi que tu les as appelés.

Bien qu'au fond de moi, j'étais furieux qu'elle nous ait trahis, d'un autre côté, j'étais tout excité à l'idée de la punir pour ce qu'elle avait fait.

— Jace, je…

— Chut, la fis-je taire, en appuyant mon pouce contre ses jolies lèvres. Je mettrai bien ta bouche à l'épreuve une fois que nous aurons liquidé la fine équipe qui doit venir te sauver.

Je levai mon autre main et appuyai d'un doigt sur le bouton de l'appareil que j'avais dans l'oreille pour allumer mon micro.

— Exécutez-vous. Nous allons réserver un accueil approprié aux nouveaux arrivants au sol.

— Excellent.

Les moteurs grondaient déjà, et je compris que Rick avait anticipé cette réponse de ma part.

Le jet s'éleva gracieusement dans les airs, il me rappelait davantage une fusée qu'un avion, et il disparut dans le ciel derrière une épaisse couche nuageuse.

—Je suis envieux du joli petit jouet de Ryder, admis-je en admirant ce bel appareil. Que faut-il que je fasse pour que l'un des miens soit rénové au même niveau que le sien ?

Ryder avait passé le siècle écoulé dans le sud du Texas comme un vieil ermite dans une grande ferme. Il avait toujours eu un goût particulier pour les armes, mais ce jet était venu s'ajouter de manière inattendue à sa collection, lui qui ne semblait pas avoir trop d'affinités pour les outils de technologie améliorés.

Ce qui signifiait que Damien était véritablement à l'origine de ce renouvellement spectaculaire.

Je croisai ses yeux brun couleur caramel.

— Donnez-moi votre prix.

Il se contenta de sourire.

— Nous remettrons les négociations à plus tard.

— Certainement, confirmai-je avant de reporter mes doigts autour de la gorge de Calina lorsqu'elle tenta de se remettre à parler.

Je lui serrai le cou en lui écrasant la trachée, la réduisant au silence.

— Il me faut quelque chose pour la faire taire, et une longueur de corde.

Je prononçai cette phrase à l'intention de Damien, pas de Calina.

Elle tenta de secouer la tête en écarquillant grand les yeux.

Je l'ignorai et me concentrai plutôt sur le sac dont Damien venait d'ouvrir la fermeture.

— Vous êtes vraiment paré à toutes les situations.

Si je n'avais pas tant de respect pour Ryder, je tenterais de faire basculer Damien de mon côté et de le garder pour moi tout seul.

Hélas, Damien et Ryder formaient une excellente équipe.

Tout comme Darius et moi.

Darius et Juliet se dirigeaient déjà vers les arbres, et ils tenaient serrés dans leurs mains des armes identiques.

— Vous vous entraînez à viser ? lui demandai-je.

Il me répondit « oui » sans détourner le regard vers moi.

Je hochai la tête et desserrai légèrement mon emprise sur Calina pour la laisser respirer.

Elle inspira bruyamment, ses jolis yeux scintillaient.

— Je t'avais avertie de ne pas me trahir, lui dis-je doucement, et relevai mon autre main pour essuyer une larme qui coulait sur sa joue.

Je portai cette petite goutte à mes lèvres et souris lorsque je sentis son goût salé sur ma peau.

— Toutefois, je ne peux pas dire que ce que tu as fait m'a terriblement déçu.

— Je n'ai pas...

Je lui comprimai à nouveau la trachée.

— Tu pourras me mentir à loisir après que nous aurons réglé le problème que tu as créé.

Damien me lança les objets que je lui avais demandés. Le baillon boule était clairement un jeu destiné à être utilisé dans une chambre à coucher.

— Décidément, vous êtes toujours préparé à tout, répétai-je, amusé.

Il me fit un sourire féroce puis se concentra à nouveau sur le ciel au-dessus de nos têtes.

— Vous feriez mieux de vous dépêcher de l'attacher, votre Majesté. Sinon, vous allez rater le plus drôle.

— Oh, ça, j'ai bien l'intention de m'amuser, jurai-je en croisant les iris noisette furieux de Calina, de m'amuser putain d'intensément, dans un bon bain de sang.

Je prononçai lentement ces trois derniers mots, afin de m'assurer qu'elle puisse les savourer convenablement tandis que je les murmurais tout contre ses lèvres.

Elle prit une grande inspiration lorsque je la laissai respirer.

Je reculai ensuite en direction des arbres et trouvai un endroit approprié pour l'immobiliser contre un tronc noueux.

— Jace, dit-elle d'une voix étouffée, renvoyant mon attention tout d'abord sur le baillon boule.

— Ouvre, lui ordonnai-je.

Elle serra la mâchoire au lieu de m'obéir.

— Crois-moi, il ne vaut mieux pas chercher à provoquer un déchaînement de violence de ma part, là tout de suite, docteur, lui jurai-je. Je reste gentil pour l'instant, mais tout peut changer très vite.

Elle plissa les yeux jusqu'à ce qu'ils ne fussent plus que deux petits points emplis d'un air de défi.

Mon entrejambe s'endurcit en conséquence, et tous mes instincts étaient pratiquement balayés par le désir intense que j'éprouvais de la déshabiller et de la baiser contre ce putain d'arbre.

Cette femelle est dangereuse pour ma santé mentale, me rendis-je compte, et mon estomac se contracta d'une exquise envie. Je ne me rappelais pas la dernière fois qu'une femme m'avait envoûté aussi profondément, peut-être même n'était-ce jamais arrivé.

— Calina.

Son nom s'échappa de ma gorge dans un grognement, seulement, les poils sur mes bras se dressèrent lorsqu'un bourdonnement subtil parvint jusqu'à mes oreilles.

Des moteurs.

Au pluriel.

Et le bruit qu'ils faisaient ne venait pas du ciel.

J'appuyai la paume de ma main contre sa bouche, la maintins immobile contre l'arbre et fouillai les bois du regard à la recherche des véhicules en approche.

Damien et Darius devaient les entendre, eux aussi, alors je ne perdis pas mon souffle à essayer de les prévenir.

Je n'avais qu'un seul pistolet rangé dans l'étui que je portais à la taille, et je ne disposais de rien d'autre que de la femelle devant moi et des outils avec lesquels j'avais prévu de la ligoter.

— Si tu oses bouger ne serait-ce que d'un centimètre ou faire le moindre bruit, je te casse le cou et je te laisse là, lui promis-je. Selon mon humeur, peut-être que je n'aurai pas envie de revenir pour te voir reprendre vie toute seule.

Elle déglutit, et pour la première fois un soupçon de peur transparut dans ses traits.

Putain, il était temps. Je commençais à croire que cette femelle n'avait aucun instinct de survie.

Je baissai lentement la main et la scrutai pour tenter de repérer les signes de cette expression de défi si caractéristique chez elle. Elle se contenta de lever les yeux et de me fixer, en attendant que je lui donne un nouvel ordre.

— Si tu essaies de t'enfuir en courant, je te pourchasserai, la menaçai-je en reculant d'un pas.

Elle resta figée contre l'arbre.

Je jetai la corde et le bâillon sur le sol de la forêt à côté d'elle avant de tirer mon arme et de scruter au loin, encore une fois, les véhicules à l'approche. Les moteurs faisaient davantage de bruit à présent, vacarme amplifié par le bruit du jet dans le ciel.

Je m'avançai jusqu'à l'arbre et pris position à côté de Calina à l'instant où le premier des véhicules apparut hors des sentiers battus.

Il y avait en réalité deux véhicules blindés à quatre roues.

Entièrement noirs extérieurement.

Avec des vitres teintées.

Je m'accroupis et fis signe à Calina de me suivre, ce qu'elle fit avec beaucoup de maladresse, comme si son corps avait oublié comment fonctionner correctement. Apparemment, ma menace l'avait percutée.

Les deux véhicules allèrent se garer à côté du bâtiment, et les portières s'ouvrirent quelques secondes après qu'ils eurent coupé les moteurs.

C'étaient tous des humains. *Des Vigies.*

Je lançai un regard à Calina et m'aperçus qu'elle me prêtait toute son attention, attendant mon prochain ordre. Son attitude était très étrange étant donné qu'elle avait probablement appelé ses hommes pour venir la sauver.

À moins que ce ne soit pas le cas et qu'il ne s'agisse que d'un énième protocole de Lilith.

À voir la manière dont les humains se déplaçaient, ils n'étaient aucunement au courant de notre présence, car ils marchaient d'un pas tranquille en s'avançant vers le champ pour attendre l'atterrissage de l'avion en approche.

— Les as-tu appelés ? lui demandai-je doucement, tout en sachant que les humains étaient trop loin pour m'entendre.

— Non, me murmura-t-elle en retour, je ne l'ai pas fait.

— As-tu enclenché un protocole pendant que tu essayais de localiser cet endroit ? me demandai-je à voix haute.

Cependant, tout en prononçant cette phrase, je me rendis compte que ce n'était pas possible car les humains n'étaient pas du tout en état d'alerte. S'ils s'attendaient à recevoir notre compagnie, ils se seraient rendus ici par des moyens plus discrets. Qui plus est, ils seraient sur la défensive à l'instant où nous parlons, pas en train de faire le tour du bâtiment tranquillement en plein jour.

Je relayai mes pensées à travers le canal de communication dans mon oreille avant que Calina n'ait pu me répondre.

— Je suis d'accord, répondit Darius, leur odeur ne semble indiquer aucune agressivité.

— Cela n'a aucun sens d'envoyer des humains se battre contre des vampires, ajouta Damien.

— Ce qui suggère qu'ils n'ont aucune idée de notre présence, traduisit Darius.

— À moins que celui qui arrive dans ce fameux avion, qui que cela puisse être, ne soit un être supérieur, songeai-je en observant l'avion en descente, et qu'il ne s'agisse que d'une distraction.

Mes yeux me brûlaient à cause de la lumière qui se reflétait sur le métal, et je tressaillis.

— Avez-vous besoin d'un peu de sang ?

La douce voix de Calina vibrait d'émotion, je le sentais à son pouls irrégulier. Je l'avais suffisamment rendue à fleur de peau avec ma menace de lui tordre le cou. Peut-être Lilith avait-elle fait de même un paquet de fois dans le passé de Calina.

Je scrutai ses traits pâles et remarquai la sincérité de son regard.

— Tu me proposes de boire ton sang ?

— Je vois bien l'effet délétère que provoque le soleil sur vos sens, la gêne que vous ressentez émane de vous à chacun de vos sursauts. Même s'il ne vous épuise pas à proprement parler, il diminue vos capacités de concentration à cause de la surstimulation qu'il provoque.

Elle déglutit, toute sa nervosité refaisait surface. Elle reprit :

— Si vous a... absorbez mon sang, cela permettra à

vos sens de se con… concentrer sur quelque chose.

— Tu n'en as pas l'air très sûre, murmurai-je, ayant remarqué son bégaiement et le bourdonnement de plus en plus intense de son pouls. Tu as peur que je t'en prenne trop ?

— Vous croyez que c'est moi qui les ai fait venir ici, murmura-t-elle. Oui, j'ai peur de ce que vous pourriez être enclin à faire en ce moment.

— Et pourtant, tu viens de me proposer de te mordre ? la questionnai-je, ma curiosité prenant momentanément le pas sur la situation que nous traversions.

— Parce que vous êtes mon meilleur espoir de survie face à ce qui va arriver, peu importe ce qui nous attend, me répondit-elle sèchement. Si je vous permets de récupérer le degré de concentration qu'il vous faut, vous aurez là une solution pratique à votre problème, car cela démultipliera votre force tout en vous prouvant que je ne suis pas mal intentionnée. En conséquence, peut-être que vous n'aurez plus tant envie de me tordre le cou et de me laisser me réveiller ici toute seule, du moins je l'espère.

Ah, c'était donc ce dernier aspect de la menace qui l'avait convaincue de se soumettre, pas la promesse de représailles violentes. Elle m'avait bien écouté lorsqu'un peu plus tôt, je lui avais parlé de son avenir dans ce monde sans un être puissant à ses côtés pour la protéger. Non seulement elle s'était montrée attentive, mais elle avait écouté et réfléchi à mes déclarations de manière suffisamment aboutie pour se rendre compte que je disais vrai.

— Tu ne les as pas appelés, dis-je d'un air confiant.

Si elle les avait avertis de notre présence ici, ou leur avait envoyé un message de détresse, les humains seraient venus ici convenablement équipés. Ils n'étaient franchement pas préparés à nous faire face, à nous tous. Ils restaient tous plantés à l'orée du champ, à attendre l'atterrissage de l'avion.

Il était presque arrivé, son flanc argenté scintillait au soleil et enflammait mes sens. Darius avait fait de Juliet son jouet, et désormais Calina se proposait d'être le mien.

Je n'allais tout de même pas refuser un si délectable présent.

Je passai ma main libre à l'arrière de sa nuque et l'attirai vers moi tout en gardant mon autre bras libre, mon arme pointée vers le sol.

— Voyons voir à quel point tu me fais confiance, murmurai-je tout contre sa bouche.

Puis je me jetai à sa gorge et lui transperçai la veine sans préambule.

Elle m'attrapa par les épaules, ses ongles s'enfoncèrent dans le tissu en coton de ma chemise à manches longues. Un tendre gémissement lui fit entrouvrir les lèvres, car son corps de mortelle réagissait à la dose d'endorphine que lui avait conférée ma morsure.

Je la laissai ressentir la sensation à chaque gorgée que j'aspirai de son sang tout en la plaquant contre l'arbre, mon corps endurci collé au sien. Elle était prête, bouillonnante de *désir*.

Je ne fis preuve d'aucune retenue, et voulus lui laisser ressentir chaque once de ma force et de mon pouvoir tandis que je la dominais avec ma bouche. Elle ne se débattit pas ni ne cria. Elle se contenta de se fondre en moi et s'agrippait à mes épaules pour retenir sa chute.

Cette sensation était à la fois érotique et enivrante, son essence était comme une drogue sur ma langue qui faisait s'embraser mon sang.

Je tendis l'oreille lorsque l'avion atterrit derrière moi.

Je tendis l'oreille à mesure que les humains débarquaient.

Je tendis l'oreille lorsque Damien confirma qu'il n'y avait pas de vampires parmi eux.

Je tendis l'oreille lorsque Darius suggéra que nous observions les Vigies et attendions qu'ils nous montrent où était l'entrée.

Je ne pris pas le temps de marquer un temps d'arrêt pour y consentir, ce n'était pas nécessaire. Il savait comment agir en tant que mon bras droit, tout comme il savait certainement ce que j'étais en train de faire à Calina en ce moment même.

Elle avait raison : son sang était exactement ce qu'il me fallait, il m'aidait à me concentrer et diminuait la douleur qui faisait rage dans ma tête. Mais il me provoqua toutefois un tourment d'une autre nature, car le désir faisait se crisper mes muscles tandis que je luttais contre l'impulsion de la déshabiller et de la baiser contre l'arbre.

Elle relâcha son emprise et ses membres tremblaient lorsqu'elle encercla mon cou de ses bras pour se retenir tandis que je la dévorais.

C'en est trop, pensai-je. *Je lui en prends trop.*

Il fallait qu'elle soit en pleine possession de ses facultés en vue de la prochaine tâche.

Je ressortis doucement mes crocs de sa chair, mes veines me brûlaient à cause de la retenue dont j'avais dû faire preuve. Elle chancela contre moi, et j'eus là une preuve exquise de la confiance qu'elle me vouait, une preuve si magnifique et tellement putain de sexy que je songeai à laisser Darius s'occuper de tout pour moi au niveau de la banque de serveurs.

— Tu me rends accro, l'accusai-je, le visage enfoui dans sa nuque avant de me fendre la langue le long de l'une de mes incisives aiguisées.

Je tamponnai la blessure sur sa peau avec mon sang pour lui permettre de guérir plus rapidement.

Puis je capturai ses lèvres et l'embrassai profondément.

Elle sursauta sous l'effet de la surprise, et sa réaction choquée fut aphrodisiaque pour mes sens de prédateur. Je me mordis à nouveau la langue pour forcer une plus grande quantité de sang à s'amalgamer dans sa bouche.

Ma main toujours agrippée à sa nuque, je passai doucement mon pouce le long de sa gorge pour lui ordonner tacitement d'avaler.

Elle m'obéit.

Bon sang, si ça ne me faisait pas devenir encore plus dur pour elle…

— Ils se dirigent vers l'intérieur, me dit Damien à l'oreille. Avez-vous prévu de prendre part avec nous à ce massacre, ou bien voulez-vous rester là dehors et continuer votre petit jeu avec le docteur ?

Un grognement grave résonna dans ma poitrine, car l'irritation que j'éprouvai lorsqu'il m'eut interrompu prit le dessus sur mon instinct l'espace d'un instant.

— Jace, ajouta Darius d'une voix grave, vous pourrez la baiser dans l'avion après que nous aurons récupéré les fichiers.

Je serrai la mâchoire et un râle visant à les avertir m'échappa de la poitrine, ce qui fit trembler Calina contre moi. Cette petite sorcière m'avait entièrement séduit avec son essence exquise.

— Nous allons avoir une longue conversation un peu plus tard, toi et moi, à propos de ton groupe sanguin unique.

Je me reculai d'un pas et tendis de nouveau le bras la seconde qui suivit pour rattraper Calina qui faillit tomber. Elle tremblait de tous ses membres, ses lèvres étaient gonflées et mouchetées de petites gouttes de sang. Elle les lécha avec un frisson bien visible, ses pupilles largement dilatées.

Il semblait que je n'étais pas le seul à avoir une absence de jugement temporaire.

Elle fut prise d'un violent tremblement et sa main retomba sur mon avant-bras qu'elle empoigna légèrement en essayant tant bien que mal de garder l'équilibre. Je ne cessais de la maintenir en renforçant mon emprise autour de sa hanche.

Un instant passa encore avant qu'elle ne se racle la gorge.

— Je… je suis stable.

Je renâclai bruyamment.

— Non, tu ne l'es pas.

Elle tenait quand même debout, et c'était tout ce que je lui demandais. Je me retournai et ne vis aucun humain sur les côtés de mon champ de vision.

— Où sont-ils partis ?

— Ils sont tous à l'intérieur, murmura Damien dans l'oreillette. Ils sont entrés par un tunnel souterrain à l'arrière du bâtiment.

Calina vacilla de nouveau, ses cheveux blonds apparurent brièvement dans mon champ de vision périphérique. Je la rattrapai et l'attirai à nouveau contre moi. Elle s'affaissa d'un air réconforté puis se raidit à nouveau lorsqu'elle s'aperçut de sa réaction.

Je réprimai une envie de ricaner, l'attirance que nous éprouvions l'un pour l'autre était électrique et assurément parfaite. Le fait qu'elle essayait de lutter contre cela m'intriguait d'autant plus.

— Tu penses toujours que mes prouesses de vampires sont responsables de cette sensation ? lui demandai-je contre son oreille.

Elle ne me répondit pas.

— Jace, me pressa Darius, comment voulez-vous que l'on s'organise ?

— Je pense que nous savons tous les deux comment il souhaite que l'on s'organise, dit Damien d'une voix traînante.

J'ignorai son ton sarcastique et détournai de nouveau mon attention sur le bâtiment.

— Ce sont tous des humains, dis-je en me remémorant un détail de leurs déclarations tandis que je me délectais de la veine de Calina. Cela signifie qu'ils sont ici sous ordre de quelqu'un. Puisqu'ils n'étaient pas en état d'alerte lorsqu'ils sont arrivés, je suppose qu'ils ont reçu des ordres conformément à un protocole quelconque mis en place par Lilith, tout comme ceux que nous avons déjà observés.

— Son téléphone ne reçoit plus aucune notification, ça n'a certainement rien à voir, fit remarquer Damien.

— Peut-être, concédai-je. Mais nous avons une occasion en or de pouvoir obtenir des réponses à nos questions, et pas seulement venant des serveurs.

Je faisais monter et redescendre ma main dans le dos de Calina, et remarquai qu'elle prenait une posture plus assurée.

— Qu'avez-vous en tête ? demanda Darius.

— Une inquisition.

Je baissai les yeux et m'aperçus que Calina avait le regard levé vers moi. Elle n'avait pas d'oreillette et ne pouvait donc pas entendre l'autre moitié de la conversation.

— Les humains nous considèrent comme des dieux, continuai-je. Demandons-leur alors de se confesser et voyons combien d'entre eux souhaitent expier leurs péchés.

Je soutins le regard de Calina, car ce que je m'apprêtais à dire était à son attention.

— Considère qu'il s'agit là d'une introduction au règne du nouveau Roi.

CALINA

MA BOUCHE me picotait encore au souvenir du baiser de Jace.

Non, ça n'était pas un baiser.

Il m'avait déclarée *sienne*.

Il avait emprisonné mes lèvres avec une férocité que j'avais ressentie jusque dans mes orteils, et son instinct de possessivité avait marqué mon âme au fer rouge.

Tu penses toujours que mes prouesses de vampires sont responsables de cette sensation ?

Sa question tourna en boucle dans mon esprit lorsque je le suivis jusqu'à la banque de serveurs. Je ne prêtais pas attention aux cailloux, à l'herbe, ni à la boue sous la semelle de mes chaussures plates. Je ne parvenais plus qu'à entendre cette question et la réponse que je lui avais murmurée mentalement, *non*.

Lilith ne m'avait jamais fait ressentir quelque chose de pareil lors de ses accès démesurés de gloutonnerie. J'avais l'impression de bouillonner à un tel point que je me consumerais s'il ne me touchait pas, que j'allais fondre et savourer la sensation qui en découlerait à chaque seconde. J'aurais voulu qu'il aspire jusqu'à la dernière goutte de mon sang rien que pour satisfaire l'envie qu'il en avait.

Cette sensation était étourdissante, elle me laissait stupéfaite et légèrement déstabilisée.

Mes cuisses se contractèrent tant je ressentais le besoin de sentir à nouveau ses doigts en moi, ou bien autre chose. Quelque chose de plus long, de plus épais, de *plus dur*.

Je déglutis, et un délicat gémissement me sortit des entrailles lorsque l'arôme renversant de son essence m'envahit de nouveau la bouche.

Il m'avait dit que je le rendais accro.

Et puis son sang était devenu… ma source de *vie*.

Je voulais le goûter encore davantage. Sa langue avait fait régner dans ma bouche le goût de sa domination contre laquelle je ne pouvais lutter, et je l'avais acceptée car je n'avais pas d'autre alternative.

J'étais donc sa possession.

Sa propriété.

Son *bien*.

Je lui appartenais, pas dans le sens où j'avais appartenu à Lilith, mais plutôt dans une perspective sensuelle et excitante.

À moins qu'il ne me torde le cou et ne me laisse là, pensai-je, prise d'un frisson.

Il avait proféré cette menace à mon égard avec une telle clarté que je ne doutais pas une seconde de ses intentions.

Pour lui, je n'étais qu'un sac de sang qu'il avait mis sur un piédestal, une chercheuse qui possédait quelques caractéristiques particulièrement intéressantes et des connaissances de pointe dans son domaine.

Connaissances qu'il allait mettre à profit pour retourner ce bâtiment sens dessus dessous de l'intérieur.

Connaissances qui allaient devenir obsolètes dans à peine quelques minutes.

Qu'est-ce que cela laissait présager pour mon avenir ?

Si ces Vigies laissaient seulement entrevoir la possibilité que je les aie appelés, Jace serait certainement fidèle à sa promesse de me tuer et de me laisser ici à tenter de me remettre sur pied toute seule.

Ce qui signifierait que je serais enfin libre.

Mais pour combien de temps ?

Après tout, ce que m'avait dit Jace à propos de ce monde et de ce qui m'arriverait probablement si un autre vampire me trouvait était juste. Je n'étais qu'une simple source de sang qui ne pouvait pas mourir.

Lui au moins avait fait preuve d'un minimum de respect à mon égard. D'ailleurs, tout bien considéré, il avait été plutôt agréable avec moi.

Lilith s'était toujours adressée à moi en prenant de grands airs, mais seulement lorsque cela concernait mes recherches. Elle me saignait ensuite jusqu'à ce que je meure, et je ne me réveillais que très longtemps après, épuisée et seule. Je ressentais alors des douleurs pendant des jours et étais contrainte de répéter l'expérience une semaine plus tard lorsqu'elle revenait pour me demander un nouveau compte-rendu.

Bien qu'il savait que je pouvais survivre en ayant été saignée jusqu'à ce que mort s'ensuive, Jace m'avait donné de son essence, m'avait rechargée d'une incroyable énergie grâce à sa force.

Je scrutai son dos musclé, l'imposante largeur de ses épaules et ses cheveux sombres étrangement coupés.

Non, tes prouesses de vampires ne sont pas les seules responsables de cette sensation, décidai-je. Le véritable responsable, c'est *toi*.

Fort heureusement, il ne pouvait entendre mes pensées. Lui aussi était distrait par l'opération en cours qui consistait à… à *pénétrer dans le bâtiment*.

J'eus le souffle coupé lorsque je me rendis compte que

je l'avais suivi jusqu'à l'intérieur du bâtiment sans penser le moins du monde à ma propre sécurité ni à une potentielle attaque des Vigies. Je m'étais contentée de trottiner derrière lui comme un petit animal tenu en laisse, perdue dans mes pensées à son sujet et dans le songe de son baiser qui avait tout balayé en moi.

Lui en revanche était resté parfaitement immuable et concentré sur les événements qui se déroulaient sous nos yeux.

Son attitude était tout à fait appropriée.

Je parcourus rapidement notre environnement du regard et remarquai la propreté du carrelage, perçus le bourdonnement de la lumière bleue qui éclairait tous les serveurs face à nous. Il n'y avait pas de lumières au-dessus de nos têtes ni de fenêtres, et les plafonds faisaient plus de trois mètres de haut.

J'eus la chair de poule partout sur les bras, pas parce que j'avais peur mais parce qu'il faisait très froid à l'intérieur de ce bâtiment. Ce genre d'équipements électroniques devaient être ventilés en permanence pour protéger les composants de pointe qui se trouvaient à l'intérieur. Nous disposions de notre propre salle informatique au sein du Bunker 47, mais elle n'avait rien à voir avec ce que nous avions sous les yeux.

Il s'agissait là d'une véritable banque de serveurs avec des dizaines de rangées de câbles soigneusement juxtaposés et de disques durs pour stocker les données.

Je lançai un regard par-dessus mon épaule et m'aperçus que Darius et Juliet fermaient notre cortège, ce qui voulait dire que Damien était entré le premier.

Aucun humain ne montait la garde à la porte.

Cela confirmait que leur présence ici n'était pas justifiée par un quelconque protocole de protection. Ils étaient là pour un contrôle de routine du matériel, ou peut-être pour récupérer les rapports d'activité que je n'avais pas pu transmettre en bonne et due forme depuis le Bunker 47.

Ils n'étaient absolument pas au courant que nous étions ici.

À moins que nous nous dirigions droit dans une embuscade. *Hmm, non.* Jace l'aurait suspecté avec ses sens surnaturels. Il avançait à grandes enjambées, d'un pas confiant, ce qui laissait supposer qu'il savait exactement où se trouvaient les humains. J'eus la confirmation qu'il ne s'attendait pas à ce qu'ils lui causent le moindre problème lorsque j'aperçus son arme, rangée dans son étui près de sa hanche.

Comme il l'avait dit, les humains considéraient les vampires comme des dieux.

Les Vigies seraient complètement folles d'essayer de l'affronter. La seule raison pour laquelle les soldats humains du Bunker 47 avaient contre-attaqué, c'était parce qu'ils savaient qu'ils allaient mourir de toute façon. Il ne s'agissait pas d'êtres surnaturels normaux qui s'étaient échappés du laboratoire mais de cobayes destinés à la recherche qui n'avaient que l'idée d'une vendetta en tête.

Ces Vigies-là allaient réagir différemment.

Du moins je l'espérais.

Je les entendais devant nous au loin, leurs voix graves portaient jusqu'au groupement de serveurs. Il était difficile d'estimer précisément leur position, car les murs d'ordinateurs empilés les uns sur les autres étaient trop hauts pour que nous puissions regarder par-dessus. Ils faisaient au moins deux mètres cinquante de hauteur, ce qui laissait un espace d'environ cinquante centimètres entre le haut de ces murailles et le plafond. Le son pouvait passer à travers, mais nous n'avions aucune vue dégagée sur ce qu'il se tramait.

Heureusement, Damien…

— Messieurs, les interpella Jace, je suis le Prince Jace. J'exige que vous vous prosterniez tous à l'instant où mes sujets arriveront à l'angle de ce couloir. Tout acte de résistance m'obligera à employer la manière forte, ce qui vous sera fatal.

Son ton régalien me caressa les sens et je tressaillis de surprise lorsque je l'entendis annoncer notre présence dans le bâtiment.

Prince Jace ? Je croyais qu'il avait le titre de Roi Jace ?

Un brouhaha fit suite à son annonce, et un grincement de bottes me laissa penser que les Vigies ne se pliaient probablement pas aux ordres de Jace.

— Je vous laisse cinq secondes, continua Jace. Ceux d'entre vous qui se conforment aux règles sociales et m'accueillent comme il se doit en seront récompensés. J'ai déjà laissé entendre quel sera le sort réservé à ceux qui ne m'obéiront pas.

Son attitude confiante ne faiblit pas. Il continua simplement à marcher avec la grâce d'un dieu, en avançant à grandes enjambées décisives et imposantes. Damien s'arrêta en bout de rangée et attendit que Jace le rejoigne.

Jace ne marqua aucun temps d'arrêt et choisit plutôt de tourner à l'angle du bâtiment d'un pas vif et dansant sans se soucier le moins du monde de quoi que ce soit.

Mes lèvres se décollèrent et mes entrailles se tordirent de peur.

Cependant, seuls des halètements étonnés résonnèrent à la place des coups de feu.

— Eh bien, ce petit discours a décidément réduit à néant la partie de plaisir qui nous attendait, grommela Damien en trottinant derrière Jace. Je mourais d'envie d'un bon bain de sang.

— Tu meurs toujours d'envie d'un bain de sang, rétorqua Jace.

Darius et Juliet arrivèrent derrière moi, et leur présence me procura une sensation désagréable dans mon dos.

— Avance, dit Darius, les lèvres bien trop proches de mon oreille.

Je m'avançai d'un pas pressé et sursautai à la vue de neuf hommes tous en train de s'agenouiller et de tirer la révérence à Jace. Je me demandai faiblement s'il fallait que je les rejoigne. Je me contentai plutôt de rejoindre Jace et tirai sur sa chemise, derrière lui.

Une bien étrange attitude, en somme, pourtant elle me semblait légitime, instinctive, comme s'il fallait que je me comporte avec lui de cette manière.

Toutefois, je me rendis bien vite compte que j'avais réagi de travers, car j'avais touché le vampire royal comme si j'en avais le droit.

Je relâchai le tissu de sa chemise comme s'il avait brûlé les paumes de mes mains, et mon esprit ordonna à mes pieds de se reculer, mais il était trop tard.

Jace tendit le bras de côté, m'attrapa et me tira à ses côtés.

— Reconnais-tu l'un de ces sujets, docteur ? me demanda-t-il en désignant d'un geste les humains qui s'étaient soumis à lui.

Tous se tenaient tête baissée et avaient sagement détourné le regard en signe de respect.

— Je n'arrive pas à les voir correctement, avouai-je d'un murmure, mais je doute de les connaître.

Toutes les Vigies ayant connaissance de mes recherches avaient été tuées dans le Bunker 47, y compris celles qui avaient survécu après avoir accompli l'objectif pour lequel elles avaient été créées, avant que le bunker ne s'autodétruise. Lilith donnait habituellement les humains à manger aux vampires lorsqu'ils ne lui étaient plus d'aucune utilité.

Jace baissa le menton et lança un regard par-dessus l'attroupement.

— Qui est le commandant en chef, ici ?

— C'est moi, Votre Altesse, déclara un mâle blond au milieu du groupe. Je suis la Vigie numéro un de la région de Lajos.

Jace leva un sourcil.

— Vous êtes de la région de Lajos ? Pas de la région de Lilith ?

— Mon unité vient de la région de Lajos, Votre Altesse, dit la Vigie numéro un sans lever la tête tandis qu'il parlait, dans une posture d'asservissement absolument parfaite. Les Vigies numéro sept, vingt-deux, cinquante-huit et soixante-et-une proviennent de la région de Lilith, mais sont soumises à mes ordres pour cette opération.

— Je vois. Et qu'êtes-vous venus faire ici ? demanda Jace d'un ton autoritaire.

— Nous sommes venus récupérer les fichiers du serveur 47 et devons nous réunir avec les membres du Bunker 27 dans neuf heures pour achever le transfert d'informations. Nous enverrons également une copie électronique des fichiers sur les serveurs du Bunker 37.

— Sur ordre de… ? insista Jace tandis que je me remémorai les numéros des bunkers qui me semblaient familiers ainsi que leur mission.

Recherches sur l'esprit de ruche et tests sur les Erositas.

La Vigie numéro un déglutit.

— Du prince Lajos, Votre Majesté.

— Si je lui téléphonais, pourrait-il me confirmer l'existence de cette mission ? le questionna Jace d'un ton péremptoire doublé d'une pointe de colère meurtrière.

Les Vigies ressentaient visiblement tout le poids de ses mots car ils furent tous pris d'un frisson en l'entendant.

Jace était un être puissant, âgé et à l'allure *mortelle*.

Je n'avais jamais eu de tel ressenti jusqu'à présent. Mes expériences avec Lilith m'avaient grandement fait douter de la supériorité de leur race.

Toutefois, à voir les réactions que manifestaient ces humains, je constatai que Jace n'avait pas surestimé sa place dans l'ordre social. Le simple fait de l'entendre prononcer son nom avait suffi à faire se soumettre ces guerriers humains. Aucun d'entre eux n'avait sorti son arme. Ils exposaient même leur cou de façon à inciter Jace à les mordre un petit coup.

— Oui, Votre Majesté. J'ai reçu ces ordres directement de lui en ma qualité de dirigeant d'unité.

— Vous ne les avez pas reçus par l'intermédiaire d'un souverain ou d'un régent, mais bien directement de Lajos lui-même ? demanda Jace sans tenter un instant de masquer sa surprise.

— Oui, monseigneur, répondit la Vigie numéro un d'une voix légèrement tremblante. Je … je peux essayer de le contacter par radio si…

— Ce ne sera pas nécessaire, mon souverain va s'en charger, n'est-ce pas, Darius ? l'interpella Jace en jetant un œil par-dessus son épaule, là où se tenait l'autre vampire royal.

— Bien sûr, monseigneur.

Darius inclina légèrement la tête et passa son bras autour de la taille de Juliet pour la rapprocher de lui.

Je doutais grandement qu'il avait vraiment l'intention d'appeler le Prince Lajos, à moins qu'ils ne soient amis. Je ne savais pas grand-chose sur ce vampire royal, sinon que Lilith semblait beaucoup l'apprécier et qu'il possédait l'ancien territoire d'Hawaii, chose que j'avais apprise au cours de la petite leçon de Jace, lorsqu'il avait passé en revue tous les vampires au pouvoir et leurs régions actuelles.

Je tentai de me souvenir de ce que Lilith avait dit à son sujet dans de précédentes conversations, mais rien d'important ne me vint à l'esprit.

— Quel est l'objectif de la deuxième unité ? demanda Jace en reprenant son interrogatoire. Pourquoi faut-il que vos deux unités soient présentes ici ?

— L'unité deux va nous escorter jusqu'au Bunker 27, expliqua la Vigie numéro Un. Il se trouve sur le territoire du Clan Majestic.

Jace leva brusquement les sourcils tout en échangeant un regard avec Damien.

Les humains ne le perçurent pas, trop occupés qu'ils étaient à tous regarder par terre. Se posaient-ils même la question de savoir comment Jace avait réussi à les trouver, ou même de ce qui l'avait amené par ici ? Ils ne tentaient de lui poser aucune question ni ne semblaient s'interroger le moins du monde sur les raisons de sa présence.

Ils donnaient l'impression d'être tous tombés dans un état d'asservissement total qui leur avait été inculqué depuis toujours, comme si tout ce qui leur importait à présent était d'obéir aux ordres de Jace, quoi qu'il puisse ordonner. Qu'importe s'il n'était pas le vampire royal de leurs régions respectives. C'était le Prince Jace qui se tenait devant eux en chair et en os, ce qui faisait de lui leur supérieur à cet instant.

Je savais que cette mentalité était largement répandue dans le monde d'aujourd'hui, mais en être le témoin direct était quelque chose de tout à fait différent.

Je m'étais moi-même soumise à Lilith, mais pas de cette façon. Je ne m'étais jamais agenouillée devant elle ni ne lui avais tiré la révérence. Je m'étais contentée de répondre à ses questions et de lui exposer mon cou. J'avais agi de la même manière avec Jace en lui donnant les informations qu'il désirait, et avais fait quelque usage de mes capacités de négociation stratégique. Il ne m'effrayait pas.

Toutefois, lorsque je le vis sous mes yeux à présent, je constatai toute l'étendue du pouvoir qu'il possédait et pouvait exercer d'un claquement de doigts je ne pus m'empêcher de me demander si je n'avais pas fait une grossière erreur de jugement.

— Quel est l'état d'avancement de la tâche qui vous a été confiée ? demanda Jace après un instant de silence.

— Nous venons tout juste de commencer le téléchargement, Mon Prince.

La Vigie numéro un pointa lentement du doigt le serveur auquel ils avaient branché leur appareil de récupération de données.

Damien suivit la trajectoire de son bras et prit le contrôle de la machine.

— Un transfert de bandes vidéos en direct est en cours.

— Oui, à destination du Bunker 37, confirma la Vigie numéro un. Nous en envoyons une copie sur les serveurs qui s'y trouvent et en remettrons une autre en main propre au Bunker 27.

Plutôt que de répondre, Damien commença à trifouiller la connexion, peut-être pour voir si un processus dangereux n'avait pas été enclenché ou bien s'il ne captait pas un quelconque signal d'alarme. Mais après un instant, il regarda Jace et dit :

— Il dit la vérité, à ce que je vois.

— Où est le Bunker 37 ? demanda Jace.

— Dans la région de Lajos, confirma la Vigie numéro un, c'est là que nous sommes basés.

Pas une seule fois il ne songea à demander comment il

se faisait que Jace ne sache rien de tout cela, ce qui m'indiqua que les Vigies du Bunker 37 n'avaient jamais été informées en bonne et due forme des protocoles de sécurité. Pour ma part, les instructions que j'avais reçues étaient très claires : seules les personnes mandatées avaient le droit de connaître ces détails.

Jace avait largement prouvé qu'il ne bénéficiait d'aucun droit d'accès pour cette opération.

Pourtant tous ces humains se prosternaient devant lui et lui donnaient toutes les réponses qu'il cherchait sans aucune provocation.

Fascinant.

Les Vigies du Bunker 47 se seraient-elles comportées de la même façon ? me demandai-je.

Peut-être.

Celles-ci avaient été élevées de manière toute différente, elles avaient passé leurs jeunes années dans les Universités de Sang aux quatre coins du pays, où elles s'étaient battues pour obtenir le privilège de devenir des Vigies. Elles n'avaient pu obtenir le statut que parce que d'autres humains y avaient laissé leur peau et en prouvant leur loyauté aux êtres supérieurs qu'elles servaient.

Je supposai donc que cela leur paraissait logique de se plier aux quatre volontés de Jace.

— Que se passe-t-il dans le Bunker 37 ? demanda Jace.

La Vigie numéro un se racla la gorge.

— Cette… cette information ne relève pas de notre niveau de compétence, Mon Prince. Il faudrait que vous posiez la question au Prince Lajos.

— Je vois.

Jace fit remonter sa main de ma hanche jusqu'à l'arrière de ma nuque et me caressa à cet endroit. Ses yeux d'un bleu argenté étaient pareils à la glace lorsque je croisai son regard, son expression aussi dure que la pierre.

— As-tu quelque chose à rajouter, docteur ?

— C'est le laboratoire dans lequel je suis née, lui dis-je, le Bunker 37. On y effectue des recherches sur le lien d'accouplement entre les vampires et les humains, ainsi que sur les groupes sanguins rares.

— Et le Bunker 27 ? continua-t-il avec empressement.

— Celui-ci traite de la technologie de l'esprit de ruche. Je connais ce procédé seulement parce que Lilith faisait usage de ces technologies pour contrôler certains des plus puissants vampires dans les laboratoires.

— Des vampires de la trempe de Cam, dit Jace en regardant Damien, puis les humains. L'un d'entre vous a-t-il déjà rencontré Cam ?

Un silence s'ensuivit.

Puis l'une des Vigies qui se trouvait à l'arrière, un mâle à la peau sombre et aux longs cheveux noirs, bégaya :

— V… voulez-vous parler du v…vampire qui s'est opposé aux règles de Lilith ?

— Oui, tout à fait, c'est bien lui, confirma Jace.

Le silence se prolongea.

Puis la Vigie numéro un dit :

— P… pardonnez-moi, Votre Altesse, mais je ne comprends pas votre question. Maître Cam est mort pendant la révolution. Lilith l'a tué.

— Non, elle a utilisé la technologie de l'esprit de ruche pour l'affaiblir et le capturer, rectifia Jace en poussant un soupir. Damien ?

J'aperçus l'autre mâle hocher la tête dans mon champ de vision périphérique.

— Je vais mettre en route le processus de transfert, mais il nous faudra des semaines pour fouiller les fichiers et y voir plus clair.

— Bien.

Jace desserra son emprise autour de ma nuque, sans toutefois me relâcher.

— Ne perturbe pas le transfert et laisse-le se faire tout seul. Nous ne devons sous aucun prétexte laisser quiconque s'apercevoir de notre irruption dans le bâtiment.

— Et les humains ?

— Ils nous seront utiles et nous leur laisserons la vie sauve pourvu qu'ils soient prêts à prêter serment de leur loyauté, dit Jace qui enfin me regarda de nouveau. Quant à toi, je te présente mes excuses pour avoir douté de toi. Maintenant, sois gentille et va aider Damien, d'accord ?

Il me planta un baiser au coin de la bouche et me relâcha avec un sourire gentil.

Je clignai des yeux plusieurs fois, choquée par ses excuses, mais il ne me prêtait plus attention. Il s'adressa une nouvelle fois aux Vigies et les informa que désormais, elles étaient soumises à ses ordres, en conséquence de quoi elles devaient rapporter leurs actions directement à lui et faire exactement ce qu'il demandait. Tous ceux qui avaient l'intention de désobéir étaient libres de ressortir de cet endroit et de rentrer chez eux par leurs propres moyens car Jace avait l'intention de prendre les commandes de leur avion.

Aucune des Vigies ne se releva pour partir.

Aucune d'entre elles ne protesta non plus.

Lorsque je me retournai, je jurerais toutefois avoir aperçu une lueur de soulagement dans la façon dont ils se tenaient, comme si d'une certaine façon, l'idée de travailler pour Jace les avait mis à leur aise.

Je fus tout étonnée de constater cela tandis que je m'avançai pour aller aider Damien. Mon étonnement ne cessa de croître tandis que je joignis mes efforts aux siens pour tenter de transférer autant de données que possible sur les appareils que Damien avait pris avec lui.

Je l'aidai ensuite à configurer un accès secret pour qu'il puisse se connecter quand il le voulait afin d'ajouter des fichiers supplémentaires. Cet accès lui permettrait de rassembler tous les détails qu'il cherchait dans cette banque de serveurs, à condition qu'aucun incident ne se produise avec les disques durs physiques.

Nous surveillâmes également le contenu des bandes vidéo envoyées au Bunker 37, et Damien prit la montre de l'une des Vigies afin que nous soyons tenus au courant de tout protocole sur le point d'être déclenché.

Rien d'anormal ne se passa, notre infiltration dans le bâtiment semblait être restée secrète.

Au moment où nous eûmes terminé, la nuit était tombée et la réunion avec le Bunker 27 n'était plus que dans deux heures.

— Je vous ai monté un alibi, dit Darius lorsque nous sortîmes du bâtiment, s'adressant à Jace. J'ai transmis une note d'information disant que vous avez fait halte dans ma propriété sur le chemin du retour après avoir rendu visite à Lilith dans la région de Ryder.

— Si l'on regarde sur une carte, ce n'est pas tout à fait sur ma route, fit remarquer Jace.

— Oui, j'ai laissé sous-entendre que Juliet était la cause de ce petit détour de votre part. Lorsqu'ils verront Calina, je suppose qu'ils en comprendront la raison.

— J'adore voir deux femelles s'amuser l'une sur l'autre.

— En effet, confirma Darius. Cela explique pourquoi nous vous raccompagnons jusqu'à Jace City.

— Vous vous êtes également occupé de cela ?

— Tout à fait, répondit son souverain. Nous devons quitter ma propriété pour nous rendre à Jace City dans quatre heures. Damien m'a parlé de la possibilité d'altérer le suivi des vols pour que tout s'imbrique parfaitement, y compris le temps de trajet que nous sommes censés passer entre Ryder City et chez moi.

— Comme il est étonnant de voir que vous vous êtes tenu à l'écart de la sphère politique pendant toutes ces années, fit remarquer Jace. Vous feriez pourtant un extraordinaire politicien.

— Vous serez également ravi d'apprendre que Jasmine accepte de nous retrouver dans la Région de Lajos dans deux jours, ajouta Darius sans relever le commentaire de Jace quant à ses aspirations politiques. Lajos a lui aussi gracieusement accepté notre demande de visite.

Jace leva un sourcil.

— Gracieusement ?

Les yeux verts de Darius s'assombrirent.

— Il est tout excité à l'idée de faire officiellement connaissance avec Juliet.

— Ah, je pensais bien qu'elle ferait tout à fait convenablement office d'appât, murmura Jace. Il meurt d'envie de goûter au sang de votre *Erosita* depuis que vous l'avez emmenée à la cérémonie du Jour du Sang.

Darius ne répondit pas, mais je sentais son mécontentement à la manière dont il contractait ses épaules.

— Et Luka, alors ? demanda Jace, ignorant l'expression endurcie du visage de son interlocuteur.

— Il est en train d'organiser un comité d'accueil près du Bunker 27. Il attend le signal de Damien.

— Excellent, répondit Jace avant de se retourner vers le vampire à l'accent du Sud avec un sourire. Je suppose que vous ne verrez pas d'inconvénient à diriger l'assaut sur le Bunker 27 ? Vous aviez très envie d'un bain de sang après tout, non ?

Les lèvres de Damien se recourbèrent en un sourire bestial.

— Êtes-vous en train d'essayer de me séduire, mon cher Roi Jace ? Nous savons déjà tous les deux que je me prosternerai avec grande joie devant vous.

La simple image mentale de Damien agenouillé devant Jace me fit monter le rouge aux joues. Cette image… ce serait une sacrée vision à garder en tête.

Jace lui retourna son regard amusé.

— Essayez de maintenir mes nouvelles Vigies en vie. Je vais avoir besoin d'elles sous peu.

Damien renifla avec dédain.

— Je verrai bien quelles petites techniques je pourrai leur enseigner en chemin.

Il se dirigea vers le champ avant que Jace ne le rattrape par la peau du cou et ne le force à revenir devant lui.

— Il faut que vous restiez en vie, vous aussi, ajouta Jace. Si vous suspectez la survenue imminente de quelque chose, peu importe ce dont il s'agit, vous feriez mieux de vous enfuir à toutes jambes. Compris ?

Damien lui lança un regard.

— Ryder et vous commencez à me taper sur les nerfs avec vos discours de pleurnicheuses, dit-il, pris d'un soubresaut manifeste. Par pitié, ne venez pas m'enlacer.

Jace étouffa un rire et lui donna une tape dans le dos à la place.

— Je suis sérieux, Damien. Vous devez *survivre*.

— Ce n'est pas comme si je voulais mourir, rétorqua Damien en retour.

— Parfois, votre façon d'agir suggère le contraire.

— J'aime tout simplement vivre dangereusement, dit-il d'une voix traînante. Mais si Cam est enterré dans ce Bunker, je prendrai tous les risques pour lui.

— Voilà pourquoi vous êtes exactement l'homme de la situation, confirma Jace en relâchant son acolyte. Il me faudra un rapport complet à l'aube.

Damien fit un petit signe de la main tandis qu'il menait les Vigies dans l'avion par lequel elles étaient venues. Je n'étais que vaguement au courant de leur plan.

Damien et les Vigies se rendaient au Bunker 27 pour achever le transfert des données. Damien allait ensuite retrouver Luka, l'Alpha du Clan Majestic et s'emparer du bunker.

Pendant ce temps-là, Darius avait arrangé notre voyage dans la région de Lajos. Tous savaient assez précisément où se trouvait le Bunker 37 grâce aux directives de la Vigie numéro un, et ce prétendu voyage devait servir d'occasion pour continuer les recherches ainsi que d'alibi à Jace, en quelque sorte, si jamais les choses tournaient mal dans le Bunker 27.

Jace me tendit une main.

— Viens, petit génie. Le temps est venu pour toi de découvrir quelle sera ta nouvelle fonction dans mon monde.

Mon estomac se retourna lorsqu'il prononça ces mots.

— Ma… ma nouvelle fonction.

— Oui, me répondit-il en plantant son regard dans le mien. Félicitations, Calina. Tu viens de devenir un membre privilégié de mon harem, ce qui signifie que j'ai désormais six heures pour t'enseigner ce que cette fonction implique. Nous allons d'abord refaire ta garde-robe et te fournir des tenues plus convenables. Allons-y.

JACE

— C'est une très mauvaise idée, grommela Darius lorsque Juliet et Calina disparurent dans la cabine arrière de l'avion.

Je posai mon verre de vin rouge sur la table du coin détente des chefs d'opération et lui fis face.

— Comment pourrais-je justifier autrement sa présence et le fait que nous ayons emprunté l'avion de Ryder ? lui demandai-je. Cela semblerait tout à fait logique que Lilith m'ait appelé pour que je tente d'aller remettre les idées en place au vieux vampire, tout comme il est assez plausible que j'aie trouvé une humaine à mon goût et que je la prenne avec moi.

— Elle ne figure nulle part dans le système…

— Damien va régler ce problème pour nous pendant le trajet jusqu'au Bunker 27, l'interrompis-je.

— Et elle n'a reçu aucun entraînement de manière officielle, ajouta-t-il en ignorant ma remarque. Il a fallu des mois à Juliet pour rentrer parfaitement dans son rôle. Nous avons moins de six heures pour faire de même avec Calina. Je ne pense pas que ce soit envisageable, Jace. Elle est trop…

Il désigna la porte arrière d'un geste de la main, comme si cela expliquait tout.

C'était malheureusement le cas. Je comprenais exactement ce qu'il voulait dire.

Calina rayonnait d'une confiance dont manquaient la plupart des humains, et elle ne possédait pas l'attrait sexuel que j'exigeais de mes amantes.

La seule façon dont je pouvais justifier sa présence à mes côtés, c'était d'en faire une nouvelle recrue de mon harem. J'avais une réputation à entretenir, du moins encore pour un petit moment, ce qui signifiait que Calina avait un rôle très important à jouer.

— Elle est intelligente, dis-je, un argument bien facile à trouver pour sa défense. C'est aussi une fine stratège. S'il y a bien quelqu'un qui puisse endosser ce rôle en six heures, c'est elle.

— Vous semblez si sûr de vous, alors que vous ne la connaissez que depuis une poignée d'heures.

En réalité, cela faisait plusieurs jours, mais je ne pris pas la peine de chipoter sur les mots, c'eût été frivole.

— J'ai toujours eu la capacité de cibler très rapidement ceux qui m'entourent, lui rappelai-je. Je ne me trompe pas sur son compte.

— Dixit celui qui a cru qu'elle nous avait trahis, un peu plus tôt dans la journée.

— Hmm, non. J'y voyais davantage un espoir qu'un fait indiscutable, concédai-je. La simple idée de la punir est assez plaisante.

Darius réfléchit à ce que je venais de dire pendant un instant, puis il poussa un soupir tout en passant ses doigts dans sa chevelure sombre.

— Eh bien au moins, il ne sera pas nécessaire pour vous de simuler une quelconque attirance pour elle.

— Cela m'arrive rarement d'y être contraint, murmurai-je expressément pour toucher en lui une corde sensible.

Si nous voulions véritablement mettre mon plan à exécution, j'allais avoir besoin de leur coopération, à Juliet et à lui. La société savait que Darius et moi partagions des goûts similaires en matière de femmes, ce qui voulait dire que si je trouvais Calina attirante, il en serait de même pour lui.

Le partage était une valeur fondamentale dans ce nouveau monde, valeur que méprisait mon souverain. Juliet lui appartenait entièrement, et je respectais son choix, mais cela ne voulait pas dire qu'il en serait de même pour les autres.

Nous avions donc mis sur pied une mascarade. Tous croyaient que je m'étais entiché de Juliet, ce qui donnait à Darius une raison de la garder comme son *Erosita*. Cela la rendait moins fragile, je pouvais donc lui faire part de tous les desseins de mon cœur. Enfin, presque. Les *Erositas* ne pouvaient se faire baiser par personne d'autre que le vampire qui était leur âme sœur.

Mais dans les faits, je ne la touchais qu'en public, et même dans ces circonstances, je me contentais d'adopter un comportement espiègle à son égard plutôt que de lui faire des avances ouvertement sexuelles.

— Lajos va s'attendre à un spectacle, dis-je, réfléchissant à voix haute à notre stratégie, il va falloir lui en mettre plein les yeux.

Darius plissa ses yeux verts.

— Que suggérez-vous ?

— Je suggère que nous lui donnions ce qu'il attend, répondis-je lorsque la porte de la cabine arrière s'ouvrit.

Qu'importe la réponse que Darius aurait pu apporter à ma remarque, il l'oublia complètement lorsqu'il aperçut Juliet vêtue d'une robe de dentelle noire qui révélait toute sa beauté. La simple vue de son corps suffisait souvent à interrompre le fil de ses pensées, ce que je comprenais car je trouvais moi aussi Juliet très élégante.

Cependant, la vue de Calina habillée de manière identique à côté d'elle captiva toute mon attention.

La robe transparente de Calina n'était pas noire, mais d'un bleu foncé qui faisait ressortir les reflets de ses iris multicolores. Elle lui arrivait au niveau des cuisses, tandis que celle de Juliet traînait jusque sur le sol. À l'inverse de Juliet, le regard effronté de Calina croisa le mien.

— Lilith t'a-t-elle donné la permission de t'adresser directement à elle ? me demandai-je tout haut. Ou bien est-ce ton ancienne profession qui t'a donné une telle assurance ?

Je supposai que de mener des expériences toute la journée sur les vampires et les lycans devait avoir amoindri leur supériorité, mais je doutais grandement que Lilith eût accepté un tel comportement de la part de Calina.

Elle se racla la gorge, et observa la posture de Juliet. Ses jolis yeux marron étaient dirigés vers le sol tandis qu'elle se tenait les épaules et le dos droits, dans une posture de soumission qui avait pour but d'exhiber ses sublimes attributs. Elle s'était exécutée à la perfection, comme toujours.

— Lilith exigeait de nous certaines formalités, dit Calina sans cesser de scruter Juliet. Mais elle me laissait également diriger les opérations seule à mon poste, ce qui exigeait le maintien de certaines capacités de direction pendant son absence.

— Et lorsqu'elle te rendait visite ? la pressai-je. Est-ce que tu lui tirais la révérence ? Est-ce que tu te soumettais à elle ? Est-ce que tu lui donnais ton cou ?

— Je lui livrais mes rapports en temps et en heure, et puis…

— En la regardant droit dans les yeux ? s'interposa Darius, et elle posa alors son regard sur lui.

— Il est difficile de faire état d'un rapport les yeux cloués au sol.

Le ton de sa voix semblait plus confus qu'insoumis, comme si elle avait du mal à comprendre en quoi cela avait une quelconque importance.

J'échangeai un regard avec Darius, lui indiquant tacitement ce qui devait se produire ensuite. Il manifesta son assentiment d'un léger hochement du menton.

— Ta place dans l'ordre des choses vient officiellement de changer, docteur, l'informai-je. Les humains ne sont que des biens, des jouets, de la *nourriture*. Les êtres supérieurs de ce monde exigent obéissance et soumission parfaite de leur part. Fais le moindre faux pas et tu le payeras de ta vie.

— Elle serait déjà morte à l'instant où nous parlons si elle se comportait de la sorte devant Lajos, grommela Darius.

En pratique, mon âge et ma lignée primaient sur l'autorité de Lajos. Toutefois, si j'usais de ce pouvoir contre lui, ma place dans l'arène politique des vampires pourrait être compromise. J'allais donc être contraint de le laisser donner une petite correction à Calina pour sa désobéissance, ce qui soulignait la véracité de la déclaration de Darius.

— Il la baiserait d'abord, et il la saignerait, dis-je, les yeux fixés sur Calina.

Voilà quel était notre problème le plus important, car dès l'instant où quelqu'un d'autre la goûterait, il se délecterait du goût unique de son essence et en ferait une véritable esclave de sang.

Elle finirait par souhaiter mourir plus que tout au monde.

J'avais pour mission de m'assurer que cela n'arrive pas.

— Juliet, dis-je, son nom m'échappant des lèvres comme une caresse, j'ai besoin de ton aide pour expliquer à Calina quel sera son nouveau rôle désormais. En guise d'entraînement, faisons comme si nous nous trouvions en présence d'autres vampires lors d'un événement. Toutes les règles habituelles restent inchangées.

Puisque je les avais toutes les deux envoyées en cabine afin de revêtir la tenue appropriée pour leurs rôles respectifs, cet ordre ne devrait pas la surprendre.

— À vos ordres, Mon Prince.

Elle me tira une révérence parfaite sur ses talons aiguille de dix centimètres, ce qui était un exploit étant donné que nous étions dans un avion en mouvement, et resta dans cette position en attendant mes instructions.

— Vois-tu comment elle s'adresse à moi et attend mes ordres ? demandai-je, m'adressant à Calina. Voilà ce qui est attendu d'une femelle de son rang. Nous sommes en droit d'en exiger autant de la part d'une consœur faisant elle aussi partie de mes favorites.

Calina scruta l'autre femme, et plissa le front.

— Mais ce n'est pas votre *Erosita*.

— Non, mais elle est l'*Erosita* de mon souverain. Sa place est inférieure à la mienne dans la hiérarchie de ce monde. Par conséquent, absolument tout ce qui est à lui est à moi, y compris Juliet.

Je m'exprimai en des termes durs mais justes, et repris :

— Si j'ai envie de la baiser, Darius n'a pas d'autre choix que de céder. Je peux décider de rompre leur lien à tout moment, sans qu'il ne puisse rien y faire.

Hormis peut-être me défier.

Chose qu'il ne ferait pas.

Tout comme je ne ferais jamais de mal à Juliet.

Calina étudia la révérence de Juliet puis observa attentivement l'expression stoïque de Darius.

— Vous laissez faire cela ?

— C'est ce que la société exige de nous, me répondit-il.

— Et vous l'acceptez ?

— Cela n'a aucune importance que je l'accepte ou non, puisque c'est une règle du monde dans lequel nous vivons. Si vous voulez survivre, vous n'avez pas d'autre choix que de respecter les règles, ce que vous faites bien mal d'ailleurs, vu votre façon de me regarder droit dans les yeux, fixement, sans ciller et de parler comme si nous étions égaux.

Les paroles sévères de Darius résonnèrent dans l'air et donnèrent la chair de poule à Juliet partout sur les bras. Elle réagissait si bien à son attitude dominatrice.

Je restai toutefois captivé par l'expression sceptique de Calina tandis qu'elle écoutait attentivement tout ce que nous disions. Le ton de voix de Darius ne lui faisait aucun effet, car son esprit était trop concentré sur le sens de ses paroles plutôt que sur la façon dont il les disait.

— Puisque vous êtes le roi à présent, vous pourriez changer cela, dit-elle en reportant son attention sur moi. Du moins, si vous le désirez.

— Je pourrais, oui, confirmai-je, si je bénéficiais du soutien approprié.

Elle resta silencieuse et pensive pendant un long moment.

— Vous jouez à un jeu stratégique afin de bénéficier d'un soutien suffisamment important avant de prendre vos fonctions de manière officielle. C'est pour cela que vous n'avez pas encore rendu publique la mort de Lilith, vous avez besoin d'être davantage épaulé.

Je souris simplement.

— Peu importe quelles pourraient être ou ne pas être

mes intentions, j'exige que tu saches quelle place tu occupes dans ce monde. Si tu échoues dans ta mission, tu verras quel avenir fort déplaisant t'attendra. Tu pourrais, par la même occasion, mettre ma vie en danger, ce qui est inacceptable.

Elle observa encore une fois la posture de Juliet.

— Il fut un temps où les *Erositas* étaient vénérées. Elle a plutôt l'allure d'une esclave dans cette position.

— C'est précisément son rôle, dit Darius en s'avançant d'un pas. Elle est ma vierge de sang. Je l'ai achetée lors d'une vente aux enchères, elle est là pour faire exactement ce que je lui dis, sans discuter ni jamais protester. Elle doit se contenter de se soumettre le plus magnifiquement possible.

Il s'arrêta face à Juliet et lui caressa la joue du dos de la main.

— N'est-ce pas, Juliet ?

— Oui, Monseigneur.

Sa voix ne laissait pas transparaître la moindre hésitation, pas seulement parce qu'elle lui faisait confiance, mais parce qu'on lui avait appris à se comporter de cette façon.

— Juliet a passé vingt-deux ans au Couvent, à apprendre à se soumettre à son futur propriétaire. Elle pensait qu'elle allait mourir la nuit où je l'ai achetée car c'est le destin que connaissent la plupart des vierges de sang. Leur sang a un arôme puissant et addictif, et il paraît même qu'elles ont un goût encore plus délectable lorsqu'elles meurent.

Darius abaissa la main vers son menton et la força à croiser son regard.

— Elle joue magnifiquement bien son rôle.

Le compliment de Darius fit joliment rougir ses traits.

— Merci, Monseigneur.

— Êtes-vous prêt à jouer avec elle, Mon Prince ? Ou bien puis-je m'en accorder l'honneur ? demanda Darius avec un degré de formalité qui m'indiqua qu'il jouait le rôle que j'avais suggéré lorsque Juliet et Calina avaient fait leur apparition.

Au lieu de lui répondre, je jouai mon propre rôle et l'ignorai.

— Les vampires adorent goûter aux plaisirs de la vie, murmurai-je en soutenant le regard de Calina tandis que je l'approchai lentement, mes pas ne faisant qu'un petit bruit feutré sur le sol en moquette du jet. Nous aimons la bonne chère, nous aimons baiser, et nous prenons toujours ce que nous voulons.

Elle déglutit, et ses pupilles se dilatèrent au point d'affadir les couleurs chatoyantes de ses iris.

— La plupart d'entre nous avons perdu notre sens de l'humanité avec les années, continuai-je lentement en m'arrêtant devant elle. Nous nous délectons d'être la race supérieure, Calina. Nous acceptons tous les bénéfices que nous octroie ce statut et en ignorons toutes les responsabilités.

Du moins, c'était de cette façon que se comportaient la plupart d'entre nous. C'était la première chose que je voulais changer sous mon règne.

Voilà quel était le but de cette discussion.

Je levai ma main pour lui saisir la joue et traçai une ligne avec mon pouce le long de sa lèvre inférieure.

— Les humains ont été élevés et taillés sur mesure pour se soumettre à tous nos caprices, dis-je en tournant la tête vers Juliet. Elle reste prosternée devant moi depuis tout à l'heure, car elle sait que ce sera ma parole qui la libérera de son obligation, et pas celle de son maître. Vois-tu, les vampires et les lycans respectent toujours l'âge et la position hiérarchique.

Calina observa la pose de Juliet, immobile, pendant encore un long moment avant que je ne la force à me faire face à nouveau.

— Je suis l'un des plus vieux membres de mon espèce, Calina. Tous admirent mon expérience et mon expertise. Je suis respecté de tous. Tout le monde m'obéit au doigt et à l'œil sans jamais poser de questions, et c'est précisément ce que tu vas devoir faire, toi aussi, sinon je serai contraint de te punir pour l'exemple.

C'était comme cela que fonctionnait notre société. La désobéissance n'était pas tolérée, et surtout pas de la part des humains.

Oh, il y avait bien des vampires qui aimaient jouer, et des lycans aussi. Nombre d'entre eux vivaient pour ce genre de petits jeux, mais aucun ne restait impuni.

— Voilà le monde que Lilith a créé, le monde que ceux de mon espèce semblent adorer. Nous en tirons de nombreux avantages, cela va sans dire, admis-je en baissant le regard sur son décolleté et sur le tissu transparent qui laissait voir ses tétons qui pointaient. Mais ces avantages sont réservés aux membres de ma race, pas aux humains.

Je penchai la tête en direction de Juliet et de Darius en suivant leur mouvement des yeux.

— Montrez-lui de quelle manière nous nous rassasions lorsque nous sommes face à un public, dis-je à l'attention de Darius. Considérez qu'il s'agit d'un entraînement pour satisfaire les désirs futurs de Lajos.

En tant que supérieur de Lajos dans la hiérarchie des vampires en raison de mon grand âge, il ne pourrait pas m'exiger de lui donner quoi que ce soit. Mais j'étais réputé pour mon attrait envers ce jeu et ma manière de jouer, ce qui signifiait que Darius et Juliet allaient devoir s'investir dans leur rôle pour mener à bien notre plan.

— Mmh, volontiers, répondit Darius, son expression stoïque laissant place à l'image d'un prédateur bestial et affamé. Lève-toi.

Il agrippa l'arrière de la nuque de Juliette et la força à se relever de sa position de révérence.

JACE

Les cuisses de Juliet devaient brûler à force de maintenir cette position, et pourtant, elle ne manifesta aucun signe extérieur de gêne. Peut-être était-ce parce que Darius lui avait administré des doses revigorantes de son sang, ou plus probablement parce qu'elle avait pratiquement été élevée en maintenant cette pose.

Je doutais fortement que Calina puisse se soumettre d'une telle manière aussi longtemps que Juliet, un paramètre important à prendre en compte pour l'élaboration de mon plan.

Darius mena Juliet jusqu'à la table où j'avais laissé mon verre de vin. Il dégagea tout ce qui se trouvait dessus avant de lui demander :

— Présente-toi à moi, ma chérie. Je meurs de faim.

Je passai mes doigts sur la mâchoire de Calina et les fis descendre le long de sa gorge. Je l'effleurai aussi légèrement qu'une plume, tendrement, tout en soulignant mon geste d'une intention fatale.

Elle déglutit en réponse à mon geste et son pouls s'immobilisa l'espace d'un battement de cœur.

Je gémis pour lui manifester mon approbation tandis que je fis descendre mes doigts pour la caresser le long du décolleté de sa robe jusque dans le creux profond en forme de V entre ses seins.

— Cette robe te va à ravir, murmurai-je. Mais elle n'est vraiment pas assez courte.

Cette trop grande longueur était probablement due au fait que la robe appartenait à Juliet qui faisait quelques centimètres de plus que Calina.

— Je vais te commander toute une garde-robe pour notre voyage, avec des vêtements à ta taille.

Plus question que l'éblouissante doctoresse ne porte une blouse de laboratoire ni d'uniforme. Elle ne porterait plus que de la dentelle dans un proche avenir.

Ou bien peut-être devrait-elle se contenter de son plus simple appareil.

Juliet se positionna gracieusement sur la table tandis que Darius s'assit entre ses cuisses écartées. Elle s'allongea sur la table en bois, ses jambes pendantes par-dessus le rebord et positionna l'ourlet de sa robe de manière aguicheuse en relevant le tissu de côté pour exposer le bas de son corps à la vue de Darius.

Je laissai retomber mes mains sur les hanches de Calina, et la retournai pour qu'elle regarde le spectacle, en appuyant mon torse contre son dos et mes lèvres contre son oreille.

— Les vampires aiment plus que tout au monde toucher les créatures qui les entourent.

Je parlai doucement en m'adressant à elle, bien que je savais que Darius pouvait m'entendre malgré le grondement des moteurs.

— Nous sommes des créatures sensuelles qui adorons baiser. Il n'y a rien de plus exquis à nos yeux que de mêler plaisir et dégustation de sang.

Ça, elle le savait déjà, mais cela ne voulait pas dire

pour autant qu'elle comprenait vraiment la signification de cette phrase.

— Tu m'as dit que les vampires possédaient une aura sexuelle innée pour attirer leur proie. Tu n'as pas tort. Cependant, nous avons tous nos préférences personnelles quant à notre manière de chasser et de nous nourrir.

Je l'embrassai à l'endroit où l'on sentait son pouls enragé dans son cou, tandis que Darius faisait remonter ses paumes de mains le long des cuisses dénudées de Juliet. Le tissu de sa robe dévoilait entièrement son corps, avec des fentes prévues à cet effet.

— Beaucoup d'entre nous ont un penchant pour le sadisme, continuai-je doucement. Nous aimons la douleur, nous aimons entendre les humains crier. Nous aimons les faire saigner.

Darius se pencha pour venir appuyer ses lèvres sur l'intérieur du genou de Juliet, ce qui donna un frisson à la femelle étalée sur la table.

Son excitation embaumait l'air, et cette douce odeur réveillait comme par enchantement mes instincts les plus primitifs. Mais Calina, qui inspira brusquement, réclama toute mon attention, car sa fragrance toute particulière menaçait de me faire perdre le contrôle de moi-même.

Je voulais l'étaler sur cette table dans la même position que Juliet pour goûter à sa chatte délicieuse.

Bientôt, me promis-je à moi-même tandis que Darius se mit à lécher Juliet en remontant le long de son corps. *Très bientôt.*

— La plupart des vampires seraient déjà en train de se régaler de son sang, lui dis-je. Mais Darius aime prolonger le moment, afin de lui enlever toute excitation en la taquinant un peu pour qu'elle se soumette entièrement à lui.

Je mordillai le lobe d'oreille de Calina et passai mes bras autour de sa taille pour la maintenir fermement contre moi tandis qu'elle essayait tant bien que mal de tenir debout avec les chaussures que Juliet lui avait données. C'était une paire de talons aiguilles et il me semblait qu'ils devaient être un peu trop grands, tout comme la robe. Calina ne devait pas souvent porter de talons de toute manière, si tant est qu'elle n'en eût déjà porté.

Encore un paramètre qu'il me faudrait prendre en compte pour notre petit scénario dans la Région de Lajos.

Juliet se mit à serrer les poings le long de ses flancs, et ferma les yeux sous l'effet de l'agonie que lui procurait le plaisir tandis que Darius continuait de remonter lentement sur son corps.

— Tout n'est qu'une question de savoir se présenter de manière sensuelle, dis-je, les lèvres toujours collées contre l'oreille de Calina. Faire preuve de patience est un acte puissant, en particulier lorsque l'on s'est entiché d'une femelle d'un groupe sanguin aussi rare. La plupart des vampires ne parviendraient pas à se retenir à la place de Darius, ce qui rend ses actes d'autant plus érotiques.

Je passai mon nez dans son cou comme pour illustrer mon propos.

Son sang m'attirait, mais je pouvais retarder un peu la gratification qui m'attendait de la goûter, bien qu'elle démontre soudain un très grand intérêt pour moi, sa chatte mouillée sous sa robe, prête à ce que je commence notre partie de plaisir. Je sentais son goût sur ma langue, et son désir de jouer avec moi était comme un aphrodisiaque qui mettait ma patience à l'épreuve.

Mais j'étais maître à ce jeu-là.

De même que Darius.

Juliet écarta les lèvres et laissa échapper un gémissement silencieux lorsque la bouche de son maître vint se poser dans le creux de ses parties intimes, entre sa jambe et sa chair lisse. Il ne la mordit pas, mais se contenta de la lécher en ponctuant son geste d'un grognement de prédateur, juste devant elle.

— Vois-tu comme elle reste silencieuse ? lui demandai-je doucement en relâchant mon étreinte pour venir reposer mes mains sur les hanches de Calina. Elle ne le supplie pas, ne gémit pas, ne crie pas. C'est comme cela que les humains ont pour ordre de se comporter. Ils ne donnent de la voix que lorsqu'on leur en donne la permission. Voilà pourquoi ton abord trop direct doit être corrigé. Personne ne va tolérer cela de ta part.

Elle se mit à frissonner contre moi tandis que je fis remonter le tissu de sa robe, impatient de sentir du bout des doigts l'humidité entre ses cuisses.

— Lajos te ferait t'agenouiller, là tout de suite, Calina. Il voudrait que tu enveloppes ta bouche autour de sa queue pour lui donner du plaisir tandis qu'il regarderait Darius se régaler de la chatte délectable de Juliet.

J'exposai la chair brûlante de Calina à la vue de tous dans l'avion, non que quelqu'un ne nous regardât de toute manière.

— Il te forcerait à lui faire une gorge profonde jusqu'à ce que tu t'évanouisses.

Je passai mes dents le long de son cou et la léchai tout en percevant son pouls tonitruant sous sa peau fragile. Elle trembla, ce qui excita mon côté sauvage.

Je voulais lui faire exactement ce que je venais de décrire : lui ordonner de s'agenouiller et la baiser jusqu'à ce qu'elle en ait la gorge enflammée.

Mais cela n'était qu'une de mes nombreuses prouesses, et je préférais m'adonner à des jeux sensuels.

— Je vais t'emmener dans la Région de Lajos et te présenterai comme ma consœur favorite. Lajos aura probablement envie de te goûter, toi qui as de la valeur à mes yeux, peu importe qui tu es. Du moment que tu te comportes comme il faut, je n'aurai pas à y consentir. Mais il faut que tu fasses exactement comme Juliet à présent : reste calme, sois séductrice et provocatrice de manière indécente.

Darius choisit ce moment pour enfoncer ses crocs sur le clitoris de Juliet, ce qui lui fit courber l'échine au point qu'elle se décolla de la table, sa morsure la faisant jouir instantanément.

Calina frissonna contre moi et son équilibre chancela. Je saisis son sexe dans la paume de ma main pour la maintenir en place, et glissai mon doigt avec aise au milieu de la preuve physique de son désir.

J'enveloppai mon autre bras autour de sa taille afin de l'immobiliser, alors que le tissu de sa robe s'amoncelait sur ses hanches.

— Lilith ne s'est jamais nourrie de ton sang comme cela.

Il s'agissait d'une affirmation et non d'une question. À en constater sa réaction, il était clair qu'elle n'avait jamais rien vu de pareil jusqu'à présent.

Elle ne me répondit pas et resta intensément concentrée sur Juliet et Darius tandis qu'il dévorait son *Erosita* tout en la maintenant dans un état de grande excitation pendant tout l'acte.

Ses joues étaient devenues roses sous l'effet de l'épuisement et ses lèvres décollées laissèrent échapper un cri silencieux. Elle se mit à trembler violemment, et Darius dut poser une main sur son abdomen pour la maintenir collée contre la table pendant qu'il se nourrissait d'elle.

— Cela pourrait devenir douloureux, marmonnai-je dans l'oreille de Calina. Il pourrait très bien choisir de la priver d'endorphines à n'importe quel moment. Elle aurait alors toutes les peines du monde à ne pas hurler de douleur. C'est un petit jeu auquel s'amusent de nombreux membres de mon espèce car ils adorent torturer leur nourriture.

Je glissai deux doigts en elle, ce qui lui fit échapper un sifflement des lèvres.

— Même la plus petite réaction peut faire devenir un vampire violent, l'avertis-je, en faisant descendre mes lèvres sur sa nuque, et lui transperçai la peau en guise de réprimande pour avoir manifesté sa réaction vocalement.

Elle sursauta, mais je parvins à la maintenir facilement en place.

Ses cuisses se contractèrent en réaction au mouvement de ma bouche qui tirait sur sa veine, ce qui m'apprit un détail intéressant quant à ses préférences personnelles. J'avais contenu l'aspect jouissif de ma morsure, et pourtant cela avait semblé l'intriguer davantage.

Ce qui suggérait qu'elle appréciait de ressentir un peu de douleur au lit.

Mmh, tout à fait mon genre de femme, m'émerveillai-je, enivré par son goût.

Elle ne cria pas ni ne parla. Ce sifflement fut le seul son qu'elle émit.

— Quelle brillante élève, la complimentai-je en relâchant son cou et en laissant couler son sang de manière tout à fait attirante de sa plaie béante.

Darius avait également cessé de s'alimenter du sang de sa compagne, et portait toute son attention sur Juliet, ivre de plaisir, tout en desserrant sa ceinture.

Je lui avais demandé de nous offrir un grand spectacle comme il le ferait avec Lajos, alors de deux choses l'une : soit il avait pris mes instructions au pied de la lettre, soit il avait complètement fait abstraction de notre présence.

Il s'agissait probablement de la première option car il n'était pas du genre à négliger son environnement, et ce n'était pas comme si je ne l'avais jamais vu baiser par le passé.

Il voulait également marquer son territoire face à Lajos, en conséquence de quoi il s'agissait là d'une action stratégique de la part de Darius. Bien sûr, il voulait du même coup exprimer un tant soit peu sa possessivité.

Je commençais à comprendre pourquoi car je n'étais pas très enthousiaste à l'idée que Lajos touche Calina. Je n'avais toutefois pas eu tort de l'avertir qu'il fallait potentiellement s'y attendre.

— Je pense que nous devrions nous entraîner, ma douce Calina, dis-je, ayant pris ma décision.

Si je pouvais profiter de ses attentions en premier, je serais plus enclin à partager Calina avec Lajos. Je devais aussi m'assurer qu'elle était prête pour cela, et il fallait donc que je la guide quant à ce qui pourrait l'attendre. Mieux elle comprendrait, plus elle aurait de chances de rester en vie.

— Darius, radoucissez un peu mon vin.

Je prononçai ces mots sur mon ton pédant habituel, pour imposer pleinement mon rang supérieur au sien.

Il n'hésita pas une seconde et cacha son ennui derrière un masque d'indifférence. Aux yeux de tous, excepté moi, il ne sembla pas importuné par ma demande. Toutefois, je le connaissais et je comprenais quelle était sa relation avec Juliet.

Je maintins Calina en place pour la forcer à regarder lorsqu'il porta mon verre devant la chatte de Juliet et tapissa le rebord du verre de son sang sucré et aromatisé du goût de son excitation.

C'est exactement ce qu'allait demander Lajos.

Et très probablement ce que nous allions lui offrir en préambule pour qu'il ne nous demande rien d'autre.

Darius prit une gorgée de vin pour s'assurer que sa saveur était bien comme je le voulais et y ajouta encore un peu de sang en pressant le clitoris rudoyé de Juliet.

Elle fut prise d'un spasme mais s'abstint de crier.

Bien que cela pût paraître brutal, je savais qu'il avait procédé à cette extraction avec douceur. Peut-être l'avait-il avertie mentalement, ou bien d'un subtil mouvement de son pouce. Il lui garantissait toujours du plaisir, peu importe combien sa manière de faire pouvait sembler sauvage.

Je glissai mes doigts hors du vestibule serré de Calina et portai mes doigts à ses lèvres.

— Ouvre.

Elle avala, puis fit exactement ce que je lui dis.

— Gentille fille, la complimentai-je en glissant mes doigts dans sa bouche. Maintenant, suce.

JACE

La bouche de Calina sur ma peau me donnait un petit aperçu de sa capacité à obéir aux ordres lorsqu'elle était ivre d'excitation.

J'avais là une image de la *perfection*.

Elle me léchait, me suçait et avalait comme si elle avait fait cela depuis toujours.

— Mmh, il va falloir que tu fasses la même chose autour de ma queue ensuite, lui dis-je tandis qu'elle obéissait à mes instructions sans hésitation.

Elle marqua un temps d'arrêt en m'écoutant parler, et son cœur cessa de battre l'espace d'une seconde, ce qui me fit ricaner contre son cou.

— Ton innocence est délicieuse, Calina.

Cet instant d'hésitation me fit comprendre à lui tout seul qu'elle n'avait jamais fait de fellation à personne, tout comme on ne lui avait jamais fait découvrir les plaisirs du sexe oral.

— Lilith t'a réellement coupée du monde, n'est-ce pas ?

Darius reposa mon verre de vin sur la table.

— Mon Prince.

— Merci, dis-je en empoignant les hanches de Calina pour la forcer en douceur à avancer. Marche.

Elle se mit à trébucher, mais je prévins sa chute, mes mains serrées autour de ses hanches. Il faudrait impérativement que je lui achète de plus petits talons à Jace City. J'allais ajouter cela à ma liste pour sa future garde-robe.

Darius ignora notre approche et avait reposé ses paumes de mains sur les cuisses de Juliet tandis qu'il se penchait pour lécher son sexe dégoulinant de mouille. Elle fut prise d'un spasme au-dessous de lui, s'abandonnant complètement à la langue de son maître.

Quelle vision intensément érotique.

Vision que j'avais l'intention de reproduire avec Calina.

— Je veux entendre Juliet crier, murmurai-je lorsque nous parvînmes jusqu'à la table. Faites-la venir à nouveau.

Darius obéit à mes ordres en arrachant le tissu qui recouvrait le torse de Juliet, révélant ses seins. Il les saisit dans la paume de sa main la seconde qui suivit, et caressa vigoureusement sa chair souple tout en transperçant son petit bouton sensible une nouvelle fois.

Juliet s'abandonna au plaisir, submergée par une magnifique vague d'euphorie, et je sentis Calina frissonner sous mes mains.

— Alors, est-ce que ce sont seulement ses pouvoirs de vampire qui la font crier comme cela ? lui demandai-je contre son oreille, ou bien est-ce lui ?

Je ne lui laissai pas l'occasion de répondre, et la fis plutôt tourner dans mes bras avant de saisir sa bouche entre mes lèvres.

Le goût de sa douce excitation se faisait encore sentir sur sa langue, et je me délectai d'une dose de son arôme addictif qui me montait à la tête.

Juliet continua de gémir, et ses gémissements furent suivis d'un grognement de la part de Darius. Leurs râles confondus me séduisaient intensément les sens.

— Voilà comment les vampires jouent avec leur nourriture, dis-je contre la bouche de Calina, en particulier avec leurs friandises préférées. Parfois, nous avons envie de partager, et parfois pas.

J'enveloppai la paume de ma main à l'arrière de sa nuque et l'embrassai à nouveau, cette fois d'un baiser plus profond qui laissait transparaître mes intentions.

J'en voulais davantage.

Je la voulais, elle.

Je ne voulais pas partager.

Et je n'y étais pas obligé. J'étais un putain de royal, un vieux vampire, le futur roi.

Je la tirai sur le grand fauteuil de bureau face à Darius et Juliet, et forçai Calina à me chevaucher les cuisses. Sa robe de dentelle était toujours remontée jusqu'à ses hanches et ses replis lisses frottaient contre la fermeture de mon pantalon.

— Putain, murmurai-je, perdant petit à petit toute sensation de contrôle.

J'étais censé lui enseigner quelque chose, lui montrer comment il fallait qu'elle se comporte pour assurer sa survie. Mais tout ce que je voulais, c'était de défaire mon pantalon et de m'enfoncer profondément en elle.

Le grognement de bête sauvage de Darius ne m'aidait pas beaucoup, ni ses gémissements graves. La petite musique féroce de leur partie de baise lorsqu'il prit Juliet contre la table, c'était vraiment le pompon.

Il ne s'agissait plus de montrer quelles étaient les attentes de la société à Calina, il ne restait plus en moi qu'un besoin bestial doublé d'une anticipation sensuelle.

Je lui mordis la langue, je désirais son sang davantage que le vin sucré que m'avait donné Darius.

L'essence de Calina emplit nos deux bouches, elle me donna tout ce dont je mourais d'envie.

J'entaillai également ma propre langue la seconde qui suivit pour lui permettre de partager la puissance qui explosait dans mes veines.

Tout cela était si naturel. Je n'avais pourtant jamais rien fait de pareil avec aucune de mes consœurs. Il y avait pourtant quelque chose chez cette femelle qui attirait la bête sombre tapie en moi, celle qui voulait posséder son corps de manière charnelle.

Elle m'avait complètement ensorcelé, détourné de mon but et réduit à néant toutes les bases que j'avais tenté d'établir pour son bien.

— Défais mon pantalon, lui ordonnai-je contre ses lèvres, tout de suite.

Elle posa d'abord ses mains sur ma ceinture puis s'affaira sur le bouton. Toutefois, sa chatte était trop proche de ma queue pour qu'elle puisse faire tomber le dernier rempart entre nous en ouvrant ma fermeture.

Je la repoussai sur mes jambes car j'avais très envie que nous continuions sur notre lancée, ce court instant où nous étions détachés l'un de l'autre n'ayant pour but que de me rappeler quel était notre objectif.

Je me sentais étourdi sous le poids de mon indécision, et mon esprit était tiraillé entre la nécessité d'agir stratégiquement et mon envie de baiser la femelle sur mes genoux.

Bon sang, mais qu'est-ce qui ne va pas chez moi ?

Je n'avais jamais eu envie d'aucune femelle à ce point. Je n'avais jamais perdu les pédales. J'avais plus de quatre mille ans.

Il avait suffi que je la goûte encore une seule fois, et j'en avais presque perdu la tête, perdu la tête, bordel.

Cette femelle était dangereuse.

Il fallait que je me la sorte de la tête, que je la tienne en laisse. *À genoux.*

— Agenouille-toi, dis-je dans un grognement enragé qui la fit sursauter et me céder.

Je ne lui laissai pas une seconde pour se mettre à l'aise, ni un instant de répit pour se préparer à mes manières brutales. Je défis complètement ma fermeture, pris une grosse poignée de ses cheveux et lui demandai avec violence d'ouvrir sa putain de bouche.

Elle m'obéit.

Je m'enfonçai brusquement là où je devais être.

Putaiiin, j'eus l'impression d'avoir filé droit au paradis.

Sa langue douce comme du velours me caressa la verge, et elle resserra magnifiquement sa bouche autour de mon gland.

Elle s'étouffa.

Je n'en avais rien à faire.

Des larmes se mirent à briller dans ses yeux.

Je les essuyai avec mes pouces.

Cette petite dévergondée au cerveau de génie m'avait fait sombrer dans la folie, et je voulais la punir en conséquence. Je voulais moi aussi me mettre à genoux et la vénérer à mon tour.

Toutes mes émotions, mes pensées et cette sensation confuse se mélangeaient et enflammaient mon sang, me contraignant à la prendre encore plus fort. Ma perception de la réalité était réduite en cendres dans mon esprit.

Des jurons m'échappèrent de la bouche.

Je prononçai son nom telle une incantation.

Je n'arrivais pas à savoir ce que je voulais ni comment je comptais l'obtenir. Tout ce que je savais, c'était que j'avais *besoin* de venir.

Je voulais noyer ses entrailles dans ma semence.

La posséder.

La combler.

La rendre mienne.

Bon sang, mais d'où me venait ce désir ? Je ne pouvais pas garder cette femelle.

— Ton sang m'ensorcelle, l'accusai-je tout en la forçant à me prendre encore plus profondément dans sa gorge.

Ses pupilles se dilatèrent lorsqu'elle leva les yeux sur moi, une expression de désobéissance se dessinant sur ses traits.

Je ne pouvais me résoudre à lui faire du mal pour cela, et surtout pas en cet instant où je me perdais à la vue de cette étincelle lumineuse dans ses iris couleur noisette.

C'était là le regard d'une femelle déterminée à survivre, peu importe ce que je lui faisais endurer, et à me détruire dans le même temps.

Bordel de merde, cela me rendait encore plus dur.

Cette femelle défiait toutes mes attentes. Elle réécrivait les règles de son existence. Elle était à genoux, tout en refusant de se soumettre, même en ayant ma queue enfoncée dans la gorge.

Je ne savais plus très bien qui possédait qui à cet instant, mais l'air de défi dans son regard suggérait qu'elle allait probablement tirer son épingle du jeu à l'issue de ce petit affrontement.

— Nous verrons, lui promis-je, sans être cohérent le moins du monde tandis que je m'enfonçai à nouveau dans sa chaleur qui m'accueillait, avec une nouvelle envie débordante de la garder toute entière pour moi seul. Détends ta putain de gorge.

Je resserrai l'emprise de mes doigts dans ses cheveux, unique réprimande que je me sentais capable de lui faire.

Mais le docteur Calina s'avéra de nouveau une élève modèle lorsqu'elle se décida à suivre mes instructions et ouvrit la bouche plus grand pour que je puisse m'enfoncer en elle.

— Magnifique, murmurai-je en bougeant ma main à

l'arrière de sa tête pour la guider dans ses mouvements. C'est tellement bon, putain.

Les humains passaient des années à l'université à apprendre comment prendre de cette façon la queue d'un vampire. Mais Calina n'était pas une femelle ordinaire. Elle me le prouva en passant ses dents sur ma peau sensible, et m'effleura juste assez pour me menacer sans me faire de mal.

— Mmh, recommence, lui ordonnai-je.

Elle m'obéit, mais cette fois me suça sur toute la longueur de mon membre jusqu'à ce qu'il ne reste plus que mon gland dans sa bouche. Sa langue virevoltait autour de mon prépuce, ce qui me fit frissonner avant que je ne replonge mon sexe à l'intérieur de sa bouche.

Son regard scintilla d'une étincelle toute nouvelle, et la chercheuse qui était en elle mémorisait ce qui me plaisait, répétant ses mouvements avec une telle perfection que j'en avais mal aux testicules, tant j'avais envie de tout envoyer au fond de sa gorge mince.

Cette femme n'avait pas besoin de recevoir une leçon de sexe. Il fallait seulement la provoquer pour qu'elle apprenne d'elle-même.

Je resserrai mon emprise sur ses mèches de cheveux d'un blond satiné et mon abdomen se contracta tandis que des flammes enrageaient dans tout mon être.

— Avale, Calina, dis-je. Avale tout.

C'était la seule forme de punition que je pouvais me résoudre à lui donner : lui exiger de prendre tout ce qu'elle m'inspirait au plus profond de moi-même et tout dévorer jusqu'à la dernière goutte.

Cependant, à voir la façon dont ses narines se dilataient, je compris qu'elle ne considérait pas du tout cela comme une réprimande, mais plutôt comme un défi. Ce fut grâce à cet aperçu qui m'en dit long sur sa personnalité que je tombai dans une violente extase.

Je voulais qu'elle se noie.

Je voulais qu'elle nage.

Je voulais qu'elle étouffe, submergée par les vagues de plaisir qui se déversaient de ma verge.

Enfin, je voulais la ramener à la vie avec mon sang dans sa bouche, ma langue sur sa chatte et mes doigts enfoncés profondément en elle.

Putain, cette image passionnelle me fit décoller une nouvelle fois, et les vibrations causées par le plaisir firent se contracter mes cuisses tandis que j'arrosai sa gorge de mon sperme.

Elle avala.

Et avala.

Avala encore.

Ses yeux brillaient, baignés de nouvelles larmes. Ses narines se dilatèrent encore, sous l'effet de la panique. Elle avait tant besoin de respirer qu'elle en ressentait probablement une douleur dans la poitrine.

— Ne t'arrête pas.

Je lui donnai cet ordre sur un ton guttural, cruel et froid. Mais à l'intérieur, l'envie me brûlait de remplir son corps de mon essence, de la posséder, d'en faire mon bien, de la marquer au fer rouge pour lui indiquer qu'elle était à moi.

Elle commença à fatiguer, et ne parvenait plus à masser ma verge du mouvement de sa gorge, comme je l'aurais désiré.

La plupart des membres de mon espèce tueraient un humain pour leur avoir défailli durant un acte aussi important.

Cependant, je préférais plutôt Calina vivante.

Je dégageai sa bouche de ma queue avant qu'elle ne

s'évanouisse. Elle se mit à cracher, un peu de mon essence coulant sur sa joue. Puis ses grands yeux humides vinrent se poser sur les miens.

Elle était parfaite.

Éblouissante.

Absolument exquise.

Tout ce que j'avais en tête, c'était de lui rendre la pareille.

Je ne la mis pas sur la table comme Darius l'avait fait avec Juliet. Je la portai plutôt dans la cabine arrière et la fis s'allonger sur le lit.

Ryder allait certainement me tuer plus tard pour ce que je m'apprêtais à faire, mais il pourrait toujours faire laver les draps.

Notre satisfaction mutuelle était plus importante.

J'écartai les cuisses tendres et douces de Calina et m'agenouillai entre ses jambes. Je déposai ensuite un léger baiser sur ses parties intimes pour lesquelles je mourais de désir depuis ce qui me semblait être une éternité.

Elle ne me déçut pas, son clitoris était presque aussi tentant que son artère fémorale.

— Jace, murmura-t-elle, rompant ainsi la règle selon laquelle elle n'avait droit de me parler que si j'y consentais.

La voix caverneuse avec laquelle elle prononça mon nom m'empêcha toutefois de la punir de quelque façon que ce soit, à entendre son ton magnifiquement rauque.

Je lui avais baisé la gorge à vif. Elle pouvait à peine parler.

Encore un autre détail dont je devrais tenir compte dans mon plan.

Cette méthode, qui réduisait ma nouvelle partenaire au silence, me convenait parfaitement.

Je voulais toutefois tester plus avant mon idée tout à fait théorique pour voir jusqu'à quel point elle tenait la route.

J'enfonçai alors mes dents dans la chair de ses parties intimes, comme Darius l'avait fait avec Juliet.

Calina hurla, sa réaction était grave et laissait transparaître une pointe de douleur. Cependant, son plaisir semblait primer sur ce léger embêtement.

Je la suçai, la mordillai puis lui fis une nouvelle morsure.

Et encore une autre.

Je forçai chaque fois un orgasme jusqu'à ce que ses cris soient réduits au silence, sa gorge trop irritée pour émettre le moindre bruit.

Ce ne fut qu'à cet instant que je m'arrêtai enfin, son corps pris de tremblements et ses joues couvertes de larmes. Je rampai sur le lit pour appuyer mes lèvres contre les siennes, afin de lui procurer un antidote contre son état d'agonie induit par la passion.

Elle n'avala pas de prime abord, comme si elle était incapable d'effectuer une telle action. Mais à mesure que le sang qui émanait de ma langue, transpercée par mes crocs, coula dans ses entrailles dévastées, elle se remit peu à peu de ses émotions.

Je ne faisais jamais ce genre de cadeau à aucune de mes consœurs.

Il faut dire aussi qu'elles n'en avaient jamais eu besoin.

En effet, ce que je venais de faire à Calina aurait tué un humain. C'en était trop, l'acte avait été trop brutal, trop intense, trop charnel.

Pourtant, elle était allée jusqu'au bout.

Pas une seule fois elle ne m'avait demandé d'arrêter.

Lorsqu'elle leva son regard sur moi à cet instant, je ne vis qu'un seul mot qui scintillait dans son regard.

Encore.

CALINA

Je ne sentais plus mes jambes.

Elles ne ressemblaient plus qu'à des membres hors d'usage qui pendaient mollement de mes hanches. Pourtant, sans trop savoir comment, je tenais debout.

En talons, qui plus est.

Avec sur moi une autre robe qui sortait de l'une des valises de Juliet.

Je me scrutai dans le miroir et remarquai mes joues rougies, mes lèvres gonflées. Jace avait attaché mes cheveux en un chignon désordonné, très différent de celui, très serré, que je me faisais habituellement. Ma coiffure laissait apparaître deux marques de morsures parallèles sur mon cou.

J'en avais une autre sur le sein gauche, bien visible dans le décolleté profond de mon ensemble de lingerie.

Non, une seconde, c'est une robe.

Je fixai des yeux le tissu transparent et fis une moue désapprobatrice. Autant dire que j'étais toute nue, une sorte de voile verdâtre ne recouvrant que certaines zones de ma peau. Je préférais la robe bleu marine que je portais un peu plus tôt, mais Jace l'avait déchirée durant l'un de mes nombreux orgasmes.

Il avait recouvert de sa bouche pratiquement chaque

centimètre carré de mon corps, comme s'il avait cherché à imprégner son essence dans ma peau.

Je frissonnai, et mes entrailles se réchauffaient au souvenir de sa manière si intime de me toucher.

Qu'importe la leçon qu'il avait tenté de me donner, elle s'était perdue dans les mouvements de sa bouche. Je saisissais les bases de ce qu'il voulait m'inculquer : je devais me soumettre comme les Vigies se soumettaient à Lilith. Elles lui tiraient toujours la révérence en sa présence, sans jamais établir le moindre contact visuel ni lui parler.

Cela dit, Jace avait également parlé de Lajos et de ce qu'il pourrait bien me réserver.

Je me fichais de ces choses-là.

Heureusement, cela ne deviendrait véritablement un problème que lorsque nous arriverions dans la Région de Lajos.

Dans moins de deux jours.

— Cette couleur fait ressortir tes yeux, comme la robe bleue, dit Jace en s'approchant de moi par-derrière, son attention concentrée sur mon reflet dans le miroir.

Il s'était changé et avait revêtu un costume uni noir, mais ses cheveux étaient encore emmêlés tant j'avais passé mes doigts dedans.

Mes joues rougirent d'une sensation de chaleur en repensant à ce souvenir encore tout frais. C'était comme si Jace avait réveillé une part endormie de ma personnalité et qu'il avait créé une toute nouvelle personne dans ce jet. Je me reconnaissais à peine, et si son but avait été de faire en sorte que je le craigne, c'était raté.

Toutefois, je reconnaissais combien les créatures de sa trempe pouvaient être dangereuses.

Je comprenais également pourquoi il fallait lui obéir.

Jace n'était peut-être pas un monstre, mais on ne pouvait en dire autant des alliés de Lilith. Bien que je n'aie jamais rencontré aucun d'entre eux, je savais qu'elle en avait, quelque part.

Sinon, je serais morte à l'heure qu'il est.

Ma lignée était nécessairement liée à celle d'au moins un autre immortel, si ce n'est plus.

— Qu'est-ce qui te rend si perplexe ? me demanda-t-il d'une voix douce. Es-tu inquiète à propos de ce qui va arriver lorsque nous atterrirons ?

Je clignai des yeux.

— Non, pas vraiment. Je me contenterai de baisser la tête et de vous suivre.

Comme le faisait Juliet avec Darius, sauf que je ne pourrais pas me rassurer en sachant que Jace se préoccupait réellement de mon bien-être. Je n'étais pas suffisamment naïve pour croire que notre relation sexuelle avait éveillé chez lui le moindre sentiment. Comme il l'avait dit, les vampires adoraient jouer avec leur nourriture.

Il fit remonter ses paumes de mains le long de mes bras, jusqu'à mes épaules tandis qu'il s'arrêta derrière moi.

— Alors à quoi penses-tu ?

Il me fallut un instant pour comprendre le sens de sa question, car mon esprit pensait déjà à ma sécurité personnelle, à cause de sa question précédente quant à ce que j'appréhendais à notre arrivée.

Avant cela, j'étais en train de penser à ma généalogie. Je le lui dis donc à présent, et conclus :

— Le fait que je sois toujours en vie laisse présumer que je suis toujours liée à au moins un vampire par l'intermédiaire d'un lien similaire à celui des *Erositas*.

— À moins que tu n'aies commencé à vieillir normalement et que tu ne sois plus immortelle, répondit-il en fronçant les sourcils. Lorsqu'un lien entre un immortel et une *Erosita* se brise, l'être immortel reprend son vieillissement standard.

— Oui, mais mon cas n'a rien à voir avec la normale. Je possède des gènes de lycan par ma mère, mais cet avantage génétique a été fortement affaibli par mon père, un donneur de sperme *Erosita*. Lilith m'a ensuite liée à elle sans jamais m'expliquer comment elle s'y était prise. On m'a dit qu'il y avait au moins un autre individu dans mon cas. Je ... je le sens aussi.

— Le lien ?

— Non, dis-je, peinant à trouver les mots justes pour expliquer ce que je ressentais. Nos liens ont été affaiblis il y a des décennies, et pour tout dire, je ne les sens plus vraiment. Mais je sens mon immortalité. Si elle avait disparu, je le saurais. Pourtant, rien ne me semble anormal.

— Je vois. Et tu ne sais pas à qui tu es liée ?

Je secouai la tête.

— Non, mais j'espère que nous pourrons trouver quelque chose dans le Bunker 37.

Cela avait été l'une des premières choses auxquelles j'avais pensé lorsqu'il avait dit que nous allions nous y rendre. Je voulais aussi passer en revue les rapports d'activité de la banque de serveurs, mais Damien les avait en sa possession.

— Tu dis cela pour me faire savoir que tu coopéreras pendant notre voyage, uniquement parce que tu as un intérêt derrière tout cela, répondit Jace qui reposa ses mains sur mes épaules et me secoua un peu. Bien joué.

— En réalité, je vous ai seulement dévoilé ce que j'aimerais découvrir. Les deux prochains jours vous fourniront la preuve de ma volonté de coopérer, dis-je en croisant son regard dans le miroir. Je pense aussi que mon attitude à bord de ce jet a suffisamment prouvé mes intentions.

Je m'étais également comportée comme il le fallait durant notre voyage jusqu'à la banque de serveurs, mais cela semblait insignifiant puisque ce voyage-ci n'exigeait pas que je lui livre mes expériences de recherche. Il fallait seulement que je lui montre mes capacités à endosser le rôle d'une humaine brisée et docile.

Il scruta mon reflet pendant un moment, et me retourna pour lui faire face.

— Tu ne pourras pas me parler de cette façon lorsque nous sortirons du jet. Tu n'auras pas non plus le droit de me regarder, ni moi ni qui que ce soit. Pas jusqu'à ce que je t'y autorise, en tous les cas.

— Je sais bien comment les Vigies humaines se comportaient en présence de Lilith. Je ferai de mon mieux pour imiter leur attitude.

L'expression de Jace devint pensive.

— Les Vigies bénéficient de plus d'avantages que la plupart des humains dans ce monde. Cependant, je traite habituellement les membres de mon harem avec un même respect, donc cela ne devrait pas desservir notre cause.

Il se pencha pour embrasser mon cou exposé à sa vue et enfonça ses dents dans la plaie qu'il m'avait déjà faite.

Un frisson me parcourut les membres, sa façon de me toucher et sa bouche provoquant une myriade de sensations émanant du cœur de mon être. La morsure de Lilith ne m'avait jamais fait cet effet. Il faut dire aussi qu'elle ne m'avait jamais rien fait de toutes ces choses que Jace m'avait faites… comme par me mordre *juste là*.

Mes yeux se fermèrent tout seuls tandis que je savourais ces sensations. Il fit glisser les paumes de ses mains qui me recouvrirent les seins et me caressa les tétons avec ses pouces par-dessus le tissu presque inexistant.

Un gémissement resta prisonnier dans ma gorge, et mon corps réagissait à la manière de la femelle qu'il y avait en moi, cette créature dévergondée qui en demandait toujours plus.

J'avais crevé d'envie d'être touchée toute ma vie, sans avoir la moindre idée de ce que je ratais. Jusqu'à l'arrivée de Jace.

Je craignais désormais de n'être plus jamais la même.

— Est-ce encore là l'une de mes nombreuses prouesses de vampire, et rien d'autre, petit génie ? me demanda-t-il contre mon oreille.

Je déglutis. Il m'avait déjà posé cette question à de multiples reprises au cours des dernières vingt-quatre heures. Comme toutes les autres fois où il m'avait posé la question, je refusai de lui répondre.

Ce qui le fit seulement ricaner contre ma gorge.

— J'interprète ton silence comme une demande d'étudier le sujet plus en profondeur.

Il m'embrassa sur la joue et croisa mon regard dans le miroir.

— Considère que j'accepte de relever le défi, docteur. J'ai hâte de me lancer dans une série d'expériences avant que tu établisses un compte-rendu de nos résultats, dit-il, ses iris glaciaux brillant de malice. J'attends de te voir me réciter ses résultats avec ma queue fourrée au fond de ta gorge.

Mon estomac me brûla lorsqu'il me relâcha, et mes entrailles se transformèrent en un magma bouillonnant devant la promesse que contenaient ces mots.

L'expression qu'il arbora en conséquence me laissa entendre qu'il le sentait.

Ce mâle exhibait un rare degré de confiance en lui, son âge et son expérience accentuant davantage l'allure arrogante de ses traits.

Lilith avait fait montre du même air prétentieux, enrobé toutefois d'une couche supplémentaire de supériorité. Jace me semblait être quelqu'un qui savait quelle était sa puissance, sans avoir besoin de dominer tout le monde pour le prouver, tandis que Lilith adorait être aux commandes et exigeait que tous se prosternent devant elle en vertu de sa position.

Ils avaient donc deux caractères bien différents.

Du moins, de ce que j'avais observé.

Maintenant que nous allions entrer sur son territoire, peut-être allais-je parvenir à une tout autre conclusion. Quelque chose me disait cependant que ce ne serait pas le cas.

Il s'arrêta devant la porte et me tendit une main, son regard croisant à nouveau le mien dans le miroir.

— Calina.

Je me retournai et lui tirai ma plus belle révérence.

— Mon Prince.

C'était le terme qu'il m'avait ordonné d'employer, ou bien *Votre Majesté*.

— Splendide, murmura-t-il. Lève-toi.

Je m'exécutai volontiers car mes cuisses me brûlaient à force de maintenir cette pose. Je ne savais pas bien comment Juliet avait réussi à la tenir aussi longtemps un peu plus tôt, elle faisait d'ailleurs preuve d'un zèle admirable pour obéir à ces vampires.

Tous les humains sont-ils endoctrinés à ce point dans ce monde ? me demandai-je.

Je connaissais quelques petites choses à propos de l'ancien monde, que j'avais apprises principalement au cours de mes années passées dans le laboratoire et grâce aux fichiers de recherche que j'avais pu examiner. C'était aussi par l'intermédiaire de ces fichiers que j'avais appris l'existence de San Francisco, la ville à présent connue sous le nom de Jace City. Apparemment, cette partie du pays abritait de nombreux mastodontes de la technologie au cours de l'ère précédente.

— Maintenant, avance-toi vers moi.

Jace garda la main tendue vers moi, probablement pour me rattraper si jamais je tombais, ce qui était tout à fait probable étant donné que la fine paire de talons que je portais était assez instable.

Cependant, maintenant que le jet s'était immobilisé au sol, je me rendis compte que je parvenais à me déplacer plus facilement sur le sol en moquette, pas d'une manière élégante ni séductrice comme Juliet, mais assez correctement pour pouvoir me mouvoir toute seule.

— Gentille fille, me complimenta Jace en m'attrapant par le bras lorsque je parvins jusqu'à lui. À partir de maintenant, garde la tête baissée, parle seulement lorsque je te le dirai et tu réussiras ton premier test.

Je ne répondis pas, ce qui me valut un ricanement de sa part.

— C'est un excellent début, murmura-t-il, en appuyant à nouveau ses lèvres contre ma joue.

Son compliment parvint jusqu'au plus profond de ma psyché et me donna une envie irrépressible de sourire. J'ignorai ce désir soudain et me concentrai pour marcher aux côtés de Jace sans tomber, ce qui devint beaucoup plus compliqué lorsque nous descendîmes les escaliers à l'extérieur du jet.

— Eh bien, on ne peut pas dire qu'elle soit très gracieuse, dit Darius, au sol, en guise de salutation. Mais on n'y verra que du feu du moment que vous ne la lâchez pas.

Jace me lâcha le bras et fit remonter son doigt le long de mon échine exposée à sa vue.

— J'ai déjà fait des choses plus déplaisantes que cela dans ma vie.

— Évidemment, confirma son souverain, son ton de voix suggérant qu'il venait de faire avec Juliet la même chose que nous.

Je ne pouvais pas les voir puisque je gardais les yeux à terre, ce qui m'avantageait car je pouvais ainsi voir où je mettais les pieds.

— Redresse tes épaules et garde seulement la tête baissée, dit Jace tout contre mon oreille, et il corrigea ma posture en posant sa main au bas de mon dos.

Je rectifiai ma position sans faire de commentaires, et il me caressa doucement l'échine une nouvelle fois. J'eus un frisson lorsqu'il me toucha, pas parce que son geste me sembla particulièrement déplaisant, mais parce que l'air frais de la nuit commença à passer au travers de la fine dentelle de ma robe.

Cette tenue n'était vraiment pas pratique au vu du temps qu'il faisait, à en constater la réaction de mes membres et de mes bras qui se couvrirent de chair de poule.

Il me fallut fournir un grand effort pour ne pas frissonner, car j'avais de plus en plus froid à chaque pas.

Jace étala la paume de sa main au bas de mon dos, et sa chaleur n'aida pas beaucoup à réchauffer mon corps qui se refroidissait.

Heureusement, il ne nous fallut faire que quelques pas de plus pour rejoindre une longue voiture noire. Jace me poussa hâtivement à l'arrière du véhicule et prit place à côté de moi sur la banquette en cuir tandis que Juliet et Darius s'assirent en face de nous.

Un silence tomba lorsque les portes se fermèrent.

Il se prolongea lorsque le moteur se mit à vrombir.

Je gardai les yeux baissés et faisais de mon mieux pour

jouer ce rôle d'humaine asservie, rôle que je préférais largement à la fonction de sac de sang dont Jace avait parlé un peu plus tôt.

Il posa la paume de sa main sur ma cuisse, et je me rappelai soudain à quel point l'ourlet de ma robe était court tandis qu'il détendit le bout de ses doigts à quelques centimètres de mon sexe.

Les vibrations de la voiture au-dessous de moi me provoquèrent d'un coup une sensation toute différente intérieurement, et mon nouveau côté séductrice refit surface à l'orée de mes pensées. Je gigotai un peu en réaction, alors Jace resserra son emprise.

— Reste immobile, m'ordonna-t-il.

Je déglutis et mon cœur battait à tout rompre dans ma poitrine.

— Ryder n'a pas dû l'entraîner correctement, dit Darius. Au moins, vous vous ferez un plaisir d'arranger cela.

— Oui, j'ai l'intention de m'y mettre immédiatement, dit Jace d'un ton sec teinté d'une pointe d'agacement. J'ai besoin que vous contactiez Ivan pour l'informer que je ne rejoindrai pas mon harem comme initialement prévu. J'imagine bien que Trevor et lui sauront les divertir pendant mon absence. Comme vous le savez, certains humains ont davantage besoin de cadre que d'autres.

— Oui, tous ne peuvent pas être aussi bien dressés que ma Juliet, répondit Darius.

— Non, elle est vraiment unique en son genre.

La tendresse dans la voix de Jace remplaça la pointe d'agacement, et je perçus la manière dont il remonta sensiblement les lèvres.

— Que dois-tu répondre à cela, mon chou ? demanda Darius.

Sa réponse fut immédiate.

— Merci, Mon Prince. C'est un honneur de vous servir, comme toujours.

— Peut-être pourrais-tu me rejoindre dans mes quartiers aujourd'hui pour m'aider à continuer la rééducation de Calina ? proposa Jace.

— Ce serait un immense honneur pour moi, Votre Altesse, répondit Juliet.

— Splendide. Darius, emmenez-la avec vous après avoir informé Ivan de cette information. Nous allons nous faire une bonne biture nocturne.

— Entendu, Mon Prince.

Jace me caressa à nouveau la jambe, sans que je comprenne ce que cela signifiait cette fois. Voulait-il me réconforter, ou bien me manifester sa déception ? Était-ce un quelconque avertissement ?

Je n'avais pas l'ombre d'une réponse lorsque nous nous arrêtâmes à nouveau quelques minutes plus tard à une sorte de point de contrôle, auquel il fallut que le conducteur s'adresse à quelqu'un à l'extérieur.

Il me fallut faire tous les efforts du monde pour ne pas regarder.

Puis nous nous remîmes en marche et retombâmes chacun dans un profond silence tandis que je retournai dans ma tête la conversation de Darius et de Jace. Ils ne s'étaient pas parlé de cette façon dans l'avion, ce qui me laissa penser qu'il devait certainement y avoir un dispositif d'écoute à proximité. Ou peut-être était-ce à cause du chauffeur. Jace ne l'avait pas du tout salué lorsque nous étions entrés, et n'avait pas non plus parlé à celui qui nous avait ouvert la porte.

Ce n'avait pas du tout été la même rengaine avec Sal, la pilote de l'avion, avec qui il avait longuement discuté lorsque nous étions montés à bord.

Il faut dire toutefois que le pilote était un vampire.

Le chauffeur était-il un humain ?

Impossible pour moi de le savoir, dans la position désavantageuse où je me trouvais à fixer le sol.

C'est vraiment ridicule, pensai-je en réprimant mon envie de serrer les dents.

Les humains étaient peut-être inférieurs aux vampires pour ce qui était de leur force, de leur vitesse, et de leur vitalité générale, mais nous n'étions pas des créatures complètement végétatives. J'en étais la preuve vivante, en ma qualité d'ancienne directrice des recherches de Lilith dans le Bunker 47.

Jace et Darius se mirent à parler de leurs projets de voyage dans la Région de Lajos et firent une liste de toutes les tâches à accomplir avant notre départ.

Des rendez-vous devaient être pris pour Juliet et moi.

Une mise en beauté, comme ils appelaient ça.

Jace fit remarquer que j'avais besoin d'une nouvelle garde-robe tandis que Darius prenait selon toute vraisemblance des notes.

— Il semblerait que Sebastian vient d'arriver, dit le souverain, d'un ton qui indiquait clairement qu'il n'était pas très enthousiaste à cette idée. Il vient de me demander un rendez-vous.

— Avec vous, mais pourquoi ? demanda Jace qui semblait surpris.

— Il pense être à l'origine de ma récente promotion, répondit Darius sans en paraître impressionné. Je vais le divertir par simple politesse. De plus, Juliet a adoré notre dernier dîner-réception, n'est-ce pas ?

— Bien sûr, Monseigneur.

Elle semblait si docile et timide, et s'exprimait d'une façon radicalement opposée à la mienne, en temps habituel.

— Dites-moi ce que vous avez l'intention de mettre au

menu, répondit Jace. Je pourrais bien m'inviter parmi vous.

Darius dût certainement acquiescer car il ne répondit pas à voix haute.

Leur conversation se poursuivit dans la même veine, et ils avaient pratiquement achevé de définir leur itinéraire avant que la voiture ne s'arrête de nouveau.

La porte s'ouvrit presque immédiatement, et Jace se glissa hors du véhicule en me disant avec douceur :

— Suis-nous, Calina.

CALINA

Je me glissai le long de la banquette arrière et fis tout ce que je pus pour empêcher ma robe de remonter jusqu'à mes hanches en cours de route. Je me tins avec précaution sur mes talons une fois hors de la voiture.

Jace me prit par le coude et me tira à ses côtés tandis que Juliet et Darius se joignirent à nous. Je ne pouvais voir que leurs pieds ainsi que le trottoir.

Admirable vue, pensai-je. *Quelle merveilleuse image.*

Jace colla la paume de sa main contre mon dos tandis qu'il me guidait pour avancer. Cette fois, il s'adressa à tous ceux qui se trouvaient autour de nous, salua les membres du personnel par leur nom et resta assez courtois tout en maintenant son air autoritaire.

Lilith avait choisi d'intimider.

Jace avait choisi de gouverner.

Fascinant.

Toutefois, cela me parut étrange qu'il ne réserve pas le même traitement à son chauffeur qu'à tout le monde. Je me demandai encore une fois si c'était un vampire ou un humain car il semblait que nous croisions des individus de toutes espèces tandis que nous avancions vers l'intérieur du bâtiment. Jace les traitait tous de manière égale. Il s'arrêta même à l'accueil et s'adressa à un mâle mortel en lui disant :

— Veuillez s'il vous plaît monter les bagages de Darius dans ma suite. Juliet et lui vont séjourner dans l'une des chambres d'amis.

— O… oui, Mon Prince.

Ce fut son bégaiement qui le trahit et m'indiqua qu'il était humain.

Non seulement ça, mais aussi le fait qu'il ne portait pas une tenue convenable.

Je ne voyais pas plus haut que ses genoux, mais il ne portait pas de pantalon de costume ni de chaussures élégantes, juste un pantalon baggy rouge et une paire de tennis.

— Paula, je garde à mon service le membre du personnel… s'interrompit Jace, le ton de sa voix sous-entendant qu'il voulait que quelqu'un termine sa phrase.

— Numéro treize, Mon Prince, murmura l'humain en prononçant ces mots d'une voix tendue, comme s'il n'avait pas envie de les prononcer mais n'avait pas le choix.

— Le membre du personnel numéro treize, répéta Jace d'un ton pensif. Oui, Paula, je vais garder à ma disposition le membre du personnel numéro treize pour la nuit. Assurez-vous de le noter dans son dossier pour moi. Je vous le rendrai lorsque je n'aurai plus besoin de lui, à condition qu'il soit toujours vivant.

— Bien sûr, Mon Prince, répondit la femelle qui devait être Paula.

À mesure que nous poursuivîmes notre chemin, je commençai à me demander si Jace n'en avait pas marre que l'on s'adresse à lui en permanence sur un ton aussi formel.

Mon Prince.

Votre Altesse.

Sans jamais discontinuer, ces formules étaient toujours accompagnées d'un murmure d'assentiment entre chaque phrase.

Au moment où nous entrâmes dans l'ascenseur, j'étais étourdie de tous ces termes répétés sans arrêt.

L'instant qui suivit, Jace se trouva tout d'un coup face à moi, et me poussa en arrière contre le mur, une main posée sur ma hanche et l'autre serrée autour de ma gorge.

Je sursautai lorsque je me rendis compte qu'il n'y avait personne d'autre autour de nous dans cette minuscule cabine, uniquement Jace et moi.

— Tu t'ennuies ? me demanda-t-il d'une voix traînante, en me faisant remonter de force le menton avec son pouce pour que nous soyons les yeux dans les yeux.

Ses yeux semblables à des nuages d'orage étaient baissés sur les miens, et un éclair lumineux sembla danser dans ses pupilles.

— Non, Mon Prince, répondis-je, ravie de pouvoir dire autre chose que toutes les expressions mondaines d'assentiment que j'avais entendues en bas.

Il leva un sourcil.

— Cela t'amuse ?

Je réfléchis à sa question l'espace d'un instant, essayant d'y trouver une réponse pleine de répartie.

— Je suis songeuse, Votre Altesse.

Je faillis éclater de rire, à devoir à nouveau m'adresser à lui de manière aussi formelle.

Je perds la raison.

Ou peut-être étais-je simplement fatiguée, épuisée, éreintée de tout ce qu'il s'était passé ces derniers jours. Perdue dans un monde fait d'humains soumis et de formules toutes faites.

Il devait en être las.

Je n'avais passé qu'un bref instant dans ce milieu, et j'en avais déjà assez de toutes ces formalités et de cette hiérarchie ridicule.

— Songeuse, répéta-t-il. Je vois.

Il serra la paume de sa main autour de ma gorge et me priva d'air juste suffisamment pour m'indiquer que j'avais fait quelque chose de mal.

Je n'arrivais pas à deviner quoi. J'étais restée silencieuse et n'avais cessé de fixer le sol tout le temps. Personne d'autre ne me parlait que lui. *Sa Majesté.*

Une étrange envie de rire me chatouilla les entrailles, et je gigotai un peu.

Jace leva brusquement les sourcils à cet instant.

Sans que je sache bien pourquoi, je trouvais son expression absolument hilarante.

Était-il sincèrement surpris par ma réaction ? Cette petite mascarade était tout à fait comique.

Lilith avait exigé de pareilles formalités de notre part au laboratoire, mais elles étaient quelque peu différentes. Peut-être était-ce parce que nous lui appartenions tous, ainsi que les laboratoires.

Pourtant, Jace possédait ce territoire et tous les sujets qui l'habitaient.

Non, la raison n'était pas à chercher là.

— Je n'arrive pas à décider si j'ai envie de te baiser ou de te tuer, là maintenant, dit Jace, me tirant de mes pensées.

Un *ding* se fit entendre derrière lui.

Il me tira du mur, sa main toujours enserrée autour de ma gorge et la paume de son autre main posée sur ma hanche, avant de me guider hors de l'ascenseur.

Je maintins son regard sans discontinuer, et refusai de scruter autour de moi l'endroit où nous nous trouvions à présent, surtout parce que la fureur qui émanait de lui captivait toute mon attention.

Non, ce n'est pas de la fureur. Il est affamé.

Je frissonnai alors, car mon corps réagissait comme s'il avait été programmé pour répondre à tous ses besoins.

Ce vampire m'avait pétrifiée. J'étais comme un insecte pris dans sa toile, attendant d'être mangé et priant plus que tout pour que ma mort, qui allait s'ensuivre, arrive au plus vite.

— Tu m'ensorcelles, m'accusa Jace, me dérobant toutes les pensées que j'avais à l'esprit tandis qu'il relâcha son emprise autour de ma gorge. Dis-moi à quoi tu penses. Tu peux parler librement, il n'y a aucun dispositif d'écoute ni aucun espion dans mon espace privé.

Ce dernier mot me fit marquer un temps d'arrêt. *Des espions.*

— Est-ce pour cela que vous vous êtes montré froid envers votre chauffeur ? Est-ce un espion ?

Jace cligna des yeux, une expression de surprise s'emparant manifestement de ses traits.

— Tu veux parler de Puck ?

— C'est lui, le chauffeur ?

— Oui.

— Oh. Eh bien, vous ne l'avez pas salué comme les autres.

C'était une observation purement factuelle, mais son expression sembla intriguée.

— Comme il est fascinant que tu l'aies remarqué. Dis-m'en davantage.

— À propos de Puck ?

— À propos de tout.

Je plissai le front.

— Je n'ai pas grand-chose à dire. Tout ce que j'ai

entendu n'était qu'une myriade de *Oui, Mon Prince* et de *Bien sûr, Votre Altesse*, répétés en chœur.

Je tentai de paraître mielleuse à chaque phrase que je prononçais, chose qui sembla le ravir plus que tout.

— Y a-t-il quelqu'un qui vous dise jamais « non » ?

— Eh bien oui, toi.

— Évidemment, je ne suis pas une esclave endoctrinée, moi.

— Pourtant, tu as travaillé pour Lilith.

— En tant que directrice des recherches, fis-je remarquer. Elle a d'ailleurs prouvé il y a longtemps que rien de ce qu'elle pourrait me faire ne me tuerait, ce qui a grandement atténué ma peur. Après tout, la douleur n'est que temporaire.

— Va te faire foutre, me répondit-il.

Je plissai le front encore davantage.

— Pardon ?

— Ma décision est prise. J'ai envie de te baiser, pas de te tuer. Mais nous sommes sur le point d'avoir de la compagnie, alors ça va devoir attendre.

Il me relâcha la gorge et leva le bras pour replacer une mèche de cheveux qui s'était échappée de mon chignon désordonné.

— Et pour répondre à ta question, oui, Puck est un espion, en quelque sorte. Voilà pourquoi je me comporte d'une telle façon en sa présence.

Cela semblait… étrange.

— Alors pourquoi le gardez-vous à votre service ?

— Parce que c'est une vraie commère qui aime crier sur tous les toits les derniers événements de mes affaires personnelles. Je prends donc soin de m'assurer qu'il entend exactement ce que j'ai envie qu'il entende. Il fait se répandre les informations que je lui donne, et je le laisse en vie en guise de récompense, du moins pour le moment. Je me ferai une joie absolue de le tuer un jour ou l'autre.

— Je vois.

La stratégie de Jace était plutôt respectable. Je ferais la même chose à sa place.

— Est-ce un vampire ? demandai-je, curieuse de le savoir.

— Bien évidemment, les humains n'ont pas le droit de conduire.

— Oh.

Il sourit.

— Voilà encore une tactique de contrôle visant à affaiblir les membres de ton espèce.

— Pourtant, vous leur donnez des armes, remarquai-je en pensant aux Vigies.

— Pour qu'ils les utilisent les uns contre les autres, oui, répondit-il. Ils sont trop occupés à se battre pour l'immortalité pour penser à se battre contre nous. Et puis, même s'ils essayaient, les munitions sont en plomb. Elles nous piqueraient un peu, mais seulement jusqu'à l'instant où nous égorgerions celui qui a tiré.

Je considérai cette information et acquiesçai. C'était tout à fait juste.

De petites fossettes se creusèrent sur ses joues et son sourire s'élargit.

— Ton état d'esprit me fascine.

— Pourquoi ?

— Il me rappelle le mien, répondit-il, lorsque le *ding* de l'ascenseur se fit entendre à nouveau. Reste comme tu es Calina, ici, aucune règle ne prévaut.

— Entendu, Mon Prince, répétai-je instinctivement comme un perroquet.

Il rigola tout haut, presque aussi amusé que moi.

Cet échange entre nous était des plus étranges,

émanant d'une profondeur que je ne saisissais pas exactement, mais que je voulais explorer davantage, c'est-à-dire la part de ma personnalité qu'il avait réveillée, ou bien la partie de moi que la mort de Lilith avait permis de mettre en lumière.

Je n'étais pas libre, et pourtant je me sentais libre, comme si j'avais brisé mes chaînes, et qu'enfin je pouvais vivre comme bon me semblait. Plus de tâches à accomplir, plus de laboratoires, plus d'expériences, plus d'ordres à exécuter.

Excepté ceux que me donnait Jace.

Mais ses ordres ne m'affectaient pas comme cela avait été le cas de ceux de Lilith.

Pourquoi cela ? me demandai-je lorsqu'un mâle vêtu d'un pantalon baggy rouge et d'une chemise boutonnée assortie entra dans la pièce. *Le membre du personnel numéro treize,* songeai-je en remarquant sa carrure de fil de fer et les os saillants de son visage qui ressortaient au niveau de ses joues. Il semblait à moitié affamé. Il était choquant de voir qu'il tenait non seulement debout, mais qu'en plus il portait tout un tas de bagages.

Son regard était dirigé vers le sol et ses cheveux n'étaient qu'une masse de boucles désordonnées qui lui tombaient sur le front lorsqu'il tira une révérence chancelante. Il ne se redressa pas et resta immobile sur place en attendant les ordres du vampire, tout comme Juliet dans l'avion.

Jace s'approcha de lui et son sourire se fendit en un ricanement.

—J'ai deux questions à te poser, membre du personnel numéro treize. Tes réponses décideront de ta destinée, lui dit-il en s'immobilisant devant lui. Relève-toi et regarde-moi afin que je puisse juger de ton honnêteté.

Mon cœur cessa de battre l'espace d'un instant devant

le changement d'humeur soudain de Jace, car cette facette de sa personnalité me rappelait un peu trop Lilith et son penchant pour humilier les humains et les cobayes de laboratoires juste pour s'amuser.

L'humain se redressa et ses joues renfoncées paraissaient assombries sous la lumière tamisée au plafond. Ses iris de couleur vert pâle furent peu à peu dissimulés par ses pupilles qui se dilataient sous l'effet d'une peur primitive. Cependant, il soutint avec une audace admirable le regard de Jace.

— Pourquoi…

Jace interrompit brusquement sa question lorsqu'il regarda son poignet.

— Hmm… il faut que je prenne ceci. Ne bouge pas.

Ces trois derniers mots étaient à l'attention de l'esclave.

Jace se retourna sans explication et se dirigea vers deux portes sur le côté du salon. Il disparut de l'autre côté, me laissant seule avec le mâle pétrifié.

Littéralement pétrifié.

Il ne bougeait pas d'un millimètre.

Il avait pris au pied de la lettre les ordres de Jace et ne respirait même pas.

— Hum, je crois qu'il a voulu dire *ne pars pas*, reformulai-je.

L'humain ne me répondit pas ni ne cligna des yeux. Des larmes commencèrent à s'accumuler dans ses yeux quelques secondes plus tard, et son visage devint encore plus pâle.

— Sérieusement, il voulait seulement te dire de ne pas partir, dis-je, tentant une nouvelle fois de le raisonner.

Rien.

Je poussai un soupir.

— Tu ne pourras t'asphyxier que jusqu'à un certain point avant que ton corps ne te force à respirer. Cela dit, vu l'état dans lequel tu es, je suppose que le simple fait de reprendre ta respiration va te déstabiliser, ce qui va affaiblir tes capacités, ou bien plus probablement, tu vas tomber. Tu ferais donc bien de respirer. Il ne s'en apercevra pas et je ne lui dirai rien. Par contre, si tu tombes, il ne manquera pas de le remarquer.

Je ne pensais pas que Jace en aurait grand-chose à faire, de toute façon, puisque je supposai qu'il avait ordonné à l'humain de rester dans la suite et non de se maintenir complètement immobile sur place.

L'humain fit glisser ses pâles iris sur moi, et me fixa avec une pointe de désespoir mêlée de surprise.

Il chancela et se renversa sur le côté à la seconde qui suivit, en se cognant contre le sol en marbre dans un bruit sourd.

Je baissai les yeux sur lui.

— Tu vois ?

Le membre du personnel numéro treize, que j'appelais tout simplement dans ma tête *treize*, tenta de se relever mais ses jambes refusèrent de lui obéir.

Un cri aigu lui échappa de la bouche tandis qu'il posa la paume de sa main sur son entrejambe et se recroquevilla en position fœtale.

Je fronçai les sourcils en regardant sa silhouette qui se contorsionnait de douleur. Il semblait ressentir une immense douleur.

Je fis glisser mes pieds hors de mes chaussures et m'agenouillai sur le sol à côté de lui, mes instincts reprenant le dessus. Je n'étais pas docteur au sens médical du terme, mais je possédais une assez bonne connaissance de l'anatomie humaine pour pouvoir porter secours à quelqu'un dans certaines situations.

— Bon, eh bien dis-moi…

Ma question fut interrompue par un halètement de sa part.

Puis Treize s'immobilisa de nouveau.

Cependant, cette fois, il ne sembla pas exécuter un ordre. On aurait plutôt dit que son corps prenait le dessus sur sa conscience et l'avait fait s'évanouir.

Je plissai le front tout en réfléchissant à la meilleure manière de le faire se retourner sur son dos.

En alignant mon avant-bras avec sa colonne vertébrale, j'enveloppai la paume de ma main à l'arrière de sa nuque et fis pivoter sa hanche avec mon autre main afin de déplacer précautionneusement son corps. Il me fallut une bonne minute pour le mettre dans la position désirée, car je dus retirer mon bras en dessous de lui pour que son dos touche le sol, mais je réussis toutefois à lui maintenir la nuque protégée durant toute cette mobilisation.

Je vérifiai ensuite son pouls et m'aperçus qu'il s'affaiblissait.

Il avait également le souffle court.

À voir ses joues creusées, les petites gouttes de transpiration qui scintillaient sur ses membres et le teint cendré et grisâtre de sa peau, je supposai qu'il avait perdu trop de sang récemment.

J'examinai son cou pour tenter d'y trouver la marque d'une récente morsure. Il avait une cicatrice imposante, mais celle-ci n'était pas toute fraîche.

Je scrutai ensuite son torse.

Puis ses bras.

Et tandis que j'éloignai la paume de sa main de son entrejambe, je remarquai à quel point celles-ci étaient rouges. Il avait les paumes écarlates au point que leur couleur était assortie à celle de son pantalon, pourtant, celui-ci n'avait pas déteint sur sa main.

Non.

Quelqu'un l'avait mordu à cet endroit et l'avait laissé se vider de son sang.

Je ravalai la bile dans ma gorge et défis le bouton de son pantalon, puis commençai à faire descendre sa fermeture…

— Putain, mais qu'est-ce tu fais ?

JACE

Le résumé des événements que nous avait fait Damien m'avait surpris, en particulier parce qu'il avait découvert la nature de l'arme que Lilith avait utilisée sur Ryder récemment. Il avait également trouvé une série de rapports d'activité adressés à quelqu'un que Lilith désignait sous le nom de *Monseigneur*.

J'étais sorti de là avec une question qui me brûlait les lèvres : je me demandais si jusque-là, Lilith avait déjà mentionné l'existence d'un roi ou d'un seigneur.

La seule réponse que j'obtins, ce fut de trouver Calina en train de descendre la fermeture du pantalon d'un autre mâle dans mon salon.

Cette scène suffit à effacer toutes les autres questions que j'avais à l'esprit, et je ne pus retenir la seule interrogation qu'il me restait à l'esprit :

Putain, mais qu'est-ce que tu fais ?

Elle ne me répondit pas immédiatement et continua de bouger ses mains. Le bruit de la fermeture qui descendit m'irrita les tympans.

Puis la femelle eut le culot de commencer à descendre son pantalon.

— *Calina.*

Son nom m'échappa des lèvres comme un grognement lorsque l'odeur de sang frais vint me titiller les narines.

La très légère inspiration qu'elle prit ne me sembla pas être sa réaction à ce que je venais de dire, mais plutôt à ce qu'elle venait de dévoiler.

Ma fureur teintée d'un grand choc s'atténua lentement lorsque je finis par comprendre tant bien que mal ce qui se passait, tout confus que j'étais. J'avais tout simplement réagi… irrationnellement.

Pourquoi ?

Parce que je croyais qu'elle allait s'amuser avec un humain dans mon salon ?

J'adorais partager, et j'adorais aussi me rincer l'œil. Pourtant, le simple fait de la voir à genoux, prête à se soumettre à un autre mâle, m'avait momentanément distrait de la scène qui se déroulait sous mes yeux, cela était évident : l'humain s'était évanoui car il avait perdu trop de sang.

Et Calina venait de localiser la plaie à cause de laquelle il se trouvait dans cet état.

Je secouai la tête et la rejoignis auprès de lui. Je poussai un juron en apercevant sa queue qui était vraiment dans un sale état. Quelqu'un l'avait mordu plusieurs fois, probablement lorsqu'il était excité, et s'était abreuvé de sang dans son artère fémorale jusqu'à le laisser presque mort.

— Eh bien, j'ai la réponse à ma première question, grommelai-je.

J'avais l'intention de lui demander pourquoi il boitait. J'avais senti l'odeur de sang qui émanait de lui, ce qui suggérait que quelqu'un s'était nourri de lui et que le festin avait légèrement dérapé, mais je ne m'étais pas rendu compte des proportions démesurées que cela avait pris.

— Bordel de merde, mais comment a-t-il réussi à

monter les bagages jusqu'ici ? me demandai-je à voix haute, en posant mon regard sur lui puis sur les valises de Juliet et Darius.

— Je suppose qu'il n'avait pas le choix, répondit Calina d'un ton dénué d'émotions. Il est tout à fait clair qu'il veut survivre, au point qu'il s'est arrêté de respirer lorsque vous avez quitté la pièce.

Je fronçai les sourcils.

— Pourtant, en faisant ça, il essayait plutôt de mourir.

— Vous lui avez dit de ne pas bouger, et il a pris vos ordres au pied de la lettre.

Elle lui retira complètement son pantalon et mobilisa sa jambe pour examiner la blessure sur sa cuisse.

— Il va lui falloir des points de suture, et probablement une transfusion, reprit-elle en posant son regard sur sa bite ensanglantée. Suivant la profondeur des incisions qui ont été faites, il va peut-être avoir besoin de …

— Bon Dieu, souffla Darius lorsqu'il sortit de l'ascenseur et entra dans la suite avec Juliet à ses côtés. Mais qu'est-ce que c'est que ce bordel, Jace ?

Je lui lançai un regard.

— Vous savez bien que je ne me sustente pas de cette façon, habituellement.

Mordre la chatte d'une femelle pour la conduire jusqu'à l'orgasme, ça, ça me plaisait bien. Mais je ne le faisais pas véritablement pour me nourrir, car le débit sanguin n'était pas aussi important dans cette zone que dans l'artère fémorale, ce qui expliquait pourquoi j'enfonçais à peine mes crocs sous la surface de la peau lorsque je me délectais de la chair soyeuse d'une femelle.

Quiconque avait fait une chose pareille à ce mâle avait délibérément cherché à lui faire du mal.

Calina se releva brusquement.

— Il me faut du matériel.

— Tu vas l'opérer ? demandai-je, amusé d'une certaine façon devant cette perspective.

J'étais aussi quelque peu interloqué qu'elle ait immédiatement pensé à cela pour résoudre le problème. Cela prouvait à quel point elle comprenait mal la société dans laquelle nous vivions à présent.

Presque tous les vampires royaux de mon rang se contenteraient de finir le travail et de laisser l'humain mourir.

Mais Calina voulait le sauver.

Et dans ce cas, je le désirais aussi car il me fallait savoir qui lui avait fait cela en mon absence. Cet humain était ma propriété, et avait été assigné à mon service dans ma tour particulière, ce qui signifiait qu'il n'était normalement pas destiné à être mangé. D'autres humains devaient remplir cette fonction.

Après tout, peut-être n'étais-je pas tout à fait en accord avec la façon actuelle de fonctionner de ce monde.

Toutefois, j'avais mon rôle à jouer pour assurer la bonne exécution des règles, au moins jusqu'à ce que je puisse les changer comme il se devait.

— Oui, dit Calina en me regardant. Où est l'hôpital le plus proche ?

Je lui lançai un sourire tordu.

— Mon chou, les hôpitaux sont faits pour les humains, pas pour les immortels. Tu comprendras donc qu'il n'en existe plus.

À l'exception des cliniques d'élevage. Toutefois, ces dernières avaient un but très spécifique, et sauver la vie de ce mâle ne serait pas une priorité si nous l'amenions dans l'une d'entre elles.

Elle ne cligna même pas des yeux.

— Alors où puis-je trouver du matériel ?

— Il n'y en a pas.

— Il doit forcément y avoir des aiguilles et des poches de sang quelque part, répondit-elle, toujours impassible. Je suis sûre que son groupe sanguin doit forcément être fiché quelque part. C'est comme cela que vous cataloguez les humains, non ?

— Il ne dispose pas du temps qu'il te faudra pour le sauver.

— Alors donnez-lui de votre sang pour le faire tenir.

Je levai les sourcils.

— Mon sang ?

— Oui, j'en ai moi-même senti les effets. Vous êtes fort et âgé, votre essence devrait suffire à le sauver.

— Et pourquoi devrais-je le sauver ?

J'avais tout à fait l'intention de le faire, mais la voir insister autant pour porter secours à cet humain me fascinait.

— Parce que vous n'êtes pas Lilith.

— Non, je ne suis pas Lilith. Mais cela ne veut pas dire que j'accorde une quelconque valeur à sa vie.

Des dizaines d'humains mouraient tous les jours, ils n'étaient que de la nourriture. Bien que je ne fusse pas d'accord avec la façon dont ils étaient traités la plupart du temps, cela ne m'empêchait pas de reconnaître quelle était leur place dans ce monde.

— Ce n'est pas sans raison que vous l'avez choisi, lui, pour monter les bagages. Et vous n'aviez pas l'intention de le laisser mourir comme ça dans votre salon, alors sauvez-le, dit-elle en croisant les bras.

— D'une part, je n'obéis aux ordres de personne excepté moi. D'autre part, c'est un serviteur. C'est pour cette raison que je lui ai ordonné de monter nos affaires.

— Ce n'est que l'une des raisons pour lesquelles vous l'avez demandé. L'autre raison que vous aviez, c'était de faire une scène en bas pour que tout le monde croie à votre mascarade de vampire royal. Vous aviez également deux questions à lui poser, et vous avez obtenu la réponse à l'une d'entre elles. Sauvez-le et vous pourrez lui poser votre deuxième question.

Calina parlait sans la moindre inquiétude, d'un air confiant et résolu.

Putain, si elle ne me rendait pas tout dur rien que pour ça...

Qui plus est, elle semblait lire en moi comme dans un livre ouvert, probablement parce que je lui avais fourni suffisamment de détails quant à mes véritables intentions pour qu'elle puisse faire des suppositions constructives me concernant. Je suspectais toutefois que son intuition était bien plus profonde que cela.

Cette femelle analysait toutes les situations de fond en comble, avec un véritable flair stratégique qui rivalisait avec le mien.

— Fais attention, Calina, l'avertis-je.

Si elle continuait à se comporter de la sorte, je serais tenté de la garder à mes côtés pour l'éternité.

Bien sûr, elle m'appartenait déjà.

Mon avertissement était donc plutôt inutile.

Au point où nous en étions, j'avais fermement l'intention de la garder avec moi.

— Il va mourir, déclara-t-elle péremptoirement. Sans le matériel adapté, impossible pour moi de lui porter secours. Il n'y a que vous qui en ayez la capacité. Vous m'avez demandé d'apprécier votre façon d'exercer le pouvoir. Je dois dire qu'à présent, rien ne m'étonne de vous.

Je faillis éclater de rire.

— Ça, c'était à la banque de serveurs, ma poulette. Nous savons tous les deux que tu étais plus qu'impressionnée par mes actes là-bas.

Elle m'avait prouvé combien elle appréciait ma démonstration de *pouvoir* dans l'avion également.

Elle plissa les yeux en percevant le double sens évident de mes paroles.

— Vous jouez sur les mots avec moi alors que vous pourriez le sauver. Comme c'est décevant.

— Ce n'est pas un jeu, mais plutôt une expérience.

Je pouvais toutefois comprendre pourquoi je lui donnais cette impression.

— Et qu'est-ce que vous essayez de tester ?

— Toi, répondis-je simplement.

Je me mordis ensuite le poignet et m'agenouillai pour appuyer la bouche de l'humain contre ma plaie tout en faisant basculer sa tête en arrière pour qu'il absorbe le fluide qui allait le ramener à la vie.

Peut-être allait-il s'étouffer en le buvant.

Peut-être allait-il l'avaler.

Tout dépendrait de sa détermination.

— Voudrais-tu en apprendre davantage sur mes découvertes ? lui demandai-je tandis que je laissai le temps au mortel de décider de sa destinée.

Son corps devrait normalement accepter tout naturellement mon essence. Mais si son esprit avait franchi le point de non-retour il choisirait plutôt de se laisser couler.

Les esprits des mortels étaient volatils et se disloquaient bien trop facilement.

Cela dit, être d'une disposition robuste finissait toujours par payer.

Calina se décala pour venir s'agenouiller de l'autre côté de l'humain. Elle lui caressa la gorge du bout du doigt comme pour l'inciter à avaler d'un simple contact.

— Lilith a conduit des expériences sur moi pendant près de quarante ans. Je suis certaine que rien de ce que vous avez appris au cours de votre étude qualitative ne me surprendra.

Elle prononça calmement cette phrase, mais je sentais à quel point elle en était convaincue au plus profond d'elle-même.

— J'ai tenté d'évaluer ta capacité à lire en moi, répondis-je honnêtement, ainsi qu'à interpréter et comprendre mes actes, dis-je en croisant son regard au-dessus de la silhouette de l'humain. Tu m'impressionnes.

Elle cligna des yeux, baissa le regard sur le mâle qui était maintenant en train de déglutir, puis releva les yeux sur moi.

— Je ne m'y attendais pas, répondit-elle toujours d'une voix douce, cela me surprend.

Je souris et retirai mon poignet de la bouche de l'humain, car je savais qu'il avait reçu plus qu'assez de sang pour commencer sa convalescence.

— Désormais, j'ai besoin que tu continues à m'impressionner, lui dis-je en me relevant et en lui tendant une main pour l'inviter à me rejoindre. Damien est en train de transmettre les rapports d'activité qu'il a téléchargés. Je veux que tu m'aides à les passer en revue.

Elle détourna à nouveau son attention sur l'humain et plissa le front.

— Il a besoin d'être dorloté.

— Il a besoin de repos, la corrigeai-je. Darius va le mettre quelque part en sécurité. Lorsqu'il se réveillera, je lui demanderai qui l'a laissé dans cet état, et ce sera notre point de départ, ajoutai-je en croisant le regard de Darius. Ce garçon semble jeune, je suppose donc que ce doit être Gaston qui a fait ça.

L'expression de Darius resta stoïque.

— Oui, j'ai vu son nom dans les rapports d'activité des visiteurs.

— Je suis sûr que vous ne verrez aucun inconvénient à l'informer de mon ressenti quant à sa transgression, à condition que nous puissions corroborer avec certitude que le coupable était bien lui ?

J'exprimai mon ordre sous la forme d'une question, mais nous en connaissions tous les deux la réponse. Gaston m'avait demandé de devenir mon souverain il y a plusieurs mois. Je l'avais débouté en faveur de Darius.

Comme si j'allais accorder une telle promotion à un vampire qui aimait baiser et manger des enfants.

— Je crois pouvoir transmettre le message, me confirma Darius.

— Oui, je suppose que vous en êtes plus que capable. Il attend d'ailleurs probablement ce message de ma part.

Voilà la véritable raison pour laquelle j'avais demandé à cet humain de m'apporter mes affaircs.

J'avais remarqué presque immédiatement l'état de faiblesse du mortel. Le fait d'avoir publiquement demandé qu'il monte mes bagages devait servir de subtil avertissement à celui qui l'avait touché que non seulement je savais bien dans quel état de santé était l'humain, mais que cette transgression allait lui valoir des représailles après m'être débarrassé convenablement du corps du mortel.

Seulement, ce mortel-là allait guérir miraculeusement.

— Il va me falloir lui attribuer un nouveau travail, continuai-je en réfléchissant à la situation à voix haute. Je veux parler du garçon, pas de Gaston.

— Je suis sûr qu'Ida serait contente d'avoir quelqu'un pour l'aider à la maison. Elle ne se fait plus toute jeune, et un jeune mâle serait tout à fait à même de porter de lourdes charges.

J'acquiesçai.

— Oui. Considérez que je vous en fais cadeau. Mais d'abord, je veux un nom.

— Tout comme moi, confirma-t-il.

— Non, vous ne voulez que le nom de Gaston en particulier.

— Ou de Sebastian, suggéra-t-il.

— Ce ne peut pas être Sebastian. Il est avide de pouvoir, mais respectueux toutefois.

Ce vieux vampire ne m'avait jamais déplu, ce qui expliquait pourquoi je lui avais accordé le titre de régent sur mon propre territoire, soit un échelon au-dessous de celui de souverain. Je ne lui faisais pas suffisamment confiance pour lui accorder un grade plus important dans la hiérarchie, mais il m'intriguait suffisamment pour me donner envie de le tester. Jusqu'à maintenant, il ne m'avait jamais déçu.

— Nous verrons si je suis d'accord avec vous après mon dîner avec lui demain, me dit Darius sur un ton rempli de doutes.

— Il pourrait bien vous surprendre, répondis-je d'un air tout à fait sérieux.

Je concentrai à nouveau mon attention sur la blonde agenouillée à côté de l'humain.

— Calina ?

Ses doigts étaient toujours dans le cou du mâle.

— Son pouls est à nouveau stable.

— Oui.

Je le sentais battre d'un air entêtant dans la pièce, tout comme je percevais son pouls à elle. Entre les deux, je dois dire que le sien m'attirait davantage, tout comme son odeur.

Je ne sentais d'ailleurs presque plus Juliet, son essence de vierge de sang ne faisait plus aucun effet à mon côté prédateur.

Calina m'avait ensorcelé.

Lorsqu'elle leva ses jolis yeux bleu-vert sur les miens, je

compris pourquoi.

Cette femelle me captivait dans tous les sens du terme.

— Viens, lui dis-je, sans bien réussir à me rappeler ce que je voulais qu'elle fasse.

La seule image qui me trottait dans la tête, c'était elle, agenouillée en train d'avaler ma queue entre ses magnifiques lèvres pulpeuses.

Hélas, l'aube approchait.

Ce qui nous laissait moins de deux jours pour nous préparer à notre voyage dans la Région de Lajos.

Le subtil bourdonnement que je sentis contre mon poignet me rappela ce que nous avions à faire entre-temps.

— Les fichiers commencent à arriver, dis-je en me souvenant de notre tâche avec clairvoyance. Damien dit que nous aurons des tas de rapports d'activité à passer en revue, car Lilith semble avoir laissé des instructions à quelqu'un pour qu'il prenne la relève.

— Des instructions ? répéta Darius.

J'acquiesçai.

— À l'attention de quelqu'un qu'elle considérait comme son roi.

Calina plissa le front tout en saisissant la main que je lui tendais pour l'aider à se relever.

— Son roi ?

— Damien n'a écouté que quelques-uns de ces rapports jusqu'à présent, mais elle s'adresse à quelqu'un en utilisant le terme *mon roi* et *Monseigneur* dans tous les rapports. Il dit qu'il y en a un par année, et quelques-uns qui ont fuité juste après sa mort.

— Ce qui sous-entend que quelqu'un est en train de les écouter en ce moment ? devina Darius.

— C'est ce que suspecte Damien. Il essaie toujours de retracer le flux de données pour savoir vers quel système elles se dirigent, mais il en a plein le dos avec les lycans en ce moment.

— Est-ce que tout s'est bien passé avec les hommes de Luka ?

— Son rapport était bref – nous n'avions parlé que quelques minutes – mais il a fait mention des rapports d'activité et de la façon dont il allait les envoyer. Il m'a ensuite dit que l'on avait retrouvé l'arme étourdissante dont Ryder a parlé. Lui et son équipe sont encore en train de faire le grand ménage à l'heure qu'il est. Ils ont aussi sur les bras une bande de cobayes lycans sauvages et déchaînés. Il doit nous rappeler dans une heure avec davantage d'informations.

Darius baissa le menton en signe de compréhension.

— Nous devrions donc commencer à passer en revue les rapports d'activité.

— Je suis d'accord, répondis-je en regardant Calina. Tu es prête à m'impressionner toujours plus, petit génie ?

LILITH

Votre attention s'il vous plaît, message important de votre assistant virtuel.

Le message apparaîtra dans trois, deux...

Monseigneur, il semble que votre équipe chargée de la récupération des données ait été interceptée à la banque de serveurs. Une équipe de sécurité se trouve actuellement sur place pour estimer l'étendue des dégâts. Je crains toutefois que toute l'équipe ait été corrompue, car le Bunker 27 vient d'être déconnecté. Mon indicateur est encore en train d'évaluer les dégâts à l'heure actuelle. Je crains hélas que la résistance ne tarde plus à découvrir votre identité et votre position géographique. Je suggère d'enclencher la procédure d'escalade. Veuillez m'informer de la manière dont vous souhaitez procéder.

Appuyez sur la flèche verte pour démarrer la séquence d'escalade, ou appuyez...

Le prochain rapport d'activité s'affichera dans trois, deux...

Si vous visionnez ceci, permettez-moi tout d'abord de vous présenter mes plus sincères excuses, car j'ai manifestement failli à notre cause. Je ne m'étendrai pas sur ce point car à présent, le temps nous est compté, et je ferai donc de mon mieux pour mériter de nouveau votre confiance par les moyens les plus efficaces.

J'enregistre chaque mois ce même message afin de m'assurer de vous fournir les informations les plus récentes quant à la situation périlleuse dans laquelle nous nous trouvons. Nous sommes à présent le quatrième mois de l'an cent-dix-sept, à huit mois de la prochaine cérémonie du Jour du Sang.

Les récents évènements desservent nos objectifs. Il semble que Silvano ait décidé de déclencher une guerre avec l'Alpha du clan voisin, le Clan Clemente, guerre que, sans surprise, il a perdue.

Cependant, une triade a désormais été mise sur pied, composée de trois membres de la résistance.

Il semble que Jolene soit toujours à la hauteur de ses vieilles tactiques.

Vous avez eu raison de douter des lycans et de leur capacité à s'associer profitablement avec les vampires pour gouverner. Je crains qu'un nouvel ordre mondial ne doive être mis en place dans un proche avenir. Je leur ai attribué le rôle de Magistrat, comme nous en avions discuté, mais manifestement, cela ne les contente pas du tout.

Heureusement, la plupart des lycans semblent comblés et à leur aise par les temps qui courent.

Les laisser faire leur chasse sous la lune et répondre à leur besoin d'élevage et de reproduction semble suffire à combler leurs désirs pour le moment.

À cause de cet incident sur le territoire du Clan Clemente, un vieux vampire est sorti de sa cachette.

Ryder.

Il assure désormais la relève et s'est vu attribuer le titre de vampire royal régent de la Région de Silvano.

Son allégeance à notre cause reste incertaine, mais au vu de sa nature encline à outrepasser toutes les règles, je crains qu'il ne nous pose problème. Je doute toutefois fortement que la résistance présente un quelconque attrait à ses yeux. Il ne s'est toujours préoccupé que de lui-même et se soucie rarement des besoins des autres.

Vous trouverez ci-joint toutes les informations dont je dispose à propos de la résistance par l'intermédiaire de notre indicateur. Je suis certaine que notre agent double vous contactera à la première occasion.

Je vous joins également une liste de nos ennemis connus. À l'heure actuelle, ces vampires sont au courant de l'existence de notre alliance secrète et vous soutiendront au cours de votre ascension vers le pouvoir.

La dernière liste mentionne les noms des lycans que vous pourrez probablement convaincre le plus facilement de prendre votre parti lorsque vous revêtirez l'habit du pouvoir.

Bien évidemment, vous pouvez garder en tête le protocole de sauvegarde pour tenter de persuader davantage d'individus à rejoindre nos rangs. C'est à vous que reviendra la décision finale sur ce point.

POUR CONSULTER LES INFORMATIONS RELATIVES À LA RÉSISTANCE, SAISISSEZ LE CODE D'ACTIVATION SUIVANT : RÉSISTANCE.

POUR CONSULTER TOUTES LES INFORMATIONS, SAISISSEZ LE CODE D'ACTIVATION SUIVANT : ALLIÉS.

POUR CONSULTER...

FICHIERS ALLIÉS ACTIVÉS.

APPUYEZ SUR LA FLÈCHE VERTE POUR PLUS D'INFORMATIONS À PROPOS DE LAJOS.

OU...

FICHIER LAJOS ACTIVÉ.

JACE

SEBASTIAN ET GASTON avaient fini par devenir le cadet de nos soucis.

Darius s'était tout de même joint à eux pour le dîner afin de respecter les convenances, et ce repas s'était finalement avéré une expérience positive car Sebastian s'était comporté avec une admirable courtoisie tout au long du repas. Apparemment, la seule chose qu'il voulait, c'était la permission de construire une nouvelle propriété sur la côte dans ma région.

Je lui avais promptement donné mon accord par message, puis étais retourné à l'examen des rapports d'activité avec Calina.

Il y avait de très gros rapports de recherche, la plupart concernant les études menées dans le Bunker 47. Mais il y avait également une série de vidéos de Lilith à différentes époques au cours des cent-dix-sept dernières années.

Une fois que j'eus terminé de passer en revue les comptes rendus de laboratoire, sans avoir aperçu le nom de Cam sur aucun d'entre eux, j'avais concentré mon attention sur les vidéos de Lilith.

Ces vidéos étaient en fait des rapports annuels qui ne m'intéressaient pas vraiment. J'avais connu toutes les cérémonies du Jour du Sang, je savais donc très bien quels résultats en découlaient.

Toutefois, la voix de Lilith sur les vidéos me captivait, ainsi que sa façon de s'adresser régulièrement à celui qu'elle appelait *monseigneur*.

Les enregistrements vidéo étaient destinés à quelqu'un qu'elle considérait comme son supérieur, et *ce* détail précis me fascinait.

Elle s'exprimait également avec une politesse que je n'avais pas entendue depuis un siècle, ce qui suggérait qu'elle s'adressait à Michael.

Sauf que Michael était mort.

— Elle est complètement cinglée, avait dit Darius à la fin de la troisième vidéo.

J'étais bien d'accord avec lui, mais je ne pouvais pas en dire autant d'un point de vue stratégique. Tout ce qu'elle avait mis en marche était bien trop ingénieux pour avoir été mis sur pied par un esprit dérangé.

J'avais donc passé mon temps ces deux derniers jours à examiner autant de rapports d'activité que possible. Damien avait établi une sorte de connexion parallèle avec la banque de serveurs, ce qui nous avait permis de scanner tous les documents hébergés dans la structure. C'était plus simple que d'essayer de tous les télécharger avant de les transférer sur un système de stockage externe.

Calina comprenait tout cela mieux que moi, étant donné qu'elle l'avait aidé à en établir la configuration.

Fidèle à elle-même, elle n'avait cessé de m'impressionner au cours de notre séjour à Jace City.

Tout comme elle m'impressionnait en ce moment, assise à côté de moi dans le jet.

Elle portait l'une de ses nouvelles robes, et le tissu bleu marine révélait chaque courbe de sa ravissante silhouette.

Il me fallut me retenir considérablement pour résister à l'envie de l'attirer sur mes genoux et profiter de son décolleté. Le fait que je l'avais à peine touchée ces deux derniers jours, trop absorbé que j'étais à examiner les fichiers que Damien m'avait envoyés, n'aidait pas beaucoup non plus.

La seule fois que je m'étais accordé un moment de répit, c'était lorsque le propriétaire d'une boutique était venu apporter à Calina tout un tas de robes pour qu'elle les essaie. J'avais joué mon rôle avec aisance en dictant à Calina ce qu'elle devait porter, et elle aussi avait admirablement joué son rôle d'humaine soumise.

À la seconde où le gérant de la boutique s'en fut allé, Calina avait repris son air confiant comme à l'accoutumée, et avait repris avec moi l'inspection minutieuse des fichiers. J'avais failli la baiser sur le bureau en réaction, mais elle avait découvert un rapport d'activité concernant un *protocole mortel* de Lilith qui m'avait tout de suite distrait.

Lilith avait supposé que quelqu'un pourrait être en train de visionner la vidéo en ce moment même, au vu de ce qu'elle disait dans l'introduction de cette dernière. L'enregistrement ne serait en effet diffusé que si et quand quelque chose tournait vraiment très mal, ce que Calina avait traduit par la mort de Lilith.

Après avoir visionné la vidéo du rapport d'activité, je confirmai ses dires.

Celui que nous étions en train de visionner à présent parlait d'un protocole d'escalade. J'avais lancé la vidéo sur un écran plat dans la cabine de réunion de mon jet. Darius et Juliet avaient ainsi pu la visionner avec nous depuis leurs sièges.

— Alors, où sont les pièces jointes ? demanda Darius à la fin de la vidéo.

— Il n'y en a pas, répondit Calina, l'ordinateur portable sur lequel était lancée la vidéo sur les genoux. Je suppose donc qu'ils se trouvent ailleurs, ou bien que Lilith a hébergé les fichiers dans une autre banque de serveurs.

— Cela semblerait tout à fait stratégique, admis-je. Nous savons déjà qu'il existe d'autres banques de serveurs, d'après ce que nous a appris un autre de ses rapports d'activité.

Calina acquiesça.

— De nombreux rapports d'activité ont également été découpés en plusieurs morceaux.

Elle lança un extrait montrant une expérience effectuée sur des lycans qui avait contribué à la création de l'arme qu'elle avait utilisée contre Ryder.

— Nous savons que la vidéo est incomplète grâce aux fichiers que Damien a récupérés dans le Bunker 27.

— Évidemment, confirma Darius.

Calina se mit à examiner avec attention d'autres rapports d'activité, la plupart traitant eux aussi du Jour du Sang puisque Lilith faisait tous les ans une sorte de rapport.

Je repris une gorgée de mon vin, passablement las.

Mais Calina semblait fascinée par ces informations, de même que Juliet. Tout cela était entièrement nouveau pour elles. Je laissai donc continuer cette petite mascarade tout en consultant les dernières informations de Damien.

— Ils ont réussi à faire sortir les derniers lycans de leurs cages, dis-je à l'attention de Darius. Luka travaille avec eux à présent. Deux d'entre eux ont dû être abattus jusqu'ici, ils étaient trop sauvages et représentaient une menace pour le Clan Majestic.

Il arrivait apparemment toujours un stade où la part d'humanité d'un lycan disparaissait complètement. Luka supposait toutefois que dans le cas présent, l'aspect humain qui faisait partie de la nature de ces êtres n'avait jamais pu se développer. Malheureusement, les lycans étaient trop forts pour être relâchés tout seuls dans la nature.

— Au point où nous en sommes, ceux qui attendaient des nouvelles de la part des Vigies, peu importe de qui il peut s'agir, ont probablement dû s'apercevoir de notre intrusion, dit Darius après avoir visionné pendant une quinzaine de minutes d'autres rapports d'activité de Lilith. D'après ce que laissent sous-entendre certaines de ces vidéos, ces personnes connaissent également l'identité de ceux qui se soulèvent contre l'Alliance.

— Oui.

Cependant, Lilith ne nous avait mentionnés dans aucun des rapports d'activité et Calina n'avait encore trouvé nos noms dans aucun des fichiers. Cela nous laissait donc supposer que nos identités figuraient peut-être dans ses archives, ou pas.

— Nous nous dirigeons peut-être droit dans un piège, ajouta Darius.

— Oui, répétai-je, si tant est que Lajos soutenait vraiment le régime de Lilith.

Nous n'avions trouvé aucune preuve de cette allégation non plus. Nous ne connaissions aucun des noms de ses partisans, de même que nous n'avions aucune idée de l'identité du destinataire de ces rapports d'activité.

— Nous n'avons pas vraiment d'autre choix que de poursuivre nos recherches, continuai-je. Il faut que nous trouvions le Bunker 37. De plus, peut-être que nous pourrons prouver par la même occasion le caractère fallacieux des théories de Lilith contre nous. Ce ne sont que des conjectures pour le moment, puisqu'il est impossible qu'elle en ait eu la preuve. Il faut donc que l'on agisse de quelque façon que ce soit. Nous pourrions peut-être profiter de la situation pour prouver notre fidélité envers les lois de cette nouvelle ère, tout en faisant croire à Lajos qu'il peut dormir sur ses deux oreilles.

— Ou bien nous pourrions tout simplement le tuer, proposa Darius.

Je souris.

— Cela vous plairait bien.

— En effet.

— S'il ne nous est d'aucune utilité, je réfléchirai à cette éventualité, lui promis-je.

— Je crois avoir déjà entendu cette phrase, dit-il d'une voix traînante, et il apparaissait clairement qu'il n'avait pas encaissé l'édit que je venais de promulguer hier.

Le membre du personnel numéro treize nous avait confirmé que c'était bien Gaston qui avait manqué de le tuer, ce qui devrait normalement lui valoir d'être excommunié de la communauté des vampires. Je ne prenais pas du tout ce genre de méfaits à la légère, lorsque d'autres individus osaient toucher à ma propriété sans ma permission expresse, et les membres du personnel n'étaient absolument pas au menu.

— Gaston nous est toujours utile, rappelai-je à Darius. Il m'aide à maintenir mon image, ce qui, nous le savons, est plus important que jamais, du moins si l'on en croit les rapports de Lilith.

— Elle était manifestement folle.

— Cela semble être la phrase que vous préférez répéter ces derniers temps, murmurai-je. La question est plutôt de savoir combien d'autres individus l'ont crue ? Plus je pourrai faire en sorte de dissiper ces doutes, plus facile sera la tâche pour nous tous.

Cela me permettrait de jouer sur l'effet de surprise, qui

nous était capital. De plus, je pourrais survivre assez longtemps pour élaborer convenablement ma stratégie en vue de mes futures actions.

Si les partisans de Lilith croyaient les rumeurs qu'elle avait répandues sur mon compte, il y avait davantage de chances qu'ils me soient hostiles lorsqu'ils apprendraient sa mort. Cela dit, si je les maintenais dans le doute, peut-être allaient-ils faire profil bas suffisamment longtemps pour que je puisse prendre le dessus sur la situation.

Tout était une question de stratégie, il fallait duper l'alliance dans les règles de l'art.

Je ne pourrais pas me permettre de le faire si j'avais déjà exposé toutes mes cartes.

— Je n'arrive pas à croire que je suis sur le point de dire ça, se mit à parler Darius en se raclant la gorge, mais je dois dire que le plan de Ryder de nous pointer la semaine prochaine pour balancer la tête coupée de Lilith en plein milieu de la pièce et de partir tranquillement en les laissant tous bouche bée me plaît bien.

Bien que j'appréciai l'image qui me vint en tête en pensant à cela, je secouai tout de même la tête.

— Cela sèmerait tout de même le chaos.

— Notre plan tout entier va semer le chaos, fit-il remarquer.

Je poussai un soupir.

— Certes, et les découvertes faites dans le Bunker 27 ne vont pas arranger les choses.

Lorsque les lycans apprendraient ce que Lilith leur avait fait, ils se rebelleraient contre les vampires qui avaient encensé ses actes.

La semaine prochaine, nous allions assister à un sacré spectacle qui prendrait des proportions épiques, à moins que nous ne trouvions le moyen de reporter la réunion.

Le téléphone de Lilith nous était d'une aide précieuse, mais cela ne lui ressemblait pas de se terrer dans une région de façon trop prolongée. Nous marchions déjà sur des œufs, étant donné que Ryder et Willow continuaient de tirer les ficelles de cette mascarade sur le compte de Lilith.

Nous devions retrouver Cam, et tout de suite.

— Peu importe ce qui arrive, nous devons faire croire à Lajos qu'il peut dormir sur ses deux oreilles, dis-je, répétant ce que j'avais déclaré plus tôt, au moins temporairement. Nous devons donc marcher dans ses combines suffisamment longtemps pour qu'il nous laisse la liberté d'arpenter le territoire. Nous trouverons ensuite le bunker à partir des informations que Damien a obtenues de la part des Vigies.

— Et Jasmine, alors ? me pressa Darius.

— Je vais la rencontrer pour déterminer ce qu'elle souhaite, et je profiterai du temps que nous passerons ensemble pour évaluer sa disposition.

Darius renifla avec dédain.

— Je peux te résumer son caractère en quelques mots, Jace. C'est une pauvre salope complètement sadique.

Je fis une grimace amusée.

— Exactement comme la moitié des membres du conseil.

— Plutôt les trois quarts.

— Mais il faut que vous preniez en compte combien de vampires jouent probablement un double jeu comme nous, arguai-je. Je veux dire, auriez-vous pensé que Kylan puisse se ranger de notre côté il y a un an ?

Darius resta silencieux pendant un long moment, puis il secoua lentement la tête.

— Ni Ryder.

— Exactement.

Voilà ce qui était le plus difficile au cœur de ce jeu politique : discerner les ennemies des potentiels alliés.

— Lajos est une cause perdue – je n'avais aucun doute là-dessus – mais Jasmine attise ma curiosité.

— Alors que suggérez-vous ?

— Nous allons entrer dans l'un des clubs de renom de Lajos.

Les yeux verts de Darius flambèrent d'irritation.

— Je savais que vous alliez dire cela.

— Alors pourquoi avez-vous demandé ?

— J'espérais entendre une autre réponse.

— Vous me connaissez mieux que cela.

Il serra la mâchoire et posa son regard sur Juliet.

— Il va vouloir la goûter.

— Alors je vous suggère de vous donner en spectacle de façon mémorable pour le distraire de ce désir, répondis-je. C'est ce que nous allons faire, Calina et moi.

Il leva les sourcils.

— Vous avez l'intention de refuser d'accéder à sa demande ?

— Oui.

Je ne développai pas, mais j'avais pris cette décision la nuit dernière. Son groupe sanguin rare l'exposait à un trop grand risque. Au vu de combien elle nous avait été utile, je ne pouvais risquer de la perdre pour un vampire vorace.

— J'ai l'intention de perdre mes moyens devant sa provocation, et de ne pas lui offrir un spectacle assez convaincant qu'il puisse savourer.

— Je vois.

Darius se gratta la mâchoire et pencha lentement la tête.

— Je ferai exactement pareil.

Je lançai un regard vers Calina et constatai qu'elle me fixait.

— Oui, petit génie ?

— Vous attendez-vous à ce que je reste silencieuse au cours de cette performance ?

Son ton de voix ne laissait rien transparaître, et elle était d'un stoïcisme presque admirable.

Je sentais toutefois qu'elle était intriguée.

Bien sûr, elle allait me dire que c'était tout simplement sa réaction normale à l'idée de se faire dévorer par un prédateur.

— Je te le ferai savoir, lui dis-je sans bien savoir ce que je voulais.

Je laisserai l'ambiance générale décider de ce je serais d'humeur à faire.

Elle exprima son assentiment d'un geste du menton et retourna consulter les vidéos sur l'ordinateur. Une autre se lança, celle-ci datait d'il y a deux ans d'après l'introduction de Lilith.

Je bâillai, déjà las.

Une autre vidéo d'il y a quelques semaines, résumant les événements qui s'étaient déroulés entre la Région de Silvano et le Clan Clemente, était plus intéressante, en particulier parce que Lilith semblait un peu déstabilisée, c'était donc pour cela qu'elle organisait des réunions trimestrielles de l'alliance.

Notre première réunion était prévue la semaine prochaine.

Je considérai à nouveau la proposition de Ryder de faire une entrée fracassante, en imaginant le scénario dans ma tête.

Il y allait y avoir de gros blancs, mais combien de membres allaient véritablement réagir ? Ce monde avait si drastiquement réprimé nos émotions que nombre d'entre eux ne seraient probablement même pas surpris.

Le chaos dont j'avais parlé concernait un affrontement

politique pour la place de dirigeant, qui à cette heure était vacante. Kylan était le prochain vampire dans l'ordre de succession compte tenu de son âge, mais il refusait de prendre une telle fonction, ce qui signifiait que cela allait retomber sur moi. Bien que je ne voie aucun inconvénient à endosser ce rôle et tout ce qu'il impliquait, je savais que plusieurs lycans allaient s'opposer à ce que ce soit moi qui gouverne.

D'autres diraient que cette place devrait revenir à un lycan.

Puis les vampires feraient remarquer que les lycans meurent, les désignant ainsi comme race légèrement inférieure.

Tout ceci allait empirer encore davantage lorsque seraient dévoilées les recherches de Lilith.

Il me fallait savoir qui les avait approuvées, afin de donner aux loups une cible à attaquer. Si nous leur présentions les faits sous un angle approprié, ils allaient se charger d'éliminer ceux qui représentaient la plus grande menace et les opposants à une réforme potentielle.

Cela dit, réussir à faire se ranger les lycans de notre côté allait également être problématique. Les actes de Lilith étaient impardonnables, et je ne serais pas surpris que les lycans fassent porter le chapeau à toute la race des vampires.

Et puis, il y avait le problème de l'existence de Calina. En tant que directrice de recherche, les lycans allaient certainement demander sa tête en guise de représailles. Il y a six jours, j'aurais accepté leur demande.

Désormais, je n'en étais plus si sûr.

Cette révélation me fût bien étrange, étant donné que je ne m'attachais jamais sur le plan émotionnel, mais elle s'était avérée utile.

Par ailleurs, je n'avais pas fini de la goûter.

Peut-être que cette visite dans la Région de Lajos allait m'aider à stopper cette envie irrépressible.

Je jetai de nouveau un regard à Calina, et mon regard se posa automatiquement sur son adorable décolleté.

Peut-être que cette tentative hasardeuse ne fera que compromettre davantage notre situation.

CALINA

Treize fit son apparition dans la cabine principale, les joues rougies, lorsqu'il annonça :

— Sal dit que nous allons atterrir dans dix minutes.

— Excellent, merci, répondit Jace. T'es-tu déjà choisi un nouveau nom ?

Les yeux de Treize s'illuminèrent lorsqu'il entendit la question. Jace avait ordonné au mâle de cesser de faire la révérence, et je devinai à sa posture raidie qu'il devait fournir un effort considérable pour obéir. Il se racla tout de même la gorge et répondit :

— Anvil.

— Anvil, répéta Jace.

— C'est Sal qui me l'a suggéré, répondit Treize, *ou plutôt Anvil maintenant, non ?*

Jace acquiesça.

— Elle a toujours eu un penchant pour les choses qui commencent par un *A*, dit-il en me lançant un regard. Sal était astronaute à l'époque où elle était mortelle. Elle a continué à vivre sa passion après s'être transformée mais s'est ensuite reconvertie dans l'aviation. Elle est désormais ma pilote en chef.

Il recentra son attention sur le mâle et dit :

— Alors tu t'appelleras Anvil, si Darius est d'accord ?

— Anvil, ça me va, répondit l'autre vampire, son regard posé sur Juliet. Mais Sal ne va peut-être pas le laisser partir maintenant.

— Nous verrons, murmura Jace. Dis à Sal que nous nous préparons à l'atterrissage, s'il te plaît.

Anvil esquissa une révérence et redressa rapidement la colonne vertébrale en murmurant :

— Merci, Mon Prince.

Il s'empressa ensuite de retourner dans le cockpit.

— Calina, il faut que tu te changes et que tu mettes la robe rouge, me dit Jace sans me regarder. Tout de suite, je te prie.

Je refermai l'ordinateur et le posai sur la petite table, puis me relevai pour m'exécuter.

Au cours des deux derniers jours, nous n'avions passé que quelques minutes entourés d'autres personnes, pendant lesquelles j'avais dû feindre d'être tout à fait docile. Toutefois, Jace m'avait avertie au moment du départ que je devrais continuer à jouer ce rôle d'humaine obéissante dès que nous allions atterrir et continuer à jouer la comédie de la sorte jusqu'à ce qu'il me donne la permission d'adopter une autre attitude.

Il m'avait dit aussi que nous n'allions pas pouvoir nous cacher derrière des portes fermées.

Il semblait que les caméras de surveillance et les appareils de mise sur écoute étaient monnaie courante dans ce monde.

Cette idée ne me choqua pas puisque j'avais passé toute ma vie dans un bunker sous très haute surveillance. J'étais également habituée à suivre les ordres.

Ce qui expliquait pourquoi je ne rechignai pas à partir à l'arrière de l'avion pour me changer et revêtir la robe de soirée rouge à la place de ma robe en dentelle bleu marine.

Enfin, elle n'avait pas grand-chose d'une robe de soirée.

Les fines bretelles rattachées au tissu en tulle maintenaient à peine la robe en place sur mes épaules. Le décolleté profond en V était fendu jusqu'au nombril. Il s'agissait d'une robe dos-nu, et bien que la jupe tombe jusque sur le sol, elle comportait deux grandes fentes qui me remontaient jusqu'aux hanches.

Je pris les sous-vêtements assortis que je devais porter sous le tissu. Je n'avais pas de soutien-gorge à disposition, seulement une culotte, des bas et un porte-jarretelle.

Ces deux derniers éléments m'étaient complètement inconnus. Le designer des sous-vêtements avait toutefois fait un tutoriel vidéo qui m'avait aidé à comprendre comment les mettre.

Je fis remonter le string couleur rouge rubis le long de mes jambes, puis les bas d'un rouge transparent avant de les attacher aux petits crochets dans le tissu en dentelle.

Je dus ensuite chausser une paire de talons noirs assez bas pour ajouter la touche finale à ma tenue. Je me scrutai de haut en bas tandis que l'avion commença à descendre. L'angle dans lequel il était m'indiqua qu'il avait bien entamé sa descente.

Je déglutis et me retournai précautionneusement, prête à retourner voir Jace, avant de m'apercevoir qu'il me regardait depuis le pas de la porte.

Il me détailla de près, de son regard glacial avec un intérêt équivoque, une expression affamée sur son visage.

— Est-ce que je m'y suis prise correctement ? demandai-je en lui montrant ma jambe gauche.

Il se décolla de la porte et marcha à grandes enjambées vers moi.

Mon cœur s'arrêta de battre l'espace d'un instant lorsque je le vis s'approcher silencieusement, ses mouvements de prédateur me rappelant sa supériorité et sa grâce.

À chacun de ses pas, j'éprouvais de plus en plus de difficultés à déglutir, jusqu'à ce qu'il soit juste en face de moi. Son après-rasage aux notes boisées me titillait les narines, et je commençai à désirer sentir cette odeur plus que de raison.

Il m'effleura la hanche du bout des doigts et soutint mon regard tandis qu'il baissa la main sur la sangle le long de ma cuisse. Il passa son doigt tout du long jusqu'à mon bas et remonta, cette caresse me faisant monter la chair de poule sur son passage.

Je cessai de respirer lorsque sa caresse légère comme une plume se glissa derrière moi, sur la petite sangle qui longeait mes fesses. Il ralentit le mouvement tandis qu'il descendit tout du long jusqu'au tissu en dentelle sur mes cuisses.

— Quelle perfection, murmura-t-il, ses lèvres à un millimètre des miennes. Tu es putain d'éblouissante.

Il s'empara de ma bouche dans un baiser douloureux qui désactiva toutes mes facultés mentales.

La sensation de brûlure dans ma poitrine m'alerta que je devais faire quelque chose.

Mais je ne pouvais me concentrer sur autre chose que sur sa langue, et je déglutis instinctivement, avant d'inspirer profondément car j'en avais bien besoin.

Il m'enveloppa de son baiser la seconde qui suivit et me souleva pour me porter jusqu'au lit. C'était comme quand nous nous trouvions à bord de l'autre jet, mais cette fois il se montra plus fougueux, plus délicat, plus *Jace*.

Il m'allongea sur le matelas tandis que le monde continuait de tanguer autour de nous.

Il me maintint facilement en place et enfonça ses crocs dans ma lèvre inférieure. Un couinement grave remonta dans ma gorge. Plutôt que de me punir d'avoir émis un son, il m'embrassa plus vigoureusement, notre sang se mélangea dans ce baiser, donnant une toute nouvelle signification à l'expression *le baiser du vampire*.

Ses hanches se calèrent entre les miennes, le tissu de la robe se divisant automatiquement pour que je puisse écarter les jambes tout en étant instantanément à mon aise.

Tout était si naturel, si inné. Si *sexy*.

Je fis passer mes doigts dans ses cheveux, et le maintins contre moi tandis que j'avalai ses fluides, l'embrassai et le suçai. Il me laissa faire, la paume de sa main posée sur ma cuisse tandis qu'il avait saisi mon visage dans son autre main.

Tout ce qui était en train de se passer était inattendu, magnifique, *une pure extase*.

Je ne voulais pas que cela s'arrête, mais je sentis l'instant où le jet se posa sur le sol et savais ce qui allait se passer ensuite.

Cependant, Jace m'accorda quelques précieuses minutes supplémentaires, son essence était consistante dans ma bouche tandis qu'il me recouvrait de cette dernière qui était supposée me protéger.

Je le comprenais à présent : c'était sa façon de décupler ma force, car nous ne savions ni l'un ni l'autre ce qui allait se passer ensuite.

Et si Lajos me reconnaissait ? Était-il l'un de mes liens immortels ? Nous n'en savions rien, et les fichiers que nous avions passés en revue ne nous avaient pas fourni d'informations utiles. La seule chose qui me réjouissait intérieurement et qui pourrait me valoir mon salut, c'était que je ne me souvenais pas avoir déjà vu Lajos. Avec un peu de chance, il ne m'avait peut-être jamais vue non plus.

Jace décolla ses lèvres des miennes, et il traça une ligne avec sa bouche le long de mon cou jusqu'à mes seins. Il écarta le tissu de ma robe pour dévoiler l'un de mes tétons. Je sus ce qu'il avait l'intention de faire une seconde avant qu'il ne me le pince avec ses crocs d'un geste possessif. Un cri menaça de s'échapper de ma bouche, mais je réprimai cette impulsion et m'efforçai de le ravaler afin de rester dans mon rôle d'humaine silencieuse comme il l'exigeait.

Il me récompensa de mon attitude en nettoyant ma chair blessée avant de lever les yeux sur moi et de me sourire.

— Très bien, Calina.

Je gardai mes doigts enfoncés dans ses cheveux et resserrai légèrement mon emprise pour lui manifester mon agacement, ce qui ne le fit que sourire davantage.

Puis il me mordit à nouveau, mais plus fort cette fois.

Mon corps tout entier fut secoué tant j'avais envie de crier, mais je réussis toutefois miraculeusement à me contenir.

Ce qui me valut à nouveau un sourire à tomber de la part de Jace.

Il captura de nouveau ma bouche en se mouvant à une vitesse déconcertante tandis qu'il pressa avec ses doigts le sang qui sortait de mon aréole, et se servit de mon essence qu'il étala sur ma peau.

Il me mordilla ensuite une nouvelle fois la lèvre inférieure avant de se décoller de moi et de se remettre adroitement sur ses pieds à côté du lit.

— Viens, Calina, murmura-t-il, sa main pendante entre nos deux corps. Je suis impatient de t'exposer à la vue de tous.

Je frissonnai en percevant la noirceur de ses paroles. Il venait de peindre mon corps de mon propre sang, me faisant du même coup une proposition équivoque. Il avait pourtant dit à Darius qu'il n'avait pas l'intention de laisser Lajos me goûter.

Sa façon d'agir me semblait donc contradictoire, mais je n'étais pas en position de le lui faire remarquer.

Je posai donc la paume de sa main et le laissai m'aider à me relever du lit.

Il remit ma robe en place, dont le tissu resta collé sur mon téton fraîchement ouvert. Il passa ensuite ses doigts dans mes cheveux et dans les siens et arrangea le col de sa chemise noire habillée. Il l'avait assortie avec une veste et un jean de couleur sombre sans mettre de cravate, laissant exposée une petite bande de peau claire près de sa gorge.

Époustouflant, c'est le terme juste, pensai-je en m'abreuvant de son image.

Cette partie de moi qu'il avait réveillée mourait de faim, elle en voulait davantage. Elle avait faim de *lui*.

C'était une sensation dangereuse qui me conduirait inévitablement vers une issue fatale. Chaque seconde qui passait semblait m'ensorceler encore davantage et il m'était impossible de résister.

Le scintillement diabolique dans son regard d'un bleu argenté m'indiquait qu'il en était bien conscient, lui aussi.

— Tu es à croquer, mon chou, murmura-t-il, ses lèvres effleurant les miennes. Tes yeux vont me manquer.

Il parlait si bas que j'entendais à peine ses paroles. Il me saisit ensuite le visage et me fit pencher la tête dans une position plus soumise.

Je crus qu'il allait me forcer à avancer.

Mais au lieu de cela, il s'agenouilla devant moi.

Il traça les contours de ma cuisse du bout des doigts, sous le tissu de ma robe, et descendit jusqu'à la bride de ma chaussure à talon. L'élastique de cette dernière s'était tordu lorsqu'il m'avait portée sur le lit, et je ne l'avais même pas remarqué. Par contre, je l'aurais probablement senti au bout de quelques pas.

— Merci, Mon Prince, dis-je d'une voix à peine audible, car je ne savais pas qui pouvait nous entendre.

— Je t'en prie, petit génie, répondit-il en passant son pouce le long de ma cheville avant de le faire remonter sur ma jambe lorsqu'il se releva.

Ses lèvres me caressèrent la tempe tandis qu'il décolla la paume de sa main de ma cuisse et la passa derrière moi pour venir l'appuyer au bas de mon dos, contre ma peau dénudée.

Il ne dit plus un mot lorsqu'il me fit sortir du jet.

Darius et Juliet nous attendaient déjà dehors près d'une autre voiture noire de forme allongée, que Jace avait dénommée une *limousine* à un moment donné, me semblait-il.

La lumière écrasante du soleil me donnait envie de marquer un temps d'arrêt et de lever les yeux au ciel, mais sa paume de main appuyée contre mon échine me força à avancer.

Nous nous retrouvâmes à l'arrière de la limousine avant même que je n'aie eu le temps de me languir de la disparition de la lumière du soleil.

De ce que j'avais compris, Sal et Anvil allaient rester dans le jet. Jace avait dit qu'il voulait se tenir prêt à partir si jamais nous étions contraints de fuir. Je lui avais demandé si Lajos pourrait deviner quelles étaient ses intentions, mais il s'était contenté de hausser les épaules et avait dit que l'amour de Jace pour l'aviation était bien connu parmi les membres de son espèce.

Jace glissa la paume de sa main dans la fente de ma robe et vint la poser sur ma cuisse tandis que Darius et lui engagèrent la conversation quant à ce qu'ils avaient prévu de faire le soir même.

— J'aimerais me reposer quelques heures d'abord, dit Darius, j'ai été occupé avec Juliet presque toute la journée.

— Mmm, elle possède des compétences indéniables pour ce genre d'activités, répondit Jace sur un ton plat. Cela dit, je dois ajouter que je n'ai pas été déçu du spectacle qu'elle et Calina nous ont offert.

— Non, *déçu* n'est certainement pas le terme que j'emploierais, confirma Darius.

Je fronçai presque les sourcils, car leur conversation était truffée de faux sous-entendus, mais je savais que c'était là tout son but.

Nous avions passé la plus grande partie du vol à parcourir les rapports d'activité de Lilith. Nous les avions laissés à bord du jet car Jace ne pouvait prendre le risque que quiconque puisse s'emparer de son ordinateur portable. Il faisait confiance au pilote pour le surveiller.

Il avait également installé dessus toute une série de dispositifs de sécurité grâce auxquels les contenus de l'ordinateur seraient détruits si quelqu'un tapait un code erroné à trois reprises.

Pour quelqu'un qui n'avait pas l'air très à l'aise avec la technologie, il en connaissait manifestement un rayon sur l'importance des séquences de sécurité.

Il était fort probable que Damien l'ait aidé à installer tout cela, mais j'avais mes raisons de croire que ce n'était aucunement le cas. Son ordinateur portable était resté à Jace City lorsque nous avions embarqué dans le premier avion, nous ne l'avions pas pris avec nous, ce qui suggérait que les protocoles de sécurité en question avaient déjà été mis en place.

— Alors tout est réglé. Nous ferons une petite sieste jusqu'aux environs de minuit. Les meilleurs clubs de Lajos n'ouvrent pas avant deux heures, de toute façon, déclara Jace. Je suis sûr que cela ne le dérangera pas que nous prenions le petit déjeuner au lit.

Darius ricana.

— Je sais que ça ne me dérangera pas, moi.

Jace me caressa du bout des doigts en remontant le long de ma cuisse pour venir effleurer le tissu de dentelle qui me recouvrait le sexe.

— Eh bien, moi non plus, pas le moins du monde.

Je frissonnai en percevant la sombre promesse contenue dans ses paroles, sa déclaration combinée à ses actes donnant naissance à un sentiment dangereusement enivrant.

Tout cela n'était qu'une ruse, et pourtant ce simple fait donnait à cette mascarade un bien plus grand attrait. Il m'était en effet impossible de discerner la vérité de la fiction. Sa façon de me toucher, comme pour m'indiquer qu'il savait à quoi je pensais, était authentique. Je me perdais presque dans toute cette histoire, et le désir que je ressentais de me blottir à ses côtés était un sentiment qui me prenait vraiment aux tripes.

Il effleura ma nuque de ses lèvres, et mon cœur se mit à battre la chamade.

— Je meurs d'impatience de t'arracher cette robe, murmura-t-il contre mon oreille. Je vais ensuite dévorer ta chair lisse jusqu'à te faire perdre connaissance.

Mes cuisses se contractèrent et mes entrailles me brûlaient à cette simple pensée.

Était-il vraiment sérieux, ou bien tout cela faisait-il seulement partie de son petit jeu ?

Il m'était impossible de le savoir, car même lorsque nous sortîmes de la limousine, il continua de me tenir d'une manière tout à fait sensuelle.

Il fit glisser la paume de sa main du bas de mon dos jusque sur mes fesses tout en me menant à l'intérieur d'un bâtiment où il faisait un froid glacial.

À cause de la climatisation, mes tétons se raidirent immédiatement , et ce fut pour mon corps comme une sorte de piqûre de rappel de ce qu'il avait fait à mon sein dans le jet. Le bout de mon téton meurtri frottait contre la dentelle toute rêche, car le tissu s'était resserré à cause de mon sang qui s'était infiltré à travers le tissu de tulle.

Jace se pencha pour mordiller l'extrémité sensible de mon sein, et le grognement d'approbation qu'il émit me prit aux tripes. *Bon sang, mais qu'est-ce qu'il me fait ?*

Son essence qui circulait dans mon système semblait m'avoir rendue hypersensible à sa façon de me toucher, elle décuplait l'effet de chaque caresse, chaque coup de langue à chaque fois qu'il me léchait et me suçait.

Je savais que les autres pouvaient nous voir. Nous nous tenions dans un hall richement décoré tandis que Darius s'entretenait avec quelqu'un à proximité. Je ne parvenais toutefois pas à penser à autre chose qu'à Jace et à ses caresses diaboliques tandis qu'il me couvrait de baisers en remontant le long de ma gorge, puis le long de ma mâchoire jusqu'à ma bouche.

Il caressa du bout de la langue ma lèvre inférieure avant de la plonger à l'intérieur de ma bouche.

Ce baiser fut très bref, il ne dura que l'espace d'une seconde. Mon regard croisa le sien, ses pupilles étaient dilatées sous l'effet du désir, et il appuya sa main à l'arrière de ma nuque pour me forcer à baisser de nouveau les yeux.

J'étais si confuse que ma tête me tournait. Je ne comprenais pas cette démonstration d'affection.

J'entendis ensuite Darius bruyamment renâcler avant de dire :

— Voilà son tout nouveau jouet, il n'arrive pas à se résoudre à ôter ses sales pattes d'elle. Cela me fait douter de l'attrait de Juliet.

— Oh, vous savez aussi bien que moi que mon désir pour votre *Erosita* reste très vif, promit Jace tout en tirant

Juliet vers lui de sa main libre. Ces deux-là me plaisent tout particulièrement, ensemble.

— C'est pour cette raison que nous allons séjourner dans la même suite. C'est plutôt commode de disposer de deux chambres, mais il nous faudra partager les parties communes, dit Darius avec son accent anglais un peu austère.

— Bien évidemment, Messire, répondit une voix féminine lorsque Jace vint planter un baiser sur la clavicule de Juliet.

Je voyais la scène se dérouler dans mon champ de vision périphérique, et cette scène fit se tordre mes entrailles.

La facilité avec laquelle il réussit à feindre une affection envers elle me fit me perdre dans ce grand flou entre la réalité et la fiction, encore une fois.

Est-il vraiment sérieux ? Est-ce qu'il est attiré par elle ? La simple idée que la réponse à cette question put être positive me donna envie de faire la moue. Cela ne me plaisait pas du tout.

Mais j'étais également perplexe de constater que, peut-être, il simulait entièrement ce qu'il ressentait pour elle, car cela signifierait qu'il simulait aussi ses sentiments pour moi.

Arrête avec tes bêtises, me réprimandai-je. *Ce genre de pensées est une perte de temps.*

Elles n'avaient en effet rien de pratique ni de rationnel, elles détournaient simplement mon attention et m'agaçaient.

— Que l'on vienne nous chercher à deux heures, ce serait parfait, oui, répondit Jace à une question que je n'avais pas entendue pendant que j'étais perdue dans mes pensées.

Voilà pourquoi il fallait à tout prix que je sois attentive.

Cependant, sa main me rendit tout à fait distraite

lorsqu'il décolla sa paume de l'arrière de ma nuque et la fit glisser le long de mon échine jusqu'à mes fesses. Il me les caressa vivement, et je me demandai alors s'il faisait cela pour me punir ou si c'était encore l'un de ses simulacres d'affection.

Je tentai de me centrer sur cette dernière possibilité, de comprendre sa stratégie à cet instant, lorsqu'il se mit à commander une collation de minuit à lui apporter dans sa chambre.

Il demanda deux parts, probablement pour moi et pour Juliet, puis il ajouta :

— Nous nous délecterions bien du sang d'un serviteur de groupe O négatif.

— Je vais m'assurer que le personnel de cuisine soit informé de votre demande, Mon Prince, dit la femelle sur ton mielleux. Désirez-vous autre chose afin de vous mettre à l'aise, au vu de votre arrivée tardive ? Une petite douceur pour la soirée, peut-être ?

— Hmm, marmonna Jace en posant à nouveau ses lèvres sur ma poitrine, lorsqu'il me mordilla mon autre téton, celui qui portait la blessure, non, je pense que Calina fera parfaitement l'affaire ce soir, et si j'en veux encore, j'emprunterai Juliet. Son lien d'immortalité avec Darius me sera tout à fait bénéfique.

— Pour vous servir, répondit Darius.

— Tout comme Juliet, répondit Jace en relevant sa tête qui était sur mon sein. Merci pour ton aide, Mika. Tu as été très arrangeante.

— Je ferai tout ce que vous voudrez, Votre Altesse.

Je ne pouvais voir Jace, mais le sentais tout de même sourire.

— Je ne manquerai pas de m'en souvenir.

— Je vous en prie.

Sa voix séductrice me laissa deviner que ces deux-là

avaient eu une aventure par le passé, ou bien elle aimerait en avoir une avec Jace.

Je trouvais cela presque aussi troublant que le désir que Darius éprouvait pour Juliet.

Réalité ou fiction ?

Arrête d'y penser.

Tout ce que faisait Jace, il le faisait méthodiquement et avec stratégie. Il était nécessaire qu'il mette tout le monde à l'aise. Je ne lui rendais pas service à analyser trop en profondeur ses intentions.

Je forçai mon esprit à se mettre en mode logique et commençai à scruter notre environnement. Mon regard, tel qu'il était orienté, ne me permettait d'apercevoir que le sol et quelques objets dans mon champ de vision périphérique, qu'occupaient en grande partie Jace et Juliet. Je remarquai toutefois d'un côté un point lumineux, ce qui suggérait que les fenêtres de ce bâtiment n'étaient pas teintées comme celles de celui de Jace.

D'après ce que je savais sur l'endroit où nous nous trouvions, nous étions dans les Îles qui formaient autrefois l'archipel d'Hawaii. Le temps très doux à l'extérieur semblait tout à fait confirmer cela. Je sentais également un parfum floral, et une odeur sous-jacente de sel.

L'océan.

Est-ce que Jace allait me laisser aller le voir ? Les stores de l'avion étaient restés baissés pendant tout le vol, ce qui fait que je n'avais rien pu voir par les hublots.

Les lèvres de Jace m'effleurèrent la nuque et il rasa avec ses dents l'endroit où l'on sentait battre mon pouls.

— Allons-y, souffla-t-il contre mon oreille, la paume de sa main toujours posée sur mes fesses tandis qu'il me guidait à ses côtés.

Darius discutait de banalités avec notre escorte, apparemment un vampire lui aussi, vu la façon dont

Darius et Jace s'adressaient à lui. Il nous donna entre autres, un aperçu des terres et nous indiqua où étaient situés les restaurants et les lieux de loisirs.

Jace marmonna sans grand intérêt, et remonta sa main sur ma hanche tout en m'entourant de son autre bras, au bas de mon dos.

Nous nous arrêtâmes devant une rangée d'ascenseurs.

Puis nous montâmes dans deux cabines séparées. Nous avions davantage de compagnie avec les humains qui poussaient des chariots remplis de nos affaires.

Jace et moi étions avec l'un d'entre eux, et le mâle se recroquevilla en essayant de disparaître dans le coin de l'ascenseur. Je ne le voyais que parce que l'ascenseur était en verre, y compris le sol, ce qui me permettait d'observer ce qui se trouvait dans le petit espace sous de multiples angles.

Des yeux d'un bleu argenté se posèrent sur moi tandis que je regardai ce qui se trouvait autour de moi d'un air inquisiteur, et les profondeurs de leurs iris brillaient d'une étincelle malfaisante.

Jace voyait que j'étais en train de mener ma petite enquête et savait exactement ce que j'étais en train de faire.

Pourtant, plutôt que de me faire un sermon, il me fit un clin d'œil complice avant de fixer les portes d'un air plein d'attentes.

Les portes s'ouvrirent une demi-seconde plus tard sur un sol d'obsidienne et des odeurs florales nous parvinrent encore jusqu'aux narines.

Nous sortîmes de l'ascenseur et nous dirigeâmes vers la droite. Darius et les autres arrivèrent, sa voix faisant écho derrière nous tandis que Jace ouvrait la marche et se dirigeait vers deux portes.

Le carrelage noir laissa la place à une moquette de couleur crème à la texture pelucheuse sous mes talons. Jace resserra son bras autour de moi comme s'il craignait que je trébuche, mais je me maintins bien droite et me mouvai avec une élégance forcée, en poussant sur mes membres.

Une plus grande lumière envahit la pièce et éclaira deux canapés de couleur sombre, des chaises assorties et une table basse en marbre.

Il semblait y avoir une marche devant nous, menant à une zone recouverte de parquet qui allait jusqu'aux fenêtres.

La salle à manger, devinai-je. *Peut-être y a-t-il une cuisine ?* Je pensai toutefois que celle-ci devait se trouver sur ma gauche, là où la moquette laissait place à un sol en marbre couleur d'ardoise.

Notre escorte nous détailla les propriétés des fenêtres qui permettaient de réduire l'entrée de lumière dans la pièce, petit détail dont Darius se saisit immédiatement en jetant la pièce dans l'ombre. Une faible lumière fut ensuite allumée, ce qui gâcha complètement l'ambiance régnant dans la pièce.

Je préférais largement la lumière naturelle du soleil, probablement parce que je ne l'avais jamais réellement vue jusqu'à cette semaine.

L'escorte poursuivit la visite par un tour de la pièce, détailla toutes les commodités qui se trouvaient dans la cuisine qui était bien située près de la pièce au carrelage couleur d'ardoise. Il nous mena ensuite dans la salle à manger, puis dans un couloir comportant deux chambres.

Il s'agissait toutes deux de suites de luxe, élégamment meublées et disposant chacune d'une grande salle de bain. Je prêtai à peine attention à tout le blabla de l'escorte, car je me concentrai pour marcher bien droit sur la moquette pelucheuse.

Jace choisit la chambre la plus éloignée du salon, et déclara qu'il appréciait particulièrement le balcon panoramique qui s'y trouvait. Je faillis lever les yeux, car j'étais si curieuse d'apercevoir la vue que cela me fit presque oublier que je devais rester soumise.

Je réprimai toutefois cette impulsion et ravalai mon enthousiasme.

— Merci de nous avoir porté assistance, Mauritius. Peut-être aimeriez-vous vous joindre à nous pour le dîner, un soir ? demanda Jace.

— J'en serais honoré, Mon Prince, répondit l'escorte.

— Splendide. Darius vous fournira tous les détails.

Jace me relâcha la hanche et me laissa au centre de la pièce.

— Calina, je raccompagne Mauritius à la porte. Je veux que tu sois sur ce lit, uniquement vêtue de tes bas à mon retour. Présente-toi à moi de façon appropriée et je t'en récompenserai.

La porte se referma avant que je ne puisse réagir. De toute façon, je ne savais pas bien quoi dire ni comment lui répondre. Il m'avait informée qu'il y avait des caméras partout et que je devais jouer mon rôle de soumise même dans notre chambre d'hôtel.

Ce qui signifiait que je devais me défaire de cette robe et de ces chaussures.

Puis me présenter sur le lit.

De manière appropriée.

Peu importe ce que cela pouvait bien vouloir dire.

JACE

Il nous fallut trente minutes, à Darius et à moi, pour avoir confirmation qu'il n'y avait pas de caméras dans la suite, seulement des appareils d'écoute.

Nous mîmes quinze minutes supplémentaires à établir nos contre-mesures de sécurité.

J'avais donc laissé Calina dans une posture compromettante pour rien.

Enfin… peut-être était-ce un peu exagéré car je pouvais tout à fait me faire une raison de laisser une femme magnifique à moitié nue sur mon lit.

Darius se saisit de son téléphone pour activer le dernier des enregistrements automatiques, une petite astuce que la compagne de Luka, Mira, nous avait donnée il y a des décennies, puis il se tourna vers moi.

— Quel bonheur suprême de nous retrouver dans le silence, déclara-t-il. J'ai paramétré une alarme qui se désactivera automatiquement avant que n'arrive notre collation de minuit, alors nous avons quelques heures devant nous pour parler librement.

— Santé, murmurai-je en lui tendant un verre de bourbon.

Il fit trinquer le rebord de son verre contre le mien et prit une bonne gorgée de sa boisson.

Je fis de même et pus enfin relâcher un peu la tension dans mes épaules d'avoir enfin désactivé tous les systèmes de surveillance dans la pièce. Nous nous trouvions dans l'un des plus luxueux hôtels de Lajos. Je n'étais donc pas surpris que ce dernier soit blindé de caméras et micros en tous genres, puisque tous les vampires royaux qui lui rendaient visite séjournaient ici.

Mes plus luxueux hébergements étaient eux aussi ornés d'appareils d'écoute, certaines chambres étaient même équipées de caméras.

Les vampires se faisaient rarement confiance les uns aux autres. Nous étions trop vieux pour être naïfs à ce point, et seules de rares alliances donnaient naissance à de véritables amitiés.

Darius et moi terminâmes nos verres en silence, et avions tous les deux bien en tête la soirée qui allait se dérouler.

— Nous ferions mieux de savourer notre solitude tant que nous le pouvons, dis-je finalement.

— Puis-je vous suggérer quelque chose ? demanda Darius, en levant un sourcil avec l'air hautain qui lui était coutumier.

—Je suppose que oui, mais cela ne veut pas dire que je vous écouterai pour autant.

— Non, vous écoutez rarement quiconque. Mais j'espère que dans le cas présent, vous prendrez au moins cette suggestion en considération.

Tout dépendait de ce qu'il s'apprêtait à dire.

— Que suggérez-vous ?

— Baisez-la, Jace. Peut-être que l'occasion ne se représentera pas, et je sais quel est votre ressenti quant aux occasions manquées.

Sans attendre ma réponse, il se contenta de me donner une tape sur l'épaule et se dirigea vers sa chambre.

Je regardai vaguement dans la direction où il était parti, fort mécontent du sous-entendu de ce qu'il venait de me dire.

Il ne croyait pas que Calina allait survivre à ce voyage.

Au vu du penchant de Lajos qui aimait détruire de délectables humains, son hypothèse était tout à fait juste. Cependant, je n'avais aucunement l'intention de laisser faire ça.

À quel point est-ce que cela sortait de l'ordinaire ?

Je gardais mon harem en sécurité dans une certaine mesure, mais reconnaissais toutefois que les femelles qui le composaient n'étaient que des pions dans ce jeu. Si un vampire royal s'était fait une fixation sur l'une d'entre elles, je lui donnais en général la mortelle en question en échange d'une faveur.

Certains survivaient.

D'autres non.

Cet état de fait n'était pas tant jouissif qu'il n'était pragmatique. Si j'avais survécu aussi longtemps, c'était grâce à ma volonté et à mon aptitude à m'imposer dans l'arène politique. Il fallait pour cela faire preuve d'une grande stratégie et d'un sens du sacrifice.

Pourtant, l'idée de sacrifier Calina éveillait en moi une sensation de malaise.

Je me frottai le torse comme pour manifester mon état d'hésitation. Son sang délectable m'attirait indéniablement. Qui plus est, je n'avais pas fini de la goûter, ce qui m'avait valu, pensai-je, la recommandation de Darius.

Si j'allais jusqu'au bout et me délectais d'elle en bonne et due forme, cela me ferait passer l'envie de la maintenir en vie.

Cela dit, elle m'était également utile.

Elle lisait en moi comme dans un livre ouvert, mieux

que quiconque, et comprenait mon attitude avant même que je n'aie pu mettre de mots dessus.

Je me servis un deuxième verre et l'emportai dans la chambre. J'avais la tête qui tournait rien qu'en pensant à toutes les manières dont je voulais prendre Calina.

Darius avait laissé sous-entendre que la tâche serait si simple, que j'allais pouvoir faire ça en deux temps trois mouvements. Mais lorsque j'entrai dans la chambre et la trouvai sur le lit en train de m'attendre, les genoux pliés et les jambes écartées, je savais que je ne pourrais pas me contenter de tirer mon coup une seule fois.

Elle s'était mise dans la même position que Juliet sur la table du jet l'autre jour, ses pieds recouverts de ses bas posés sur le matelas, les bras le long de son corps. Elle gardait les yeux au plafond et ses cuisses écartées laissaient apparaître le tissu de soie qui recouvrait la bosse de son sexe.

Le seul petit détail qu'elle aurait pu ne pas oublier pour que tout soit absolument parfait aurait été de garder ses talons, mais je n'avais pas précisé cela dans mes consignes.

Je pris une gorgée de bourbon tout en admirant la vue que j'avais sous les yeux, et un léger râle d'approbation s'échappa de ma gorge. Elle n'avait pas pris la pose que j'attendais, car la plupart de mes consœurs savaient qu'elles devaient m'attendre à genoux.

Toutefois, je n'allais pas culpabiliser Calina pour son manque d'entraînement, pas à cet instant où elle se présentait si joliment à moi dans une position différente de l'ordinaire.

Je m'approchai d'elle lentement, une main autour de mon verre et l'autre dans ma poche.

Elle ne me regardait pas, ses jolis yeux bleu-vert restaient fixés sur le plafond comme elle l'avait appris.

— Tu es si obéissante, murmurai-je en remarquant ses

tétons enraidis et ses bras sur lesquels lui était montée la chair de poule.

La climatisation dans ce bâtiment semblait fonctionner en permanence pour contrebalancer l'humidité à l'extérieur. Je l'avais à peine remarqué, même après avoir accroché ma veste dans la penderie du salon. J'avais également remonté les manches de ma chemise habillée mais avais encore un peu chaud à cause du changement brutal de climat.

Calina ne me répondit pas, mais son pouls accéléra soudainement, ce qui séduisit le prédateur qui était en moi.

Elle n'avait pas forcément peur de moi, ses joues étaient trop rouges pour que cela puisse être le cas. Elle semblait avoir le souffle court parce qu'elle tentait de rester immobile pour moi.

Elle croyait que nous étions surveillés.

Peut-être y avait-il en elle une once de peur tout à fait justifiée, une sorte de petite voix qui lui murmurait à l'oreille qu'elle ne pouvait se permettre de faire une erreur.

Je faillis lui dire de se détendre.

Mais la part de rationalité que je possédais me retint de le faire.

C'était une occasion en or qui se présentait à moi, une façon pour moi de mettre à l'épreuve sa détermination dans un environnement à peu près sûr et de voir jusqu'à quel point elle était prête à se soumettre à moi.

— Hmm, marmonnai-je en observant encore une fois sa position, bien que j'apprécie tout à fait la vision qui s'offre à moi, Calina, ce n'était pas la pose que j'attendais.

Elle resta immobile et silencieuse, ce qui me fit lever un sourcil.

— Tu n'as rien à dire pour ta défense ?

En pratique, je lui avais ordonné de garder le silence

sans contre-ordre de ma part. Elle se comportait donc jusqu'ici correctement selon les règles de la société.

Toutefois, les individus de mon espèce étaient réputés pour leur cruauté et le plaisir qu'ils prenaient à punir les humains en guise de divertissement. Cette façon que j'avais de traiter Calina était donc un assez bon avant-goût de ce qui l'attendait.

Bien sûr, je ne lui avais pas posé cette question agressivement, seulement par curiosité.

— Je suis navrée, Mon Prince, répondit-elle. Dites-moi ce que vous préférez, et je ferai de mon mieux pour vous satisfaire.

La subtile nuance de moquerie dans ses paroles me fit grimacer. Elle faisait preuve d'une espièglerie bien dosée, sans être excessive, qui couplée à son attitude soumise, créait une aura de séduction absolument enivrante.

Je voulais la baiser jusqu'à lui faire passer toute envie de me défier.

Tout en la valorisant en même temps de faire preuve d'une telle attitude osée.

Je m'avançai jusqu'au coin du lit et agrippai sa gorge de ma main libre.

— Je veux que tu te mettes à genoux, assise sur tes talons, les paumes de mains posées sur tes cuisses, et que tu baisses le regard. Tout de suite.

Je lui enserrai le cou et la tirai pour qu'elle se rasseoie.

Calina coopéra rapidement et se souleva en poussant avec ses mains sur le lit, puis elle se plia à mes ordres, s'agenouilla, s'assit sur ses talons, et reposa ses paumes de mains sur ses bas soyeux.

— Mmh, gémis-je, caressant du bout du pouce l'endroit où l'on sentait la fougue de son pouls sous sa peau, splendide.

Mon compliment valait à la fois pour son pouls qui ne

cessait d'accélérer et la pose plus que parfaite qu'elle avait prise en l'espace de quelques secondes.

Je lui saisis alors le menton, lui fis pencher la tête en arrière et appuyai le rebord de mon verre contre ses lèvres.

— Ouvre la bouche et avale ce que je te donne.

Ce geste était en quelque sorte une récompense car je savais que l'alcool allait la réchauffer un peu et l'aider à se détendre.

Elle acquiesça d'une allure magnifique, et je la vis déglutir lorsqu'elle avala l'équivalent de deux gorgées de bourbon. Je compris que la boisson n'était pas vraiment à son goût à en constater son mouvement de recul, mais elle ne se mit pas à toussoter ni ne protesta.

— Très bien, la félicitai-je, puis j'écartai le verre avant de presser mes lèvres contre les siennes l'espace d'une demi-seconde. Ne bouge pas et ne fais pas le moindre bruit.

Elle leva brusquement les yeux sur moi, cette étincelle de défi brillant toujours dans les profondeurs bleu-vert de ses iris.

Je voulais me noyer dans ce regard, la prendre avec moi pour que nous soyons emportés par une vague de démesure, et vivre pour toujours dans l'obscurité avec elle à mes côtés.

Je ressentais un désir si intense, une envie débordante que je ne me rappelais pas avoir jamais sentie. À cet instant, je sus que cette femelle était en tout point mon égale.

Je le compris brutalement, subitement, de manière inattendue sans l'avoir réellement cherché.

Cette femme était destinée à être apprivoisée par mes soins, brisée pour mon simple plaisir. Secrètement, elle allait devenir la lumière dont j'avais tant besoin dans cette nuit rude et sombre.

Je ne tentai pas de réprimer ce besoin de l'avoir à mes côtés ni l'étrange envie qui s'emparait de moi. Je me contentai de lui relâcher la gorge, pris une gorgée de ma boisson et me penchai pour mordre son sein parfait.

Son sang vint parfumer l'alcool dans ma bouche, et donna au liquide un goût paradisiaque lorsque je l'avalai.

Elle laissa échapper un soupir silencieux, sa poitrine se mouvait avec délicatesse sous le mouvement de ma bouche. Je levai les yeux et constatai qu'elle me regardait. Son regard vif était éblouissant, même dans la pièce plongée dans l'obscurité.

Je vais te détruire, lui promis-je avec une expression féroce dans les yeux. *Et tu vas savourer chaque putain de minute de ce qui va t'arriver.*

Il était temps qu'elle sente que ma retenue avait cédé, à quel point il était dangereux de m'avoir poussé aussi loin dans mes retranchements, et qu'elle comprenne comment se manifestait mon côté prédateur, le côté qu'elle venait de narguer sans équivoque en exposant cette facette insolente de sa personnalité intérieure.

Je répétai l'opération sur son autre sein, terminai mon verre et le posai sur la table de nuit.

J'eus sous les yeux deux marques de morsures parfaitement symétriques, j'avais marqué ses nichons au fer rouge pour mon simple plaisir.

Putain, ces collants, ce string, et ses jambes…

Le fait de savoir qu'elle n'allait pas mourir facilement, que je pouvais me permettre de perdre complètement le contrôle sans lui faire risquer sa vie fit encore davantage grimper mes attentes.

J'avais passé tant d'années à badiner avec des humains qui s'étaient brisés bien trop facilement.

Mais avec celle-ci, ce ne serait pas pareil.

Ce n'était pas une pure mortelle.

Je compris tout à coup quel avait été le but recherché par Lilith en créant un jouet qui pouvait supporter la brutalité des monstres qui sommeillaient en nos âmes, rassasier notre faim, étancher notre soif sadique de sang, tout en revenant vers nous à quatre pattes en nous suppliant de recommencer.

Calina mourait d'envie de faire l'expérience du danger auquel je l'exposais, chose que je percevais dans l'étincelle rebelle qui scintillait dans son regard presque aguicheur.

Elle était la reine et moi le roi, et se déplaçait sur ce plateau d'échecs avec une main de maître, de manière plus naturelle que l'on aurait pu s'y attendre. Je n'aurais pas été surpris d'apprendre qu'elle me provoquait cette sensation à un dessein purement stratégique.

Cette femme m'avait ensorcelé à la seconde où j'avais posé les yeux sur elle, avait bafoué mon autorité et fait preuve d'une assurance que je trouvais intensément jouissive.

Peut-être Darius avait-il raison.

Peut-être que la seule chose qu'il me restait à faire, c'était de la baiser jusqu'à ce que cette sensation s'évapore de mon corps.

Mais je craignais qu'il ne se trompe sur toute la ligne, peur de rapidement devenir encore plus accro à l'énigme séduisante que représentait Calina et de me perdre complètement à cause d'elle.

J'étais donc face à une situation risquée.

Et, putain de merde, j'adorais le danger.

Je le courtisais, le désirais ardemment, avais *besoin* de lui.

Quel contraste saisissant avec tous mes projets soigneusement mis sur pied.

Calina me rendait plus spontané, vivant, je me sentais débordant d'énergie, *entier.*

J'oubliai ce petit jeu, oubliai le besoin impérieux de lui apprendre à se comporter comme il se devait. Je me contentai de passer ma main à l'arrière de sa nuque pour l'attirer vers moi et l'embrasser.

Putain.

Ce qui, au départ, n'était que la réponse à un besoin physiologique se transforma en une étreinte qui me dévorait l'âme, remplie de sombres promesses et de menaces sensuelles.

Elle ne résista pas, sa langue se battait en duel avec la mienne d'une manière qui était tout sauf soumise. Calina réclamait son dû, faisait tomber tous les murs que nous avions bâtis à contrecœur entre nous et me montrait avec sa langue tout le pouvoir qu'elle pouvait prendre au lit.

Je me tenais au-dessus de son corps en grande partie dénudé, et la sentais me dominer, au-dessous de moi.

Cela m'excitait, m'enrageait, me *séduisait*, putain.

Je resserrai mon emprise, et posai mon autre main sur sa hanche en la forçant brusquement à se redresser sur ses genoux avant de l'attirer jusqu'au bord du lit.

— Défais-moi mon pantalon, lui demandai-je contre sa bouche.

Elle posa d'abord ses paumes de mains sur mon torse, et les fit glisser jusqu'à ma ceinture autour de ma taille.

Son geste fut si rapide et si agile.

Calina était une excellente élève.

Une conquête parfaite.

Elle fit glisser la bande de cuir entre les passants de mon pantalon et la laissa tomber au sol avant de s'attaquer à mon bouton avec ses doigts. Elle descendit enfin ma fermeture. Mes sens ressentirent une brève sensation de soulagement lorsqu'elle me libéra de mon pantalon trop étroit, mais mon boxer était encore serré autour de mon entrejambe.

Cette femelle m'excitait d'une façon que je ne pourrais même pas décrire. J'avais l'impression que j'allais exploser pour elle. Je voulais qu'elle soit au-dessous de moi, l'entendre gémir, crier, la sentir *se cambrer*.

Je dégageai mes chaussures et mon pantalon d'un coup de pied. Calina était en équilibre sur ses genoux. Ses seins vinrent toucher mon torse lorsqu'elle se pencha lentement en avant, mes mouvements étant trop rapides pour qu'elle puisse les suivre avec ses yeux d'humaine. Elle haleta, surprise, en levant les yeux sur moi, et eut un brusque frisson lorsque je l'embrassai à nouveau, plus *brutalement*.

Je la désignai comme ma putain de propriété.

Lui montrai ce dont était capable un royal.

Un vampire âgé de plusieurs milliers d'années.

Je la sentais frétiller contre moi lorsqu'elle vit toute l'étendue de ma force et de mon potentiel.

J'étais tout à fait sérieux lorsque je disais que j'allais la détruire, et l'étais tout autant lorsque je lui promettais qu'elle allait adorer ça.

Elle s'attaqua à ma chemise avec ses doigts, je ne l'avais pas autorisée à le faire, et pourtant, son initiative me plaisait car je sentais sa peau nue contre la mienne.

Ses tétons étaient durs comme du verre, elle avait eu froid pendant trop longtemps à cause de la climatisation. J'allais me faire pardonner à présent en faisant s'enflammer son sang.

Je passai mes doigts dans ses cheveux, et maintins sa bouche collée contre la mienne tout en me saisissant de ses fesses.

Elle frissonna.

Je grognai.

Puis je la dévorai encore une fois.

Cette petite femelle provocatrice continua à fondre à mon contact, sa résolution entêtée s'était liquéfiée entre ses cuisses à mesure qu'elle consentait à chacun de mes ordres tacites. Je n'allais pas y aller doucement, gentiment. J'allais la baiser de façon sauvage, enfoncer brutalement mes dents dans sa chair, le tout pour la faire sombrer dans une extase exquise.

— Je vais posséder chaque centimètre de ton corps, lui promis-je contre sa bouche. Je veux te faire ressentir ce que moi, je ressens intérieurement. Lorsque j'en aurai fini avec toi, tu ne te souviendras même pas de ton putain de nom.

Je ne lui laissai pas l'occasion de répondre, et de toute façon elle ne le pouvait pas. Je lui avais ordonné de rester silencieuse, et elle m'obéissait magnifiquement bien. Pourtant, elle me provoquait en même temps avec sa putain de langue, me droguait avec son essence, me faisant oublier jusqu'à la dernière once de ma raison.

Je baissai ma main jusque sur son derrière et la bougeai entre ses cuisses pour sentir la mouille qui avait détrempé son string. Un grognement menaça de s'échapper de ma gorge, l'envie de goûter son excitation submergea tout ce que j'avais l'intention de lui faire et me força à passer à l'action.

Son dos vint s'écraser contre le matelas lorsqu'elle reprit sa respiration, submergée qu'elle était par ma force et ma vivacité de vampire. Je lui ordonnai de céder, lui rappelai tacitement qui dominait qui entre nous.

Elle écarta les cuisses en réaction.

Putain de merde, je faillis lui arracher tout le tissu qu'elle avait sur elle en cherchant à offrir à mon regard sa chatte nue.

Je refusai de la laisser mener la danse alors que c'était elle qui était en dessous.

Nous jouions sur mon terrain de jeu, selon mes règles, dans *mon* monde.

Je me penchai pour enfoncer mes dents dans sa cuisse,

trouvai le liquide tant convoité dans son artère fémorale, et Calina rompit le silence dans lequel elle s'était murée par un gémissement teinté de surprise.

Je ne pris pas la peine de la recadrer, car je n'en avais plus rien à faire des bonnes manières ni de mettre sa disposition entêtée à l'épreuve.

Je voulais arriver au terme de la quête dans laquelle nous nous étions lancés il y a quelques jours.

Je voulais enfin prendre ce que je voulais.

Je voulais enfin me laisser aller à la douceur de son esprit, de son corps et de son âme.

Je détachai son bas, celui que j'avais transpercé pour accéder à son artère fémorale, et le lui arrachai presque de la jambe. Je marquai ensuite un temps d'arrêt pour admirer sa cheville délicate et sa jambe souple qui s'étendait de tout son long. Je l'avais fait changer de position sans réfléchir et elle m'avait laissé faire sans protester, son corps semblant se plier à ma volonté par la seule force de son instinct.

Je m'accroupis, à genoux entre ses cuisses bien écartées et posai sa cheville sur mon épaule tout en baissant le regard sur elle.

Les pupilles de Calina étaient comme deux trous noirs, complètement dilatées, ses joues avaient pris une délicieuse teinte rouge, et ses lèvres parfaitement baisables écartées par un souffle que je sentais vibrer dans chaque cellule de mon être.

— Qui es-tu donc, exactement ? m'étonnai-je, entièrement captivé par cette incroyable beauté étendue sur le lit devant moi. On dirait que tu as été créée pour me conduire à ma perte.

Mes paroles montraient ma vulnérabilité.

Elles étaient pourtant vraies.

Elle se lécha les lèvres en guise de réponse, et son

regard me laissa entendre qu'elle ne savait pas quoi répondre.

Cela me convenait bien car je n'avais pas besoin de l'entendre parler. Je voulais qu'elle jouisse, qu'elle hurle, qu'elle cède et reconnaisse que je lui avais possédé l'esprit.

Ce petit jeu était dangereux, trompeur, sombre. *Dépravé*.

Elle m'avait pris au piège, et désormais je ne pouvais plus en réchapper.

Calina ressemblait à une veuve noire vêtue d'une blouse de laboratoire, avec de beaux cheveux blonds et une bouche qui rendait accro.

De longues jambes.

Vêtue de dentelle toute détrempée.

Je sentais son intérêt pour la chose, l'odeur sucrée de son excitation s'évapora dans l'air, ce qui rendit la situation encore plus délicate pour elle.

J'appuyai la paume de ma main contre la bande de tissu entre ses cuisses, empoignai le tissu rouge et lui arrachai son string.

Un faible cri lui échappa des lèvres, qui se transforma bientôt en un gémissement d'appréciation tandis que je me penchai pour enfoncer mon nez entre les plis lisses de son sexe. Elle plia la jambe en même temps, ce qui me permit de voir à quel point elle était souple. Cela me fit avoir tout un tas de pensées sordides par rapport à toutes les positions dans lesquelles je pourrais la baiser.

Mais notre première fois, nous allions la faire en face à face.

J'avais besoin de la voir.

De regarder son visage tandis que je m'enfonçai en elle et la menai jusqu'au sommet de l'extase, encore et encore.

Mon instinct bestial menaça de me dicter chacun de mes mouvements, m'incitant à m'enfoncer jusqu'aux bijoux de famille dans sa chaleur qui m'accueillait avant de nous faire sombrer tous les deux dans une jouissance folle.

Je me contentai à la place de la lécher, attirai dans ma bouche son arôme délectable et terminai en beauté en lui suçant le clitoris.

Elle décolla du lit en se cambrant, sans aucune retenue. Si elle avait été effrayée par la présence potentielle de caméras, elle n'y pensait vraiment plus à présent. Je la maintins dans cet état en massant ses parties intimes avec ma langue, et ma bouche la vénérait dans la plus pure tradition.

Je fis remonter l'une de mes mains le long de son bas de soie restant jusqu'à la jarretelle lui entourant la cuisse, avant de le lui retirer, tandis que je parcourus avec la paume de ma main son autre jambe, de la cheville jusqu'au genou.

Elle était exquise.

Calina était un chef d'œuvre que je voulais mémoriser avec mes mains et ma bouche, pour la graver à tout jamais dans ma mémoire.

Je m'exécutai alors en me rasseyant, à genoux, et baissai sa jambe sur le lit tout en m'agenouillant entre ses cuisses. Je me lançai ensuite dans une série de baisers, la mordillai et caressai chaque centimètre de sa silhouette dénudée.

Je commençai par ses seins, les marques de ma morsure étaient encore bien présentes dans sa chair et m'incitaient à m'abreuver de son sang une nouvelle fois.

Ses tétons pointus avaient pris la couleur rosâtre du péché, humidifiés par ma langue.

Sa nuque se tendit tandis que je traçai un chemin de baisers en remontant jusqu'à sa mâchoire, puis son regard sauvage croisa le mien. Cette femelle était si étourdie par les endorphines que j'avais injecté en elle qu'elle ne comprenait plus le plaisir. Elle s'était égarée dans un état d'extase suprême provoqué par ma morsure et entretenu par ma langue et mes mains.

Je l'embrassai.

Je la baisai avec ma bouche.

Je guidai ensuite ses mains sur mon boxer et murmurai contre ses lèvres humides :

— Enlève-le.

Elle frissonna et m'obéit. Nous nous retrouvâmes nus tous les deux lorsque je fis glisser mes chaussettes du bout de mes orteils.

C'était dans cette position que nous devions légitimement être, nos membres et nos sexes excités entremêlés.

Elle tenta d'envelopper ses jambes autour de ma taille, mais je me tordis dans tous les sens pour l'en empêcher.

Je n'avais pas fini de l'explorer.

Je le lui fis savoir en appuyant la paume de ma main contre son sternum.

— Ne bouge pas.

Elle laissa échapper un léger grognement qui me fit grimacer.

— Ce n'est pas toi qui commandes à présent, Calina.

Oh, son corps avait beau me captiver de bien des façons, et son esprit me pousser à la considérer comme mon égale, c'était moi qui aurais toujours le dessus dans la chambre, ce que je lui prouvai en descendant encore une fois le long de son corps pour m'approprier sa chatte avec ma bouche.

Elle se mit à crier, et son orgasme inattendu la fit frissonner au-dessous de moi qui la caressais.

Il suffisait que j'effleure de mes crocs son doux petit bouton.

Je la mordis ensuite pour la forcer à plonger dans une

nouvelle spirale d'extase jusqu'à l'inconscience, qui la fit violemment convulser. Elle avait oublié comment respirer.

— Inspire, lui ordonnai-je contre les plis détrempés de son sexe. Je ne veux pas déjà te faire perdre connaissance.

Nous étions loin d'en avoir fini.

Ce n'était pour elle qu'un petit échauffement.

La dernière chance que je lui laissais de descendre de ce manège infernal pour s'enfuir en courant.

Bien sûr, je me contenterais de la pourchasser, de l'attraper et de la baiser, de toute façon. Elle avait fait se déchaîner ma nature sauvage, la bête en moi qui voulait mettre à l'épreuve son immortalité.

Peut-être allait-elle se briser.

Ou alors elle allait vivre la meilleure putain de nuit de son existence.

C'était à moi de m'assurer de cette dernière éventualité.

Dès l'instant où elle allait se remettre de son dernier orgasme.

CALINA

Où suis-je ? me demandai-je, mon champ de vision parsemé de petits points noirs et de l'image des draps de soie.

J'étais sur le ventre.

Et, Bon Dieu, Jace était entre mes cuisses.

Je chevauchais son visage.

Je ne me rappelais pas m'être retournée, car mon dernier orgasme avait effacé jusqu'à la dernière pensée de mon esprit, au point de n'être plus qu'une masse informe qui gesticulait sur le lit.

Mais Jace s'était saisi de mes hanches… et maintenant… *ohh.*

J'avais les genoux de chaque côté de sa tête, les paumes de mains écrasées sur les oreillers, et je hurlais contre les draps de soie en essayant tant bien que mal de reprendre ne serait-ce qu'un tout petit peu le contrôle de mon esprit.

Il n'allait pas s'arrêter, sa bouche était vorace, elle m'ensorcelait et défaiait complètement l'entendement.

Une sensation d'extase bouillonnante s'étendait dans mes veines, mon estomac se tordit tandis qu'un énième orgasme menaçait de me faire sombrer encore une fois dans les profondeurs de la passion. J'étais sur le point de le supplier d'arrêter, lui dire que je ne pouvais plus rien encaisser. À cet instant, il glissa deux doigts en moi, m'empêchant ainsi de penser à quoi que ce soit d'autre qu'aux sensations procurées.

J'avais trouvé renversant qu'il me morde le clitoris, mais ça... c'était... tellement plus *fort*.

Il caressait une part secrète de mon être et m'avait brisée jusque dans mes fondations, et je n'étais plus qu'une épave humaine sans forme, à bout de souffle.

Mon esprit ne fonctionnait plus, toute la stratégie et la maîtrise de moi-même que j'avais tenté de garder... *évaporées*.

Je n'en avais plus rien à faire.

J'étais partie à des kilomètres d'altitude, mon corps tremblait, ravagé par les vagues successives de cette splendide agonie. Je ressentais la plus tendre des douleurs, je n'avais plus de souffle. J'étais faible et pourtant pleine de vie.

J'avais envie de rire. Non, je voulais pouffer comme une idiote. Et puis j'avais envie de pousser un soupir et de le supplier de recommencer à l'infini.

— Mmh, je pourrais te maintenir dans cet état pour l'éternité, murmura Jace, sa bouche soudain tout près de la mienne.

Il me retourna de nouveau sur le dos, et le matelas me fournissait tout le confort d'un cocon contre ma peau en surchauffe. Chaque centimètre carré de mon corps me brûlait, la marque de Jace m'avait procuré une énergie fatale qui, je le sentais, effleurait jusqu'au cœur de mon âme.

Mais il n'en avait pas fini.

Je le sentais par l'insistance de sa bouche contre la mienne tandis qu'il m'embrassait, et à la façon dont son corps musclé était parfaitement aligné avec le mien, le centre de son être s'enfonçant dans ma chair à la sensibilité décuplée.

Il allait me déchirer en mille morceaux.

Je l'incitai à le faire en écartant les jambes.

Je voulais découvrir tout ce qu'il avait à me donner et bien plus encore.

— Putain, Calina, dit-il d'un souffle contre mes lèvres.

— Oui, répondis-je en me cambrant en lui, comme pour répondre à sa question implicite.

Jace n'était pas du genre à demander la permission de faire quelque chose, et je n'étais pas tout à fait du genre à céder à tout non plus.

Toutefois, je n'étais plus le docteur Calina.

Je n'existais plus que pour ce moment, pour vivre pleinement mon extase avec ce vampire royal et lui laisser me montrer ce que cela signifiait d'être roi.

Il donna un coup de reins, me fourra sans prévenir, et un cri m'échappa de la gorge. Je n'étais pas prête. Je ne m'étais pas rendu compte... je ne *savais* pas... je... je n'avais jamais *fait l'expérience...*

Le lycan me vint à l'esprit une fraction de seconde, et ma seule expérience sexuelle était bien loin de m'avoir préparée à *ça.*

Jace chamboulait complètement mes sens, et sa puissance asseyait sa domination sur mon esprit d'une manière terriblement sexy, chose que je n'aurais jamais pu anticiper.

Il ne me laissait pas le temps de comprendre.

Il se contenta de m'embrasser et se mit à bouger. La sensation agonisante provoquée par sa façon possessive de me prendre me déchira de l'intérieur, mes membres se crispèrent et mon esprit voulut lui hurler d'arrêter.

Tout cela laissa bientôt place à... à... aux flammes de l'enfer de la passion, une passion qui me consumait de la tête aux pieds et me fit tomber dans les profondeurs infinies d'un monde inconnu.

Je gémis, criai, lui enfonçai mes ongles dans les épaules. Je levai enfin les hanches pour venir toucher les siennes.

Je ne savais plus qui j'étais. Tout ce que je savais, c'était qu'il fallait que je sois à sa hauteur de toutes les manières possibles, que je lutte contre lui jusqu'à ce que nous parvenions à la jouissance mutuelle. Je devais jouer mon rôle en tant que partenaire, et non me contenter de prendre passivement part à l'action.

Il grogna et je grognai en retour.

Il enfonça ses crocs dans ma lèvre inférieure. Je réagis avec une même fougue, comme si une sorte de bête intérieure qui m'était étrangère me forçait à me battre contre lui.

Non, pas me battre, mais plutôt *ne faire qu'un* avec lui.

Il était plus fort que moi, plus rapide, plus âgé, plus expérimenté. Rien de tout cela ne me faisait peur. Je le lui prouvai avec ma langue, mes dents, mes ongles plantés dans son dos.

Il me saisit la gorge de la paume de la main et me la serra d'un air menaçant en posant son autre main sur ma hanche.

Je ne pouvais cependant pas m'empêcher de poursuivre cette valse dangereuse entre nos deux corps.

Elle me semblait légitime, libératrice, intensément intime.

— Petite enchanteresse, souffla-t-il avant de lécher sa lèvre inférieure du bout de la langue, à l'endroit où j'avais aspiré son sang.

— Putain, Calina, je n'ai jamais connu ce genre d'expérience avec personne d'autre que toi.

Ses paroles semblaient emplies de douleur, comme si cela lui faisait du mal de l'admettre à voix haute.

Puis il m'embrassa de nouveau, et plaqua mes hanches avec les siennes pour me forcer à me soumettre tandis qu'il me serra la gorge plus fort encore, m'empêchant complètement de respirer.

J'enfonçai mes ongles à l'arrière de sa nuque, pas parce que je voulais qu'il arrête, mais parce que j'avais besoin de le sentir encore davantage.

Il avait forcé mon esprit à sortir de sa cachette pour jouer, et j'étais désormais esclave de son besoin bestial.

Il décolla sa main de ma hanche et la fit glisser entre nous, cherchant sans hésitation mon point sensible du bout du pouce. Mes lèvres s'écartèrent pour laisser échapper un cri qu'il me fut impossible de sortir, car je n'avais plus d'air dans les poumons.

D'une certaine façon, cela ne fit que rendre l'instant plus intense. Il me soutira le plaisir jusqu'à ce que je n'y voie plus rien.

— Viens, Calina, demanda Jace contre mon oreille, et le monde autour de moi était réduit à une nuée de nuages noirs entourés de choses étranges et indéfinissables.

Pourtant, je sentais mon corps s'effondrer sous ses ordres et mes membres se crispèrent tandis que je tombais en chute libre dans l'infinité du néant, dans l'inconnu.

J'avais la tête qui tournait.

J'étais en train de mourir.

Je ne pouvais plus respirer.

Et pendant ce temps, je tremblais et pleurais silencieusement pour qu'il continue.

Il maîtrisait pleinement ce monde, mon corps était son instrument de choix, et je m'abandonnai dans son étreinte maudite, lui donnant tout ce que j'avais et plus encore tandis qu'il continuait de me baiser sans aucune retenue.

Il me brisait, mes os se transformaient en poussière sous sa présence autoritaire.

Je me sentais molle comme une poupée de chiffon.

Et pourtant, je brûlais de l'intérieur.

Je brûlais d'une telle chaleur, d'une telle intensité, avec une grâce époustouflante.

Mon nom lui échappa des lèvres comme une prière, il décolla la paume de sa main de ma gorge et me saisit la joue pour faire revenir un souffle de vie dans ma bouche. Son baiser sembla dérober mon âme.

Il y avait une certaine magnificence au milieu du chaos, nos esprits s'étaient retrouvés avec passion et notre sang s'était mélangé pour ne plus faire qu'un.

Je ne comprenais pas bien ce qui se produisait, mais je le ressentais, la chaleur de notre union allait bien au-delà de la connexion que je sentais entre mes cuisses. Le rythme de Jace atteignit son paroxysme, et ses mouvements faisaient monter mon plaisir de plus en plus haut jusqu'à ce que je ne puisse plus encaisser une seconde de plus cette folle jouissance.

Mon corps tout entier s'enflamma.

Chaque centimètre carré de moi convulsa.

Mes poumons avaient à tout prix besoin d'oxygène.

Ma gorge tentait de protester, en vain.

Je ne pouvais plus déglutir, plus bouger, plus penser.

Je ne me souviens même plus de mon nom, pensai-je en me remémorant quelque chose d'important à propos de cette phrase que j'oubliai à la seconde qui suivit.

J'étais en train de mourir sous une avalanche de sensations, de pensées et d'émotions.

Toute l'histoire de ce monde me revint brutalement à l'esprit.

Des mots que je ne comprenais pas.

Des langues étrangères à la mienne.

Son esprit fonctionnait par la logique et par la stratégie. Il était si viril, si parfait, si magnifique tant il était rusé. Il débordait de motivation quant aux aspects politiques de ce monde, savait se montrer gentil et ferme à la fois.

Cette disposition mentale me réconfortait, j'avais l'impression qu'elle collait parfaitement avec la mienne, et constatai avec joie que les cheminements de nos deux esprits s'entrecroisaient.

Nous étions deux âmes.

Deux êtres qui fusionnaient en un seul.

Cette union était éblouissante.

Elle était trouble et semblait pourtant légitime.

Je ne comprends pas, m'étonnai-je, dérivant dans les pensées d'un mâle qui avait plus de quarante fois mon âge. *Quatre mille ans*. Presque cinq mille, même. Tant de souvenirs, de pensées, une si grande *intelligence*.

J'étais perdue.

Ce doit être cela, le paradis, décidai-je, absolument ravie de la conclusion à laquelle j'étais parvenue. J'étais à ma place, là où je devais être avec lui. Mon essence était la sienne, et j'aimais plus que tout me trouver dans cet état.

Calina, murmura Jace avec une pointe d'ébahissement dans la voix. *Comment est-ce possible ?*

Je suivais sa voix masculine, et flottai sur un nuage de pensées. *Où sommes-nous ?*

Ses hanches se mouvaient contre les miennes, sa queue encore profondément enfoncée en moi. Je clignai des yeux, étonnée par la sensation qu'il me provoquait un peu plus bas, mon corps s'attendant déjà à en recevoir davantage.

Ce qui était impossible.

Il m'avait détruite, tuée, envoyée au paradis à l'intérieur de son esprit.

— Calina, dit-il, sa bouche effleurant la mienne, tu n'es certainement pas morte, mais je vais prendre ça pour un compliment.

Il passa ses dents le long de ma lèvre inférieure ouverte.

— D'ailleurs, je vais gracieusement te renvoyer au paradis sous peu. Mais d'abord, je veux voir tes yeux.

Je fronçai les sourcils et tentai de me concentrer, mais je ne vis que du noir même en relevant les paupières.

Toutefois, très lentement, son magnifique visage apparut dans mon champ de vision.

Tout comme la pièce qui nous entourait.

La Région de Lajos. Hawaii.

J'avais l'impression d'être dans un rêve, mais sentis que ce n'en était pas un, et il me conforta dans cette idée en se remettant à bouger.

Je grognai d'approbation, la sensation de plénitude entre mes cuisses me faisant éprouver un besoin intrinsèque de le sentir. *Tu m'as transformée au point que je ne me reconnais même plus*, l'accusai-je.

Je pourrais en dire autant me concernant, rétorqua-t-il.

Je mis un moment à me rendre compte que nous parlions par l'intermédiaire de nos esprits.

Nous étions parfaitement synchronisés, notre état d'esprit avait comme fusionné.

Je clignai à nouveau des yeux.

Comment est-ce possible ? lui demandai-je, choquée par cette découverte.

Tu viens de devenir ma première et mon unique Erosita, répondit-il. *Je croyais t'avoir entendue dire que tu n'étais pas vierge.*

Je ne l'étais pas.

Alors cela n'aurait pas dû se produire.

Je sais.

Je me concentrai enfin sur ses yeux.

Et maintenant ? Je ne savais pas bien comment prendre tout cela.

Oh, eh bien maintenant, je vais te baiser à nouveau, répondit-il. *Je n'ai pas fini. Mais quand ce sera le cas, on réfléchira à quoi faire.*

Je l'entendais dans son esprit, la véracité de sa

déclaration résonnait, ainsi que son intention de me baiser jusqu'à ce que je lui sorte de l'esprit. Il voyait cela comme l'approfondissement de notre relation, cela l'intéressait et lui permettait de se faire une nouvelle expérience.

Une Erosita. *Bon sang de bonsoir… Autant que je joue le jeu, que je sache pourquoi ce statut délie autant les langues.*

C'était là une pensée terre-à-terre, qui me contrariait sans me contrarier en même temps. Je comprenais quelle était sa stratégie, elle était similaire à celle dont je ferais preuve dans cette situation.

Cela était tout nouveau pour lui, et de bien rare pour quelqu'un d'aussi vieux que lui.

Il voulait creuser ce qu'il y avait entre nous et en tirer profit jusqu'à ce que je cesse de l'intriguer.

C'était juste une amourette passagère.

Un plan cul pour s'amuser.

Je n'aurais pas employé ces termes, mais cela ne les rendait pas moins compréhensibles. Moi aussi, je voulais davantage explorer ce qu'il y avait entre nous, découvrir ce que signifiait ce lien.

Toutefois, son désir de maintenir cette relation à court terme seulement était remis en question par un léger doute qui se formait au fond de son esprit, tandis qu'il se demandait : *et si une simple histoire passagère n'était pas possible ? Et si je ne me lassais jamais d'elle ?*

Une myriade de pensées suivit ces dernières, certaines d'entre elles me donnant une sensation de nausée dans l'estomac tandis qu'il passait en revue toutes ses conquêtes passées et me communiquait en détail son amour pour le sexe.

Jace n'était pas un homme monogame.

Il adorait baiser, séduire, jouer. L'éternité était un laps de temps bien long pour réussir à lier son âme avec une autre.

Pourtant, il s'était retrouvé plus ou moins sous mon charme, ce qui était anormal pour lui d'après la nuée de songes qu'il venait de me faire partager. Jace me voyait comme un défi à relever, c'était pour cela que je l'avais attiré en premier lieu.

Désormais il ne savait plus très bien comment interpréter notre lien, ni comment me comprendre, moi et la place que je tenais dans sa vie.

Il en était profondément déstabilisé.

Il réfléchit pendant un moment.

Enfin, il préféra ignorer la pensée qui le taraudait pour se concentrer sur le moment présent. Il voulait voir jusqu'où cette étrange attirance qu'il éprouvait pour moi pouvait aller avant de décider de ce qu'il allait faire.

Comme une sorte d'expérience, traduisis-je, à la fois offensée et intriguée par cette idée.

Oui, confirma-t-il, son esprit cogitant à la même vitesse que le mien tandis que je voyais clair dans ses intentions et que je discernais quel était mon ressenti par rapport à cela. Tout cela se déroula très vite, en l'espace de quelques secondes peut-être, plutôt qu'en minutes, nos esprits semblant marcher à une vitesse surnaturelle.

J'étais liée à lui désormais, et il possédait un esprit ancestral.

Une part irrationnelle de ma personnalité n'appréciait pas d'être considérée comme un défi, une expérience. Pourtant, la part de mon esprit demeurée plus rationnelle voyait combien il était fasciné par moi, et c'était réciproque.

Il me faisait ressentir des choses qui sortaient de l'ordinaire, de la norme à laquelle j'étais habituée.

Je ressentais grâce à lui une sensation de paix intérieure que je n'aurais jamais cru désirer.

Son corps savait tout à fait jouer avec le mien.

Pourquoi ne pas tester les limites de cette connexion pour voir ? Peut-être allais-je me lasser de lui, moi aussi.

Peu probable, répondit-il.

Continue donc d'avoir ce genre de pensées arrogantes envers moi et j'en aurai fini avant toi, le menaçai-je.

Il sourit.

Il ne s'agit pas d'arrogance, mon petit génie, mais d'assurance.

Je renâclai avec dédain.

Je peux lire dans tes pensées.

Et moi dans les tiennes, rétorqua-t-il. *Voilà comment je sais que tu es tout aussi intriguée que moi par le tournant qu'a pris notre relation. Passons maintenant à la véritable expérience et voyons combien de fois je peux te faire venir avant que tu ne perdes connaissance.*

Je haletai, choquée, tandis qu'il se mit à bouger, mon esprit parvenant tout juste à comprendre le défi qu'il m'avait lancé avant de m'éteindre complètement et d'accepter ses termes sans conditions.

Alors comme ça tu peux te soumettre, s'étonna-t-il. *C'est bon à savoir.*

Il ne me laissa pas l'occasion de répondre, et était en train de me baiser à nouveau à la seconde qui suivit. Il ne lui fallut qu'une poignée de minutes pour m'envoyer à nouveau dans les étoiles.

Cette expérience pourrait bien m'être fatale, réalisai-je tandis que mon esprit se déconnecta par instants de la réalité avant d'y revenir.

Cette connexion liait nos âmes ensemble.

Et lorsqu'il choisira de la rompre, je n'y survivrai probablement pas, pensai-je lorsqu'il me pénétra à nouveau.

Il ne m'entendait pas, trop submergé qu'il était par son plaisir, son désir ardent de se servir davantage le consumant.

Il me transperça le cou avec ses dents. Son esprit de

vampire exigeait qu'il se régale de ce qui lui appartenait à juste titre : l'essence de son *Erosita*.

Je grognai, et mes membres se mirent à trembler à mesure qu'il m'affaiblissait de plus en plus à chaque gorgée qu'il prenait.

— Jace… dis-je d'un ton rauque, ma gorge devenue irritée à force de crier. Jace, s'il te plaît…

Je percevais son intention d'aller plus loin, le besoin sombre qui l'animait, la bête sauvage à l'intérieur de lui qui avalait… et avalait… et avalait.

— Jace, soufflai-je, et rien d'autre ne me sortit de la bouche que de l'air.

À moi, grogna-t-il en guise de réponse, son esprit me caressant les pensées. *Tu es à moi.*

Il posa son poignet contre ma bouche à la prochaine inspiration que je pris, et me noya de son sang.

Mais il était trop tard, mon corps avait déjà commencé à se désintégrer dans un nouveau cyclone de sensations.

Je le sentais à peine à présent, et mes membres frissonnaient doucement en réaction à la sensation d'extase qui envahit le cœur de mon être.

Elle me réchauffa l'âme, me donna envie de sourire.

Je m'enfonçai ensuite de plus en plus profondément dans le sombre océan de cette mort si douce.

Une mort que je connaissais bien pour en avoir fait l'expérience tant de fois par le passé.

Seulement, cette fois, ma mort s'accompagna d'une sensation de chaleur accueillante. Je sentis le doux baiser de Jace et entendis sa promesse de me garder en sécurité.

Je n'y compris rien.

Je ne tentai même pas de comprendre.

Je succombai tout simplement avec un léger sourire aux lèvres.

Dors, petite enchanteresse. Dors.

LILITH

Le vampire royal Helias continue de nous causer des problèmes. Il est arrogant et n'a pas juré fidélité à notre cause.

J'ai tout tenté, Monseigneur, mais il ne se soucie que de lui-même et ne voit absolument pas plus loin que le bout de son nez. Je le laisse toutefois dans notre fichier d'alliés car il sera facile à convaincre. Lorsque le moment sera venu d'annoncer votre retour, il...

Ne quittez pas, message important de votre assistant virtuel.

Le message va se lancer dans trois, deux...

Monseigneur, j'ai eu confirmation que le Bunker 27 a officiellement été corrompu. L'évaluation des dégâts est en cours. Il m'a toutefois été impossible de me mettre en relation avec notre indicateur. Je ne sais donc pas exactement qui a intercepté notre équipe, mais je soupçonne fortement qu'il s'agisse de la résistance. Si vous avez passé en revue tous les fichiers correspondants, vous savez que nous ne connaissons pas l'identité de tous les membres qui la composent.

Il me faut savoir ce que vous comptez faire à présent.

Trois protocoles ont été mis en place pour faire face à cette situation.

Le premier est le protocole d'annihilation, suivant lequel tous les bunkers seront détruits au cours d'une séquence de temps de douze heures. Pour plus d'informations concernant ce protocole, sélectionnez : Annihilation.

Le second est le protocole de surveillance, par lequel seront activées simultanément toutes les caméras de vidéo-surveillance en direct, dans tous les bunkers, afin que nous puissions visionner le déroulement des événements en temps réel. Ce protocole est mis en place spécifiquement lorsqu'il nous faut connaître l'identité d'un agresseur étranger. Pour plus d'informations concernant ce protocole, sélectionnez : Surveillance.

La troisième option à notre disposition consiste à engager le protocole de l'alliance. Tous nos alliés vont recevoir un message afin de planifier une réunion d'urgence à Lilith City. L'engagement dudit protocole les avertirait de votre éveil et déclenchera notre procédure de succession. Pour plus d'informations concernant ce protocole, sélectionnez : Alliance.

Quelle séquence souhaitez-vous…

PROTOCOLE DE SURVEILLANCE SÉLECTIONNÉ.

POUR REVOIR LES INFORMATIONS RELATIVES À CETTE OPTION, APPUYEZ SUR LE BOUTON INFORMATIONS. SINON, SÉLECTIONNEZ…

PROTOCOLE DE SURVEILLANCE ACTIVÉ.

LE FICHIER DES ALLIÉS COMPORTANT LE NOM D'HELIAS S'AFFICHERA DANS TROIS, DEUX…

JACE

L'esprit de Calina me fascinait. Elle était encore plus fine stratège que je ne me l'étais imaginé auparavant. Son esprit fonctionnait comme une toile de jeux de logique, rempli d'informations intrigantes.

Je fis défiler certains de ses souvenirs pendant qu'elle dormait, curieux de découvrir ce qu'elle avait vécu dans les laboratoires. Il suffisait d'insinuer dans ses pensées une petite remarque relative à son travail par le passé, et tout un tas d'images suivait. La plupart de celles qui me parvenaient montraient Lilith et son manque de créativité évident lorsqu'il s'agissait de donner la mort.

D'après ce que j'avais pu comprendre, Lilith n'avait jamais eu de contact sexuel avec Calina. Elle lui demandait seulement de lui faire des rapports, que mon *Erosita* — un terme que j'allais devoir m'habituer à employer dans mes pensées — lui donnait promptement. Puis Lilith la mordait et absorbait tout son sang jusqu'à ce qu'il ne lui en reste plus une goutte.

Lilith est morte bien trop facilement, songeai-je après avoir visionné en boucle dans son esprit toutes les fois où Calina était morte.

Cela était arrivé de trop nombreuses fois pour pouvoir les compter.

Calina était arrivée à un point où elle avait fini par anticiper la sensation de brûlure provoquée par le fait d'avoir été laissée complètement exsangue et avait fini par accepter sa destinée. Elle n'avait pas peur, ne suppliait pas. Elle se contentait d'y consentir de manière parfaitement logique tout en se concentrant sur d'autres choses dans sa vie.

Comme par exemple toutes les questions relatives à sa potentielle évasion. Elle avait prévu plusieurs plans, y compris la tactique de contourner les systèmes d'information de Lilith.

Tu n'as pourtant jamais tenté de t'enfuir, m'étonnai-je en passant mes doigts dans ses cheveux. *Comme c'est fascinant.*

Une image de James et Gretchen apparut ensuite.

Je vois, murmurai-je en comprenant le lien familial qui la liait au couple et à leur bébé lycan.

Je perçus ensuite chez elle un sentiment confus, qui suggérait qu'elle s'interrogeait sur son comportement irrationnel tout en le reconnaissant.

Elle avait fini par accepter ce sentiment, ce que je constatai en voyant quelle analyse elle avait pu tirer de ses émotions.

Toute cette toile d'éléments m'intriguait de plus en plus, et je fouillai sans discontinuer dans son psychisme.

De nombreuses femelles auraient été furieuses d'une telle intrusion de ma part. Je sentais toutefois que Calina était consciente de ma présence dans ses pensées et ne voyait aucun inconvénient à satisfaire ma curiosité.

Il se trouve que mon esprit avait également éveillé son intérêt.

Elle pensait que mon cerveau était une allégorie du paradis, son goût pour élaborer des stratégies rivalisant avec le mien.

Il y avait manifestement beaucoup de bénéfices à tirer

de cette intense connexion, bien au-delà de ce qui se passait dans la chambre.

Calina bailla et se retourna vers moi, encore endormie. Je la sentais pourtant dans ma tête, qui farfouillait dans toutes mes expériences et examinait toute ma base de connaissances afin d'y trouver des informations susceptibles de l'éclairer.

Nous avions établi un très étrange lien d'accouplement entre nos esprits, renforcé par nos capacités intellectuelles similaires. Nous aimions tous les deux les jeux de stratégie, et notre penchant pour analyser toutes les possibilités qui s'offraient à nous était la base d'un partenariat absolument unique.

Notre sens pratique primait sur nos émotions.

Elle savait ce que je pensais de la monogamie. Je la sentis réfléchir à ce petit détail, pour l'oublier à la seconde qui suivit. Elle ne pensait pas à long terme, uniquement à ce qui était pertinent pour le moment.

Je n'avais pas besoin de lui rester fidèle pour maintenir et renforcer ce lien. Elle en percevait toute la véracité dans mes pensées. Elle songea ensuite à la manière de briser le lien entre le maître et son *Erosita*, sa connaissance du sexe étant le point sur lequel elle marqua un temps d'arrêt.

Elle n'était pas vierge.

Je l'écoutai tandis qu'elle se creusait la tête quant aux potentielles raisons qui pouvaient expliquer notre lien. Elle fronça les sourcils lorsqu'elle tenta de réfléchir à ses liens avec l'immortalité.

Ces liens étaient les fondements mêmes de sa source de vie immortelle.

D'autres vampires avaient forcément créé un lien similaire à celui de l'*Erosita* avec elle.

Je plongeai plus profondément dans ses pensées à mesure qu'elle passait en revue tout ce que je savais à propos des liens d'accouplement chez les vampires, son cerveau fonctionnant presque aussi vite que le mien. Cela était tout à fait impressionnant, au vu de son état comateux.

Elle semblait intégrer mes connaissances personnelles dans son esprit, cataloguer mes expériences et mémoriser tous les détails les plus importants.

C'était fascinant.

Mais je me fichais bien de ses liens présupposés avec d'autres créatures immortelles. Elle m'avait dévoilé son lien avec Lilith sans pouvoir le définir, et son esprit était vide, comme une page blanche, lorsque je tentai de fouiller sa mémoire pour obtenir plus de détails.

Cela expliquait pourquoi elle s'était montrée si enthousiaste d'étudier les fichiers avec moi : elle voulait en apprendre davantage sur ses origines. Cette simple pensée me prouva qu'elle m'avait dit la vérité l'autre jour.

En réalité, maintenant que j'avais accès à son esprit, j'eus la confirmation que tout ce qu'elle m'avait dit depuis la toute première fois où elle m'avait adressé la parole était corroboré par des faits. Elle ne m'avait jamais menti.

Oh, mais elle avait omis quelques détails, comme par exemple que j'avais pu lui prouver presque immédiatement qu'elle avait tort lorsqu'elle avait supposé que son attirance pour moi n'était dûe qu'à mes prouesses de vampire.

Hmm, marmonnai-je, m'adressant à elle. *Je vais adorer te punir pour ce petit oubli un peu plus tard.*

Elle me répondit en reliant le fil de ses pensées à mon expérience, une fois encore, et dévoila certaines de mes activités préférées au lit. Un mélange d'irritation et de curiosité intéressée s'empara ensuite d'elle. Elle n'avait pas grand-chose à faire de la multitude d'activités sensuelles dans lesquelles je m'engageais, et pourtant, cela l'intriguait en même temps.

Au bout de quelques minutes, elle cessa de penser à tout cela et se remit à songer au pourquoi de notre connexion.

Je la suivais, curieux de voir comment elle essayait de démêler ce sac de nœuds et d'expliquer ce lien qui n'avait pas lieu d'exister entre nous. Elle fouillait dans toutes mes connaissances et dans les siennes, comparait ce que nous avions pu remarquer au cours du temps et arriva à une conclusion qui fit écho dans mes pensées.

Mes gènes peu communs doivent me prédisposer à accepter un lien d'accouplement avec un vampire.

Elle se mit à penser à son expérience avec le lycan, et je serrai alors mes doigts dans ses cheveux pour les lui saisir par poignées.

— Arrête.

Je ne voulais pas avoir ce souvenir en tête, c'était pire que de voir Lilith boire son sang. Pire que *tout* ce que j'avais découvert dans son esprit jusque là.

Mais maintenant qu'elle s'était engagée sur ce chemin-là, toute la séquence se déroula sous mes yeux, me rendant ivre de rage.

— Calina, dis-je sèchement, *arrête*.

Je haïssais cette expérience plus que n'importe quoi d'autre dans ma putain de vie.

Toutefois, elle ne s'arrêta pas.

Le souvenir devenait de plus en plus sombre, et sa douleur faisait à mes sens l'effet d'un coup de fouet atrocement douloureux.

On ne lui avait pas laissé le droit de crier, sa bouche avait été bâillonnée pour qu'elle se taise. Elle n'avait par contre pas été capable de retenir ses larmes, toute son angoisse coulant de ses yeux tandis que le lycan ravageait son corps.

Il avait été aveuglé par son désir, son besoin de copuler

lui avait fait oublier la silhouette humaine de Calina et il l'avait prise pour une congénère lycane.

Je le sentais presque me baiser par derrière, et ce souvenir ne venait même pas de ma mémoire.

Calina se mit à frissonner à côté de moi, ses joues devinrent subitement trempées lorsqu'elle se mit à pleurer dans son sommeil, car ces images cauchemardesques semblaient trop réelles et trop menaçantes pour qu'elle puisse s'en défaire.

Toute une partie de son esprit était remplie d'images horribles pouvant rivaliser avec celle-ci, après toutes ces années à avoir été traitée comme un cobaye de laboratoire, à avoir grandi à l'intérieur d'un bunker sans jamais avoir eu la permission d'en sortir.

Toutes ces années où Lilith s'était nourrie d'elle.

Toutes ces années où Lilith avait testé les limites de l'immortalité de Calina.

Elle l'avait tuée tant de fois, d'une multitude de façons différentes. Jusqu'à présent, j'avais considéré Lilith comme quelqu'un d'ennuyeux qui manquait considérablement de créativité.

Je m'étais trompé sur toute la ligne.

Maintenant que Calina m'avait ouvert cette partie de son esprit, je voyais toute la torture qu'elle avait endurée, toute cette douleur qu'elle dissimulait sous une fausse indifférence. C'était cela qui l'avait conduite à adopter une attitude toujours rationnelle. Toutes ces épreuves avaient été trop dures à endurer pour le psychisme d'une mortelle comme elle. Elle s'était donc raccrochée à la raison et à la stratégie, préférant voir les choses sous un aspect pratique plutôt que de s'abandonner à des pensées irrationnelles.

Elle rangeait son angoisse dans des cases.

Cette révélation fort intéressante me brisa le cœur.

La brillante femelle que j'avais sous les yeux avait survécu à l'enfer.

Et elle m'avait affronté avec l'esprit d'une lionne à l'intérieur d'elle-même.

— Putain, Calina, murmurai-je, de nouveau envoûté par elle.

Je lui saisis les joues dans les paumes de mes mains pour essuyer ses larmes d'un geste vif, puis pressai mes lèvres contre les siennes.

Elle ne se réveilla pas.

Mais son esprit commença à se calmer lorsque je réactivai notre connexion afin de l'attirer dans mon esprit pour aller à nouveau fouiller dans mes souvenirs.

Elle assista immédiatement à la chute de l'humanité et à la guerre au cours de laquelle les mortels n'avaient eu aucune chance contre leurs supérieurs. Je n'y avais pas participé, car je préférais trouver un moyen d'assurer une coexistence pacifique, permettant aux vampires et aux lycans de gouverner tout en assurant aux humains un minimum de droits.

Calina eut un brusque mouvement de recul lorsqu'elle visionna une séquence particulière de mes pensées, qui me renvoya à l'esprit une image de Cam. Il s'agissait d'une conversation au cours de laquelle nous avions discuté des futures destinées potentielles de l'humanité, sujet qui revenait souvent à cette époque-là, mais cette fois, notre conversation avait eu une issue différente.

C'était la nuit où Cam et moi nous étions fait nos adieux.

— *Tu sais bien que j'ai raison. Mon sacrifice restera dans les mémoires, avait dit Cam, ses yeux bleus luisant intensément.*

— *Si tant est que Lilith le permette.*

— *Je compte bien sur le fait qu'elle ne me laisse pas faire, me répondit-il. Si je deviens un hors-la-loi, mon nom suscitera perplexité et inquiétude.*

Je considérai un instant ce qu'il venait de me dire, puis acquiesçai. Son plan semblait tenir debout. Nous devions enlever toute inquiétude de la tête de Lilith, apprendre quel était son plan pour le nouveau monde. Elle disait vouloir former une alliance de lycans et de vampires, et partager équitablement les terres.

Mais nous savions tous les deux quel était son mépris pour les loups.

Comme beaucoup de membres de notre espèce, elle considérait les vampires comme des êtres supérieurs.

Ce qu'elle ne parvenait pas à comprendre, c'était que les lycans possédaient un ADN quasi identique au nôtre, ce qui faisait d'eux nos égaux.

Tout comme elle n'arrivait pas à comprendre l'importance de la vie humaine. Sans les mortels, nous mourrions tous. Les vampires avaient besoin de sang humain. Aucune autre essence ne pourrait nous convenir.

— Et si elle te tue ? lui avais-je demandé.

— Elle ne le fera pas.

Cam avait l'air si confiant, car il était bien plus proche de Lilith que moi.

— Tout simplement parce que Cane l'a rendue…

— Cane… murmura une nouvelle voix typiquement féminine, qui n'avait rien à voir avec ce souvenir.

J'ouvris les yeux sans me rendre compte que j'étais à l'instant en train de ressasser le passé.

Les iris couleur noisette de Calina avaient pris une étonnante nuance bleue sans aucune trace de vert aujourd'hui. J'entrouvris les lèvres pour faire une remarque à ce propos, mais elle se mit à parler avant que je ne puisse le faire.

—Je connais ce nom. Lilith a parlé de lui.

— Cane ? demandai-je, ayant toutes les peines du monde à me souvenir de qui elle voulait parler.

Ses iris étaient tellement beaux, semblables à des saphirs sous forme liquide dans lesquels un homme subjugué pourrait se noyer.

— Oui, elle mentionnait régulièrement le nom de Cane.

—J'imagine bien oui, répondis-je, toujours perdu dans ses beaux yeux. Cane était son créateur. Il se trouve que c'était aussi mon autre cousin. Le père de Cam et Cane était mon oncle.

Nous étions donc tous cousins.

Elle fronça les sourcils.

— Votre oncle ? Vous voulez dire que vous êtes unis par les liens du sang ou bien que c'était le frère de votre créateur ?

— Selon certains, ça ne fait pas de différence, fis-je remarquer, les doigts toujours dans ses cheveux.

Je coiffai certaines de ses mèches et lui pris la joue dans la paume de ma main, mon regard perdu dans le sien.

— Que sais-tu à propos de nos origines ? me demandai-je à voix haute, curieux de ce que Lilith avait pu lui dire.

En tant que chercheuse, il paraîtrait logique qu'elle comprenne quelle était la distinction entre les lignées royales et les lignées de sang croisées chez les vampires.

— La génétique des vampires n'a jamais été mon sujet de prédilection, je me suis concentrée uniquement sur les lycans.

J'aurais dû m'en douter puisque j'avais passé en revue nombre de fichiers avec elle et que j'avais passé les quelques heures qui venaient de s'écouler à fouiller dans ses souvenirs.

— C'est très intéressant, si l'on considère que ton

objectif final était de trouver le moyen de renforcer la longévité humaine. On aurait pu croire que les gènes des vampires auraient été plus utiles à cette fin que ceux des lycans. Cela dit, les lycans sont nos descendants, d'un point de vue technique. Peut-être que Lilith voulait trouver le moyen que les humains pérennisent les lignées de sang par l'intermédiaire de liens plus faibles et plus vulnérables.

Tandis que je m'interrogeais à voix haute, je me rendis compte que cette hypothèse ne pouvait être que vraie.

— Oui, c'est exactement ce qu'elle avait l'intention de faire.

Cela semblait parfaitement logique.

— Elle savait que les lycans étaient issus des lignées de sang des vampires, alors elle voulait créer une race semi-immortelle plus robuste à partir des gènes des lycans, mais sans aucun des avantages spécifiques aux individus de cette espèce. Elle voulait seulement se contenter de créer une race qui permettrait de les maintenir en vie un peu plus longtemps et allait les rendre un peu plus robustes extérieurement.

De façon à ce qu'ils ne puissent pas être tués aussi facilement par les vampires.

Calina scruta mon visage puis acquiesça.

— Je suis du même avis.

Il lui avait suffi de prononcer cette petite phrase, qui n'était pas vide de sens, mais exprimait réellement son assentiment. Qui plus est, elle n'avait eu aucune peine à l'exprimer.

Elle avait parcouru toute la logique de ma pensée tandis que je parlais.

— Cette connexion est fascinante, avouai-je à haute voix.

Il était inutile de garder cela pour moi étant donné qu'elle l'entendrait, de toute façon.

— Oui.

Elle se mit à cet instant à chercher des informations sur mes origines, son esprit parcourait mes souvenirs sans m'en demander la permission, tout comme je l'avais fait lorsqu'elle dormait.

De même qu'elle, cela ne me dérangeait pas.

Je lui fournis l'information qu'elle recherchait en lui montrant ma lignée de sang dans mes pensées.

Mon père, Johan, faisait partie des vampires ancestraux, c'était un être unique, contrairement à bien d'autres vampires de par son sang unique.

— La légende raconte que vingt mortels ont été bénis par la déesse Nyx, murmurai-je. Ces vingt mortels ont donc été à l'origine de vingt lignées de sang royal partout dans le monde. Chacune des Créatures Bénies était de sexe masculin. Ceux qui se sont reproduits l'ont fait avec des femelles humaines. Les vampires de ma génération sont donc issus de ces unions.

— Qu'est-il advenu des Créatures Bénies ?

— Depuis, elles sont toutes retournées à la terre, répondis-je. Mais elles ne sont pas mortes, elles dorment seulement.

— Pourquoi ?

— Parce qu'elles préfèrent cet état de sommeil à la vie, dis-je en haussant une épaule. Leurs amantes sont toutes mortes il y a des milliers d'années. On dit que ce sont justement les esprits de ces dernières qui sont à l'origine du lien entre une *Erosita* et son maître. Les amantes des Créatures Bénies seraient toutes allées voir Nyx pour lui demander d'octroyer à leurs enfants vampires la possibilité de prendre des amantes mortelles sans qu'elles n'aient besoin de recevoir le baiser de la Mort.

Je ne savais pas vraiment si je croyais à cette légende.

Mais je ne pouvais pas nier l'aspect magique de notre existence.

— Le baiser de la Mort est donc le moyen pour un vampire de conférer l'immortalité à un être mortel ? devina Calina à juste titre.

— Exact. Les Créatures Bénies s'en passaient tout à fait. Elles avaient reçu la vie éternelle mais ne pouvaient pas la transmettre à leurs amantes. Leurs enfants avaient toutefois le don de l'immortalité. Cam était le premier descendant de cette lignée, et son père se nommait Cronus.

Un arbre généalogique sembla prendre corps dans sa tête tandis qu'elle relia mon père, Johan, au père de Cam, Cronus.

— Tous deux ont reçu cette bénédiction, peut-être parce que ma grand-mère était une fidèle dévote de la nuit. Je n'en suis pas certain, mais c'est de là que viennent les rumeurs sur Nyx qui serait à l'origine de l'existence de notre espèce. Toutes les Créatures Bénies venaient de familles qui vénéraient une certaine *déesse de la Nuit*, qui aurait pris des formes multiples.

Tout ceci s'était produit il y a des milliers d'années. Tous les livres et documents qui rendaient compte de ces croyances avaient été détruits depuis longtemps.

Les langues parlées à l'époque s'étaient éteintes.

— Vingt lignées royales ont été créées. Mais les Créatures Bénies ont bien vite appris que si leurs enfants possédaient le don de l'immortalité, il allait falloir en payer le prix.

— Ce prix, c'était le sang, dit Calina, son esprit tournant à toute allure tandis qu'elle comprenait mon histoire plus vite que je ne pouvais la lui raconter.

— Oui, ainsi que notre incapacité à procréer de manière traditionnelle.

Je passai mon pouce le long de sa lèvre inférieure, et sa

bouche parvint enfin à forcer mon regard à se décoller de ses yeux.

— Certains vampires se sont montrés plus voraces que d'autres, mais nous avons rapidement appris à transmettre nos gènes par l'intermédiaire de notre morsure. Le baiser de la mort s'est donc répandu pour donner naissance à l'importante population qui peuple ce monde aujourd'hui.

— Et les lycans, alors ? demanda Calina, qui attira à nouveau mon regard vers le sien. Comment ont-ils été créés ? Et où sont les autres royaux ? Tu as dit qu'il y avait vingt lignées, et seules dix-sept gouvernent.

Mon poignet se mit à vibrer avant que je ne puisse lui répondre, et je reçus une notification de la part de Darius pour me rappeler le temps qu'il nous restait.

— Cinq minutes, lus-je, légèrement agacé par cette interruption, mais je me souvins toutefois de la raison de notre présence ici. Les appareils d'écoute vont se réactiver.

Je saisis sa joue dans la paume de ma main, et appuyai mes lèvres contre les siennes.

Je transférai ensuite mes minces connaissances sur la création des lycans dans son esprit.

Tout avait commencé par une morsure et une mystérieuse lignée de sang, tout comme pour les Créatures Bénies, seulement, les lycans étaient plus faibles de par leur mortalité.

Tous les lycans finissaient en effet par mourir.

Bien que certains individus vivaient jusqu'à plus de mille ans, la plupart s'affaiblissaient une fois âgés de sept ou huit-cents ans.

Calina plissa le front à la fin de mon court résumé, et me transmit par la pensée qu'elle avait l'impression qu'une pièce du puzzle manquait.

J'étais d'accord avec elle, il nous manquait véritablement une explication. Étant donné que de nombreux vampires originels avaient plongé dans un très long sommeil, celle-ci serait difficile à obtenir.

Cane est endormi, lui aussi ? demanda Calina qui retournait déjà ma réponse à sa question dans son esprit, et élaborait une théorie. *Est-ce lui que Lilith a réveillé ?*

Je fronçai à mon tour les sourcils.

C'était une possibilité à laquelle je n'avais pas pensé, mais en y réfléchissant, je secouai lentement la tête.

Non. Cane ne condamnerait jamais ses actions passées. Lui et Cam partageaient une opinion similaire concernant l'humanité. C'est pour cette raison que Cane avait choisi d'être plongé dans un long sommeil, en réalité. Il se sentait de plus en plus apathique et avait décidé de rejoindre son père dans la crypte familiale.

Mais la théorie de Calina me fit réfléchir à tout un tas d'autres possibilités. Cane n'était pas le seul vampire de notre ère qui avait choisi d'être plongé dans le néant.

— Viens, dis-je en la tirant du lit. J'ai envie de te baiser sous la douche avant que notre nourriture arrive.

Ce changement brutal dans la discussion m'était venu en tête car je savais que les appareils d'écoute commençaient à se réactiver autour de nous.

Lajos s'attendait à un grand spectacle.

Autant dire qu'il n'allait pas être déçu.

Je transmis cette pensée à Calina dans son esprit en l'informant avec précision de ce que j'avais l'intention de lui faire contre le mur recouvert de carrelage de la douche.

Je continuai en même temps à explorer l'immense brèche d'idées qu'elle venait d'ouvrir dans mon esprit.

Peut-être nous étions-nous engagés sur une fausse piste pour tenter de deviner l'identité de ce *monseigneur*. Nous avions supposé que ce devait être un genre d'allié de l'époque contemporaine.

Peut-être allions-nous devoir remonter un peu plus loin

dans le passé pour découvrir qui était le partenaire de Lilith.

Remonter à il y a quelques milliers d'années.

À l'époque des Créatures Bénies et de l'ère originelle.

Tant d'individus à l'époque avaient dénigré l'humanité et avaient considéré les membres de notre espèce comme des dieux qu'il fallait vénérer, et non comme des êtres qui devraient vivre cachés.

Ce qui expliquait pourquoi Lilith était vue comme une déesse.

Putain, pourquoi est-ce que je n'y ai pas pensé avant ? me demandai-je en menant Calina jusque dans la douche.

Parce que tu ne m'avais pas à tes côtés avant, répondit Calina, les mains posées sur mes hanches. *De nouvelles perspectives peuvent avoir une importance capitale pour faire des découvertes qui auront nécessité un travail titanesque.*

Je baissai les yeux sur elle et plongeai le regard dans ses yeux trop bleus.

Tu me séduis par ton esprit, Calina.

En guise de réponse, elle m'attrapa la verge et la caressa.

Seulement par mon esprit ?

Putain, cette femme était une déesse à elle toute seule.

Elle renâcla avec dédain. *Certainement pas.*

Chut, je réfléchis, ma chérie. Je t'interdis de m'interrompre.

Cette petite fouine leva les yeux au ciel. *Arrête de réfléchir et embrasse-moi.*

Tu arrives toujours à prendre le dessus en étant en-dessous, à ce que je vois.

Elle me caressa vivement la queue et me l'enserra d'une poigne de granite.

— Baisez-moi, Mon Prince, *je vous en prie.*

Je grognai, à la fois irrité et intensément excité par ses petites minauderies simulées.

Si son but avait été de me distraire de passer en revue dans ma tête la liste des vampires anciens, elle avait réussi.

J'allais toutefois lui faire payer très cher cette petite distraction.

— Je vais te détruire immédiatement, petit génie.

Par les paroles ou par les actes ? me nargua-t-elle.

Bon Dieu, Calina.

J'emprisonnai sa petite bouche rebelle et la punis avec ma langue. Cela la fit seulement gémir, elle avait donc très clairement enfreint les règles, mais je n'en avais rien à foutre.

Cette femelle voulait que je fasse se déchaîner ma bête intérieure.

Conseil d'ami, accroche-toi bien, l'avertis-je. *Je ne vais pas y aller en douceur.*

CALINA

Mon corps me brûlait de par les attentions que Jace m'avait prodiguées précédemment.

Il ne plaisantait pas lorsqu'il m'avait indiqué quelles étaient ses intentions. Il m'avait plaquée contre le mur avec tant de force que je pourrais jurer que je sentais son goût dans ma bouche.

Je luttai contre l'envie irrépressible de gesticuler de nouveau, le tissu de soie qui recouvrait ma chair lisse me faisant un drôle d'effet mentalement.

Je portais une robe d'un style différent ce soir. Le jupon de celle-ci était en soie d'un bleu marine très foncé et descendait jusqu'au sol en cascade. Les deux fentes qui remontaient de chaque côté laissaient entrevoir mes bas noirs, mes talons, et les sangles du porte-jarretelles accrochées à mon string. Deux bandes de ruban bleu apportaient une finition parfaite à l'ensemble, et le tissu de soie épais dans lequel elles étaient coupées venait se croiser sur mes seins et se rattacher à l'arrière de ma nuque.

Mon dos était entièrement exposé, tout comme l'étaient en grande partie mon abdomen et mes flancs.

Malgré tout, je ne sentais pas l'air frais qui nous entourait dans la limousine.

La chaleur corporelle de Jace enflammait mon sang comme si c'était le sien.

Il était assis à côté de moi, vêtu d'un costume noir uni, la paume de sa main posée sur ma cuisse. Il me faisait une caresse chaque fois que j'avais envie de bouger.

Ce qui ne m'aidait pas du tout.

Ça, il le savait bien.

Mais ce salopard s'en amusait trop pour se contenir.

Attention, chérie, ou je vais devoir te baiser encore une fois pour avoir bougé et désobéi de la sorte.

Je ne bouge même pas, rétorquai-je.

Si, murmura-t-il. *Si Lajos était là, il le remarquerait tout de suite, comme c'est déjà le cas de Darius.*

Je serrai la mâchoire.

Lui aussi vient de le remarquer, ce qui explique pourquoi il me regarde en levant un sourcil.

*Tu aurais dû l'informer de notre lien d'*Erosita, grommelai-je.

Apparemment, notre connexion mentale ne sautait pas aux yeux et ne pouvait être entendue par d'autres vampires. Si c'était le cas, Darius serait déjà au courant, ce qui n'était manifestement pas le cas.

S'il savait que tu étais dans ma tête, il comprendrait mes réactions, ajoutai-je.

Jace laissa échapper un rire sarcastique à côté de moi qu'il tenta de dissimuler en toussotant.

Les appareils d'écoute dans notre suite m'ont empêché de le lui dire, c'était impossible. En plus, nous avons failli rater le petit déjeuner, à cause de ton entêtement dans la douche.

Mon entêtement ?

Oui. Tu n'es venue que trois fois avant de déclarer que ça suffisait pour toi. Un gentleman doit avoir donné au moins cinq orgasmes à sa partenaire avant de considérer qu'il a correctement fait son travail.

Mes joues s'enflammèrent lorsque je me souvins de la

façon dont il m'avait retournée, avait appuyé mes seins contre le mur et m'avait baisée par-derrière en me demandant de venir bien fort contre sa…

Arrête de gigoter, me communiqua-t-il sèchement dans mon esprit.

Désolée. Mes entrailles sont encore prises de spasmes à cause du nombre d'orgasmes obligatoires que tu as décidé. Je lui avais dit que je ne pouvais pas venir encore une fois, et il m'avait aussitôt prouvé que j'avais tort en me forçant à avoir deux orgasmes de plus.

Lui obéir m'avait fait mal physiquement.

Mais le plaisir qui avait suivi valait bien la peine d'avoir enduré cette sensation agonisante.

Il me gifla la cuisse avec la paume de sa main.

— Ne bouge pas.

Je grognai dans son esprit.

Il grommela férocement en retour.

Je déglutis et m'efforçai de prendre une posture de petite humaine soumise comme il le désirait.

Oh, ce n'est pas ce que je désire, ma douce Calina. C'est exactement la raison pour laquelle je veux que tu arrêtes, ou bien je vais encore te baiser car ta désobéissance me fait bander.

Je fis glisser mon regard de ses cuisses musclées jusqu'à son entrejambe et me léchai involontairement les lèvres.

— Putain, marmonna-t-il à voix haute, son corps tout entier tendu.

— Tu l'as pourtant baisée gratuitement, non ?

Le ton de voix de Darius était teinté d'irritation.

— Évidemment.

Jace semblait tout aussi agacé, cependant il me racontait tout autre chose par l'esprit. Il n'était venu qu'une seule fois dans la douche et ne serait absolument pas contre l'idée de remettre ça deux fois.

Cette simple pensée me fit…

Calina, je t'en prie, dit-il, la sensation d'agonie qui le tiraillait remontant jusque dans ses pensées. *Je n'ai pas envie de te baiser dans cette limousine.*

Non, tu as prévu de faire ça au club, rétorquai-je, sachant parfaitement quelle était sa stratégie pour ce soir. *Peut-être laisseras-tu le loisir à Lajos de savourer ma bouche dans le même temps.*

Il grogna de nouveau, cette fois davantage sous l'effet de la colère que du désir.

Je n'ai pas encore décidé.

Je sais.

Je pouvais lire dans ses pensées.

Tout comme je savais qu'il pouvait aussi bien m'en exclure. Il y avait pensé par mesure de protection pour nous deux. Mais il avait rapidement abandonné l'idée, car il avait compris que le fait de garder notre lien ouvert pour communiquer serait à son avantage et lui laisserait davantage de marge de manœuvre puisque je n'aurais pas le droit de parler ce soir. Garder notre canal de communication actif nous permettrait d'élaborer une stratégie ensemble.

Ce fut pour cette raison que je lui dis :

S'il faut que je me mette à genoux pour le distraire, je le ferai.

Cela ne voulait pas dire pour autant que j'en avais envie.

Toutefois, je comprenais ce que nous avions l'intention de faire. Il nous fallait mettre Lajos à ses aises afin de pouvoir explorer son territoire en toute liberté et trouver le Bunker 37.

S'il nous était impossible de le berner et de faire en sorte qu'il se détende, il allait falloir le distraire.

Et la distraction, ce serait probablement moi.

Non, répondit Jace. *Je ne te laisserai pas toute seule avec lui. Je ne vais pas mourir.*

Tu n'en sais rien. S'il te baise, notre lien va probablement se briser. Et tes autres liens avec l'immortalité, alors ? Nous ne pouvons pas prendre ce risque avant d'avoir davantage d'informations à propos de ton histoire et de détails concernant ton statut d'immortelle.

Il va falloir que tu prennes ce risque pour Cam, rétorquai-je, lui rappelant quel était son but ultime. *Nous savons tous les deux que tu le choisiras plutôt que moi. S'il te plaît, ne me prends pas pour une idiote en me disant le contraire.*

Il ne fallait cependant pas voir dans son attitude quelque chose de condescendant. Je sentais bien qu'émotionnellement, il n'arrivait pas à accepter l'idée de laisser Lajos prendre possession de moi.

Ce n'était pas simplement la potentielle perspective que je meure qui l'effrayait, mais plutôt de savoir qu'un autre mâle allait me baiser.

Il semblait que Jace soit devenu quelque peu possessif à mon égard, ce qui, nous le savions mutuellement, était dû à notre lien.

Tout comme nous savions aussi bien l'un que l'autre que son goût pour la stratégie le ferait sortir vainqueur de cette épreuve.

C'était une chose que j'appréciais chez lui car mon esprit fonctionnait de la même façon.

Je compren…

Ne parlons pas de ça. Pas encore. Pas avant qu'il ne nous reste plus d'autre choix…

Il m'adressa ces paroles par la pensée d'un ton sec et empli de colère, pour m'indiquer que la discussion était close.

Très bien, concédai-je, me concentrant à nouveau sur mon corps en essayant de me détendre et de prendre une pose plus soumise.

Jace appuya la paume de sa main plus fort contre ma cuisse tandis qu'il se mit à égrener la liste des Créatures Bénies et de leurs héritiers. À ce qu'il semblait, plusieurs de ces héritiers avaient choisi de reposer auprès de leurs pères, car ils s'étaient lassés de l'immortalité après quelques milliers d'années. De fait, certains des vampires royaux faisaient partie des premiers à avoir été mordus, à s'être transformés.

Des vampires comme Darius.

En lisant dans les pensées de Jace, j'appris que Darius était l'unique progéniture de Cam, ce qui expliquait pourquoi il serait très probablement contraint de prendre le pouvoir un jour.

Jace n'avait jamais transformé personne, ce qui sortait de l'ordinaire. Il garda à l'esprit que Kylan avait attendu jusqu'à cette année pour créer un vampire.

Tous les autres avaient mordu et transformé au moins un autre humain.

Ces vampires avaient ensuite transformé d'autres humains à leur tour.

Qui en avaient transformé d'autres.

Encore et encore.

De nombreux vampires avaient été créés au cours de tous ces milliers d'années, ce qui avait conduit au brassage des lignées de sang.

Seuls les vampires issus des trois premières générations, de l'ère de Cronus et Johan, de celle de Cam, Cane, Kylan, Ryder et Jace et de celle de Darius, étaient considérés comme de véritables royaux de par leurs liens familiaux étroits avec les Créatures Bénies.

Tous les autres avaient une place quelque part dans l'arbre généalogique.

Certains ne pouvaient même pas retracer leurs origines.

Jace me donna toutes ces informations par l'intermédiaire de son esprit, tandis que je l'écoutais citer tous leurs noms pour tenter de trouver lequel d'entre eux pouvait être ce *monseigneur* potentiel dont Lilith parlait dans les rapports d'activité.

Il passa rapidement en revue leurs identités, garda certains noms dans un coin de sa tête et ignora tous les autres, effectuant cette tâche en l'espace d'une seconde. Il était fascinant d'écouter le cours de ses pensées, ses capacités stratégiques me séduisant quelque peu.

La paume de sa main posée sur ma cuisse n'arrangeait pas vraiment mon affaire.

Le fait qu'il pouvait entendre à quel point son intelligence me faisait de l'effet, non plus.

Et puis merde, dit-il, me saisissant les hanches avec ses mains avant de me tirer à lui pour me forcer à me mettre à califourchon sur ses cuisses. Darius grommela quelque chose que je ne pus entendre à cause de la sensation de martèlement dans mes oreilles.

Jace captura ma bouche entre ses lèvres à la seconde qui suivit, sa langue s'engagea dans un duel avec la mienne tandis qu'il continuait de se demander qui Lilith pourrait avoir réveillé.

Sa capacité à faire plusieurs choses en même temps me saisissait, et faisait bouillir mon sang dans mes veines à chaque seconde qui passait.

Je retraçai chacune de ses pensées et appuyai chacune de ses décisions, tout en me débrouillant assez bien pour suivre le mouvement de ses lèvres sur les miennes.

Il avait cette capacité à engager mon corps et mon esprit en même temps dans l'acte, me laissant une impression de satisfaction qui pourrait rivaliser avec celle que j'avais éprouvée au cours de notre moment dans la douche.

— Mon Prince, dit Darius sur un ton dénué d'émotion.

Toutefois, Jace perçut le soupçon d'impatience qui planait dans l'air.

Nous étions apparemment parvenus à notre destination sans qu'aucun de nous deux ne le remarque.

Une pointe d'étonnement transparut dans le regard de Jace lorsqu'il écarta sa bouche de la mienne et me scruta le visage.

Tu es dangereuse, Calina.

Pas aussi dangereuse que toi.

Hmm, c'est ce qu'on va voir, marmonna-t-il en me caressant la lèvre inférieure du bout de son pouce.

— Nous sommes prêts.

Sa remarque fut suivie d'un bruit sourd et brutal.

Puis la porte s'ouvrit à côté de nous.

Darius sortit en premier et abaissa sa main pour aider Juliet à sortir de la voiture ensuite. Son mouvement était si naturel, il me parut légitimement possessif, et en l'observant, je me demandai ce que Jace allait faire à présent.

Il ricana dans mon esprit et ses lèvres effleurèrent les miennes. *Crois-moi, on entrevoit très bien ma marque de possession dans ton expression.* Il me souleva d'un geste vif, car j'étais encore assise sur ses genoux, et se glissa hors de la voiture. Puis sa main apparut sous mes yeux, ses doigts pendant au bout de celle-ci d'un air aguicheur. *Viens donc jouer, petit génie. J'ai envie de t'exposer à la vue de tous.*

Je déglutis, mon cœur martelant soudain dans ma poitrine pour une tout autre raison.

Je savais très bien pourquoi il voulait m'exposer.

J'étais un appât.

L'appât d'un vampire royal qui avait le penchant de tuer ses jouets.

Tout de suite, ajouta Jace, qui entendait clairement mon

hésitation. Il me disait de me dépêcher pour ne pas avoir à se donner en spectacle et devoir me punir en public pour ce que j'avais fait, chose que je compris par l'intermédiaire de ses pensées.

Tout en prenant un long souffle pour me calmer, je me glissai sur la banquette arrière en cuir et mis ma main dans la sienne.

Il me tira hors de la voiture avec l'aisance d'un être à la force supérieure et encercla immédiatement son bras au bas de mon dos en me tirant près de lui.

Il ne le fit pas pour me montrer qu'il me possédait, mais plutôt parce que c'était nécessaire.

Et puis, nous allions devoir nous donner en spectacle.

Plus il semblerait être fixé sur moi, plus Lajos en serait intrigué, ce qui renforcerait mon rôle d'instrument de négociation.

Jace m'embrassa à la gorge, mais je le sentis à peine à cause de mon cœur qui battait à tout rompre.

Je comprenais quel était l'objectif de tout cela. J'avais un rôle à jouer, tout comme Jace. Toutefois, être confrontée à la brutale réalité des faits, à savoir que j'allais être utilisée comme un pion, était beaucoup plus difficile que de l'accepter mentalement.

Mes genoux vacillaient tandis que nous avancions.

Je me concentrai sur ma démarche pour rester stable, sur ma ferme résolution, et ignorai tout ce qui se passait d'autre autour de nous.

Je suis une poupée, un jouet, une esclave humaine. Une nourriture...

Calina, m'interrompit Jace. *Je comprends où tu veux en venir, mais je t'en prie, arrête. Tu n'es rien de tout cela pour moi.*

Je suis celle que je dois être, lui dis-je. *Celle que tu veux que je sois.*

Le soupir qu'il poussa mentalement fit écho dans mes

pensées et me caressa la hanche de la paume de sa main tandis qu'il me faisait avancer sur le sol en bois sombre sous mes pieds. Nous étions entrés dans le bâtiment sans que je ne le remarque, et la climatisation me faisait l'effet d'une caresse glaciale sur ma peau en surchauffe.

Il était en train de parler à quelqu'un.

J'ignorai ses paroles.

J'ignorai la sensation que me provoquaient tous ces yeux rivés sur ma peau.

J'ignorai le rythme assourdissant de la musique lorsque nous entrâmes dans une autre pièce.

J'ignorai les halètements brutaux et les cris de plaisir et de douleur qui s'ensuivirent.

J'ignorai les grognements que j'entendis en réponse.

J'ignorai le rire cruel qui me venait aux oreilles.

J'ignorai la sensation glaçante de pouvoir que je ressentis lorsque l'on nous accueillit dans une zone dissimulée à l'arrière du bâtiment.

Et surtout, j'ignorai la sensation de chaleur que je sentais à mes côtés.

Ou du moins, j'essayai.

En réalité, j'observai chaque détail, mémorisai les odeurs, les bruits et l'image du sol, et mon cerveau essayait de se faire une carte mentale pour potentiellement m'échapper, sur la seule base de mes sens.

Jace entendit chacun de mes mots dans mon esprit, et son bras était comme une barre de fer dans mon dos, qui me rappelait sans grande subtilité qu'il était hors de question de penser à m'enfuir.

Les prédateurs aimaient pourchasser leur proie.

Ils adorent aussi baiser ce qu'ils ont réussi à attraper, ajouta Jace dans mon esprit tout en me tirant sur ses genoux. *Qu'importe ce que tu décides de faire, ne regarde pas la scène.*

Ses paroles me firent marquer un temps d'arrêt, puis je

reliai sa remarque au souvenir qu'il avait gardé de ce qu'il avait vu.

Mon estomac se retourna lorsque je vis l'image de mort intensément érotique qui apparut dans son esprit.

Des humains se faisaient baiser jusqu'à ce que mort s'ensuive, avec tout un tas d'instruments de torture.

Plusieurs d'entre eux criaient en silence.

D'autres étaient trop déconnectés du monde autour d'eux pour se soucier de ce qu'il se passait.

Une marée de vampires voyeuristes regardait le spectacle, et beaucoup savouraient leur propre plaisir, sous la forme qu'ils voulaient à leurs tables respectives.

Du vin agrémenté de sang coulait à flots dans la pièce. *C'était littéralement des fontaines de vin.*

Jace conserva une expression lasse lorsque lui et Darius engagèrent la conversation. Ils firent signe à un serveur, qui, tel que je le voyais à travers l'esprit de Jace, était nu à l'exception de quelques piercings placés à des endroits judicieux, et commandèrent un en-cas pour la table.

Un en-cas à base de viande humaine.

Jace appuya ses lèvres contre l'endroit où l'on sentait mon pouls rager.

Les mortels dans cette pièce vont mourir quoi que Darius ou moi fassions. Nous pouvons au moins rapidement abréger les souffrances de l'un d'entre eux.

Je sais.

Je lisais quelle était son intention dans son esprit.

Au fond de moi, je fus forcée d'admettre que mon lien mental avec Jace était probablement la seule chose qui me retenait de montrer une réaction extérieure au cauchemar qui se déroulait autour de moi. Je sentais le dégoût qu'il éprouvait lui-même devant ce spectacle et son irritation devant le peu de considération dont faisait preuve Lajos envers l'humanité.

Ce n'était pas de cette façon que Jace avait choisi de régner. Oui, il possédait un stock d'humains destinés à l'alimentation. Il les choisissait toutefois avec soin, et s'assurait qu'ils avaient atteint un certain âge et déclin physique avant d'en arriver là.

Toutefois, s'il devait prendre la tête de ce monde, il avait l'intention de créer un programme de mise en place de banques de sang, dans lesquelles se trouveraient des donneurs volontaires. Selon son raisonnement, de nombreux mortels verraient alors les immortels comme les véritables dieux qu'ils étaient et accepteraient de les servir de leur plein gré en échange de leur protection.

Je fouillai dans ses idées et me perdis dans la conception de l'avenir qu'il avait en tête. Je me rendis compte que j'approuvais plutôt ses idées.

Le simple fait d'y penser me calmait.

Je faillis pousser un soupir de soulagement.

Jusqu'à ce que l'air fût chargé de quelque chose de nouveau.

— Lajos, le salua Jace, ses paumes de mains venant se poser sur mes hanches pour me décaler sur le banc à côté de lui pour qu'il puisse se relever.

La sensation du cuir froid contre ma peau traversa ma robe, ce qui me fit frissonner lorsque le corps chaud de Jace se décolla du mien.

— Jace, rétorqua une voix grave, comme il est bon de vous revoir.

— Tout le plaisir est pour moi, répondit Jace. Vous savez combien j'apprécie vos clubs. Cela me semblait être l'endroit indiqué où emmener Jasmine, puisqu'elle a demandé une réunion.

C'était un mensonge complètement transparent que je percevais dans les pensées de Jace. Il l'avait pourtant débité aussi facilement qu'un politicien expérimenté.

— Oui, répondit une voix mielleuse. Je suis vraiment ravie que vous y ayez pensé, Jace.

— Évidemment, répondit-il en embrassant la femelle sur la joue.

Je ressentis ce geste à travers notre lien et ne l'appréciai pas beaucoup car cela me fit l'effet d'un coup de poing dans l'estomac. Lorsqu'elle l'empoigna pour lui rendre la pareille... *sur les lèvres*... je faillis grogner.

Ma réaction était étrange, et mon esprit scientifique l'interpréta comme étant inhérente à notre connexion.

C'était cela que Lilith avait tenté d'atténuer avec tous les essais qu'elle avait conduits : les instincts de possession relatifs au lien d'*Erosita*.

Comme il était étrange que je n'aie jamais ressenti pareil instinct pour elle. Elle les avait pourtant éprouvés pour moi.

Est-ce que l'un ou plusieurs des autres immortels ressentiraient la même chose pour moi ? Ou bien s'étaient-ils déjà trop éloignés de la réalité ? Je ne parvenais pas à les sentir, mais cela ne changeait rien à l'accoutumée.

Cependant, je sentais généralement quels étaient mes liens avec l'immortalité, tout au moins subtilement. Le seul que je sentais à présent, c'était Jace.

Et les mains de cette femme sur son torse.

Elle enfonçait ses ongles dans sa veste tandis qu'il riait à propos de quelque chose qu'elle venait de dire, une remarque quelconque sur le jeu sexuel qui se déroulait sur scène. Je n'avais pas entendu ladite remarque, mais en entendis quelques bribes, par murmures, qui lui étaient restées à l'esprit.

Je refusai de suivre le fil de cette pensée car je ne voulais pas savoir. Le désintérêt de Jace pour les conversations m'apaisait. Il se comportait comme un sorcier extérieurement, ricanait et faisait mine de s'amuser immensément. Mais à l'intérieur, j'entendais ses commentaires dédaigneux.

Cela m'amusait presque.

Mais toute trace d'amusement disparut lorsque Lajos vint s'asseoir à côté de moi.

Et qu'il posa la paume de sa main sur ma cuisse.

JACE

Le pied de cristal de mon verre de vin faillit se briser sous ma poigne qui se resserra.

Lajos était assis derrière moi.

À côté de Calina.

Avec sa putain de main sur sa cuisse.

Et il n'y avait rien, pas la moindre putain de petite chose que je puisse faire pour le faire cesser cela sans faire de scandale.

Les vampires étaient des créatures affectueuses. Nous adorions caresser et toucher les autres. Lajos n'avait fait que ça au cours des dix dernières minutes en bavardant nonchalamment avec Darius.

Je gardai un œil sur lui par l'intermédiaire des pensées de Calina. Malheureusement, cela ne me mit que plus en colère car je sentais combien elle était mal à l'aise tandis qu'il faisait remonter son doigt le long de ses bas de soie.

Ces bas, c'était moi qui devais en profiter, pas lui.

Toutefois, je l'avais fait s'habiller de cette façon car je savais qu'il aurait voulu avoir une image plus intime d'elle un peu plus tard. Tous ses attributs étaient recouverts de manière aguicheuse, et il voudrait forcément les dévoiler ultérieurement de ses propres mains.

Darius avait l'intention de se montrer en spectacle avec

Juliet, puis d'offrir un petit verre au royal avant que Lajos ne laisse se déchaîner ses désirs libidineux sur ma consœur.

Sauf qu'elle n'était plus une simple consœur à présent.

Et j'avais bien du mal à supporter l'idée de laisser un autre homme la toucher, encore moins la *baiser*.

Tout cela découlait de notre lien et de ce besoin possessif de la maintenir sous le joug de notre connexion mentale. D'un point de vue rationnel, c'était compréhensible.

Le problème, c'est que je n'avais pas du tout envie d'être rationnel.

Il me fallut faire un énorme effort pour continuer la conversation avec Jasmine, alors que tout ce que j'avais envie de faire, c'était d'empoigner Calina et de faire comprendre à tous ceux qui se trouvaient dans cette putain de pièce qu'elle était à moi.

Je vouai tout à coup une admiration décuplée envers Darius et sa capacité à garder une expression aussi stoïque lorsque d'autres hommes admiraient et touchaient sa Juliet.

Putain, j'étais même subjugué qu'il ne m'ait jamais frappé pour toutes les choses que je lui avais faites.

J'avais en effet terriblement envie de frapper Lajos à cet instant.

Non, et puis merde, j'avais envie de tuer ce bâtard. Il caressait de bien trop près, du bout des doigts, le paradis que je désirais. Il fit remonter sa main juste assez pour venir frôler d'un air effronté la dentelle entre les cuisses de Calina avant de redescendre avec empressement sur toute la longueur de ses bas.

J'éprouverai une jouissance sans limites le jour où je le poignarderai, décidai-je tout en demandant à voix haute :

— Alors, quoi de neuf à Jasmine City ?

Je n'en avais pas grand-chose à faire. Je voulais simplement en finir avec cette discussion. Jasmine attendait quelque chose de ma part. Plus vite je pourrais refuser sa demande, plus vite je retournerais aux côtés de Calina.

Jasmine se lança dans un discours interminable au sujet de sa région et de leurs exportations dans le domaine des technologies de pointe. Je voyais clair à travers ses tentatives de me séduire avec le potentiel commercial de ses terres, et savais très bien qu'elle voulait amener la conversation sur les échanges entre ses bénies technologies et du sang humain.

Je me tenais à une table basse dans la partie privée du club et faisais mine de boire chacune des paroles de Jasmine tout en écoutant attentivement la conversation derrière moi.

— Alors, où est-ce que Jace a dégoté un aussi joli petit jouet ? demanda Lajos, son attention entièrement tournée vers Calina à présent.

Elle sentait ses yeux posés sur elle mais tenta d'ignorer son regard en déroulant les différents scénarios qu'elle avait en tête. Je l'écoutai, fascinée par sa capacité à dissocier une situation aussi dangereuse.

— Je vois, dis-je, en réponse à Jasmine afin de l'inciter à continuer à parler.

Cela fonctionnait.

Elle se lança dans un long laïus sur ses lignes de production et expliquait comment les humains y étaient exploités pour fabriquer tous ses appareils dernier cri.

— Il l'a trouvée dans un trou à rats, quelque part, dit Darius sur le ton parfaitement dosé de la dérision.

Il n'était pas sérieux, mais ce n'était pas ce qui importait. Il avait un rôle à jouer, et il y excellait, mieux que beaucoup. Voilà pourquoi il faisait le parfait souverain.

— Je suppose qu'elle a dû lui faire office de petite récompense après tout ce que lui a fait endurer Ryder.

Ah, voilà que maintenant Darius essayait de le distraire.

— Eh bien, oui, Lilith nous a fait part de son intention de venir nous rendre visite, répondit Lajos d'une voix qui ne laissait rien transparaître.

Je m'interrogeai toutefois sur cette déclaration, en me demandant ce qu'il se gardait bien de dire. *Est-ce qu'il sait qu'elle est morte ? Est-il l'un des alliés dont il est fait mention dans les rapports ? Sait-il qui est ledit monseigneur ?*

Calina s'était également distraite elle-même avec ce genre de questionnements. Elle analysait aussi l'attitude de Darius et son art suprême de détourner la conversation.

— Je pense qu'elle est toujours là, même si je ne parviens pas précisément à justifier mon intuition, dit Darius en gardant un air agacé. Il est impossible de contenir Ryder. Ce mâle ignore complètement les règles.

— Eh bien, vous connaissez Lilith. C'est une battante.

— Évidemment, confirma Darius d'un air innocent, mais Ryder aussi.

Calina se concentrait sur leur conversation pour tenter d'oublier Lajos qui avait fait remonter la paume de sa main. Toutefois, lorsqu'il effleura à nouveau son sexe, elle déglutit et se força à ne pas frissonner de dégoût.

Je resserrai ma poigne autour de mon verre de vin.

Jasmine me racontait en détail combien d'heures elle faisait travailler ses esclaves humains, et la quantité de nourriture qu'il leur fallait pour rester productifs. Au vu du peu qu'elle les nourrissait, je ne fus pas surpris lorsqu'elle ajouta :

— Mais cela ne semble pas suffire. Ils s'affaiblissent et meurent tous beaucoup trop vite.

J'acquiesçai.

— Ce sont des êtres fragiles.

— Trop fragiles, répondit-elle en reprenant une gorgée de vin.

— Je suis surpris que Silvano n'ait pas eu cette jolie femelle dans son harem, dit Lajos, faisant à nouveau revenir la conversation sur Calina, et son air intrigué me tapait sur les nerfs.

Je m'étais attendu à ce qu'il soit intéressé, mais il y avait quelque chose dans le ton de sa voix et sa manière de la toucher qui semblait par *trop* intéressé. J'eus cette sensation en observant Calina, et je l'avais remarqué aussi. Le fait que Darius ait détourné la conversation sur Ryder aurait dû éveiller un plus grand intérêt de la part de Lajos.

Ryder était l'un de nos comparses royaux et venait récemment d'acquérir un nouveau territoire.

N'importe quel autre vampire de notre rang aurait voulu savoir comment cela se passait pour lui.

Ne serait-ce que pour déterminer s'il avait potentiellement quelque chose à y gagner d'un point de vue politique ou bien s'il pouvait acquérir un nouveau territoire, dans le cas où le royal échouait à la tâche.

Mais pas Lajos.

Non, il voulait parler de Calina.

— Puisque je n'ai jamais bien connu Silvano, je ne saurais pas le dire, répondit Darius. Mais je suis curieux de savoir ce qu'il adviendra de ce territoire entre les mains de Ryder.

Encore une tentative de sa part de dévier la conversation.

Lajos se laissa distraire pendant un bref instant tandis qu'il fit remarquer l'incapacité de Ryder à diriger quelqu'un d'autre que lui-même.

— Je crois que Lilith a déjà appris cette leçon, conclut-il, ce qui fit se hérisser les poils à l'arrière de ma nuque.

Il est au courant, statuai-je.

Je n'eus toutefois pas le temps de réagir car notre véritable boisson arriva l'instant suivant. Celle qui allait nous délecter d'un petit verre était une femelle aux cheveux bruns emmêlés.

— Ah, il est temps de goûter à un meilleur vin, dit Darius d'une manière tout à fait délicate qui suggérait qu'il n'avait pas entendu la dernière réflexion de Lajos.

Je me doutais bien cependant de ce qui se tramait réellement : non seulement il l'avait entendue, mais il l'analysait.

Tout comme moi.

Tout comme Calina.

Cependant, elle fut distraite presque immédiatement par le plateau rempli d'instruments pointus qui atterrit sur la table. Ces outils étaient prévus pour dépecer des parties du corps.

Ils étaient destinés à donner la mort à l'humaine qui nous les avait apportés.

Chut, chuchotai-je dans l'esprit de Calina pour la calmer avant qu'elle ne manifeste une réaction extérieure.

C'est tellement tordu.

C'est la vie.

C'est tordu, aboya-t-elle en retour.

Je poussai mentalement un soupir et lui transmis certaines de mes pensées pour l'avenir, des pensées riches de mes plans, de mes idées, et de la façon dont je comptais les mettre sur pied. Je l'avais senti examiner tous ces détails un peu plus tôt, et avais remarqué le semblant d'apaisement qu'ils avaient semblé lui procurer.

Heureusement, cette technique fonctionna à nouveau lorsque l'humaine vint se mettre sur la table à côté des ustensiles.

Merci, me murmura-t-elle en retour.

Appuie-toi sur moi, Calina. Pour toujours.

Les mots me vinrent naturellement, suivis d'une brève sensation de chaleur dans ma poitrine tandis que je revins à la diatribe de Jasmine concernant son problème de pénurie d'humains.

Il sembla que finalement, elle parvienne au sujet de sa requête : elle avait besoin de davantage de corps bien chauds.

Tout ce discours me confirma ce que je savais déjà à propos de Jasmine : elle n'était pas faite pour gouverner.

— Hmm, non, ce n'est pas vraiment ce dont j'ai envie là, maintenant, dit Lajos derrière moi. Je suis beaucoup plus intéressé par le nouveau petit animal de compagnie de Jace. Peut-être pourrait-elle sucrer mon vin à la place ?

Calina cessa de respirer lorsque Lajos commença à manipuler doucement l'un des couteaux sur la table. Son autre main s'aventura à remonter le long de sa cuisse et il caressa effrontément du bout du doigt la bande de tissu entre ses cuisses. Elle fit tous les efforts possibles pour ne pas manifester de réaction extérieurement lorsqu'il lui empoigna le sexe, mais son geste fortement déplacé résonnait dans notre lien.

Calina n'était pas la seule à rechigner contre cette sensation, *moi aussi*.

Elle était à moi.

— Il me semble que le Prince Jace a l'intention de la garder pour le dessert tout à l'heure, en privé. Elle n'est pas destinée à servir d'apéritif, dit Darius d'un ton presque froid.

Son ton était loin d'être suffisamment assassin à mon goût. Il y avait toutefois dedans la note d'avertissement qui convenait. D'ailleurs, il avait fait exprès d'employer mon titre et mon nom. Il voulait s'assurer que je l'avais entendu et que je voyais bien ce qui se passait.

En toutes autres circonstances, je l'aurais laissé se débrouiller tout seul et aurais attendu son avertissement.

Mais Calina n'était pas un cas ordinaire.

Calina est à moi.

— Eh bien, je préférerais goûter au dessert en premier, rétorqua Lajos d'un ton empli de son arrogance de royal. Jace n'y verra pas d'inconvénient.

— En réalité, si, cela me pose problème, répondis-je en coupant Jasmine en plein milieu de sa phrase, peu m'importe ce qu'elle était en train de dire.

J'avais entièrement cessé de faire semblant de l'écouter lorsque Lajos avait caressé Calina du doigt de manière inappropriée.

Putain, chacun de ses gestes avait été *inapproprié*.

Pas une seule fois je ne lui avais donné la permission ne serait-ce que de la toucher, et encore moins *à cet endroit*.

Peu importe qu'habituellement, je partageais mes consœurs facilement. Peu importe que je ne l'avais jamais empêché de faire ce qu'il voulait par le passé.

Tout ce qui importait, c'était Calina.

Ma Calina.

Lajos leva les sourcils.

— Refusez-vous que je goûte à votre petit jouet ?

Il me fallut faire un effort considérable pour ne pas perdre mes moyens et garder un ton neutre.

— Calina est réservée pour le dessert, comme l'a dit Darius. C'est une petite douceur destinée à être dégustée *en privé*. Si vous avez envie d'une petite prolongation de la soirée, nous vous invitons à repartir avec nous.

Nous pourrions alors lui parler seul à seul.

En privé.

Et l'interroger comme il se doit.

J'emmerdais tout le reste.

J'emmerdais le plan, j'emmerdais la stratégie, et tout ce qui se passait.

Il n'allait pas toucher Calina.

Jace, murmura-t-elle. *Nous ne pouvons pas…*

Pas maintenant.

Je n'étais pas d'humeur à négocier les termes de ma décision. Hors de question que ce bâtard ne touche mon *Erosita*. Nous perdions notre temps à essayer de le mettre à ses aises. Je préférerais largement lui tirer dessus et le torturer pour le forcer à cracher des informations.

Darius me lança un regard d'avertissement.

Je l'ignorai et attendis la réponse de Lajos.

— Calina, répéta-t-il.

Le simple fait d'entendre son nom sur les lèvres de Lajos me fit voir rouge. Je réussis miraculeusement à ne réagir que d'un simple mouvement d'épaules en répliquant :

— Ce nom lui va comme un gant.

— Très joli nom, en effet, confirma-t-il en la caressant encore une fois avec son doigt. Si je ne me trompe pas, il est d'origine grecque, c'est une variante du prénom Sélène.

Calina lutta contre l'instinct irrépressible de refermer ses jambes et se maintint parfaitement immobile tandis qu'elle attendait, le souffle coupé, d'entendre ce qu'il allait dire ensuite. Elle tentait de se distraire en décryptant ses actes et ses paroles.

J'aurais dû faire de même, mais je n'arrivais plus à réfléchir. Je ne voyais plus que le voile sanglant qui recouvrait mon champ de vision. La seule chose dont j'avais envie, c'était d'arracher sa putain de tête de son cou et de reprendre Calina dans mes bras.

Ressaisis-toi, m'ordonnai-je à moi-même. *Tu n'es pas comme d'habitude, il va le remarquer.*

Je partageais toujours.

Aucune de mes consœurs ne restait très longtemps ma propriété privée.

Cette règle de fait devrait également prévaloir pour Calina.

Mais pour moi, elle était très différente de toutes les autres.

Ce putain de lien allait nous être fatal. D'un point de vue rationnel, je savais qu'il serait plus pratique de le rompre. Mais d'un autre côté, je me disais aussi de manière tout à fait réfléchie que notre connexion nous était intensément bénéfique. Elle pensait exactement comme moi. Mon immortalité la rendait également formidable.

Et puis, j'avais encore besoin d'elle.

Pour m'aider à retrouver Cam.

Et peut-être pour d'autres raisons aussi.

Nous n'en avions pas fini. Notre relation venait juste de commencer.

Arrête, m'intimai-je, et dissimulai toutes ces pensées dans un coin de ma tête avant de siroter oisivement une gorgée de mon vin en attendant de voir où Lajos allait en venir.

— Vous vous rendez bien compte que vous êtes sur mon territoire, dit-il en m'observant d'un regard intense qui me laissa de marbre intérieurement.

Je savais cependant que j'avais réussi à maintenir mon expression impassible sans le moindre écart, sauf lorsque j'avais interrompu Jasmine. Tout ce que j'avais fait, ce fut de me retourner pour appuyer les propos de mon souverain en précisant que je voulais garder Calina pour le dessert.

Lajos n'avait pas vraiment dû analyser la situation avec finesse.

Ses motivations politiques étaient dictées par sa cupidité et son sadisme, pas par ses capacités stratégiques.

Mais alors qu'il continua à soutenir mon regard, j'eus au fond de moi un petit doute sur ses intentions.

— Je suis tout à fait conscient qu'il s'agit de votre territoire, lui dis-je avec précaution. Je vous suis reconnaissant de nous avoir permis, à Darius et moi, de vous rendre une petite visite. Voilà pourquoi j'espère que vous consentirez à vous joindre à nous tout à l'heure, pour notre prolongation de soirée qui se fera dans les règles de l'art.

Je réitérai ma proposition, en espérant que cela lui suffise.

Toutefois, l'étincelle qui apparut dans ses iris m'indiqua que ce n'était pas le cas. Le sadique qu'il était avait envie de jouer à présent.

— Sur mon territoire, je prends ce que je veux, quand je veux.

— Elle n'est pas disponible de suite, répondis-je immédiatement en cessant tout à coup d'exhiber une politesse feinte pour qu'il sente toute l'étendue de mon pouvoir. Elle est ma propriété, Lajos, pas la vôtre.

Puisque j'étais son aîné, il allait devoir respecter les limites que je lui imposais.

— Vous seriez prêt à me refuser un plaisir dans ma propre ville ?

Il sembla tout à fait interloqué par cette idée.

—Je reporte seulement votre récompense à plus tard.

— Non, vous essayez seulement d'asseoir votre pouvoir, rétorqua-t-il, ce que je n'accepte pas.

Il passa à l'action sans me laisser le temps de réagir, avança ses mains vers la tête de Calina et lui tordit le cou. Un *crac* se fit entendre distinctement et résonna dans la pièce.

— Voilà, dit-il en laissant tomber son corps inerte sur

le siège à côté de lui. La distraction est morte. Problème résolu.

Le monde se mit à tournoyer autour de moi dans un camaïeu de nuances de noir et de rouge, et mon cœur cessa littéralement de battre dans ma poitrine à la vue du corps sans vie de Calina.

Il y a encore un instant, elle était en vie dans ma tête.

Et maintenant…

Maintenant je ne la sentais plus du tout.

Elle était partie.

Son esprit s'était éteint.

Son esprit… brisé, disparu, détruit par ce salopard de vampire, comme s'il s'était agi d'une espèce de jeu, un amusement passager. Son ricanement résonna dans mon esprit, ses mouvements semblèrent ralentir. On entendait le bruit de son pouls, *boum, boum, boum*, tandis que celui de Calina restait silencieux.

Elle est morte.

Il l'a tuée.

Ma partenaire.

Mon Erosita.

Je ne pouvais plus respirer, je ne pouvais plus penser, plus rien faire d'autre que d'observer la scène qui se déroulait au ralenti devant moi, la bouche béante.

Il ne s'était écoulé qu'une seconde.

Peut-être deux.

Son corps ne s'était pas encore complètement immobilisé à l'endroit où il l'avait poussée si sournoisement sur le siège.

Ses cheveux s'étalaient encore là où elle chuta.

Mais son esprit n'existait plus.

Sa magnifique et exquise présence.

Morte.

Je clignai des yeux. L'image devant mes yeux n'avait pas bougé d'un pouce.

Un instant passa encore, peut-être une demi-seconde.

Mon cerveau refusait d'intégrer la vision que j'avais sous les yeux. Je me sentais vide, seul, comme si quelqu'un venait de m'arracher la moitié de mon âme pour la brûler sous mes yeux.

Calina était passée de vie à trépas en un éclair.

Elle n'avait fait partie de ma vie que pendant un bref moment, et pendant cette période de pur bonheur, elle était devenue mienne.

Je n'avais jamais pensé une seconde à rompre notre lien, peu importe que cela ait été la solution la plus raisonnable ou non, je m'en aperçus à présent. Nous étions censés avoir toute l'éternité devant nous pour apprendre à nous connaître. Elle était mon égale d'une façon que je n'aurais jamais pu imaginer.

Et ce connard venait de me l'arracher.

Et il riait, putain !

Il lui avait tordu le cou, d'un seul mouvement.

Qui plus est, il avait suivi son geste d'une déclaration qui me résonnait à l'esprit. *Problème résolu.*

Non, le problème n'était absolument pas résolu, putain de merde.

Non seulement il venait de me manquer de respect de la pire des façons possibles, mais il me l'avait prise, *elle*. Ma Calina, ma partenaire, ma putain de moitié.

Je n'étais plus capable d'avoir la moindre pensée rationnelle. Il avait annihilé en moi cette capacité en lui *brisant sa putain de nuque.*

Il n'y avait plus le choix, plus de décision à prendre, plus moyen de raisonner par mon esprit.

Pourquoi ne puis-je pas la sentir ? Je… je devrais toujours la sentir, non ? Elle était devenue immortelle par mon intermédiaire, à cause de moi.

Non. Pas seulement à cause de moi.

Calina n'avait rien d'ordinaire en elle.

Et si notre lien… ?

Je déglutis, mon côté calculateur menaçant de me faire sombrer dans la folie à cause d'une question primordiale que je ne voulais pas entendre, mais qui s'imposa tout de même à moi d'elle-même. *Et si notre lien avait, d'une certaine façon, supprimé son immortalité ? Et si tout fonctionnait à l'envers à présent ?*

Cette éventualité semblait complètement idiote.

Mais je ne la sentais plus.

Elle était partie.

Mon esprit se sentait… *perdu.*

Lajos se remit à *rire*, bordel de merde. *Encore une fois.* Son rire vibrait à travers moi, et ses paroles n'étaient plus qu'un ricanement qui flottait dans l'air lorsqu'il dit :

— Eh bien, il serait franchement dommage de gaspiller du sang chaud. Et si nous la partagions à présent, hum ?

Toute pensée rationnelle disparut de mon esprit lorsqu'il tenta de lui prendre le bras.

La scène se déroula au ralenti sous mes yeux, milliseconde après milliseconde. Je ne sentais plus Calina, sa psyché n'était plus reliée indéfectiblement à la mienne, et je ne savais absolument pas si cette coupure était permanente ou non.

Et il voulait la *partager ?*

Il n'en avait pas le droit, pas la juridiction, il n'avait pas de *lien.*

Elle était à moi et il me l'avait prise.

Toutes mes pensées concernant le passé, le présent et l'avenir s'évaporèrent dès que je repris mon souffle.

Elle est partie.

Et il est sur le point de la croquer de toute manière, de se faire un festin de son corps, de salir ce qu'il reste de ma Calina.

Les ustensiles pointus brillaient à la lumière. J'en pris un qui semblait facilement manipulable dans ma main, et l'enfonçai dans sa putain de gorge.

Celle-ci ne se brisa pas net. Le vampire se mit à gargouiller, des éclaboussures de sang jaillirent de sa plaie et il émit un grognement.

J'ignorai les bruits qu'il faisait et fis abstraction de tout ce qu'il y avait dans la pièce, car je ne pouvais plus voir que la nuque brisée de Calina, l'entendre, la *sentir*.

Il me l'avait prise.

J'allais copieusement lui prendre tout ce qu'il avait en lui à présent.

Il n'allait pas la mordre, il n'allait pas la toucher, merde. Il ne mettrait pas la main sur ce que je considérais comme ma propriété.

Tu as tué ma partenaire.

Je ne sais pas si elle va revenir.

Mais putain de merde, j'en ai fini avec ce petit jeu. J'en ai fini avec cette mascarade. J'en ai fini avec ce putain de monde et avec tous ces connards sadiques qui se prennent pour les maîtres de cérémonie.

Je suis un putain de roi, et il est temps pour eux de s'incliner devant moi immédiatement, bordel.

La scie à os fit parfaitement son travail, ma force et ma rapidité me permettant d'achever la tâche en deux temps, trois mouvements.

À un instant donné, il était en train de ricaner et de s'avancer vers ma partenaire.

L'instant d'après, sa tête jetée au sol me fixait, livide.

Je n'attendis même pas que son corps s'immobilise. Je le jetai au sol et attrapai Calina en saisissant délicatement ses joues entre mes mains tandis que je tentai de retrouver notre connexion perdue. J'avais besoin de la sentir revenir vers moi, besoin que notre lien suffise à la rendre immortelle.

Mais et si… ?

Arrête, me grognai-je à moi-même. *Arrête de tout analyser. Il faut qu'elle survive, elle est mon esprit, ma moitié, mon âme sœur spirituelle.*

Cependant, le fait de ne pas la sentir… de la voir mourir… de savoir que ce machin sur le sol avait été le dernier à la toucher… je ne pouvais pas le supporter, je ne pouvais pas l'accepter. Je refusais cette destinée.

Il était de mon devoir de la protéger, de la chérir, et je l'avais laissée entre les mains du pire genre de prédateur.

Je ne pouvais me concentrer sur rien d'autre que sur ma partenaire. Il fallait que je retrouve son esprit, que je sente son *âme.*

Putain, comment avais-je pu penser que je pourrais briser ce lien ?

Cela me faisait plus mal que tout ce que j'avais pu vivre jusque-là. Aucune forme de torture ne pouvait être comparable au fait de se faire arracher son âme dans la poitrine.

Je ne savais pas bien pourquoi le destin m'avait attribué Calina à cet instant ni ce que j'avais fait pour la mériter. Mais je ne lui ferai plus jamais une telle disgrâce.

Reviens-moi, s'il te plaît.

— *Jace,* répéta Darius, vous venez de tuer un royal.

— Je sais, dis-je sèchement, parce qu'il a tué ma putain d'*Erosita.*

Je l'observai et vis une lueur immédiate de compréhension dans son regard.

— C'est donc un meurtre tout à fait justifié.

Bien évidemment, oui, cela devait l'être. Ou peut-être pas, et je n'en avais rien à foutre. *Il l'a touchée et lui a brisé sa putain de nuque*. Impossible pour moi à présent de retrouver son âme.

— *Erosita ?* répéta une voix près de nous.

Jasmine.

Putain.

Je n'avais pas réfléchi du tout et m'étais contenté de réagir impulsivement. Je recommencerais sans hésiter.

Encore et encore.

Sans jamais m'arrêter.

Si cela pouvait permettre à Calina de respirer encore.

Je ne me reconnus même pas. Envolé, le fin stratège qui avait passé plus d'une centaine d'années à élaborer cette parfaite mascarade.

Il avait cédé sa place à un homme qui ne s'était pas rendu compte de la valeur qu'avait prise cette femelle à ses yeux.

Jusqu'à présent.

Au moment où il l'avait perdue.

Elle n'est pas morte, me dis-je, souhaitant de tout mon cœur que cela soit vrai.

Mais elle pourrait tout autant être morte.

Car je lui avais fait défaut.

Comment est-ce que j'avais pu rester planté là tandis que Lajos la touchait, bon sang ? À quoi est-ce que je pensais, bordel de merde ?

Je n'étais pas digne d'elle. Je n'étais pas digne de nous. J'avais voulu l'utiliser jusqu'à ce que je n'aie plus besoin d'elle. Je vis à présent à quel point cela était impossible. Elle m'avait ensorcelé avec son sang et avec son âme.

Puis elle m'avait épousé avec son esprit.

Rien de tout cela n'était prévu ni intentionnel. Peut-être était-ce cette dimension qui rendait notre relation aussi parfaite. Nous étions tous les deux si méthodiques que nous ne serions jamais parvenus tout seuls à cette conclusion.

Maintenant que nous en étions arrivés là, je refusai de laisser tout cela derrière moi, de mettre fin à ce que nous avions construit. Je refusai d'admettre que sa vie avait touché à sa fin.

Je me penchai pour l'embrasser dans la nuque, sur la mâchoire, sur les lèvres.

— Reviens-moi, mon petit génie adoré, je t'en prie.

— Cela va prendre quelques heures, me dit Darius, et nous avons un problème bien plus important à régler, là tout de suite.

Je lui lançai un regard noir, car je n'étais absolument pas d'accord avec lui. Rien ne pourrait être plus important que Calina.

— Je ne la sens pas, dis-je entre mes dents.

Il m'observa pendant un moment.

— Votre connexion est encore toute récente. Vous ne savez pas encore comment la retrouver, mais son corps s'en remettra.

— C'est comme si… comme si…

— Comme si votre âme venait de s'éteindre ? suggéra-t-il.

— *Oui.*

Je détestais cette sensation.

— L'affaiblissement de la connexion à cause de l'état d'inconscience ou de la mort temporaire du sujet peut être alarmant de prime abord. C'est tout à fait déstabilisant. Mais il est également normal de ressentir temporairement une sensation de dissociation, me répondit-il.

Il jeta ensuite un coup d'œil sur sa gauche, attirant mon attention sur la pièce désormais plongée dans le silence.

Et merde.

Quelque chose me provoqua un éclair de lucidité dans

le cerveau lorsque je captai ses paroles. *Dissociation temporaire.*

Il est normal *de ne pas parvenir à la sentir.*

Elle reprendra bientôt vie.

Parce qu'elle est immortelle, sa nuque a seulement été brisée.

Tout cela, je le savais déjà. C'était plutôt cette absence soudaine de connexion que je n'avais pas su gérer. Cela m'avait rendu vulnérable, perdu, et brisé au-delà de l'imaginable.

Puis Lajos s'était approché d'elle avec l'intention de la mordre et …

Putain.

J'avais pété les plombs.

Je clignai des yeux et secouai la tête. J'y voyais plus clair pour la première fois depuis des heures, semblait-il, mais je pense qu'en réalité il s'était plutôt écoulé quelques minutes, voire quelques secondes.

J'avais brièvement perdu la raison à cause de la survenue d'un événement des plus inattendus.

J'observai lentement la scène devant moi, et je fus forcé de retourner dans l'instant présent lorsque je me rendis subitement compte de la gravité de ce que j'avais fait.

Tout le monde nous regardait.

Y compris Jasmine.

Ils avaient tous l'air absolument horrifiés.

Mon esprit se remit finalement en marche lorsque je passai toutes mes actions en revue du début à la fin.

Lajos avait tué Calina.

Et moi, j'avais tué Lajos.

Plusieurs membres de haut rang de sa circonscription avaient observé cet échange de politesse.

Ils se tenaient maintenant tous prêts pour voir ce qui allait se passer ensuite.

Ce que je venais de faire était sans précédent. Les

royaux ne tuaient pas d'autres royaux, voilà tout. Nos lignées de sang étaient trop précieuses. Il y avait des règles en vigueur, des procédures. Je venais de les enfreindre toutes parce que mes émotions avaient pris le pas sur ma raison.

Merde.

Darius avait qualifié mon geste de meurtre justifié, et ce qualificatif aurait été valable il y a cent-dix-huit ans.

Mais pas sous le règne de Lilith.

Sauf qu'elle était morte, elle aussi.

Je réfléchis rapidement à toutes les alternatives qui se présentaient à nous avant de croiser à nouveau le regard de Darius.

— Appelez Lilith, l'heure est venue de dénoncer un meurtre.

— En êtes-vous sûr ? demanda-t-il, ses paroles empreintes d'un double sens évident.

— Le moment est venu.

Il m'observa attentivement, probablement pour déterminer si j'avais toute ma tête. Il hocha ensuite lentement la tête et répéta :

— Le moment est venu.

JACE

Jasmine se tenait à trois mètres de notre table, et sa peau bronzée avait pris une teinte anormalement pâle.

Elle savait qu'elle n'avait aucune chance si elle choisissait d'engager un combat. Elle appartenait à la troisième génération de vampires, tout comme Lajos. J'étais donc non seulement plus âgé qu'elle, mais aussi plus fort, ce que je venais de démontrer en décapitant le royal qui se trouvait à terre. Il n'avait pas pu se battre ni émettre la moindre protestation. J'avais agi trop vite pour qu'il puisse ne serait-ce que se rendre compte de ce qui se passait avant que la mort ne vienne lui voler son esprit.

Bon débarras, pensai-je tandis que j'allongeai avec précaution Calina sur la banquette. Sa colonne vertébrale devait être positionnée bien droite pour que son cou se répare correctement.

Je passai mes doigts dans ses cheveux, et fus soulagé que Lajos ne lui ait pas complètement arraché la tête. Il aurait facilement pu y arriver dans la position qu'il avait prise par rapport à elle, ce qui l'aurait irrémédiablement tuée.

Il était impossible de revenir à la vie avec une tête arrachée.

Toutefois, au vu de son attitude arrogante, il n'avait

probablement pas voulu prendre la peine de gaspiller son énergie pour quelque chose qui, à ses yeux, n'était qu'un petit jeu. Il s'était donc contenté de lui briser les os du cou. Il n'était pas au courant de ses liens immortels.

La décapitation était le seul moyen de garantir à un immortel une mort certaine.

Voilà pourquoi je lui avais scié la gorge de part en part.

Malheureusement, le fait que Lajos soit, lui, véritablement mort sembla causer un vent de panique dans la pièce. Puisque j'étais le royal qui l'avait tué, il semblerait tout à fait logique que j'hérite de sa région.

Mais je détestais cette putain d'île d'Hawaii et le climat trop ensoleillé qui y régnait. Je me sentirais plus à mon aise en enfer.

Les membres de sa circonscription allaient probablement aussi se demander quelle punition Lilith allait me réserver, et il semblait relativement improbable qu'elle me fasse cadeau de la Région de Lajos, pour la peine.

Je compris alors pourquoi les convives présents dans la pièce me lançaient des regards ébahis et calculateurs, les vampires les plus âgés se demandant s'ils pourraient tirer profit de ce massacre.

Du profit, j'allais leur en donner.

Mais pas de la façon dont ils pensaient.

Je laissai Calina recouvrer la santé sur la banquette avant de finalement me relever pour fixer l'humaine complètement figée sur la table. Elle n'avait pas bougé d'un pouce de la position qu'elle avait prise pour nous faire office de nourriture.

J'admirai cette démonstration d'obéissance, mais elle me faisait pitié en même temps.

Elle semblait avoir oublié à quoi ressemblait la vie, et avait déjà accepté la mort qui l'attendait d'une seconde à l'autre. Nombre d'autres mortels arboraient une expression similaire à travers la pièce.

Cette image écœurante et morbide fit se retourner mon estomac.

Je fronçai les sourcils.

— Je veux que tous les mortels en vie montent sur cette estrade. Tout de suite.

Plusieurs vampires se lancèrent des regards confus.

— Ai-je bégayé ?

Je pris un ton empreint d'une note de supériorité manifeste, comme pour les mettre au défi de désobéir au maître qui se trouvait à présent parmi eux. Oh, peut-être croyaient-ils que Lilith avait l'intention de me punir. Toutefois, elle n'était pas là pour m'empêcher de faire encore plus de dégâts.

Aucun d'entre eux ne ferait le poids contre moi.

Même s'ils s'y mettaient à dix, je les massacrerais tous.

J'étais plus rapide et plus fort qu'eux, ce que je soulignai à présent en me téléportant sur le bord de l'estrade en une fraction de seconde. Seuls les vampires anciens possédaient cette capacité. J'en faisais rarement usage, ayant peu fréquemment besoin de démontrer mon pouvoir. Cependant, je n'hésiterais pas à le faire dans la situation présente, même s'il fallait que je fasse tomber quelques têtes de plus.

Heureusement, un éclair d'intelligence sembla traverser la foule qui se tenait plus bas lorsque quelques vampires rassemblèrent les humains qui respiraient encore et me les apportèrent comme s'il s'agissait d'une offrande écœurante de viande fraîche.

Je les observai et remarquai ceux qui traitaient les mortels avec plus de déférence que les autres.

Ceux-là étaient de potentiels alliés.

Les autres étaient des sadiques qui n'avaient pas choisi de vivre dans cette région par hasard.

Bien sûr, j'aurais pu m'en apercevoir en distinguant ceux qui avaient joué sur scène de ceux qui s'étaient simplement contentés de regarder le spectacle dans l'ombre. Je suspectai que certains parmi ces derniers n'étaient venus ici que pour me voir, ou peut-être pour voir Jasmine, et non le spectacle.

La nouvelle de notre visite avait dû se répandre par le bouche-à-oreille, et il n'était pas rare qu'un vampire demande à avoir un public pour discuter d'un changement potentiel de résidence. Le meilleur moyen de parvenir à cette fin serait d'attirer l'attention d'un royal dans un club ou lors d'un dîner, et d'espérer que le royal en question leur fasse signe de venir en discuter rapidement.

Quelques-uns de ces vampires allaient voir leur vœu exaucé.

La plupart des humains restèrent parfaitement immobiles, même ceux qui avaient été balancés sans aucune précaution au-dessus de la corde délimitant le carré VIP autour de moi.

— Quatorze seulement, dis-je en poussant un soupir. Quel gâchis.

— Tout à fait, confirma Darius.

Il avait soi-disant envoyé un message à Lilith il y a quelques minutes. Nous attendions qu'elle nous rappelle, c'était ce que nous avions fait croire, mais tous ceux qui étaient présents dans ce club semblaient savoir de quoi il en retournait.

Quelques-uns avaient envoyé des messages, probablement pour répandre la nouvelle que je venais de tuer Lajos.

Cela ne m'inquiétait pas.

Si quelqu'un voulait prendre sa revanche, je l'en priais

instamment. Calina, qui était toujours silencieuse, me rendait d'humeur massacrante. J'avais bien envie d'un petit punching-ball pour extérioriser toute la violence qui bouillonnait en moi.

Je me concentrai plutôt sur les mortels en aidant certains d'entre eux à se relever avant de les mener vers les autres banquettes en cuir dans cette zone du club. Nous étions dans le coin privé de Lajos, réservé exclusivement aux invités de marque tels que les autres vampires royaux. La taille de l'estrade était au reflet de l'ego surdimensionné de Lajos. Elle était suffisamment grande pour contenir tous les mortels, plus quelques autres personnes.

Après avoir attribué une place à tous les humains qui se trouvaient par terre, je m'avançai jusqu'à la femelle à notre table et la soulevai dans mes bras avec précaution.

Sa tête penchait en arrière, sans vie.

Elle n'avait pourtant pas été saignée.

Voilà ce qui arrivait lorsque le psychisme humain cédait : l'individu ne se souciait plus de quoi que ce soit et ne ressentait plus rien. Le fait d'avoir dû apporter les instruments qui allaient servir à lui donner la mort avait probablement enfoncé le dernier clou dans le cercueil.

Je dégageai les mèches de cheveux emmêlées sur son visage et l'allongeai avec précaution sur une banquette libre.

— Tu es en sécurité, lui murmurai-je.

Ce n'était pas le cas.

Pas encore.

Mais bientôt, elle le serait.

Je m'aperçus à quel point elle était inconsciente de ce qui se passait lorsque je la laissai là, perdue dans le brouillard de sa propre misère. C'était tout ce que je pouvais faire dans un monde gouverné par les lois du prestige et de la violence. Mais ce que beaucoup ne voyaient pas, c'est que les humains n'étaient pas les seuls à souffrir.

Certains des vampires qui se tenaient dans l'ombre, dans les coins de la pièce, travaillaient ici.

Leur travail consistait à préparer les repas, et ils n'avaient le droit de manger que les restes. Ils vivaient probablement aussi dans ce bouge infâme.

Cette société s'était en effet construite sur le principe que les vampires devaient être honorés et vénérés. On laissait mourir de faim les jeunes vampires. Ceux qui étaient issus d'une lignée jugée sans importance devaient effectuer des tâches de basse besogne pour parvenir à gagner leur pitance.

Tout cela n'avait rien d'une utopie, même pour les créatures destinées à vivre à tout jamais.

C'était une putain de dictature.

Dont la reine suprême n'était autre que Lilith, ainsi qu'un mystérieux individu qu'elle désignait comme son *roi*.

Je jetai un coup d'œil à Darius, puis parcourus la pièce du regard tandis que tous restaient parfaitement silencieux et immobiles, me regardaient et attendaient mes prochaines directives.

Mais je ne pouvais rien faire.

Pas encore.

Cela viendrait, *bientôt*.

Je me retournai ensuite vers Calina, cette démonstration de pouvoir ayant pour but manifeste de maintenir l'attention de la foule concentrée sur moi. Je me penchai ensuite pour embrasser une fois encore la tête de mon *Erosita*. Je n'arrivais toujours pas à la sentir, ce qui m'inquiétait beaucoup. Mais je savais aussi qu'il s'était écoulé très peu de temps depuis que Lajos lui avait brisé la nuque.

Peut-être dix minutes, tout au plus.

J'avais simplement l'impression que le temps passait lentement à cause de la rapidité avec laquelle j'analysais la situation et ce que nous allions faire ensuite.

Cependant, j'avais planifié cet instant depuis ce qui semblait être une éternité. Ce n'était pas comme cela que je voulais que les choses se déroulent. Putain, nous étions même à des années-lumière de la stratégie que j'avais élaborée pour faire avancer les pions sur l'échiquier.

Mais Lajos m'avait forcé à déclarer *échec et mat* en me prenant ma reine.

Je n'avais donc plus qu'une seule possibilité en tant que roi.

J'avais donc fait avancer mon pion et étais sorti de l'ombre, pour m'autoproclamer à juste titre maître du jeu.

Il nous restait toutefois un problème à régler, et la vibration que je sentis autour de mon poignet m'indiqua que le moment était enfin venu.

J'appuyai sur un bouton qui mit la voix de Lilith sur haut-parleur.

— Oui ? demanda-t-elle, la voix synthétique que Damien avait créée par l'intermédiaire d'une intelligence artificielle imitant à la perfection son ton de voix las et ennuyé.

— Ma chère Lilith, je vous appelle pour dénoncer un meurtre.

Un bref silence s'ensuivit, puis l'intelligence artificielle dit :

— Ah ?

— Oui. Je viens de tuer Lajos.

Les mots me sortirent avec aisance de la bouche sans que je n'éprouve la moindre gêne. Même si j'étais en train de parler à la véritable Lilith, je n'en aurais rien à foutre de toute façon. Ce salopard avait touché à ma partenaire, il avait donc mérité son sort.

Un silence tomba, à la fois à l'autre bout du fil et dans la pièce, tandis que tous attendaient que la « Déesse » parle.

— Peut-être est-il temps de lancer un appel vidéo ? suggérai-je.

— Hmm.

La voix à l'autre bout du fil venait d'une aussi vieille âme que moi. Il comprendrait facilement ce que j'avais l'intention de faire, ce qu'il confirma en disant, sur le ton de voix de Lilith :

— Très bien, quand vous voulez, *votre Majesté.*

Je fis la moue et lançai un regard à Darius en levant un sourcil.

— Il doit forcément y avoir un écran quelque part ici.

— Je peux vous aider, Mon Prince, dit une voix dans un coin du club.

Un vampire aux cheveux bruns coiffé de pics s'avança dans la lumière pâle, sa tête légèrement inclinée en signe de révérence.

— Nous disposons de projecteurs que Lajos utilise pour… diffuser des vidéos.

Je m'imaginais bien ce qu'il sous-entendait par *diffuser des vidéos.* Il faisait probablement référence au penchant connu de Lajos qui aimait torturer son harem face à un public, chose qu'il avait manifestement l'intention de faire avec Calina.

Puis il l'avait tuée à la place.

Simplement pour asseoir son pouvoir.

Eh bien, tu en as bien profité, n'est-ce pas ? pensai-je en enjambant son corps sur le sol pour descendre les escaliers vers le vampire dont je ne connaissais pas le nom.

Je parvins à le reconnaître en m'approchant de lui, ses traits juvéniles étant particulièrement mémorables à cause de la légère cicatrice au-dessus de son œil droit, de couleur verte.

Il avait gagné le Tournoi des Immortels il y a une dizaine d'années environ.

Au vu des haillons qu'il portait et de ses cheveux décoiffés, je crus deviner qu'il était l'un des vampires qui travaillaient et vivaient dans cet établissement.

— Quel nom avez-vous choisi ? lui demandai-je en m'approchant.

Il était certainement désigné depuis la naissance comme un simple numéro sans identité propre. Mais l'un des rares cadeaux que recevait un individu ayant accédé à l'immortalité était une identité propre, aussi minime puisse-t-elle être.

— Mouse[1], répondit-il.

Je levai un sourcil.

— C'est vous qui avez choisi le nom *Mouse* ?

Il se dandina légèrement.

— Euh, eh bien…

— C'est Lajos qui vous a attribué le nom de Mouse.

Il hocha la tête et baissa les yeux au sol.

Encore une preuve de ce qui ne tournait pas rond dans ce monde.

— Nous allons arranger ça, lui promis-je. Comment dois-je brancher cela sur l'écran afin que nous puissions tous voir Lilith ?

Mouse me demanda mon téléphone, que je tirai de ma poche pour le lui tendre. Il farfouilla un peu dans le menu du système, puis la tête de Ryder apparut en grand devant un imposant rideau rouge situé à l'arrière de la scène.

— Ah, vous êtes là, dis-je, amusé de l'apercevoir appuyé contre le mur de ce qui semblait être une cabine d'ascenseur. Quel magnifique relooking !

— Comme vous dites, mon roi, répondit Ryder de la voix de Lilith.

Il eut un mouvement de recul en s'entendant parler ainsi et se dépatouilla avec quelque chose de son côté tout en grommelant :

— Quelle saloperie, cette intelligence artificielle. Comment est-ce qu'on éteint ce machin ?

— Est-ce bien ce que je suis ? demandai-je en ignorant ce petit embarrassement.

— Ce que vous êtes, quoi ? demanda-t-il à son tour de sa voix normale. Voilà qui est beaucoup mieux.

— Le roi.

— Eh bien, vous vous êtes porté volontaire pour prendre ce titre.

— Hmm, je ne me rappelle pas que les choses se soient tout à fait déroulées comme cela, admis-je, me remémorant la réunion dans la Région de Silvano peu de temps après que Ryder eut coupé la tête de Lilith. Où est Lilith ?

— Je suis justement en train de monter la voir.

Cela expliquait pourquoi il était dans un ascenseur.

Pendant que Ryder montait, je m'adressai à l'attroupement de visages confus qui me regardait dans la pièce.

— Je saisis votre incompréhension. Je vous promets que tout sera plus clair dès que Lilith fera son apparition.

Plusieurs vampires se regardèrent, et Ryder avait le regard baissé sur nous.

— Montrez-moi la pièce.

Je fronçai les sourcils et lançai un regard à Mouse.

— Comment fait-on ?

Je comprenais comment fonctionnaient mon téléphone et ma montre, mais pas cet écran surdimensionné.

Le jeune vampire fit quelques gestes derrière un rideau, puis Ryder dit :

— Eh bien, quel public ! Où est Lajos ?

— Derrière Jasmine, répondis-je en levant les yeux vers le carré VIP. Il surplombait la salle de quelques centimètres, ce qui lui donnait quelque chose de supérieur, disposé comme il était sur une plateforme entourée d'une corde de velours.

Ryder baissa encore une fois les yeux sur nous, puis ses doigts apparurent à l'écran tandis qu'il fabriquait quelque chose de son côté.

— Quelle merde, ces télécommunications, se marmonna-t-il à lui-même en plissant les yeux.

Il leva ensuite brusquement les sourcils.

— Ah, voilà. Oui, zoom, très bien. Hmm.

— Nous vous entendons tous.

— Comme si j'en avais quoi que ce soit à faire, dit-il d'une voix traînante en penchant la tête de côté lorsqu'un *ding* résonna.

Il s'avança hors de l'ascenseur et marqua un temps d'arrêt pour voir quelle information il allait faire s'afficher. Puis ses doigts réapparurent, devant lui cette fois, ce qui suggérait qu'il avait mis la vidéo de la salle en plein écran.

C'était une option très utile sur certains appareils. J'aurais pu faire de même sur le mien, mais j'avais besoin du grand écran.

— Sa tête a été coupée proprement, dit-il finalement. Qui plus est, vous n'avez pas la moindre éclaboussure de sang sur vous. Je dois dire que je suis impressionné. Mais qu'est-il arrivé au docteur ?

— Lajos lui a brisé la nuque.

Il leva à nouveau brusquement les sourcils, probablement à cause du grognement sous-jacent dans ma voix.

— Alors, vous l'avez tué ?

— C'est cela.

— Ce n'est pas très diplomate de votre part.

— Ryder.

— Quoi ? Vous êtes censé être roi à présent, prêcher la diplomatie et toutes ces conneries, n'est-ce pas ? Ou bien avez-vous repensé votre approche de la prise de pouvoir ?

— Arrêtez de baratiner.

— Oh, mais je ne baratine pas. Je suis sincèrement curieux de savoir ce qui a poussé notre bon roi Jace, si calme et si placide à l'ordinaire, à faire tomber la tête d'un autre vampire. Voilà où je voulais en venir.

Je levai les yeux au ciel.

— Vous êtes toujours si bavard.

— Qui est-ce qui baratine à présent ?

— Lajos a brisé d'un coup sec la nuque de mon *Erosita*. Je lui ai rendu la pareille en lui arrachant la sienne.

Une véritable onde de choc apparut sur les traits de Ryder, suivie d'une once de compréhension.

— Je vois. Comme il est intriguant que les choses aient pris une telle tournure.

Ses doigts apparurent à l'écran, puis disparurent l'instant qui suivit. Il continua :

— Bien joué, j'approuve votre geste. Voulez-vous comparer vos prouesses à ce que j'ai fait de mes propres mains ?

Enfin.

— Je vous en prie.

La pièce tout entière sembla figée d'une émotion de surprise et de confusion, et personne n'osait bouger d'un millimètre, pas même Jasmine. Son teint était toutefois un peu verdâtre.

— Peut-être souhaiteriez-vous enregistrer ce qui va

suivre, leur dis-je à tous. Je vais vous demander de diffuser le verdict de Lilith incessamment sous peu.

La vidéo allait fuiter, dans tous les cas.

Ryder ne fit pas de commentaire et se mit simplement à siffler tandis qu'il parcourait le couloir de l'appartement terrasse qui lui était familier, dans la tour dont il avait hérité.

Puis il ouvrit théâtralement la porte de l'appartement de Damien.

Il continua de s'avancer tout en sifflant un air que je reconnus, une vieille chanson de rock. *Another one bites the dust*[2], fredonnai-je en rythme dans ma tête, son humour sarcastique me faisant sourire un peu méchamment.

Il esquissa un petit pas de danse en s'approchant de la porte qui fermait la chambre froide et fit des mouvements de tête au rythme de la chanson.

Ryder savait décidément se donner en spectacle.

Je me contentai de secouer la tête et le laissai savourer ce moment. Il siffla encore quelques mesures, puis retourna la caméra vers l'intérieur de sa main tandis qu'il agrippa la poignée de la porte.

— Lilith, ma chère, nous avons de la compagnie, dit-il en faisant remonter la caméra pour que tout le monde voie son corps décapité et sa tête posée sur ses genoux. Benita était à côté d'elle, à moitié congelée mais toujours vivante. Damien n'avait pas fini de la punir pour ce qu'elle avait fait à sa petite souris.

Raison de plus de changer le nom de l'homme à côté de moi.

— Souris, dit Ryder d'un ton niais. Je sais combien tu adores te faire filmer.

— Oh… mon… Dieu.

La voix de Jasmine fit écho entre les murs.

— Je crois qu'elle préférait se faire appeler *Déesse*, répondit Ryder d'un ton tranquille.

Il s'avança ensuite, se pencha près de sa tête et acquiesça.

— Oui, c'est toujours le cas. Bien évidemment, la Déesse est bel et bien morte. Personnellement, je trouve que cela lui va beaucoup mieux.

— Je suis d'accord, s'exclama Darius.

Un murmure s'éleva dans la salle lorsque la dimension réelle de la situation commença à s'imprimer dans leurs esprits.

Le choc initial les avait tous réduits au silence.

Il semblait maintenant qu'ils prenaient ma remarque tout à fait sérieusement et prenaient furtivement des photos et des vidéos.

— Alors, que pensez-vous de cette prise de vue ? demanda Ryder en reculant son appareil pour arborer un grand sourire à côté de la tête de Lilith.

Il prit un selfie d'une morbidité sans nom, mais du même coup indiqua clairement où il voulait en venir.

— Je veux m'assurer que je présente mon meilleur profil sur cette image.

— Vous êtes sublime, dis-je d'un ton ferme.

— Excellent. Est-ce que j'ai rempli ma mission ?

— Je pense que vous avez suffisamment bien fait passer le message, à moins que vous ne souhaitiez me réprimander pour le meurtre de Lajos ?

— Hmm, non. Je ne peux pas dire qu'il va beaucoup me manquer.

— Splendide, répondis-je. Merci d'avoir pris part aux festivités.

— Je suis navré de n'avoir pu être là en personne.

— Votre absence a fait couler beaucoup moins de sang.

— Dixit l'homme qui vient de faire tomber la tête d'un

autre royal, dit-il d'une voix traînante. Une manière très efficace d'annoncer votre nouvelle fonction de roi, si je puis me permettre.

— Roi ? répéta Jasmine, sa voix montant quelque peu dans les aigus. Vous avez *tué* Lilith.

Je levai le regard vers l'endroit où elle se tenait, et ses joues n'étaient plus vertes mais avaient pris une teinte rosée.

— Dans les faits, Ryder a tué Lilith, répondis-je. Elle a tenté de le torturer avec un appareil qui viole le lien d'*Erosita*, et il a répliqué.

— Willow m'a aidé, ajouta Ryder.

Jasmine répondit en bafouillant le regard affolé.

— *Vous n'êtes pas sérieux.*

— Nous le sommes absolument, répondis-je. Voulez-vous connaître le même sort que Lajos ou bien rester en vie assez longtemps pour participer à la réunion du conseil la semaine prochaine ? Enfin, si toutefois elle n'est pas reportée.

Je regardai l'écran pour tenter de repérer la caméra à travers laquelle Ryder pouvait nous voir, et laissai tomber au bout d'une seconde. Cela n'avait pas d'importance qu'il puisse me voir ou non, l'important étant qu'il puisse m'entendre.

— Je suppose que vous pouvez continuer sur votre lancée et envoyer une alerte par l'intermédiaire du téléphone de Lilith.

Ryder sourit.

— Je commence à comprendre pourquoi Damien vous apprécie.

Là-dessus, il raccrocha.

Un cri se fit entendre depuis la plateforme lorsque Jasmine perdit ses moyens, elle qui était d'habitude si contrôlée. On aurait dit une putain de créature mythologique possédée.

Darius prit un couteau sur la table, qu'il envoya à l'arrière du crâne de la femme avant de se frotter les tempes lorsqu'elle tomba au sol.

— Putain, elle m'a donné un de ces maux de tête.

Le chaos se déchaîna à l'instant qui suivit lorsqu'une nuée de vampires se précipita en courant vers la seule issue de secours du bâtiment, mais je me téléportai sur le pas de la porte pour les arrêter.

— Reculez et allez poser votre cul sur une chaise. *Tout de suite.*

Plusieurs d'entre eux bondirent en arrière non seulement en m'entendant mais aussi en me voyant apparaître face à eux.

L'un d'entre eux tomba à mes pieds.

Les autres s'immobilisèrent.

Puis ils réagirent et s'exécutèrent promptement, conformément à mes ordres.

Ils n'étaient que dix-sept dans la pièce. Le plus puissant d'entre eux avait déjà été tué. L'autre avait un couteau enfoncé à l'arrière du crâne.

Il ne restait donc plus que Darius et moi parmi un groupe de vampires de seconde zone.

La majorité d'entre eux ne s'étaient pas vraiment assis, ils étaient agenouillés la tête baissée, me reconnaissant comme leur aîné et leur dirigeant.

Seuls deux d'entre eux me fixaient droit dans les yeux.

Je distinguai leur âge au parfum qui embaumait l'air, ils avaient moins de mille ans.

Je me téléportai derrière eux pour leur briser la nuque.

Les vampires à proximité tremblaient de peur, bien conscients que je pouvais leur arracher la tête si je le souhaitais. Mais ils faisaient preuve d'un semblant de respect envers moi, j'allais donc les laisser en vie pour le moment.

— Très bien, voilà ce que nous allons faire, m'exclamai-je, en faisant les cent pas face aux vampires sans prêter attention aux restes humains qui jonchaient le sol de la boîte de nuit. Je veux que vous transmettiez ces photos et ces vidéos à toutes vos connaissances, afin de nous assurer que le monde entier apprenne la mort de Lilith.

Ce n'était pas de cette façon que j'avais souhaité répandre la nouvelle initialement, mais Lajos avait complètement changé la donne lorsqu'il avait tué Calina.

Je marquai un temps d'arrêt pour tenter une nouvelle fois de retrouver la trace de l'esprit de Calina, puis déglutis lorsque je m'aperçus que je ne pouvais pas communiquer avec elle.

Concentre-toi, me dis-je en prenant une grande inspiration. *C'est presque fini.*

En réalité, non, j'étais très loin d'en avoir fini.

Je m'avançai sur la scène, m'appuyai contre elle et observai les vampires agenouillés devant moi.

— Nous avons tous été humains un jour, dis-je doucement. Certains d'entre nous l'étaient encore plus récemment que d'autres. Pouvez-vous lever les yeux sur la scène au-dessus de moi et me dire que vous ne voyez aucun problème à ce qui se passe ? Que notre façon de traiter les humains est légitime et juste ? Nous sommes supérieurs à eux à tout point de vue, mais cette supériorité nous impose le devoir de protéger les plus faibles. Au lieu de cela, nous affaiblissons encore davantage les mortels et les réduisons en esclavage.

Je détournai le regard à nouveau sur la scène, vers les humains qui buvaient chacune de mes paroles et se refusaient à prendre le risque de me regarder.

— Je me souviens d'un temps où je séduisais ma proie, où je devais travailler pour obtenir ma dose de sang, où les humains pouvaient être nos conquêtes potentielles. Désormais, ils se prosternent devant nous et cèdent à notre autorité. Très franchement, cela me fait bien chier.

Quelques vampires s'agitèrent en entendant ma déclaration et jetèrent des regards de côté pour croiser ceux de leurs alliés et de leurs amis.

— Il y avait jadis un vampire qui croyait que nous pouvions coexister avec les humains d'une manière toute différente de celle que nous connaissons. Beaucoup d'entre vous connaissent son nom malgré l'interdiction imposée par Lilith de le mentionner. *Cam.* Le plus vieux vampire de ma génération, et le plus vieux d'entre nous.

Je me décollai de la scène et recommençai à faire les cent pas.

— Lilith dit à tout le monde qu'il est mort. C'est faux. Il est caché quelque part dans un bunker, peut-être même ici dans la Région de Lajos.

Je marquai un temps d'arrêt pour scruter à nouveau les vampires, essayant de déceler chez eux la plus petite esquisse de réaction à mes paroles.

— Nous avons déjà trouvé plusieurs de ses laboratoires de recherche tenus secrets. Nous savons que le Bunker 37 se trouve dans la Région de Lajos, mais pas précisément sur quelle île.

J'attendis un instant pour que mes dires s'imprègnent dans les esprits. Nous avions une idée assez précise de l'endroit où se trouvait le bunker sur la base des renseignements fournis par les anciennes Vigies de Lajos, mais j'espérais que quelqu'un dans l'assemblée veuille me prouver sa valeur en me fournissant des renseignements utiles.

Quelques secondes s'écoulèrent avant qu'une femelle

aux cheveux sombres ne se racle la gorge et lève ses yeux en amande vers moi.

— Je ne sais pas où est le bunker, Votre Altesse, mais je crois pouvoir vous aider à le trouver.

— Comment ? lui demandai-je en remarquant ses vêtements déchirés.

Elle travaillait probablement ici avec Mouse.

— Dans son bureau, mon Prince. Il en a un ici, dans ce bâtiment, puisqu'il s'agit de son club favori.

J'acquiesçai.

— Cela va pouvoir nous aider. Quelqu'un d'autre ? dis-je en parcourant le groupe du regard. Je vous offre à tous une occasion en or. Peut-être vous opposez-vous à la réforme. Peut-être préférez-vous que les choses soient réglées au *status quo* que dans un pareil bain de sang. Mais le réveil sera brutal lorsque vous vous rendrez compte de la pénurie de sang que connaît notre monde. Nous sommes devenus de plus en plus gourmands et il n'y a pas assez de sang pour tous nous nourrir durablement au rythme auquel nous consommons nos ressources. Très peu de régions disposent d'assez de vivres pour être autosuffisantes.

Je pointai du doigt la silhouette immobile de Jasmine.

— Si vous ne me croyez pas, allez donc faire un tour dans la Région de Jasmine. Elle voulait me rencontrer aujourd'hui pour me proposer un échange : du sang contre des appareils technologiques. Ce n'est pas sans raison qu'elle m'a convoqué désespérément pour espérer obtenir mon soutien. Elle n'est pas la première à le faire et ne sera pas la dernière, parce que contrairement à beaucoup d'individus de mon espèce, je régule l'approvisionnement de sang de manière appropriée sur mon territoire.

Personne ne pipa mot.

Je laissai échapper un long souffle et me passai une main sur le visage.

— Écoutez, le pouvoir de changer est entre nos mains. Tout dépendra de votre décision. Soit vous en avez assez de ces conneries et voulez entendre ce que je propose, soit vous préférez vous en remettre au *statu quo*. Envoyez toutes vos vidéos et vos messages, puis jetez vos téléphones et vos appareils sur la scène. Si vous souhaitez en apprendre davantage sur mes projets, restez ici. Si vous préférez vivre dans le monde chaotique que nous connaissons, partez. Je ne vous retiendrai pas. Je ne suis pas Lilith et je n'ai pas envie de gouverner par la peur.

Et j'étais trop fatigué de tout cela, bordel, pour pouvoir dire quoi que ce soit d'autre visant à les convaincre de rester.

Il me fallait retrouver Cam.

Puis nous allions nous adresser au conseil.

En supposant du moins que tout le monde soit présent la semaine prochaine.

Qui pouvait bien en être sûr à présent, nom de Dieu ? Toute cette planification, ma pièce de théâtre et mes tactiques de persuasion… envolées, ruinées pour une femelle.

Je faillis rire devant la folie de la situation.

Mais je sentis ensuite un petit souffle de vie s'agiter dans ma poitrine, comme si l'on tirait sur le lien. L'esprit de Calina s'appuyait sur mon esprit immortel pour commencer le processus de régénération.

Je savais que le jeu en avait largement valu la chandelle.

Quel revirement de pensées et de sentiments étrange et inattendu.

Pourtant, je l'acceptais. Mon esprit me fit sentir que

tout cela était légitime, et je n'avais jamais été du genre à renier mes instincts.

Ce n'était pas ce que j'avais prévu. Toutefois, cela rendait notre union d'autant plus exquise.

D'un hochement de tête, j'adressai à la foule une dernière remarque.

— Envoyez tout ce que vous avez à transmettre. Faites vos choix, et au diable l'Alliance de Sang.

---

1. N.d.T : *Mouse* signifie « souris » en anglais.
2. N.d.T : Chanson du groupe Queen parue en 1980.

LILITH

Maintenant que vous avez passé en revue tous les fichiers alliés ainsi que ceux de la résistance, il est temps de discuter des protocoles de succession.

En premier lieu, vous serez tenu d'avertir nos alliés de votre ascension au pouvoir. Ils attendent votre arrivée et accueilleront la nouvelle avec grande joie.

En outre, je suggère d'organiser…

Ne quittez pas, message important de votre assistant virtuel.

Le message va se lancer dans trois, deux…

Monseigneur, j'ai des nouvelles urgentes de la part de nos alliés. Le vampire Royal Lajos vient d'être assassiné par le Royal Jace. Les causes de cet assassinat sont encore à déterminer, mais il semble qu'il ait pris une Erosita. Son allégeance à la cause a toujours été remise en question au vu de ses liens étroits avec les anciennes méthodes. Il apparaît sur la vidéo dans laquelle est mentionné le Bunker 37, ce qui suggère qu'il travaille avec la résistance et qu'il est impliqué dans la faille de sécurité que nous avons subie. Comment souhaitez-vous procéder ?

*Pour continuer à visionner les images de
vidéosurveillance, cliquez…*

Vidéosurveillance toujours active.

*Je vous recommande de continuer à passer en revue les protocoles
d'éveil dès à présent, Monseigneur. Ils contiennent des informations
détaillées sur la procédure pour faire sortir les anciens de leur sommeil,
ce qui, au vu des récents événements, pourrait s'avérer nécessaire pour
assurer votre prise de pouvoir, tout spécialement en considération de vos
liens familiaux avec certains membres clés de la résistance, tels que
votre frère.*

Si vous souhaitez….

Désolé, commande non reconnue par le système.

Veuillez sélectionner l'une des options…

Désolé, commande non reconnue par le système.

*Veuillez sélectionner l'une des options
suivantes : pour plus d'informations concernant les
protocoles d'éveil, sélectionnez Éveil. Pour plus
d'informations concernant les protocoles de
surveillance, sélectionnez Surveillance. Pour revenir
au rapport d'activité en cours d'examen, sélectionnez
Retour.*

Désolé, commande non…

Désolé, commande non…

Ne quittez pas, un assistant va venir vous aider.

BIP.
BIP.
BIP.
BIP.
BI...

COMMANDE MODE SILENCIEUX ACCEPTÉE.

CALINA

OUILLE, pensai-je, le corps pétri de douleur. *Lilith a dû me tuer, encore une fois.*

Et comme toutes les autres fois, je ne me rappelais pas en détail de ce qui s'était passé. Bientôt, tout me reviendrait sous la forme d'une image cauchemardesque. Encore un souvenir qui viendrait hanter mes rêves.

Je poussai un soupir et attendis que l'inévitable se produise tout en savourant l'état second où je me trouvais, vivante sans être encore réveillée.

Une sensation agonisante me parcourut l'échine, suivie d'une chaleur réconfortante.

C'est… différent.

Je fus caressée une nouvelle fois, et sentis quelque chose de léger comme une plume m'effleurer la gorge.

Mmh, une odeur entêtante se fit sentir ensuite, une odeur qui me rappelait la nature sauvage. *Les arbres, les bois, les rayons du soleil sur les feuilles, l'odeur du sel.*

Comment pouvais-je reconnaître ces arômes ? Je n'avais jamais été dans les bois ni vu le…

Une seconde.

L'image d'un homme envahit mes pensées.

Magnifique. Des pommettes bien dessinées, une mâchoire carrée.

Des iris d'une séduisante teinte bleu argenté. Des lèvres pulpeuses sur lesquelles se dessine un petit sourire arrogant.

Je tendis le bras vers lui, sa présence m'hypnotisant comme un appât et me tirant des confins de mon esprit dans un monde sensible, bien ancré dans la réalité.

Sauf que je n'étais pas éveillée.

Mais *lui*, je le voyais. Son esprit, ses pensées tordues, sa colère…

Lajos.

Je tressaillis en repensant au vampire qui m'avait saisie à la gorge et m'avait *tordu le cou.*

Ouille !

Je n'éprouvai pourtant pas vraiment la sensation que cela aurait dû me provoquer, pas tout à fait. Je la percevais au travers des yeux de quelqu'un d'autre.

Jace.

Une vague de chaleur me submergea le cœur lorsque je pensai à ce nom, avant qu'une autre de ces caresses sensuelles ne descende le long de ma colonne vertébrale, ce qui m'amusa légèrement.

Je t'entends, petit génie. Laisse-moi voir tes jolis yeux. Je veux voir de quelle couleur ils sont aujourd'hui.

Je fronçai les sourcils, sans bien comprendre l'intrusion de cette voix masculine.

Jusqu'à ce que soudainement, j'aie un éclair de lucidité. Je ne le reconnus pas à sa voix, mais sa psyché me rappela quel était notre lien.

C'était mon partenaire.

J'étais morte, et avais ressuscité grâce à son immortalité. Ou bien était-ce grâce à la mienne ? Cela restait à déterminer.

Oh, mais quel esprit magnifique il avait ! Une âme remplie d'émerveillement et de savoir, son expérience intemporelle. Et ce pouvoir… cet être… *mon Jace…*

possédait une force incroyable et des capacités impressionnantes.

Il pouvait disparaître et réapparaître à un autre endroit, *se téléporter*, à deux kilomètres en une fraction de seconde.

Je ne savais pas qu'il était aussi rapide, si fort, si… *surnaturel.*

Mon esprit eut quelque peu le tournis lorsque je songeai à mon lien avec un mâle aussi impressionnant.

Cependant, j'étais encore plus séduite par ses facultés mentales.

Son intellect était complexe.

Multifacettes.

Fin stratège.

Brillant.

J'admirai avec affection toutes les cordes qu'il avait à son arc, mentalement, et soupirai de bonheur tandis que je naviguais d'une pensée à l'autre. Il me sentait à l'intérieur de son esprit, et l'amusement qu'il éprouvait transparaissait clairement dans la partie externe de son psychisme.

Il m'encouragea à creuser plus profondément, à le voir sous un angle que personne n'avait jamais vu. Il supposait en effet que j'étais probablement la seule et unique personne à pouvoir vraiment le comprendre.

Il avait raison.

Nos esprits étaient parfaitement compatibles, ce que nous n'aurions jamais pu confirmer en l'absence de notre connexion.

Je sentais combien il chérissait l'aspect unique de notre partenariat. Aucun de nous deux ne s'était attendu à cela, mais ce qui s'était produit entre nous paraissait logique si l'on s'attachait à chaque aspect rationnel de notre relation.

Il voulait me garder pour toujours.

Il se sentait indigne de moi à cause de ce qui s'était produit avec Lajos.

Mais il me faisait également la promesse solennelle de ne plus jamais refaire cette erreur. Nous étions tous les deux d'accord, par l'esprit, que cela valait mieux que n'importe quelles excuses qu'il aurait pu me faire à voix haute.

Je réfléchis à sa perspective quant à notre partenariat et le pragmatisme dont il fit preuve lorsqu'il décida que nous devrions poursuivre notre relation à long terme.

Nous nous rendions mutuellement plus forts. Pour lui, je représentais un terrain de jeu cérébral dans lequel il pouvait exprimer toutes ses idées, et il m'offrait son immortalité et sa protection en échange.

Une relation en somme tout à fait pragmatique.

Mais il y avait un aspect qui me déplaisait.

La monogamie.

Jace… n'était pas monogame.

Je pouvais pourtant sentir, par le biais des souvenirs qu'il avait gardés de Lajos que ce ne serait pour lui jamais une option de me partager, ce qui signifiait qu'il exigeait que je lui sois fidèle.

Mais, et lui alors ? Jace allait-il m'être fidèle ?

Il m'entendit cogiter sur ces questions dans ma tête, et son esprit me fournit un ensemble confus de réponses qui me mirent mal à l'aise intérieurement, surtout parce qu'il ne semblait pas vraiment le savoir.

J'ouvris les yeux, et le monde autour de moi était sombre et sensuel lorsque je m'aperçus que j'étais au lit, aux côtés de Jace.

Il ne parlait pas, et son regard scrutait le mien, tandis qu'il se tenait en équilibre sur son coude.

J'avais envie de lui dire que l'idée de le partager me

dérangeait, mais je n'arrivais pas vraiment à comprendre pourquoi.

Oui, il était mon partenaire. Nos esprits étaient liés de même que nos âmes. Qu'en était-il de nos cœurs ?

L'un d'entre nous désirait-il vraiment quelque chose de romantique ? Une relation amoureuse ? Ce genre de chose était-il même envisageable pour quelqu'un comme lui ou moi ?

Il me saisit la joue, et un léger sourire se dessina sur ses lèvres.

— Bleus.

Des lignes vinrent creuser mon front.

— Bleus ?

Ma voix était un peu éraillée et ressemblait à un genre de croassement.

Il passa son bras autour de moi pour prendre un verre d'eau posé sur la table de nuit et le porta à ma bouche.

— Bois.

Je ne discutai pas. J'entrouvris les lèvres et laissai le liquide froid couler lentement au fond de ma gorge endolorie. L'eau me procura un soulagement presque immédiat et me raviva d'une manière inattendue.

— Tes yeux, dit-il lorsque je bus une autre gorgée, ils sont bleus.

Je restai bouche bée un instant et hochai presque la tête. Cela me paraissait logique. Mon côté lycan avait tendance à refaire surface lorsque j'étais exposée à la mort ou à la douleur.

Jace m'écouta tandis que je songeai, sceptique, à sa remarque, et me remémorai toutes les fois où mes yeux étaient devenus bleus, comme lorsque je m'étais sentie menacée.

— Ou excitée, ajouta-t-il. Tes yeux sont bleus aussi pendant le sexe.

— Vraiment ?

Cela pourrait expliquer les instincts bestiaux que j'avais ressentis dans la chambre avec lui.

— Serais-tu prête à admettre que ces réactions sont naturelles à présent ? demanda-t-il, en écoutant dans mes pensées. Comme quand tu as dit que tu avais réagi à ma sensualité vampiresque parce qu'il s'agissait d'un simple instinct *naturel* ?

Il prononça cette phrase sur un ton taquin, mais sa question était clairement rhétorique.

— Tu as apporté suffisamment de preuves scientifiques du contraire, lui dis-je, admettant que je m'étais trompée sur toute la ligne avec ma première théorie.

— J'aurais bien aimé t'en apporter encore davantage, des preuves, mais nous n'avons pas le temps de jouer là, maintenant.

Il reposa le verre d'eau sur la table de nuit, ce qui le fit tendre à nouveau le bras au-dessus de moi. Seulement, cette fois, il ne bougea plus et appuya ses lèvres contre les miennes.

Je lui rendis son baiser et fouillai dans ses pensées pour savoir ce qui nous imposait une limite de temps.

Je trouvai rapidement la réponse.

Le Bunker 37.

Il détenait les coordonnées que lui avaient transmises les anciennes Vigies de Lajos, et avait pu confirmer qu'elles étaient justes après avoir passé en revue certains des fichiers de ce dernier.

Je l'écoutai tandis qu'il me racontait en détail à quoi ressemblait le bureau qu'il avait exploré pendant que je me remettais de ma blessure. Il me détailla tout ce qu'il avait trouvé dans l'espace privé de Lajos, c'est-à-dire pas grand-chose mais cela suffisait à confirmer qu'il était au courant des projets de Lilith, du moins ceux qui devaient être effectués sur son territoire.

Par conséquent, Jace se demandait comment il était possible que Luka n'ait pas été au courant de l'existence du bunker sur les terres du Clan Majestic.

Mais il ne songea plus à cette question lorsqu'il parcourut plusieurs messages échangés entre Lajos et Lilith.

La langue de Jace caressa la mienne, son baiser me faisait l'effet d'un mélange enivrant de désir et de stimulation intellectuelle.

Je gémis, mécontente que nous ne disposions que d'un temps limité, mais j'étais également ravie à la perspective prochaine d'obtenir des réponses.

Tout cela n'est bel et bien pas lié qu'à tes dons vampiriques, lui dis-je par la pensée.

Il ricana et fit remonter la paume de sa main pour me saisir le sein.

Je te le confirmerai plus tard.

Je frissonnai devant la promesse que contenaient ses paroles, et me rendis compte en même temps que j'étais nue.

Il me murmura à l'esprit la raison pour laquelle j'étais dans cet état : *tu es à moi.*

Cela ne lui plaisait pas que Lajos m'ait non seulement vue dans cette tenue, avec la robe que je portais, mais qu'il m'ait en plus touchée.

La tournure finale qu'avait prise la situation n'alimentait que davantage sa culpabilité et sa colère.

Il m'avait donc mise en tenue d'Eve, de même qu'il s'était lui aussi mis en tenue d'Adam et m'avait tenue dans ses bras pendant deux heures tandis que je finissais ma convalescence.

Son baiser se fit plus profond, et ses mains sur moi se

firent douces comme de la soie tandis que je tentais de déchiffrer et de traduire le sens profond de cette révélation. Son geste me semblait si possessif, réfléchi et si différent de mes autres expériences de mort à l'issue desquelles je m'étais réveillée glacée et seule.

Jace me protégeait.

Parce qu'il se *souciait de moi*.

Je m'étonnai à cette idée, lorsque notre étreinte prit une dimension plus intime qu'un simple contact sexuel. Il déplaça sa main de mon sein jusqu'à mon cou, et sa langue me murmura des mots doux inconnus à l'intérieur de ma bouche.

Je cessai de tout chercher à analyser et laissai tout simplement les choses se faire.

Tout comme lui.

Nos corps parlaient à la place de nos esprits.

C'était un époustouflant moment de passion et de promesses, uniquement interrompu par la sensation d'une bruyante vibration au-dessous du lit.

Nous sommes dans l'avion, réalisai-je, et je n'avais pas remarqué grand-chose d'autre que Jace jusque-là.

Oui, le Bunker 37 est sur une autre île.

Il en entra les coordonnées dans mon esprit, et m'informa que nous avions décollé seulement une demi-heure plus tôt. Il avait attendu de sentir à nouveau mon essence fleurir dans notre lien car il ne voulait pas entrer dans le bunker sans moi.

Deux têtes pensantes valent mieux qu'une, ajouta-t-il pour justifier sa décision.

Ce qu'il ne dit pas, c'était la véritable raison qui restait en surface de son esprit, celle qui lui avait fait prendre sa décision finale. Il comprenait combien il était important que j'aille avec lui. Il ne voulait pas rater l'occasion de retrouver les fichiers qui contenaient des informations sur ma création.

Merci, murmurai-je tandis que notre baiser se ralentit naturellement jusqu'à marquer un temps d'arrêt. J'ouvris les yeux pour me plonger dans son regard enivrant, et ses traits redéfinissaient entièrement le concept de la beauté. Il était réellement remarquable, les lignes de son visage étaient tout à fait égales et il avait un nez parfaitement symétrique.

Le titre de *roi* lui seyait absolument.

— Cela fait-il de toi ma reine, dans ce cas ? me taquina-t-il doucement lorsque le jet commença à s'incliner pour amorcer sa descente.

Je n'eus pas la possibilité de lui répondre, et de toute façon je n'avais pas de réponse à lui donner, car une voix grave se mit à parler.

— Vous est-il déjà venu à l'esprit d'informer les autres de vos intentions avant d'agir ? demanda une voix cultivée. Oh, mais où ai-je la tête ? Bien sûr que oui. C'est vous, le maître d'échecs. Devrais-je donc me sentir insulté de ne pas au moins avoir reçu de message en guise d'avertissement ?

— Kylan.

Jace s'immobilisa au-dessus de moi et dirigea son regard vers l'interlocuteur au niveau de la table de nuit.

— Darius vous a-t-il donné les informations qu'il vous manquait ?

Kylan, un vampire royal, un allié.

Mon cerveau commença à extraire rapidement ces détails des pensées de Jace lorsque j'entendis ce nom familier.

— Ne me dites pas que ma venue à l'improviste sans prévenir personne vous a dérangé, Jace. Ce n'est pas comme si vous veniez de me faire la même chose en m'envoyant une photo de Ryder qui souriait comme un idiot en tenant la tête coupée de Lilith, pour annoncer qu'il avait pulvérisé l'alliance.

Je plissai le front. *Pourquoi est-ce que Ryder aurait envoyé un tel message ?* Jace avait dit qu'ils avaient besoin de rassembler davantage d'alliés de leur côté avant d'annoncer sa mort.

Qu'est-ce que j'ai raté pendant que j'étais inconsciente ?

Il ne m'était pas venu à l'esprit de demander *comment* Jace avait réussi à avoir accès au bureau de Lajos. J'avais été trop absorbée par les détails et par notre prochaine destination pour creuser davantage la question.

Je comprenais mieux maintenant, car je pouvais *voir* au sens propre du terme les détails que j'avais ratés jusqu'à présent.

Tu as tué Lajos, soufflai-je en regardant son souvenir se dévoiler sous mes yeux. Les images s'accompagnaient d'une vague de désespoir et de terreur, la réaction de Jace à ma mort. Il s'était inquiété que celle-ci soit permanente.

Il s'était inquiété pour *moi*.

Je tentai du bout des lèvres de formuler une réponse, mais je n'en trouvai même pas et pouvais encore moins en donner une de vive voix.

De toute façon, je n'avais pas l'occasion de répondre car Jace répondait déjà à Kylan.

— Si vous en aviez l'occasion, est-ce que vous tueriez Robyn ? demanda-t-il en s'appuyant sur la question de Kylan, mais mon lien avec l'esprit de Jace me fit comprendre pourquoi il avait choisi cette question.

Il comprenait que la situation était en quelque sorte liée à sa décision concernant Lajos.

Robyn avait fait du mal à celle qui était la propriété de Kylan, simplement parce qu'il s'était lancé dans un petit jeu tordu et méchant. Elle avait par la même occasion bafoué sa supériorité, tout comme Lajos avait manqué de respect envers Jace en me brisant la nuque.

Mais cela allait encore plus loin.

Jace ne me considérait pas tant comme sa *propriété* mais plutôt comme sa *partenaire*, je l'avais entendu le murmurer quelque part au plus profond de ses pensées. Malgré le fait que je sois humaine et bien moins expérimentée que lui, il me voyait comme son égale, du moins mentalement, rien que par la similitude de fonctionnements de nos esprits respectifs.

Je réfléchis à cela lorsque Kylan dit :

— Je ne sais pas si cela a vraiment un lien, mais la mort serait pour elle une punition appropriée, oui. M'y autorisez-vous ?

— Ce n'est pas à moi d'en décider, répondit Jace. Pour répondre à votre question, il y a un lien entre les deux car Lajos a tué mon *Erosita*. Heureusement, cela n'a été que temporaire, mais ça n'en avait aucunement l'air sur le moment, d'où ma réaction.

Tout devint plus silencieux lorsque Jace raconta l'incident et sa réaction instinctive. Il venait de faire voler en éclats un siècle entier de préparation, et tout ça pour… pour *moi*.

Je fus émerveillée devant cette révélation tandis que je l'écoutais raconter comment il était parvenu à cette décision, et qu'il ne l'avait pas regrettée, pas même maintenant. Pas même maintenant que j'étais là, bien vivante, en dessous de lui.

Lajos a mérité sa destinée.

Ces mots résonnèrent dans son esprit, pas forcément destinés à ce que je les entende. C'était un simple fait qu'il répétait en boucle.

Il n'avait aucunement prévu que les choses se déroulent de la sorte.

Et il ne pouvait rien faire pour y changer quoi que ce soit.

Il se concentrait déjà sur l'avenir et sur ses prochaines actions, avec en tête de liste la nécessité de retrouver Cam aussi vite que possible.

— Je ne sais pas ce qui me choque le plus, dit lentement Kylan, entre le fait que le maître de la stratégie ait dévié aussi brutalement de son plan d'action, ou bien qu'en plus il l'ait fait pour une femme, une *Erosita*. Parmi tous les vampires que je connais, vous étiez bien le dernier que j'aurais vu prendre une compagne à titre permanent.

— Je pourrais vous dire la même chose, répondit Jace, ses lèvres posées contre mon cou.

Je l'écoutai lorsqu'il considéra le terme employé par Kylan, *compagne à titre permanent*, son esprit déterminant la légitimité de cette tournure et estimant qu'elle était juste.

— Comment se porte votre Raelyn ?

— Elle est en train de discuter avec Willow en ce moment même d'un bébé lycan, dit lentement Kylan. Encore un détail assez troublant.

— Hmm, eh bien je crains que Ryder ne doive vous en dire plus, car nous sommes sur le point d'atterrir et il faut que je trouve des vêtements à Calina.

Il roula de côté et se décolla de moi sur cette phrase, puis se dirigea vers l'armoire en m'ordonnant mentalement de rester sur le lit. La descente du jet rendait le sol instable, et il ne voulait pas risquer que je chute dans mon état convalescent.

J'allais bien, mais cela ne me dérangeait absolument pas de le voir se déplacer nu dans la cabine.

Je t'ai entendue, petit génie.

C'est une simple réaction instinctive à ton physique surnaturel, lui dis-je.

— Ah, et en plus l'*Erosita* a un nom, dit Kylan qui interrompit notre flirt mental. Où l'avez-vous trouvée ?

— Au même endroit que le bébé lycan sur lequel Raelyn est en train de se renseigner à présent, répondit Jace.

— Les laboratoires.

— Oui. Nous sommes justement en chemin vers un troisième laboratoire qui détient selon toute vraisemblance des informations sur la création de Calina. Nous espérons également y trouver Cam.

— Le saint parmi les saints qui était censé tous nous sauver. Je me demande quel sera son ressenti à propos de cette légère modification du plan.

— Il sera trop occupé à se concentrer sur notre stratégie future pour s'occuper de mes choix de vie, dit Jace sur un ton quelque peu interdit.

Kylan se contenta pour toute réponse d'un simple ricanement.

— Nous verrons bien, je suppose. Puis-je vous être d'une aide quelconque ?

Jace revint sur le lit avec un jean et une chemise blanche sans manches.

— Enfile ça.

— Enfiler quoi ?

— Je parle à Calina.

— Vous êtes impoli, dit Kylan d'une voix traînante, je suis au téléphone.

— Oui, et je ne me rappelle pas avoir accepté cet appel.

— La vie est pleine de surprises, mon ami.

— Est-ce justement pour cela que vous m'avez appelé, pour exprimer votre aversion pour les surprises ?

La voix de Jace était empreinte d'une pointe d'irritation, mais une esquisse de sourire lui titillait les lèvres, ce qui suggérait qu'il taquinait Kylan plus qu'il ne le réprimandait.

— Je n'ai jamais crié haut et fort que je n'aimais pas ça, j'ai seulement exprimé mon mécontentement d'avoir été exclu des festivités.

— Alors vous m'avez appelé pour bouder, répondit Jace, une expression amusée effaçant la nuance de lassitude dans sa voix.

Ces deux très vieux vampires avaient une longue histoire en commun, voilée par une profonde amitié qui s'était fragilisée à cause de leurs intérêts communs. Je chérissais les souvenirs auxquels j'avais accès, en apprenant davantage sur leur passé commun et sur les avis similaires qu'ils partageaient.

Au moment où j'eus fini de passer en revue toutes ses pensées, l'appel était fini et Jace se tenait devant moi, vêtu d'un jean et d'un t-shirt noir.

— Tu vas continuer longtemps comme ça à fouiller dans mon passé ou bien te décider à mettre ces vêtements ?

Je réfléchis à sa question pendant un instant, mon esprit encore étroitement relié au sien.

— Tu ne veux pas que j'enfile des vêtements, dis-je, ayant extrait cet avis de ses pensées.

— Oui, je préférerais te voir déambuler nue tous les jours, toute la journée, mais seulement pour moi, pas pour les autres. Nous ne serons pas les seuls à effectuer cette mission. Il faut donc que tu t'habilles, dit-il en désignant le pantalon et le débardeur posés sur le lit.

Je remarquai l'absence de sous-vêtements et l'entendis me répondre mentalement que c'était fait exprès. Il semblait que le haut en fin tissu blanc n'ait pas non plus été choisi par hasard.

Son regard argenté brilla d'une étincelle malicieuse

après que je me fus habillée, et il baissa immédiatement les yeux sur ma poitrine.

— Parfait, dit-il en me tendant un épais gilet, prends-le, c'est pour te protéger.

— Pour me protéger moi uniquement ou bien tout le monde ? lui demandai-je, saisissant le double sens que prenait le terme dans ses pensées.

— Les deux, le gilet te protègera de tout tir potentiel. Il protègera également les autres en évitant que je les tue si jamais ils te voyaient vêtue de ce haut.

J'enfilai le gilet comme il me l'avait demandé en disant :

— C'est toi qui as choisi ma tenue.

— Exact. Pour moi, pas pour eux.

Je me contentai de secouer la tête et pris les chaussettes et les chaussures qu'il me tendit ensuite.

Jace me prit par les épaules pour m'empêcher de vaciller lorsque le jet se posa à terre, sa force et la sensation de stabilité qu'il procurait étant une magnifique démonstration de son expérience, de son âge et de son pouvoir.

J'en fus subjuguée tandis que je terminai de lacer mes tennis, noires comme les siennes.

Lorsque j'eus fini, il m'attacha les cheveux en queue de cheval, me parcourut du regard une dernière fois et acquiesça.

— Propre comme un sou neuf.

— Je n'aurai pas cette impression tant que je n'aurais pas pris une douche, avouai-je, la sensation de raideur que je ressentais suite à ma résurrection s'accrochant encore à ma peau.

Jace marqua un temps d'arrêt, réfléchit à cette idée et dit :

— Nous en prendrons une après que nous en aurons fini avec tout ça.

J'acquiesçai, les laboratoires étant prioritaires dans mon esprit.

Peut-être vais-je enfin savoir qui je suis, ce que je suis, à qui je suis liée, comment j'ai été créée.

Tout cela était bien plus important qu'une douche.

— Je suis prête, lui dis-je.

Il se pencha pour venir appuyer ses lèvres sur les miennes, son esprit grouillant d'une myriade d'émotions et de pensées qui semblèrent s'enflammer toutes en même temps. Mais elles étaient bien là, toutes, et avaient disparu si vite que je ne pus les déchiffrer, le côté pragmatique de Jace reprenant rapidement le dessus.

— Très bien. Allons-y, petit génie.

JACE

Darius m'attendait près de l'orée du champ, sa tenue jean-t-shirt rivalisant avec la mienne. Juliet se tenait à ses côtés, toute de noir vêtue, avec un gilet assorti à celui que j'avais donné à Calina. En réalité, les deux gilets appartenaient à Juliet. Darius les lui avait probablement offerts en guise de présents romantiques.

Il fallait que je me souvienne de ne pas m'adresser à lui si j'avais besoin d'idées de cadeaux à l'avenir.

Si tant est que Calina appréciait ce genre de choses.

Pourquoi est-ce que je pense à ça, d'ailleurs ? En secouant la tête, je saisis Calina par le poignet et me téléportai avec elle aux côtés de Darius.

Elle ne réagit pas, car son esprit avait prédit mon intention une seconde avant que je ne passe à l'action.

Comme à son habitude, elle accepta gracieusement de me suivre car elle considérait la téléportation comme étant une solution pratique.

C'est comme si tu avais été créée spécialement pour moi, lui dis-je.

Je détournai ensuite le regard vers Darius.

— Damien a-t-il pu vous fournir des détails utiles en vue de notre infiltration ?

Il haussa les épaules et sembla être l'image même de la nonchalance.

— Seulement les codes de déverrouillage de la porte du bunker et les ordres que les Vigies s'attendront à recevoir.

— Eh bien, cela me semble somme toute utile, répondis-je, amusé par le ton las sur lequel il m'avait donné l'information. Vous avez l'air déçu, Darius. Est-ce parce que nous n'aurons pas le droit à un bon bain de sang dès notre entrée ?

— Je crois que j'ai vu assez de sang versé pour me satisfaire pendant quelques jours, se référant à la soirée que nous avions passée à la boîte de nuit de Lajos et à tous les humains que nous avions retrouvés morts en fouillant les locaux à la recherche d'informations utiles.

Nous n'avions pas découvert grand-chose, hormis quelques documents capitaux dans le bureau de Lajos qui confirmaient ses liens avec Lilith. J'avais ensuite passé un appel et demandé à ce qu'un de mes avions vienne chercher les vampires qui restaient – seuls deux d'entre eux étaient partis après mon discours – et les humains au club.

Organiser tout cela avait demandé du temps et de l'énergie, mon esprit étant davantage concentré sur la guérison de Calina que sur le fait d'aider les autres, mais nous avions réussi à tout plier en moins de huit heures.

Ivan avait été d'accord pour les héberger temporairement dans ma tour et pour aider à effectuer tous les préparatifs. Je lui avais signé un accord écrit à cet effet.

Le reste, je m'en occuperai plus tard, y compris de la nécessité de trouver un logement permanent et un travail convenable dans ma région aux vampires réfugiés.

J'allais également devoir répondre à Jasmine à un moment donné. Je l'avais laissée gésir par terre au club avec les deux autres vampires auxquels j'avais brisé la nuque. Tous devaient être réveillés à présent, et probablement passablement énervés, aussi.

Je ne m'étais pas montré très galant en les laissant se réveiller à terre le cou tordu, mais j'avais un vampire ancien à trouver, et retrouver Cam passait avant la politique au point où nous en étions.

— Et si nous entrions ? dis-je en désignant d'un geste le bunker devant nous.

Personne n'était venu pour nous accueillir, ce qui suggérait que le bâtiment ne disposait pas d'un système de surveillance extérieur. Cela ne me surprit pas, étant donné que les deux autres bunkers semblaient également ne pas avoir de caméras externes.

Le but principal du système de vidéosurveillance des bunkers est d'inciter leurs occupants à rester à l'intérieur, me dit Calina. *Du moins, c'était le cas du Bunker 47.*

D'après ce que m'a dit Damien, c'était pareil pour le Bunker 27, l'informai-je.

Darius se mit à avancer d'un pas confiant en guise de réponse tandis que Juliet le suivait à ses côtés.

Calina et moi leur emboîtâmes le pas, et son bras effleurait doucement le mien à mesure que nous avancions.

— Je vais vous laisser ouvrir la marche puisque Damien vous a donné tous les détails, dis-je à Darius.

— C'est comme si vous me prépariez sur mesure à prendre les rênes.

— Eh bien, Hawaii est disponible et je sais combien vous adorez le soleil.

Je réprimai l'envie de lever les yeux au ciel vers le point lumineux en question, si attirant qu'il était. *Tellement putain de lumineux.*

As-tu besoin de sang ? me demanda Calina d'un ton sérieux.

Je souris en entendant sa proposition. *Mmh, c'est tentant, mais tu m'as bien nourri cette semaine. J'aurai probablement bien besoin de te mordre un petit coup après que nous en aurons fini ici, cela dit.*

Le frisson qui la parcourut en réaction à ma déclaration sembla presque s'étendre à moi, son anticipation de ce qui allait se passer ensuite était bouillonnante et sauvage par l'intermédiaire de notre lien.

Je pourrais fort bien devenir accro à la sensation de te sentir de manière si intime, murmurai-je. *En réalité, je le suis peut-être déjà.*

— Donnez ce territoire à Trevor, dit Darius, me ramenant à notre conversation à propos d'Hawaii.

Il lui avait fallu un petit instant de réflexion pour me répondre, ce qui laissait entendre qu'il avait bien considéré ma proposition.

— Trevor deviendrait alors un vampire royal ? Non, dis-je presque en riant.

Il pensait bien trop avec sa queue pour être d'une quelconque utilité en politique. Voilà pourquoi je l'avais laissé amuser mon harem.

Assez curieusement d'ailleurs, cela ne me dérangeait pas du tout qu'Ivan et lui s'amusaient activement avec mes consœurs.

Et pourtant, la simple idée qu'ils puissent toucher Calina me donnait envie de grogner.

Elle était hors de portée d'absolument tout le monde, sauf moi.

— Faites-en un souverain, alors, suggéra Darius.

Je secouai la tête.

— Il est trop jeune.

— Alors confiez le territoire à Ivan. Trevor va le suivre.

— Votre progéniture ne vous manquerait donc pas ? demandai-je, véritablement curieux.

Darius avait anobli Ivan il y a de cela quelques centaines d'années, avant que ce dernier anoblisse à son tour Trevor peu de temps après. Ils étaient de ce fait assez proches de la lignée royale, étant donné qu'ils faisaient partie de la quatrième et cinquième génération de la descendance de Cam.

— Il leur faut prendre davantage de responsabilités, dit Darius en s'arrêtant à quelques mètres de la cabane située juste au-dessus du bunker, en dehors de s'envoyer en l'air avec tout votre putain de harem, bien sûr.

Je fis la grimace.

— C'est une sacrée responsabilité.

Une étrange petite pointe d'ennui passa de l'esprit de Calina au mien, et je lui lançai un regard en la sentant. Elle ne laissait rien paraître extérieurement mais je sentais qu'elle essayait de se concentrer un peu trop sur la porte du bunker.

— Ivan a une inclinaison évidente pour la politique, dis-je sans la lâcher des yeux. Il a également prouvé qu'il était maître à ce jeu-là. Je suppose que je pourrais lui offrir ce territoire en guise de récompense, à condition que tout se déroule comme nous l'avons prévu. Pour le moment, je vais le laisser poursuivre sa tâche en cours.

Tâche qu'il allait probablement devoir poursuivre pendant un temps encore indéterminé, car il semblait que l'idée que je possède un harem irritait mon *Erosita*.

Cela te dérangerait-il si j'avais un harem ? rétorqua-t-elle toujours sans me regarder.

Oui, répondis-je immédiatement.

Elle ne répliqua rien, les sentiments que sa question avait provoqués suffisant à me communiquer ce qu'elle cherchait à me dire.

Si je ressentais ce genre de choses pour elle, alors elle ressentait probablement la même chose pour moi.

Je fronçai les sourcils en réfléchissant à cela pendant un

instant tandis que Darius tapa un code à côté de la porte extérieure.

Un cliquetis se fit entendre, confirmant que nous pouvions entrer.

Puis la porte laissa apparaître dans un murmure une entrée qui me rappelait celle du Bunker 47, mais avec des lumières fonctionnelles et un sol propre.

Darius s'avança en premier, sa posture m'indiquant qu'il ne comptait que sur ses capacités vampiresques pour se défendre en dépit de l'arme accrochée à sa taille. Je disposais moi-même d'une arme similaire autour de ma ceinture, tout comme Juliet et Calina.

Cependant, je me disais que Calina avait une arme bien supérieure à sa disposition.

L'expérience.

Elle scruta le couloir et remarqua qu'il avait la même forme et les mêmes caractéristiques que celui du Bunker 47. Elle m'indiqua par l'intermédiaire de son esprit où se trouvait l'ascenseur avant que nous ne le trouvions, la structure du bâtiment étant manifestement identique à celui dans lequel elle avait vécu pendant des décennies. Cela ne la surprit pas tellement puisqu'elle n'avait jamais réellement vu de différence entre sa captivité expérimentale et la nouvelle fonction qu'elle avait prise.

Elle observa son environnement avec une pointe de tranquillité et de compréhension, son côté logique faisant appel aux compétences pratiques qu'elle avait acquises au cours de son histoire, et pas à l'impact émotionnel que certains de ces tests de laboratoire avaient pu avoir sur son psychisme.

Comme cette expérience avec le lycan le jour de ses trente ans.

Je sentais ces souvenirs affluer à l'extérieur de ses pensées, son psychisme les bloquant par des barrières pragmatiques la forçant à se concentrer sur l'instant présent. Tout cela était fascinant à observer. Beaucoup d'humains auraient cédé sous le poids de ses expériences passées, organisées par les « soins » de Lilith.

Mais pas Calina.

Elle était forte, intelligente, une vraie battante. Elle ne restait pas bloquée dans le passé, mais se basait sur ses expériences pour se construire un avenir meilleur.

Je l'admirai de plus en plus à chaque instant qui passait, ce lien qui existait entre nous me dévoilant sa personne plus profondément que je n'avais jamais connu quelqu'un au cours de mon existence. C'était fascinant. J'avais l'impression de mieux la connaître que je ne connaissais Darius, mieux encore que mon père ou même Cam.

Ses yeux bleus croisèrent les miens, la nuance de vert qui habituellement transparaissait dans ses iris aujourd'hui invisible. Elle comprenait quelle était ma fascination, et son esprit me fit savoir qu'elle n'avait jamais connu quelqu'un aussi profondément.

Cela contribuait à cimenter encore plus notre connexion.

Briser ce lien nous forcerait à démanteler quelque chose de tellement magnifique, tellement unique, tellement *précieux.*

As-tu emporté une montre avec toi ? me demanda-t-elle en baissant le regard sur mon poignet.

Je glissai ma main dans ma poche pour exposer l'appareil électronique que j'avais pris à l'une des Vigies à la banque de serveurs. Darius et moi avions prévu que nous en aurions besoin après avoir pris conscience de leur importance dans le Bunker 47. *Darius en a une dans sa poche lui aussi.*

Elle acquiesça. *Tu vas en avoir besoin pour appeler l'ascenseur.*

Calina se mit à avancer, puis regarda par-dessus son épaule en fronçant les sourcils.

Il va falloir que nous fermions la porte extérieure, ajouta-t-elle. *Le système de vidéosurveillance a forcément dû se désactiver lorsque nous avons entré le code dehors, et les Vigies ont dû être averties de l'arrivée d'un visiteur, de même que celui qui est aux commandes ici. Si nous fermons la porte et entrons le code de l'ascenseur, le système va se réinitialiser et le système de vidéosurveillance va se réactiver au moment où nous parviendrons au niveau principal.*

J'avais une question sur le bout de la langue : je voulais lui demander pourquoi le système de surveillance allait se désactiver, mais je saisis la réponse que je cherchais dans son esprit.

Les étages étaient tous numérotés dans un ordre peu habituel, en conséquence de quoi il était impossible pour les occupants de savoir quel niveau était le plus proche de la surface.

En désactivant le système de surveillance, nous nous assurions que personne ne pourrait s'apercevoir de l'initiation du protocole d'entrée. Ce faisant, toute tentative d'évasion serait impossible car toutes les portes étaient strictement identiques à tous les étages.

Certaines des pièces disposaient de caméras internes, mais pas toutes. Voilà comment les vampires et les lycans avaient réussi à déduire quels étages explorer et quelles portes forcer au cours de leur tentative de fuite.

Fascinant, dis-je après avoir examiné tous les détails qu'elle me transmettait par l'esprit.

L'absence de caméras de surveillance à l'entrée et à la sortie du bâtiment explique pourquoi les lycans et les vampires ont mis si longtemps à trouver la sortie du Bunker 47, ajouta-t-elle. *Votre arrivée, à toi et aux autres, est probablement la seule aubaine qui nous ait été donnée de nous enfuir.*

Et toi, tu étais en train de visionner les images de toutes les caméras pendant qu'ils essayaient tous de trouver la sortie. Tu attendais qu'ils trouvent d'eux-mêmes une issue pour toi.

Une méthode somme toute cruelle mais intelligente pour trouver la sortie.

Elle avait pu, du même coup, rester en vie puisque toutes les créatures surnaturelles de son bunker voulaient sa mort.

Cela dit, si les Vigies de ce bunker ont été envoyées à la banque de serveurs, certaines d'entre elles au moins savaient comment sortir de cet endroit, songeai-je, en réfléchissant en détail à tous les protocoles. *Cela signifie-t-il que le système de vidéosurveillance marche différemment ici ?*

C'est une possibilité. Ou alors Lajos n'a jamais compté sur leur retour. Ils étaient d'abord censés se rendre au Bunker 27, ce qui leur aurait permis d'accéder à une mine d'informations, chose qui aurait déplu à Lilith.

Je réfléchis rapidement à cette possibilité et acquiesçai.

Il s'attendait probablement à ce qu'ils retournent dans la Région de Lajos, où il aurait pu récupérer tous les détails de leurs recherches, avant d'exterminer toutes les Vigies.

Sauf qu'ils ont transmis les données à l'avance, me rappela-t-elle. *Ils n'ont donc jamais eu de véritable raison de revenir.*

C'est vrai, confirmai-je, en y réfléchissant bien. *Il avait peut-être l'intention de les exécuter…*

La porte claqua et nous nous retournâmes tous avec surprise.

Puis je sentis une vibration sur ma cuisse qui me fit lever le regard vers Darius.

Nous avions discuté de la probabilité que se produise un événement de la sorte. Nous avions mis près de quatorze heures à arriver jusqu'à ce bunker à cause de tout ce qui s'était passé sur l'île principale. Les alliés de Lilith auraient donc su bien à l'avance quelles étaient nos intentions.

Sans même parler du signal d'alerte qui était venu s'ajouter à tout cela, quant aux Vigies qui n'étaient jamais revenues.

Il fallait donc s'attendre en conséquence à un tel scénario.

Sauf que nous nous attendions à ce que quelqu'un nous attaque presque immédiatement. Mes sens m'indiquaient pourtant que l'étage était désert, à part notre petit groupe.

Je me retournai vers l'ascenseur, et tendis l'oreille attentivement pour tenter de percevoir le moindre mouvement. Silence.

Rien d'autre ne se produisit.

Aucune lumière ne s'alluma.

Nous n'entendîmes aucune alarme.

Mais je perçus le changement qui se produisit dans l'air, et Calina aussi.

Je sortis ma montre et lus les nombres qui s'affichaient à l'écran. Je proférai un juron lorsque je m'aperçus qu'un compte à rebours s'était enclenché.

— Encore un de ces protocoles du jour fatidique, murmura Calina, les yeux écarquillés. Si le compte à rebours est parvenu jusqu'à cette montre, cela signifie que les Vigies ont reçu l'ordre d'exterminer tout le monde dans le laboratoire.

— Alors nous ferions mieux de nous activer car nous n'avons que huit heures devant nous pour fouiller ce bunker avant qu'il n'explose.

Je me dirigeais déjà vers l'ascenseur, mais les préoccupations de Calina me stoppèrent net.

Une horde de créatures surnaturelles s'était acharnée sur la porte de sortie de son bunker pendant des heures, en vain.

Cette dernière s'était ouverte uniquement grâce à Damien qui l'avait fait exploser *de l'extérieur*.

Je tirai mon téléphone de ma poche pour vérifier que j'avais du réseau, mais il était bloqué.

Darius fit immédiatement de même, et son expression m'indiqua qu'il avait le même problème avec le sien.

— Et merde, dis-je en considérant rapidement toutes les options qui s'offraient à nous, tout en me concentrant à nouveau sur Calina. Il faut qu'on trouve un ordinateur pour que tu puisses envoyer un message à Damien.

Je fis glisser mon pistolet le long de ma hanche et regardai Darius.

— Il semble que vous allez avoir votre bain de sang, après tout.

— Splendide, dit-il sur un ton tonitruant, en imitant ma pose. J'espère que nous avons suffisamment de munitions.

CALINA

— Si le signal s'est déclenché sur les montres que portaient les membres de cette unité de Vigies à la banque de serveurs, alors Damien est déjà au courant de ce qui se trame, dis-je en faisant s'arrêter une nouvelle fois Jace qui s'était remis à avancer. À moins qu'il ait été prévu spécifiquement pour nous, qu'il s'agisse d'un signal triangulaire redirigé vers cet endroit ou quelque chose dans le genre.

Je regardai autour de moi, et rien de tout cela ne me semblait juste.

— Aucun protocole n'aurait été mis en route pour surveiller l'arrivée d'un homme mort, continuai-je à voix haute. Qui plus est, Lilith aurait eu l'intention de liquider cette unité avant qu'elle ne revienne ici, et aurait assigné cette tâche à Lajos dans les protocoles. En d'autres termes, il ne s'agit peut-être pas du tout d'un piège, mais plutôt d'un protocole de sauvegarde qui s'est enclenché car nous avons utilisé des montres destinées à être détruites.

Lilith avait forcément pensé à toutes les alternatives, y compris à la possibilité que Lajos la trahisse et décide de laisser les Vigies en vie – et j'étais bien certaine qu'elle s'y serait opposée. Cela aurait été considéré comme une faiblesse pour la réussite de son opération, mais aussi pour l'image qu'elle allait laisser, de laisser l'occasion à quelqu'un d'en savoir trop.

Jace me fixait tandis que je continuais à réfléchir à toutes ces procédures dans mon esprit, sceptique, et tentai de trouver le chemin qu'aurait choisi de suivre Lilith.

Elle avait programmé le lancement de la séquence du Bunker 47 le jour de sa mort. Elle n'avait pourtant supprimé aucun des autres protocoles, du moins aucun de ceux que nous avions trouvés. Cela signifiait que quelque chose de trop précieux à ses yeux se cachait derrière ces procédures, et elle voulait que personne ne puisse trouver de ce dont il s'agissait.

Mais lorsque les fichiers n'avaient pu être envoyés comme prévu, une équipe de Vigies travaillant dans ce bunker avait été envoyée à la banque de serveurs pour les récupérer. Elles avaient envoyé ici une copie des fichiers mais étaient censées se retrouver au Bunker 27.

— Est-ce que Damien a réussi à savoir pourquoi les Vigies devaient à priori se rendre au Bunker 27 ? demandai-je en me concentrant sur Jace.

Je savais qu'il comprendrait ma question puisqu'il était étroitement lié à mon esprit.

Il me scruta et répondit :

— Je ne pense pas qu'il leur ait laissé l'occasion de lui expliquer la raison de leur présence dans le bunker. Il a déboulé en tirant dans tous les sens et a décimé le laboratoire.

— Je me demande s'ils ont été envoyés là-bas pour trouver la mort.

Cela semblerait logique. Ils avaient déjà envoyé les fichiers ici, et personne ne leur avait jamais parlé d'une expédition de retour. On leur avait seulement dit qu'ils étaient censés faire escale au Bunker 27.

Bien sûr, cela sous-entendait qu'ils allaient revenir.

Mais Lilith n'aurait jamais eu l'intention de mener à son terme cette expédition.

Elle aurait prévu un autre protocole qui les attendrait au Bunker 27, de sorte qu'on se charge d'eux, et ainsi, l'information aurait été officiellement confirmée.

Sauf que l'équipe chargée de les liquider s'était pointée avec Damien.

La procédure de sécurité n'avait jamais été enclenchée.

— Vous avez une taupe, dis-je en redressant ma colonne vertébrale, qui savait parfaitement que Damien faisait partie du convoi, n'est-ce pas ?

— Une taupe ? répéta Darius.

Jace leva une main et son regard devint ferme lorsqu'il parcourut le raisonnement logique que j'avais élaboré dans mon esprit.

— Quelqu'un a annulé le protocole.

J'acquiesçai.

— Pour nous faire croire que nous pouvions rester tranquilles.

— De façon à ce que nous nous rendions ici, conclut-il en reportant son attention sur sa montre. Penses-tu qu'il s'agisse d'un compte à rebours factice ?

— Je ne pense pas que nous puissions avoir confiance en quoi que ce soit au point où nous en sommes, admis-je. Il se pourrait même bien que ce ne soit qu'un coup de bluff. Les protocoles de sécurité du Bunker 47 ont envoyé les Vigies à tous les étages pour en exterminer tous les occupants. Mais tu n'as pas encore entendu l'ascenseur bouger, il y a quelque chose qui ne colle pas.

— Tu as raison.

Il regarda Darius.

— Je n'entends personne d'autre que nous.

— Croyez-vous que le bunker ait été évacué ? demanda Darius.

— Je n'en suis pas sûr, répondit-il. S'il s'agissait d'un piège visant à nous tuer, le labo aurait déjà explosé. Compte tenu de ce que nous avons vu au Bunker 47, nous serions morts à l'heure qu'il est, c'est certain.

— Alors à quoi on joue ?

— Échec et mat, murmura Jace d'un air sceptique. Lilith adorait le grand spectacle. La vedette est à nous à présent. Soit nous lui laissons le champ libre, soit nous essayons de nous enfuir.

— Ou bien nous la prenons à son propre jeu, m'interposai-je, en me rendant compte de l'objectif ultime que nous cherchions à atteindre. Je suis censée être morte, elle ne peut en aucun cas avoir anticipé ma présence ici.

— Mais si j'ai une taupe sous mes ordres, comme tu l'as suggéré, alors celui qui tire les ficelles, peu importe de qui il peut s'agir, sait que vous êtes ici lui aussi, fit-il remarquer.

— Oui, c'est vrai. Mais peu importe ce qui se passe, le joker de ce petit jeu, c'est moi.

J'étais censée trouver la mort dans le Bunker 47. C'étaient mes fichiers qui, selon ses ordres, devaient être envoyés ici. Quelque chose en moi était la clé de l'énigme.

La question qui se posait à présent était de savoir si la personne qui tenait les rênes savait quelle avait été mon importance dans la vie de Lilith. J'étais prête à parier qu'ils ne savaient pas tout jusque dans les moindres détails. Lilith n'avait jamais été du genre à partager. C'était pour cette raison qu'elle était toujours seule lors de ses visites.

— Tu étais sa meilleure confidente, traduisit Jace en réponse à mes pensées.

— Ou bien peut-être qu'il ne s'agit pas du tout de moi, mais de quelque chose dans ma tête. Ce pourrait bien être l'explication ultime à tout cela : celui qui est à la tête de cette opération a besoin de me soutirer quelque chose ou bien n'a pas connaissance d'un détail en ma possession.

Il fallait seulement que je réfléchisse à ce que je pouvais savoir de si important.

— Il faut que l'on trouve une salle informatique ou un laboratoire avec un accès aux serveurs.

La réponse se trouvait quelque part dans les fichiers.

— Une seconde, j'essaie de comprendre quel est notre plan. Vous voulez fouiller dans les fichiers pour essayer de comprendre quel est le but de ce petit jeu, et tout ça pour quoi ? Pour nous faire tuer, au bout du compte, pour la peine ?

Darius ne semblait pas impressionné. Dit comme cela, j'étais d'accord avec lui.

— Je ne pense pas que l'objectif final soit de nous tuer, répondit Jace. Lilith n'a pas tué Cam, et n'a pas non plus tenté de tuer Ryder. Je me suis toujours demandé pourquoi, en particulier concernant Cam puisqu'il était radicalement opposé à elle. Mais peut-être que ce mystérieux *monseigneur*, qui que cela puisse être, lui a ordonné de les maintenir en vie. Je suppose que c'est pareil pour nous.

— C'est une hypothèse périlleuse.

— Plutôt une estimation pragmatique au vu de la façon dont elle s'est comportée précédemment, le corrigea Jace. Il est possible que celui qui tire les ficelles veuille seulement jubiler ou bien que Lilith ait monté tout cela, comme une sorte de bouquet final morbide qui signera la fin de la partie. Mais je ne pense vraiment pas que l'objectif ultime soit de nous tuer. Nous représentons deux très anciennes lignées de sang. Comme Damien me l'a dit récemment, du sang découle le pouvoir. Ils n'ont certainement pas envie de le gaspiller.

— Non, ils préféreront le garder précieusement en

réserve, dit Darius d'un air encore moins impressionné qu'auparavant. Je préfère largement l'option bain de sang.

— Eh bien, nous allons garder ça en tête dès que nous aurons découvert quel véritable but nous servons dans cet endroit, dit Jace en l'attrapant par l'épaule. S'il s'agit vraiment de la fin de la partie, alors peut-être que Cam est là, quelque part.

Darius poussa un soupir.

— Je déteste le jeu politique des vampires.

Jace sourit.

— Et pourtant, vous êtes si fort à ce jeu-là. Allons remporter cette manche, voulez-vous ?

Oui, confirmai-je malgré le fait que la question fût adressée à Darius. Lui aussi exprima son accord, et tous deux se mirent à discuter des différentes manières possibles de procéder.

— Je ne crois pas que cet ascenseur descende, dit doucement Juliet, et les deux hommes la regardèrent. Je crois qu'il monte dans la montagne.

Elle pointa du doigt dans la direction opposée à la porte par laquelle nous étions entrés.

— Intéressant, comme théorie, dit Jace. Pour quelle raison crois-tu cela ?

— Le guide touristique que j'ai lu pendant le trajet disait que Kauai comptait de nombreuses grottes. Celles-ci étaient des attractions populaires dans l'ancien monde. Si je devais construire un bunker ici, je profiterais des avantages qu'offre une structure naturelle.

Jace cligna des yeux puis regarda Darius.

— Vous lui avez donné un guide de Kauai ?

L'autre vampire haussa les épaules.

— Elle adore lire.

— C'est lui qui adore me donner des livres, rectifia

Juliet. Il m'en a donné plusieurs sur Hawaii lorsque nous étions à Jace City.

Jace regarda Darius la bouche grande ouverte.

— Bon sang, mais où les avez-vous trouvés ?

— Les humains sont morts, pas les bibliothèques, dit Darius sur un ton impassible. J'ai gardé tous mes livres, et ai envoyé Trevor chercher quelques petites choses pendant que j'organisais notre voyage.

— Bien évidemment.

— Je pense qu'elle a raison, les interrompis-je, sans m'intéresser à la manière dont Juliet était parvenue à cette hypothèse.

Le temps était précieux et nous avions un problème à résoudre.

Je les ignorai et me dirigeai vers la porte au bout du couloir. Elle était identique à celle par laquelle nous étions entrés, mais du côté opposé.

Le digicode ressemblait à ceux que j'utilisais dans le Bunker 47.

Jace apparut à mes côtés avec sa montre. Je la lui pris, curieuse de voir si ma théorie quant à la fin de vie de l'appareil était juste.

Je la scannai et ne fus pas surprise d'entendre :

— Accès refusé.

Darius essaya à nouveau de passer la montre contre le digicode à côté de l'ascenseur, mais obtint une réponse similaire qui se fit entendre en écho le long du couloir d'un blanc immaculé.

Je réfléchis aux possibilités qui s'offraient à nous, puis tapai un code administrateur qui aurait fonctionné pour ouvrir une porte dans le Bunker 47.

— Accès refusé.

Je me mordis la lèvre et songeai : *que ferait Lilith ?*

Son ascenseur mettait souvent entre trente minutes et

une heure pour arriver dans le Bunker 47. Il était donc possible qu'elle ait simplement envoyé un signal à l'avance pour annoncer son arrivée imminente.

Toutefois, j'avais toujours suspecté qu'elle pénétrait dans le bâtiment et s'occupait pendant un petit moment tout en nous faisant attendre. J'avais même parfois juré qu'elle nous regardait tandis que nous restions plantés à nos places attitrées dans le hall, dans le simple but de s'assurer que nous lui obéissions comme de petits chiens.

Elle adorait nous maintenir tous dans l'incertitude parce que cela nous faisait éprouver une grande peur.

Cela dit, elle gardait toujours une attitude pragmatique.

Ce qui signifiait qu'il y avait probablement une salle informatique ou quelque chose dans le genre à ce niveau, un endroit où elle aurait pu faire passer le temps tout en espionnant ses employés, et dans le même temps se mettre à la page concernant les recherches avant de nous demander un compte rendu verbal des dernières avancées.

Tout avait toujours été une épreuve avec elle. Elle voulait s'assurer que je lui livrais tous les détails de manière cohérente avec ce qu'elle savait déjà.

Lorsque j'avais satisfait à ses exigences, elle me récompensait en me tuant.

Une simple mesure de contrôle.

Je ne le comprenais que trop bien et m'efforçai de rendre cette procédure aussi efficace et précise qu'elle le désirait, ce qui ne faisait qu'ajouter à sa colère.

Alors, où est-ce que tu te rendrais ? me demandai-je en regardant autour de moi dans le couloir, et je scrutai chaque porte. *S'il y a des ordinateurs, il faudrait qu'ils ne soient pas en surchauffe. En somme, ils doivent être éloignés de l'ascenseur ou du train qui circule derrière ce mur.*

Il n'y avait que deux portes de l'autre côté du couloir.

Chacune était équipée d'un digicode.

Puisque la montre ne marchait pas, il me faudrait un code pour contourner le système de sécurité. *Qu'est-ce que tu pourrais bien choisir comme combinaison ?*

Le code devait représenter pour elle quelque chose de personnel, quelque chose dont très peu de personnes auraient connaissance car elle ne faisait confiance à personne. La combinaison ne devait par conséquent pas être trop évidente à trouver, ne faire aucunement référence à son passé au sein de l'alliance, mais peut-être à des secrets dans d'autres laboratoires.

Comme le Bunker 47.

Que cherchais-tu à protéger et à cacher ? songeai-je en m'avançant vers la première porte pour en examiner le digicode et la poignée. Je me dirigeai ensuite vers l'autre porte pour les comparer, afin de tenter de discerner laquelle des deux semblait avoir été ouverte le plus souvent.

Hmm, Lajos devait forcément connaître ton code, pensai-je en fronçant les sourcils. Les Vigies avaient dit qu'il leur avait personnellement intimé de se rendre à la banque de serveurs, ce qui signifiait qu'il avait été présent dans ce bunker. Comme Lilith, il devait avoir passé un peu de temps ici avant de s'aventurer à l'intérieur.

Alors, tu lui faisais suffisamment confiance pour lui confier quelque chose… mais quoi ? me demandai-je en repensant au peu de choses que je savais sur lui. L'esprit de Jace m'aida dans une certaine mesure à combler les informations qui me manquaient, mais je savais que le code avait quelque chose de plus personnel, qu'il faisait référence à quelque chose qui s'était passé entre Lajos et Lilith.

Étais-tu au courant de mon existence ? me demandai-je, la question s'adressant à Lajos et non à Jace. Lors de notre rencontre, j'avais senti une once de familiarité entre nous, ce qui m'avait rendue profondément mal à l'aise à ses côtés. Comme s'il jouait à une sorte de petit jeu malsain plutôt que de montrer un réel intérêt pour moi.

Je l'avais senti à sa façon de me toucher.

Aux remarques qu'il m'avait faites.

Je me souvenais de ce qu'il m'avait dit à propos de mon nom dont il semblait bien connaître l'existence.

C'est une variante du prénom Sélène.

Sa remarque m'avait provoqué un frisson me parcourant l'échine, car quelque chose dans ses dires m'avait déstabilisée sur le moment. Lilith me l'avait déjà dit, elle aussi. C'était pour cette raison qu'elle avait choisi ce nom pour moi : *Sélène* avait une signification pour elle.

Sélène était la déesse de la lune dans la religion gréco-romaine, me dit Jace, son esprit restant silencieux le reste du temps tandis qu'il observait le cours de mes pensées. Mais il venait de me transmettre une information très importante quant aux origines de Nyx, la déesse de la nuit.

Les deux entités faisaient la paire, tant par leurs noms que par l'idéologie dont elles provenaient.

Je décidai de tenter le coup et tapai *Sélène* sur le digicode, curieuse de voir ce qui allait se produire.

On entendit un clic, mais la porte ne s'ouvrit pas.

Il faut entrer un code secondaire, réalisai-je, et tentai d'entrer *Nyx.*

Encore un cliquetis.

Très bien. J'étais sur le point de saisir *Lilith* lorsque Jace murmura quelque chose dans mes pensées qui me fit marquer un temps d'arrêt.

Vesperus, souffla-t-il.

Quoi ?

C'est Vesperus, me répondit-il d'une voix assurée, *la consœur de Nyx.*

Je ne connaissais pas ce nom, mais j'en écoutai l'histoire par l'intermédiaire de son esprit. Le cadeau que

Nyx avait fait aux Créatures Bénies découlait de son amour pour Vesperus, un dieu à l'apparence de vampire qui demandait que l'on fasse des sacrifices de sang pour survivre.

Lorsque nous nous nourrissons de sang, nous contribuons apparemment à le garder en vie, murmura Jace.

Cela semblait parfaitement coller avec les deux autres noms cités dans leur contexte. Je ne savais pas vraiment à quel moment Sélène rentrait dans l'équation, mais essayai tout de même *Vesperus*.

Un troisième cliquetis se fit entendre, et la porte s'ouvrit toute seule.

Pourquoi Sélène ? demandai-je à Jace en poussant complètement la porte.

— Sélène était la mère du premier lycan, me répondit Jace à voix haute.

Je plissai le front.

— C'est Nyx qui l'a créée ?

— En quelque sorte, oui, répliqua-t-il en faisant un pas en avant pour jeter un coup d'œil dans la pièce lorsque les lumières s'allumèrent. Sélène était une *Erosita* créée par l'un des vampires de ma génération. Mais ils n'étaient pas amoureux, il lui a donné naissance uniquement pour qu'une Créature Bénie puisse la garder à ses côtés pour toujours. Les choses ne se sont pas déroulées comme prévu.

Je le suivis dans la pièce et remarquai sa forme rectangulaire ainsi que sa porte différente de celles que nous avions vues jusqu'à présent. Il semblait que le point d'entrée n'avait pas d'importance. Tout ce côté du couloir correspondait à une grande zone d'hébergement de serveurs, et c'était exactement le genre d'endroit où se serait rendue Lilith.

— Ce nom me dit quelque chose, dit Juliet lorsqu'elle nous rejoignit à l'intérieur de la pièce. Sélène, je veux dire.

Il en est fait mention dans tes livres, à la rubrique sur le lien *Erosita*.

Cette dernière phrase semblait être adressée à Darius.

— Oui, on dit que c'est à elle que l'on doit l'obligation des *Erositas* de rester fidèle à leur partenaire vampire, expliqua-t-il tandis que je me dirigeais vers ce que je pensais être l'ordinateur principal.

— Le lien d'*Erosita* doit être vénéré, et Sélène a déshonoré ce cadeau en couchant avec la Créature Bénie, ajouta Jace derrière moi, tout en gardant le regard fixé sur ma personne tandis qu'il parlait.

— Quelle Créature Bénie ? demanda Juliet.

— Fen, murmura Darius. Non seulement Nyx l'a privée de son immortalité, mais elle a également fait peser une malédiction sur leur enfant en faisant d'elle la première lycane. Elle est immortelle, comme les Créatures Bénies, mais toutes les créatures de son espèce finissent par mourir. Voilà pourquoi les vampires considèrent souvent les lycans comme des créatures d'un rang inférieur, ils ne vivent pas éternellement.

L'ordinateur s'alluma d'un seul coup lorsque je pris place devant l'écran, et il me demanda encore un mot de passe.

— Qui plus est, ils sont maudits, dit Jace, qui continuait à expliquer pourquoi les vampires estimaient les lycans d'un rang inférieur à eux. Lilith a toujours considéré l'Alliance comme une bénédiction car nous avons pu, grâce à elle, partager les territoires de manière équitable.

— Mais la préférence nous a toujours été accordée, murmura Darius.

— C'est vrai, confirma Jace. As-tu une idée du mot de passe ?

J'en avais plusieurs, je me contentai donc d'acquiescer et commençai à taper. Je doutais que Lilith eût utilisé les mêmes mots que pour les codes de déverrouillage des portes.

Je passai donc en revue les autres détails dont je disposais la concernant.

Cane.

— Accès refusé.

Michael.

— Accès refusé.

Calina.

— Accès refusé.

Je fixai l'écran et tapai à nouveau un mot de passe dont j'avais eu connaissance dans le Bunker 47.

— Accès refusé.

Je tapotai des doigts sur le bureau et réfléchis à ce que je pouvais faire. Tous les systèmes possédaient un mot de passe administrateur qui leur était associé. J'avais pu, grâce à cette technique, contourner les procédures de verrouillage dans mon propre laboratoire.

En faisant usage de mes connaissances informatiques et de ce que je savais sur les protocoles cachés, je me mis au travail pour tenter de craquer la couche extérieure de son système de sécurité en cliquant d'abord sur « mot de passe oublié », puis inversai tous les profils enregistrés dans le système.

Jace me regardait et son admiration pour moi rayonnait dans notre lien.

Pendant ce temps, Juliet et Darius continuaient de discuter de l'origine des lycans et des vampires. Au fil de la conversation, Juliet se mit à parler des protocoles de culte au Couvent.

Je marquai un temps d'arrêt en l'écoutant réciter la prière qu'on lui avait fait répéter plusieurs fois par jour.

— C'est une anagramme, murmurai-je en percevant le sous-entendu des paroles à mesure qu'elle parlait.

Louange à la déesse éternelle,
Dévotion nous lui devons,
Seconde après seconde,
La nuit infinie se poursuit.
S'élevant dans la lumière de l'amour,
Éclatante et bénie dans l'euphorie des sens,
Enveloppée par la grâce des nuits immortelles, elle brille à jamais.

Je tapai les mots à mesure qu'ils se formaient dans mon esprit. *La déesse s'élèvera encore.*

— Accès refusé.

Hmm. Je tentai une autre combinaison. *LDSEE.*

— Accès accordé.

La vague de choc que ressentit Jace me submergea tandis que Darius dit :

— Cette connerie de prière a donc un sens ?

— Apparemment oui, répondit Jace. Je crois qu'elle prouve que Lilith était folle.

— Évidemment. Personne n'a jamais vu Nyx, et pour autant que l'on sache, elle est bel et bien vivante. Putain, peut-être même qu'elle n'existe pas du tout.

Le ton de voix de Darius semblait quelque peu sceptique, mais je l'ignorai pour me concentrer sur les fichiers qui se trouvaient par centaines dans le système.

Tout ce qui se trouvait dans le Bunker 37 venait d'être dévoilé sous mes yeux.

À commencer par les images du système de vidéosurveillance des laboratoires souterrains.

Un frisson me parcourut l'échine tant tout ce que je découvrais me semblait familier, en particulier la pièce dans laquelle j'avais passé bien trop de temps. Elle comptait à présent un nouvel occupant. Il s'agissait d'un mâle aux cheveux sombres emmêlés, aux épaules voûtées.

— Cam, murmura Jace, c'est Cam.

JACE

Calina cliqua sur la vidéo à l'écran et l'agrandit.

Je laissai échapper un juron et regardai Darius.

— Il faut qu'on trouve le moyen de faire marcher cet ascenseur, tout de suite.

— Je m'en charge, répondit-il, déjà paré à l'action.

— Est-ce qu'il y a un moyen de contrôler ce système ? demandai-je, mon cœur battant à tout rompre dans ma poitrine.

Cam est ici. Il est dans ce putain de bunker. Il est…

— Il y a quelque chose qui cloche, dit Calina qui interrompit le cours de mes pensées.

— Tout *cloche* dans cette histoire, rétorquai-je.

— Non, je veux parler de la vidéosurveillance.

Elle ouvrit la fenêtre en plus grand et se concentra sur le mur.

— C'est…

Elle pencha la tête et observa un détail qui semblait m'échapper.

Puis un souvenir d'elle qui tentait de défoncer le mur à coups de griffes me frappa de plein fouet. Elle avait les ongles qui saignaient tandis qu'elle essayait de se relever après avoir dû subir une expérience particulièrement atroce.

De petites entailles s'étaient formées dans le ciment.

À présent, elles avaient disparu.

Je l'écoutai tandis qu'elle essayait d'analyser rationnellement ses souvenirs par rapport à l'image qu'elle avait sous les yeux, en essayant d'apercevoir de subtils détails qu'elle seule pourrait remarquer.

De petites choses subtiles qui lui permettraient de déduire que l'image à l'écran ne provenait pas de cet endroit, mais d'ailleurs.

Elle se mit à naviguer entre les différents écrans, activa les images de vidéosurveillance de plusieurs caméras en même temps, son regard parcourant les images et son esprit tournant à toute allure à mesure qu'elle tentait de décoder ce qu'elle voyait et qu'elle comparait les images avec ses souvenirs personnels.

Je me calmai tout en l'écoutant, mon esprit rationnel m'aidant à faire la distinction entre ce que nous désirerions voir et ce que nous voyions en réalité.

Une fausse piste, ne cessait-elle de se répéter. *Cette vidéo, c'est ce qu'ils veulent que l'on voie.*

Quiconque avait pu charger cette vidéo en ligne savait qu'elle nous rendrait fous, Darius et moi.

Toute cette putain de situation n'était qu'un jeu du chat et de la souris grandeur nature, et Lilith, qui s'était constituée maître de la partie, avait laissé des miettes de pain derrière elle qu'il nous fallait suivre.

Calina était lasse de lui courir après.

Elle prit les rênes de la situation à présent en ouvrant tous les fichiers qu'elle put trouver. Les détails que nous cherchions nous sautèrent aux yeux, elle les avait tous dévoilés. Autant d'informations que nous aurions manquées si nous avions sauté dans l'ascenseur pour aller retrouver Cam.

Toutes les dates étaient fausses.

Les images de Cam dans cette cellule dataient d'il y a des semaines, la vidéo n'était pas en direct.

Je m'en aperçus lorsque Calina isola chaque image et fit une manipulation spéciale pour en examiner l'horodatage.

— Ces images ne proviennent pas du Bunker 37, dit-elle finalement. Mais quelqu'un les a mises ici en sachant que nous allions les trouver.

Elle inspecta la pièce du regard, et je fis de même. Nous remarquâmes tous les deux la caméra en même temps.

— Quelqu'un est au courant de notre présence ici, c'est sûr et certain.

— Peux-tu le localiser ? lui demandai-je en plissant les yeux dans la direction de l'appareil de surveillance dans le coin de la pièce.

— Je peux essayer, répondit-elle, et elle se mit d'emblée à faire bouger des choses sur l'écran. Moi aussi, je veux savoir où est cet autre laboratoire. Il est aménagé à l'identique du Bunker 37. Mais il y a un problème au niveau des murs.

Darius et Juliet nous avaient déjà rejoints, car celui-ci avait probablement entendu notre conversation depuis le couloir. Ils scrutèrent tous les deux l'écran tandis que je fixai directement la caméra, défiant quiconque nous épiait de passer à l'action.

Quelqu'un se trouvait derrière ces vidéos.

Ce quelqu'un voulait nous conduire dans un piège au terme d'un labyrinthe d'énigmes.

Ce quelqu'un allait nous le payer.

Qui es-tu ? me demandai-je. *Ce monseigneur à la réputation douteuse ? Un autre allié ? Un vampire royal qui nourrit des désirs de vendetta ? Un lycan, peut-être ?*

Je doutais fortement de cette dernière hypothèse. Un

lycan n'approuverait jamais le genre de recherches effectuées dans ces laboratoires.

Peut-être s'agissait-il d'une Créature Bénie, mais je ne pouvais imaginer que quiconque tolérerait un tel comportement de la part de Lilith. L'une des raisons pour lesquelles nombre d'entre eux dormaient, c'est parce qu'ils voulaient conserver leurs liens avec l'humanité. Peut-être que l'un d'entre eux s'était éveillé sans que les autres ne le sachent et avait perdu la raison en cours de route.

— Reviens en arrière, dit soudainement Juliet, et Calina marqua un temps d'arrêt avant de changer ce qui s'affichait à l'écran.

— Sur cette vidéo ?

— Oui.

Juliet se pencha par-dessus son épaule, et examina de près l'image d'une femelle humaine qui se tenait la tête baissée.

— Je crois que c'est mon instructrice-mère.

— Instructrice-mère ? répéta Calina.

— Une sorte d'entraîneuse du Couvent, expliquai-je en partageant un regard avec Darius tandis que Calina fit s'afficher la vidéo que Juliet avait indiquée et appuya sur Lecture.

L'humaine trébucha en avant, sa jambe droite semblant être faible et incapable de se mouvoir avec grâce.

Quelqu'un se mit à grogner dans les enceintes.

Mais la femelle ne s'arrêta pas, et se déplaçait manifestement sous la contrainte tandis qu'elle s'approchait de la cellule. J'écarquillai les yeux en apercevant l'homme derrière les barreaux qui m'était familier.

— Nom de Dieu.

— Eh bien, cela complique les choses, grommela

Darius en posant sa main à l'arrière de sa nuque. Je croyais qu'il dormait.

— Moi aussi, répondis-je, pris d'un mouvement de recul lorsque le vampire aux cheveux blancs empoigna la femelle et enfonça ses crocs dans son cou.

Juliet plaqua d'un geste brusque sa main contre sa bouche. Je n'avais pas besoin qu'elle me confirme verbalement qu'il s'agissait bien de son instructrice-mère. Cela se voyait comme le nez au milieu de la figure dans les profondeurs de ses yeux marron.

Toutefois, un potentiel cheminement logique prit corps dans mon esprit lorsque je vis la scène se dérouler sous mes yeux, cheminement que je pouvais suivre à mon aise tout en parvenant à une conclusion évidente.

— Un vampire ancien et une instructrice-mère, dis-je en croisant le regard de Darius. Il ne peut s'agir que d'un seul endroit.

L'Italie avait toujours été un territoire neutre au cours de cette nouvelle ère, car c'était là que se trouvait l'endroit où avaient choisi de reposer les anciens. Cependant, les terres de ce pays étaient, comme tout le monde le savait, sous le joug de Lilith car le Couvent était situé à Rome.

Plus précisément au Vatican.

Il s'étendait sur plusieurs niveaux, à la fois en souterrain et au-dessus du sol.

La structure tout entière lui appartenait en sa qualité de dirigeante de l'alliance. C'était donc un territoire propice pour y dissimuler des secrets.

Comme un vampire ancien contrôlé par une arme surnaturelle de manipulation mentale.

Quel meilleur endroit pour le dissimuler que dans une zone entourée d'immortels en sommeil ?

Personne ne pourrait l'entendre crier ni supplier son bourreau.

C'était une putain de crypte.

L'expression de Darius m'indiqua qu'il avait déjà compris, mais je dis toutefois ce que j'avais à dire à voix haute.

— Cam est dans les souterrains du Vatican. Comment avons-nous fait pour passer à côté ?

J'en étais sûr.

— Parce que le Vatican est une terre de repos sacrée que nous n'aurions jamais pu imaginer être violée de cette façon, répondit Darius d'un air frustré. Putain, si on peut le prouver, jamais personne ne nous en voudrait d'avoir éliminé Lilith.

— Sauf si ce *monseigneur* est l'un des vampires anciens, fis-je remarquer en fixant de nouveau la caméra. La question est de savoir lequel.

Darius et moi commençâmes à éplucher toutes les possibilités, en passant en revue une liste de noms que nous n'avions pas mentionnés depuis très longtemps. Nous pouvions éliminer d'office plus de la moitié d'entre eux, puisqu'ils étaient connus pour être favorables à la préservation de la vie humaine. Ils étaient la source de notre essence. Ceux qui croyaient aux histoires des origines de l'espèce considéraient leur don de sang comme un sacrifice béni dont le but était de maintenir l'existence de notre lignée.

Calina continua de fouiller dans les fichiers pour voir s'il était fait mention quelque part de ce *monseigneur*, des Créatures Bénies ou des vampires de la première génération tandis que nous parlions. Elle nous interrompit quelquefois pour nous faire part de ses découvertes. Elle avait découvert de nombreuses informations détaillées sur la technologie, ainsi que les spécificités des diverses armes que Lilith avait fait fabriquer au cours du siècle écoulé.

Nous parcourûmes rapidement le détail du gadget de

manipulation mentale qu'elle avait utilisé contre Ryder, puis examinâmes un autre rapport d'activité qui parlait d'un outil visant à améliorer la mémoire.

Mais aucun de ces fichiers ne nous donna les réponses dont nous avions vraiment besoin.

Il s'écoula un laps de temps indéterminé, peut-être plusieurs heures. Tout en discutant, nous fîmes l'inventaire de plusieurs autres éléments sur l'ordinateur, et jamais nous ne fûmes dérangés par quiconque nous surveillait par l'intermédiaire des caméras au-dessus de nos têtes.

Peu importe de qui il s'agissait, il voulait que nous découvrions ces fichiers.

Ou bien peut-être n'étions nous pas observés du tout.

Nous n'en avions plus rien à faire. Nous reprîmes notre examen des fichiers, des rapports d'activité, de la vidéosurveillance et continuâmes notre discussion sur l'identité potentielle de ce *monseigneur* peu recommandable.

Lorsque nous commençâmes à parler de certains des plus cruels vampires anciens, tels qu'Icarus et Nephthys, il nous apparut clairement que nous tenions peut-être quelques-uns des coupables potentiels. Même Fen était sur notre liste, car si quelqu'un avait bien une raison d'être en colère, c'était lui et son rejeton lycan.

Cependant, quelque chose me semblait encore obscur.

— Comment les a-t-elle réveillés ?

Pour faire sortir un ancien de son sommeil, il fallait procéder à des cérémonies ancestrales, ce qui aurait nécessité le soutien et l'accord de nombreuses lignées royales, y compris la mienne.

— Je suis absolument certain que mon père ne donnerait jamais son sang ni sa permission pour l'exécution d'un rituel. Moi non plus je ne l'ai jamais fait, putain.

Darius sembla mal à l'aise et son regard se voila.

— Non, mais si Cam avait donné son accord, celui de votre lignée n'aurait pas été nécessaire.

— Il ne ferait jamais une chose pareille.

— Il pourrait très bien le faire pour Ismeralda, fit remarquer Darius en dirigeant subrepticement son regard vers Juliet.

Son expression semblait vouloir dire *chose que je pourrais tout à fait comprendre.* Lui le ferait pour Juliet.

D'après ce que Ryder nous avait rapporté de sa conversation avec Lilith, elle savait où était Izzy.

Ce qui signifiait qu'elle aurait pu utiliser cette information pour menacer Cam.

— Merde.

Je passai une main le long de mon visage et de ma mâchoire, en réfléchissant à cette éventualité. Cronus était l'aîné de la fratrie, en conséquence de quoi il était légèrement plus puissant que mon père. En théorie, sa lignée de sang pourrait primer sur la mienne.

Je lançai un regard à Calina, et me demandai si je serais prêt à faire un tel sacrifice pour elle. Seulement, à la voir se concentrer aussi intensément sur l'écran, je fus distrait de mes pensées, surtout parce que d'un seul coup je n'entendais plus que les siennes.

Elle avait trouvé les archives concernant sa naissance.

En recherchant des informations à propos de Sélène, réalisai-je lorsque je perçus la surprise qui l'avait saisie dans ses pensées.

Calina Sélène, née le 17 mars, lut-elle, vingt-deux ans avant la révolution qui avait donné naissance à notre nouveau monde. *Prénom attribué par la mère de l'individu.*

Calina cliqua sur le fichier qui appartenait à sa mère, et j'ouvris la mâchoire si grand qu'elle faillit toucher le sol.

Mira.

Je regardai Darius la bouche béante lorsqu'il réagit en

apercevant le visage à l'écran.

— Putain, c'est impossible, souffla-t-il.

Toutefois, à mesure que Calina continuait son exploration des fichiers, il apparut très clairement que sa parentèle n'était pas seulement envisageable, mais authentique. Des vidéos, des fichiers vocaux, des signatures et une multitude d'autres détails démontraient non seulement l'implication de Mira, mais aussi qu'elle s'était portée volontaire pour apporter son aide.

Lorsque Calina commença à creuser dans les fichiers qui concernaient Mira, la raison pour laquelle Mira avait accepté de coopérer devint évidente.

Tout comme le nom de Calina prit soudain une tout autre signification.

— Mira est la fille de Sélène, murmurai-je, choqué par cette révélation.

— Comment est-ce possible ? demanda Darius. Ne le saurions-nous pas déjà si c'était vraiment le cas ? Nous n'avons rencontré Mira que ...quand, peu de temps avant la révolution ? Il y aurait forcément quelqu'un qui l'aurait connue ou reconnue avant cette période.

Je secouai lentement la tête.

— La rumeur dit qu'elle a choisi d'être plongée dans un sommeil éternel plutôt que de subir une vie entière de solitude. Tous ceux qu'elle aurait pu transformer seraient morts depuis longtemps, à présent. Par conséquent, il serait impossible de déterminer son identité.

— Et elle dormirait depuis tout ce temps dans les catacombes, dit Darius, nous ramenant précisément à notre théorie quant à l'endroit où se trouvait Cam.

— Exactement.

J'écartai la paume de ma main à l'arrière de ma nuque et expirai profondément avant d'ajouter :

— Elle a rencontré Luka environ deux décennies avant

la révolution, peu de temps après la création de Calina. Elle était impliquée là-dedans depuis le début.

— Mais pourquoi ? insista Darius. Pourquoi aurait-elle fait une chose pareille ?

— Pour pouvoir créer des lycans immortels, murmura Calina, les yeux toujours rivés sur l'écran à mesure qu'elle passait en revue une sorte de rapport. J'ai été son premier essai concluant, ce qui explique pourquoi elle m'a donné un nom. Je dois cependant mon existence aux liens immortels que j'ai avec mon père.

Elle ouvrit un nouveau rapport et une autre photo familière s'afficha.

— L'*Erosita* de Lilith, Michael.

J'oubliai complètement la caméra au-dessus de nos têtes et l'endroit où pouvait se trouver Cam à mesure que Calina continuait à parcourir tous les fichiers concernant sa création et son immortalité.

Le but recherché était de créer un lycan immortel.

Ils avaient réussi leur coup en tirant profit du lien d'*Erosita* et des gènes de Mira, puis avaient transplanté le fœtus dans le ventre d'une créature au groupe sanguin rare. Comme nous le découvrions au fil de nos lectures, cela expliquait en partie pourquoi Mira était si unique.

Sa mère n'était pas une simple *Erosita*, mais une humaine à l'essence unique comme le sang d'une pureté absolue qui coulait dans les veines de Calina.

Les vierges de sang, comme Juliet, avaient également toutes un lien avec ce groupe sanguin rare. Elles étaient d'un sang à la pureté absolue, mais en possédaient une variante, ce qui expliquait pourquoi Lilith avait choisi de les cloîtrer au-dessus des catacombes.

Elles aussi étaient utilisées pour diverses expériences, ce que révélèrent les fichiers tandis que Calina continuait d'examiner avec minutie les divers rapports.

Tout était lié.

Les vampires, les lycans, les vierges de sang, les *Erositas*.

Calina avait été créée par une manipulation génétique de la partie du cerveau où se faisaient les connexions avec les *Erositas* chez les êtres immortels, son essence avait été infusée de la lignée de sang de sa mère, puis elle avait été gratifiée d'un groupe sanguin irrésistible qui la rendait encore plus attirante.

Le but de Lilith avait été de créer des humains immortels pouvant se faire baiser et saigner jusqu'à la mort, et ayant la capacité de se régénérer pour recommencer le processus à l'infini.

Mais Mira s'était fixé pour but de trouver un moyen de prolonger la vie des lycans.

D'une certaine façon, toutes deux avaient accepté de collaborer, ce qui expliquait comment Mira avait pu contourner la barrière technologique de Lilith, même sur son propre territoire.

Lilith lui en avait donné la permission.

Tout comme elle avait autorisé le Clan Majestic à devenir un havre de paix et de sécurité pour les humains.

— Mira lui a tout raconté, réalisai-je en continuant d'examiner attentivement les rapports avec Calina. À présent, quelqu'un a laissé ces fichiers à notre disposition pour que nous apprenions la vérité.

Je levai à nouveau les yeux en direction de la caméra.

— Est-ce que c'est toi, Mira ? Est-ce toi qui te caches derrière ce *monseigneur* ?

Cela semblait impossible, mais elle était plus âgée que Lilith, et potentiellement encore plus puissante.

— Il est dit ici que Lilith a réveillé Mira après que le premier lycan a été découvert par les humains, dit Calina, interrompant ma bataille de regards avec la caméra.

Qui es-tu ? m'étonnai-je. *Pourquoi nous confies-tu tous tes secrets à présent ?*

Nous étions encore en plein cœur de la partie. Nous avions évité de nous laisser détourner, mais nous n'avions pas encore subi de réprimandes pour la découverte de tous ces détails.

Ce qui signifiait que celui ou celle qui tirait les ficelles voulait que nous ayons connaissance de ces informations.

— C'est pour cela qu'ils ont créé le laboratoire, continua Calina. Mira voulait renforcer la race lycane pour s'assurer que rien de tout cela n'arrive plus jamais.

— Est-ce vraiment ce qui est écrit ? demandai-je en regardant de nouveau l'écran.

— Non, mais cela paraît logique.

Elle ouvrit un extrait de rapport d'activité saisi par Mira dans lequel elle détaillait les difficultés qu'elle avait rencontrées et les erreurs qu'elle avait commises. Tout ce qu'elle décrivait s'était produit avant la révolution et sa rencontre avec Luka. La dernière entrée qu'elle avait écrite datait d'exactement deux ans après la naissance de Calina, et Mira avait laissé une série d'instructions pour les futurs chercheurs qui reprendraient son travail.

— Elle faisait confiance à Lilith pour l'informer des dernières nouvelles, réalisai-je à voix haute en examinant la fin de son rapport. Elle ne se doute peut-être pas du tout que tu es encore en vie.

— Sauf si elle nous observe en cet instant même, dit Calina en levant le regard vers la caméra. Mais je crois que *monseigneur* est en réalité Michael.

Je secouai la tête.

— Michael est mort.

— Non, puisque c'est un vampire.

Elle cliqua sur l'écran pour ouvrir un autre rapport qui datait des environs de sa naissance.

Je plissai le front.

— Tout cela n'a aucun sens.

Mais à mesure que je lus les mots qui s'affichaient à l'écran, je me représentai une scène très perturbante.

Il avait été attaqué par des humains.

Il avait failli mourir.

Jusqu'à ce qu'un individu de sang royal lui ait donné de son sang pour le ramener à la vie.

Le nom qui s'afficha à l'écran me fit cligner des yeux.

— Impossible, il me l'aurait dit.

Je me retournai vers Darius.

— Vous a-t-il informé de cela ?

Lui aussi affichait une même expression de désarroi.

— Non, Cam n'a jamais dit qu'il avait sauvé Michael.

— C'est forcément un mensonge, dis-je en me demandant quelle part de ce que nous avions découvert était réellement véridique.

— Ça... tout cela... c'est trop... bafouillai-je sans parvenir à trouver mes mots.

En grande partie parce que le terme *impossible à croire* semblait être un euphémisme.

Nous en avions pourtant la preuve juste sous les yeux à l'écran.

— Cam aurait...

Le sol sous mes pieds se mit à trembler lorsqu'une explosion résonna bruyamment dans le couloir de l'autre côté de la porte. Mon arme me tomba dans la main lorsque je me téléportai sur le pas de la porte et trouvai des décombres partout sur le sol.

Face à moi se tenait également Kylan, près de l'entrée qu'il venait de faire exploser, un sourire méchant dessiné sur ses lèvres.

— Vous voyez, c'est pour *cette* raison que vous m'invitez à être de la partie. Je peux être d'une grande aide quand j'en ai envie.

JACE

— Putain, mais qu'est-ce que vous fichez ici ? demandai-je, à la fois surpris et reconnaissant de l'arrivée inattendue de Kylan.

— Eh bien, j'ai discuté avec Ryder, comme vous l'avez suggéré. Il m'a fait tout un laïus à propos du fait qu'il avait adopté des humains en guise d'animaux domestiques pour faire plaisir à Willow. Je suppose qu'il a fait passer un décret selon lequel un chiot de laboratoire du nom de Petri ainsi que ses parents biologiques sont officiellement sous sa protection ?

— Gretchen et James, traduisis-je, quelque peu amusé d'apprendre ce qu'ils étaient devenus.

Louis allait éprouver une immense déception, mais seul un candidat au suicide se risquerait à provoquer la colère de Ryder, et s'il avait décidé de les protéger à la demande de Willow, alors ils avaient une chance immense.

— Tous deux étaient les assistants de laboratoire de Calina dans le Bunker 47.

— Hmm, je vois, dit Kylan en réfléchissant un moment à ce que je venais de lui dire. Bref, en plein milieu du discours interminable de Ryder, Damien l'a appelé pour lui parler d'une espèce de montre qui avait déclenché une alarme. Il a ensuite dit qu'il n'arrivait pas à vous joindre.

Pour faire court, c'était moi qui étais le plus proche de vous et qui possédais le jet le plus rapide.

Je plissai les yeux en percevant la petite vanne qu'il venait de lancer. Nous étions tous deux des collectionneurs. Qui plus est, c'était vrai, il possédait bien le jet le plus rapide parmi nous tous. Il avait fait une offre supérieure à la mienne lors d'une vente aux enchères.

— Pour le moment, dis-je les dents serrées en guise de réponse à son affirmation.

Il haussa les épaules et croisa les chevilles.

— C'est ce qu'on verra.

Il leva l'un de ses sourcils sombres, ses cheveux de même couleur lui balayant le front comme pour lui donner l'air de dire, effrontément *je viens de tout faire péter*.

— Alors, avez-vous trouvé Cam ?

— Oui et non, avouai-je en baissant les yeux sur la montre que j'avais complètement oubliée pendant que j'étais en train de passer en revue les fichiers.

Il ne nous restait plus qu'une heure environ.

— Nous pensons qu'il se trouve dans les catacombes sous le Couvent en Italie.

Kylan leva un sourcil.

— Avec les vampires anciens ?

— Oui.

Kylan renâcla.

— Ce serait bien du Lilith tout craché d'avoir troublé leur repos. Toute cette histoire de Déesse lui est vraiment montée à la tête, n'est-ce pas ?

Je m'apprêtais à confirmer ses dires, mais je retournai immédiatement aux côtés de Calina lorsque je perçus une pointe de stupeur dans ses pensées. Elle avait trouvé une vidéo d'elle attachée à une table, en train de hurler, tandis qu'un lycan…

Une fureur intense envahit tout mon être, suivie d'une

sensation de terreur incommensurable lorsque les émotions de Calina se décuplèrent dans notre lien.

Je tendis le bras en la contournant pour fermer la fenêtre, puis l'attrapai par le menton pour la forcer à croiser mon regard.

Nous ne prononçâmes pas un seul mot.

Nous restâmes parfaitement silencieux pendant un instant chargé d'émotions, au cours duquel je lui fis la promesse tacite que je ne laisserais plus jamais quelque chose de pareil lui arriver.

Elle déglutit, et sa peur s'atténua quelque peu. Mais cette sensation de malaise persista, et son estomac se tordait à cause du fait qu'elle soit tombée par hasard sur ce fichier en particulier.

Darius dit quelque chose à Kylan dans le couloir, me confirmant que lui et Juliet avaient quitté la pièce pour nous laisser un peu d'intimité, dont nous avions bien besoin. Il avait probablement vu le détail de la vidéo, tout comme moi.

Je... j'ai simplement cliqué sur les rapports pour les examiner l'un après l'autre, et... et ça...

— Tu n'as pas besoin de m'expliquer quoi que ce soit, lui dis-je, lui lâchant le menton pour lui saisir la joue en m'agenouillant devant elle. Tu voulais des réponses, tu les as trouvées.

Elle déglutit à nouveau.

— Ce... ce n'est pas le genre de réponse que je recherchais.

— Je sais.

Je caressai sa pommette du bout du pouce et remarquai la couleur bleue figée de ses iris.

— Mais tu as trouvé certaines des réponses dont tu avais besoin, repris-je, même si ça n'explique toujours pas notre connexion.

— Je pense que si, murmura-t-elle, en me laissant entrevoir dans son esprit un aperçu de l'analyse qu'elle avait déjà établie dans sa tête.

Grâce aux attaches des liens d'*Erosita* dans son esprit, elle était fortement prédisposée à devenir la partenaire d'un vampire. J'étais le premier à avoir fait un échange de sang avec elle, et mon essence était l'unique sang de vampire qu'elle ait jamais avalé.

Elle ne s'était jamais fait baiser par un vampire non plus.

Jusqu'à notre rencontre.

En théorie, j'étais donc son premier partenaire sexuel, malgré le rapport qu'elle avait eu avec le lycan.

Peut-être que ce n'est pas une question de virginité, mais plutôt de n'avoir jamais été touchée par d'autres vampires, murmura-t-elle dans mon esprit. *Ou bien c'est juste moi qui suis unique.*

Ou bien les deux, lui dis-je, interloqué une fois de plus de constater à quel point son esprit fonctionnait de manière similaire à la mienne. Ce genre de révélations déchirantes auraient fait fondre en larmes beaucoup de femmes, mais pas Calina.

La vidéo l'effrayait, mais elle ne pleurait pas. Elle catégorisa seulement ce souvenir dans sa tête comme étant pertinent, tout en frissonnant de révulsion. Elle reprit immédiatement son état d'esprit pragmatique et réfléchit à la manière dont nous allions faire usage de ces informations.

— Nous devons nous rendre en Italie, dis-je maintenant que la voie était libre.

— Je pense que tu devrais d'abord consulter les données du téléphone de Mira ainsi que ses communications archivées, rétorqua-t-elle, ce qui me fit lever un sourcil. À mon avis, nous n'allons pas seulement trouver Cam en Italie, ce *monseigneur* doit aussi s'y trouver.

Mais elle devrait pouvoir nous confirmer la véracité des informations dont nous avons besoin.

— Nous pourrions aussi l'attraper au vol et lui demander de répondre à nos questions, suggéra Darius sur le pas de la porte. Bien sûr, nous aurons besoin de l'aide de Luka pour cela, et il ne sera peut-être pas très enclin à faire subir un interrogatoire à sa partenaire.

— Il le sera lorsqu'il apprendra sa trahison, dis-je en détournant mon attention vers l'ordinateur. Il nous faut télécharger autant de ces fichiers que possible. Il ne nous reste pas beaucoup de temps pour nous atteler à la tâche.

J'attendis de voir si Calina était récalcitrante à l'idée de possiblement enlever et torturer sa mère pour lui extorquer des informations, mais cela ne lui provoqua pas la moindre once d'émotion. C'était la bonne chose à faire, à son avis.

Darius approuvait également cette démarche et sortit de la pièce pour aller chercher le matériel dont nous avions besoin dans le jet.

Pendant ce temps, Calina se mit au travail et rassembla tous les fichiers sur un emplacement central du disque dur afin de les exporter.

Je me tenais derrière elle et continuai de fixer la caméra, certain que nous étions observés. *Pourquoi ne bouges-tu pas le petit doigt ?* me demandai-je à l'attention de la personne derrière les caméras de vidéosurveillance. *Quelle toile as-tu construite pour nous piéger à présent ?*

Il semblait en effet contre-productif, au vu de l'objectif final de ladite personne, de nous laisser partir avec toutes ces précieuses informations.

Sauf si Lilith avait prévu que nous prenions connaissance de ses recherches depuis le début.

Je réfléchis à tout ce qui pourrait découler de cette révélation tandis que Calina s'attelait à la tâche. Darius nous rejoignit à nouveau et parla de Rae et Juliet qui retournaient aux jets afin de maintenir une distance de sécurité avec nous.

J'acquiesçai tout simplement, et mon esprit tentait de déchiffrer le plan de Lilith et de comprendre ce qu'elle avait eu l'intention de faire exactement.

Nous avions, tout au long de notre mission, supposé que les recherches de Lilith provoqueraient des remous au sein de l'alliance, en conséquence de quoi nous pensions qu'il serait judicieux de les faire partager.

Mais qu'aurait-elle à y gagner si nous montrions les vidéos que nous avions trouvées aux vampires et aux lycans du monde entier ?

Le chaos, entendis-je Calina me murmurer.

Je considérai cette éventualité en fronçant les sourcils.

Les lycans seraient furieux d'apprendre ce que Lilith avait fait à leurs homologues. Lorsqu'ils découvriraient que Mira, la première lycane de ce monde, était de mèche avec elle… les circonstances allaient empirer hors de toute proportion.

À moins que Mira n'ait pas su, en réalité, ce qui se tramait. Elle faisait confiance à Lilith pour continuer ses recherches, mais toutes deux avaient un but bien différent.

Peux-tu lancer une recherche de nos noms ? demandai-je à Calina, curieux de savoir si Darius ou moi étions mentionnés dans un quelconque rapport.

Je l'ai déjà fait. Il n'y a rien vous concernant dans les fichiers. Pas même dans les fichiers que j'ai trouvés sur Cam.

— Tu as trouvé des fichiers qui mentionnent Cam ?

J'éprouvai une telle surprise lorsque je prononçai cette phrase à voix haute.

— Oui, et également sur l'appareil dont Lilith a fait usage pour le paralyser.

Elle ouvrit les rapports pour me montrer une vidéo de lui, à genoux, en train de hurler tandis que Lilith l'informait dans le plus grand des calmes de ce qu'elle comptait faire à Izzy.

Mon sang bouillonna lorsque j'entendis ses menaces, mon esprit remplaçant automatiquement le nom d'Izzy par celui de Calina.

Je me rendis compte que Darius avait raison. Si Lilith avait proféré des menaces sur la tête d'Izzy pour forcer Cam à lui céder, il lui aurait forcément obéi. J'aurais fait de même à sa place.

Je m'étonnai de cette révélation tandis que Calina me montra quelques autres éléments dans le dossier de Cam. La plupart des informations qu'il contenait semblaient redondantes, à savoir que Lilith avait utilisé ce fameux appareil pour le torturer, l'avait enfermé dans une pièce dans laquelle il était resté en position fœtale tandis qu'elle le molestait sans discontinuer.

— La dernière phrase de son dossier dit *Protocole de rafraîchissement des données*, dit-elle en me regardant, puis elle lut la date à voix haute.

— C'est le jour où Lilith est morte.

— Je sais, répondit-elle.

Je serrai la mâchoire.

Putain, mais c'est quoi un protocole de rafraîchissement des données ?

La réponse à cette question m'échappa lorsque Calina termina de télécharger les derniers fichiers. Je jetai un rapide coup d'œil à ma montre, remarquai qu'il nous restait deux minutes pour nous échapper et croisai son regard.

— Ça me rappelle notre premier rendez-vous galant.

— Je ne sais pas si j'appellerais ce genre d'expérience un premier rendez-vous.

Je souris.

— Tu as fini nue à la fin.

— Ce n'était pas par choix.

— Ah oui, j'avais oublié. Ce n'étaient que mes prouesses de vampire.

Je l'attrapai par les hanches et la soulevai en l'air.

— Mets tes jambes autour de ma taille.

Elle m'obéit et ses yeux brillaient d'une étincelle de sensualité.

— Si tu as envie de me déshabiller après ce rendez-vous-là, je suis tout à fait d'accord.

— Je te dois une douche, murmurai-je en enroulant mes bras au bas de son dos. Un long vol nous attend.

Il fallait d'abord que je passe quelques coups de fil, mais je n'en aurais pas pour longtemps.

Ou bien je demanderais à Darius de s'en occuper pour moi.

Je me mis à me téléporter tandis que mon esprit se refusait à déléguer cette tâche à Darius. Luka devait apprendre la nouvelle directement par moi.

En personne, pensai-je lorsque nous fûmes entourés de l'air frais de la nuit. *Il faut qu'il voie les fichiers pour pouvoir y croire.*

Calina ne répondit pas. Elle se contenta d'envelopper ses bras autour de mon cou et se tenait à moi alors que je courais en direction des jets. Ils avaient été déplacés sur une plage située à un peu plus de trois kilomètres de l'endroit où ils avaient atterri initialement.

Lorsque nous y parvînmes finalement, Calina se figea et son regard resta fixé sur la lune accrochée dans le ciel au-dessus de l'eau.

Elle eut la même impression que lorsqu'elle avait vu le soleil, sauf que cette fois je partageais intimement ses pensées.

Elle était si innocente, jeune et jolie.

Calina n'avait jamais vu la plage jusqu'à présent, et

encore moins l'océan. La vue qu'elle avait sous les yeux la captivait.

Je la laissai admirer cette image un instant, et n'eus qu'un léger mouvement de recul lorsque je sentis le sol vibrer sous nos pieds. Au fond de moi, je ne croyais pas que les laboratoires allaient exploser, parce que pour moi, le maître du jeu bluffait.

Peut-être n'étions nous pas surveillés du tout.

Mais mon instinct me dit que quelqu'un nous avait observés tout le long de la manœuvre.

Bientôt, nous allions découvrir *qui*.

Je posai Calina sur la plage, car je me doutais qu'elle voulait toucher le sable et l'eau. Elle me tendit le sac qu'elle avait jeté par-dessus son épaule, celui qui contenait tous les appareils apportés par Darius avant de disparaître avec Kylan, et se dirigea vers l'endroit où les vagues venaient s'écraser au bord de la plage. Elle s'agenouilla, ses pensées remplies de joie et d'admiration.

Je savourai la vue que j'avais sous les yeux et la douce excitation qui fleurissait dans son esprit.

Cela me donna envie de m'assurer que je serais présent pour toutes ses premières fois, que je ferais devenir réalité chacun de ses rêves et satisfaire chacune des curiosités qui lui venaient à l'esprit.

Un doux petit gloussement lui emplit l'esprit lorsque l'eau vint effleurer le bout de ses doigts, et sur ses lèvres se dessina un sourire que je voulais graver dans ma mémoire pour toujours.

Cette femelle était profondément ancrée dans mon âme. Je ne voulais voir que son visage, n'avais besoin que de sentir son cœur, et rien que le sien, ne désirais posséder que son corps et celui de personne d'autre.

À un moment donné, pendant tout ce temps que nous avions passé ensemble, j'étais tombé du rebord d'une falaise de désir et avais chuté dans quelque chose de beaucoup plus profond.

Peut-être était-ce notre lien.

Peut-être était-ce le destin.

Ou peut-être une combinaison des deux.

Mais cette femelle avait commencé à représenter quelque chose à mes yeux qui défiait la raison et toute notion de rationalité.

Elle me donnait envie de laisser tomber le sac contenant les appareils, de courir vers elle pour la porter dans l'océan. Nous nous délesterions de nos vêtements et ferions l'amour au milieu des vagues.

J'éprouvais un désir si vif que toutes mes pensées s'y perdaient, ma vision se brouillait, et la sensation était si intense que je ne m'aperçus pas que Kylan nous avait rejoints avant qu'il ne se racle la gorge.

— Hmm, alors comme ça vous êtes amoureux, songea-t-il, les mains enfoncées dans les poches de son pantalon élastique noir, les manches de sa chemise habillée de couleur sombre relevées jusqu'aux coudes et le col de sa chemise déboutonné. Cela vous sied bien, mon ami. Je vous félicite d'avoir trouvé votre âme-sœur.

Je faillis rectifier sa phrase, ma vieille attitude nonchalante menaçant de refaire surface.

Mais je ne pouvais prononcer les mots que je désirais à voix haute.

Je ne voulais pas mentir. Je ne voulais pas diminuer ce que Calina et moi partagions. Je ne savais pas si c'était cela, l'amour. Ce terme me semblait trop léger pour décrire l'union sacrée de nos esprits. J'avais l'impression d'avoir trouvé en elle ma moitié, et vivre une vie sans elle semblait inenvisageable.

Elle était morte, et je m'étais senti tellement perdu que j'avais tué un vampire royal et réduit à néant le plan que j'avais sagement élaboré pendant plus d'un siècle. Je savais pourtant que si cette situation venait à se reproduire, je referais exactement la même chose, putain.

C'était à moi qu'incombait le devoir de la protéger.

Jamais je ne m'excuserai de l'avoir vengée.

Kylan se racla la gorge.

— Darius vient de s'entretenir avec Damien. Il s'avère qu'il avait déjà des soupçons sur Mira car l'un des techniciens de laboratoire l'a reconnue de loin. Il n'a rien dit car il voulait rassembler davantage de preuves, mais il conserve des documents sur elle.

J'acquiesçai.

— Il semblerait donc que nous nous dirigions vers le Clan Majestic.

— Bien évidemment. Ryder est en train de s'arranger avec Edon, Silas et Luna pour que nous nous retrouvions tous là-bas.

— Encore une réunion, dis-je, le regard toujours fixé sur Calina. Nous tombons presque juste à temps pour la réunion initialement prévue par Lilith.

— C'est étonnant de voir comment les choses se sont combinées, dit Kylan d'une voix traînante avant de me donner une grande tape sur l'épaule et de m'arracher le sac. Darius et Juliet embarqueront avec moi afin que vous puissiez jouer comme il se doit avec votre nouveau petit animal de compagnie.

En des circonstances normales, j'aurais protesté contre une telle affirmation de sa part, et lui aurais rappelé ma position supérieure à la sienne dans la hiérarchie.

Mais il était plus âgé que moi.

Et je n'avais vraiment pas envie de me disputer avec lui à propos du cadeau qu'il venait de me faire.

Je me contentai donc d'acquiescer simplement en guise de reconnaissance et continuai de regarder ma partenaire jouer dans l'eau. Elle avait enlevé ses chaussures et avait remonté son pantalon jusqu'à ses mollets pour pouvoir pleinement savourer la sensation procurée par les vagues. Cela semblait si puéril, mais elle avait mérité ce moment. La mer l'aidait à se détendre et à oublier tous les souvenirs que ces fichiers avaient réveillés, à échapper un instant au choc provoqué par la découverte de son ascendance. Enfin, elle la faisait sourire.

Ce sourire, c'était tout ce dont j'avais besoin pour avoir la confirmation que ce moment était important pour elle.

Une nouvelle expérience pour son esprit.

Je restai assis sur la plage tandis qu'elle continuait à s'éclabousser avec l'eau. Elle ne leva les yeux qu'une seule fois lorsque le jet de Kylan décolla. Il allait devoir s'arrêter en cours de route pour reprendre du carburant, mais nous, nous avions fait le plein à l'aérodrome de Lajos City.

Alors même si je laissais Calina s'amuser ici encore une demi-heure, nous arriverions tout de même avant eux au Clan Majestic.

Le sachant, je m'allongeai en m'appuyant sur mes coudes et regardai ma petite nymphe danser danser la lumière de la lune. Ses cheveux blonds scintillaient lorsqu'elle se retourna en riant.

— Tu ferais bien de te mettre en tenue d'Eve, ma petite enchanteresse, l'appelai-je. Je te jure que je savourerai le spectacle, et je te forcerai à te déshabiller avant que nous ne montions à bord du jet, de toute manière.

Ses vêtements étaient devenus transparents, trempés par l'eau.

Elle cessa de tourner et me lança un regard.

Puis, très lentement, elle enleva son gilet pare-balles et laissa apparaître le débardeur blanc moulant qu'elle portait en dessous.

Je me mordis la lèvre, l'image qu'elle me renvoyait à la

lumière de la lune était saisissante. Le débardeur faisait ressortir ses seins à la perfection, et même ses tétons qui durcissaient.

Une vague vint s'écraser sur elle, l'eau lui éclaboussa la taille et humidifia le tissu qui recouvrait son ventre plat.

En réaction, elle tira le tissu au-dessus de sa tête et m'offrit une vue détaillée de ses nichons parfaits.

Mmh, quelle vision enivrante. Ensorcelle-moi davantage, ma chérie. Fais-moi durcir au point que je ne puisse même plus marcher.

Ses yeux scintillaient dans le noir, ses iris étaient devenus jaunes et son côté lycan transparaîssait visiblement dans son regard.

Cela m'excita encore plus.

J'avais toujours été attiré par la nature bestiale de l'espèce des lycan. Ma femelle possédait clairement une bête à l'intérieur d'elle-même qui rivalisait avec la mienne.

Je tendis mes jambes et croisai les chevilles, tout en admirant la vue, appuyé sur mes coudes lorsque Calina baissa la fermeture de son jean et se mit à sautiller pour l'enlever.

Cette scène était drôle et érotique à la fois, le tissu lui accrochait aux jambes tandis qu'elle essayait tant bien que mal de le décoller de ses cuisses.

Elle perdit l'équilibre au milieu des vagues, et je me rassis.

Mais elle se releva une seconde plus tard, sa queue de cheval blonde complètement trempée, le plus beau des sourires illuminant ses lèvres.

Elle se défit enfin de son jean à coups de pied et se retrouva magnifiquement nue avant de replonger sous les vagues.

Mais bon sang, est-ce que tu sais nager ? me demandai-je, subitement inquiet lorsque je ne la vis pas remonter à la surface. *Calina ?*

Elle ne répondit pas.

— Merde.

Il y avait de très gros courants dans l'océan Pacifique. De ce fait, il était plutôt dangereux de nager sur une plage comme celle-ci pour un nageur inexpérimenté.

Je ne pris pas la peine de me déshabiller et me téléportai dans l'eau à l'endroit précis où je l'avais vue avant qu'elle ne plonge. Je faillis tomber lorsqu'elle bondit en dehors des vagues et se jeta sur moi. Je l'attrapai par la taille, et je fus si surpris que mon cœur s'arrêta l'espace d'un battement.

Elle se mit à rire.

Je clignai des yeux.

— Est-ce que tu viens de…

Je ne parvenais même pas à formuler ma question. Elle m'avait joué un tour. Je m'en serais rendu compte si j'avais lu dans ses pensées une petite minute, mais mon instinct de la sauver avait pris le dessus.

— C'est dangereux, ce que tu viens de faire, Calina.

Elle se remit à glousser, comme enivrée par la vie, ou peut-être tout simplement par l'eau salée.

— Punissez-moi, je vous en prie, votre Altesse.

Je levai un sourcil.

— Est-ce vraiment ce que tu veux ?

Elle réfléchit un instant, et dans ses jolis yeux se reflétait la lueur pâle de la lune.

— J'ai envie de toi.

Elle se pencha et ses lèvres effleurèrent les miennes.

— Tu voulais que je me déshabille, hein ? De mon plein gré ? Eh bien voilà. Et maintenant, j'ai envie de toi.

Un grognement me chatouillait dans la poitrine, et mon besoin de la prendre au sérieux, comme de la prendre au sens propre fit dérailler le fil de mes pensées.

Mais je n'avais pas le temps de lui faire éprouver des ravages de plaisir en bonne et due forme.

Dans le jet, cependant, j'allais m'en donner à cœur joie.

Je lui avais déjà promis que nous allions prendre une douche.

— Mmm, murmurai-je en me téléportant à nouveau dans le jet, en haut des marches.

Je ne me souciai guère des vêtements de Calina restés sur la plage.

— Nous pouvons y aller maintenant, dis-je à Sal en passant à côté d'elle. Calina et moi serons dans la cabine arrière si vous avez besoin de moi.

— Oui, Mon Prince, répondit-elle avec déférence.

Je saisis toutefois la petite pointe d'amusement dans le ton de sa voix. Mon entichement tout récent pour cette femelle semblait ravir tout le monde.

Au vu de ce qu'avait été mon passé, je suppose que je le méritais bien.

Mais cette relation me semblait légitime.

Comme si j'étais précisément à l'endroit où je devais être.

Calina me rendait plus fort, plus heureux, je me sentais plus fin stratège grâce à elle. *Entier.*

— Je commence à me demander qui j'étais avant de te rencontrer, avouai-je tandis que je la portai dans la chambre et me dirigeai immédiatement vers la salle de bain attenante. Tu m'as fait changer irrévocablement, Calina. Je crois que je ne serai plus jamais le même.

— Est-ce que c'est une mauvaise chose ? me demanda-t-elle, son sourire ayant laissé place à une expression plus sérieuse.

— Je n'avais jamais su jusqu'à présent que j'avais besoin de changer, lui dis-je. Mais maintenant que je sais qui je peux être avec toi, je me demande comment j'ai pu éprouver une quelconque satisfaction auparavant.

Je la fis asseoir sur le siège de la douche et terminai de me déshabiller tandis qu'elle m'observait d'un regard voilé. Des dizaines d'idées défilaient dans son esprit, chacune d'entre elles centrée autour de ma queue, et chaque nouvelle idée était plus attirante que la précédente.

Mais aucune de ces idées ne correspondait à ce que j'avais l'intention de lui faire.

— Lève-toi, petit génie, lui dis-je en tendant le bras pour ouvrir le robinet. Il y a une partie de toi que je n'ai pas encore fait mienne. J'ai bien l'intention de posséder chaque centimètre de ta personne.

CALINA

Je tremblai en percevant la promesse contenue dans la voix de Jace.

Quelle partie ? voulais-je lui demander, mais le sombre désir qui transparaissait dans son regard m'obligea à céder à ses ordres. J'en percevais quelques murmures dans mon esprit, et n'aurais jamais pu imaginer qu'il ait une telle intention en tête.

Ses mains vinrent se poser sur mes hanches tandis qu'il me tira sous l'eau qui coulait. La douche était plus grande que toutes celles que j'avais jamais vues, sauf celle dont il disposait chez lui à Jace City. La baignoire à elle seule avait été conçue pour que cinq personnes puissent en profiter en même temps.

Je n'avais pas envie d'y penser car cela faisait ressurgir des fragments du passé de Jace.

Il me saisit par le menton pour me forcer à me regarder.

— Je ne m'excuserai pas pour ce que j'ai fait par le passé, Calina.

— Je ne te l'ai jamais demandé.

Et je ne le lui demanderai jamais. C'était une part de sa personne que je devais accepter. Par ailleurs, j'étais davantage préoccupée par l'avenir.

Il pencha la tête sur le côté et resserra son emprise sur mon menton et ma hanche lorsque le jet commença à se mouvoir autour de nous.

L'eau continua de couler abondamment, et sa chaleur fit fondre une partie du bloc de glace qui se formait à l'intérieur de moi à l'idée de ce que l'avenir nous réservait.

Notre lien n'était pas encore clairement défini. Peut-être serais-je capable de coucher avec d'autres que lui, ou peut-être pas.

Jace, lui, cela ne lui posait aucun problème.

Cette idée ne me plaisait pas du tout.

Je voulais pouvoir lui dire qu'il était à moi, tout comme il me l'avait dit il y a quelques instants. Je sentais pourtant que je ne pouvais pas marquer mon territoire de la sorte parce qu'en vérité, il ne m'appartenait pas du tout.

Le lien d'*Erosita* était biaisé sur ce point. Le vampire avait la possibilité de tout contrôler tandis que la mortelle dépendait de cette connexion pour survivre.

Jace continua à me scruter, l'air autour de nous devint chargé de non-dits et d'une myriade de pensées. Il entendait chacune des miennes, et même mes hésitations concernant notre avenir ensemble.

Ses expériences passées avaient contribué à façonner le mâle qui se trouvait devant moi. Jamais je ne lui en tiendrais rancœur, mais je me demandais comment cela allait impacter notre relation sur le long terme.

Il ne croyait pas à la monogamie.

Mais pour moi, la monogamie était la seule option envisageable si je ne voulais pas risquer de perdre mon immortalité.

Toutefois, cela souleva une interrogation intéressante. *Ai-je envie de vivre pour l'éternité en étant liée à un partenaire infidèle ?*

— Tu ne m'as pas demandé une seule fois si je

comptais être fidèle, dit Jace au bout d'un instant de silence, tu supposes tout simplement que je ne le serai pas.

L'eau continuait de tomber en cascade tandis que je commençai à avoir les oreilles bouchées à cause de l'altitude de plus en plus élevée que prenait le jet.

— Tu ne m'as pas donné de raison de croire le contraire, fis-je remarquer. J'entends ce qui te passe à l'esprit, Jace. Je sais ce que tu veux.

— Tu sais ce à propos de quoi je m'interroge, rectifia-t-il, j'essaie tout autant que toi de déterminer quels sont mes désirs.

Je hochai la tête.

— Toi, tu as la possibilité de choisir. Pas moi.

Il me lâcha le menton, et traça une ligne du bout des doigts le long de ma mâchoire jusque dans mes cheveux, et tira d'un coup sec sur l'élastique qui retenait ma queue de cheval pour la défaire. Je cambrai légèrement la nuque en réaction, et son regard se posa sur ma gorge exposée avant de remonter lentement vers mes yeux.

— Veux-tu que je te transforme, de sorte que nous soyons égaux ?

— Non, répondis-je immédiatement. Mon sang sert à te sustenter. Si tu me transformes, cette vertu sera perdue.

Je n'avais d'ailleurs pas envie de devenir un vampire. Je préférais ma forme actuelle. Mon seul souci, c'était notre avenir, et non notre situation présente.

J'avais seulement toujours eu cette habitude de prévoir, de comprendre dans quelle direction nous allions, afin que je puisse m'accoutumer à la situation et accepter, petit à petit, l'inévitable.

Dans le cas présent, l'inévitable, c'était que Jace aille voir ailleurs.

Sans que je puisse bien comprendre pourquoi, je

m'aperçus que j'avais du mal à pouvoir accepter cette éventualité.

— Tu n'as pas confiance en moi pour te rester fidèle, dit-il, le regard interrogateur à mesure qu'il m'écoutait établir des raisonnements à propos de notre lien et des possibilités qui se présentaient à nous.

— Je ne suis pas sûre que tu accepteras de m'être fidèle, le corrigeai-je. Je n'aime pas l'idée de te forcer à être quelqu'un que tu n'es pas.

Cela ne serait bon ni pour l'un ni pour l'autre. Il finirait par me détester à cause de cela, tout comme je le mépriserais s'il me forçait à entrer dans un rôle de soumise de manière permanente, ce qui ne me ressemblait pas du tout, tout comme cela ne correspondait pas à ses préférences de s'impliquer dans une relation.

— Il y a quelque chose de très important que tu n'arrives pas à comprendre, Calina, dit-il doucement en passant ses doigts dans mes cheveux mouillés tout en faisant descendre la paume de son autre main au bas de mon dos pour me rapprocher de lui, c'est que tu m'as déjà fait changer.

Il murmura ces mots les lèvres collées contre les miennes et ses doigts vinrent s'entremêler dans mes mèches de cheveux mouillées tandis qu'il me tenait contre lui.

— Je ne sais pas bien comment c'est arrivé, ni quand exactement, mais tu es en moi à présent, murmura-t-il contre ma bouche. Je n'ai pas envie de perdre ce genre de moments ni de te perdre toi. Je n'ai pas non plus envie de te partager. Cette simple pensée me donne des envies de meurtre.

Il me laissa entrevoir ce qu'il ressentait dans son esprit, la fureur qui s'était emparée de lui lorsque Lajos m'avait touchée, et la promesse qu'il s'était faite plus tard de ne plus jamais laisser personne me refaire la même chose.

— En conséquence, je comprendrai que tu ne veuilles pas me partager non plus. Mais pour être honnête, je crois que plus personne ne m'intriguera jamais. Je n'ai pas détourné les yeux de toi une seconde, Calina, et je n'ai même pas pensé à cette éventualité. Je ne vois que toi.

Il me saisit la joue et se recula pour me regarder droit dans les yeux.

— Tout cela est tout nouveau pour moi. Ce n'est pas que la monogamie ne me fasse pas envie, ma chérie. Personne ne m'a jamais donné l'envie d'y penser sérieusement, jusqu'à ce que je te trouve.

Il m'embrassa à nouveau, cette fois avec davantage de force, ses émotions réchauffant intensément notre lien et ensorcelant le cœur de mon âme.

Je ressentais la véracité de ses paroles comme une flèche qui me transperçait le cœur.

Aucun de nous deux ne savait ce que nous réservait l'avenir, mais nous étions liés pour toujours à présent. Nous allions surmonter les obstacles à mesure qu'ils apparaîtraient sur notre chemin.

Cependant, il y avait une certitude dans l'esprit de Jace qui me faisait chanceler.

Il voulait entretenir une relation au long cours avec moi. Pas une relation à court terme, pas juste pour le moment, mais pour toujours.

Quoi qu'il lui en coûte, il ferait tout ce qui était en son possible pour s'assurer que je garde toujours cela en tête.

Il n'était pas question de ses anciens penchants mais de ses désirs actuels, de son désir pour *moi*, son *Erosita*, sa partenaire, son égale sur le plan mental.

Il me voyait comme la part manquante de son âme, dont il n'avait pas été conscient de l'absence jusqu'à présent, et en aucun cas il ne prévoyait de me perdre désormais.

Sa bouche me murmura des paroles pleines de promesses de rester avec moi à jamais. Son esprit me prouva qu'il était déjà à moi.

Personne ne le connaissait mieux que moi car il n'avait jamais été lié à personne de manière aussi intime. Il me laissait accéder librement à chacune de ses pensées et à chacun de ses souvenirs, sans rien me cacher. Il me montra également comme il lui serait facile de m'en exclure, de me bloquer complètement l'accès à son esprit.

Il n'avait pourtant jamais songé à me faire une chose pareille, pas même lorsqu'il pensait que c'eût été plus approprié pour assurer ma protection.

Non. Il avait appris à apprécier qui j'étais seconde après seconde, son esprit avait épousé le mien d'une manière unique, phénomène que ne connaissaient que fort peu de personnes.

Je lui appartenais et il m'appartenait en retour.

Rien d'autre n'avait d'importance que de savoir cela.

Si j'exigeais la monogamie de sa part, il accèderait à ma demande car mes désirs avaient autant de poids que les siens. Il me le montra dans son esprit, et était enclin à passer l'éternité avec moi, et rien qu'avec moi.

Tu es tout ce dont j'ai envie, murmura-t-il dans mes pensées. *Tu es celle dont j'avais besoin, bien que je ne l'aie jamais su. Toutes les autres n'étaient que des aventures passagères sur la longue route qui m'a mené à toi, ma véritable égale, la partenaire qui m'était destinée. Rien de tout cela n'aurait jamais dû devenir réalité, mais la destinée s'est assurée que nous puissions nous trouver. À partir de maintenant, je ferai tout ce qui est en mon pouvoir pour te prouver que je suis digne de toi, Calina. Nous allons apprendre à vivre ensemble en équipe, rien que toi et moi. C'est ce que nous sommes tous les deux ensemble, une équipe.*

Mon cœur menaça d'exploser, car cette sensation était nouvelle pour moi et quelque peu déroutante. Mais je me réjouis de sentir la chaleur qui s'ensuivit, et qui caressa chaque centimètre carré de mon être lorsqu'il m'embrassa plus profondément.

Ce qu'il avait dit un peu plus tôt à propos du fait qu'il voulait posséder chaque partie de moi se fondit en un besoin nouveau, qui se basait sur notre affection mutuelle et la promesse qui liait nos esprits.

Mes bras se retrouvèrent couverts de chair de poule. Mon corps réagissait à la déferlante d'émotions et de pensées qui émanaient de lui, toutes profondément ancrées dans ses futurs projets pour nous deux, sa promesse de me garder en sécurité et son désir d'approfondir encore davantage notre connexion.

Il voulait un avenir.

Il voulait explorer toutes les possibilités qui s'offraient à nous.

Et surtout, il avait besoin de moi.

Tout cela était tout nouveau, tout beau, et pourtant c'est comme si nous avions ressenti cela depuis toujours dans nos esprits. Comme si nous nous connaissions depuis une éternité et venions seulement de nous retrouver.

Je ne veux jamais te perdre, dit-il en posant à nouveau ses mains sur mes hanches, puis il me souleva en l'air.

J'enroulai mécaniquement mes jambes autour de sa taille lorsqu'il appuya mon dos contre le mur. La sensation du carrelage froid contre ma peau me provoqua un frisson le long de ma colonne vertébrale. Son entrejambe réagit immédiatement lorsqu'il enfonça son sexe contre mon mont de Vénus. Cela me provoqua une sensation de chaleur et de froid en même temps. J'étais excitée et tout semblait décuplé. Je me sentais prête et étais sur le point de le supplier d'aller plus loin.

Tu es à moi, Calina, promit-il. *Tout autant que je t'appartiens. Même si notre lien exige que seul l'un d'entre nous reste fidèle à l'autre, notre connexion est bâtie sur le besoin de donner naissance à une âme sœur immortelle. Je n'ai aucunement l'intention de sous-estimer ce cadeau, mon amour, aucunement le désir de détruire quoi que ce soit entre nous. J'ai toujours adoré le sexe, mais pas forcément l'art de l'espièglerie envers les autres.*

Il positionna ses hanches à un certain angle et se glissa en moi sans prévenir, sa queue me remplit au point que je me sentis complète, un râle m'échappa des lèvres.

J'adore surtout baiser, m'informa-t-il, sa voix me faisant l'effet d'un sifflement sensuel qui faisait vibrer mes sens.

— Plus précisément, continua-t-il à voix haute, c'est *toi* que j'adore baiser, Calina, rien que toi.

Il illustra ses paroles par les actes en donnant un violent coup de reins qui me coupa le souffle. Il avala aussi le cri de passion qui m'échappa avec sa bouche.

Chaque mouvement de ses hanches s'accompagnait d'une nouvelle pensée, d'une promesse, d'une sensation, d'une émotion, d'une bénédiction.

Il me dit qu'il ne se lasserait jamais d'être à l'intérieur de moi, pas seulement sexuellement, mais également mentalement.

Il me dit qu'il voulait me garder.

Il me dit qu'il voulait que je le garde.

Il me dit que nous étions faits l'un pour l'autre, c'était notre destinée.

Il me dit que nos esprits étaient unis depuis toujours, mais nous ne le savions pas jusqu'au jour où nous nous étions finalement rencontrés.

Il me remercia d'exister. Il remercia le destin de lui avoir donné une partenaire parfaite. Il me vénérait avec son corps et avec son esprit, et ses lèvres me caressèrent partout avant de remonter jusqu'à mon cou pour lécher et sucer l'endroit où l'on sentait mon pouls, sans me transpercer la peau.

Il était accro à mon essence.

Il m'appelait enchanteresse.

Il me nommait *sienne*.

Ses mains restèrent posées sur mes hanches, et il me positionna selon un certain angle pour que je puisse le prendre plus profondément. Son corps m'ordonna de lui obéir, de venir, d'exploser en mille morceaux autour de son membre, de me frotter de toutes mes forces contre sa verge et de le posséder pleinement.

Je lui obéis et mes cuisses se contractèrent lorsqu'un orgasme explosif s'empara de mes membres, et je tremblai contre lui, prise de violentes secousses.

Des larmes coulèrent le long de mon visage, pas seulement à cause du plaisir que me provoquait notre union, mais aussi par les paroles qu'il avait fait résonner dans mon esprit ainsi que toutes les émotions qui allaient avec.

Nous nous embrassâmes à nouveau, et nos langues parlaient pour nous à présent tandis qu'il continuait de me baiser contre le mur. Il voulait que je jouisse à nouveau, que je lui prouve avec mon corps que j'étais précisément à l'endroit où je devais être.

Je haletai, envahie par sa puissance et sa force qui submergeaient entièrement mon être et me forçaient à lui céder, à être en rythme avec chacun de ses mouvements.

Cette partie sensuelle qui était en moi, celle qu'il avait réveillée, se réveilla et s'étira.

Ma bête intérieure.

Le loup qu'on ne m'avait jamais laissé entrevoir.

Elle n'existait qu'à l'intérieur de mon esprit, mais reconnaissait ce mâle comme étant son égal, son partenaire, sa moitié.

Elle m'intima de le mordre.

D'enfoncer mes dents dans sa nuque pour lui infliger ma marque, visible de tous.

Fais-le, m'encouragea-t-il, comprenant le besoin que je ressentais dans mon esprit.

Mords-moi, Calina, et je te rendrai la pareille.

Mes entrailles s'enflammèrent à cette simple perspective, pas seulement à l'idée de le goûter mais aussi parce que je connaissais la sensation que me faisait ressentir sa morsure.

Je cessai de réfléchir et passai à l'acte. Je traçai une ligne avec ma langue le long de la courbure masculine de sa gorge jusqu'à son épaule musclée. Je le mordis ensuite aussi fort que je le pus, et mon âme jubila d'avoir osé le proclamer mien avec autant d'ardeur.

Mon mâle.

Ton mâle, confirma-t-il, ses doigts venant soudainement se nicher dans mes cheveux tandis qu'il me maintint contre lui. Il avait ralenti le pas, et son torse était tendu contre moi comme s'il essayait de lutter contre l'explosion de plaisir imminente qui le menaçait.

Je voulais le faire grimper aux rideaux comme il le faisait toujours avec moi.

Je sentais toutefois son besoin d'attendre, son désir de me faire venir à nouveau avant qu'il n'explose. Je perçus également son intention de me retourner pour me baiser par-derrière peu après.

D'abord, nous allions nous passer un peu de savon.

Nous rincer rapidement.

Puis il me baiserait bestialement lorsqu'il libérerait l'animal qui était en lui et me monterait comme il le désirait.

Je frissonnai à cette perspective, cette simple pensée faisant se contracter mes muscles abdominaux et se tordre mes entrailles autour de lui. Ses doigts restèrent entremêlés dans mes cheveux tandis qu'il décolla son autre main de ma hanche pour aller s'aventurer sur le doux petit bouton entre mes cuisses.

Il ne fallut qu'une pression de son doigt contre mon clitoris pour me faire éprouver une jouissance cosmique qui me fit sombrer dans un néant moucheté de petites étoiles qui scintillaient.

Il m'extorqua tout mon plaisir et jouait avec mon corps en faisant preuve d'une compétence que lui seul possédait, et prolongea mon extase avant de me rejoindre dans l'agonie exquise provoquée par le ravissement de l'orgasme.

Je tremblais, criais et pleurais, car les sensations étaient trop intenses. Son sang qui m'ensorcelait déferlait sur ma langue, son épaisse érection me pénétra profondément et sa semence me possédait de l'intérieur.

Ma vision commença à s'obscurcir.

Mais ses dents qu'il enfonça dans ma nuque me ramenèrent avec violence à l'instant présent lorsque je m'engageai dans une autre spirale de plaisir intense qui annihila ma capacité à réfléchir.

Il resta à l'intérieur de moi tandis qu'il nous couvrit de savon.

Il nous maintint intimement reliés tandis qu'il me lavait les cheveux.

Il me plaqua au mur et utilisa le pommeau de douche pour trouver les bons angles et les bons mouvements à effectuer.

Je le regardais s'exécuter, les paupières lourdes, le corps hors d'usage.

De petits pics de plaisir continuèrent à me réchauffer de l'intérieur, mon être s'était déjà régénéré et se préparait à en recevoir davantage.

Il était encore dur.

Ses yeux argentés étaient toujours assombris par une intention malicieuse.

Sa façon de me toucher continua de me provoquer des frissonnements de désir.

Il était pour moi une drogue à laquelle je ne cesserais jamais d'être accro, une expérience sans fin, le partenaire parfait que j'allais explorer pour l'éternité.

Dans son esprit résonnaient les mêmes pensées, et il plissa les lèvres en constatant ma réaction, ivre que j'étais de désir.

— Je vais te maintenir dans cet état pendant toute la durée du vol, décida-t-il d'un murmure grave. Ton corps sera tellement échauffé et exténué lorsque j'en aurai fini que tu ne pourras probablement plus marcher. Mais ce n'est pas un problème, je te porterai. Ensuite, je te baiserai encore une fois, car l'image que j'ai de toi, délirante, et molle comme une poupée de chiffon grâce aux attentions que je te prodigue me donne tout simplement envie de revivre chacun de ces instants exquis.

Je frissonnai et acceptai cette idée sans vraiment réfléchir.

— Voilà pourquoi je ne me lasserai jamais de toi, ajouta-t-il. Je suis aussi accro à toi que tu l'es à moi, peut-être même encore plus. Tu m'as achevé, Calina, et je ne m'y attendais pas le moins du monde. Mais je ne réprimerai jamais ce que je ressens pour toi. Nous resplendissons ensemble, mon amour, dans tous les sens du terme.

Il m'embrassa à nouveau, et murmura avec sa langue une myriade de promesses délicieuses dans ma bouche, encore une fois.

Je sentis à peine ses doigts qu'il enfonçait dans mon derrière.

Tout semblait parfait.

Il était parfait.

Il voulait me faire entièrement sienne, me prendre par tous les trous, me posséder complètement.

J'acceptai car j'étais déjà à lui, et lui m'appartenait déjà.

— Oui, lui dis-je, en guise de réponse à tout un tas de questions restées implicites, oui, Jace.

Ses lèvres capturèrent les miennes à nouveau, et la pression que je ressentais derrière moi augmenta lorsqu'il se servit de l'eau et de quelque chose de glissant pour me préparer à être pénétrée. Il s'agissait d'un besoin bestial qu'il abritait en lui et qui s'intensifiait à chaque seconde qui passait. Il avait besoin d'être là, en moi, et de me prendre de cette manière ferme et définitive.

Il avait ensuite l'intention de me baiser de dix mille autres façons.

Chacune de ses idées irradiait dans mes pensées, chacune d'entre elles plus cochonne que la précédente.

Le seul effet qu'elles me firent, ce fût de me donner envie de m'enflammer davantage pour lui.

Il se glissa finalement hors de mon entrejambe, et le vide que je ressentis me provoqua immédiatement un immense pincement au cœur. Il déplaça ensuite à nouveau mes hanches, me fit remonter, toujours face à lui, tandis qu'il se positionna devant mon autre trou.

Ce geste était indéniablement intime, et son intensité augmenta lorsqu'il croisa et soutint mon regard.

Il ne donna pas de coup de reins.

Il se glissa doucement en moi, et son esprit me fit lentement éprouver des réactions diverses. Il me demanda de me détendre, de l'accepter, de le laisser me posséder une dernière fois de cette manière.

Un frisson vibrait en moi, et la sensation de plénitude que j'éprouvai était totalement différente de celle que j'avais ressentie par l'avant. Il combla le vide que je ressentais de ce côté en enfonçant deux doigts dans mon vagin et en me caressant profondément à l'intérieur.

— Jace, soufflai-je, son nom ressemblant à la fois à une incantation et à une malédiction lorsqu'il se mit à bouger.

— Comment te sens-tu ? demanda-t-il, ses yeux toujours plongés dans les miens. Dis-moi comment tu te sens, Calina.

— Comblée, murmurai-je en me cambrant en lui.

Son pouce vint s'appuyer contre mon clitoris, ses doigts toujours enfoncés profondément en moi, tandis qu'il m'empoigna la hanche avec son autre main pour me maintenir en place.

— Je me sens *possédée*, ajoutai-je dans un râle lorsqu'il s'enfonça de toute sa longueur et étira largement mon trou.

Je ne savais pas bien si j'avais envie de pleurer ou le supplier de continuer, car la sensation que je ressentais était tout à fait différente que tout ce que j'aurais pu m'imaginer.

Il ne bougea pas. Seuls ses doigts caressèrent doucement le point qu'il avait touché en moi. Un tremblement prit naissance dans mon abdomen et s'étendit jusque dans mes membres, et je perdis tout mon tonus.

— Parfait, murmura Jace. Tu es tellement magnifique, Calina, et tellement parfaite, putain.

Ses yeux scintillaient, appuyant la véracité de ses paroles, puis il m'embrassa et se mit en mouvement.

Son baiser n'avait rien de doux ni de délicat.

Il était trop puissant pour pouvoir y aller doucement. Il me prit, conduit par un besoin dicté par le prédateur qui était en lui, et la bête qui sommeillait en moi eut une réaction de même nature, se réjouissant de son attitude possessive. Je resserrai mon trou autour de lui pour le forcer à s'ébattre plus intensément encore, à donner de plus vifs coups de reins et à s'enfoncer plus profondément en moi.

Mes tétons me faisaient mal, leurs extrémités endurcies frottaient contre sa poitrine tandis qu'il me dévorait la bouche et prenait pleine possession de mon corps.

Il me fit m'embraser.

Il marqua mon âme au fer rouge.

Il grava une promesse dans mon esprit, qui m'alla droit au cœur.

Nous étions à présent liés pour toujours, pour l'éternité. Notre lien allait bien au-delà de l'amour ou de simples conventions sociales superficielles. Je n'avais pas besoin d'entendre Jace l'exprimer verbalement, car je comprenais ses intentions dans son esprit.

Cette chose, c'était nous.

Nous ne faisions qu'un.

Pour toujours.

Il vint coller son front contre le mien, et je sentais son souffle chaud contre mes lèvres lorsqu'il croisa à nouveau mon regard. Tout ce que je ressentais pour lui m'était renvoyé en miroir dans ces orbites d'une couleur glaciale.

L'adoration.

Le respect.

Le désir.

L'intelligence.

Une union.

Tout cela était concentré dans son regard sexy, intense et plein de passion. Je soupirai, et mon corps céda à ses intentions féroces et aux promesses solennelles qu'il me fit avec le cœur.

Mes jambes tremblaient.

Mon estomac se serra.

Il enfonça ses crocs dans mon cou.

Son nom m'échappa d'un souffle du bout des lèvres

lorsque je fus submergée par un tsunami de sensations intenses. Cette déferlante me brûlait dans mes veines et me donna les larmes aux yeux tandis que je fus submergée par une vague d'extase jusqu'à la folie.

Il m'avait brisée.

J'étais trop perdue au milieu des sensations pour m'en soucier.

Je sombrai dans le néant et éprouvai successivement le bonheur, des pics d'énergie, sa force, entendis le grognement viril qui lui échappa, sentis sa semence chaude à l'intérieur de moi, nos muscles qui se contractèrent, la perfection masculine de son corps, l'odeur boisée de la forêt.

L'amour.

J'étais entourée de tout cela à la fois.

Je sentis ensuite la douceur réconfortante et la chaleur des draps en coton.

Le corps musclé de ce mâle qui me serrait contre lui dans les draps.

Sa queue à nouveau à l'intérieur de moi.

Elle faisait monter mon plaisir, me maintenait dans cet état d'inconscience exquis.

Je pleurai, criai à en perdre la voix.

Je bus son sang.

Il but le mien.

Nous étions devenus de véritables partenaires et nous noyions dans les affres de la passion et dans nos essences partagées.

Une partie de baise si intense.

Tellement de plaisir.

Une telle intensité.

Il lécha mes larmes pour les essuyer et retraça chaque courbure de mon corps du bout de sa langue. Il guida ma bouche jusqu'à sa queue, me remplit de son essence et me força à avaler. Il me rendit la pareille en me prodiguant du plaisir à cet endroit, lui aussi.

Je m'étais complètement abandonnée dans l'acte, et me trouvais sur un nuage où n'existait plus que le néant, duquel je ne voulais jamais redescendre.

Jusqu'à ce que mon corps atteigne le point de saturation.

L'obscurité m'enveloppa enfin et me plongea dans un rêve.

Un rêve au cours duquel il restait entre mes jambes, à me lécher, à me sucer pour me soutirer toujours plus de plaisir, même pendant que je dormais.

Il me réveillait par un orgasme.

Me berçait pour que je puisse me rendormir.

Avant de répéter l'opération, encore et encore.

À un certain moment, je perdis complètement la tête et lui confiai mon esprit pour qu'il le garde en sécurité. Je lui faisais confiance pour qu'il soit mon guide dans cette étreinte passionnée.

— Je t'aime, Calina, murmura-t-il contre mon oreille. Tu n'as peut-être pas besoin de me l'entendre dire, mais je le souhaite quand même. Je tiens à te faire savoir que je n'ai jamais dit cette phrase à personne d'autre. Rien qu'à toi, pour toujours et à jamais.

Il appuya ses lèvres contre les miennes, mais mon corps était trop épuisé pour lui répondre.

Il me donna encore un peu de son sang.

Cela me berça enfin dans le plus profond des sommeils.

Rêve bien de moi, petit génie. Rêve de nous.

JACE

Je mordillai le clitoris de Calina et la ramenai à la réalité par un orgasme qui fit se décoller son dos cambré du matelas. Elle était magnifique, avec son teint écarlate et son allure de femme bien baisée. Quel dommage que nous allions atterrir bientôt.

— Ohh, gémit-elle, ses jambes tremblant de chaque côté de mon corps lorsque son orgasme s'atténua.

Je souris lorsqu'elle me supplia d'arrêter par la pensée et de continuer en même temps. J'obéis à cette dernière demande en descendant vers son artère fémorale avant de me délecter de sa délicieuse essence.

— Jace, siffla-t-elle tandis qu'elle plongea de nouveau dans le néant.

Je ricanai, amusé de voir à quel point il était facile de lui provoquer du plaisir. Je léchai ensuite les plis lisses de son sexe, la réconfortai avec ma langue lorsqu'elle redescendit du sommet du plaisir.

Elle fut prise de secousses si intenses que le lit en trembla presque.

Ma pauvre Calina.

Elle n'avait aucune idée de ce que j'étais capable de lui faire. Ce n'était que le début de nos aventures et nous avions l'éternité devant nous pour tester chacune de ses limites jusqu'à la dernière.

— Tu vas me baiser jusqu'à ce que mort s'ensuive, m'accusa-t-elle d'une voix rauque.

— Heureusement que tu vas revenir tout de suite, la taquinai-je en remontant le long de sa silhouette magnifiquement comblée de plaisir et en me positionnant exprès entre ses cuisses.

Elle sursauta lorsque le gland de ma queue toucha son petit bouton gonflé, et elle écarta immédiatement les lèvres pour laisser échapper un grognement de plaisir et de douleur.

Je l'embrassai doucement, car j'étais conscient que son corps avait besoin de récupérer, et me mordis la langue avant de la glisser à l'intérieur de sa bouche. Elle la suça goulûment en guise de réponse, car son désir de goûter mon sang annihilait sa capacité à réfléchir. Mais après en avoir avalé deux gorgées, elle se détendit sous moi, son corps déjà en bonne voie pour se remettre.

Calina poussa un soupir et remonta avec ses ongles le long de mon dos jusqu'à ma nuque, en me serrant contre elle. Nous passâmes encore quelques minutes de bonheur à paresser.

Notre étreinte resta tendre et douce, nos esprits s'ouvrant complètement l'un à l'autre.

Tu as dit que tu m'aimais, s'émerveilla-t-elle.

Je lui effleurai le nez et souris contre sa bouche.

— Oui, je l'ai dit, répondis-je en lui pinçant la lèvre inférieure, sans aucune brutalité, tout simplement en signe d'adoration. J'étais tout à fait sérieux.

Ses yeux, qui étaient toujours bleus sans la moindre once de vert, capturèrent et soutinrent mon regard.

— Oui, tu es sincère, répliqua-t-elle, je le sens.

— Mmh, dis-je en m'enfonçant dans l'humidité que je sentais entre ses cuisses, tout cela, c'est à cause de ma queue, mon chou.

Je me reculai pour la regarder.

— Non, attends, à cause de mes *prouesses de vampire*, rien de plus.

Elle leva les yeux au ciel et se mit à rire.

— *Tes prouesses à toi, Jace*, voilà un terme plus précis.

— Hmm, gémis-je, cette phrase me plaît beaucoup.

— Bien évidemment, et tu es suffisamment arrogant pour t'attribuer à toi seul tous les mérites de tes actes.

Elle fit un geste entre nos deux corps, un sourcil levé d'un air malicieux.

Je lui lançai un regard outré.

— Tu sais que je considère ce genre de sarcasme comme un défi à relever, n'est-ce pas ?

— Bien sûr que je le sais.

— Eh bien, j'ai l'intention de mettre à exécution tout un tas de scénarios dès à présent, la pressai-je.

Elle fit mine de réfléchir.

— J'accepte.

— Bien évidemment, dis-je, faisant exprès de répéter ses paroles.

Je poussai un long soupir de manière théâtrale.

— Tu es tout à fait le genre de chercheuse qui exigerait l'exécution d'un millier de tests en laboratoire. Ma queue ne va plus en pouvoir quand tu en auras fini.

— Cela me paraît assez juste au vu de ce que tu m'as fait endurer aujourd'hui, fit-elle remarquer.

— Oh, je tentais simplement de te prouver ma dévotion, lui dis-je. Je voulais aussi tester tes capacités à satisfaire ma faim.

— Alors, comment me suis-je débrouillée ?

— Magnifiquement bien, avouai-je en souriant, mais il va me falloir davantage de preuves pour confirmer tes capacités d'endurance.

Elle acquiesça, son expression devenant tout à coup quelque peu sérieuse.

— Il est d'ordinaire plus sage de tester une théorie à plusieurs reprises. Si l'on ne fait qu'un seul essai, on pourrait se dire que le résultat obtenu n'était qu'un heureux hasard.

— J'en doute, mais j'apprécierais d'obtenir ces mêmes résultats, encore et encore.

Je me sentais presque prêt à relever immédiatement le défi, mais je sentis un changement de pression qui m'indiqua que nous avions entamé notre descente.

Je me contentai donc de l'embrasser.

Je la serrai dans mes bras jusqu'à l'atterrissage.

Je m'assurai ensuite que toutes ses plaies avaient correctement cicatrisé et l'aidai à s'habiller. Quel dommage de devoir recouvrir toutes ces courbes magnifiques, mais je refusai que quiconque d'autre que moi puisse l'admirer, ce qui expliquait le choix de cette tenue, un t-shirt noir à manches longues et un jean. Je revêtis un accoutrement similaire, mais portai un pantalon habillé à la place d'un jean.

Je sentis la présence de Damien qui nous attendait dans la zone de détente du jet avant que nous ne quittions la chambre, son parfum composé d'un mélange de notes de cuir et d'épices m'étant familier.

Il se leva lorsque nous entrâmes, et à voir son expression, je compris que ce qu'il s'apprêtait à me dire n'allait pas me plaire.

Ce qui signifiait qu'il ne pouvait s'agir que d'une seule chose.

— Mira, dis-je.

— Oui, j'ai quelque chose à vous montrer, me répondit-il en désignant d'un geste l'ordinateur portable qu'il avait déjà posé sur la table.

Je m'avançai d'un pas, le regard fixé sur l'écran.

— Cela doit être important si vous ne pouviez pas attendre que nous descendions de l'appareil.

— J'ai pensé que vous aimeriez prendre un moment pour examiner ce que j'ai trouvé avant l'arrivée de Luka, qui sera là d'une minute à l'autre à présent, me répondit-il en reprenant place sur son siège. J'ai piraté le téléphone de Mira et ai passé l'heure qui vient de s'écouler à décoder ses messages cryptés. Il faut que vous jetiez un œil à ceux-là.

Calina et moi nous avançâmes derrière lui, car il avait suscité notre intérêt.

— Elle n'est pas du tout celle que nous pensions, dit Damien en nous montrant à l'écran la justification de ses dires. Mais ce n'est pas elle qui tire les ficelles.

Il fit s'afficher un message qui disait simplement *précisez votre statut.*

— Ce message provient d'un individu basé dans le Bunker 7, ce qui est le code de leur quartier général, d'après mes recherches.

Il me lança un regard.

— Il semble que Lilith avait une affinité particulière pour le chiffre sept.

J'avais déjà pu le deviner, au vu du numéro de tous les bunkers.

— Y a-t-elle répondu ?

— Il y a cinq minutes seulement. Je suis encore en train de décrypter le message. Mais ce n'est pas cela que je voulais vous montrer.

Il ouvrit et ferma différentes fenêtres sur son écran et fit s'afficher un message datant du jour où Lilith était morte.

— Qui a envoyé ce message ? dis-je en lisant le mot qui avertissait de la mort de Lilith.

— Mira, répondit-il, la voix teintée d'une note d'irritation. C'est précisément ce message qui a activé les différents protocoles. Et celui-là, dit-il en cliquant sur un autre message, comporte une liste d'instructions expliquant comment piéger un autre membre de la meute en le désignant comme la taupe du Clan Majestic.

Je lus la preuve que j'avais sous les yeux à l'écran, et ma mâchoire se serra.

— J'espère que Luka n'a pas encore ordonné de sanctions.

L'expression de Damien s'endurcit.

— Mira s'est portée volontaire pour leur exécution.

— Évidemment.

Par conséquent, ce pauvre mâle était probablement mort depuis longtemps.

— Est-ce que Luka emmènera Mira avec lui pour notre entrevue ? Cela semblerait tout à fait certain de sa part.

— Je ne sais pas, avoua Damien, j'étais trop occupé à essayer de …

Son ordinateur se mit à bipper, ce qui attira son attention.

— Elle vient d'envoyer un autre message, dit-il en transférant avec sa souris le charabia qui apparut à l'écran dans une sorte d'application.

C'est une application de décryptage, m'indiqua Calina. *Elle est tout à fait fascinante, d'autant plus qu'il l'a créée lui-même.*

Ai-je besoin de savoir à quel point tu trouves cela fascinant ? lui demandai-je en levant un sourcil.

Ses yeux bleus et scintillants plongèrent dans les miens.

Contente-toi de continuer à me faire jouir avec tes prouesses de Jace et tout ira bien.

C'est noté, répondis-je, amusé qu'elle me taquine.

Mais le grognement que poussa Damien détourna immédiatement mon attention sur l'écran et sur le message qui se dévoilait sous nos yeux.

Mon cœur cessa de battre.

Oh, putain…

MONSEIGNEUR

Eh bien, quelle fadeur, pensai-je en sirotant mon vin. Il était un peu trop sucré à mon goût, mon palais mourant d'envie de se délecter d'un breuvage un peu plus corsé. Bientôt, j'allais étancher cette soif. J'avais encore quelques rapports d'activité à examiner d'abord.

Mon réveil après un siècle de sommeil m'avait vraiment chamboulé l'esprit, et par la même occasion dérobé tous mes souvenirs. D'après ce que j'avais lu dans les fichiers, la perte de mémoire était un effet secondaire notoire de la procédure d'éveil, et j'y avais évidemment consenti avant de décider de reposer sous terre.

Heureusement, Lilith m'avait laissé tout un tas de rapports contenant tout ce que je devais savoir.

Elle s'était bien débrouillée en mon absence, et s'était assurée que presque tous nos plans soient exécutés en beauté tout en faisant preuve d'une grande efficacité.

Quel dommage que Ryder ait décidé de faire tomber sa tête.

Hélas, en lui succombant, elle s'était tout simplement affaiblie.

Et il n'y avait pas de place pour les faibles dans mes rangs.

En parlant de faiblesses…

J'ouvris la fenêtre de la vidéosurveillance du Bunker 37 en poussant un soupir, déçu des preuves matérielles que je vis s'afficher à l'écran. Mon assistant m'avait apporté ces images il y a plusieurs heures, et m'avait demandé comment je souhaitais procéder à présent.

Je soupirai encore, chose que j'avais faite bien trop de fois aujourd'hui.

Il semblait que mon frère avait sérieusement compromis les capacités mentales de Darius et de Jace. Mon assistant avait suggéré un protocole de destruction qui aurait permis de régler le problème une bonne fois pour toutes, mais je lui avais dit que le sang des vampires anciens était trop précieux pour être gaspillé.

Qui plus est, au vu des récents décès de Lajos et de Lilith, nous ne pouvions pas nous permettre de verser davantage de sang.

J'allais donc laisser Darius et Jace en apprendre davantage à propos des opérations. Je leur règlerais ensuite personnellement leur compte le moment venu. Peut-être allaient-ils retrouver la raison avant que nous n'en arrivions là.

Quelqu'un toqua à la porte, ce qui me tira de mes pensées. J'avais envoyé mon assistant chercher les fichiers concernant mon frère il y avait plusieurs heures de cela. Avec un peu de chance, peut-être allait-il les trouver.

— Entrez, dis-je à haute voix, assis à mon bureau.

L'individu entra en me tirant une magnifique révérence parfaitement exécutée, ses longs cheveux blonds effleurant le sol avant qu'il ne se relève enfin.

— J'ai enfin eu des nouvelles de notre indicateur.

— Ah bon ?

Cette nouvelle éveilla évidemment mon intérêt, tout comme je serais intéressé que nous ayons retrouvé les fichiers perdus. Mais nous allions y venir d'un instant à l'autre.

— Et donc ? le pressai-je, en levant un sourcil en direction du jeune vampire.

Apparemment, je lui avais sauvé la vie un jour. Il était resté à mon service depuis lors, même pendant tout le temps où j'avais dormi. Selon ce que disaient les rapports de Lilith, il se rendait également relativement utile.

Il s'avança vers le centre de la pièce, passa devant les deux canapés et la table basse avant d'arriver jusqu'aux chaises de l'autre côté de mon bureau. Au lieu de s'asseoir sur l'une d'entre elles, il avança encore un peu et posa une tablette sur la table devant moi.

Un message défila sur l'écran.

Ma position en ce lieu a officiellement été compromise. Je suis en route, Monseigneur. J'emmène votre Erosita *avec moi.*

Je lus le message deux fois et poussai un soupir.

— Je suppose que ce n'était qu'une question de temps avant que la résistance n'apprenne à quel camp Mira avait véritablement prêté allégeance.

J'avais passé ses fichiers en revue lorsque je m'étais à nouveau familiarisé avec mes alliés. Elle était la première lycane née sur cette Terre, immortelle et dévouée à notre cause de rendre le monde meilleur en renforçant notre supériorité sur le genre humain.

En guise de preuve de sa loyauté, elle avait été chargée de surveiller mon *Erosita* pendant que j'étais en sommeil.

Apparemment, Ismeralda avait un penchant pour la désobéissance. Je n'avais pas le moindre putain de souvenir d'elle, ce qui me laissa entendre qu'elle n'avait jamais eu beaucoup d'importance à mes yeux.

Mais je supposai que c'était de son sang dont j'avais tant envie, ce que j'allais pouvoir confirmer bientôt.

Eh bien, je dois dire que cette nouvelle m'apaisa grandement.

— Quand vont-elles arriver ? demandai-je.

— Dans environ dix heures, monseigneur.

— Excellent, répondis-je en faisant descendre ma main le long de ma cravate avant de jeter de nouveau un œil sur les images de vidéosurveillance à l'écran.

Celles-ci dataient d'il y a plusieurs heures, mais je continuai tout de même de les examiner. Il y avait, je dois dire, quelque chose d'étrange dans la manière dont Jace regardait la caméra, comme s'il pouvait me *voir*.

— Je suppose que cela signifie que la résistance est au courant de mon réveil, n'est-ce pas ?

— C'est fort probable, oui, répondit mon assistant.

Je hochai la tête et réfléchis à ce que je devais faire de cette information. J'avais passé en revue la majorité des rapports d'activité, ce qui me laissait une certaine marge de manœuvre.

La question qui se posait à présent était plutôt de savoir si je pouvais convaincre les rebelles de se joindre à moi, ou bien si je serais contraint de me battre contre eux.

Je tapotai des doigts sur mon bureau, en réfléchissant aux possibilités qui s'offraient à moi.

Eh bien, s'ils sont déjà au courant, que me reste-t-il véritablement comme choix ? songeai-je en souriant, tout en plongeant mon regard dans les yeux verts et lumineux de mon assistant.

— J'ai besoin que vous me procuriez un téléphone, Michael.

JACE

Ma position en ce lieu a officiellement été compromise. Je suis en route, Monseigneur. J'emmène votre Erosita avec moi.

Je lus le message trois fois, mon esprit refusant d'intégrer ce qu'il disait.

Il ne pouvait pas s'agir d'Izzy.

Ce message ne pouvait pas être destiné à Cam.

Il n'aurait pas pu faire une chose pareille. Jamais il ne se serait allié à Lilith. Il… il accordait de la *valeur* à l'humanité et à la vie humaine.

— Le contenu de ce message est forcément faux, dis-je tandis que mon esprit commença à assembler les pièces du puzzle, et je vis soudainement clair, mentalement, dans le petit jeu qui se déroulait sous nos yeux.

J'emmène votre Erosita avec moi.

Mira avait travaillé pour Lilith, et veillé sur Izzy. *Pourquoi ?*

Pour Cam.

Mais il ne tremperait jamais dans rien de tout cela volontairement. À moins que Lilith ne l'ait corrompu, d'une manière ou d'une autre.

Ou bien…

J'écarquillai les yeux lorsqu'un nouveau cheminement

d'hypothèses me traversa l'esprit, une issue potentielle qui me retourna l'estomac.

Merde, les rapports d'activité, ces putains de protocoles.

— Avez-vous les rapports d'activité ? demandai-je à Damien, mon esprit tournant à toute allure. Pouvez-vous retrouver le dernier que Lilith a enregistré ? J'ai besoin de le réécouter.

Cependant, Calina pensait déjà à un autre rapport, celui qui avait fait s'enchaîner tous les autres.

Si vous visionnez ceci en ce moment même, c'est que quelque chose a très mal tourné et que tous les systèmes de sauvegarde d'urgence ont été activés, y compris celui que vous manipulez à présent.

Elle avait meilleure mémoire que moi, l'image qu'elle se représentait était claire dans son esprit. Cela s'expliquait surtout par le fait que ce rapport d'activité lui parlait, étant donné qu'il y avait une certaine corrélation entre ce dernier et le protocole du jour fatidique qui lui avait été assigné.

Calina se mit à réfléchir à tous les résultats de recherches qu'elle avait examinés, qui mentionnaient l'existence des armes de manipulation mentale destinées à faire plier les immortels, ainsi que les potentielles applications de ces dernières.

Et si elle… ? s'interrompit Calina, qui essayait toujours de mettre cette idée au clair tandis que je suivais son cheminement de pensées, au gré de toutes les issues potentielles de la situation.

Elle se mit à réfléchir à ce que ferait Lilith, et au genre de systèmes de sauvegarde d'urgence qu'elle activerait pour s'assurer du bon déroulement de ses projets.

Cam représentait la plus grande entrave au succès de son entreprise.

Il était sans conteste la figure de proue de toute l'opération de la résistance.

Ou bien il pourrait être sa plus grande arme.

Si seulement elle pouvait façonner son esprit, pensa Calina.

Puis elle écarquilla les yeux lorsque nous nous regardâmes, la bouche béante.

En lui effaçant la mémoire, nous pensâmes simultanément, nous souvenant tous les deux de l'outil d'amélioration de la mémoire mentionné dans les fichiers de recherche du Bunker 37.

Tous les systèmes de sauvegarde d'urgence ont été activés, y compris celui que vous manipulez à présent.

Calina réécouta encore une fois le rapport d'activité.

Jace… et si c'était le moyen qu'elle avait trouvé de justifier ses pertes de mémoire ?

Bon Dieu, soufflai-je en réalisant qu'elle avait peut-être raison.

Tout ça… ce sont les protocoles que Lilith a engagés à sa mort, ceux qui ont été déclenchés par la première communication de Mira, en plus du protocole du jour fatidique, murmura Calina. *Alors pendant que tu étais occupé à essayer de le retrouver…*

Elle lui a fait un lavage de cerveau avec ses vidéos, terminai-je à sa place.

En aucun cas il ne pouvait être véritablement ce monseigneur.

Cependant, il ne le savait peut-être pas forcément.

Lilith lui avait effacé la mémoire, puis lui avait parlé au travers de ces rapports d'activité pour faire croire que le plan venait entièrement de lui. Comme si elle était l'humble servante de sa folie à *lui*. Sans disposer d'aucun contexte ni d'aucun souvenir en tête, il n'avait donc pas moyen de la contredire.

— *Putain.*

Je me passai les doigts dans les cheveux, et espérai plus que tout que nous nous trompions, tout en ayant en même temps la conviction que nous avions vu juste.

Cam est enfermé quelque part dans un souterrain, il a visionné ces rapports d'activité pendant tout ce temps et croit maintenant que c'est lui qui est responsable de ce changement. Cela semblait presque impossible à croire. C'était pourtant du Lilith tout craché de nous avoir laissé un casse-tête pareil sur les bras, et d'avoir instrumentalisé Cam en lui faisant un lavage de cerveau.

L'un des rapports d'activité se lança en arrière-plan, que Damien regardait. Mais je ne le visionnai pas. Au lieu de cela, je notai la cadence subtile de son discours et l'usage intentionnel des termes *vous, monseigneur,* et *mon Roi.*

Le ton de sa voix semblait si révérencieux, putain.

Comme si elle vénérait la divinité à qui elle s'adressait et le complimentait pour toute cette folie.

Il ne s'agissait pas du tout de l'un de ses alliés. Ce n'était pas Michael. C'était Cam, putain.

— Cette saloparde de…

Mon téléphone se mit à vibrer, et interrompit mon flot de jurons.

Il me suffit d'un coup d'œil pour deviner qui c'était.

Il nous a laissés en vie dans les laboratoires car il se doutait, par l'intermédiaire de son esprit stratégique, que ce serait un gâchis monumental de faire couler notre sang. Cam allait chercher à nous convaincre de nous joindre à lui, et considérait cela comme un défi.

Pour nous battre du mauvais côté, putain.

Je déglutis, puis m'efforçai de prendre une grande inspiration avant d'accepter l'appel.

— Bonjour Cam, le saluai-je dès que son image apparut.

Il sourit.

— Jace, ça fait un bail.

— C'est vrai, répondis-je en essayant de contenir ma voix pour ne laisser transparaître aucune émotion.

Il serait vain de tenter d'expliquer à Cam qu'il avait été victime d'un lavage de cerveau sans en avoir de preuves suffisantes, et je ne pouvais pas le faire par téléphone.

Bien sûr, s'il était en train de visionner les images de vidéosurveillance du Bunker 37 en ce moment même, il pourrait éventuellement zoomer sur la vidéo que nous avions vue de lui en train de se faire torturer. Mais je doutais de pouvoir le convaincre d'essayer.

Le Cam que je connaissais était têtu.

Qui plus est, si les vidéos de Lilith l'avaient convaincu d'être ce monseigneur, j'allais avoir du pain sur la planche pour lui sortir ces conneries de la tête.

Il me fallait du temps, et j'avais besoin d'élaborer un plan précis.

Il fallait aussi que je voie quel genre de matériel nous aurions à notre disposition.

— Alors, la sieste a été bonne ? demandai-je pour jouer le jeu de cette mascarade.

Il haussa les épaules.

— Je ne me rappelle pas de grand-chose, mais au moins, je me sens bien reposé. Je ne suis pas très content de certaines choses que j'ai apprises depuis mon réveil, cela dit.

— Ah bon, demandai-je en levant un sourcil, comme quoi par exemple ?

Il grimaça.

— Vous maîtrisez vraiment la politique mieux que personne.

— J'ai eu le meilleur des maîtres, avouai-je, faisant allusion à lui.

— Quel compliment venant de vous, dit-il d'un air véritablement impressionné. Pouvons-nous donc discuter de toutes les âneries que vous avez faites dernièrement, tout en essayant de détruire le travail de ma vie ?

Je faillis serrer la mâchoire en l'entendant s'exprimer ainsi, le bouquet final des horreurs commises par Lilith me faisant l'effet d'un coup de poing dans le ventre.

Comme elle aurait adoré entendre Cam prononcer ces mots.

Heureusement, cette salope était bel et bien morte.

— Je ne vois pas bien de quoi vous parlez, dis-je, mon attention partagée entre cette conversation et les pensées de Calina qui me parvenaient à l'esprit.

Continue à le faire parler, me disait-elle. *Damien est en train de le localiser.*

Je ne lui répondis pas ni ne la pris en considération, me contentant de soutenir le regard de Cam. Ses cheveux sombres semblaient avoir été récemment coupés, tout comme il semblait s'être taillé la barbe à en juger par le soupçon de pilosité qu'il avait sur le menton. Le Cam que je connaissais tenait à sa barbe. Il semblait que ce nouveau Cam préférait le style mal rasé.

Il y a quelqu'un avec lui, et ce n'est pas Mira, pensai-je, mon instinct s'enflammant d'un seul coup.

Il y avait donc une tierce partie dont nous n'avions pas escompté la présence.

— Enfin, Jace, voulez-vous vraiment jouer à ce petit jeu-là ?

— Si mes souvenirs sont bons, nous l'apprécions tous les deux énormément, rétorquai-je.

Il me lança un regard plein de pitié et secoua lentement la tête.

— Mon frère vous a vraiment retourné le cerveau, n'est-ce pas ?

— Cane ?

Était-ce ce qui était écrit dans les rapports d'activité que Cane avait été l'organisateur de la résistance ?

— Peut-être devriez-vous le réveiller, pour lui soutirer davantage d'informations.

Si Cam était dans les catacombes comme nous le supposions, alors il était tout près de Cane. Si nous le réveillions de son sommeil, dans lequel il était plongé depuis cinq-cents ans, cela allait certainement lui ouvrir les yeux et permettrait d'infirmer tout ce que savait Cam.

— J'y réfléchirai après avoir passé en revue ses fichiers, répondit-il avec une pointe d'irritation dans la voix, et il détourna le regard de l'écran.

— Je les cherche encore, monseigneur, dit une voix douce.

Je faillis plisser le front, mais me contentai au lieu de cela d'arborer une expression inquisitrice et lui demandai :

— Qui est-ce qui est là, avec vous, Cam ?

— Personne d'important, grommela Cam, d'un air passablement agacé. Trouvez-les, tout de suite.

— Oui, monseigneur, promit la voix masculine.

Mais elle était trop faible et trop soumise pour que je puisse reconnaître à qui elle appartenait.

Était-ce la voix d'un quelconque humain ?

Ou bien d'un autre allié de Lilith ?

— Je mérite un assistant plus efficace, à ce que je vois, dit Cam sur le ton de la conversation, ses yeux bleus croisant de nouveau les miens, surtout si l'on tient compte du fait que je lui ai sauvé la vie avant la révolution.

Cette information résonna dans mon esprit et sembla s'imbriquer parfaitement avec tout ce que nous avions appris dans le Bunker 37, le tout formant une séquence parfaite.

Le père de Calina.

Michael.

Cam lui a sauvé la vie.

Michael est devenu un vampire.

L'assistant, c'est lui.

Il me fallut faire un effort considérable pour garder mon expression agacée car intérieurement, je hurlais à Cam qu'il lui fallait entendre raison. Mais je savais qu'il était trop tôt pour m'atteler à ça.

Nous allions devoir nous y prendre stratégiquement, lentement, pour lui faire comprendre ce qui se tramait, et nous avions toutes les informations et les preuves nécessaires accessibles du bout des doigts.

Peut-être même que ces preuves n'allaient pas suffire à le convaincre.

L'ambiance changea dans le jet. Je sentis la présence de quelqu'un que je reconnus, mais ne le regardai pas, et dis plutôt :

— Alors, quand avez-vous l'intention d'annoncer votre réveil, Cam ?

Darius s'immobilisa sur le palier de la porte. Je ne le voyais pas, mais je le sentais derrière moi.

— Bientôt, répondit Cam. J'ai encore quelques autres tâches à terminer auparavant, et je dois entre autres rencontrer mon *Erosita*. Apparemment, elle a un peu trop pris goût à l'indépendance pendant mon sommeil.

Un frisson me parcourut l'échine à la façon qu'il eut de prononcer cette phrase, et fit se figer Damien en face de moi.

Cam ne pouvait pas le voir, vu l'angle dans lequel j'avais orienté la caméra. Il pouvait uniquement me voir moi, et peut-être quelques mèches de cheveux de Calina.

Mais il ne lui prêta aucune attention.

Lilith lui avait en effet dit que les *Erositas* et les humains n'avaient aucune importance. Ils ne devaient avoir aucune valeur à ses yeux, peu importe les circonstances.

Fera-t-il du mal à Izzy ? demanda Calina.

Je déglutis, et la véritable réponse à cette question me parvint comme un murmure dans mon esprit. *Je ne sais pas.*

— Je suis sûr que vous allez réussir à la faire se soumettre, dis-je à voix haute pour tester ses limites.

Il haussa simplement les épaules.

— Nous verrons bien, je suppose.

Il étendit ses bras au-dessus de sa tête et fit des mouvements de nuque.

— Eh bien, je vais vous laisser retourner à votre petite rébellion. Transmettez également mes salutations à Darius. Je vous retrouverai tous les deux très bientôt.

Cam mit fin à l'appel sans me laisser le temps de répondre. De toute façon, je ne savais pas quoi dire. Je me contentai donc de croiser le regard de Darius et dis :

— Cam est vivant, et il pense être le fameux monseigneur.

L'expression de Darius fut aussi choquée et désemparée que la mienne.

— Eh bien, c'est un sacré problème, dit Kylan qui s'avança dans le jet.

Il devait être resté à nous écouter sur le pas de la porte.

— N'est-il pas notre sauveur ?

Je le fixai, incrédule. Son sarcasme n'allait pas nous aider à nous dépêtrer de cette situation.

Il fit tout de même un sourire narquois, et traversa le couloir du jet avec Rae derrière lui.

— Eh bien, la situation n'est pas encore une cause perdue, continua-t-il en passant son bras autour de la taille de Rae, il nous reste encore Izzy.

Je secouai la tête.

— Non, Mira est en route avec elle pour aller le voir en ce moment même.

— Oui, j'ai entendu cette partie de la conversation, et

cela signifie que notre arme est sur le point de pénétrer en territoire ennemi. Splendide.

— Comment ça ? demandai-je. Il ne se rappelle manifestement pas d'elle ni de rien du tout. Il pourrait la tuer.

Kylan renâcla avec dédain.

— Vous sous-estimez la valeur du lien d'*Erosita*.

Il lança un regard à Calina.

— Je suis navré, mon chou. Laisse-lui un peu de temps, il comprendra.

Un grognement menaça de me sortir de la gorge lorsque je l'entendis l'appeler *mon chou*. Mais j'intégrai ensuite ses paroles, en même temps que Calina comprit dans son esprit le sens implicite de ses dires.

Elle réfléchissait à ce qu'elle ferait pour me remettre sur les rails si tous mes souvenirs venaient à être annihilés.

Je m'efforcerais de te rappeler tes propres souvenirs, dit-elle d'un ton plat.

Je lutterais contre toi, admis-je en me mettant à la place de Cam.

Et moi, je lutterais en retour, me répondit-elle du tac au tac. *Qui plus est, c'est moi qui remporterais le combat.*

Elle semblait si confiante que je la regardai.

Vraiment ?

Absolument.

Je sentis son esprit m'embrasser, et réaffirmer l'existence de notre lien par l'union unique de nos pensées.

Tu es à moi, tu te souviens ?

Je soutins son regard, et lorsque je me rendis compte qu'elle avait raison, la certitude que j'éprouvais m'alla droit au cœur.

Oui, tout comme tu m'appartiens, toi aussi.

Tu vois, c'est moi qui gagnerais, me dit-elle mentalement, si fière d'elle-même.

Elle avait raison.

Et par la même occasion, Kylan avait raison, lui aussi.

Nous venions d'envoyer une arme derrière les lignes ennemies.

Je pouvais envoyer à Cam toutes les preuves et les pièces à conviction que je voulais, cela ne suffirait peut-être jamais à lui faire voir clair dans ce petit jeu.

Izzy, cependant, avait partagé des souvenirs avec Cam pendant plus d'un millénaire. Si quelqu'un pouvait faire revivre son humanité, c'était elle.

— La situation est entre les mains d'Izzy à présent, réalisai-je à haute voix.

Je croisai le regard de Kylan avant de regarder Darius.

— Elle est la seule à pouvoir le remettre dans le droit chemin, maintenant.

— C'est une bonne chose qu'elle soit aussi têtue que lui, dit Darius d'un air défaitiste.

— Oh, elle va lui faire vivre un enfer, promit Damien.

— Ça ne fait aucun doute, confirmai-je, en jetant un coup d'œil au petit espace sur l'écran dans lequel Cam avait semblé flotter.

Je regardai ensuite Calina.

Toi aussi, tu me ferais vivre un enfer.

Mais certainement, me confirma-t-elle. *Je te ramènerais à toi-même.*

Oui. Elle aussi, elle le ramènera à lui.

Toute autre alternative semblait bien trop morose pour que l'on y réfléchisse.

Tout ce que nous avions fait, nous l'avions fait sous ordre de Cam.

Le retrouver, tout ça pour le perdre à nouveau…

Non.

Hors de question que cela se produise.

Cam allait devenir roi. *Notre* roi. Izzy, sa reine, serait à ses côtés pour l'assister dans son entreprise.

Ils étaient les principaux pions sur l'échiquier désormais.

Très bien, Izzy, pensai-je, *c'est à ton tour de jouer. Ne te trompe pas.*

Je me tournai vers ma reine et lui pris instinctivement la main.

Nous n'allions peut-être pas nous engager dans cette prochaine manche, mais nous avions encore une partie à disputer, celle que j'avais lancée en faisant tomber la tête de Lajos. Cette même partie qu'avait initiée Ryder en tuant Lilith.

Le jeu n'était pas terminé.

Nous avions une rébellion à mener à son terme.

Avec un peu de chance, notre roi serait prêt à se joindre à nous le moment venu.

Dans le cas contraire, c'est moi qui prendrai la tête des opérations.

Avec Calina à mes côtés.

Parce que j'emmerdais l'alliance.

Le temps était venu de laisser place à un nouvel avenir.

Le temps est venu de nous battre.

ÉPILOGUE

Izzy

Ils ont retrouvé Cam, pensai-je, mon cœur battant à tout rompre dans ma poitrine.

Lorsque Mira m'apprit la nouvelle, j'en eus le souffle coupé. Je l'avais ensuite immédiatement suivie dans le jet qui nous attendait. Il ne m'était pas venu à l'esprit de demander des nouvelles de Luka et des autres, j'avais été si préoccupée par le fait de retrouver Cam que je ne voyais et ne pensais plus qu'à lui.

Cependant, maintenant que j'étais dans le jet depuis plusieurs heures, je fus instinctivement prise d'une sensation de malaise au point d'en avoir l'estomac tout retourné.

Il y a quelque chose qui ne tourne pas rond. Je ne parvenais pas à savoir quoi, mais lorsque j'avais demandé à Mira ce qu'il était advenu de Luka, elle m'avait répondu qu'il était occupé à nettoyer les dégâts dans le Bunker 37 et que nous étions censées retrouver Jace et Darius en compagnie de Cam.

Une solution assez simple, en somme.

Voilà où était tout le problème.

Si Jace avait retrouvé Cam, il m'aurait appelée, et Darius aussi.

Les protocoles avaient tous été compromis suite à

l'annonce de Ryder quant à la mort de Lilith. Nous n'avions plus besoin de rester cachées.

Alors pourquoi ne m'ont-ils pas appelée ? me demandai-je en posant le regard sur le hublot tandis que le jet poursuivait sa descente.

Mira m'avait dit qu'ils l'avaient trouvé sous le Couvent. Rien que de penser aux catacombes au-dessous de Rome me donnait la chair de poule. Tous ces immortels, endormis et froids, des cryptes, des crânes, d'anciens lieux où se tenaient des rituels.

Je n'avais pas connu l'époque où avait été créé ce tombeau.

Cam, en revanche, si.

J'avais visionné les souvenirs qu'il en gardait dans son esprit.

Des rituels millénaires avaient été exécutés pour empêcher les anciens de se réveiller de leur sommeil avant qu'ils ne soient prêts. Cependant, leurs âmes étaient bel et bien vivantes dans ce trou. Cam avait dit un jour qu'il s'agissait d'une mesure de protection visant à repousser les humains. Je lui avais répondu que cette mesure était efficace car une simple visite du Vatican m'avait déjà fait froid dans le dos.

Pourquoi ne puis-je pas te sentir ? me demandai-je en pensant à Cam. *Pourquoi est-ce que tu me bloques encore ?*

Je savais qu'il avait fait cela, de prime abord, pour me protéger. Mais s'il était avec Jace et Darius à présent, cela signifiait qu'il allait bien et devrait normalement bien vouloir me parler.

Pourtant, je ne le sentais pas du tout.

C'est comme s'il avait construit une barricade entre nos esprits et m'avait privée de l'autre moitié de mon âme.

— Êtes-vous sûre qu'il va bien ? demandai-je à Mira pour la centième fois.

— Affirmatif, répondit-elle, concentrée sur la tablette qu'elle avait dans les mains.

Je tapotai du bout des doigts l'accoudoir de mon siège, cette sensation de malaise persistant. Peut-être était-ce parce que je n'avais pas vu ni eu de nouvelles de Cam depuis plus de cent ans.

La sensation agonisante provoquée par cette rupture s'était atténuée au cours du siècle écoulé, mais j'avais encore le cœur déchiré. J'avais rêvé tant de fois de ce moment, de retrouver Cam pour réactiver notre lien.

Rien de tout cela ne semblait normal.

Je ne te sens pas du tout, affirmai-je.

Peut-être devions-nous nous toucher de nouveau pour réactiver le lien ?

Je fronçai les sourcils.

Il y a quelque chose qui ne va pas. Je devrais pouvoir sentir notre connexion, mais ce n'est pas le cas. Pourquoi ?

Mon pouls continuait de s'affoler, et j'espérais que Mira le mettait sur le compte de l'excitation. Sans que je sache bien expliquer pourquoi, mon instinct me disait de ne pas lui faire confiance, ce qui en soi était étrange. Je la connaissais depuis l'époque antérieure à la révolution, mais quelque chose dans son comportement me semblait étrange, maintenant que j'y pensais.

Ou bien peut-être que j'affabulais et me faisais tout un scénario dans ma tête.

Peut-être que je suis angoissée, pensai-je. Au vu de ce que je ressentais vis-à-vis de Cam au début de notre relation, il serait normal d'éprouver une angoisse. Ce mâle était une énigme à lui tout seul, avec ses longs cheveux sombres et ses yeux d'un bleu perçant.

Je croyais que c'était un Dieu.

Et c'était vrai, en quelque sorte, compte tenu de son très lointain passé et de ses capacités vampiresques.

Des papillons commencèrent à voleter dans mon ventre lorsque je me remémorai notre première rencontre. Nous étions dans le noir, mais ses yeux étaient presque phosphorescents à la lumière de la lune. Il m'avait ramenée jusqu'à chez moi, en me disant que les rues étaient trop dangereuses pour qu'une jeune fille comme moi y erre seule.

Il n'avait pas tort.

Lui-même était un prédateur qui rôdait dans la nuit, à la recherche de sang frais à boire. Il n'était d'ailleurs pas seul ce soir-là.

Mes bras furent recouverts de chair de poule lorsque je me souvins à quel point j'avais été captivée par son charme et sa beauté. Il ne m'avait pas mordue, ne m'avait même pas touchée. Il s'était seulement contenté de me protéger pendant des semaines avant de tenter quelque chose.

Son baiser avait fait s'enflammer mon sang.

Sa façon de me toucher aussi.

Je ne m'étais plus jamais éloignée de lui depuis ce moment.

Nous avions passé plus d'un millénaire, entourés de notre amour et de notre adoration mutuelle.

Il m'avait promis de rester avec moi pour toujours, et j'avais accepté.

Puis la révolution avait éclaté.

Cent-dix-sept ans de tourments. Cent-dix-sept ans de solitude perpétuelle. Cent-dix-sept ans qu'il me manquait.

Mais il est vivant. Cela, je le sentais, c'était seulement *lui* que je ne parvenais pas à sentir.

Mon cœur resta coincé dans ma gorge au moment où le jet toucha enfin le sol. Cette sensation ne s'atténua pas lorsque Mira se leva, ses talons aiguille s'enfonçant dans la moquette tandis qu'elle lissa sa jupe crayon. Je portais pour ma part un pull et un jean, privilégiant le confort à une tenue à la mode. Cependant, je me demandais maintenant si j'aurais dû m'habiller pour l'occasion.

Ce n'est que Cam, me rappelai-je. *Je n'ai pas besoin de l'impressionner, il a tout simplement besoin de moi.*

Je regardai par le hublot, me demandant si je pouvais le voir. Mais la piste d'atterrissage était déserte de mon côté.

Mira sortit d'une démarche assurée.

Je tentai de l'imiter, mais ne parvins pas à éradiquer la sensation intérieure que quelque chose n'allait pas. Elle s'amplifia à chaque mouvement, et ma crainte me faisait l'effet d'un poids dans mon esprit qui refusait de s'alléger.

L'air frais des premières heures de la matinée ne fit rien pour arranger cela.

Ni les silhouettes que l'on voyait s'approcher dans l'ombre, au loin.

Pourquoi est-ce que Cam n'est pas juste là en train de m'attendre ? me demandai-je sans cesser de suivre Mira.

Tous les scénarios de nos retrouvailles que j'avais pu m'imaginer ne ressemblaient en rien à ce moment. Je m'attendais à des larmes, à des étreintes, à des baisers, à *l'amour.*

Rien de tout cela ne se produisit.

Je commençai à ralentir le pas, et la confusion que j'éprouvai m'obligea à retenir mon souffle.

Puis l'une des silhouettes s'avança et vint s'arrêter directement sous la lumière au-dessus de nos têtes.

Mon cœur s'arrêta.

Cam.

Je fis de nouveau un pas en avant, et accélérai un peu, mon esprit se réjouissant de revoir mon partenaire. J'étais restée trop longtemps privée de sa force, de sa façon de me toucher, de sa morsure.

— Cam, soufflai-je en courant, maintenant.

Mais il n'ouvrit pas les bras pour me serrer contre lui.

Il ne sourit même pas.

Il me fixa simplement d'un regard glacial, ses yeux blancs me rappelant de gros saphirs. Ils scintillaient à la lumière du petit matin. Ses pommettes semblaient avoir été sculptées dans la pierre. Il avait coupé ses cheveux sombres, et sa longue barbe habituelle avait laissé place à une barbe de trois jours.

Ce fut cependant sa posture qui me confirma qu'il y avait vraiment quelque chose d'anormal.

Ses jambes étaient raides, il avait les mains croisées derrière le dos et les épaules rehaussées de manière arrogante.

Il n'avait rien d'amical, rien de familier, rien de… *normal*.

Je ralentis lorsque je parvins jusqu'à lui, et essayai de scruter l'expression de son visage pour obtenir des réponses à mes questions. Lui se contenta de me fixer en retour, le regard passablement exaspéré.

— Est-elle toujours à ce point irrespectueuse ? demanda-t-il sur un ton péremptoire.

Je plissai le front.

— Quoi ?

— Oui, répondit Mira qui nous avait rejoints. Mais vous devez vous souvenir qu'elle a connu l'époque où les humains avaient des droits. Ce genre de vieilles habitudes ne se perdent pas facilement.

Je la regardai en fronçant les sourcils.

— De quoi est-ce que vous parlez ?

— Vous voyez ? dit-elle promptement.

— Oui, je vois, malheureusement.

Il semblait dégoûté, le ton cultivé de sa voix se faisant plus inexpressif que je ne l'avais jamais entendu.

— Cam, murmurai-je sans rien n'y comprendre.

Je ne le comprenais pas. C'était bel et bien mon Cam, sans l'être en même temps. Je ne l'entendais pas, ne le sentais pas. Jamais il ne m'avait regardée d'une telle façon, comme s'il ne pouvait pas supporter l'idée de me toucher.

— Pourquoi est-ce que je la garde ? demanda-t-il en s'adressant une fois encore à Mira, et pas à moi.

— Parce que vous appréciez son goût, répondit Mira. Tout comme vous appréciez les défis.

Il grommela.

— Parfois, je me demande si j'ai vraiment toute ma tête.

— Bon sang, mais qu'est-ce qui se passe ? demandai-je en les regardant tour à tour, Mira et lui, et remarquai les hommes qui se tenaient derrière Cam. Qu'est-ce qui ne va pas chez toi ?

— Comment puis-je la faire taire ? demanda Cam.

— Habituellement, vous le faisiez avec vos dents.

Même la façon de parler de Mira semblait clocher, comme si absolument rien ne la préoccupait. Tout le contraire de la femelle que je connaissais, en somme.

Ai-je atterri dans un autre univers ? Un autre royaume ? Est-ce que tout cela n'est qu'un cauchemar ?

— Hmm, très bien, marmonna Cam, en me saisissant par l'arrière de la nuque avec la paume de sa main. J'ai faim.

— Cam ! m'écriai-je en essayant de me libérer de son emprise.

— Silence, répliqua-t-il sèchement.

Mes lèvres se décollèrent pour laisser échapper un bruit qui se transforma en un hurlement lorsqu'il enfonça ses crocs dans ma gorge.

Son geste n'avait rien de délicat.

Ce n'était plus qu'un vampire qui cherchait à étancher la soif de la bête qu'il avait en lui.

Pas d'endorphines, rien que de la douleur.

Je l'agrippai par les épaules comme si j'avais des serres, pour tenter de le raisonner tout en hurlant dans notre lien.

Qu'est-ce que tu fais ? Pourquoi fais-tu cela ? Cam ! Arrête !

Il ne me répondit pas.

Parce qu'il ne m'entendait pas.

Il m'avait bloqué l'accès à son esprit.

Lorsque je tentai de parler à voix haute, il me couvrit la bouche de sa main libre et commença à pomper violemment mon sang. Il n'y avait aucune délicatesse ni aucune finesse dans sa façon d'agir, je n'eus droit ni à des mots doux ni à des caresses pour me réconforter. Je ne sentais qu'une bouche sauvage qui se servait bien trop copieusement dans mes veines.

Tu... tu es... tu es en train de me tuer... lui dis-je, interloquée. *Pourquoi, Cam ? Que se passe-t-il ? Parle-moi !*

Des larmes coulèrent le long de mes joues, ma vue s'obscurcissant totalement par intermittences, mon champ de vision parsemé de petits points noirs et blancs.

Je... je n'étais jamais morte jusqu'à maintenant.

Je savais que notre lien allait me ramener à lui.

Mais je ne comprenais pas.

Il ne m'avait jamais mordue comme cela, jamais privée d'endorphines auparavant.

On aurait dit une sorte de punition cruelle, sur laquelle je ne parvenais pas à mettre de mots.

— P... pourquoi ? bafouillai-je derrière sa main d'une voix à peine audible.

— Parce que c'est à cela que tu sers, me dit Mira, ses paroles agrémentées d'une pointe de noirceur que je ne lui reconnus pas.

Je n'avais de toute façon plus l'énergie de la questionner à nouveau, ni vraiment de penser.

Le monde s'effaçait peu à peu.

Je perdais et reprenais connaissance par intermittence tandis que Cam continuait de se nourrir de moi.

Je vous en prie, suppliai-je, *je vous en prie… faites que ce soit… un cauchemar.*

Au plus profond de moi-même, je savais néanmoins que tout cela était bien réel.

Je le sentais à la façon dont Cam me tenait.

À la façon dont il continuait de s'abreuver de mon sang, même lorsque je perdis la vue.

Quelque chose avait très mal tourné.

Mon Cam ne ferait jamais…

Je frissonnai, mon corps se refroidissant très violemment.

Je sentais à peine ses crocs à présent.

Cependant, mon esprit se souvenait.

Mon dernier souffle… me brûlait… mon esprit… s'affaiblissait… tout cela à cause de… mon bien-aimé… et de sa cruelle… *morsure.*

La série *L'Alliance de Sang* continue dans *Le vampire cruel.*

LE VAMPIRE CRUEL

Jadis, l'humanité gouvernait le monde et les lycans et vampires vivaient en secret.
Cette époque est révolue.

Ismerelda

Le mâle à qui je suis liée pour l'éternité est à présent devenu un monstre. Une bête féroce. Un vampire dénué de tout scrupule qui n'a plus aucun souvenir de notre existence passée ensemble.

Il n'a aucune idée de qui je suis, de ce que je représente pour lui, du couple que nous formions ensemble. Mais je refuse d'abandonner.

Il va se souvenir de moi. J'en fais solennellement la promesse.

Cam

Je suis le roi des vampires, un être supérieur au monde entier.

Sauf à *elle*, la femelle qui refuse de s'incliner.

Je vais la briser, la détruire, la *rééduquer*. Lorsqu'elle aura enfin compris quelle était sa place à mes côtés, je l'achèverai.

Je n'ai pas besoin d'un petit animal désobéissant. Je suis destiné à prendre la tête de cette alliance, et c'est exactement ce que je vais faire.

Bienvenue sous mon nouveau règne.
Le sang coulera à flots, d'innombrables alliances vont se briser, les cadavres se compteront par milliers.
Ce sera mon royaume, mes règles, mon avenir.

Note de l'auteur : *Le vampire cruel* est un récit sombre et violent. Veuillez vous référer à la note d'avertissement au début du roman. De plus, même si cette romance peut être lue individuellement, il est recommandé de lire les tomes de la série dans l'ordre chronologique.

L'auteure à succès d'*USA Today* Lexi C. Foss est une écrivaine perdue dans le monde de l'informatique. Elle vit à North Carolina, avec son mari et leurs enfants à fourrure. Quand elle n'écrit pas, elle est occupée à cocher des cases sur sa liste de voyages à faire. On peut retrouver beaucoup des endroits qu'elle a visités dans ses écrits, notamment le monde mythique d'Hydria, inspiré d'Hydra, dans les îles grecques. Elle est excentrique, boit beaucoup trop de café et adore nager. Tchao !

https://www.lexicfoss.com/Français

Pour être au courant des dernières nouvelles et connaître les dates de publication, abonnez-vous à ma newsletter: https://www.lexicfoss.com/la-newsletter-de-lexi

LIVRES DE L'AUTEURE LEXI C. FOSS

Alliance de Sang

L'Esclave du Vampire

Le Vampire Royal

La Triade de l'Alpha

Le Vampire Rebelle

Le Roi Vampire

La Malédiction des Immortels

Les Lois du Sang

Des Liens Interdits

Cœur de Sang

Les Liens du Sang

Les Liens des Anges

La Reine des Éléments

Livre Un

Livre Deux

Livre Trois

La Reine des Faë de Minuit

Livre Un

Livre Deux

Livre Trois

Livre Quatre

Le Conte de Faë d'Ella - Un préquel

Les Loups du X-Clan

La Promise de l'Alpha

La Compagne de l'Alpha

Le Trône de l'Alpha

La Revanche de l'Alpha

Les Loups du V-Clan

Le Secteur Sanglant